权文学 ◎ 著

权文学文集

中篇小说卷

山西出版传媒集团 北岳文艺出版社
·太原·

图书在版编目(CIP)数据

权文学文集.中篇小说卷/权文学著.—太原：北岳文艺出版社，2021.3
ISBN 978-7-5378-6375-9

Ⅰ.①权… Ⅱ.①权… Ⅲ.①中篇小说—小说集—中国—当代 Ⅳ.① I217.2

中国版本图书馆 CIP 数据核字（2021）第 042599 号

权文学文集：中篇小说卷
权文学 / 著

责任编辑
贾江涛

书籍设计
张永文

印装监制
郭勇

出版发行：山西出版传媒集团·北岳文艺出版社
地　址：山西省太原市并州南路 57 号　邮编：030012
电　话：0351-5628696（发行部）　0351-5628688（总编室）
传　真：0351-5628680
经销商：新华书店
印刷装订：山西人民印刷有限责任公司
开　本：890mm×1240mm　1/32
总字数：710 千字
总印张：29.375
版　次：2021 年 3 月第 1 版
印　次：2021 年 3 月山西第 1 次印刷
书　号：ISBN 978-7-5378-6375-9
总定价：138.00 元（全四册）

本书版权为本社独家所有，未经本社同意不得转载、摘编或复制

目　录

活　寡　　　　　　　　／ 001
写给前妻的信　　　　／ 100
青　楼　　　　　　　／ 181

活 寨

一

这是一条古老的河,从遥远的地方流来,向遥远的地方流去。风来了,浪来了。风息了,浪止了……

岁岁,年年……

小路陡峭,像天梯。路面铺大大小小参差不齐的红沙石片。路也窄巴,鸡肠子似的紧贴一壁石岸,斜斜地盘绕下来,延伸到老河边。

黄泱泱的老河好宽好大,宽得令人麻木,天长日久从远处流来,向远处流去,流在这里似乎犹豫一下,便有了这一片宁静水湾,平缓而清澈。柳叶村祖祖辈辈都在这里挑水做饭,洗浣衣物。

"天梯上"下来了一个女人,浅肉色塑料凉鞋踩着红色石片,肩上挑一副桶担,吱吱呀呀响一路。

走在女人前边的是条黑色小母狗,罗圈腿,全身乌亮,无一丝杂毛,眼睛的上端有两个圆的白点,仿佛另外安了一对眼睛,主人叫她"四眼"。

四眼在石板路上撒欢儿疯跑,不时停下来,使劲摇动尾巴,等主人走近时，箭一般向前蹿去。那亲昵的样子，活像撒娇的孩子。

女主人叫银杏，年方二十，半个月前嫁到柳叶村。今天她头一次到河边挑水。

河湾里很幽静，平坦的岸边草青青的。河边有一块硕大的青石板，是汲水的地方。银杏站在青石板上，放下桶担，裤腿挽在膝盖处，河水围着石板晃悠。她不急着将桶从扁担上取下来汲水，就那么站着。

她用陌生的眼光四面环视，能望见河对面疏落的村庄和绿树，以及村庄后面黄白色绵延起伏的山峦。五月里，河风柔软，水平波静，只有河心激流处闪动着的白色波纹，慢慢翻滚着。柔和的风戏弄着银杏的两条长辫子，掀弄着她的衣衫。碎花细布衣衫裹到身上，该突的突，该凹的凹，丰盈的曲线明显露出她那青春活力。她将两条腿绷得直直的，腰肢微微后仰，一只胳膊向上如弓弯曲，拽住一条辫子发根，朝着河流的下游长久地望过去。

四眼站在岸上，朝银杏摇尾巴，奶声奶气咿咿呜呜撒了一会儿娇，后腿呈八字蹲下，放了一泡尿，跳跳蹦蹦顺着河岸追逐浮游在水边的一团浅绿色的泡沫，边追边吠。

此刻，还不到做早饭的时候，躲在山背后的太阳，懒洋洋刚刚升起，给浮动在河面上的雾气披上了神秘的色彩。她想象不出河流下游的远方是个什么样。跑过河路的人说，外面的世界大得很，一排长船放下去，要漂二十多天才到龙门。她没到过龙门，连天王镇也没去过。听说天王镇距离柳叶村三十里，像上游的碛口镇一样，曾经是大渡口，船来船往，很繁华。如今架了一座大铁桥，能通汽车。她向往着有一天和百岁相跟上到天王镇去看看。听人讲，当年住在陕西的八路军曾经在天王镇和阎锡山的河防军打了几场恶战，硬是将阎锡山的军队打败了。八路军就在那里过了河。至今天王镇东边的山崖上，窟窿眼挨着窟窿眼，全是枪子儿穿的，密密麻麻，留给后人瞻仰。日后去了天王镇，一定爬上山崖看看那枪眼。

她将两条长辫扯到胸前，捏弄着系在辫梢上的粉色蝴蝶结，又朝着老河上游望出去。山也漠漠，水也漠漠，望着望着，忽然眼里泪珠儿打闪，弄不清想哭，还是想笑。她看见什么？天上的云？河上的雾？她分明在看罗列在老河岸边一座座被绿树掩映着的村落。这一带，村子稠，三里五里就是一个村。银杏合住眼睛一个不落数出村名来，可以一口气数到四十里开外的碛口镇。从碛口镇再往上走五里，就是她娘家那个村子了。村子不大，也靠河。虽说她没长千里眼，但想象中此刻似乎已经看见那个生她养她的村庄。离开半月了，这中间虽有过两次"回门"，但还是怪想的。那里有爹，有娘，有弟妹，有童年的伙伴和童年的梦。

她抿嘴笑起来，想到一个很奇怪很深奥问题：嘻！你说怪呀不怪？女娃长大了就要嫁汉，什么人兴来的？不嫁不行，到了时候自家就不行，就像出巢的雀儿，时候一到，就要展翅飞翔，天经地义的事。

从省事那天起，她就想着有一天自己也要飞了，却没想到飞得这么远，飞到这柳叶村！一辈子都要在这里安生。在这里吃饭，睡觉，做活计，熬日月。在这里生娃，养老，连骨头都要往这里埋。

脸仰起来，她用玩味的眼光望着柳叶村。

柳叶村坐落在老河旁一壁陡峭的石岸上，有好几十户人家，全都住石头屋子。

她原认为柳叶村一定有好多好多柳树。但村里只有一棵老柳树，寿星佬似的，站在离婆家街门不远的巷道口。据说，过去这里曾经是柳树的世界，后来又变枣树。山坡上、院子里、河滩地，睁开眼是枣树，闭住眼还是枣树，一片一片的绿、一片一片的黄花、一片一片的枣。枣儿红了，满世界红灯笼。

　　银杏一开始就爱上了这个柳叶村，觉得这里什么都称心，顺眼。当然，最称心的还是人。银杏觉得她遇上了一家好人！公也好，婆也好，汉子也好。汉子叫王百岁，憨憨厚厚的后生，笑的时候露出一口白牙。他比银杏大三岁。早在前四年，在大炼钢铁那年，银杏和百岁在一个矿窝背矿时，埋下情种。她觉得百岁许多地方，既像公公，也像婆婆，像公公诚实厚道，像婆婆心慈面善。公公叫木脑，公公好像生来就不会发脾气，也不说笑，成天就那么一副不笑不恼的样子，只知道做活计。家里、地里总不闲。乏了就捞起长长的木头烟袋啵、啵一袋接一袋抽。刚刚过五十，公公的背就有些驼，脖子也僵硬了，看人的时候，脖子身子一齐转。

　　婆婆人也好。四十出头，比公公小十一岁，白白净净的长方脸，年轻时一定很漂亮。婆婆对待银杏，像疼爱女儿一样亲。百岁那个小憨货，也知道亲媳妇。

　　"回门"的时候银杏将婆家结结实实夸了一番，喜得爹妈咧了嘴说："娃娃你算是跌到福窝里了！"

　　银杏很自豪，也确实觉得这个家庭很美满，但并非十全十美，她似乎看出了一个破绽，公公和婆婆之间，好像有点不对劲，要不老两口为什么各住一眼窑？婆姨汉子不在一搭里睡，无论如何是一个谜。

　　一声长长的吆喝从村里传来：

　　"谁家要磨剪子——戗菜刀——"

　　声音很厚重，带点沙哑。厚重而沙哑的吆喝声，把银杏的思绪打断，也把四眼吆喝过来，好像那声音是在喊它，火急火燎从河岸那一头，飞快跑过来，支棱起两只耳朵。银杏认为它发现了什么，瞅瞅，只有一只老雕，在石岸不远的天空，张着翅膀绕圈儿，一群白脖子寒鸦呱呱鸣叫追逐。银杏提起一只桶,两腿成马步分开,弯下腰,汲一桶水,又汲一桶水。水花四溅,白皙的光腿肚子上挂了好多透亮的水珠儿。她把扁担放在肩上,试了试,就放开脚步朝窄窄的石板小路走上去。啪哒、啪哒,她扭着腰肢,浅肉色的塑料鞋,留下一路湿湿的脚印。

二

婆家的院子在柳叶村最尽头,独院,很宽敞,院子里坐北朝南并列着三孔陈年旧窑洞。其中两孔正窑,银杏和百岁住一孔,另一孔归婆婆住,兼伙房。公公独自住在小偏窑。街门外石崖下是老河,街门外有好大一块枣树坪。今年雨水好,枣树枝繁叶茂,眼下正是枣树开花季节,细碎细碎的小黄花,星星一样,扎堆挂串香气袭人,仿佛把全世界的蜜蜂都招来了,嗡嗡嗡,哼得人心醉。街门外一条很光堂的小土路,贴住院墙直通巷道,那棵老掉牙的老柳树,就在巷道口。眼下,银杏满满挑一担水桶,步履艰难地爬上"天梯",朝柳树走来。四眼狗照例跑在最前头,不时回过头来望一望,一副猴急猴急的神情,仿佛在催促银杏快点走。这时,从巷道的那一头又传来沙哑的吆喝声:

"谁家要磨剪子——戗菜刀——"

四眼飞也似的向巷道那头蹿去,转眼无踪影。

银杏扁担不落地站在柳树那里喘喘气,拐上小土路。扁担悠悠,是个慢坡,走得也不轻松,无意中,忽然瞭见婆婆站在不远处的街门前。银杏心里想,婆婆一定是担心把儿媳累坏了,在家坐不住,心神不宁地跑出来眊瞭眊瞭。银杏这么想心里就甜丝丝的,觉得天底下就数她的婆婆好,好模样,好脾气,又勤快。婆婆每天天不明就起来扫院子,扫街门,扫这条小土路,不能让有一星星脏。身上的衣服,干干净净;头发梳得光光的,包一块褪了色的深蓝色方头巾。和人说话时,自觉不自觉总要用手在头发上按按,瞅住你眯眯地笑,眼窝下面就像卧着条安详的春蚕。她说话从不打高腔,慢言慢语。她似乎有点落落寡合,不着群,小媳妇似的,很少见她在谁家串门子。她也很少到巷道里去,笼里的雀儿似的成天把自家关到这个小院里,要么就搬一个木头墩,在街门口那儿久久坐下来,纳鞋,拣半篮豆角,或者拆一件旧棉裤。有时候就从门前的枣树林里穿过去,站在石岸的断崖处,瞭一会儿山,看一会儿河,然后脚步轻轻地走回来。她总是轻轻地走路,轻轻地说话,轻轻地做活计。她心软,听到巷道里有谁哭,她也落泪;讨吃的上了门,从没让空过,即便剩了几颗烧山药也要从热灶里掏来,拍打拍打递过去,还叮咛一句"趁热吃"。对待儿媳妇,当然更不用说了。刚才婆婆叮咛她只准担半桶,自己却满满地担两桶水,婆婆见了,一定很心疼!银杏就站住,一扭转,扁担从右肩膀转到左肩上,重新迈起步子,尽量走得有精神,一只胳膊甩得潇洒,这一切都是做给婆婆看,意思是:你看,我能行。可是婆婆像中了邪,木头桩子似的站在那里发呆。如同夜晚观赏天上星月,脸盘使劲向上端着,眼睛眨也不眨盯住一棵枣树枝梢,眉宇间隐约着抑制的兴奋,眼珠亮得像刚从露水里捞出。

银杏轻轻叫"妈!"竟不觉。又叫一声,还不觉。直至叫了第三声,婆婆才惊梦似的醒过来。银杏问她:"妈!你站在这搭是听哩,还是看哩?"婆婆先是说听,话刚出口有些慌乱,脸也红一下,忙改口说:"是看哩。"

"看啥来?"银杏打破砂锅问到底。

婆婆说,看树,这棵树叶黄黄的,像是病了,蜜蜂都不来这棵树上采蜜。

她觉得婆婆有点心不在窝儿里。

银杏将水倒进水缸，临出窑门时，发现窗台上放一只粗瓷碗，盛一碗底清水，缺沿少齿的木梳横担碗上。记得一大早，婆婆已经梳了头，又梳？

银杏揣一团疑云，从窑里出来。她看见婆婆在院里手勤脚快也颠三倒四地做这做那，似乎被一种莫名其妙的愉快弄得骚乱不安，嘴角那儿漾着难以抑制的笑意。神不守舍，她把鸡食盆当尿盆扣到茅厕墙头上，把放在西墙根的一把镢头，拿到东墙根。

银杏觉得婆婆很可笑："妈！你是咋啦？嘻嘻！"

婆婆好像受到惊吓，冲她笑笑，极不自然："银杏！我娃不担了！"

银杏边走边说："妈，我能行。"

银杏扭回头笑一笑，就走了。肩上桶担吱呀吱呀响。

银杏走到老柳树那儿时，忽然记起四眼。巷道里空落落，一个老汉坐在门口木墩上歪着脖子打盹，流一线儿口水。鸡们在粪堆上刨食，一只黑猪甩动着小尾巴优哉游哉走过去只是不见四眼。银杏只好一个人下河去。才半个月没干活计，身子骨就虚弱了。银杏二次担水从"天梯"上爬上来时，骨头都要散了。她放下桶担，想歇一阵。忽然她吓一跳，看见四眼正和一条很剽悍的黄色大公狗厮磨厮缠，毫不羞耻地你闻闻我，我闻闻你。

"四眼！"银杏跺响一只脚。

四眼不理会她，死不要脸地掉转屁股往公狗怀里蹭。银杏满脸绯红，担起桶担抬脚就走。

"哈呀！正月里婆娘，二八月的狗。才五月呀，这走的哪门子草？"银杏听见塄畔顶上，一个男人扯开嗓门喊。银杏装没听见，只顾低头走路。

"肉墩！快来看这个西湖景来！"

"叫你妈、你妹子，把你家大屁股女人都叫出来好好看，哈哈哈……"银杏听见站在坳畔顶上的肉墩边说边哈哈大笑。

银杏嫁过来第一天就认识肉墩了。

这个年轻婆姨长得特别，站起一米躺下三尺，脸蛋像是气吹的，透圆。外号叫"肉墩"，眼睛亮得像灯笼，她口辣心善，一肚子花花点子。结婚头一天闹洞房，数她鬼主意多，把一个苹果用线吊起，让银杏和百岁脸对脸一起啃，银杏羞得扭扭捏捏硬不，说不会。肉墩自告奋勇说：我教你。结果，果子一滑，肉墩和百岁结结实实对了嘴。满屋子人都笑。百岁羞得成了个红脸关公，肉墩不在乎，脸板得平平的，没事人一样。这半个月来，数她和银杏混得熟。

要不是这两只该死的狗，银杏必然要抬起头和肉墩说说话。这样的尴尬场面，她得快些离开。假装没听见，没看见，银杏低下头走得风快，两只桶摇摇晃晃很狼狈。

"格格格！"肉墩在坳畔顶上笑，"嗨！屁股扭掉啦！"

"肉墩，是你个鬼呀！"银杏笑笑地搭讪着。

"金枝玉叶的，不怕闪了腰？"

"又不是纸糊的。"

"新媳妇呀！"

"还新啊，都出十啦。"

银杏一边说一边麻利地换换肩，挑着桶担，"吱呀吱呀"就走了。

"走快点，你家来人咧。"肉墩说。

"不是吧？"

"你回去就晓得咧。"

银杏看见肉墩说完话又做鬼脸又吐舌。"这鬼,今天是咋啦?"银杏挑着桶担朝家里走,进门发觉院里放一条长长的板凳,板凳上一头捆一卷铺盖,一头放一块月牙形大磨石,板凳腿上还拴了一个洋铁盒盒。银杏觉得怪,朝婆婆窑里喊:"妈!"在这同时,透过窗玻璃,隐隐约约看见有两个人影,一闪,分开了。婆婆停了一会儿才答应她,又停了一会儿,才出来。婆婆看见银杏脸就红,头发似乎有点乱,那块一向周周正正的方头巾也歪到后脑勺。银杏心里一阵乱跳。

三

银杏站在院里呆了一阵儿,她不知道应当把桶担放在院里,还是挑进窑里去,打算就么放在院里,但不知怎么没放下,直戳挑了进去。进了窑门,一眼瞅见后窑里站着一个胡子拉碴黑脸男人,很小心地对她笑,问:"你担水啦?"银杏觉得自己的太阳穴嘣嘣跳,没听见。那汉子一脸尴尬,往边挪开一步,竟重重一闪,是个瘸子。银杏弄不清她怎样就三下两下把两桶水倒进水瓮。呼呼啦啦把桶担弄得山响,贼撵着似的,她慌慌失失从婆婆窑里走出来,又慌慌失失回到自家窑里,一屁股坐在炕楞上,再不动,心里愈发扑扑通通跳。过一会儿,听见那汉子在院里说:"积福咧,娶了个好媳妇,文文雅雅,模样也俊。"

"娃是头一回见你,害脸生,话稀,你莫怪。"婆婆的声音。

"自个儿家人,怪啥哩。"那汉子说。

接下来,听见两个为一件什么事情谦让着,似乎在说钱。婆婆说:"算了吧,算了吧!"

那汉子说:"我头一次见娃面哩,能不给?"之后是把什么东西碰响。脚步走动起来,轻一声重一声,大约是瘸子出去了。

"饭呢?"婆婆的声音。

"做上!"瘸子的声音已在街门外。

院里一时很静,整个世界就像死过去。

停了一会儿婆婆在院里小声喊:"银杏!"怯怯地只喊出一句,并无下文。银杏装没听见。婆婆也没再喊,银杏就那么坐着。停了停,听见婆婆朝她的窑里走来了,脚步很轻,像踩着雾,也很犹豫,前脚踩下去,后脚好像在考虑有没有必要再跟上来。已经走到门前,又心心思思站住,不喊,也不进来。浓黑的身影明晰地投射在门框的麻纸上,过一会儿,怯怯地转过去,怯怯地抬起脚,又走了。

院里很寂然。银杏心一软,抽身下炕走出去。院里空落落,那个放着磨石的小板凳不见了,留下一卷铺盖放在婆婆窗前的砖台上。银杏厌恶地皱皱眉,走进婆婆屋子。婆婆站在锅台跟前,手里捏一张五元的票子,痴眉呆眼在那儿愣神。银杏问:"妈,你叫我?"连问两句,婆婆才听见。听见了,眼睛就一阵慌。

"这是给你的,给你就拿上。"婆婆伸出胳膊,要把那五块钱递给银杏。

银杏一时摸不着头脑。

"谁给的?"

"就是,就是刚才你见到的那一个人。"

婆婆显得很拘谨。

"妈,这是给的甚钱?"

婆婆咧咧嘴,笑得很和蔼。

"十里风俗不一样。不知道你娘家那搭兴不兴,咱这搭兴下个

'见面礼'。懂礼性的人，没多有少，总要给一点的。"银杏懂的。娘家那头也有这风俗，结婚头一年的新媳妇，亲戚们见第一次面时，都要给新媳妇钱，叫"见面礼"，也叫"认亲"。也不过是块儿八毛的事，除非是姑、舅们才讲究重礼，三块或五块。现在这陌生的黑脸汉，一次就给她五块钱"见面礼"，银杏觉得奇怪。

"这个人是咱家亲戚？"

"不吧。"

"他欠咱家情分？"

"不吧。"这一句婆婆说得很不爽利，口里像含一枚大枣。

"妈，他是哪搭的？"

婆婆笑笑："一个没坟头的孤鬼！"

婆婆很简要地把那人的情况讲述一遍。

那个人叫黑子，没家，常年四季转村走巷磨刀剪，哪里饿了就在哪里吃，哪里黑了就在哪里睡，早先前来柳叶村，婆婆家管过他两顿饭，这就粘上了。吃惯的嘴，跑顺的腿，甩都甩不脱。公公和婆婆生性软，见他一个人出门在外恓恓惶惶，也不过是多烧一把柴多添一瓢水的事，他就老母猪寻见萝卜窖了。

婆婆说，快一个多月没来了。今儿个头一次见你，少不得要讲究个礼，虽不是亲，却是常来打搅的人，总是心里过意不去，既给你，你就拿上。

银杏不再说什么，笑笑地接住那五块钱。婆婆喜得了不得，如释重负。银杏要去抱柴火，她不让："我来吧，我来吧！有刺，别扎了你的手。"银杏要烧火，也不让。"我来，我来！"硬把银杏从灶窝里拉起来，自己一屁股坐在灶窝里，呼呼踏踏把风箱拉得如歌一般。

"妈，你总不能让我端端坐着呀！"

"娃呀！你尽管坐着，有妈哩，啥也不让你做。"

银杏无奈何，笑一笑，又回到自己窑里。该吃早饭了，公公和百岁从田里还没有回来。那个叫黑子的汉子却先一步到家。婆婆的饭还没熟，银杏客客气气把一盆洗脸水端到院子里。

"你洗。"银杏对那汉子说。

那汉子受宠若惊："我洗，我洗。"只是不敢看银杏，笨手笨脚把袖子往上推推，蹲下就洗。

银杏转过身刚要走开，猛地看见四眼神不知鬼不觉进了街门，耳朵一激灵，照直就朝那汉子奔过去，蹭啊，舔啊，尾巴摇得差点把屁股扭掉。

看见这情景，不知为什么银杏忽然就想起在娘家时，听人说过一个和尚偷寡妇的事。和尚不知寡妇家里养条恶狗，夜里就去了，去了就遭了咬，后来和尚就用好吃好喝把那恶狗喂熟。再去，就不咬了，像对待主人那样对他摇尾。

银杏正在这么想时，公公和百岁回来了。

机灵的银杏站在院里，不显山不露水静静地察言观色。

她发现父子俩一进街门见那汉子时，同时都瞅瞅她。百岁眼睛忽忽眨眨不自然；公公嘴角上的肌肉往后牵拉一下，脸上铺陈出淡淡忧伤，借故放筐担，身子背过去，磨蹭半天不肯再转过来。银杏奇怪他们三人谁都看见了谁，但都没说话。银杏心里好慌，正想走开，看见那汉子洗完脸，就上去笑笑地问："洗完了？""完了，完了。""来，我去倒。"弯下腰把脸盆端起来，银杏敏锐地察觉到，她和那汉子说话时，公公和百岁脸都转过来，怔怔地看着她，一直送她出了门。当她把脏水泼在街门外再转回来时，院里竟是另一番景象。

"叔——"百岁对那汉子喊。

"噢。"

"咱吃根烟。"

"没。"

"我搜。"死乞白赖地竟搜出一条烟。

"你爬远,那是给你爸买下的。"

"我这里还有,一样的。"从裤兜里摸出一包,先抽出一支给百岁,一支叼在自家嘴上,余下的朝公公一扔。公公坐在枣树下的一块石磨上捞着旱烟管啵、啵抽得有滋有味,木木地盯着那包纸烟纹丝不动。

"你抽这。"那汉子说。

"害没劲哩。"

"你尝,新牌。"

"新牌?新牌怕也抵不上咱这土造。纯纯的小叶子,拌了酒的,味可美。不信你尝尝。"

"我尝。"走过去。

被咬湿的玉石嘴,从公公木脑的口里拿出来,又湿漉漉地放在那汉子的口里去。

银杏都看在眼里,她觉得不像——不像她疑心的那个事。若有,公公能一丝儿都不知道?知道了,能依?至于刚才担水回来,瞅见窑里那一幕,一定是自家眼花了。婆婆出来时,固然是脸红了又白了,也许婆婆就是那么个人。这样的人,尘世上有,本来屁事也无,自己却脸红得不好意思。银杏抱怨自己不该朝那方面想,觉得很对不起婆婆。吃罢饭陪婆婆说了一阵子话,讲这讲那,讲得婆婆好开心,跷起指头款款拈下婆婆头上的一根草屑,顺便将鬓角的一缕散发替婆婆搭在耳朵上,轻轻往后抿抿。她那丰圆的脸蛋,距婆婆很近,鼻孔呼出的气息,把婆婆耳梢梢上的细发吹得微幽幽地动。

　　银杏觉得对不起的,还有那个黑脸汉。活活冤枉一个好人,心里有点歉疚。再说话时,多添了一份尊敬。她本想叫他"叔",到嘴边又咽回去。

　　到了后晌,她特地给那汉子往街门外送了一碗凉开水。

　　街门外,枣树投下一片浓荫。那个黑脸汉子就在浓荫下,骑住那条长长的小板凳,弯了腰,戗刀、磨剪。婆婆坐在门墩上,怀里放一个柳条簸箕,低头拣绿豆。银杏也到街门前看那黑汉子耍手艺,顺便蹴在婆婆跟前帮着拣豆子。黑子叔穿半新不旧白布衫,肩膀上糊块补丁。敞开怀,露出胸前的红布兜肚,红黑的胳膊粗壮有力,双手握住锉刀,拉架抖势磨得见功夫。磨完一件,再磨一件。不时有老婆婆家或老汉汉家,把钝了的刀剪送来,活计多,天也热,汗渗出来。银杏悄没声儿回去,端来一碗凉开水,双手递给黑子叔。全没招架住银杏会这样孝敬他,慌得黑子叔把手放在大腿上就抹,接住碗,伸了脖子,一口灌下多半碗,剩下的全倒在凳腿上的洋铁盒里。美得他大嘴一咧,笑得生动。婆婆眼睛一亮。

　　这当儿,门前的小路上,一胖一瘦来了两个婆姨。胖的那一个像母鸭,瘦的那一个,走路撇八字。各人手里都捏一只鞋底,让坐又不坐,就那样取马步姿势站了,漫不经心用针穿透鞋底,一面眼睛敏捷如闪电般在银杏和婆婆以及那黑汉子的脸上,溜一下溜一下。

　　"黑子师傅,"大肚婆姨问,"这一程在哪里刮哒哩?"

　　"先在天王镇,后来就过了河,到陕西赶了个古庙会。"黑子说。

　　"黑子师傅,你好久没来了。"撇八字的婆姨说。

　　"怎么,你想我?"

"我想你煮得吃!"

"还以为你那两片剪子放钝了,等我磨哩。"

"百岁娘的剪子才等你磨哩。"

倏地,婆婆脸白了。

"她婶,给谁纳鞋底?"婆婆想岔开,两个婆姨意味深长地相互斜着看了一眼。

银杏心一提,刚刚平静了的心田又掀动起来。

入夜了。街门比往日关得早,听婆婆说,那个黑脸汉子到代销店和王斜眼挤炕去了。

银杏躺在炕上睡不着,推推百岁:

"哎!问你个事。"

"啥?"

"咱爹和妈不撇火?"

"谁说?"

"那为啥不在一搭住?"

"早就那样。"

"为啥咧?"

百岁不言语。

停了一会儿。

"那个磨刀人到代销店睡去了?"

"嗯,说是到那儿去了。"

"每回来了都去那儿睡?"

"嗯睡吧!睡吧!"百岁身子转过去了。

银杏心里翻江倒海。

四

　　天气很闷热，一丝云彩不挂，河面上吹来的风也黏黏糊糊。炊烟贴住地面滚。鸡们躲在树荫下，一个劲扇翅膀；狗们尾巴耷拉着，喘得全身抽动整个世界像捂在一个闷罐里。柳叶村的人都说："看着吧，要变天，要下一场大暴雨了。"吃中午饭时，遥远的天边，轰轰隆隆滚了几声闷雷。从老河上游吹来的风，似乎大了些，带着凉意。河面被吹皱，波浪不断涌过来，在岸边拍打，哗！哗！

　　银杏的心境像被风吹皱了的河面，越来越不平静。

　　吃罢中午饭，银杏对婆婆说，后响，她要下地。

　　队里活路紧。谷子要锄，大麦要割，丢下哪头都不行。队长卫贵锁急急风将钟敲响，站在高处喊："后响，婆姨们继续锄谷！男人们带上镰，到河滩地割大麦！快当些。"

　　银杏的户口还没从娘家迁移过来，去不去干活，队长不会上门来吆喝她。

　　银杏自己对婆婆说，她要下地。

　　要锄的谷子在后山太子坪。从山梁梁上绕半天才能到。走在山梁上的婆姨们三三两两扯一串。

　　宽阔的老河在山脚下缓缓流淌。

　　三个女人一台戏，叽叽呱呱说一路。

　　银杏、肉墩、秋莲，三个伙伴相跟着走在最后头。秋莲头顶一块湿毛巾。秋莲比银杏大，比肉墩也大。脸上有密密麻麻小雀斑，秋莲野起来有天没日头，敢和男子汉混说疯道，男人们咋骂，她咋骂；敢和男人们搂住摔跤，摔倒了，男人们骑在她身上，她不恼。一次，在山上拍地埂，红鼻子半老汉对她说："敢和我跌一跤?""跌就跌!"跌倒了,红鼻子把她按了好半天才起来。红鼻子转身去撒尿,秋莲轻手轻足从后面摸过去,把人家裤子从上拉到脚底板,顺手在白屁股抢一巴掌。众人哗然。有人认为这女人轻佻,想讨她便宜。一次看电影,有个光棍汉摸她大腿,她一把逮住,啪!啪!照脸扇光棍汉两耳光。从此,鬼也不敢惹她。

秋莲和肉墩都是银杏的好伙伴。肉墩是软绵性儿,秋莲也不赖,只是口辣,爱编排人。

她们扛着锄头走在山梁高处。日头很毒,偶尔远方轰隆一声闷雷。远处,河面上一条木船在漂流。隐约传来船公们悠长的号子声:"噢——嗬嗬嗬嗬!"

山梁上的婆姨们只顾走路,没人搭理船公。悠长的呼叫声使古老的山川河道显得格外旷远而深沉。

今年谷子长得好,齐刷刷一片绿。一群婆姨们在这绿色里,一面挥锄一面叽叽嘎嘎扯闲谝,说笑话。

太子坪上的谷垄不算很长,锄了一个来回,有人喊歇了吧。那时候做活计,原本就是磨洋工,加上队长不在,能自觉锄完一个来回,就很不错。婆姨们像拖丧棍,将锄倒拖着,懒懒散散向地头一带枣林荫凉处走去。

坐在树荫下的婆姨们变戏法似的,各自从身上摸出一只鞋底,或一只鞋帮,把缠在上面的线绳抖开,捏住针,放在头上抿一抿,开始在这高高野山顶上,飞针走线做女红。银杏瞅见肉墩也掏出一只鞋垫,蓝蓝的鞋垫上用白线在脚掌那儿绣一颗桃形的心。银杏自己没带针线活计,她腼腆地坐在那儿,听婆姨们扯闲谝,却一句也没听进去。

"银杏,你知道肉墩给谁纳鞋垫儿?"秋莲凑在银杏耳朵上悄悄说。

"给汉子。"

"给哪个汉子?"

"问得怪,除了自家汉子,还有哪个汉子?"

秋莲抿嘴一笑,很诡异。

银杏听出一点意思了,她觉得应该和秋莲到一个僻静的去处:"秋莲,不是说太子坪上有野小蒜吗,哪搭有?咱剜去。"

"行。"

这里果然有小蒜,绿绿的一大片。

"秋莲,刚才你是说肉墩她……"银杏试探着问。

"她养野汉啦!"秋莲心直口快。

"瞎说吧?"

银杏也蹲下去,将锄头使劲捺进地里,一别,一苗小蒜就剜出来了,白的根,绿的叶。停了一会儿,她难为情地说:

"秋莲问你个事。"

"问吧。"

银杏作难半天,终于老老脸,说:

"你说,哪个活爷爷兴下的,男人女人要做那个事?"

秋莲笑:"男人女人要不做那个事,世界就绝种了!"

"你说,人活到多来大,就不啦?"

"你没听人说吗,七十老儿还生崽崽呢!"

"那说的是男人。婆姨人呢,婆姨人是不是到了四十来岁年纪,就不啦?"

"咋不?你没听说:三十如狼,四十如虎,五十岁圪蹴到地上吸土。"说罢,自己先笑起来。

"那你说,我那婆婆才四十岁的人,就不啊?"

"不不吧?"

"不不，咋的就不呢？"

"你知道人家不啊？"

"她和公公早就不在一搭里住了。"

"你真不知道，还是假装？你婆婆有个相好！"

银杏被什么震了一下："秋莲，你听天上可正在打雷哩！"

"你真晓不得？这几天也没看出来？那个锓刀磨剪子的黑脸汉子，就是你家婆婆的老相好，几十年了，村里人谁不知道！"

银杏呆了，难以容忍的屈辱，让她的脸色变得苍白。她似乎想做出无所谓的表情，就笑笑，却笑得异常僵硬，也很笨拙，一副比哭还难受的笑！

一声霹雳在天边炸响，坐在对面山坡枣树下的那些婆姨们像一群受惊吓的母鸡，叽里哇啦纷纷朝山下奔去。肉墩尖着嗓子朝这边的银杏和秋莲喊了几声，滚线蛋似的，向山下滚去。秋莲猛然记起，晾在院里的被褥还不曾收。喊银杏，银杏木然，回答说：再剜几棵。

"还剜甚的周年，不看雨来了？"一边就顺着下山的小路一路小跑。

黑云块从四面八方涌上来，挟雷裹电。

银杏无动于衷，在那里想心事。她没有再剜小蒜，把已经剜好的小蒜苗倒在地上，使劲拿锄头一下又一下捣，既专注又似乎心不在焉。

五

天阴得怕人。河哪、山哪、林子哪，整个世界，就像捂在一顶锅盖里。发蓝的白光不时在黑云块里闪射，雷神似乎决心把大地轰塌。大地静悄悄。鸡不飞,狗不叫,树也不摇,连同老河也不大声喘气。一只老鹰张着翅膀,在老河上空云层底下,惊慌失措费力飞翔。巷道深处,谁家婆姨扯着嗓门吆喝孩子。乒乓的关门声,又静了。

一阵等待着什么似的沉默过后,风来了,带来了第一批雨滴,铜钱大的雨点子朝黄土地砸下来。风把雨丝撕成碎片。一颗滚地雷在附近炸响,雨大起来。风猛烈地抽打河面,压迫枣树林,被激怒的老河在石崖下咆哮。整个枣树林就要趴到地上了,离银杏家门前不远的那棵老柳树,像疯婆姨的头发,剧烈地被揪扯着。像有十万雷霆在天庭里滚,雨倾缸倾瓮从天上往下泼。眨眼工夫,地上白茫茫积起一片又一片水洼,水洼里冒着白泡,漂着那么多被雨滴砸下的枣树叶子和密密麻麻叫人心痛的小枣花。雨水汇成小河,汹涌地向低处流去。

这是柳叶村入春以来,第一场暴风雨。

锄谷子的婆姨们早就回来了。只有那些在河滩收割大麦的男子汉们,冒雨把割倒的麦子捆成捆,很艰难地往村里背。

银杏差点遭了雨。第一批雨砸下来时,她刚走到村边的石块上。百岁眼好尖,老远就在河滩里朝她喊:

"嗨!——还不快格跑,看不见雨来了!"

银杏木然不觉,好像很疲累——一种精神被击倒后的疲累。拖着两条铅一样重的腿脚,她不紧不慢走在风雨里。草帽挂在锄把上。

婆婆在家心焦火燎,跑到老柳树那儿眈瞭了她三次。第三次是冒着铜钱大的雨点出来的,顶了发霉的破草帽,一路小跑,扭得风快。一看见银杏,才放心了,她用两只手按住头上的破草帽,顶着呼呼大风喊:

"把人快急死了,咋才回来?帽子也不戴,快戴上呀。"

银杏板着如死的脸从婆婆身旁一闪而过,随即加快步子。银杏心里好恨!婆婆再不是过去的婆婆——恶心!

银杏被愤怒压迫着,脖子上绷起两股硬筋。银杏进街门,四眼狗热情朝她跑来,殷勤地摇尾巴,弯腰弓背在她腿上蹭。银杏照住四眼就是一脚,四眼腰一塌,夹住尾巴躲开,满脸沮丧回过头来,委屈地瞅银杏。

银杏恼悻悻地放下锄,回到自己的新窑里,扯过来一条被子,蒙头盖脸,睡了。

外面,风雨雷电,文武带打,下得好热闹。

银杏如同掉进深潭里,什么都想,什么都想不出,脑子里一片混沌。

婆婆烧了半锅水,想叫她烫烫脚,站在门口隔着雨幕喊她,她装没听见。婆婆冒着大雨过来,轻轻推开门,见她蒙头大睡,没敢惊动,轻轻地关住门,又走了。

银杏自己也不知道睡了多久。直到听见百岁和公公"噗叽噗叽"在院子里踩出一片泥泞的脚声,才知道风不刮了,雷不吼了,雨也不下了。

"天都要塌了,跌人命哩!"

公公在院里这么嘟囔。

"看你父子俩淋成落水鸡,快替换衣裳去,会闹出病的!"婆婆在院里喊,"百岁,不是说你吗?"

"咋也不咋!"百岁的声音。

接着又是"噗叽噗叽"的脚步声。银杏听见百岁在门口蹭蹭脚上的泥进来了。她一动不动地睡着。

一阵窸窸窣窣声音响过之后,百岁蹑手蹑脚地过来撩逗她。她狠狠揉他一肘子：

"少讨厌！"

百岁脸厚，又来。

银杏掀翻被角，扭头瞪他一眼，蒙头又睡。

百岁还缠。

两口子嘛，甚事不做？新婚不久，小夫小妻，正跌在情河爱海。天下夫妻，谁不这么过？平时，银杏和百岁，常常戏耍。别看百岁蔫不拉叽，知道怎么亲媳妇。银杏也很喜欢让百岁撩逗，她故意装出要生气的样子，嘴像未绽开的荷花尖尖噘起，眼眯眯地一斜，竟是一脸妩媚，惹得百岁更加张狂。银杏也就变成一只小绵羊。

"快起来给我寻替换衣裳，我快成泥人了。"

"自个儿不长手？"

百岁闹不清银杏为什么不高兴，只好自个儿把箱子掀开，一阵乱翻。他浑身脱剥得只剩一条短裤，冻得嘴唇发紫，牙关上下磕。到底也没弄清银杏为啥要发火，还认为她干活累了，便不计较。

婆婆把饭做熟，舀到碗里，等不见银杏出来。

婆婆进来叫了一回。

百岁进来叫了一回。

"不起就不起，大概是乏了，我把饭温在锅里，甚会儿起来，她甚会儿吃，让再睡睡。"婆婆这么说。

弄不清那个叫黑子的磨刀人是啥时候回来的。吃罢饭以后，银杏听见他在院里说话，那是"当当"一阵清脆的钟声响过之后。雨后的钟声，像从水里捞出，水灵悦耳。

"又敲钟做啥哩？"婆婆说。

"不是开会，就是记工分哩！"公公的声音。

"不是开会,也不是记工。是代销店卖灯芯绒,叫大家抓纸蛋蛋哩。"——那个磨刀人的声音。

"妈!咱抓不抓?"——百岁的声音。

"问你爸。"——婆婆的声音。

"问我?"——公公的声音。

"抓!抓下了给银杏做袄穿。"——磨刀人的声音。

"你有钱?"——婆婆的声音。

"抓就是了。"——磨刀人的声音。

"得十来块钱哩。"——婆婆的声音。

"不怕,不够先赊着,我去给代销店王斜眼说。明后天我赚下了就还他。"——磨刀人的声音,

"百岁,你喀吧,抓!"——婆婆的声音。

"行,咱抓。未必能抓上。"——百岁的声音。

"不怕,我也去,我去找他五斜眼胡日个鬼!"——磨刀人的声音。

后来,院里就静了。

黄昏以后,天完全暗下来,婆婆眉飞眼笑揣一块灯芯绒布,走进银杏屋里,进门就点亮灯。

"憨儿,睡颠倒了,起来吃口饭再睡吧。你看,你叔花钱给你买了一块灯芯绒,是个袄材底。"

"你叔"两个字银杏好反感。

她没理睬。

"银杏?"

银杏不吭声。

"你今儿个好不对劲,病了吗?烧不烧?我摸——"

婆婆款款掀开被子,用手摸她额头,她一扭,脸朝里转过去。

"大概是受了凉，头上温温的，那么大的风，又淋了几点雨。"

说完，婆婆又走了。

银杏听见婆婆"呼塌呼塌"把风箱拉响。

婆婆先端来一碗酸拌汤，卧两颗荷包蛋，放了葱蒜，亮晶晶漂一层油眼儿；又端来一碗滚烫滚烫的生姜水，姜水里调了不少红糖。

这一切银杏是从悬挂在墙上的一面镜框里看到的。银杏过意不去，只好坐起。却说她什么也不想吃。婆婆不依，硬是把那碗酸拌汤递到她手里。

婆婆就着灯亮儿，抖开那块灯芯绒，问她：

"好呀不好？"

银杏脸一沉，把头低下不说话，用筷子拨拉碗里一个葱花儿。

听说她身上不熨帖，公公进来，木木地瞅，贴住墙蹲下去，啵、啵地抽旱烟。隔了一会儿，磨刀的黑脸汉也进来了。

银杏皱皱眉，依旧低下头在碗里拨拉着。

黑脸汉子手里正转动一根烟卷，顺便就说起灯芯绒的事，说他如何如何使了手段，代销店的王斜眼才照顾了百岁这块布。

银杏只顾拨拉碗，勉强吃了一颗鸡蛋。婆婆叫她喝姜水，说喝了好，喝了捂住被子发发汗就好了。银杏烦透了，一气把那苦水灌下去，面朝墙倒下身子又睡了。

唉！这是喝哪一门子药哟！银杏好恨，她狠狠瞅住映在镜框里的婆婆和那个黑脸汉子，她看见那个汉子一瘸一瘸走到灯跟前，把烟卷对在灯上吸着，然后站在那儿不动了，看婆婆叠那块灯芯绒布，后来就把目光停在婆婆脸上，婆婆也正好回过头去，四目相对，只一瞬间，婆婆就慌乱地把眼光移开。可是，一种莫名其妙的愉快同时在两个人的脸上现了一下。

银杏心一提,在被窝呆呆想了很久。她的第六感觉告她:今夜这院里有事!

百岁睡得好沉。

银杏一丝睡意都没有。她觉得今晚上这个院里多了一个人!

半夜里,银杏做贼似的起来,轻轻把门拉开一道缝,身子侧转,款款地走出去。

院里很静,连夜游的虫们都睡死了。

婆婆窑里没有灯光。

月亮在云缝里躲闪。院子里有几汪没有被土地吸收完的小水洼,镜子似的闪着光亮。靠茅墙不远的那棵小枣树,黑黝黝像悄然戳立着的人影。月光下,停留在树叶上的小水珠闪闪烁烁,孔雀眨眼似的向外张望。

雨后的夜格外凉,银杏悄悄站在院子里。

月亮露了一会儿脸,又躲进云彩里。

"咚!"——院里落下一块什么东西。

银杏一愣,接着就慌神,好像明白要发生什么事情。如同受惊吓得蜗牛缩回触角,银杏机敏地从门缝里缩回去,款款把门闭上,留一道小缝,用一只眼睛从小缝里望出去。

银杏能听见自己心跳。

她看见婆婆从她的窑里出来,举动轻轻的,先站在那儿听了听,然后踩着很薄很薄的冰凌过河那样,提心吊胆地走到街门跟前,提心吊胆地拉开门栓。门开了,闪进一个人影,两个人影一前一后地往回走,后边的那一个一瘸一拐。

银杏头皮发紧,头皮上好几根血管要断裂了,一阵狂烈的心跳过后,唯一的感觉就是:冷,像染上伤寒!

银杏在那里站了好久。

六

银杏的婆婆叫枝枝。

十六岁就出嫁。才十六岁啊！村里人说：还是嫩芽芽哩！可是家里贫寒。二来世道不太平，陕北闹"红"阎锡山吓破胆，"河防军"像蝗虫一样多，差不多的村子都扎着兵。这些兵们吃了喝了，除操练操练，朝天放几枪，屁事也无，少不了生着法糟害老百姓，偷鸡摸狗，玩女人。小不如意，就把枪栓哗地一拉，眼一瞪，妈那巴子！谁敢惹？那时候，谁家姑娘大了，老人提心吊胆。一天，枝枝胳膊上挂了个小篮子上山去剜苦菜，刚出村，来了两个兵，肩膀上倒挂一条"牛腿"，脑门上歪扣一顶黄帽，一见枝枝眼就斜了，盯住枝枝浪声浪气地唱那下流调："当兵的没呀婆姨，见了姑娘心里痒痒的，一把扯到高粱地，硬邦邦腰里掏出个好东西，我的大娘呀——"枝枝吓得转身就走，爹娘唉声叹气愁了多半夜。说："快快寻个人家吧。"这么着，十六岁的枝枝，流了一把离娘泪，一乘花轿翻山过峁将她抬到柳叶村，给木脑当了媳妇。

十六岁的枝枝一到柳叶村，一村人惊讶得七嘴八舌。说她眉毛弯得像柳叶，嘴嘴小得像桃花骨朵，眼珠亮得像黑玻璃蛋，脸盘圆得像满月，皮肤白得像豆腐；说她清秀水灵，像从露水里捞出来的一朵鲜花。赞美之余有点惋惜，说这朵鲜花没插对地方，和木脑配对？太亏！

那时候定亲，男女两头不见面，全靠媒人一张嘴。结婚那一天，枝枝下了花轿，一入洞房，心里就凉了半截：站在面前的新女婿实在长得不入眼。脸长嘴尖老圪巴巴，加上刚剃过头，插金花的礼帽一摘，活脱脱一颗歪把青葫芦蛋子。这都莫要说起，还硬是大她十一岁。枝枝暗暗叫苦。苦也不顶事了。那时,兴父母之命,媒妁之约。枝枝只好就嫁鸡随鸡,嫁狗随狗,嫁个傻骆驼跟上走。

好在木脑长相虽丑,却实诚,厚道,好人性,从来不对枝枝吹胡子瞪眼,高腔也不打,知道疼媳妇。枝枝做活计,他就说:"趁住劲,别累着。"那年月,日子苦焦,一年四季清汤寡水涮肠胃,除了过年,别指望能见到一口白面。一天老河发大水,木脑赤条条跳进河里替人捞河柴,用命换了三个巴掌大的"锄片片"白面饼。自家一口都舍不得吃,拿回家一个孝敬了爸,一个孝敬了妈,另一个揣在怀里没露面。黑天上了炕,悄悄掏出来要给枝枝吃。枝枝不吃,他不依,硬要看住枝枝一口一口吃下去。枝枝让他吃,他说一出水就在河岸上吃饱咧。枝枝知道他撒谎,可也拗不过他,瞅住木脑傻乎乎的一张笑脸,咬一口饼子,抛一串泪颗颗,咬一口饼子,抛一串泪颗颗。吃着吃着,吃不下去,一头倒在男人怀里,抑着声哭了:"我的好人!"哭得好伤情。

人心都是肉长的。常说,丑男俊女。男人丑点,怕啥哩!枝枝这么说服了自己。从此,她对丈夫就百般体贴,知冷知热,小两口你恩我爱。结婚三个月,枝枝肚子就鼓了,跳过年,生了个宝贝蛋,还夹着个小鸡鸡。全家人乐得合不拢嘴,起了个吉利名字:百岁。

夫妻两口,又添了个乖狗,从此以后,枝枝越发和木脑心贴心,肉贴肉,一心一意地过日子。

可惜,好景不长!

1946年,也就是枝枝二十三岁的那一年冬天,一个落雪的日子,从天外飞来一场横祸:三十四岁的木脑,硬要上山去砍柴火,一脚踩空,从断崖壁上跌下来,村里人用一块门板把他抬回来。枝枝也跟着,哭成泪人,一路喊木脑的名字,鞋也跑掉了。

出事的前一年,木脑的父亲母亲先后离开人世。

木脑抬回家,在炕上整整躺了三个月。

三个月后,木脑能下地走走了。第五个月,就能下田干一些轻活。

谢天谢地。总算保住一条命,总算把个囫囵身子留下了。胳膊腿一样不少,蹄蹄爪爪半件没缺,腰也不疼,脑子也没残。但后来才发现有一样东西残废了——木脑不能和女人做那被窝里的事情了。请了几个大夫,几个大夫的说法都一样。这才知道是不行了,一辈子都不行了。

青春年少的枝枝,才二十三岁守了活寡。

开始的一段日子,枝枝还没体验到活寡的滋味。看着一天比一天越来越愁眉苦脸的木脑,说:"不行就不行了嘛!能抵吃?能抵喝?没有照样活。"

不到一年工夫,她就体验到守活寡能活,但活得苦——说不出的苦。

一样的茶饭,吃起来没有滋味了;一样的日子,觉得天长了,夜更长了。

夜里,猫在窑背上嚎春,枝枝翻过来翻过去睡不着。

天亮了,同样不好熬。

老河两岸栖息着一种叫水咕咕的鸟,模样像灰鸽。有灰鸽一样的羽毛,但比灰鸽瘦小。天一亮在河边的山崖上或树枝上叫,很孤独,据说在呼唤失去的爱情,孜孜地呼唤着,凄婉而忧伤:

"咕咕——咕!咕咕——咕!"

"我苦啊——苦!苦啊——苦!"

假如枝枝正在扫院,或者做针线活计,常会呆呆地把手里的活计停下来,深深地陷在一种哀戚里,很久,很久,仿佛这孜孜的呼唤声,就是从她心底发出。

"我苦啊——苦!苦啊——苦!"

枝枝常常会轻轻地无可奈何地叹息一声,满脸的忧伤与惆怅。有时就愁眉苦脸地好窝火,摔下手里的活计:"不做啦!"她气恨恨在心里这么说。

她的脾气开始变坏,无缘无故地摔盆或摔碗。

常常好几天不梳头,梳起来也不像从前那么仔细,穿戴也不讲究了。

她终于打熬不住——1948年,也就是她二十五岁的那一年,她悄悄地好上了一个人。

这个人就是——黑子。

黑子是没坟头的鬼,就像离土的沙蓬,任着风儿刮到哪里算哪里。全部财产就是肩上那个长长的小板凳,一卷铺盖,几块磨石,一把锓子,一个小洋铁盒。一人吃饱全家不饿。

黑子老家在大山外,很遥远。他对枝枝说,那是一马平川的地方,产麦,产棉。年成好时,夏天是金的海,秋天是银的海,一眼望不到边。

黑子十六岁被阎锡山抓了壮丁。半夜里踢开门,用绳子捆了,妈跪地祷告:"老总,行行好,我就这么一个儿子,他爹死得早。"妈重重挨了一枪托,黑子被带走。出了村还听见妈在哭。

那晚上没有月亮。

黑子抓去,先训练:立正,稍息,卧倒挨长官耳光。长官是个罗圈腿,打耳光手上有功夫,像鞭子抽,很响,一巴掌下去,脸上有五条血印。训练三个月,刚会拉枪栓,队伍就开拔,说河防吃紧。心想,此一去少不了一场恶仗,枪子儿不认人,说不定就不能活着见到妈。

队伍经过一片丛林时，趁天黑，他一头扎进灌木丛里。长官操奶奶骂祖宗，命士兵朝林子恶狠狠放了一排乱枪，开走了。

黑子腿肚子上挨了一颗枪子儿，龇牙咧嘴双手搂一条腿，在林子里冻了一夜，后来被一个浓眉老汉搭救。

浓眉老汉是个孤人，靠磨剪、锓刀的营生走百家吃四方，没有家。把他背在一个山圈里，找盐巴替他洗伤口。

当天晚上，从河岸传来激烈的枪声。第二天浓眉老汉告诉他：八路军过了黄河啦，勾子军打败了。一个月后，伤口养好，试着走走，竟一闪，知道腿瘸了。

黑子大哭一场。

哭过之后，他说他要回老家，浓眉老汉数落他：

"找死呀！兵荒马乱的，百里以外就是阎锡山的兵，刚瘸了一条腿，还想再搭条命不成？"

黑子给浓眉老汉磕了三个头，正式拜了徒弟。从此，磨刀师傅的身边就多了一个黑黑的年轻小后生。冬天一件破羊皮，夏天露出红布碎花小棉袄，头上的羊肚肚手巾，翘起两只尖尖角。师傅走到哪里，他就跟到哪里。师傅支起摊子坐下抽旱烟，黑子串街走巷吆喝营生：

"谁家磨剪子——戗菜刀——"

声音沙沙的，黑子将人们要磨的剪啦、刀子啦，收集起来送给师傅磨。师傅磨好了，他给人家送去，很少出差错。他待人也仁义，总是大娘、婶子地叫，都夸他是个好徒弟。

一年以后，师傅死了，黑子披麻戴孝安葬了师傅。

黑子在师傅那儿学会了糊口的手艺，也从师傅那儿继承了全部遗产：一条长长的小板凳，一卷铺盖，一把锓刀，几块磨石，一个小洋铁盒盒。

小师傅像老师傅那样，靠一份好人缘，一份好手艺，在老河岸边走村串户讨生活。

老师傅临死时给小师傅留下一句话：出门人，小三辈，心要善，口要勤，不贪财，最要紧不要勾引女人。小师傅牢记在心里。比如：人家要锓一把刀，或磨一把剪，问他价儿，"小师傅多少钱？"小师傅就笑一笑："那有啥多少，又不摊啥本，少坐一会儿的事，有喽就少给几个烟火钱，没有就算了。"人家给他钱他从来不点数，用手接住随便塞进口袋里。遇上恓惶人家，他就分文不取，连一颗山药蛋都不吃人家的，还说："日后有活，尽管拿来，没啥。"如果是年轻的小媳妇或大姑娘找他锓刀或磨剪子，小师傅就把头低下来和人家说话，也只是三言两语。人家给他钱他不用手接，只说"放下"。人家把钱放在他腿前就走了，小师傅才用手把钱捡起来，塞进口袋里，眼皮都不抬，看也不敢看人家。

小师傅牢记着老师傅的话。

一晃几年过去，黑子二十八岁。二十八岁的人胡子变硬，嗓子变粗，胳肢窝长出黑毛毛。心也长野，把老师傅那句最要紧的话慢慢地丢在脑后。看见人家姑娘媳妇们，眼睛就管不住。夜里睡下时只做一样梦。白天如果正在做活或者走路，听见人家吹唢呐、娶媳妇，常常会无缘无故停下来，发一会儿呆。

他独自一人在山道道上走，黄褐褐的山脊上一棵孤零零的杨树刚刚吐出嫩绿的新芽，水咕咕鸟、石鸡和一些叫不上名字的雀儿们、虫儿们，在远远近近的背凹里、崖畔上，叽叽咕咕，用它们的歌声召唤情侣。走在路上的黑子，像忽然苏醒了似的破天荒一张嘴：

鸡娃子叫来，狗娃子咬

十八岁的哥哥我回来了

……

是个左嗓子,野野的,唱得也不得法。小公鸡头一次叫明那样,虽不怎么悦耳,毕竟黑子长大了。

长大了的黑子知道想媳妇了。

黑子没媳妇,二十八岁的人,还没有人嫁给他,他太穷,还是个跛子。

在又一个春天到来的时候,黑子翻山过峁在山梁上走。山也灰黄,水也灰黄,正走得孤寞时,隐约听见什么地方,风吹唢呐响,吹迎亲曲子,后来听不见了,黑子无缘无故地站住呆了好一阵子,然后很粗野地、恶毒地大声唱了一句酸歌:

后生家活了二十大几,
还没见过女人家外东西。

刚唱罢连他自己也惊呆,腾地红了脸,使劲咬住嘴唇,默默地站了站,又默默朝前走了。

他没想到他的这一句酸歌让正在山下的一个女人听见。

这个女人就是枝枝。

七

黑子唱酸歌时,枝枝正好在山崖下采榆钱儿。

虽然是1948年,虽然也像歌儿唱的那样:解放区的天是明朗的天,人民也好喜欢。可这些年又打小日本,又打勾子军,几面招架。眼下小日本是打跑了,可还有个勾子军,边区政府暂时还不能把大家一一都能照顾到。比如,枝枝这样的家庭。

枝枝的汉子,自打前年从崖上摔下来后,就不能再做重活计。阴天腰腿就痛,双手捏住后腰,痛得咧嘴。有时就躺在炕上,缩成一团,哼哼着。枝枝把手里的活计放下,一遍一遍地替他揉脊背。枝枝虽能做毕竟是女流,干力气活到底不如男人。一分力气,一分收成,人经营不好土地,土地就不会有好收成赐予人。加上给木脑看病吃药,塌下的一屁股债还没还,比起别人家枝枝家的日子就显得格外紧巴。即便是高粱、黑豆呢,也不能不吃得很省。少不得剜闹一些野菜:苜蓿啦、灰条啦、苦菜啦、扫帚苗啦、榆叶啦、马莲啦、沙蓬芽啦、银条花啦、榆钱啦……根据季节时令,地里有啥,枝枝就剜闹啥。

那一天枝枝去采榆钱,提一个柳条篮子。百岁也跟上去了。

榆树长在山崖下的土坡坡上,黄绿黄绿的榆钱一嘟碌、一嘟碌钱串儿似的,沉甸甸悬空颤悠,馋得站在树下的百岁仰着脖子直舔嘴唇。枝枝踮起脚跟伸手先掐了一小枝,递给百岁,百岁欢喜得蹦高儿。百岁九岁,穿灰黑的一身旧衣,头上留一撮小马鬃。

枝枝探着身子先采低处的榆钱,高枝上探不着,攀缘到半崖崖上,一只脚蹬土崖,另一只脚很小心地踩在弯着的柳树上,战战兢兢尽量让身子往前探去。胳膊伸展,好不容易能探到一枝,一只手抓住,另一只手将一把采下的榆钱顺势放进挂在树杈上的篮子里。枝枝采完一枝,又战战兢兢去探另一枝。

日头暖洋洋晒着,空气里弥漫着早春气息。绰约的老河上翻动着一排排无声的白色浪花,一只夹杂着蓝色羽毛的翠鸟,在老河的上空很悠闲地扇动着翅膀,朝着老河的下游飞去。

从什么地方传来了隐隐约约的唢呐声,时断时续,婉转而悠扬。

枝枝满脸忧伤地轻轻一声叹息。

时断时续的唢呐声却勾起了百岁的一颗童心，他冲着站在高处的枝枝喊：

"妈！妈！你给我做个咪咪！"

老河边的人都把柳笛叫咪咪。咪咪是用细细柳条或榆条做的。将嫩绿的柳条截成节，放在手里来回搓，再用指头款款地捏住拧，三拧两拧，一个柔韧的圆筒筒从白得像葱杆一样的硬棍棍上褪下。把圆圆的一头稍稍掐扁，码去老皮，对在嘴上一吹，就咿儿鸣儿地响。粗一点的咪咪吹起来像牛吼，细一点吹起来像羊羔叫。如果咪咪长就用剪子剪出七个眼，八个眼，吹笛子那样，很悦耳。娃娃们都喜欢咪咪，一人口里叼一个，赛着吹，长一声，短一声，粗一声，细一声，村头巷尾，老河岸上响起一片早春特有的韵律。

现在百岁让妈给他做咪咪，妈说顾不上，他就不高兴，嘴噘起身子扭过去，发誓不再理妈。枝枝也不管他，只顾捋榆钱。

这时候她听到黑子在山头上唱的那句酸歌：后生家活了二十大几，还没见过女人的……

枝枝腾地红了脸，悄悄骂："哪个不要脸的灰鬼！"

"灰鬼"从山顶上下来。

"灰鬼"站在路边不动了。

"灰鬼"不瞅树下那个娃儿，专瞅树上的年轻小婆姨。小婆姨穿阴丹士林褂，忽闪忽闪不合体；头上松松挽个大髻儿，上面绾一个翡翠玉簪，额上一缕头发有点乱，脸虽憔悴，却俊俏。俊俏的年轻婆姨，目不转，眼不斜，只顾捋榆钱，板着脸儿不理"灰鬼"。

"这榆钱长得不赖。"

"灰鬼"好像在和天谈话。

枝枝装没听见。

"灰鬼"又缠：

"要不要帮忙？"

"走你的路吧！"

"灰鬼"没有走他的路，厚着脸朝这里走来，一直走到榆树底下。枝枝本能地朝下速速瞅一眼，看见"灰鬼"长一副黑眉眼，三十上下年纪，中等个儿，走路一闪一闪；灰不留丢的褂子敞开怀，露出红布小袄袄，头上裹一条羊肚子毛巾，肩上扛个小板凳，一块磨石，知道他是个磨刀人。

磨刀人走到树下伸手先捏了捏百岁的小脸蛋，然后站下来仰面朝天瞅树上的女人捋榆钱。

"下来吧，让我替你。"话没说完眼就直了——原来，站在树上的枝枝，为了捋到一串榆钱，踩在树上的那只脚，又朝前挪了挪，深深地弯了腰。忽闪忽闪的阴丹士林袄，前襟就海开了宽宽的一道缝，站在底下的磨刀人，清清楚楚看见了她胸前的那一对雪白。磨刀人长这么大，头一次看女人身上的秘密，当下喉咙发紧。

站在上面的枝枝，无意中朝下瞟一眼，豁然一觉，慌忙往下跳，挂在树上的篮子也忘拿，站在那里不知所措。

磨刀人慌忙放下肩上的小板凳，猴急猴急三下两下爬上树，话也不搭就大把大把捋榆钱。篮子采满了，百岁又奶声奶气地叫唤着做一个咪咪，他就很听话地做了一个咪咪。然后猿猴似的，一只胳膊垂吊着，身上悬空一荡，连人带篮就到地上，先把咪咪递给百岁，百岁对在嘴上一吹，"嘟——"一声，很响，瞅住他笑笑。他摸摸百岁的头，又走过去把篮子往枝枝手里递，顺便看了人家一眼。这一眼看得枝枝好慌乱，过了一会儿，她忽然想起应该向人家说句道谢的话，可是，她又发现那个磨刀人扛上小板凳已经走远，一时心里就像被风儿掠过，空荡荡的。她喊：

"嗨！外一个人！"

已经走出好远的"外一个人"听见喊就站下。

"柳叶村喀不喀？"

"喀。"

"甚会喀？"

"怎么，有刀要锓？有剪要磨？"

"嗯。"

"可管我好饭吃？"

"管。"

锓刀磨剪人走远了，枝枝原样站在那里，两只手在袄襟下摆款款地绞扭住，站了好一会儿工夫，才和百岁往回走。

快要进村时，枝枝忽然站下来问百岁：

"要是有人问你咪咪是谁做的，你咋说？"

"我就说是一个过路的叔叔做的。"

"瞎说！"

"就是过路的叔叔做下的嘛。人家还替你上树闹榆钱。"

"我撕烂你的嘴！"

百岁不再往下说。

"咪咪是妈做的，榆钱全是妈闹的，妈上的树，谁问都这么说，你老子问也这么说。记住，听话，要不妈永辈子都不亲你啦。记住了吗？不准瞎说。"

百岁答应不瞎说，只过了一夜，就把妈的话就着馍吃了。

第二天做早饭的时候，枝枝把切菜刀捺在瓮楞上哈啦哈啦磨得山响，切了一颗咸菜疙瘩，就磨了三次刀，停一会儿哈啦哈啦，停一会儿哈啦哈啦。

在院子拧麻绳的木脑自言自语：

"一会儿瓮就塌了！"

刚说完，枝枝从窑里走出来，自昨天采罢榆钱回来，木脑隐隐约约地觉得妻子不一样了，忽然有说有笑的。早上还梳了头，梳得很细。眼下又喜眉笑眼地站在窑门口：

"不说你那是啥家具，还嫌人磨，那是刀？是木头！咸菜都切不下了。一切一个连刀，一切一个连刀。还有我做活的剪子，快成老爷爷的牙了。"

"先对付着用吧，巷道里也不见有磨刀师傅。"

百岁在院子里灌屎壳郎，偏偏狗逮老鼠——多管闲事，眼忽眨忽眨地说：

"让做咪咪的叔叔磨。"

"哪个做咪咪的叔叔？"木脑莫名其妙。

"就，就是给我做咪咪的叔叔，扛个小板凳，小板凳放一块磨刀石，还有个洋铁小盒我见来，做咪咪的叔叔还、还上树替我妈闹、闹……"

没说完。他看见妈妈正在用眼瞪他，知道捅下娄子，眼睛躲躲闪闪不敢看妈妈，很理屈地把头低下，半天不知该怎么办，突然就向街门外跑去。

木脑觉得怪，他问枝枝怎回事。

枝枝一副很坦然的样：

"谁知道这鬼东西说得好好地又想起什么来了，就又跑了。他大概是说，我娘儿俩在河岸上采榆钱，来了一个过路的，见我探不见，就上树帮我闹了点榆钱，给他做了个咪咪，就走了，连我都没留意是不是个磨刀的，就他眼尖。"

木脑再没说什么。

日头快落山的时候，木脑背着枝枝，把百岁领到河岸上，先给做了几个咪咪，然后连哄带吓，把没说完的话审问一遍，非让这个小叛徒出卖得一干二净不可！百岁把妈在村口嘱咐的那些话连锅端了！一五一十地把做咪咪的叔叔如何上树，如何做咪咪，如何走了又站住，站住又如何和妈妈说了什么话——多亏那宗事他没看见。

木脑把百岁打发回去，一个人面对呜咽的河水，木头桩子似的，坐在岸边石头上，一直坐到夜幕合围，月亮升起。

后来是枝枝把他叫回去。

木脑回去以后，枝枝又背着木脑把百岁领到街门外枣树坪里。

"都给老子说啥啦？"

百岁理亏，老老实实说了个底儿朝天。

"把你这个猴老子！"

枝枝脸色苍白。

整整一个晚上，木脑睡得很不安稳，第二天早早地起来，脸色明显憔悴，人却忽然变得豁达，很轻松愉快样子，一种从艰难困苦中好不容易得到解脱的愉快。好像什么事情都没发生过，就像平常日子那样，或者比平常日子还要好些？他殷勤地，也很主动地，有时甚至是无话找话地问这问那，表现出一种非比寻常的大度和宽容。

枝枝却躲躲闪闪，好像很胆怯地在回避他，采罢榆钱带回来那种愉快的情绪从昨天一扫而光。眉毛顺下来，眼皮耷拉着，有时也对他笑一笑，很勉强。头不梳了，做饭时候也再没听见她在瓮楞上磨刀。好端端地踢扫帚一脚，无缘无故把鸡们赶得飞上墙，对百岁也不理不睬。

百岁前前后后追上她说肚肚饿了，要吃窝窝。她取下窝窝不给百岁手里递，往案板一放，看都不看，转身就走了。百岁拿着窝窝，眼泪汪汪想哭。木脑搂着百岁，眼瞅住枝枝，一句抱怨的话都没有，他也知道枝枝心里苦。木脑两只手握在一起使劲拧搓，好像很焦苦的样子，思虑要下什么决心。

木脑肚子里装着一句话，这句话从他跌了崖的半年以后就装到现在，一直很顽固地不想说。昨天晚上想了一夜，决定要说了，那句话说起来好艰难，就好像血淋淋往出剜一颗心。半夜，木脑蹴在炕上，一袋接一袋抽烟，磕在坑沿上的烟灰，足足有半碗。黑暗中那一明一暗暗红色微光里，看得见一个三十五六岁男子汉的脸，被痛苦扭歪了。

他终于平静了，把被子往胸前拉拉，盖好，也平静地说出了那句揪肝扯肺的话：

"百岁妈！"

他知道枝枝没有睡着。

枝枝和百岁睡在一个被窝里，听见他叫，枝枝没吭声，也没动。

"百岁妈，只要人合适，你就咬咬牙走了吧。"

枝枝停了停，转过身来，不说话，一只手搭在木脑胸前，移上移下，轻轻抚摸着，就像母亲抚摸一个受伤的孩子。

"你胡想啥哩？我想也没想过！"她说。

"你听话！"

嘴被捂住，捂得很紧。

"我不听，也不准你说！"

那只像母亲一样的手，在木脑的胸前抚摸着。

"百岁他妈！"

"你又来！安安睡吧，活着是你的人，死了我也是你家的鬼。睡吧。"

两个人谁也睡不着。

四只眼睛瞪着无边的黑夜。

四只眼睛悄悄淌着无声的泪。

八

第二天巷道里有人吆喝镪刀磨剪，腔调有点陌生，不像过去的小老汉。人们出去瞅瞅，是个后生，不认识，也不知道他叫黑子。

黑子这么多年一直在他师傅转过的那块地盘上转，打去年起才沿河而上，转到这一带来了。

他是头一次来柳叶村，是为了那个俊丹丹年轻婆姨。那个俊丹丹婆姨有刀要镪，有剪要磨，可惜他不知道那个婆姨在哪搭里住。站在巷子里吼喊——

"谁家磨剪子，戗菜刀——"

连住喊了几声，看不见那个俊丹丹的年轻婆姨出来。他只好走进一家院子，支起小板凳，又磨又镪做活计。

黑子扯着嗓子吼喊的时候，木脑和枝枝都听见了。木脑照例在院子里拧麻绳，枝枝坐在门道里正给百岁纳一只鞋。听见第一声吆喝时，两人同时都把耳朵支起。木脑看见枝枝的眉梢挑了一下，眼一亮，又黯然将头低下，刺啦刺啦，把针线扯得很响。

"把剪子给我！"木脑走到枝枝跟前。

"做甚？"

"不是要磨？"

枝枝板着脸不言声，顺便从笸箩里，拿出剪子递给木脑，然后低下头纳鞋。

木脑接过剪子就走了，他不知道这个磨刀人是不是给百岁做咪咪的那个叔叔。找百岁，百岁不在家，到了巷里才找见，就拉上百岁一块儿走进那家院子。

围一圈人,看磨刀师傅耍手艺。木脑弯下腰悄悄问百岁:"是不是这个叔叔做的咪咪?"

百岁点头。木脑站下来,冷眼旁观,上上下下打量着这个磨刀人。他觉得还顺眼。脸黑黑的,厚嘴唇,眉眼也不恶,虽是走江湖,却没有染上江湖人的油滑与奸诈,待人说话也仁义和气。看样子是个厚道人。

磨刀人给院主人磨一把切菜刀。为了显露自己的本事,磨好以后,就把刀刃朝上向女主人讨来一根头发,呼地猛吹一口气,头发断为两节,立刻引起一片喝彩:好!好手艺!

磨刀人双手抱拳,向大家一谢,说献丑了。

看见木脑手里的剪刀,就问:

"这位大哥要磨剪?"

"嗯,磨!你家里喀吧。"

木脑很和气地边说边转身就要走,"百岁,把叔叔领回来。"先一步走了。

看见百岁,黑子眼亮了,一下就想到那个俊丹丹的年轻婆姨,猜想刚才那个人,莫非就是那年轻婆姨的汉?心里就怀了鬼,看奶子的事他晓得啦?到他家去?如果关门打狗,岂不捶扁?——看那汉子神气,又不像是,让去就去吧。

黑子来到俊丹丹年轻婆姨院子里,也见到俊丹丹婆姨了。一进门他就冲她献殷勤:"啊哈!给你磨刀剪来啦!"

那婆姨却看不出有一点热火,寡淡地瞅瞅他,嘴角倒也似乎往后拉了一下,却看不出是对他笑,好像在害牙痛,然后就满脸挂着霜,忙别的去了。黑子热脸挨了一鞋底。那个汉子倒还热情,看不到要把他捶扁的迹象,就把小板凳放下,接过主家的刀和剪,呼哧呼哧打磨起来,一边磨,一边暗自抱怨:女人的脸都是天上云,说变就变。

他发现这个俊丹丹的婆姨,见了他就像见了九世冤家,整个下午都冷冰冰,半句话都没和他说,就像磨刀时没有找够她钱,看也不想看他,吃饭时都不到饭桌上来,抽西北风似的把草墩子从饭桌跟前拿出老远不说,还身子扭过去,硬硬给了他一个冷脊背。

黑子的晚饭就是在这里吃的。

老河边这一带对走村串户的手艺人,有个古老的乡习,这古老的乡习相沿至今。比如,像黑子这样锓刀磨剪人,大都是孤苦伶仃,靠卖手艺到处刮搭。随便走进一个村子,亮亮吆喝几声,然后就走进一个人家的院子里。如果碰见这家有刀要锓,有剪要磨,就很喜欢地接纳他。除了磨自己刀剪外,还负责到巷里去招揽生意,负责管饭,负责安排住宿。如果遇上一家不锓刀也不磨剪,同样也很喜欢接纳他,同样地替他招揽生意,同样管饭,同样安排住处。家境好的人家,吃饭给单做,一般是主家吃什么,他吃什么,窝窝、米汤、菜团子啦。天黑了时就问:你家能住吗?若能,便住下;若不能,主家就帮他找一个地方。

俊丹丹的年轻婆姨,虽然冷若冰霜,吃饭却是单做。干米捞饭,还炒了两颗蛋,吃得黑子眨了好一阵眼皮,心心思思,到底也摸不透这婆姨在想啥。

吃了饭,黑子按照老规程问了一句:"你家能住下吗?"

婆姨弯下腰在收拾桌子上的碗筷,听见问,不说话,好像不关他的事。

"能住下。"汉子说。

"往哪搭住?"婆姨恶恶地瞅住汉子。

"把小偏窑拾掇一下。"

"东西满满地往哪里拾掇？"

"不能拾掇，就和咱在一条炕上挤。"

"难活吧！"婆姨端着碗，悒悒悖悖回窑里去了。

"住吧，我们睡后炕，前炕留给你，宽着哩，能打滚。"汉子说。

黑子就住下。

住了四天。

四天里，山摇了，地动了，被窝里多出腿来了。

四天之后，柳叶村的人发现枝枝完全换了一个样子，就像久旱的蔫苗苗，得了四天春雨，一下活鲜活鲜了。衣裳也穿得周正了，头也梳得油光水滑的，脸色也好看了。却也变得胆小了，看见人眼就慌乱，问她话，腾地脸一红。有人发现她像喊自己男人那样喊磨刀人："嗨！吃饭哩！"

"不对！"有人在背地里这样怀疑。

隔了两天，磨刀人又来了，还住在木脑家。住下就不想走了，小偏窑已经拾掇好，说磨刀人就在那偏窑里住。

一天早晨，村西头的"红鼻子"赵守勤，要借木脑家的牛绳索，天刚麻麻亮去敲门，敲了半天敲不开，木脑答应了，声音却是从偏窑里传来，赵守勤从门缝往里眈，看见木脑是从小偏窑里出来的。从那以后，人们就知道是怎么一回事。各种闲言碎语在整个柳叶村，悄悄地传扬开。男人们在山上耕地时，把牛停下来，几个人坐在地头烟锅对烟锅的时候；清晨或傍晚，站在河湾里那个挑水用的石头上，把桶担"哗哗啦啦"碰响的时候；婆姨们在月亮底下纺棉花，忽然停下纺车，将头凑在一起的时候；蹲在老河岸边洗刷碎布片的时候；或者在饭场上，端着碗围成一圈的时候，都纷纷地在议论着。

"哈哈！木脑给婆姨寻了个帮忙的。"

"谁说牛不喝水强按头，捆绑成不了夫妻？头一天晚上，睡到后半夜他说去上茅厕，出去就把门扣上啦，天快亮了才进的窑。"

"留空哩。"

"说不定是磨刀人先下手抓剜人家枝枝。"

"难怪，快三十的人了，没婆姨，见了母猪都是重九九眼哩，见了枝枝那样俊的女人能不饿虎扑食？"

"可枝枝也没有叫喊。"

"叫喊啥哩，年轻轻地空了二年啦，正熬不行了呢！"

"木脑也真是的，甘心当王八。"

"可悬哩，说不定那个磨刀人会借锅吃饭，连锅拔了，把人剜走。"

"不至于，那个磨刀人不像丧天良的人。再说，枝枝是槽栏的马，帮口的人想拉也拉不走。"

"晓不得木脑打啥主意，会不会日子穷，看见人家磨刀人腰里有两个子子，借着婆姨，临时抓人家一爪子。等挤干了，再一脚把人家踢走？"

"走？容易他！神好请，鬼难送。再说一日夫妻百日恩，日子长了，恐怕枝枝也舍不得让走了，看样子这一辆三套马车就这样拉到底。"

"拉到底？百岁不往大长啦？不娶媳妇啦？看着吧，不出二十年，说不定家里就有戏唱哩！"

柳叶村的人没有猜错，只过了十五年。十五年后，百岁长大了，娶过媳妇了。媳妇刚进门，就大闹天宫。

九

儿媳妇抓婆婆的奸,这样的事,天下有。

鸡叫头遍,银杏还站在老地方,脚都站麻了,心里乱成一锅粥,犹如被暴风雨洗劫后的大地。

被暴风雨洗劫后的大地,到处乱糟糟。老河的水猛涨,浑黄的河水拼命拥着向前流,呜呜喘出一片雷。急湍的河面上冒着白烟,河滩上不甘退下去的水哗哗山响,从上游推下来的树根、草茎、乱叶扔在河滩上。空气中到处弥漫泥腥味,田里被打翻的禾苗东倒西歪趴在泥水里。村边土崖上一棵白杨树被连根掀倒,银杏家门前的枣树林,弄成一塌糊涂,指头粗的青绿枝刮折不少,七零八落掉在地上的泥浆里,杂糅着绿的叶、黄的花和被风雨拍死的小蜜蜂。整个村子变成另一副模样,就像被人抡着乱棍,狠狠蹂躏了一通。

蹂躏银杏心境的不是风也不是雨,而是自家的婆婆和那个磨刀人!当院里落下一块什么东西的时候,当婆婆做贼似的悄悄地把门拉开的时候,当院子一个人影变成两个人影的时候。银杏的心一下子被击碎,所有幻想和美梦都破灭。

院里鸡叫二遍,银杏还站在老地方,腿站麻,嘴唇也咬破。

银杏好恨。

她恨那磨刀人欺侮了婆婆,也欺侮公公,欺侮百岁。今儿个,又骑在银杏脖子上拉屎拉尿,进门才半个多月,朝她脸上抹一把灰!她恨婆婆没廉耻,当婆婆了还做那下贱事,让一家人跟上现眼。她恨公公,太松包软蛋,连自家婆姨都管不住,心甘情愿装聋作哑当王八。她恨百岁,是个没出息的货,红口白牙把娘的野汉子叫叔叔,好意思开口?银杏也恨自己,当初太二五眼,一门心思只恋百岁，没打听一下他爸妈，早知道家里是个灰渣底，他百岁即便皇上的儿子，八抬大轿也未必能把自己抬来。

鸡叫三遍了，银杏还站在老地方，五脏六腑在肚里拧转儿，她被痛苦折磨着。真想从她的屋里冲出去，一脚踢开婆婆窑洞门。可是，她的两腿铅一样沉，一步都挪不动。

毕竟是刚进门的新媳妇，脸皮像纸一样薄，真闯进去看见那将是怎样一个场面？

咋办？总不能就算了，装没看见，就像公公和百岁那样，睁一只眼闭一只眼，由着他们？糨糊一锅，一锅糨糊，就这样稀里糊涂下去，让一村人戳脊背吐唾沫？银杏可不行。

银杏心里堵得慌，她实在想不出好主意，一气之下，恶狠狠揭了盖在百岁身上的被子。百岁像死猪一样睡着，口半张开，流出来的口涎把枕头湿一大片，梦见什么了？嘴唇一咧一咧地老想笑，被子被揭了还晓不得。直到银杏在他的光屁股蛋上摔了一巴掌，他才蝎子蜇了似的呼噜坐起，失魂落魄地问：

"咋啦？咋啦？"

"咋啦？你妈窑里圈下野汉啦！"

银杏用恶毒的口气这样说。

百岁没反应，好像事情和他无关！放翻身子又睡了，扯起被子连头都捂住。

银杏咽不下这口气，到院里找见一把镰刀，拉开街门，出去了。

正在草窝里睡觉的四眼狗，看见女主人出去，抖落掉身上的茅草屑，追出街门，殷勤地跟随住女主人使劲摇尾巴，没料到女主人踢它一脚，讨了个没趣，灰溜溜地站在那儿不动。银杏还不解恨，跟着又骂了一句：

"你就这样贱呀！"

故意把嗓子扯得老高，骂狗却不看狗，仰着脸骂。声音从墙头上飞过去，飞回她的院子里。

骂罢，银杏觉得很解气，把镰刀夹在肘窝里走了。

银杏要去砍一枝桃木，她要削一个桃木橛子！

据说桃木橛子能镇宅，能避邪。老河岸边的神汉和巫婆们闹迷信时，常使唤桃木橛子驱鬼。合住眼咕咕哝哝念咒，使一阵法，把桃木橛子钉在房里或院里，大鬼小鬼就进不来。

枣树林的尽西头，有一棵低矮的小桃树。银杏砍下月娃臂腕粗细一根树枝，去了叶，将一端削成锥形，拿回来。

天色已经放亮，雨后的朝霞给天上的云片镶了一圈颜色，到处湿漉漉。

银杏走进街门时，家里的人都起来了。公公将一把黑麻吊在墙壁上，一缕一缕地撕，准备拧绳子。百岁光脚板趿拉着两只鞋，痴眉呆眼坐在台阶上，好像还没睡醒，一只手在腿肚上搔痒。刚落了雨，队里不敲钟，看样子，今天不下地。婆婆照例扫院子，地上水洼里的水刚渗完，露出发亮的湿泥巴，湿泥巴里到处嵌着被风刮下来的枣树叶。婆婆扫得很精细，一面扫一面把嵌在泥巴里的叶子抬出来，一脸的喜色。只是看不见那个野汉。她正疑惑，婆婆的窑门吱呜一响，磨刀人出来了，躲躲闪闪不敢瞅银杏。银杏恶着脸。婆婆见银杏从外面回来，脸上堆笑，正要说什么，看见她手里又是镰刀又是棍，一时间好奇怪，就问：

"孩，一大早你又是镰又是棍做啥哩？"

"啥都不做。"银杏压住火，走到放杂物的拐角里，又寻寻觅觅找一把斧头。她感到院里的人，都疑疑惑惑用眼睛在盯她。

银杏一手拿着斧子，一手拿着桃木橛，低眉垂眼，谁也不理睬,径直走到院当间,二话不答,抡起斧子往地上钉那桃木橛。

院子里的人你瞅我我瞅你,丈二和尚摸不着头脑。

婆婆提着扫帚走过来笑着问:

"孩呀,展光光的院子,你钉这么个木头桩做啥?"

"妈,这不是桩,是桃木橛!"

婆婆愣怔:

"好好的,钉这做啥?"

"妈,这宅院里不干净,有鬼!"

说罢,扔下斧子旋风似的回窑里去。

婆婆脸色一片苍白,手里的扫帚也掉落地上。

院子好安静,谁也不看谁,谁也不说话,各自能听见自己的心扑扑跳。

十

桃木橛子被拔掉了。是银杏的公公木脑拔的,扔在靠茅厕的柴垛上。

坐在台阶上的百岁,低垂着脑袋。

黑子师傅缩在窑里不出来,划了三根火柴,点燃一支烟。

枝枝可怜,那根桃木橛子就像定身法,把她定住。哭不出吼不出,惨白着脸,就像光天化日之下,被人剥光了衣裳。木脑揪心地瞅住她,两片嘴唇颤颤索索抖了一阵子,讷讷地说:"你回窑里喀吧!"声音很小,可怜见连一句响话都叫不起。

枝枝恍恍惚惚,蜡一样的脸上没一点表情,低着头,一步重千斤向自己的窑里走去。

坐在窑里的黑子师傅,长长叹口气。看看枝枝从院里走进来,像受了伤的狗，一屁股窝在灶窝里，再也没抬头。可怜的女人被压垮了。他想宽慰她，却不知该说什么好。过了好一会儿，才说：

"不要往心里记。"

枝枝本来心烦，听他这么说就火梗梗地站起来，用哀伤、幽怨的眼睛盯他一眼，似乎还要抱怨一句什么，却没说，蔫蔫地坐下，一脸的愁楚。

黑子师傅觉得无趣，把烟头捏灭，沉着脸，到院里把磨刀的家具打点好，扛起板凳，一句话也没说，出了街门。

"屋里的事你媳妇事前就晓不得？"木脑在院里问百岁。

百岁不言语。

"不会晓不得吧？"停了停，"谁家锅底没有黑？就是这么个家，嫌，就分开过活；不嫌就这么着。都好说。"说罢走进窑里。"你，该做饭就做饭。"木脑这么对枝枝说。

枝枝像受惊的老鼠，躲在窑里不出来。饭做好了，她惴惴地站在银杏窑门前喊银杏。银杏不理。她怯怯地又回到窑里，一家人都等银杏出来吃饭，饭都等凉了。银杏不出来，木脑吃了一点点，百岁也吃了一点点。枝枝没有吃，把饭温到锅里，她要等银杏出来一块吃。想起银杏还没洗脸，就把铜氽壶里灌上水，放进炉膛里。一壶水熬干了，银杏还没出来，她又灌了一壶，直到把第二壶水熬开，银杏才从窑里出来。她小媳妇似的还躲躲闪闪地不敢正眼看银杏：

"洗脸吧，水热好了。"她怯怯地说。

银杏板着脸，眉眼低垂不看她，也不言语，自己在瓮里舀了半脸盆凉水端到院子里，蹲下，呼呼刷刷洗。枝枝风快地提着水壶撵出去，要给银杏掺热水。银杏端起脸盆转过去，硬硬给婆婆一个冷脊背。呼呼刷刷洗了几把，哗地就势把水泼在地上，脸仰着，走了。

银杏也不吃她舀下的饭,"咚"地将碗墩在锅台上,自己另舀一碗。端出去,独自坐在院里的台阶上。

枝枝呆呆地在锅台前站了好一会儿,止不住的泪水……拾起袄襟悄悄擦掉。端起咸菜碗给银杏送去,款款地弯下腰,依旧怯怯地对银杏说:

"你就点菜吧?"

银杏沉着脸。

"就着菜好吃。"

银杏眉头挽成疙瘩。

枝枝就那么端着碗,站着不是,走了不是。她好可怜。

银杏吃着吃着也吃不下去,扑啦啦啦一串泪珠掉进碗里。她把碗放在台阶上,用手捂着眼睛,哭着向自己窑里跑去。

十一

前天下雨时,男人们背回来的麦捆子堆在场子里。今天队长交给婆姨们的活计是晾晒麦子。两天工夫,淋湿的麦捆里已焐热了,婆姨们七手八脚将麦捆解开,摊晒在场地上,五月的阳光下,空气里到处弥漫淡淡的麦香和幽微的霉味。

紧靠场边一棵小杏树下,也摊着麦,三个人并排坐着:银杏、肉墩和秋莲。

天蓝得能拧出水,树叶轻摇,阳光从枝叶隙缝里透射进来,不稳定的光环在三个人脸上晃动着。

"你就钉桃木橛?"肉墩很惊讶。

"钉啦!"银杏虎着脸。

肉墩就低下头,无言。

秋莲拍大腿：对着哩，闹！闹他个红天黑地，闹到他们都怯你怕你。婆婆不敢再留那野汉，那野汉也不敢再登你家门。就像教训孩子，要么，不打，要打就一顿把他打怕。秋莲滔滔不绝，两片嘴巴快得像打机关枪。

肉墩一副深谋远虑的神色，捡起一个麦穗，放在手里搓，搓出一把黄亮、肥嫩的麦颗。麦粒在两个手心里倒腾来倒腾去。显然，她不同意秋莲的主张：

"依我说，闹啥哩，你是媳妇，人家是婆，小辈不管老辈的事，你公公都不管，你管？再说，人家好了几十年，猛猛地要拆散，容易？依我说，睁一眼闭一眼，算了吧。你要看不惯，就和百岁另立炉灶分开过，任凭他们怎么去，也与你无干。"

"屁！"秋莲扁着嘴。

"你就是挑事精！"

"路不平众人踩！"

"事情没落到你身上。"

"咋？"

"你说咋？饱汉不知饿汉饥。"

"啧啧啧！"秋莲借机故意要刺刺肉墩，"我看你是黑老鸦落在猪背上了！"

肉墩脸一下红了，她听出秋莲话里带着刺，又不好和她理论，就还了秋莲一句：

"你才是黑老鸦！"

"哼！"秋莲冷笑。

"哼啥哩？"

"人活脸，树活皮。人哪，总得知道要脸！"

秋莲不冷不热地这么说。

肉墩又羞又气，拍屁股就走了，银杏怎么叫都叫不住。她抱怨秋莲：

"你也是的！"

"我就是要气气她。"

银杏和秋莲在杏树底下咕哝了好半天。秋莲也乐于当她的参谋，她告诉银杏说，弄这事心软了不行，要狠！还说，不要单枪匹马一个人上，把百岁和公公都鼓动起来，最好是让公公木脑出面，他只要一出面事情就好办了。

银杏听了秋莲主意，去找公公。

前天，木脑在河滩地捆麦子时，着了暴雨，老病又犯了，腰痛，今儿个队长没派他的活。吃过午饭，说要到自留地转转。银杏觉得是机会，下午没去晒麦场。公公前脚走，她背过婆婆也到了自留地。

自留地在半山腰，傍临老河。涨了的老河水，已经落下去，河面上，两只木船咬头接尾向下游漂。刚下过雨，一地的稀软。木脑背着手，在地塄转悠，陶醉于自己田里绿旺的庄禾，然后蹲在路边拔草，披在身上的黑夹袄，扫着地面，忽然看见银杏顺着一条山路走来，十分就猜出八九分。

银杏蹙着眉头，满脸忧悒，像是积了许多委屈，走近了时，就说："爸，我和你说个事。"

木脑沉了沉，闷声闷气答应着"嗯"就不再拔草，拍打拍打手上的湿泥土，脱下一只鞋，坐上去，掏出烟袋，装烟，点火，啵啵地抽，始终没抬头，等候银杏说些什么。

银杏没坐，站着，身子稍稍扭过去，把辫子扯到胸前，双手捏弄着，鼓了鼓勇气："爸！这事你得管呀！脊背都被人戳成筛子底了，后辈人的脸往哪儿搁？"说着，就嘤嘤地哭，哭罢就讲道理，说利害，滔滔地说。开始还听见公公"嗯、啊"应承，后来就听不见了，她瞟了一眼，公公在望河，公公根本就没听她说话。她好气，立了双眉。

"爸！你倒是管呀不管？"

木脑大口一张"啊，啊——"长而响亮地打了一个呵欠。然后说："不早咧，真不早咧！"边说边站了起来，挪动脚步，独自先下山走了，背着手，烟荷包在屁股上晃悠。

银杏戳在那里，半天没动，咬着嘴唇。

一个小时以后，银杏从地里回来，路过枣坪时，看见她家的四眼狗正和它的"野汉"在枣树下风骚。她恶着声喊四眼，四眼不情愿地跑来，欢欢地摇尾。她一把擒住它的脖颈，四眼歪着僵硬的长脸，白眼高吊，嘴里咿儿呜儿发出求饶的细语。

她差不多是把它拖磨着弄回家，一路上磨出深深的白印。

十二

银杏从王斜眼代销店里买了一枚顶针出来时，迎面看见肉墩从巷里走来，手里拿一面铜底细箩，脸上消失了往日不知天下忧愁的欢喜劲，换上淡淡的忧伤与烦恼。这使银杏想起晒麦场那件不愉快的事，她似乎觉得和这个女人之间已经模模糊糊隔着一层什么。她想绕过去，但来不及了。

"正打算黑了去寻你哩！"肉墩说。

"有事？"银杏心里别扭。

肉墩把银杏拉到路边，拣僻静墙角那儿，两人脸对脸站下来。

"银杏！秋莲的话你不能听！"肉墩郑重其事说。

银杏抿着嘴，淡淡一笑，还没听完就想走。

"真的，作孽哩！"拉银杏一下。

银杏仰起脸，眼朝一边斜视。

"墙外不知墙内事，你婆婆命苦。"

"你还有事吗？没事，我走呀！"

"银杏，你可知道活人有多难，你婆婆——"

"我走呀！"

"银杏！"

"我真的有事。"

银杏头也不回走了。肉墩觉得很难堪，她没想到银杏会这么冷淡她。记起秋莲那句"黑老鸦落在猪背上"话来，脸倏然苍白。

银杏走着走着，脚步放慢了，觉得肉墩的话好疑惑，于是捏着那枚顶针，去找秋莲。从秋莲的口里，她才知道公公是个废人，婆婆从年轻时就守活寡。银杏听了以后，似乎没有感觉，就像听到一个极平常极微不足道的消息。用秋莲的话说：外是个屁！拿这样的理由做遮羞布？天底下守活寡的婆姨多得是，未必都找野汉。熬不住了，不能改嫁？谁拉住你了？放着正大光明路不走，偏要偷鸡摸狗没廉耻！秋莲说这些话时满脸的雀斑，颗颗见朱。

秋莲的话对银杏来说，句句是真理。

十三

公公和百岁下地还没回来，婆婆老鼠怕猫一样，躲在窑里，院里空落落，四眼被一条铁链拴在靠茅厕那棵小枣树上。

银杏放翻身子，双手捧着脑袋一动不动枕在被垛上，眼不转地想心事，不知怎么就想到她结婚头天晚上。

那天闹房直闹到多半夜。鸡都快叫了。闹房人们刚走，婆婆给银杏端来一碗热腾腾的挂面汤,碗里还卧了四颗荷包蛋。银杏手藏到背后,说:"妈,不饿!"一面用眼角瞟自己那个憨厚女婿。

"瞟他做啥哩,锅里还有,他自己去舀,这一碗是我娃你的。"婆婆这么说。

银杏接过来。百岁也端来一碗,呼呼噜噜往口里扒拉。银杏吃了两颗鸡蛋,喝了几口汤。婆婆在炕沿上坐下,让银杏也坐下,拉过银杏一只手,放在腿上,慢慢地摩挲着,一如抚摸一只小猫。

"娃呀,妈一辈子没生过女儿,你来了,是妈的媳妇,也是妈的女儿。妈不会叫你受委屈,在这家里,谁也不能叫你受委屈。百岁,你可听见,日子稠着呢,你要敢欺负银杏,我捶死你!笑哩,不信试试。"说罢又瞅住银杏,"娃呀,一家人都看你的脸色哩,你喜喜欢欢,全家人都喜喜欢欢。你脸上起了雾,一家人都会不熨帖。窝儿住老了,到巷里去串个门。活路呢,也不稀罕你做,锅台上有我哩,队里的活计,有百岁和你爸顶着。除非队里催得不行,你再去支应支应。消停些,万不敢累着,妈啥都不指望,只指望你养得白白胖胖,日后给我生个小孙孙抱上。"

银杏羞得满脸通红,半天不敢抬头。

婆婆又坐了一会儿,站起来说:"不早了,都睡吧。"说罢就走了。走了又来了,提个新瓦盆,将瓦盆放在炕楞底下,告银杏说:"外面凉,夜里别出去,就尿到盆盆里。"

银杏慌得手忙脚乱。她把婆婆送到窑门,深情地说:

"妈!你快睡吧。"

"睡,睡!你关住门也睡!"

银杏心里一热,涌出两行泪水。

想到这里,银杏坐起来,就那么坐了好久。晚饭以后,银杏将婆婆叫到她的窑里,支走百岁,关了窑门,让婆婆在炕上坐好。还取了一个枕头,垫在婆婆腰眼处,硬要让婆婆靠在被子垛上,说那样舒服。婆婆一脸怯相,任她摆弄,气也不敢出,一门拨弄着自己厚厚的灰指甲。两天了,媳妇一直不理她,忽然这么热情,她一时闹不清,眼前的这个儿媳妇,究竟在打啥主意。银杏将婆婆安顿在炕上后,自己也在炕沿上坐下来,垂吊着腿。银杏撩起袄角放在口里咬,一时不知该从哪里说起。

僵持了一会儿,银杏终于开口,像在自言自语,先检讨一番自己,说自己还年轻,有时急了,就会冒失,让婆婆别往心里记,接着就讲到黑子师傅身上。

银杏很耐心地正说,反说,好说,歹说,说够八斗,最后让婆婆表态:和那人断了吧,把他撵走,撵得远远的,永辈子都别叫来。

婆婆像个没灵性的泥胎,脸上没有一丝表情,眼睛迟滞而散漫,坐在那里光流泪,不说话,嘴闭得紧紧的。

"妈!你说话呀!"

"……"

"妈!你说呀!"

婆婆像是痴了,傻了,毫无反应,就那么一动不动地坐着,不发一语。

"妈!"银杏耐着性子进一步开导,"本来不是媳妇该说的话,可媳妇我又不能不说。啥过不去了?再说你都老了,还抵多会?妈,你答应我,和他断了吧?"

婆婆脸上惨白。

"妈!"银杏恳求了,"为了你,为了这个家,为了这个家的人,我爸、百岁,还有你媳妇我,你把他撵走。我也知道,家里花了人家钱,咱还人家,日后我和百岁都好好动弹,挣工分,一分钱都少不了他，欠多少，还他多少。你和他断了，嗯？妈你说话呀！"

婆婆还是不说，嘴唇可怜地哆嗦着。

银杏抓住婆婆一只胳膊哀告："妈，你要我给你跪下吗？不是媳妇心肠硬，我脸上实在挂不住。名分要紧，你让我们也能在人前腰杆挺起体体面面活个人吧！"

猛地，婆婆捂住脸，泪颗从指缝里往出渗，先是嘤嘤抽泣，后来抑着声大哭了，哭得好伤情。

银杏还以为是她的苦口良言起了效用，婆婆用眼泪洗刷自己的耻辱，下定决心，要痛改前非。她哪能想到，婆婆是在哭自己，哭自己一辈子命运多舛。娶了个儿媳妇，左巴结右巴结，还为不下，不体谅她。她也哭那个黑子，黑子是气走的，这一走不知还回不回来，天气不好，走时夹袄也没带。

十四

三天以后，黑子扛着他的小板凳，又回到柳叶村。

躲到何时算个了？任他刮风下雨，自己老老脸皮不言语就是。日子一长，就服水土。再说人心换人心，八两换半斤，只要日后待她银杏好，不信她银杏是铁打的心肠！黑子这么想。

其时，银杏正在山梁上剜甜苣菜。剜了好一阵，新新鲜鲜提一篮绿，正碎步下山，看见一个矮矮的人影，在沟底的路上一步一闪。

他？是他！——银杏认出来了。

银杏下唇咬出一排牙痕。

银杏像盯仇人盯住那个影子。她像看见瘟神一样，看着磨刀人一瘸一瘸进村了。

银杏是在各家屋顶飘起炊烟时候下山的。她猜想婆婆有可能在发送那个瘟神，故意挨延了一些时间。后来又寻思，万一翻脸，婆婆岂不吃亏？自己回去也是个帮手。

几只野狗围在街门前，一只黄狗在用爪拱门。银杏拾起断砖扔去。拱门的黄狗瞅瞅她，懒懒地往出走几步，又虎踞龙盘站住。银杏没理它，轻足轻手进了街门，轻手轻脚将街门关好。

院子里很冷清。一群麻雀在狗食盆周围争食。四眼狗时时刻刻思谋想脱逃，铁绳都拉展了，猫声猫气呼唤着街门外的"野汉"们。

那条拴着磨石和小洋铁盒盒的小板凳，孤零零放在小偏窑的窗台底下。

银杏从院里走过时，顺便朝婆婆的窗玻璃上望了一眼。——啥也没望见。

忽然听见有人咳嗽，从小偏窑传来，是公公？正疑惑，婆婆从偏窑里走出来，狼狈地对她笑：

"回来啦？"

"嗯。爸也回来了？"

"回来啦，百岁也回来咧。"

"这么早就？"

婆婆支支吾吾没说清，神色惶惶进了中间那孔窑。

"是银杏回来咧？"公公在小偏窑里这么问。银杏进去。

公公和百岁都在偏窑里。

坐在炕楞上的公公深深弯着腰，双肘支在膝盖上，脑袋快垂到地上。百岁背朝窑门，蹲在地上写"天文"。银杏转着乌亮的黑眼珠，不知发生了什么事。

"爸，有事？"

"嗯——噢，噢噢——"

公公很难出口的样子,急得两撮粗硬的眉毛上下拧,脸也泛黄,粗硬的皱纹牵拉成一副苦相,憋了半天,说:

"你,给你妈说咧事不能那么弄。你也不要再难为你妈咧。"说完咳嗽起来。银杏像木头桩子戳在门口,心里想:婆婆刚才也在这里,人家一家子合谋好,全是婆婆的主意。那天,她哭啥周年!还以为她一腔怨愤全迁怒在婆婆的身上。眯缝起眼,丰满的胸脯剧烈地起伏。婆婆拿一双崭新的平绒鞋,进来对银杏说:

"给你,你叔给你买下的,不知道合不合脚,你穿上试试。"银杏嘴唇哆嗦,一双仇恨的眼睛盯住婆婆,眼泪涌出,忽然声泪俱下大声说:

"我稀罕!"

冲出去,如同一头激怒的牛,跑回去,又跑出来,一肚子的怨恨无处发泄,看见四眼狗,捡起一根柴棍冲上去,抓住铁链,提死鸡那样将四眼拎住,兜头盖脑,举棍就打,棍子如雨点般落在四眼身上。银杏一边哭一边打,一边打一边骂:"我叫你不要脸!我叫你不要脸不要脸!不要脸!不要脸!"

四眼叫得好凄惨,竟没一人敢出来营救。黄狗使劲撞门,撞不开,虎狼般从墙头上翻越过来,龇着牙,拼命乱吠,朝银杏一扑一扑。银杏略微愣怔,明白是怎么回事了,骂了一句:"野——东——西!"丢下四眼,风快地从墙角撅起一把镢头,恶狠狠追那条黄狗。头一镢头没抡住,黄狗夹了尾巴往街门处跑。出不去,让银杏截住,一镢头下去,正中腰眼。惨死的尖叫过后,趴在地上起不来了。婆婆和百岁从偏窑里出来。百岁夺下银杏手里的镢头。婆婆劝她:

"孩子!你别,畜生家能解下个啥。"

"可不是畜生嘛!"银杏借题发挥,又哭又喊,"畜生!畜生!

畜生！一对畜生！呜呜……"

枝枝知道是骂她，铁渣一样硬的叫骂声，砸得她脸白如死，嘴被痛苦扭歪。这个可怜的女人连哭都不会了。

木脑再也忍不住，出来想劝劝银杏，刚张口就被银杏顶回去：

"行啦，你不觉得活得可怜？"

木脑像被什么往后推了一下身子晃了晃，一时他显得很苍老。

百岁气得脸都红了，却始终低了头不说话，好像他是在和另外的谁们生气，把街门拉开，抓住黄狗后腿拖出去。

差不多和木脑同时出来的是黑子。

院里已闹得不可开交，他不得不硬着头皮走出来，却不知该说什么好，就息事宁人地说了一句：

"对啦吧，都对啦吧！"

话刚落，银杏冲着他走过来，挺着胸，故意眯缝着眼：

"你是个谁？嗯？是个谁嘛？我们家的事，于你有甚相干？你算哪一路神仙？你插什么嘴？怎么，牛槽里多出驴脸来啦？——你给我出去！出去！"

银杏咬牙切齿，冒着火焰的黑眼睛死死盯住黑子，说出的话一句比一句恶毒，一句比一句尖刻。

黑子嘴唇颤动着，一句话也说不出来，黑脸膛一会儿白、一会儿红、一会儿黑紫。他头一次体会到，在这个家里，他的地位是多么难堪，同时也感到他那最后的一点希望也完全破灭。

"好吧，既然容不下我，我走就是了！"

"你走！马上就走！"银杏步步紧逼。

"娃娃，你别急，我马上走就是了！"黑子像被激怒的猴子，风风火火窑里一趟院里一趟，打点着自己的东西，浑身都在哆嗦。

"他叔！黑子！——黑子！你这是做啥哩？"木脑这么喊，他不能让黑子就这么走了,"黑子!你不能!"

银杏狠狠朝他跺着脚,又哭又喊:

"呀——爷爷!老子!行啦,你行啦,你行啦!丢人丢了几十年了,你还没丢够?我求求你,爷爷!老子!给后辈人留条生路吧!"

"好了,银杏!你也用不着又哭又闹。我走就是。"黑子已经扛起他的行李。

"你——你往哪儿呀?"一直躲在那里的枝枝,忽然醒豁了似的,抓住黑子的胳膊。

"妈——"银杏一把将婆婆拉过来,挡在自己身后。她冲着黑子说:"我最后求你一件事!"

"说吧。"黑子很平静地说。

"走远些,一辈子都不要见面。"

黑子坦然地笑笑,尽管是笑得那样苦:"用不着关照。"

说罢,掉转脸,他一瘸一拐向街门外走去,头也不回。只是那一条腿似乎拐得更厉害,肩上的小板凳和捆在板凳上的铺盖卷一歪一扭。他很快走到老柳树那儿,最后留在他耳朵里的是百岁妈长长的哭声。

十五

说话二十个年头过去。

眼下进入1985年。

二十年,一些事情恍若隔世,一些事情又好像昨天发生。

二十年里,柳叶村变化不算小,生了多少娃娃,娶了多少媳妇,嫁了多少女儿,也添了多少新坟。原来的吃屎女娃,如今也抱上娃儿；原来的毛头后生，如今顶天立地。多少黑发人变成白发人，土地又到户，新屋造起不少，巷道扩得好宽。

二十年里，柳叶村变化似乎不大。清明照例上坟，端阳照例包粽子，中秋照例赏月华，年下照例捏扁食。老河石岸还是那么高，紧贴石岸的那条石板坡，还是那么窄，那么陡。早晚间，柳叶村的人照例踩着这条石板路下河挑水。山岳还是那么古老，老河还是那么浑黄。

一个脸庞陌生的老汉，顶着秋天的月华，进了柳叶村。

明天就是团圆节，月亮好圆，好亮，如水的月华静静地泻在柳叶村巷道里。老汉走进巷道寻寻觅觅，两撮灰眉毛不时挽出疑问。

巷道里已清静下来。偶尔有人走动。什么地方传来磨面机的轰轰声。灯光从一家铺板缝里透出来，一家街门前的墙上用白灰写着"王记旅店"。饼子铺还没关门，黄黄的电灯泡下，几个牛屎一样的干饼子摆在窗台上招揽买主，一个剃光头的中年汉子站在火炉前将两只油手"啪啪"拍得很响。走在街上的老汉瞅住汉子认好半天，又走了。谁家门前的一头驴还没牵回去，驴不时喷着响鼻，能闻见牛粪、柴草味。

迎面走来一个人，老汉笑脸问：

"嘿嘿！向你打听个人。"

"谁？"

"以前在代销店卖货的王斜眼。"

"王——斜——眼——？噢——他呀！"

"他活着？"老汉子兴兴地问。

"活着。"

那人告诉老汉，王斜眼早先是在代销店，后来犯了经济问题，就打发了，捏了几年锄把。后来政策放活了，就在自己屋子临街一面的墙上，开了一个四方窟窿，经营杂货铺，卖烟、酒、火柴、饼干、麻纸、香、石笔、红旗笔记本、上坟用的黄表纸锞。

生脸老汉根据那人的指点，知道王斜眼住在"饼子铺"的隔壁。

王斜眼把他堵在门口，脸歪着不敢认。生脸老汉笑笑地推开王斜眼往屋里走，竟是一闪，一闪。王斜眼呆呆地张着嘴巴，忽然就大声地问：

"你——黑子吧？"

黑子揪住王斜眼，咧开缺牙少齿嘴巴，笑出声。

"老伙计，"王斜眼揪住黑子，"你的脸皱成死茑布袋啦！"

"年龄不饶人。在路上我还担心你早入土咧。"

"阎王爷不收。——我记得咱俩谁比谁大一岁？"

"同庚。"

"怎么，你七十啦？"

"虚岁七十一啦。"

"说话就二十年啦？"

"二十年啦！"

"二十年里连一封信也没？"

黑子老汉只是笑。

"多年在老家？"

"老家。"

"咋的格？后半辈混得？"

"马马虎虎，回去第二年娶了个二婚女人，小我三岁，好人性儿，可惜阳寿太短，六十岁就去了，给我生养了一个小小、一个女子，都成家啦。儿媳妇也孝顺，小两口办了个养鸡场，生活不受克制，每日早起给我泼两颗鸡子，晌午还眠两盅酒。"

要不是黑子老汉提到酒，说不定王斜眼还想不到招呼黑子老汉吃饭呢。

"老糊咧。"他自谦地说。

王斜眼满满筛一碗烧酒来，给黑子老汉洗尘，说只顾放开海量，酒有的是，喝完柜上打。俩老汉脱鞋上炕，脸对脸盘腿而坐。中间放一大碗刀切凉豆腐，一递一口，叽叽地喝出响儿。酒逢知己千杯少，半碗酒刚下肚，王斜眼脸红了。酒醉心明，想起一生苦楚，眼发直，连打两个饱嗝，酒气冤气一块往外喷，抱怨人情如水，女人不是东西。

不讲还好，这一讲黑子老汉肚里那点酒，化作一头冷汗。

十六

"真怪！接二连三出事，开始是那条'四眼'狗。"

王斜眼这么说。

那条四眼狗被银杏用一条铁链子拴住，当着它的面用镢头将那条黄毛公狗活活打死拖出去。四眼狗从此不吃不喝，软软地卧在地上，三天不改样，下巴着地，两只绝望的眼睛死死盯住街门。后来就跑起来了，张着口，火焰般吐条红舌头，六亲不认，这才知道它疯了。一巷人都慌，远远看见，羊一样惊慌万状往两边墙根躲，直了眼看四眼狗风驰电掣般冲过去。有人主张打死它，只是口里喊，谁也不敢动手，说狗是忠臣，是天上星宿，打死恐怕不吉利。只好任其自然。后来，倒是四眼自己精疲力竭，又卧了几天，死了。百岁眼红红地将四眼狗尸体，款款放进筐子里，银杏亲自将一顶破草帽盖在狗身上，又放了一只破碗，一双筷子，埋了。

不久，百岁妈出事了。

黑子被撵走以后，百岁妈像失了魂魄变得呆头呆脑，常常突然停下手里活计,两只眼睛愣着神儿,只吃很少一点饭。她从王斜眼口中知道,黑子临走那一晚住在代销店。也知道是回很远的老家去了。有人说是从河路上走的。黑子坐在船上,眼不转地看岸上的柳叶村,直到船漂远,黑子才把头转过去。没过几天,村里风言传说老河下游翻了一条船,还说就是黑子坐的那条船。说船过龙门时撞了礁,一船人都捂在河里,连老艄公都没有钻出来。百岁妈一听说,差没急死,心焦火燎穿过院门前枣树坪坐在岸边一块石头上,一动不动地看着老河远处,直到日头落了山,天完全黑下来,什么也看不见了,才慢慢走回来。家里人见她这样都很着急,木脑劝她别急,已央人出去打听了。三天以后,木脑告诉她,打探人回来了,说根本没那回事。她听了无动于衷,仍然每天去望河,直到日落西山什么也看不见的时候。坐到第十天,她的两只眼睛全瞎了。全家人哭哭啼啼替她难过,她一点眼泪都没滴。眼睛瞎了也要去望河,坐在那块石头上,脸朝住老河下游。天黑了,才让人把她搀回来。有时是木脑,有时是百岁,有时是银杏搀,也有时是百岁和银杏一边一个把她搀回来。

第二天她照旧又去,坐在那块石头上,脸朝住老河下游的远处,像一尊石像。

开始一段日子,家里人搀着她去,日子一长,有时忙起来忘记搀她,她就凭着两只手自己摸着去。家里人担心她会出事,那块石头在崖的紧边处,石头旁边就是齐上齐下一壁很高很高的断崖,断崖底下就是老河的水湾,距离挑水的地方不远。万一有个闪失跌下去,摔不死也会淹死。劝她别去那个地方了,坐在门口的泥墩上也一样。她倒也听劝,以后再去时就不去崖边了,就在街门口的泥墩上坐下来,把脸歪过去,朝住老河下游,用她什么也看不见的眼睛,久久地望啊,望啊……

只过了一年,百岁爸死了。死于山水。你说怪不怪?红红的日头天,沟里突然发来山水,躲都躲不及,把人推走了,推到了老河,等打捞上来时,人已泡得分不出眉眼。木脑死时才五十二。那是六四年。一家人心上的伤刚刚养好,七二年又一场横祸,百岁又死了,学大寨搬山造田,百岁炸山,打眼,装炸药,用火点燃引子,轰!轰!轰!那是很危险的活计。排哑炮,百岁自告奋勇,刚走到跟前,轰的一声,可怜百岁连囫囵尸首没有落下。才三十来岁,好在还留下一个八岁的男娃,一个六岁的女娃,不然,那门人就要绝。那天,孤儿、寡母、瞎眼枝枝,在百岁出事的山跟底下,只差没把那架山哭倒。

"真叫惨哩!"王斜眼讲完,深深哀叹一声。

窗上月亮西斜,一束光照射进来。

月光映在黑子老汉那张苍老的脸上。深陷在眼眶里的眼睛向外张望着。浑浊的泪水像两条冻僵的蚯蚓,迟钝地在那些沟沟坎坎上往下爬。一些爬在胡子尖上,凝结成晶莹水珠,挂在那儿;一些从枯树皮一样脖颈上蜿蜒下来,渗到袄领上,脖子底下第一颗扣子那儿已经湿了小小的一圈。

他哭木脑一辈子可怜;他哭百岁年轻轻竟那么短命;哭百岁妈对他的一片情深;也哭银杏命不好毕竟是上年岁的人,想得开,知道莫奈何的。最后,黑子老汉擤擤酸楚的鼻子,告诉王斜眼明天替他办两件事:一是替他准备一些纸锞子,引他到坟上去一趟,他要给木脑和百岁点纸;二是想办法能让他和百岁妈悄悄见上一面。他说这一次所以要来,就是为了她。年轻时总算有过那么一场,总想着在临死以前再见一见,见见她,见见百岁和百岁爸。百岁爸倒是也想到未必能见上,可百岁他万没料到我白发人送了黑发人!至于百岁妈,从老家起身时还想,她不一定还活着。活,就见上一面,不活着，就到坟头上烧烧纸，一桩心愿就算了了。回去躺进棺材里，眼也能合上了。

王斜眼脑瓜一栽，说第一宗事好办，纸锞柜上有。只是这第二宗事情王斜眼直搔头皮。他说实在难办哩。又不是个东西，悄悄装进布袋给你偷来，一个大活人啊！眼又看不见，还得拉扯上走，万一被百岁媳妇碰见？你又不是没有吃过她的亏。谁能晓得她如今是怎想，即便她变得开通，情愿让你们见一见，可她的儿呢女呢？愿意不愿？你别小看她那一对儿女，可咬牙哩，男娃叫长命，女娃叫月俊，一个二十，一个十八，年岁不大，一脑门古板。银杏守寡后，过了几年曾想嫁个人，和儿女一商量，差没把她吃了。你一句我一句数落她，说她老了还嫁汉，活败兴。

但最后王斜眼还是答应试一试，先找银杏探探口气，不过答应不答应让见面，可不保险。

十七

如果是黑子老汉亲自来找银杏，怕是不敢认了。留在他记忆中的银杏，还是二十年前那个银杏。那时银杏刚结婚，圆的脸，头发黑黑的，辫子长长的，眼睛亮亮的。而如今的银杏，几乎变成另外一个人。

二十年！虽然岁月催人，但银杏的老，只是一个晚上的事。百岁死后，一夜工夫头发白了不少，眼睛消尽了先前活泼的神色。从那以后，变得愣愣怔怔，叫她，半天才有反应。如果她正在走路，她就站下来独自发一会儿呆，好像在判断是不是在叫她，然后才慢慢将脖子拧转过来，用一双痴滞的眼光瞅你。

柳叶村的人，看见银杏这副模样，唉声叹气说："人哪，眼忽眨一下就老了！"

毕竟她才二十八岁啊！

她也是二十多岁守寡，这一点和婆婆命运基本相同，婆婆也是二十多岁守寡。不同的是，婆婆守的是活寡；但婆婆没守住，坏了贞洁。银杏守住了，从二十八岁守到现在，整整守了十二年。十二年里，有天地作证，她是一个清清白白的寡妇。

好难熬的十二年啊！

百岁死后，烧罢七七四十九天"满七"纸，有人劝银杏："狠狠心，走了吧，你才二十八。"银杏也动了心。自己这么年轻守到何时算了？但银杏又狠不下心。丢下瞎眼婆婆谁照应？谁替她做饭？谁替她补衣？谁替她梳头？谁扶她到街门外坐？谁替她端盆倒尿？婆婆眼瞎以后全凭银杏伺候！还有两个孩子呢，长命才八岁，月俊才六岁。给婆婆留下，婆婆连自己也顾不了，带走？谁知逢一个什么样的后老子，万一对孩子不亲呢？银杏翻来过去想，想不出个好主意。这才是：走了使不得，不走也使不得。她头一次体会到，一个女人，活到这个份上多么难！晚上睡下时，忽然记起曾经想过要问婆婆，却到底也没有开口问的那句话。

那句话她在心里压了整整八年。

那是她把黑子师傅赶走当天晚上。那晚上，银杏搬到中间窑里，给婆婆做伴，"妈，我今黑夜跟你睡。"婆婆咕咚一声将眼泪咽到肚子里，泪眼花花对她苦笑笑。婆媳俩头并头，枕头紧挨，谁也不说话，谁也睡不着，瞅住窗外一弯月亮在天上移。月光下，银杏发现婆婆在淌泪，无声的泪水，像扯不断的细线。银杏觉得婆婆好可怜。银杏用牙轻轻咬住被角，一句话突然冲到喉咙眼，她真想问：妈，你既然离不了男人，何必要硬着头皮守活寡？不光明正大离了婚，再嫁一回？

话在口里打转儿,硬是压回去。这一压,压了整八年,八年后,她忽然又记起那句话。银杏以自己如今的难,想到了婆婆当时的难。当时的婆婆,也如现在的银杏,走也使不得,不走也使不得。按年岁,那么年轻,应该走,可又走不脱。公公是个病神神,是男人抵不上男人使,谁还肯嫁他?他老了,孤零零谁伺候?那时百岁才七岁。但凡一个有心肠的女人,除非是万不得已,谁能忍心撇下男人和孩子,去远走高飞自己顾自己?

想到这里,银杏睡不着,那晚上她披着衣服又到婆婆窑里,睡在炕上的瞎眼婆婆听见她的脚步声,问她做啥哩,她一时答不出。

"天不早咧,你乏乏地干了一天,还不睡?"

"妈,我给你捉虱子吧。"她说。

"你不是才捉过吗,刚才长命和月俊又捉了一回,裤、袄都捉过了,你睡吧。"

银杏摸见火柴,将那盏油灯点亮,盘着腿偎在婆婆身边,将婆婆的衣啦、裤啦翻过来。不知怎么,她一拿起婆婆衣裳就想哭,她泪眼汪汪一面捉虱子,一面想心事,临走很忧伤地轻轻叹口气。

婆婆瓷丁丁瞪着两只瞎眼睛,好像看出她的心事,第二天就变得很古怪。

天刚麻麻亮,银杏照例替婆婆倒尿盆。婆婆不让,婆婆竖着两手,摸摸索索下了炕,摸摸索索端起尿盆,很小心地直起腰。

银杏愣在那里,直勾勾看着婆婆,用脚探路,摸摸索索走进窑,下台级,摸摸索索向茅厕走去,将尿倒进茅坑里,并且将尿盆扣到茅厕墙上。婆婆一只手托住墙,站在那里闭着两眼独自默笑,似乎她终于完成一件非常了不起的事业。

开始时,银杏感到蹊跷,还以为伺候不周,婆婆生了气。看样子又不是,便疑疑惑惑下地走了。心没二用,接二连三地锄死田苗，队长翻白眼："心呢，狼刁跑啦？"她懵懂地眨眼，在想着婆婆的古怪。越想越慌，活没干完就跑回去。一入街门，吓她半死，烟雾像滚翻的乌云从中窑里往外抖，满世界是烧霉臭。心里怕啥，偏偏就来啥，婆婆果然背着她瞎摸瞎揣做早饭。火从灶口扑出来，引燃灶前柴火，烧着了婆婆的鞋和裤。若不是银杏及时赶到扑灭火，说不定会弄出什么样大乱子。她又气又急，却没抱怨一句，她已经猜出婆婆的心思。婆婆坐在灶火口，垂头丧气捏了拳头在腿上捶：

"唉！我不死呢！"

"妈，你这是何苦呢？"

"孩呀，妈不想拖绊你，你走吧，月俊你带上，长命给我留下，总不能让这一家绝了根。百岁是为公家死的，队里不会不让我吃'五保'。担水，烧柴，不愁没人管。其他事，我慢慢地就会料理了，你走吧，不要因为我让你受连累。"

银杏哇地哭着扑过去，用手捂住婆婆的口，她不让婆婆再说下去。银杏伏在婆婆的怀里哭。婆婆搂着银杏哭。

"妈，你胡想啥，我哪搭都不喀，活着是这家人，死了是这家鬼，一辈子守着两个娃，一辈子伺候你。"银杏用袖子擦婆婆脸上的泪。

"快不要说憨话咧，你才二十八！"

"你才二十八！"这句话不光是婆婆说，后来好几个人都这么对她说。虽然没说透，意思却有了：你守不住的。张家婆劝过她，李家婶劝过她，银杏听了苦笑笑，不吭声。后来肉墩也用这话劝她。自从那次在代销店门前，肉墩被银杏冷落以后的这些年里，两人的关系一直不咸不淡，见了面能避就避，避不开时顶多问一句"吃啦喝啦"的话，不像过去那样在一块扎堆抱团。直到百岁死后，肉墩见了银杏，眼里才流露出怜悯与同情。

那一次是在割荞麦，歇下时，婆姨人们都跑到岸边边去摘酸枣。

岸边有许多酸枣树，酸枣好繁，一个个红灯笼似的耀眼。

那一次，银杏也在地里割荞麦，歇下时，她没去摘酸枣。她没心思，她刚从哀伤里摆脱出来，头上扎着白布条，是给百岁戴的孝。她少精没神地坐在割倒的荞麦上想心事。肉墩见银杏不去摘酸枣，她也不去了，故意留下来陪银杏说话儿。好心的肉墩问银杏日后打算咋办哩。

"守。"银杏一脸刚强。

肉墩惊讶地瞅银杏：

"你才二十八岁呀！"

银杏将脸调转过去，热脸换了个冷屁股，肉墩不尴不尬脸红了好一阵子。

事后银杏将这事讲给秋莲听，秋莲轻蔑地一笑，把嘲讽挑在嘴角上，说：

"你理她！啥二十八二十九的，她以为天底下女人都像她一样，离开男人不能活？我说你赌口气，偏守出个样子让她们看看！"

一次队里收青饲料，晚霞西照时，婆姨人们你一捆我一捆陆续背回村。银杏背一捆狗尾巴草，由保管过称，记斤数，然后按斤付钱。保管姓周，叫有旺，外号叫"小蒜脑"。周有旺一见银杏，心里犯邪，银杏本来早到，他却说："等一等！"银杏只好等一等。一直等到交草的婆姨都走出场子后，才给银杏过称。周有旺在过秤的时候，突然嬉皮笑脸捏银杏的手腕子。银杏当下竖起双眉，拿大眼瞪他，周有旺便慌忙说：

"莫瞪，莫瞪嘛！给你多记三十斤草还不行？折合一块多钱呢！"

银杏见他果然多记了三十斤，嘴一抿，笑眯眯地出了场子。这一笑笑得周有旺脸热心跳，全身晕乎乎，满以为得手。一双小眼睛正瞅住天上的云彩滴溜溜飞转的时候，几个先交罢草的婆姨们又折转回来，一群家雀似的叽叽喳喳，连说带笑，纷纷将袖子撸起，一条条白白的臂腕伸到他面前，争相叫喊：

"保管！真格捏一下手腕子多记三十斤草？那你也捏我一下！"

"捏我两下！"

"捏哩嘛？嘻嘻！"

……

周有旺羞得满脸通红，头也不敢抬，恨不得装进裤裆里。再见银杏就发怯。事情很快传扬开来，满村人都知道。那些正计划打她主意的汉子们全被震慑，晓得银杏不是省油灯盏，各自将肚里的邪火悄悄掐灭，见了银杏时脚窝都不敢乱，偷看一眼都得留神。这样一来，她在柳叶村许多人的心目中，地位又升高一大截。银杏自己也很得意，难怪在巷里走过时，总是把下巴端得高高的。

这么着，一年过去。

又一年过去。

到第三个年头，银杏终于熬不住。不是因为日子穷，没布裁衣，没米下锅。是因为身上燃烧起一团无名火，这团火烧得她心焦火燎。和婆婆当年的感觉一样：觉得天也长了，夜也长了，茶饭没滋味，黑夜睡不着，眼睁睁躺在炕上听猫在墒畔上嚎春，过来过去在炕上翻烙饼。白天听见水咕咕鸟叫就愣神犯傻。以往听见水咕咕叫像唱歌：咕咕——咕！咕咕——咕！

如今听起来变味了：我苦啊——苦！我苦啊——苦！

这么着，银杏的两个腮帮子渐渐地塌下去，眼的周遭儿有了淡淡的乌青，脸色也由红泛黄了。

这么着她常常思念着一个人。

十八

她常常思念的那个人比她大五岁，胳膊粗壮，胸膛宽阔，剃光葫芦头，爹妈死得早，曾有过婆姨，嫌穷，跟石匠奔了。那人成了孤人。除了在地里受，还会打火烧。他打的火烧好吃，花样多："一窝丝""锄片片""牛舌头""三角""鞋底"。他有打火烧专用的小擀杖，枣木的，光滑油亮。小擀杖在案板上敲出一串串花点，很动听。他一面唱：

得儿宝，打火炮
今年买卖做得好

后来不让他打了，说再打就割"尾巴"。他不听，黑天半夜关住门悄悄打，白天把饼子拿到远处偷偷去卖。

他要靠打火烧攒一笔钱。攒下钱要娶婆姨。

媒人走马灯似的往他家跑，他对媒人说二婚三婚不在乎，关键是人好；模子呢，就照百岁媳妇那人样儿。这话传到银杏耳朵里，脸红得像石榴花。那时百岁还在世。

第二年百岁就死了。不知为什么，他突然对媒人说，他不找咧。

百岁炸死那一天，银杏趴在山底下哭得死去活来，谁也劝不动。后来是那个人硬把她拖磨走的，那个人揽住她后腰，一只胳膊从她那丰满的胸前绕过去。除了百岁，没有第二个男人这样抱过她。那些天来多亏那个人，打墓、抬棺，做这做那，鞍前马后忙。事后常来陪她娘俩唉声叹气，劝她娘俩要往开里想，人死如灯灭，难受难受就算了，身子要紧，日子还得往前走。差不多每次来都夹几个油丝火烧，说刚打的，趁热吃。人是铁饭是钢，不吃怎能行。然后就在婆婆窑里坐一会儿，银杏窑里坐一会儿，说一些已经重复过好几遍的宽心话。银杏发觉那个人在婆婆窑里坐的时候短，在她窑里坐的时间长。

银杏觉得老这么下去不合适，有一天，就很婉转地对他说，往后再别操心啦，你家里也忙，如果有事会叫你的。他不，还来。银杏故意怠慢他，眉头挽起，让他坐冷板凳。

坐冷板凳也不嫌，还来。虽不像以往那样每天必到，隔三岔五，总断不了来一趟。来了先干活，或挑起桶担下河担水，或拾起板斧劈柴，然后枯坐。

银杏很犯愁，真不知拿他该怎么办。半年以后，发生事情了。

一天天擦黑，那个人又来了。先在婆婆那儿坐一会儿，就到了银杏的窑里。

百岁活着时，长命和月俊都跟奶奶睡。百岁死后，月俊就过来跟银杏睡。那一夜，银杏在灯下补裤子，月俊也凑在灯跟前，歪着小脑袋瓜，用一块废纸剪小人儿、小蛾蛾、小虫虫，怪有趣的。

那人刚进来，就听见婆婆喊月俊。

"月俊，你来！"

迟不叫，早不叫，偏偏是那个人刚进来就叫，银杏好像意识到什么，看见月俊马趴着朝炕下溜，脸一沉：

"别去！"

月俊小嘴一噘，跑了。

那个人不管银杏的脸色如何难看，自顾说东说西，银杏觉得他和往常不一样，前言不搭后语。一面说，一面拿眼看她，眼很明亮。银杏心里扑扑跳。

忽然，他站起来，蒲扇般大手照住油灯一扇，灯苗忽忽闪闪跳，差点扇灭。

银杏慌着一面捂灯，一面惊骇地瞅他。

那个人脸红了。傻笑。

银杏猛然觉豁到要发生什么事，又羞，又气，又怕。她跳下炕，顺手操起剪子，哗地拉开窑门，怒冲冲地喊：

"你把我当成啥人了？你出呀！出呀！"

那个人支支吾吾，想解释。

不容那人再说一个字，把他轰走了。

那人前脚走，银杏后脚就关街门，门扇险乎砍住那人的脚后跟。银杏铁青着脸，站在院里数落婆婆：

"好好的，又没事，一会儿月俊一会儿月俊，不知道叫得要做啥来！"

婆婆在窑里不言声。

一眨眼，两年过去。

两年里，那个人再没来过银杏家。

两年多了，那个人还不娶婆姨。

两年里那个人一见她，脸上就堆出一种讨好的笑，而她，冷若冰霜，不搭理。

谁能想到呢，两年以后，银杏又忽然悄悄思念起那个人。那个青光的葫芦头，那肉乎乎的脸盘子，白天黑夜在她脑海里闪现。

那个人就是王虎儿。

银杏觉得王虎儿一会儿近在眼前，一会儿远在天边，探不着。

银杏的脾气渐渐变坏。和当年婆婆守活寡一样：无缘无故脸就拉下，摔盆，摔碗，抡起笤帚把鸡们砸得满院飞；或者就拿两个孩子出气，骂一顿长命，打一顿月俊，莫名其妙。长命不服，觉得冤枉，赌气不吃饭，牛似的梗着脖子，抓一块凉馍，朝街门外走了，边走边嘟嘟囔囔不高兴：

"我招你啦惹你啦？"

月俊年岁小，虽然糊里糊涂挨了打，却不敢使性子，哭得很委屈，眼泪像断了线的珠儿顺着圆圆的脸往下流。瞎眼婆婆把哭着的月俊拉到她跟前，左哄右哄，一面掐着自己的灰指甲，眼一翻一翻想心事，对银杏一句责备话都没有。在这个家里，唯一能体谅到银杏的就只有她，她深知媳妇那难熬也说不出口的苦楚。

一天，趁银杏给她梳头时候，她很小心地故意提到王虎儿：

"吃罢虎儿的火烧日子久了，两个娃娃口馋得不行啦。"

"想吃别处去买。"银杏有点紧张。

"他们说只想吃虎虎的火烧。"

银杏不言语，坐在婆婆身后只顾捏着梳子上上下下给婆婆梳头发。

"鸡窝也烂了，漏雨，要不我去喊虎儿替咱重盘一个鸡窝。"婆婆这么说。

银杏愣了愣，心里扑扑通通跳。"自家又不是没人手，求人？我能盘。"

停了一会儿。

"唉——！"婆婆长叹了口气，很难开口地开口了，"娃呀，妈晓得你苦情，不要再折磨自己啦，要么你狠狠心走了；要么别顾念旁人说长道短，天底下半开门的女人好少的，谁家锅底没有黑。"

银杏一张脸全变黄。她手里的木梳抖了一下。

"妈，你老老的啦成天价胡想些啥？"

银杏的语气很生硬，证明她压根就没有胡思乱想过，而是婆婆冤枉她，硬是玷污她的人格。

日子依旧按照原来的样子往前趟。

难熬的日子终于到了1978年。

长命长成半大后生，月俊熬成大闺女。银杏也由二十八岁的小寡妇熬到三十五。

她实在熬不住了。

那天，天刚麻麻黑，也是刚放下饭碗没有多大一会儿工夫。婆婆眼瞎瞎地坐在炕上"嗡嗡嗡"摇着纺车纺棉花，月俊四蹄朝天和衣躺在光席上扯南山盖北海给婆婆讲古今。

银杏忽然从她的窑里过来了：

"怪呀不怪，害娃婆姨似的，好端端地就一门子心思想吃个王虎儿打下的火烧。"说到王虎儿三个字时，银杏自己也觉得自己脸红了一下，多亏屋里没点灯。婆婆海开松软的嘴，纺车都忘记摇。月俊的一双黑眼珠玻璃球似的，活活泼泼在眼里滚。

好几年都没吃王虎儿的火烧了，长命和月俊曾经几次念叨，银杏总是恶恶脸一拉："哪个牙想吃？用斧头敲了！"

长命和月俊再也不敢提王虎儿的火烧。他们闹不清母亲和王虎儿结了什么仇，弄得他们见了王虎儿只好躲着走，现在银杏突然想起王虎儿的火烧，自然使月俊记起了王虎儿火烧里那特有的小茴香味，馋得不行。

"妈，咱买。"

瞎眼婆婆说："去问你哥想不想吃？叫他去买。"

长命独自个住在小偏窑，从去年起，他就不再跟奶奶睡。那一天长命从地里回来，进门就摔摔打打拾掇起小偏窑，一家人不知发生了什么事，问他，他眼皮耷拉着，不吭。银杏出去打听，知道是长命和村西头的财旺为了一件很不值钱的小事闹翻了，财旺就抖人家老底子，说长命的瞎眼奶奶年轻时和一个磨刀人长啦短啦。长命头一回这么受人侮辱，他又羞又气，一家伙扑过去将财旺掀翻在地，抡拳就打，差没把财旺打死，回来就黑着脸把铺盖搬到了小偏窑里。银杏不好说什么，就把月俊打发过来跟婆婆睡。

从那以后，长命也很少到奶奶的窑里来，没事钻进自己的小窑里。

"妈，我哥出去了。"月俊出去又回来，"妈！我去买。"

银杏支支吾吾不肯把钱交给月俊。

奶奶说："俊儿，你买不了，让你妈喀吧，你妈会挑。"

银杏脸红了一下，便走了。

踏上王虎儿的门槛时，银杏的心扑扑通通。

王虎儿好惊讶，半天合不拢嘴：

"哎呀——！你可稀罕哩！"

银杏慌得眼珠四下转。

来时，在路上就思谋着，要在这里多挨延一会儿，不知怎么搞的，火烧刚拿到手，她慌慌失失就走。

回到家，她后悔了一夜，恨自家没出息。

第二天，队里收玉茭。三秋大忙，男女老少都出动。歇下时，支书要给大伙念一份关于"生产责任制"文件，吆喝大家往一搭里坐。银杏和秋莲一向形影不离，今个儿却例外没有往一搭里坐，原因是银杏突然和肉墩亲昵起来。银杏远远看见肉墩从田里走出来时，就用一种和好的眼睛瞅肉墩，而且尖着嗓子喊："肉暾，来，坐这搭来！"半天，肉墩闹不清银杏为啥突然又亲近她，一时有些不好意思，说："噢，我先去河里洗洗手。"这一切，秋莲看到了，身子一扭，独自坐到那一边去了。银杏也不叫她。

银杏眼忽忽眨眨地寻找王虎儿。

王虎儿最后一个从玉茭田里钻出来，肘窝里夹几个甜秆儿。大大咧咧朝她走来，银杏好慌。贼似的瞟一眼秋莲。王虎儿抽出一根甜秆要递给银杏，银杏满脸飞红到底还是鼓了勇气硬是将那根甜秆接过来，但不敢再瞅秋莲，把头勾得低低的。

收工回来的路上，秋莲对银杏说："你以后少搭理那些臭男人。"

银杏嘴抿得紧紧的，没言声。

两人同时感到从没有像现在这么别扭。

这天夜里银杏翻来过去睡不着。

又过一天，队里割谷子。

银杏夹着镰刀刚出街门又回来，回来摘枣儿。院里靠茅厕的那棵枣树已经长成大树，今年枣儿结得繁，红红挂一树。银杏嘀里嘟碌装了半口袋红枣。

割谷子时，银杏有意和王虎儿往一搭里凑。

王虎儿打头，肉墩割右手的三行，银杏割左手的三行，三个人赛着割。王虎儿露出膀子上疙疙瘩瘩腱子肉，银杏一边割谷一面偷偷在那健壮的膀子上瞟一眼，不知为啥脸就红红地泛起好看的霞色。

割谷不同于割麦，要连根挽，苦重，女人毕竟不如男子汉有力气，银杏和肉墩渐渐和王虎儿拉开了距离。

银杏忽然发现她的三行谷断了两行，不用问也知道被王虎儿的镰刀"咬"掉的。她一时很惶悚，弯起腰风快往前赶，她急着要和肉墩拉开距离，她不想让肉墩发现这个秘密。

比起银杏来，肉墩是快手，刚才还超过银杏一点点，眨眼工夫，银杏反而超出她好远。肉墩犯疑惑，站起来瞅，秘密被发现了。她抿嘴笑笑，慌着又弯下腰，索性动作再放慢些，有意往后拖。

发现秘密的除了肉墩，还有一个人——秋莲。别看她头上的草帽压得低低的，草帽底下却有一双哨兵一样的眼睛。她割的三行属于另一个耍子，却紧挨银杏，她既不近也不远地跟在银杏后边。忽然，银杏像插上翅膀向前飞走了，她好奇怪，鸭子似的拉长了脖子。发现银杏只割一行，另外的两行被前面的王虎儿捎走了。

秋莲盯住前面的一男一女若有所思。

银杏已经赶上王虎儿，整个谷田里就他们两个遥遥领先。银杏十二分地愿意王虎儿对她的效劳。但自己总是惶悚，以致使她瞅准时机给王虎儿掏枣的时候是那么紧张，就像在掏一个个冒烟的小炸弹，脸都白了，地上掉了一颗也晓不得。她自认为做得缜密，孰不知秋莲早已看在眼里，虽然不知道她一把一把地给他掏什么，那鬼鬼祟祟的举动却叫秋莲很费了一阵脑子。直到后来看见了一颗红枣滚在她的谷垄里，拾起捏捏，硬生生，愣了愣，忽然就觉豁了。

秋莲站在那里轻蔑地盯住银杏的后背，嘴角一歪，发出了冷笑："哼！"

歇下的时候，秋莲指桑骂槐。你不能不佩服她那借题发挥的本领，尽管说出的话东一锤、西一棒，谁也不挨谁，她总能生拉硬扯猪尾巴安在狗身上。明明看见银杏和肉墩坐在一搭里说话儿，偏有一对花翅膀鸟在老河上空往下游飞。有人喊："你们都看天上那一对，长得一样样的。"秋莲马上就接着说："不一样能在一搭里呀？驴寻驴，马寻马，黑老鸦寻个黑老鸦。一路货色！"

银杏看着肉墩，肉墩看着银杏，又都看地下，地下一片虚无。

"哎呀！"秋莲看住地上的一块干驴粪，用镰拨拨，"还以为你是个啥宝贝呢，原来你是个驴粪蛋蛋呀，外面光哩！"

"哎呀！"秋莲又喊了，"谁们放羊不操心，让羊把这棵杨树皮啃了。树没皮能活？人活脸树活皮，唉！——人哪，不要脸就难说啦。"

一地的人都莫名其妙。

银杏脸上红一阵白一阵，她的脸藏在两腿中间，勾得低低的，装作很专心在揪一苗草叶子，揪啊揪，连草要都揪出来了。

银杏回到家，只吃很少一点点饭。

银杏下午再没到地里去，给队长捎话说：病咧。

"到保健站买个啥药？"瞎眼婆婆问银杏。

"不用。"银杏躺在炕上这么说。

瞎眼婆婆伸出手出在银杏额上揣了揣——不烧。她就晓得银杏害什么病。

过了一会儿瞎眼婆婆背银杏摸摸索索地走出街门，摸到王虎儿街门上，摸摸，门上挂一个铁疙瘩，人不在。正要摸着往回返，听见王虎儿在对面喊：

"娘娘，你可是找寻我哩？"

"还以为你地里咯啦！"

"是地里啦，又回来咧，有事？"

"鸡窝烂咧，想叫你重盘一个，这会儿可有空？"

"行，你先回，我把家伙放下就来咧。"

王虎儿以为真的要盘鸡窝，走到银杏家门前时，看见瞎眼婆婆坐在门前的土墩墩上正竖着耳朵在等他，听见脚声，就问：

"是虎虎吧？"

"是我，娘娘！"

"你过来，我告诉你说。"

瞎眼婆婆小声告诉王虎儿说，鸡窝今儿个就不盘啦，先进去看看月俊妈，她身上害难活哩，叫买个啥药，她又不，你去劝劝她。

最后又更小声地补了一句,"你放心喀吧,屋里没人,娃们都学里念字喀啦,就剩她独自个,你好好劝劝她。"

猛地,王虎儿心脏有好一阵都不跳。王虎儿不憨,马上就意识到了。脸一红,悄没声地朝街门里走,刚进门,身后"吱咛"一响,接着又是哗哗啦啦的铁门环声,原来是瞎眼婆婆在外面关了街门。

王虎儿一阵强烈的脸热心跳,这不能不使他产生一个大胆的念头,他咧了那嘴,带着羞涩而迷乱的幻想,腾云驾雾般地向银杏的那一眼窑里走去。

银杏完全蒙在鼓里,她一点点也晓不得好心的瞎眼婆婆在外面给她煞费心机闹了个啥把戏。她听见院子里有陌生的脚步响,却没料到是王虎儿来找她,她闹不清该惊,还是该喜。

"是你?"银杏眼睛豁然一亮,跟着脸也红,款款坐起。

"你没地里喀?"她问。

"喀来,听说你病哩,我胡捏了个谎,就回来啦。"

说罢那么样地瞅住银杏,接着就抓住银杏的手。银杏呆了。

银杏还不曾回过神,又被王虎儿勇猛地拦腰搂住,搂在了怀里。一切都来得这样突然,完全是暴风雨式的,银杏一点点思想准备都没有。她很惊骇慌乱。她被王虎儿两只粗壮有力的胳膊抱得铁紧,抱得她几乎喘不上气。王虎儿如疯似狂地笨手笨脚地将他那长着硬胡子的滚烫嘴唇在银杏的额头上、脸蛋上、嘴唇上使劲地贴。银杏开始还挣扎着,用手要推开他,又不推了,反而也搂紧了王虎儿。

天火地火在一起燃烧。

晚熟的苦恋使银杏如疯似狂,她合住眼任凭王虎儿将她的身子扳倒,放平。当身上的防线就要被解开的那一瞬间,往事闪电般在眼前掠过。想起十五年前那个捉奸的夜晚;想起婆婆那张被桃木橛羞辱得苍白如死的脸;想起她骂过那个磨刀人和婆婆是畜生;想到赶走磨刀人后,她在柳叶村得到的推崇与殊荣;想到了百岁死后,她曾信誓旦旦,决心要当一个清白寡妇的英雄气概;她想到了自己的两个孩子,同时也就想起了十五年前她曾经恳求婆婆说"求求你啊,你让我们做小辈的能体体面面在人前活个人吧"的那句话;也想到秋莲那冷酷的脸。想到所有的荣荣辱辱。

所有这一切在瞬间凝成一种力量,这力量将她的理智从醺醺然中一下推醒。她一个弹射坐起来,轻轻地也绝情地将王虎儿推开。

"你不啊?"王虎儿愕然。

银杏哭了。

王虎儿呆鸡似的戳在那里。

银杏终于冷静下来,很认真地对王虎儿说偷偷摸摸不是办法,万一呢,实在丢不起人。她不再走她婆婆走过的那条路。要么各自都把肚里的火泼灭,要么就到公家登个记,正儿八经过到一搭里。不过得有两个条件,一是王虎儿必须像孝敬亲娘一样孝敬她的瞎眼婆婆;二是王虎儿必须像亲老子那样对待她的两个孩子,决不能叫她的婆婆和孩子受一点委屈。

不等银杏把话说完,王虎儿一张脸全涨红,满口地答应:"行!能行!不虚说,谁虚说谁不得好死,让雷击了——"

银杏慌着捂王虎儿的嘴。

王虎儿乐得忘记东南西北,八字才刚有一撇就心急火燎地准备结婚用的东西。当天从代销店揣回一个雪白雪白小瓷瓶瓶,悄悄递给银杏。银杏接住一看,是一瓶雪花膏。银杏抱怨说:"你憨啦?我能抹?"

"能,成亲那一天你抹,抹得香香的。"

银杏满脸飞红,悄悄将雪花膏瓶藏到一个暗处。

满以为事情要成,想不到又出了麻搭。婆婆当然没话说,银杏和婆婆商量的时候,婆婆欢喜得什么似的,只是想起死去的百岁,滴了几点泪颗颗。问题出在长命和月俊身上,听说妈要嫁人,呜呜地只是个哭,长命脸阴得怕死人,牛眼一瞪:"老了老了还老个不值钱,丢人不知深浅,我和月俊不跟你活败兴!"临了把窑门"哐"地使劲一摔,走了。

银杏一脸死灰去找王虎儿。王虎儿腰板往下一塌。他能说什么呢?

在一搭里过的希望眼见地是不可能。银杏劝王虎儿,不要等她了,重找一个吧,王虎儿说死说活不吭声。

事情就这么放下了。

斗转星移,六年过去。

六年里,银杏心里快磨出厚茧。六年里,银杏常常这么宽慰自己:人嘛,怎么不是一辈子!她只说这一辈子只能是这么样子了。

她哪里能想到六年后的今天,柳叶村来了一个跛老汉,更没想到跛老汉给她带来的是一场什么。

十九

今天是八月节,正是王斜眼小铺子买卖兴隆的时候。但王斜眼忍痛歇了半天生意,他要为黑子老汉的事情去找银杏。

他是硬着头皮去的。

银杏不在家,听瞎眼老婆婆说,和两个孩子上太子坪割糜子了。瞎眼老婆婆坐在院子里摇纺车,仰着脸,像问天上的云彩:

"你寻月俊她妈有事?"

"有个事。"

"有啥事?"

"你从前那个老伙计远远地看你来咧。"王斜眼真想把黑子老汉叫到这里。银杏和娃们都不在,但想想又不敢。天底下没有不透风的墙,万一银杏翻脸,带上她的两个娃找他王斜眼麻搭,岂不糟糕!那句到边的话,又咽到肚里。胡乱应承了一句什么,屁股掉转,匆忙上太子坪去了。

太子坪上有银杏家二亩责任田,全种糜子,今年风调雨顺,糜子长得喜人。半人高,颗粒也饱满,捏住穗儿掂掂,沉沉的。

越是好庄稼,割起来越费劲。但是母子的兴致特别好,一天的活路只打算用多半天做完。有道是"秋分糜子寒露谷",现在搭镰已经略迟;二来呢,今儿个是八月节,能早点割完,早一点赶回去洗洗涮涮,准备吃月饼,赏月华。所以,午饭也准备在这里吃了,来的时候就提了一罐稀米汤,几个二面馍。长命和月俊欢得像一对小骡驹,低下头只是割,腰也舍不得站起展一展,银杏紧跟在后面扭要子打捆儿,头发垂到脸上顾不上拢。

太子坪高得顶到天。蓝蓝的天上飘着云彩。

王斜眼老牛似的顺着山梁梁慢慢往上爬,双手背后,头低着,像在用脚丈量土地。

王斜眼站在银杏面前时,银杏吓了一跳,想不到王斜眼老汉会来找她,担心是瞎眼婆婆出了啥乱子?火烧了?水烫了?

"叔!有事?"她急着问。

"有个事。"王斜眼喘着说。却不说什么事。头歪转,先小心地瞅瞅不远处的长命和月俊。看样子事情不仅重大,而且神秘,至少要瞒住长命月俊。

银杏正在纳闷。长命和月俊一对鹭鸶似的伸长脖颈,惊怪地朝这一头望,意欲要走过来。银杏制止:"割你们的!"长命和月俊继续收割糜子。

银杏急三火四地想知道是什么事，王斜眼脸上条条皱纹堆起，睐了眼看银杏脸色。

"月俊她妈！"王斜眼小心地说，"这件事说出来，你应允了应允，不应允，罢。全当是老叔刮了一场风，你可千万别冒火，行不？"

"好我的老叔哩，要把我急疯哩，到底啥事？"

王斜眼将脸凑近些，压低声音，将黑子老汉如何如何说一遍。

银杏听罢目瞪口呆。她不敢相信自己耳朵，以为听错了。直到王斜眼老汉将事情又重复一遍，她才确凿无疑晓得，那个二十年前曾被她赶走的磨刀人，又来到柳叶村，眼下正委屈地躲在王斜眼家。

刹那间，银杏眉梢飞起。天好高，好蓝。入秋后老河的水波浪滔滔与天相连，就像银杏身上涌动的血液，她好激动。脑海中的屏幕上，明晰地映现出磨刀人影子。她似乎由磨刀人联想到另外一个人，方脸盘，剃个葫芦头——王虎儿。

银杏跳起腿脚就要下山，拿在手里的一条扭好的要子忘记放下，听见长命和月俊大声提醒，她顺势往下一扔，头也顾不上回，急忙顺着曲弯的山道，屁股扭得风快。就像天庭忽然有了黑云块，雷霆也同时炸响，齐刷刷拉开一道白色的水幕在后边急急追来，她脱逃似的要跑到一个山圈里去避避雨。换一个比方，二十年前，她将那条发情的四眼狗用绳子捆起关在家里，三天以后，趁着喂狗食，顺便检查一下绳子拴得牢不牢，四眼狗还以为要放它，立刻有一种马上就要得到自由的激动，殷勤地向她扭腰，摇尾，舔她的手……

她一路小跑步。明明是急着要去见那个黑脸磨刀人，却不知怎么搞的，眼前却时时浮现王虎儿脸庞。

银杏回到柳叶村没有直接去王斜眼家,而是先去找王虎儿(自从儿子长命粗暴地干涉了她和王虎儿的事情以后,她这几年一次也不来王虎儿家)。王虎儿在院里正要往火烧炉提一筐炭,见银杏进来,像突然看见日头从西边出来那样惊讶。

银杏专程跑来是要告诉王虎儿一个盼望已久的好消息,激动得两只眼里放出光华,没头没脑地对虎儿说:

"他来啦!"

王虎儿一时丈二和尚摸不着头脑,戳在那里直眨眼:

"谁?谁来啦?"

"我婆婆年轻时,她那个相好的来啦!"

王虎儿依旧眼皮忽眨,他不知道银杏为啥要告他这个。

银杏自己也闹不清为啥要先跑来告诉王虎儿知道,告罢,急急忙忙又走了。

王虎儿独自站在那里使劲想,眼睛豁然一亮。

银杏走进王斜眼小屋时,看见一个脸生生的老汉,虽然模样已变得认不出来,但她断定就是从前那个叫黑子的磨刀人。她异常惊喜地盯住他瞅。

黑子老汉弯腰窝在炕楞上,捏着王斜眼那个锃亮的青铜水烟袋,呼呼噜噜抽水烟,看见风风火火闯进一个婆姨。他把一双苍老的眼睛眯细住,仔细地辨认她是谁,没认出来。把袖子扭住,左一下右一下把眼擦亮,再仔细辨认,还没认出。他无论如何不敢相信,站在面前这个婆姨是银杏。他凭感觉判断,很小心地问:

"你——是银杏吧?"

这一问,银杏想哭,使劲忍住,咬住下唇,她没言语,只是眼不转地盯住他瞅。

黑子老汉惶悚起来。他断定是银杏无疑。银杏没搭茬,盯住他，神情难以捉摸。他想象不出眼下会发生什么事，心里抱怨王斜眼怎么还不回来，万一闹起来，劝架的人也没有。他甚至悔恨自家不该冒冒失失大老远来这一趟。记起二十多年前那次被赶走时的情形，越发慌了，一时手忙脚乱不知所措。他很怯惧地瞅住她，脸上条条纹路曲弯成讨好的弧，双手不知该落何处，笨拙地在炕沿上拍拍，赔着笑脸：

"你坐。"

银杏再也抑制不住，觉得他好可怜，鼻子一酸，冲口叫了一句：

"叔！"

眼泪，成串往下落。

黑子老汉愣怔了一刻，海开口笑着笑着，也哭了。

黑子老汉用一种父辈的神情瞅住银杏：

"孩呀，你变得认不出来了，才四十来岁的人，头上就有了白丝丝了。唉！这些年你肩上担子不轻松，硬是操磨得来。唉！你公公倒也罢了，可百岁……"

说到公公和百岁，两个人少不了又有一番哭鼻抹泪。之后，银杏述说起过去的一些日子是如何艰难。如今当然好多了，一来土地到户，二来人手也上来了，长命和月俊都长大，一个二十，一个十八，又都能做，劳力是不缺。婆婆虽然眼窝不行了，说到这里，银杏忽然打住，一种负罪的心情使她略略不安。她用抱愧的眼光，惶悚地在黑子老汉脸上溜一下，说：

"婆婆的眼你晓得啦？"声音低微。

"晓得啦！"

……

银杏不知该说什么。停了停，眉梢一挑说："咱回！"

黑子老汉很不自然，也说："回！"但想到王斜眼没回来，门户还得暂时由他照应，他让银杏先头里走，他随后就到。

银杏脚步轻盈先一步回去。

瞎眼婆婆还在院子里摇纺车，听见脚步声，纺车停住。她能听出是银杏，也知道银杏糜子没割完就回来，大概有什么紧要事，但她不问，她一向吃闲饭不管闲事。她只告诉银杏说，杂货铺的王掌柜刚才来过。说完又专注地摇纺车，纺车很旧了，"嗡嗡嗡"像哼一支古老而悠长的歌谣。

银杏悄没声站在那里不言语，嘴抿着，突然走过去扑到婆婆跟前，抓住婆婆的手说告你个悄悄话。

婆婆忽眨着两只盲眼问：

"甚悄悄话，把你喜成这样？"

"嘻！"

"笑甚？"瞎眼婆婆仰起脸问。

"妈！"

"说哩嘛！"

银杏嘴对在婆婆的耳朵上，声音压得小小的：

"妈，你晓得谁来啦？"

"谁？"依旧仰着脸。

"你谋！"

婆婆略微思谋一下："你舅来咧？"

"重谋！"

"你姨？"

"再谋！"

"你娘家来人啦？"

"差得没远近。"

"长命找下个对象?"

"不是。你使劲谋,使上吃奶劲谋。"

婆婆仰着脸又谋了半天,到了还是摇摇头,咧开嘴,惭愧地笑笑。

银杏嘴巴附在婆婆的耳朵上,就像在泄露一个天机:

"妈,我叔来啦!"

"你叔?你哪搭有个叔?"

"就是早先走了那个叔,那个锓刀磨剪子的跛子叔。"

"?!"

银杏看见婆婆愣住,像冷不防受了惊吓,捏在手里那半条棉花跌落在地。看来婆婆心里很激动,可是婆婆又尽力做着掩饰,漫不经心摸那半条棉花,很淡泊的口气说:

"你虚说吧?"

她半信半疑。当听到银杏赌咒发誓证明那个从前的磨刀人,确确实实已于昨天晚上来到柳叶村,住在王斜眼那里;银杏已和那个磨刀人见了面,那个磨刀人马上就要来了,瞎眼婆婆才相信银杏并非虚说,并带了难以掩饰的激动:"是不是?是不是?"双臂潜意识向上曲弯,用手拢头发。

银杏看在眼里,不由得泪水涌出。银杏擦擦眼睛,故意做出轻松愉快样说:"妈,你越拢越乱了,我取木梳给你梳梳。"

婆婆一怔,这才意识到自己在干些什么,一时显得不好意思,双手可怜缩在头发里不敢动,忙说:"不用梳,梳啥哩!"

当银杏取来梳子时,婆婆倒没有拒绝。

银杏双腿跪在婆婆背后,当她挽起婆婆头上那一把银丝时候,不由喉咙一噎,眼圈又红了。她晓得婆婆在年轻时早早就白了头,想起二十多年前,婆婆眼巴巴一日三望老河水。

"叭",一滴泪珠落在银杏臂腕上。

不知怎么搞的，梳着梳着，眼前就出现王虎儿影子，心里生出莫名的愉快。

银杏好些日子都没有给婆婆梳头了。几年前，婆婆图省事，剪成了剪发头，老母鸡似的，在脑后朝上一翻，清早起来，五个手指头拢拢就行了，十天半月才让银杏梳一梳，捉捉虱。

"妈！"银杏跪在婆婆身后这么叫，"可惜你长长的头发给剪了，这么短，要不，我今儿就给你梳个'狮子滚绣球'。"银杏跟婆婆学过，还会梳"天鹅蛋""海底月""孔雀翘"啦什么的。

"老老的啦，又不是十七八大姑娘相女婿。"

银杏在婆婆耳朵上悄悄说："妈就是相女婿哩！"

婆婆笑了，骂开："把你这个贼东西哟。"

婆婆头一回这么笑。

银杏替婆婆梳完了头，用发卡绾好。给婆婆端洗脸水，仔细地替婆婆擦脸，擦脖子，银杏说。把衣裳也换换。

"换不换吧。"

口里说不换，还是换了一件半成新涤卡黑罩衣，洗得倒也干干净净，只是在箱子里压了些死褶。银杏取出来帮婆婆穿在身上，蘸上唾沫，把那一条一条的死褶弄展，抻抻前襟，抻抻后摆。然后翘着手指头，将沾在上面的线头一一拈起，指头蛋一捻，弹掉。觉得满意为止。

"妈，你摸摸，看行不行。"

"行啦，又不是上轿！"婆婆脸上的兴奋直往外溢。

银杏替婆婆打扮停当，找个借口说她出去一下。事实上她也需要出去一下，今天是团圆节，家家都吃团圆饭包扁食。添了一个人，割下的肉就显得少了点，她要再割些肉，捎带再买一瓶好酒。今儿晚上赏月华时，让黑子老汉好好喝两盅。

黑子老汉一瘸一拐地朝家里走来，踉踉跄跄走得那么急。

银杏一走，瞎眼婆婆站在院子里，竖起耳朵听，终于听见院墙外头响起了脚步声，她一下分辨出那是她曾经很熟悉，后来又陌生了的脚步声。她的心跳起来。那脚步声在院墙外那条小路上响着过来了，心伴随着脚步声跳。进了街门了，又停在那儿不动。

黑子老汉一进院子就呆住，他不敢相信，站在院里这个老婆婆就是他当年的枝枝。二十多年不见，已老成这样，头发全白，眼也看不见了，呆呆地望着她。心里好酸楚。

瞎眼婆婆凭感觉知道站在院子里的这个人是谁。仰起脸，一双什么也看不见的眼睛动也不动地看着苍天，竖起耳朵等他说话，心跳得好厉害。

院子里好安静，墙根底草丛里的小虫集体敛声。只有闷雷一般老河在崖底下呜咽。

这么过了好一阵儿。

黑子老汉用苍老嗓子，带着哭腔喊：

"百岁他妈！"

"噢——！"像从梦中唤醒，带着哭腔答应着。

"能听出我是谁吗？"

"咋能听不出来呢，不就是你吗，你还知道世上还有个我呀！几十年了！连一个字字不给我写！"她撩起袄襟哽咽，两条腿巴一软，顺势坐在台阶上，擤一把鼻涕，抹一把泪水。

黑子老汉踉跄走过来，也坐在台阶上，陪着百岁妈一块哭。混浊的眼泪顺着苍老的面颊很迟钝地往下爬。

哭过。骂过。瞎眼婆婆心平气和了，立刻就有千言万语要说，却不知该从哪里说起，好半天才说出一句：

"我不是在做梦吧？"

"是真的,不信在你腿上掐,看疼啊不疼。"黑子老汉这么说。

"梦也不敢梦咧,死呀死呀还能见你一面!可我这该死的眼窝。"

二十多年了,她天天都想着见他。如今,他来了,来到她身边,却再也看不见。多么想知道他变成啥样子,两只手像鸟儿翅膀竖起,她让他往跟前挪挪,再挪挪。他顺从了。她摸他,先摸见两只胳膊,说瘦了;往上摸去,嘴上是一把稀疏的胡子;脸上肉塌成两个坑;额头上条条纹路每摸一处,她就说一句,老咧!是老咧!

黑子老汉不言语,也不动弹,这双女人的手二十多年不曾摸他!

如果说,二十多年前他们之间的爱不体面不干净,二十年后,都老了,除了纯净的爱,不会再有别的什么。然而,这样的爱,仍然为世人不容。

街门"哐当"被推开,长命和月俊从地里回来了。

"都还要脸不要脸?老啦老啦,老了个不值钱!"

长命凶狠地丢下这么一句话,将镰往墙根一扔,转身又走了,街门"哐当"一响。

长命和月俊下地回来,刚上坡坡,就看见那棵老柳树跟前站几个婆姨,朝住他们家挤眉弄眼说长道短。其中就有秋莲,这个脸上有了纹路的女人,手里装模作样拿一只纳了一半的鞋底。

"啧啧!那个跛子,快死的人了,还远远地跑来倒什么运!"一小婆姨说。

"活败兴哩!"另一个婆姨说。

"嘻——!听说是月俊妈亲自把那个跛老汉叫回去的?啧啧!没见过世上还有媳妇给婆婆拉野汉的!"

"黑老鸦落在猪背上,一路货色!"秋莲说。

"你说,月俊妈也不知道是图啥哩!"

"图啥哩，"秋莲又说，"我看八成是图给她自个修路哩，你们还看不出来，她——"

"嘘——！"

一个婆姨突然发现长命和月俊走来，慌着向秋莲又挤眼又努嘴。秋莲缩脖，吐舌，把话打住，然后和几个婆姨一哄而散。

长命和月俊，已经猜出家里发生什么事，顿时矮了半截。月俊气恨地咬住嘴唇跟在长命后边不说话，长命满脸铁青，额头上的青筋突突跳。他们没有猜错，一入街门，就看见院子里那样个场面。

他骂得好狠！

院子里，黑子老汉和瞎眼婆婆，像突然被当头挨了一棍，蒙了，魂儿都要吓掉。两个人好尴尬，尤其是瞎眼婆，那副可怜样，恨不得能钻地缝。

银杏买肉回来，发现不对劲，问婆婆咋啦？婆婆不吭气；问叔，叔苦笑。月俊抽西北风似的，独自钻在边窑里。问她咋啦？她噘嘴鼓腮说咋呀没咋。

"你们谁说啥啦？"

"啥也没说。"月俊撒谎。

银杏想想，不再说什么，只问：

"你哥呢？"

"出喀啦。"

长命吃饭也没回来，整整一晚上没回来。

今儿可是团圆节啊！

二十

月亮升上来，挂在不远的山冈那儿，团团圆圆的一轮，群山清晖,老河清晖,村庄清晖。

　　柳叶村沉浸在节日的欢愉里,女人们在煮扁食,"呼呼踏踏"将风箱拉响,垴畔上升起一柱柱烟云,烟云和月华融在一起。谁家的驴喷响鼻,有人背一捆豆蔓穿过巷道哗哗啦啦响一路;断壁下的河湾里,桶在石板上轻轻碰响渐渐地全部静下来,家家都吃了团圆扁食,喝两盅赏月酒,然后打着饱嗝,把一根纸烟或烟锅点燃,叼着,怀着满足,喷着酒气,懒懒散散走到巷道里,三三两两聚作一处,望星空,指月亮,说:噫,今年的月亮比哪年都圆!头碰头,脸对脸,声音小小地,咕咕哝哝议论银杏家的事。

　　黑子老汉回到柳叶村的事,成了人们今晚饭后的主要话题。一直咕哝到夜里很久。银杏家的小饭桌上,摆着月饼、葡萄、果子、桃、梨,那是分给长命的一份。

　　炒下菜早放凉,锅里要煮扁食的水快熬干。重添了一次水,又添了一次水,也快熬完了。

　　银杏不耐烦了,说:"不等咧,咱吃!"

　　"等等吧。"瞎眼婆婆很惶悚地说,神色显得不安。

　　"不等咧,咱吃。"

　　银杏这么说。动手将菜又重新热热。

　　吃饭时,月俊不和大家一块坐桌子,拿一只空碗过来,拨了菜独自端到一边。银杏说:"就在一搭里吃吧,又不是外人。"

　　月俊耸起眉头,不理,只顾动手往碗里拨拉菜。

　　饭桌上只剩黑子老汉、瞎眼婆婆和银杏三个人。月俊远远坐在那一头的台阶上。

　　银杏先给黑子老汉斟了一盅苞谷酒,又给婆婆斟了一盅酒,然后给自己倒了半盅。婆婆说她不会喝。

　　"不喝也得喝哩,好不容易我叔来啦,今儿个过团圆节哩。"

瞎眼婆婆满脸纹路叠起,挤出一副比哭还难受的笑,摸摸索索接住银杏递给她的酒盅,呡了一口。

黑子老汉架不住银杏左劝右劝,连着喝几盅酒,吃了满满一碗肉扁食。

瞎眼婆婆只吃了几个饺子,银杏问她,咋地就放下筷子?她没听见,似乎装着心事。

黑子老汉虽然总是笑笑的,却时时流露一副缺理样子,夹菜时,先瞅一眼坐在那一头的月俊。有好几次,不是掉了筷子,就是跌了菜。

吃罢饭,要赏月了。端出月饼、梨、桃之类。婆婆眼窝看不见,银杏坐在婆婆身边讲给婆婆听,说月亮如何明,刚才像个大玉盘,这会像个大火烧。脸一红——火烧使她想起王虎儿。她也弄不清自己为啥就把月亮比成火烧。

婆婆脸色忧郁,也心不在焉。

黑子老汉满腹心事,呆呆地看脚板,点了一根烟捏在指缝里,却不吸,任其冒烟,烟变成灰,落在地上。

这天晚上,黑子老汉照例睡在王斜眼杂货铺里。

银杏把黑子老汉送出街门时,微微地起了夜风,风从老河上游吹来,带来凉意。深邃的夜空有几片云彩。

还是等不见长命回来。银杏只好将街门轻轻虚掩住,就睡着了。

隔壁窑里,月俊和婆婆也睡了。月俊睡得好沉,不知在做什么不顺心的梦,眉头锁得那么紧。婆婆不瞌睡,翻江倒海想心事。此时此刻,如果银杏晓得婆婆在想什么就好了。其实,从她割肉回来那一刻起,婆婆的神情已经很不正常。可惜银杏没有留神。她顾不上,因为她太兴奋了。从王斜眼到太子坪找见她那一刻起,一直处在一种莫名的亢奋里。

银杏也睡不着,眼盯盯望着窗外一轮秋月,她越看越觉得天上的月亮像个火烧。火烧使她记起了一样东西——那瓶雪花膏。她起来,翻箱倒柜。自从那年心灰意冷把它深深藏到一个暗处以后,再就没有想到要摸揣它。她找见那瓶雪花膏。雪花膏使她脸热心跳起来,重新躺下,将雪花膏瓶瓶放在枕头边。雪花膏使她火烧火燎地胡思乱想。雪花膏使她做起了好长的如意梦——梦见她正对着镜子往脸上搽雪花膏。忽然院里"咚"的一声,从院墙外扔进一块土疙瘩。她做贼似的出去,站在院里听了听,然后提心吊胆走到街门前,拉开门栓。闪进一个人影——是王虎儿,王虎儿瞅住她说:我的好人!饿狼一样扑上来。王虎儿像一团火,燃烧了银杏。两团火扭在一起燃烧。

　　就在银杏梦见两团火正在烧得要死要活的时候,瞎眼婆婆摸索着走出窑门,走过街门前的那块枣树坪,摸索着站在崖边那块石头跟前。停了停,人就从地面消失了。

　　谁都没有发现,连天上的月亮都没发现,月亮躲到云彩里了。

　　银杏在梦里正燃烧得热火朝天,全身烧成稀软,烧化了,化成一股轻烟飘上天。

　　她又跌到地上来了。仿佛有人重重推她一下,睁眼一看,竟是肉墩站在炕跟前,脸色好紧张。银杏不知道发生了什么事,直犯愣,肉墩就跺脚:

　　"你还愣个啥,你婆婆跳河咧!"

　　"啥呀?"像挨了炮烙,忽地坐起。

　　"啥啥呀!还不赶紧快些。"

　　肉墩自己一路小跑先走了。银杏还没回过神儿来,直到听见远处不寻常的骚乱声,头发一根一根全都竖起。她胡抓乱摸地穿上衣服,一气跑到河湾。

果然是婆婆跳了河，已经被人们打捞上来。眼下水淋淋地摆在岸上，眼合着，牙关紧闭，脸白如纸。周围的人对她说，捞上来以前，人已经不行了。银杏脸就苍白，呆了，傻了。刹那间，仿佛所有一切也都死去，山死了，河死了，连同空气也死了。

银杏先是陷在一种极痛苦的困惑里，猝然记起了什么，回头就在人群里到处看，先看见了月俊，月俊站在她身后不远的地方，又看见了长命。她闹不清他们是啥时候来的，她只是用研究的眼光看了看他们。月俊像在和谁赌着气，身子转过去，不看躺在地上死去的奶奶，面对着老河，却哭成泪人了；长命站得更远些，虽然眼里也含着泪，却是一副怒容，咬着牙用脚一下一下踢一块石头，既悲痛，也憎恨，而且永远也不会宽恕的憎恨。银杏想了想，就猜出是怎么一回事。当下腿一软，扑倒在婆婆身上，撕肝裂肺的一声惨叫："妈！"她紧紧把死去的婆婆揽在怀里，悔莫能及地哭喊着，"天呀！我这是做了一场啥事呀！我好糊涂呀！"

撕肝裂肺的哭喊声，在河面上、在群山回响。哭喊声把柳叶村所有的人全惊动出来。有的衣裳还没穿好，就跑到河滩里来；有的就远远站在高处；崖头上、窑背上，就连那条窄窄的石板坡坡，密密麻麻站满人惊骇地望着河岸上这令人心酸的一幕。许多人都在哭鼻抹泪，也有人一面抹泪一面唉声叹气说死人在世时的功过说：一辈子，样样都叫得响，就是一样事情唉！

好些人都过来劝银杏，说别哭了，如今不是哭的时候，先把人发挪回去要紧。

自古沿袭下来的乡习是：死在外面的人不准进村，所以瞎眼婆婆的棺材放在那棵老柳树下，搭了灵堂，只祭奠了一天，就匆匆埋了。

黑子老汉等到瞎眼婆婆入了土，就离开了柳叶村。临走时，他到坟上烧了纸，母牛似的哭一声："我不该来啊，是我把你害啦！"

银杏目送着黑子老汉渐渐地走远。

从坟上回来，银杏躺在炕上睡了，从头一天前半晌，一直睡到第二天后半晌，长命和月俊叫了她好几次，都没叫起。不吃，不喝。想到要给婆婆去烧纸，才起来了，人却整个变了样，脸寡白寡白，像刚刚大病过一场。

银杏到坟上烧罢纸回来，在巷道里迎头遇上了王虎儿，两个都站住，王虎儿瞅住她，她也瞅王虎儿。王虎儿张开口要向她说什么，她痛苦地把眼帘往下重重一落，阴沉着脸，低下头走了过去。

半夜的时候，银杏起来，出了街门，走过枣树坪，在断崖紧那块石头跟前站住。

月亮好圆好亮，整个柳叶村都睡着了，偶尔传来几声单调的狗吠声。四周的群山黑魆魆，从老河上游吹来的风凉飕飕。风不大，刮一阵，歇一阵，有些凄凉。

银杏呆呆地瞅住断壁下的老河，她手里握着一个小瓶瓶——一个雪白雪白的小瓶瓶。这是她珍藏好多年的那瓶雪花膏。忽然，她把雪花膏瓶向老河丢下去，小小的雪花膏瓶，带着她的体温，从断崖处倏地落下去，溅起几滴小小的水花，就不见了，被老河吞没。

银杏痛苦地将眼睛闭上，确切说是将感情的闸门关上了，永远。

夜，静悄悄的，只有老河的呜咽声。河面好宽，月光下闪着粼粼的波光。

老河，从很远的地方流来，向很远的地方流去……

原载《黄河》

写给前妻的信

引 子

志强：

我在这遥远的地方祝贺你。

想不到是我写信吧？

早饭刚罢，我在灶间洗碗筷，才出去不久的老张（我老头子）匆匆返回来，手里捏张报纸，进门就喊声："苏琴！快来看哇，你从前的那位上报啦！还有照片呢！"

刹那间，一切都凝固，手里的碗差点没滑落下来。想不起我是怎样从灶间冲出去，踹翻了台阶上的洗衣盆，急切地从老张手里接来报纸。

是的，这是你。照片虽然印得模糊，我却一下就认出来，这是你。

十年零九个月了啊！我差不多快成老婆婆了，你似乎还是老样子：没吃胖，没饿瘦，也不见老。小眼窝还是那么精明透亮，瘦削的脸上连条皱纹也没有。谁能相信这是四十五岁的人呢！

"是不是他？"从未见过你的老张指住照片问。

"是他。"我说。

"你看，这一大块文章就是他写的，他那'山地铲刨机'总算成功了，真不容易啊！你先看看，回头抽空写封信，祝贺祝贺！"

大概是太兴奋，报纸在我手中打颤儿。

我一口气读完你的文章。一个强烈的愿望，就是给你写信。

一张雪白的信纸上，刚刚写出"志强"两个字，我犹豫了：写，还是不写？

记得，十年以前，我们刚分手不久，就在你准备另娶新人时，我曾接连地给你写过三封信。而你，只字未回。至今我都迷惑：是信没到，还是不想再理我，抑或是我在信上伤害过你的那个她？我和她素昧平生，只是从一位朋友的来信中，才知道她姓杨，叫水仙，长一个俊脸蛋，小你十岁，姑娘时，脖子上被人挂上破鞋，在村里游了街。我写信的本意，只是想提醒你，不要操之过急，慎重一些罢了。世界上好些男人，不就是为一些俊脸蛋神魂颠倒，做出种种悔之莫及的事情？我并非存心伤害她，她对我来说，并非情敌。我们的离异，是我铁了心要撒手。可是，人非草木，毕竟我们有过五年的夫妻生活啊！一半是为你，一半也是为了我们的孩子。我不希望你娶一个名声不好的女人作为妻子，更不希望我们的孩子把一个很不体面的女人做后娘。

可是，你是那样的不理解，一封信都没回我。

那么，我又何必再徒劳呢！

当我又一次盯着你的照片时，又一次把那篇文章看一遍，我难以自禁。

我重新握起笔。

是呀，为啥就不可以写呢，难道真的"不是爱人，便是仇人"了吗？我不想做那世俗的奴隶。

是的，我是在间断了十年之后，在你历尽艰辛，终于在事业上取得成功之际，才又给你写信。并非为了分享你的欢乐。我知道，我没这权利,也没资格。我是从你的文章里提到的许多人和事,唤起我许多遥远的思念,情不能禁罢了。我思念着那个僻远的、镶嵌在千山万壑中的小县城。

人就是这么怪,十年之前,我是那么厌恶地离开它。十年之后,它又是那么千丝万缕地牵扯着人的心肠。那个荒凉的所在,毕竟留下我的酸甜苦辣啊!

此时,那座像残留在古战场一个城堡的小县城,是那么明晰地映现在我的心幕上,对了,志强,你猜我记起什么?我记起那位老县长的诗。你还记得吗?听人说,老县长姓赵,是新中国成立后第一任县长,他小时候读过"子曰",常常矜持地念出几句古诗。到任第二天,他就微服私访,用一根细柳枝,轻轻抽打一下骡子屁股,翻山过崮,一路走去。坚忍不拔走完全县五个自然区,带回一路风尘,满腔感慨,当下取来笔墨纸砚,默默捻动几根胡须。之后,挽起袖子,一气写出几首打油诗,形象而生动地描摹了这片土地的风貌:

> 二水环城城头高,
> 城高既在半山腰。
> 群众疾苦无洋井,
> 家家吃水下河挑。

> 野狼嘶叫夜夜闻,
> 城南城北已成群。
> 火速组织打山害,
> 保卫庄稼保卫人。

人推磨来耕牛闲，
此是咱县一特点。
发挥潜力腾人力，
快把耕牛来训练。

千山万壑黄河畔，
森林缺少气候干。
连年屡遭梅雨苦，
急需努力改自然。

可惜记不周全。

县城还是那样荒漠和狭小吗？街道呢，还那样窄巴？铺着磨光了的青石圪蛋？那座只容纳五六百人开会、看戏的"大礼堂"，还是那么简陋一如废弃教堂耸立在县委的门前？记得里面没铺地板，土地上嵌着一排排白木长凳。看电影时，一些不肖之徒，常故意用膝盖顶女人屁股。记得是七二年，作为政治任务，我们抱着孩子去看一场"样板戏"电影，我忽然惊叫起来，你一拳打在我身后一个男人的鼻端。

我还记得耸立在城中南寺圪塔上那座小巧玲珑的烈士亭，那是览胜好去处，因了你常常不回家，我不得不在礼拜六的下午，提前把学生打发回去，徒步十几里山路，赶回县城陪你。难得你两次牺牲你像金子一样的宝贵时间，趁着太阳将落时刻，迎着习习晚风，陪我登上南寺圪塔最高处，在晚霞夕照中，饱览苍山如海、夕阳如血、旷莽而蛮荒的高原胜景。那一次也真巧，正好遇上那莽莽苍苍、盘绕如带的屈产河发洪水，挟雷裹电，撼山鸣谷，从漠漠的远处呼啸着猛扑而来，在县城脚下的峭壁上，撞碎一片浪花，然后掉头向北,向隐没在崇山峻岭中被称作"老河"的黄河故道奔腾而去。此情此景立刻使我们感到一种磅礴气势,似乎一种催人奋发向上的力量顿然注入你我身躯。我们心潮澎湃,青春的热血在周身涌动。我们忏悔过去辜负了年华,一面相互鼓励,要在今后的日子里有所作为。你像一匹撒欢的马驹,拉着我的手,从烈士亭前跑到山崖尽头,兀然想起什么,你用手在嘴上捂成个喇叭,对着那如海的苍山可着嗓门叫:"啊——"

我笑着扯你一把,你不听,还号"啊——"

这时,我远远瞅见,站在烈士亭前观赏风景的黄鹏云副主任,歪了你一脖子,似乎还嘟哝了一句什么,然后,弹弹烟灰,剪了双手,顺着一条小路,慢慢走下山去。

但,这并没影响到我们的情绪,你是那么亢奋地对我说:"苏琴,支持我吧,我一定要把山地铲刨机研制出来!"

"会的!"我满腔热情。

两年以后,我和你再度登上南寺圪塔时,风物依旧,而我的心境,却是两般模样了。那时,你的山地铲刨机,处在夭折之中,地区科委拨给你一万元专项科研款,被县上扣除,派了别的用场。你不撞南墙不回头,自作主张,将你每月的工资,一分不留,全花在山地铲刨机研制上,全然不顾我们母子俩的死活。我只挣小教三十四元月工资啊!你不想想,除去十五元保姆费、三个人口粮款,还拿什么给孩子买奶喝!我们开始了无休止的争吵。

那天,我本无心思跟你登南寺,你说:走吧,憋得慌!你依旧站在那山崖的尽头,却默默地不发一语,一动不动盯着那血一样的残阳,海一样的山岳。

你像一尊雕塑。

我知道你在为山地铲刨机犯愁。

这之前，我本想说服你放弃吧。可是，我又默然了。我知道你的牛脾气，天王老子也难动摇你的意志，我久久望你，一声长叹。

我看见一条如带的公路，从我们的脚下，向东，弯弯曲曲伸延开去，伸延到目力所不能及的重峦叠嶂之中，这是县城通往外面世界唯一的简易公路，遥远地牵连四百里以外的专区所在地。眼下，这条路，如死蛇一般，僵卧在我们脚下。屈产河也一无声息地躺在空旷而寂寞的山谷里。四围，群山不语，岚雾凝结成一片哀愁。我感到一种沉重，沉重到叫人觉得日子的漫长和跋涉的艰难。我不禁想到你那毫无希望的山地铲刨机，想到我们那争吵不休的家，想到那些头头脑脑们对你的冷脸和社会上一些人的热讽冷嘲，我的那颗曾经发誓要支持你的决心，此时完全垮落下来。我无望地瞅住你的背影，默默地在心里说：志强！何必要苦自己！我实在没有把握，在这样一个僻远、闭塞、天荒地老的小天小地里，即使腰根挣断，又能成什么气候呢！

我惆怅起来，面对着那寂然如死的群山，实在想象不出这阴死阳活、煎熬着人们心肠的日子，何时才是尽头。

从那以后，我们分手了。

一眨眼十年过去。

志强，十年之后，你成了生活的强者。我佩服你的毅力、你的雄心，以及你那拼搏的精神。终于拼搏出一个满意的结果。我衷心地祝贺你，祝贺你的山地铲刨机。

志强，我很想知道，这十年，你是怎样走过来的？虽然，你在那篇文章里已经谈到一些，可是，对我来说，这似乎还不够，我想知道更多些，更详细些。比如：下乡是否还骑骆驼？那条唯一的简易公路铺上油否？车呢，还是那种来不来就抛锚漏气的大卡？那可真叫受罪啊！记得那年我们回老家探亲，就坐那样的卡车，漫天黄土，人坐上去，扑成活"土地爷"，十冬腊月朝死里冻，我捏着失去知觉的脚，老想哭。我们不得不把孩子严严实实包裹在一条棉被里。孩子受不住，一路哭叫不休，你还那样恶愤愤摔打他。一直翻过石口大山，孩子的哭叫微弱下去，我好不诧异，而你说：不要紧，是哭乏了。我满是疑惧地将被子扒开一道缝——天！孩子满脸乌青，差点没被捂死！

如今，他一定长得很高了吧？再过一个半月，他就整整十三岁了，自打和你分手之后，再没见过他，是你不让见。

那是离开你的第二年，我从一个县调往南方的这个省，临行前，我托人央求你，让我看看宝宝，你不，断然拒绝，你真狠心啊！

他一定也恨我是吧？学习怎样？孩子脾气像谁？后娘对他亲吗？

对了，你在报上那篇文章中提到你的成功，除了应感激别的人外，还要特别感谢一位姓姚的主任。他是谁？是不是和我吵架的姚校长？我想准是他。至今我还记得他的形象，膀大腰圆，浓重的眉毛下细眯着一双睡意惺忪的虚泡泡眼，嘴上常叼一个"斯大林"烟斗。我刻薄地私下喊他"孔老二"。他反对我和你闹离婚，开始耐心劝我，后来板起脸训人，你听他说什么：

"一个男子汉，就应当轰轰烈烈干事业；女人，就应该替男人做点牺牲！"

我一下火了，全然忘记一个女教师应有的涵养与风度，毫无羞耻地冲他吼叫：

"正因为我是个女人，我才嫁他，嫁他就因为我是女人，是女人，不是尼姑，懂吗？"

我豁出一切这么有天没日头大喊大叫。他像遇上一个不可理喻的疯子,愕然瞪目,多肉的四方脸盘气得雪白,一跺脚,走了。

想来,真好笑,那个老夫子,一点不通人情。当然,他是个好人。他不是一直在教书吗?山地铲刨机怎么会牵连到他?我很想知道。

当然,更想知道的莫过于她。

一个又年轻又风流的女子,能和你那样的男人相安到如今,真是难猜之谜。是她立地成佛,还是你变成了真正的男人?她不但年轻,也很漂亮是吧?志强,有件事好怪:听说我们分手不到三个月,你们就结合了,这么快?我真怀疑,是否在很早以前,你们就背着我暗暗"那个"上了?志强,讲讲你们的罗曼史好吗?

还有件事,你在报上说,山地铲刨机在地、县领导关怀下,即将试产。在哪一家厂子试?县农机厂吗?厂长是谁?还是那个马四海?他不是一直刁难你吗?那么黄鹏云呢,他现在做什么?按年龄,该退休了吧?

对不起,我啰唆这么多。

记住,等待你的回信。

代我问候老人,问候水仙,问候孩子。

苏琴

八月二十一日

一

苏琴:

接到你的信很欣慰。

感谢你的祝贺。

你的信,出乎我意料,又在情理之中,不是吗?

你说，十年前，曾接连三次写信给我。天地良心，我仅收过一封，但没回信。坦白讲，我恨你，因为你在我最困难的时候走了。正如姚克明老师所说：釜底抽薪啊！

当然，一切都过去了。

苏琴！你的信让我很感动。感谢你到底没忘却僻远的小天地。十年前，你是那样厌恶它；而今，你在信中字里行间流露着拳拳之情。屈产河水和苞谷面团子，到底没白养育你几年啊！

我还感激你对山地铲刨机一往情深。你说，老张把报上的消息告诉你时，差点没滑落一只碗，踹翻了洗衣盆，我深信不疑。只有深味过山地铲刨机酸甜苦辣的人，才会有如狂的喜悦。

这使我想起她——水仙。

半月前，来自地区、省城的专家、教授、工程技术人员，以及县上头头脑脑们，要对多灾多难的山地铲刨机做最后鉴定，就像对一个折腾了十年之久的囚徒做最后判决。

山地铲刨机总算获得了认可！

我是跑着回家的，一气跑回到我那远离县城孤零零的小院子。她——我的水仙，早在院子里等候，两手垂着，因兴奋满脸流光溢彩，一双包容着万千言语的眼睛瞅住我，眸子深处闪动着大喜过望的光点。她扑上来，将憔悴的脸紧紧贴在我肩膀上，雨一般的泪水一泻如注。

这是用十年的辛酸酿成的喜泪！

关于她，我暂且说这么一点。

接下来，我该回复你。为了能尽量做到系统些，不能不做一番小小的归纳，大体说来，不外：人事之变迁，铲刨机之命运，她之种种。

从县城说起吧。

正如我们共和国其他各处一样，这个边远闭塞的山区小县，从那纷繁郁闷的日子里走过来，自然少不了沧海桑田之变化。赵县长的诗文已成为历史，虽然还是"二水环城"，但"半山腰"已远远容纳不了一座发展了的城池。一座高大的设有活动靠椅的可容纳千余人的影剧院，早已取代了那座破旧的小礼堂；山头上，丰碑似的耸立起一座大水塔；通往外面世界的土公路，已铺上黑胶油，班车已不是逢双日才开一趟，也不必担心再挨冻、吃土。宽敞舒适的"黄河牌"大轿车，能一下开到各公社所在地；县城街道沿着公路向东扩充二里远。路的两旁接连地盖起一座又一座双层戴帽小"洋楼"。县委和政府的办公所在，则是一座五层大型建筑，一排又一排的窗玻璃光华照人，晚来透过薄薄的淡绿轻纱，那柔和的日光灯要亮到深夜。当又一个白天到来的时候，你会看见这小山城的市面上，同样充分显示着八十年代的兴旺景象。姑娘们的穿戴越来越明星化，年轻的后生们，尽管头发剃成令人可笑的"锅盖式"，却照例穿牛仔裤，进口变色镜吊在脖颈上，在人群里翩然而过。一街两行的铁皮小房，万国旗似的挂满了从上海、广州、大连等地贩来的款式入时的各样尼龙布料和衣裤。文化馆公开辅导交际舞。富了的山民们成群结伙自费旅游，赴京上省。而干部们大多忙于机构改革和浮动工资，相当一部分没文凭的人牢骚满腹。一些年近退休的老干部，则想方设法把年龄改得小些，再小些。但世事变化之大，莫过于人之更迭：调来的、调走的、为官的、下牢的、吃肥的、饿瘦的、添人的、丧偶的，活着的依旧活着，死了的兀自死去。赵县长早已作古。那个曾训过你的姚老师，几经周折，在县科委当了几年主任，已于前些日子告老退休。早上太阳刚出山时，可以看见他在一排白杨树下，认真地也很不入法地做操，打"太极"。最得意的莫过于黄鹏云。任宦海沉浮，他却能"不倒翁"一般，官星高照，平步青云。当年多少同僚,或降或调,早已风流云散,而他,驾着自己的一叶小舟,从那漫长的日子里平安无事地撑持过来。尽管工作没什么起色,却一样地能累官而上,从一个小小的通讯员,而区长,而部长,而县长。"文化大革命"罢官夺权,无数同僚和下属,弯腰撅腚,遭受诸多苦难。而黄鹏云,却能以"站出来"的革命干部身份,在主席台上慷慨激越地念"革命不是请客吃饭"之后,当上了县革委副主任。十年动荡,围绕一个"权"字乱哄哄,你方唱罢我登场,唯黄鹏云能始终稳操胜券,予夺在握,一屁股坐上去就再没动,山一样永恒。沧海横流,你不能不佩服他的"英雄"本色。

他总是那么从从容容,一点不显忙迫,举动也不声张,但事情却一样一样地办妥,且不滴汤漏水。不像有些人,要办的事,八字还未见一撇,早已经满城风雨,常常弄得于事无补。而黄鹏云总是在事成之后,人们才猛然大吃一惊。那时,生米大约已成熟饭:儿子到生产资料公司上了班,掌管木材的进出;女儿分配到县百货;吃农业粮的儿媳妇,不仅拿到供应本,且已坐在粮油门市部的小窗口里担任开票员。在那物资短缺的年月里,这样的安排,不能不算很有心计。

要安排的都能得到安排。包括一向追随黄鹏云的心腹,差不多都捞到一官半职,得到应该得到的酬赏。当然,事情的后面,往往伴之而来议论纷纷。矛头所向,自然是他黄鹏云,然而又奈他何!

黄鹏云绝非一个在闲言碎语面前怯畏不前的角色。积年累月,他早已编好了一个无处不至的人事网。苏琴,你大约还不知道,那个除了搞女人,屁事都不懂的马四海,当年是靠什么在农机厂坐上第一把交椅,后来人们才闹清楚。

那是黄鹏云的母亲过八十大寿时候,有人私下数过,副科长以上的官儿,去黄家贺寿就有两打。而马四海,也叫人很费猜想地提一盒寿礼，屁股一撅，结结实实给黄家老母行了个跪拜礼，人们好不惊异。暗地里查问起来，果然彼此都有着血缘上的勾连：两姨、姑舅、儿女亲家、干娘老子、隔山兄弟、小姨、外甥并由此牵连开去：亲家的亲家，外甥的外甥。复杂到像盘结在地上的芦根，曲曲弯弯，你缠我绕，一团乱麻似的扭结在一处，即使用电脑，一时半刻恐怕也难以梳理清楚。

苏琴，不知你还记得否，每每开大会，黄鹏云总是取主席台上最末一把椅子坐下来，一面用手轻轻地转动着水杯盖子，一面是那么谦和恭顺地瞅住台下，纯然是一副豁达与无足轻重的神态。可是当第一书记做报告或宣布某项决议的时候，黄鹏云就常常把身子探过去，很有风度地把一个手指翘起来，笑笑地，用一种恰如其分的语言，不时提醒或纠正书记一句什么。这就很容易让人一下想到演皮影时，那个幕后的牵线人。也明白无误地让人知道：在这一方天地里，一切重要事宜，无一不是他黄鹏云的意志。换一句话说：在这一个县上，如果你想要办成一件事，就无论如何也不能得罪他黄鹏云！

苏琴，你在信上提到关于地区科委拨给山地铲刨机一万元专项科研经费，被派作其他用场一事，事后我才弄清，正是出于黄鹏云的个人意志。

黄鹏云能主宰一切！

明知道是一种不正常的局面，却又无可奈何，连县委书记也得让他三分。强龙不压地头蛇啊！你要想改变，除非你不打算再待下去。

平心而论，也并非每样事情都和黄鹏云有关，尤其是近两年来，人是越来越慵懒，一来根基如此牢固，二来也确乎有了一些年岁，那么就很自然将一部分心思用于养生之道：蜂王浆呀、鹿茸精呀、龟龄集呀凡此种种。除了滋补一些贵重药物外，隔三岔五，派通讯员到农委吩咐一声抓鳖老张,跳进屈产河的一个深沽里,小心地用脚踩出一只能壮阳补肾的活土鳖,扒了盖子,用火炖出嫩嫩的新鲜细肉,让黄副主任一口一口慢慢地品出滋味。

难怪黄鹏云虽然已年过六十,面色却那么光泽红润,只是人一发福,个子显得小了点,走路一扭一扭,容易让人想到戏中的胡传魁,依样的脸方额宽,依样的大腹便便。但不像老胡那么张牙舞爪,开口就"他娘的"。黄鹏云从不趾高气扬,从不端领导的架势,衣着装扮也不刻意讲究,头发剪得短短的,秋冬季节,脑门上扣一顶干部帽,衣裤为铁灰,颜色早已淡下去,松松垮垮裹在身上。鞋也是轻便型,布的,圆口口,青面白底,随便把脚插进去,剪了双手,悠悠地走过来。脸上照例固定着笑意,和人说话时,眼角的几道鱼尾纹浅浅漾开,一面捏着耳坠子,一面贴切地瞅住你,即便是站在街上,也会耐下心来听你把话说完,然后告诉你说,行,这件事我替你争取。你先是很感激,接着就没完没了地等下去。直到希望变成无望时候,你才感到一种被敷衍的愤怒与颓丧。

苏琴,你的猜测没错,他是该退休了,确乎到了颐养天年的年龄。可是,这有什么关系呢?这里眼下正忙着各级领导班子的全面考察调整工作(较之其他地区不知为何晚了一步,大约是山太高,地太遥远),而黄鹏云似乎对前途很乐观,举动忽然有些特别,从早到晚忙忙碌碌,好像有没完没了的事情都亟待他去做,而且非他不可,有精有神地在院里走来走去,大声吩咐人们做这做那,俨然地球失去他就会立刻停止转动。他到处给人说,他每天晚上只睡五个小时,白天不休息,照样精神很好。饭量越来越大了,一顿可干掉两碗干面和一个馍。为了显示他的热量过剩,常在上下班人多时候,并了双腿,在楼前九个台阶上跳上跳下,博得一片喝彩声。或者,袖子一挽,对跟前随便一个年轻人说:"来,比比手腕劲!"所有这一切,都是做给人看的,意思是:看,我并不老,活到这个年岁,正是我生命最佳时期。"这老家伙看来还有心意谋一任县长当当?"人们私下这么猜测。黄鹏云未必有这样的胃口,但一颗不甘寂寞的雄心总是有的。退一步讲,即使将来勉为其难办了离休手续,却也会离而不休。如你信上所说:他依然会像山一样永恒的。黄鹏云私下对人说:"瞎到底,至少还不给我一个顾问当当!"这就是说,只要给个顾问,他就可以一点权力都不撒手。其理由当然很堂皇:扶上马,送一程。就是说,不论现在和将来,过去他管什么,以后还照旧管什么。那么,当然,山地铲刨机的命运,依然操持在他手里。

苏琴,也许是过去的挫折和教训太多的缘故,我怀疑高兴得是否早了。山地铲刨机固然试制成功,却并不等于万事大吉,花好月圆。换一个比方,试制犹如怀胎十月,生命是有了,但能不能生出来,关键在于黄鹏云发不发"准生证"。

有人私下说,山地铲刨机被黄鹏云突然又像宝贝疙瘩抱在怀里,其动机可能和这次全面考察调整领导班子有关。

这话虽然刻薄,可是,试产合同一天不签订,就一天心里不踏实。不止一个人向我掏耳朵说,催着点,不然,等到这股风过去,黄鹏云说不准又把这事放下!

几番忧虑之后,我去了,直接找到了黄鹏云。他正在批阅一份文件,桌子上横七竖八堆满了书报、材料。听见我进来,头也顾不上抬。直到写完最后一个字,拍拍脑壳,诉苦似的告诉我:"简直忙昏了头,等于我全年工作量的总和。"接着他又未卜先知地问我,是不是为了山地铲刨机的问题。我说:"是的,试产合同还没签订。"他一下就笑了,笑得那样亲切、慈祥。然后郑重地把脸板住:"快,很快!"他站起来说,"家有三件事,先拣当紧的抓。你知道,当务之急是考察调整领导班子。政治路线决定之后，干部是决定因素，自然是中心的中心，这件事既重要，又复杂，也很缠手。"说到此，他顿住，突然想起应该给我沏杯茶。之后，说下去，"你看，一面呢，要应付上级对我的考察，这个表表，那个表表，要填，要写，要回忆，比如：'文革'中是怎样过来的，等等。一面呢，还得考察下面干部。这个材料，那个材料，要看，要审，要核实，要和本人谈。还要搞民意测验，我再三再四给大家讲，这次选拔干部，首要一条就是看他重不重视人才，如不，他就没资格当领导，你们就可以不投他的票。不这样不行了，我们已经有过这方面的教训，比如：山地铲刨机，正由于我们没有认识到科学技术重要性，才一拖再拖搁浅这么多年，就连你本人，也跟着受了许多委屈，遭许多磨难。个人也好，革命也好，都受到损失。如果不是这样，山地铲刨机早就造出来啦！早就为我们的农田基本建设服务啦！我们这个穷山沟的面貌，说不定早就改观了呢！好了，过去就过去了，前车之鉴。从现在注意还不算晚。试产合同当然要尽快签订，而且我要亲自主持，回头我通知一下各有关方面负责人，科委的刘云生主任哪，农机厂的厂长小田呀，让他们草拟一下条例，然后我让小田通知你具体开会时间。"

苏琴，我是怀着兴奋与不安的心绪走出黄鹏云办公室。他那一番诚挚的带忏悔的谈话使我很感动，觉得自己来这一趟多余。

果然没出所料，天麻黑时，小田来了，说合同签订会议于后天晚上在县科委召开。又说，本来明天就开的，但刘云生主任要和地区科委打打招呼，所以才不得不推迟一天。苏琴，还记得刘云生吧？高个、瘦长脸，说五十，实际看去更老。一年四季架一副深度近视眼镜，是一个饱经世故、看破红尘的人，走过许多部门，前不久接替了姚克明老师的职务。人不错，但过于谨小慎微。至于那个说话慢声慢语、浑身学生气的小田，你压根没见过面，他是前年分配来的大学生，平川人，一来就在农机厂当技术员。去年厂里搞承包，他毛遂自荐，取代了马四海，自己当了厂长。县农机厂还在老地方，你知道，离城二里远的山脚下，过去只有几排简陋的瓦屋。翻沙，铸铁，生产犁铧，后来造歪把钳子。年年赔钱，是个叫人伤透脑子的烂摊子。可是，这对于那个蔫蔫乎乎的小田来说，一切似乎都简单明了，一上任，雷厉风行进行改革。农机厂起死回生。头一年下来扭亏为盈，除上缴地方财政十万元，差不多每个工人都拿到一份数目不少的年终奖。领奖时，工人们一手接钱，一面瞅住自己的新厂长，咧着嘴，乐得不知该说什么好。正是这个小田，愿意花三万元的代价，要买回山地铲刨机的试产权。都说他有企业家的远见和气魄。当然，这是经黄鹏云点了头的。诸如此类问题，小田很不满，他不甘于别人来捆绑他的手脚，曾理直气壮找黄鹏云，要求归还企业自主权。这便呛了黄鹏云的肺管子，脸一沉：

"什么意思？企业自主就意味着让你排除党的领导？"

小田大瞪其目，愣愣地瞅住黄鹏云，欲哭无泪，想笑不能。

难得的是，黄鹏云对他花钱买回山地铲刨机的试产权，不仅没绊手绊脚，还大开绿灯。

还有点放心不下的是：后天的会议，能否顺顺当当叫人如愿以偿？

因为，在这个会上，作为合同的各方，将对合同的各项条款，做出最后考虑，这不仅关系到农机厂对山地铲刨机有偿转让，到底应掏多少腰包，也牵扯到地、县两级科委，以及我本人的分成比例。

苏琴，你大约还不知道这份合同的全部价值。何止是山地铲刨机，还有更实惠的东西：钱！有人说，只是象征性给一点点。有人说：多，相当可观的一笔数目。

没法向你形容我和水仙的心情。大致就像两个盼过年的孩子，年三十瞅住那一抹迟迟不落的夕阳，那样地处在兴奋与骚动不安期待中。

真想卜一卦，算算运气。

"哎！随便说一个字好吗？指一件什么东西也行。"上午在院子里，我没头没脑地对她这么说，我们正在收割苞谷——是的，我们的小院里，年年都种苞谷。把院落改为庄田，也算得上"以粮为纲"。民以食为天，不种点不行啊。她一直是背粮户，又无粮可背。娘家的生产队，早已不承认她的存在。开始三口人，后来又添了小不点，只有我和宝宝的一点点供应粮，四张嘴，可以想到日月的艰难。从迁住到小院的第一年开始，她花费一个冬月，艰苦卓绝一筐又一筐捡走院里的破砖烂石。一筐一筐提来新土。一年一年把种子撒下去，一年一年有了收获。虽然星星点点，倒也能汤汤水水对付日子。

没有什么比收获更叫人欢欣鼓舞。

我和两个孩子的任务是掰苞谷穗，宝宝和小不点勇士一般冲锋陷阵于绿色里。水仙头上捂条旧毛巾，袖子挽起，很在行地抡着小镢头，三下两下就放倒一颗硕大的苞谷秆，叶子哗哗响。

我那没头没脑的话，弄得她莫名其妙。

听说我要算卦，算能发多少财时，她会心地笑笑。恰巧，一片浅黄色油亮的杨树叶子，飞翻着斜斜地飘落下来，梦似的正好落在她那瘦削的肩胛上。她顺势抬起，说：

"就它，叶子。"

我煞有介事地掐住手指，东拉西扯，信嘴胡诌：……叶，落叶，叶之所以落，成熟之谓也，这分明应了后天的会。条件不成熟，能开会？叶子只有一片，一叶而知秋，秋天是收获季节，庄稼又长得这样好，丰年。这不正意味着发大财？没错，要发大财了！

绝不是象征性只给一点点，保险是一笔数目相当可观的钱！

她真被我唬住了，大喜过望地瞅住我笑。连我好像真以为有那么一回事。

我头一次体会钱这玩意确乎厉害，那幻想中的一笔虽然还没到手，却早已弄得我神魂颠倒，忘乎所以。

你瞧，苏琴，我也钱迷心窍。这样地见钱眼开。俗！是吗？

世事的因循，开始说钱时，连我自己也极不习惯，就像干一件不体面、不光彩的事情。劳而得食，本是天经地义，却被扭曲得如此可悲。农民用汗水把籽种撒入土地，土地用硕果酬偿农民的劳作。农民大可不必站在田头诚惶诚恐地说：这是给我的吗？我敢要吗？而是理直气壮用镰刀收割回去，碾成细面，蒸成黄灿灿的新苞谷面团子，全家人围作一处，怡然自乐吃他个喷喷香。

所以，我很坦然。

何况我多么急着等用这笔钱——我应该得到的钱。

当务之急，是该武装武装家。天！我这还算家吗？用"家徒四壁"形容，不会有人说用词不当。除了那一只灰不留丢的箱子，别无长物了。至少得先做两只箱子，那只唯一箱子，还是当年用洋灰和碎石料砌成，收藏着全部家当，冰冷而沉重，每每取东西，水仙都要使出力气，才能将那冰凉死沉的盖子移开。似乎得先给我置办一张写字台看书，画图，向来就在那洋灰盖子上。水仙擀面时，还得我临时腾开。我那数以百计的设计图，也是没处放，一直和鞋样为伍，拿包袱裹了，委屈地塞进箱子里。

水仙说："要是给了钱，还是先买一张席吧！"

是了，得先买一张席。炕上那几片拼凑起来的烂席片，是水仙从农机厂的灰渣堆上拣来的。在河里洗洗净，晾干，然后铺在炕上。很有几年了，席子已如丝如缕。当然喽，枕头也是不可少的。

宝宝不是常常睡觉时噘了嘴和人闹饥荒？说他头大被娃娃们笑话，就是因为睡觉没枕头。顺便给小不点也索性买一个……或者，衣服比这更当紧。至今，水仙腿上还吊着我穿罢的那条男人裤，脚上穿着我穿罢的那双男人鞋，尽管她捏住鞋后跟使针线牢牢地缝了两个"牛鼻梁"，但走起来依然拖船似的呼踏呼踏响……

或者，不必了。是的，所有这一切都暂时不必了。眼下，至关重要莫过于她的病。到大医院去，到地区，到太原，或者到北京。只要能检查出来，能治，花多少钱都行。她总满不在乎："能吃，能喝，能走。"但脸上的光色叫人忧心，身子骨日瘦一日，脸颊也坍塌下去，失去一个少妇的光鲜与活力。眼周黯然有了乌蓝的一围。是否患上什么疑难病症，瞒着我？苏琴，我确乎惶恐了。联系起来讲，昨天两件事不是很蹊跷？

先一个是姚克明老师。他在书店门口那儿唤住我。那郑重其事的神色，如像即便不是在这偶遇，他也会专程去找我。他心事重重地咬着斯大林烟锅子，半天才说："听见了么，合同还没签，你就成新闻人物了，说你发财了。"接着又问，"水仙知道了吗？"

"知道了。"我说。

"不该急着告！"

我茫然。

停了一会儿，他上不着天下不着地问我，记不记得《儒林外史》中的范进，记不记得范进中举之后突然就疯了。又说，某县某人，突然被抓去坐了牢，判死缓罪。家里扔下伶仃的妻。几个月后，某人又突然释放回来，说是冤案。妻子大喜过望，猝然就病倒，上午还好好的，碾米，割猪草，天没落黑，人就不济了。

说完，姚克明老师磕掉烟灰，就走了。

我丈二和尚摸不着头脑，装了一块心病。

当我碰上白头发老婆婆时——那是在土产公司的门口。这是一个无依无靠的老人，发白如仙，靠捡废纸换些零花钱，在山地铲刨机走投无路时，我不得不外出的那一段日子里，晚上她曾经给水仙就伴儿。

"是志强吧？"她从路的那一边蹒跚走来，半拖着一条旧麻袋，满是皱纹的脸上盈溢着激动与兴奋，像嘱托亲人那样推心置腹地对我说：

"到底天翻身地打滚了，你们总算熬出头。孩儿，我告你，钱到手，别胡花，先将养她的身子骨要紧……也不像他们说得那样玄。不过是跟上你吃喝受了制，只要好好调养，能好起来……"

我愈发地混沌了。——也存了一点小小侥幸：也许她没病，至少不是那骇人的一种！正如白头发婆婆所说，原不过吃喝上受了克制，只需调养就好了。

唉！跟上我，她过的是什么日月啊！

苏琴，我曾不止一次这么想：她不该跟上我这样的人受连累，为了我，为了山地铲刨机，她付出太多，得到的是微乎其微。这常常使我感激不尽，惭愧不已。我鬼迷心窍沉湎于山地铲刨机，使她那苦行僧般的遭际，连外人看了也于心不忍。

苏琴，曾发生过这么一件惊险、离奇事——长于编故事的小说家未必能编出。

就在我外出那段日子一个晚上，一个素昧平生男子汉居然两肋插刀，要救她出"火坑"。月暗星稀的时候，他翻墙进去，被水仙当成心怀歹意的马四海，狠狠抢了一火柱。差没削掉半个耳朵。汉子却不恼，一面捂着半张血脸，一面说他姓甚名谁，接着就说，他是来领她走的：

"你怕啥，你要人样有人样，年岁也轻。随便挪个窝，也比跟上你这个男人强。跟上他图啥？吃不上，喝不上，穿的是个屁！你要是有种，今晚就跟我走，咱上俺那河南去，我保证不会亏待你，中不中？"

苏琴！你看，真是花花世界。居然有人敢拐老婆！

但我宽容了这个汉子。事情当然不简单，三言两语说不清，留待以后再告你吧。

也许，那个汉子的话是对的：她那样既年轻又漂亮的女人，随便换一个人，都比跟上我强。然而，她不，宁愿遭磨难，也不另去攀高枝。不是说憨人有憨福吗？命里大概注定我该有这么一个好婆姨！

苏琴！你不是要知道我们的罗曼史吗？可你瞧，信已写得这般长了，留在下次叨且。

志强
九月一日

二

苏琴：

白天的信刚寄走，就又写。也许是勾起的回忆太多，也许人在兴奋时候，就想对人说道。趁着窗外的月色正好，我继续向你细说"艳史"。

"艳史"是得到她默许的。

我将你的信拿给她读，她脸上便有了本能的警惕。她一目十行绝无疏漏地把信读完，大概没发现什么"敌情"，这才眉毛一弯，一脸的临战紧张，宣告解除。

说到回信，她便狠狠用眼剜我："这话就不该问，一搭里这么多年，你看我是那鸡肠小肚的人？"之后，她便笑笑地转了身去喊鸡，唱歌似的："咕——咕咕——"一副千秋功罪任人评说神色。当她将一撮秕谷撒给鸡们时，便沉思复沉思了。那时她正把头发捋后去，食指微弯，余者皆翘，一缕发丝被轻轻撩起，至耳畔凝结了似的，不动了。一双散漫而深沉的目光，呆呆看住一个地方……想什么呢？是后天晚上山地铲刨机的合同签署会？还是想起了那遥远的酸甜、苦辣？

一晃十年了。

那是一个萧瑟清冷的冬夜。

还有五天才过年，照惯例，腊月二十八农机厂才放假。可是造出的犁没人买，歪把钳子也售不出，多干一天等于多赔一笔钱。

"去他娘的！还不如提前放了假，早一天放假大家早一天回去抱老婆。"厂长马四海突然做出决定。

说放就放了。日头还没落坡，厂里差不多再见不到一个人，连仓库保管老田头，今年也破例不留守。

马四海临离厂时叫住我。看来是刚换了装，一身黄皮倒也抖出许多虎威。肩膀上挎一把盒子枪，袖子上缠一道红箍子，一面将宽皮带往腰里扎，一面吩咐我说：今年你就给咱看门吧。反正你是个没坟的鬼，多操点心。至于我，你看，年关到了，他妈的，难免有新动向什么的。县"革委"领导张部长和黄鹏云主任说了，要加强一下民兵小分队的工作。妈的，人家过年白天吃好的，晚上搂老婆，我他妈还得带帮兄弟，狗一样巡街守夜。唉！活该咱他妈的是个队长……说着他头一歪，笑笑，一副天下舍我者其谁架势。之后，他腰板一端，撇着两条螳螂腿，向厂门外走去，一面哼哼叽叽：

一个姑娘哟不正经

> 手拿钥匙去开门
> 进了菜园中
> 开开门来去拔葱
> 墙外跳回个小后生
> 姑娘吓了一惊
> ……

这样的年月,敢唱这样的歌子?倘若换一个人,算不算阶级斗争新动向?由他来唱——一个很有头脸的"革命领导",一个民兵小分队的大头目,这就不能不叫人久久地思量。仔细想一下,也就释然:这些所谓革命者,充其量原本不就是一群泥塑金身?

天色暗下去。夜幕从四面合围上来,黝黑的夜晚,透过厂门,只能瞭见河对面山崖下寥落的灯火。

夜静悄悄。整个厂区荒凉得如一片坟场。眼下,这片坟场只有我孤寂一人。

我幽灵般躲进我的小屋。

苏琴,你大约还记得农机厂的西南角曾经有一间堆放杂物的小房子:很旧了,泥巴剥落,墙砖风化,常年吊一把锈锁。山地铲刨机的研制,夭折不到半个月,马四海让我从原先我们住过的那间屋子搬出来,像扔废料一样让我住进这间小屋子,还说是照顾我。"那儿静。"他说。

我没发一语住进去。那时,我很希望独处。受伤的野兽不也是要钻进林子的最深处,独自悄悄舔舐自己淌血的伤口?

我在火炉前坐下来。把温在炉台上的小铝锅移开一点,露出月牙似的一弯火口。我烘着手,一面瞅那蓝而细小的火苗,活活泼泼地跳。

有人去楼空凄凉……

都回家过团圆年去了……

而我呢?

家破了。三个月前,妻到遥远的地方另筑新巢。接着老父亲也死了,唯一亲人就一个刚满三岁的宝宝,也被远远送到山那边,让一家亲戚照料。

在这万家团圆的日子,还有什么令人更孤独黯然?

苏琴,那一刻,我就像在一场恶战中负伤昏死的战士,直到一弯残月清冷地映照了那片茫茫战后荒原,我突然醒转过来,捂着大难过后的伤口,一面望着那余烬未息、人马倒毙、零乱而凄凉的场景,久久地在沉思……

我何苦?当初好好教书算了,却因为鬼迷心窍地研制什么山地铲刨机,而落得现在这般境地!

老爹临死前的话在耳边回响:"……娃儿!遇上瞎世道了,不让你弄,就不要硬弄了……攒些钱,婆姨没守住,就守咱娃,娃娃小,得有人经管,机子的事,停了……咱贴赔不起……"

我哭了。

炉台上,铝锅里的水,发出微响,融合着一缕尖尖的哨音,细若游丝,飘忽而遥远。

起风了。

夜风从门缝钻进来,电灯在微微地晃。

屋外刮倒一根棍子……卷起的沙尘落在窗户上,沙沙、沙沙……

一只弱不胜寒的夜鸟在什么地方哀啼……之后,又寂然如死。让人好不郁悒,甚至淡薄人生。既然到了一无所有地步,也就无所留恋。

我没死,大概这瘦削的胸腔里,跳动着的依然是一颗不甘寂寞的雄心?

听说酒能浇愁,可以在醉醺中得到解脱。

我去买酒。

街上很冷清,狗舔过似的。偶尔才有行人走过,步履匆匆。

民兵小分队在巡夜,端着枪,猫头鹰似的,在黑暗中用敌视的眼睛盯人。

公家的店铺早已关了门面,我不惜走很远的路,来到鼓楼底寡妇老婆的代销店,买了半斤红薯烧。

我又回到我的小屋。

却又怪,竟然悄悄尾随我进来一个人——一个年岁轻轻的小女人。

那时,炉火正红。我把酒倒进一只茶缸里,坐下正要喝——门外轻轻一响,不像是风。我觉得奇,喊:

"谁?!"

似乎迟疑一下,门轻轻地被推开,跟着就进来一个陌生的人——女人。一团雾似的,举动轻轻的,进来就转过身去关门,却迟迟地不敢再转过来,看得出,她心里一定忐忑不安。

我突然记起,回来时忘记关大门。

"你——找谁?"我疑惑地问。

不答声,只顾用指甲抠门板,声音就像一只老鼠在啃豆子。半天才说:"就找你哩。"蚊蚋似的,怯惧而细微。

"你是?"我诧异。

她不言语,只是迟疑地把身子转过来,头勾得很低,脸斜着,眼神很慌,依旧贴住板门站着,手藏到背后,那紧张样儿,说不准门框那儿捏出了汗呢!

她是谁？——这样细细的身材，这样朴素的穿着：深蓝色的紧腿棉裤，褪了色的铁灰二大衣。一条枣红长围脖，浅浅地围住后脑勺，绰约地从前边绕过来，遮住半张脸，然后朝背后一扔，呼出来的热气，已在围脖的边沿上湿漉漉凝结出一片细碎的水珠。

她终于鼓起勇气，慢慢地抬起头，围脖褪下去，完全露出了她那俏丽的脸，白白的，沉静而端庄，只是，那双像深水潭子似的大眼里，隐隐地流露出一种哀怨。人很年轻，大约才二十刚出头吧？

她瞅住我明净地笑笑：

"你不认识我啦？"

我一副呆相。

"忘了？前年在桃花坡，你摆置一台柴油机还吃我家的荞面凉粉。"

记起来了。

那时，我在枣林沟川道里教小学。秋天大旱，眼见庄稼一天比一天枯萎。公社所在地的桃花坡队，拢共一台柴油机，也坏了，抽水机放在河边干晒着，全村人急得转圈圈。其时，姚克明老师就在桃花坡当联合校长，知道我会摆弄拖拉机、锅驼机什么的，就叼着他那斯大林烟斗，翻一架山过来，把我"请"到桃花坡。

我油污着两只手，天气那样热，过去半天机子没修好，还五淀六道抹成了大花脸。

"嘻！"——扭头瞅瞅，有个十八九的俊女子，肩扛一把锄头，像是从田里刚回来。

"笑什么，丫头？"我这么问。

丫头不说话，只是掩嘴笑。

"笑呢，还不快给叔弄些凉水来喝。"

丫头不言语，两弯秀眉轻轻一挑，伸手将额前一绺头发拢后去，脚步快快地踩着小路上的青石板，一拐，进了自家的小土院。

去了又来，端一个蓝边粗瓷碗，双手递我：

"凉粉。"

这倒是解暑佳品，便大嚼，吸吸溜溜吃了个美。

姑娘掩着嘴笑：

"还没摆弄好？"

"没。"

"你是教书的？"

"是哩。"

"那你——会修？"

"试试。"

"以前修过？"

"修过锅驼机。"

"那——这也会？"

"路是踩出来的。"

她用佩服的眼光瞅住我笑，然后接了碗，踩着小路上的青石板，进了自家的小土院。

想不到会是她！

抑或是女大十八变？还是吃了人家凉粉压根就没往心里记？唉唉，三年里，有女如云，未必都能一一记起。那么她说是，大概也就是了。

我热情地请她坐。她不，仍站着。但随和多了。

可是，我问她，这样的时候，来找，有事吗？

她一下又惶惶然，头勾下去，死死盯住自家两只不安宁的脚，两只手又躲了后去"咬"门板。停一下，才鼓了勇气说：

"是姚老师叫来的。说得好好的,厮跟着来,正要起身时,校里又把他拖绊住了,他说:'你先头里走,我随后就来。'说好在书店门口碰面,然后他再领我来你这儿。我憨憨地等,等到阳婆下山,天也黑了,还不见来。只说今儿个不抵了,我就到我老姨家去了。我老姨是城关二队的,不远,就在你们厂对面山跟底下住,门前有一棵花椒树,花椒树老得不行了,好几年都不结籽啦——"

她忽然顿住,脸一红,使劲咬住下唇。大约在懊恨自己不该东沟扯到西岭上。

好不容易又把话接续上:

"我心里又不踏实,谁知道明儿个姚老师来不来。这么着,我就独自硬是找到这儿来啦!"

说完,用一只脚去踹另一只脚。

我不得要领。

只是那吞吞吐吐的言语、躲躲闪闪的神色,以及那一脸细汗,让我感到要有一件不寻常的事情。

"说是——"她腾地红了脸,身子再斜过去,声细如游丝,"姚老师让先见、先见一见。"

"见——?"我呆了。

"就是相面哩。"

我脸红如火炭。天!这是从何说起呢!

是了,我突然记起来。

苏琴!那是你我分手之后,时间不长的某一天,姚老师进城来对我说:另寻个合适的吧,你跟前得有个人。而当时,事业的夭折,父的死去,妻的离散,凡此种种带来的打击,正心灰意冷。二来,压根就不打算再娶。我想:为了山地铲刨机,我已拖累过一个女人。铲刨机虽然暂时夭折,却夭折不了我的一颗愚顽心。明知往后的路依然维艰坎坷,何须再连累另一个女人呢?鉴于此,我便瞅住好心的姚老师,苦笑笑,没置可否。

这不,我的姚老师,真格地就把事情做下了,叫人哭笑两难也兴叹不已。

咋办?总不能绝情绝义撵人家走。便红着脸,很小心地问一些话。这之中,我才知道她姓杨,叫水仙。二十五。念高中时,父亲亡故,母亲是疯子,弟弟才六岁。她只好辍学回家照应老小。

当我问她为何不早点找个人家时,她不再说话,头愈发地往下垂,大颗大颗落泪。

我惘然。

她将一绺头发拢后去,脸白如死地说:

"我名声不好。"

我傻了,像被人当头抡了一捶。

她依旧脸白如死,略停一下,又痛苦地说下去。

她是那么惊颤地向我袒露着她那深深掩藏在心底的,那块触一下全身都要战栗的依然在淌血的伤疤。

苏琴,正如你信上所说,她确乎曾被挂了破鞋,游了街。

"我不是故意学瞎的呀!也怪个人没志气,我真灰!当初咋敢接人家的钱?咋敢接人家的稻黍米?可是,娘疯了,弟弟那么猴,才六岁,都张着口,我一个女娃家,才十八。家里又是短款户,常常就断了顿。我愁得不行,一些后生们偷偷塞给我几毛钱,我不要,他就说,不怕,谁还没个难处。我就接下了。又有人给我几斤稻黍米,我不要,他就说,不怕,又不叫你还。我就又接了。谁知道呢,东西递到手,就死皮赖脸地央告你,硬要人家和他那个啥。我不肯,就死缠你。我还不肯,硬缠。谁能想到呢!我死活不依,扇了人家的脸。那伙黑肚子就生着方害人,七手八脚把我扯到巷道里丢尽了人。我死过，跳进屈产河的一个深水沽，可又被人们搭救了。我没死成，弟弟却病死了，疯子娘也死了，就留下我一个女娃家。不敢在村里住，就在这个亲戚家住一个月，那个亲戚家住十天。有时也到城里来，黑天在老姨家歇息，天一亮，就到河滩砸石子，挣些零钱。就这么瞎活哩，一个女子落到这步田地，谁还肯要？"

　　苏琴，事情过后，我也觉得怪：感情这东西，在一些情况下，变化之迅猛，往往连自己也难以预测。你知道吗？就在我又惊又痛地听完了她的述说之后，我不觉也战战兢兢撩开了自己的心幕。这也会产生爱情？是同情？天知道。连我自己也说不明道不清。但我知道，爱情的籽种，未必都一律要播种在俊脸蛋子上。

　　诚然，她很俊，也很年轻。可是，苏琴，决不像你所说，仅为此一端，我就可能如何如何。而且还说，和你分手之前，我们就……冤哉枉也！

　　你看，头一天晚上，我们就是这么相识的，也仅此而已。

　　苏琴，我不得不就此打住。你看，窗外那一弯明月也在打盹了，农机厂的大喇叭早就安歇。我的"罗曼史"当然还远远没有讲完。君不记：来日方长？

志强
九月一日晚

三

苏琴：

　　前天的信没寄，看来得和这封信一并付邮了。

知道吗？今天是个不寻常的日子！不说，你大约也猜得出，合同签署了。提前半天，下午签署的。黄鹏云亲自主持了会。

一切如人想象的那么美好。

你听黄鹏云是怎么说的——

他拉开椅子，从桌子那边绕过来，要拥抱整个宇宙那样，阔绰地张开双臂，红润的两只细手，轻轻落在我肩膀上，头一歪，笑和尚似的咧了双唇：

"恭喜你呀，我们的发明家同志！这就叫，跌了一跤跤，拣了个钱包包，好家伙，六千块！差不多相当于我五年工资的总和！一张一张挨个数，得数你半天呢！花不了，吭气，嗳？哈哈哈！"

六千块！对我们来说，这是一个叫人激动不已的数字。

原不打算急着让她知道的。姚克明老师不是有暗示？可是一个生来舌根底就存不住米花的人，不让说，又不行。何况，这样一个难得的福音，总不忍独享。便说了。

似乎不像姚老师说的那么悬乎。就像听了一件于己不大相关的事情，她丝毫没有激扬的表示，这样的淡泊使我大扫其兴。

然而她却对我说，整整一下午她就像丢了魂似的，全部心思都被我牵扯到会上去了，以至于她干什么都心不在焉：明明手里捏着针，却猫了腰满世界地找；明明是左脚的鞋帮子却糊里糊涂地绱到了右脚的鞋底上，一看，自己把自己笑一场。想想，算了吧，不做了，将活计朝炕上一丢，到了街门外边，倚着那棵小杨树，凝视着那条寂寞的小路。一直守候到那轮如火的秋阳西坠，四围的山峦开始变模糊，投宿的鸟雀流矢般慌慌掠过。那条唯一通往外面世界的柏油路上，行人渐少，车辆零落，终于看见了小路那一端的我，正步履匆匆地走来。可以想见，那时我是如何激动。

可是当我将那份盖了大大小小红印章的合同递给她时，她只是轻轻问了一句：

"签了？"

"签了！"

"好爷爷哩，总算歇心啦。"

仅此而已。

这样的一桩喜事，她居然叫不起板。那样地懒散与淡泊。就像素常日子，对付那些一样又一样平凡、琐碎而又非做不可的家务。比如：宝宝因为没有黄褂子而哭着不去参加学校的歌咏比赛，一夜的秋雨浇湿了烧饭的柴草。所有这些自然都要叫人惹起焦灼与烦恼。经过一番忙乱的奔波，褂子总算借到了，炉灶里也燃起了火苗。一桩心事就算了却了。大可不必为此记挂在心上。

可是，天！眼下这是怎样的一件至关重要的事情——十年的辛酸换来的成果啊！更何况还有六千元的巨款！

可她就是叫不起板。这是多么令人乏味的事情。

我不相信她会无动于衷。

我发觉一种难以抑制的欢愉悄悄地从她的心底里往外溢，当她站在街门前扯着嗓门朝河滩呼唤小不点回来的时候，那嘹亮的声音竟如唱歌一般，尾音拖得老长，悠扬地向上一挑，挑出一种滋味。水缸里本来满满当当，她却浑身热量无处打发似的，非要坚持再挑一担，哗哗啦啦挑了水桶下河走了。两只脚板敏捷如紫燕飞，胳膊前后甩出精神。让人最动情的莫过于她坐在灶前被炉膛的火苗映成通红的那张笑脸，一种不易察觉的笑，轻轻地咬在嘴角，圆溜溜的眼睛直直地瞅住火口，直到火苗蹿出来时，才想起添柴。她在想什么？过去，还是未来？这凝聚的流光溢彩的神色，不难看出，她的心腔里正涌动着一股激流。

这张凝聚着心事的笑脸，忽然使我想起十年前的那个晚上。那个晚上红红的火炉前，也是这样的一张笑脸。

那是我和她第二次相面的时候。

我接续着讲"艳史"。

第二次相面还在老地方——我的那间小屋。依样的炉火正旺，依样的有灯昏黄。她不再贴门板，拘谨地坐在炉前那把椅子上，略略向前伸直了青春活力充溢的双腿，两只交叠的手轻轻压上去，款款捻动一缕毛绒线，明净地凝视着脚前某一处。双眉轻敛，嘴角翘着。

夜静悄悄的。

"你真的不嫌我？"头不抬，她焦苦地咬住嘴唇。

"不嫌。"我说。

"真格？"直接地瞅我。

"真格。"

她松动一下身子。显然是得到了一种慰藉。而这样的慰藉又是积年累月在心底久久渴望着的。就像在一个好悠长的旱天里，青绿的苞谷苗眼看就要枯萎，而接连下去的日子，仍然别指望能看到一丝云彩。每日从广播里听到的天气预报，只能叫人更加颓丧。就在你无望的时候，突然淅淅沥沥雨脚如注。一夜之间，田里的水就满满当当，苞谷林一下又有了活力，沙沙，沙沙！一片怡和的叶脉舒展声。

可是，眼前的这个文静的女子，举动并不夸张，只是将目光悄悄移过去，移到红红的火口那儿，那样地凝聚了心事。表面看，平静得像一汪秋水，但那溢光流彩的神色，不难让人看出，心腔里正涌动着一股激流。一如为冰雪覆盖的屈产河，滔滔的激流，只在冷静的冰层下端迂回百转。

这又是叫人很费猜想的事情。我——一个落魄到等于完全破了产的人，从各方面讲，都不值一提，却怎么就让这样一个年轻的俊女子，如此痴情和依恋？到底图我啥？图貌？我其貌不扬，尖嘴猴腮，小蒜鼻子，还斜斜地刺出一枚小狗牙。使镜子一照，自己都感到毫无动人之处。图钱？当然，工资是旱涝保收，会计的工资表上，每月都有五十三元进项。可是，除了买书，购机器零件，能拿回家的往往连称盐买面都难以对付。至于家里的东西，这又是一眼都能看到的，除了一片叫人忧郁的穷气，恐怕再也见不到什么了。

"我啥都不图，就图你这个人。"

她这么说，很执着，即便是一种偏见也没有改变的可能。她又提起给她们队修柴油机那件事，说我像个男子汉，女人跟上这样的男子汉日后有出息。

我脸红了一下。天！还出息呢，一个女人分明刚刚离我而去。但显然她又并非挖苦我。是了，眼前的她，毕竟还是一个阅历不深的年轻女子。为了她，也为了我自己，我不能不再三提醒她：

"你可要慎重些！再说，我们过去也仅仅只是一面之缘。恐怕你连我姓啥叫啥都不晓得吧？"

"晓得，我全晓得。"她急了，受了莫大委屈似的，当下哗哗啦啦一气背了"你姓郑，叫志强，属羊的，虚岁三十五，比我才大十岁。是大了点，可我不嫌弃"之后，她能说出我某年某月汾阳师专毕业，某年某月回来教了书，某年某月又调回城，某年结的婚，某年又离了，留下一个猴孩孩，叫宝宝。父亲老煞了，眼下，就只有我一个独身汉。

她一口气说完，利索干脆如响一串机关炮。见我惊疑，就俏皮地瞅住我说：

"我还知道你奶名！"

"是吗？"

"狗蛋？是吧？"说完咯咯笑。

我也跟着笑。拘谨的气氛松动了许多。

这之中，我们谈到"山地铲刨机"，是我提起的。鉴于已经有过的一次教训，我不能不把话说到前头。苏琴！你不会多心吧，我并非要涉嫌于你，十年的岁月，我已懂得"人各有志"的道理。我的本意是在提醒她，世界大得很，不要为了我这样一个人而勉强自己。因为对于"山地铲刨机"我是不撞南墙不回头。

"男人家，就得闹些本事，窝窝囊囊一辈子有啥出息呢？"她说。

"可是，说不定我会弄得焦头烂额，你知道，为了'山地铲刨机'我已经是——"

"我晓得，那有啥，抓只雀儿还得赔一把米呢。"

"跟上我要遭罪的。"

"我不嫌。"

"每月的工资我全拿不回来。"

"我不嫌。"

"我的年龄——"

"我不嫌。"

"你年轻轻的，刚进门就当后娘！"

"不嫌，你啥都别再说了，我不嫌嘛！"

我默然了，除了感激之外，我还再能说什么呢！

好悠长的时间我们彼此相对无言，就那么悄悄地坐着，温在炉台上的小铝锅哝哝唔唔撩人心绪。两颗颤动的心就在这撩人心绪的夜色里，悄悄在靠拢，靠拢。

记得那时候，我唯一的希望就是时间能走得慢一些。

难得今夜良宵！

河对面的山崖下，隐隐约约传来一声鸡啼。

"呀!"她一惊,"鸡都叫了呢!"一面取了围脖往头上缠,准备动身走。

我一时很惆怅,暗暗懊恨谁家那只不识时务的鸡。可是看看表,才三点,便欣慰地告诉她,那只不过是一只反夜的鸡,要她再坐坐。

她似有所动,捏着围巾的手在胸前那儿停下来,眼睛眯眯地动人,仔细掂量一番后,说:

"不敢了,我还是走吧!"

我口讷舌拙,想不出体面的挽留话。眼巴巴瞅着她站起来,将捏着的半条围脖往背后一甩,就依恋地移动起脚步。

真想上去拦住她,却缺少勇气。

苏琴!苍天在上,那一刻我一点邪念都不曾有的,只不过希望她能多坐会儿,谈说谈说,借以宽慰我一颗寂寞的心。

但在开门的时候

她抓住门的把手,往后一拉,再一拉:

"真紧!"她细声细气地这么说。

大凡男子在女子面前都有一种献身精神,我殷勤地快步抢上前去:

"我来,我来!"

她把身子移过去一点,手却不离开,只往下移一下,留一半空间给我,我略迟疑一下,手就抓上去,于是手和手相挨了。

她满脸绯红,却不反抗,也不挣脱,勇敢地瞅住我,那是一双炽热得燃化别人首先燃化了自己而变得迷乱的眼睛。我从这眼神里得到了一种鼓励。

一下子她被我紧紧搂在怀里。一双滚烫的唇急切地寻找着另一双滚烫的唇,我的小屋一如这黎明的夜色,处在静悄悄的黑暗里。

苏琴！事情似乎很糟，甚至现在我没弄清，当时的秘密是怎样泄漏出去的。

苏琴！还记不记得贾槐槐？你走以前，他在厂里当模型工，"山地铲刨机"的热心分子。冬天常穿大裆棉裤，第二天在书店门口，他双手捂着两只冻耳朵走路，一见我，脸色就异常，小心地将我朝路边拉拉，抑了声问我真的干下了糊糊事？

"怎么？"我问。

"怎——么？"他依旧双手捂耳，"夜黑里，你圈了一个女人？"

我突然有些慌，"我们只不过谈了谈。"

"熊，关了灯谈？"

我脸一红。

"那女人是谁？"

我告诉了他。

"她呀？"他脸扭了扭，"脸蛋子俊顶个啥！那是个破货！"大约见我不悦，忙改口，"嘿嘿，喝凉水就咸菜，各人有各人的爱，对吧？可你们营业证还没办下，就提前营业？笑哩，操心些，有人要找你们麻搭呢！"

"谁？"我不肯信。

"谁？——"左右看看，没说是谁，"反正你们操心着就是了。"双手捂住耳朵又走了。

这就是说，我们的风流案已经在这小小县城张扬开去，且惊动了什么人！又是谁要和我们过不去呢？

当我心里七上八下刚回到小屋时，马四海来了，腰扎皮带，很轩昂地推开我的屋门，二话不搭，扯过椅子就坐，然后用一种玩味的眼睛瞅住我。这样的神色，一下使我想到贾槐槐刚才说过的话。

莫非我们惊动了民兵小分队？

民兵小分队里，有一批何许人也，这是大家都清楚的。那个年月，法律就在这帮人手里握着，他们什么事都能干得出，既然桃花坡的"革命派"敢将她挂了破鞋游街，那么县城的民兵小分队也可能有过之而无不及。何况我和马四海已有嫌隙，山地铲刨机被他扼杀之后，我在他眼里已不值几文，有道是破鼓乱人捶，谁敢断言马四海不可能把坏事做绝。

"你脸上气色不好。"马四海故意做出一副意味深长样子。

"是吗？"我尽量让自己很坦然。

"你熬夜了？"

"我常熬夜。"

"和谁，一个女人吗？"盯住我。

果然来者不善。看样子十之有九事情已经败露。既如此何须再遮掩，我当然不会老实到自投罗网，挺着脖颈寻刀刃，我只承认别人介绍了一个对象，来见见面，彼此相互了解，并没有什么。

"关了灯？"一脸的阴阳怪气。

"没！"我矢口否认。

"你算了吧！"他皮笑肉不笑地瞅瞅我，然后不慌不忙地从口袋摸出一支烟，不慌不忙点着，一副胜利者姿态，意思是：猎物在手，待我慢慢消遣。我那脆弱的防线，已经完全崩溃，把后果往最坏处想：马四海不可能给我好果子吃。然而他出人意外地这么说：

"昨天晚里，要不是我知道得早，天不亮就被他们一条麻绳把你们从被窝里拴走了。多亏他们先请示我，让我噼噼啪啪美美盖了一顿，这才一个个龟孙似的夹起尾巴乖乖溜了。"

我如坠五里云雾，真不敢相信坐在眼前的这一位会是马四海。言语举动分明地一副救世主样子，不但没有借此寻衅生非，而且由他出面制止了一场野蛮行径的发生。那么，他何以突然对我发起慈悲？是为山地铲刨机想到自己太过分，良心不忍，以此来作为感情的补偿？还是别有他图呢？

我一时不甚了了。不知他的葫芦里到底卖什么药！

"这件事到此为止。"俨然一副秉正持重的样子，"如果有人要找麻烦，你别理。不过话说回来，以后你们尽量小心点，总还得注意一点政治影响吧？"

阿弥陀佛！他居然讲影响。腥膻本来如此，却还装出道貌岸然，好笑。

鉴于眼前的利害，我不得不做出聆听教诲样子，甚至用诚惶诚恐掩饰自己的狡猾。既然马四海没有将路堵死，我何必硬要把事情弄到狭窄地步，或者走向反面。为了她——水仙，她的心灵已经遭受过一次不堪忍受摧残。所以，我尽量做出对心腹知己那样，对马四海说，我们并非只图一时媾欢，是要长久在一起举家过日子。并煞有介事问他对此有何高见，能否参谋参谋。

他把嘴海开，用嘴角叼住烟，缭绕的烟云后面是一张怪模怪样，眯细了眼睛想心事：

"这女子我见过，'布景'不赖，昨天晚上我就想，干脆把你们捏弄到一块算了。金钗配银钗，西葫芦配倭瓜，你也别嫌人家名声不好，她也不要嫌你不是童男身，年岁大，两相一抵，谁也不占便宜，谁也不吃亏，倒是天搭的一对呢！再说，以前的事也不能全怨她，少爹没娘女娃，哪能惹得起社会的黑皮们。篱牢狗不入，你们结了婚，就住在咱们厂里，有我在，不信他谁长了豹子胆敢到这来跳墙打野食。"

苏琴，当事者迷。人在事中往往容易利令智昏，如果在当时我只要稍微冷静地想一想，也许并不难察觉出马四海反常的殷勤后面，原来包藏着一颗祸心。虽然他说出的一些话，那样地令人刺耳，我似乎也能给予包容。撇开别的不说，昨晚的事情仰仗他全力庇护，不就叫人感恩不尽？虽然古人云：君子施恩不图报，马四海毕竟不是君子。他要索债的，将这件事作为索债的把柄，挟持着要她就范于他。在以后好长的一段时间里，几乎闹得我们家无宁日。

好了，不提了。苏琴，难得今天是好日子，不要让这些不愉快的事情败坏我们心绪。

我再接着讲。

我和水仙结婚了。一切都是闪电式。大年三十的那天，我们举行了婚礼——如果那也叫婚礼的话。

婚变，葬父，加上以前的拖欠，我已是债台高筑。囊贫如洗，自然就一无所有。没有嘉宾。没有鼓乐，没有张灯结彩，没有披红戴花。只有水，只有一盆又一盆清凌凌的水，和一把秃了毛的旧鞋刷。她把袖子挽得高高的，对我说："来，到炉子跟前来，把身上的衣服刷一刷。"我们俩就站在火炉前，彼此相帮着，刷呀，刷呀，刷出我一串串的泪。

"你哭啦？"她仰起脸，静静地瞅住我。显然，她什么都明白，一汪液体在她眼里滚动，她使劲咬咬嘴唇，尔后笑着，明净而安详。她翘起手指轻轻弹掉泪珠，一面说："今儿个可是咱们大喜的日子？"

不说则已，一说我的眼泪愈发如断线珠子，我紧紧攥住她的手："水仙，叫你受委屈了，人家姑娘结婚谁不是穿得鲜鲜亮亮，可是跟上我，你什么都没有。"

她凄然一笑，摇摇头："谁说咱们没有？咱有！你心里不是有我，我心里不是有你吗？这比什么都强。"她的额头轻轻抵住我的额头，直到我笑起来为止。

正如水仙所说,今天是我们大喜日子。在这样的日子以泪洗面是极不相宜的。总的说来,欢愉胜于哀伤。随遇而安,人的适应性是最强的。瞧,我们的新屋布置得简单而整洁,一样能渲染出新婚的喜气。被褥洗濯一新,只有女人的手才能把床单铺得那么平,绰约地垂掉出一个折边,被子叠得挑棱挑角,豆腐块似的成斜形放在床头一角,还细心地蒙上一块略微褪了色的红头纱。

这一边,静静的烛光照亮,那是一对指头大小红蜡烛,活活泼泼的光焰,映照着贴在墙上的梅红"囍"字,也映照着对镜理云鬓的新娘子。此时她将外罩脱去,只穿枣红色碎花薄棉袄,平添几多温柔,几多俏丽。曲了双臂向上将一枚棒棒发卡在头上绾好,左右照一番,转过身,赧然一笑:"你瞅,行吗?"羞一脸桃花红。

前两天我不是买过半缸红薯烧?正好给婚礼增添一项意味深长的礼仪:临上床我们喝了"交杯酒"。水仙屏住气只呷了一点点,摇头吐舌,连连说苦。

也许吉利的日子不该说不吉利的话。竟被她言中了,在接连下去的日子,我们一苦就是十几个春秋。

当然,最苦的还是她。有谁说过:男人成功的一半是女人。这句话我深味到。

感谢姚克明老师,是他这个月下老给我挑选了这样一位称心如意的好媳妇。

苏琴,我忽然记起你信上提到的一件事。你问山地铲刨机,如何能牵连到姚老师。正如你所了解的,他一向从事教育,执教很严,就连黄鹏云至今还常常向人说他念四年级时,因写仿硬硬挨过姚老师两板子。他说严师出高徒,要不是当年姚老师那两板子,现在他未必就能写一手好字。在这一点上,黄鹏云倒值得称许,尽管姚克明老师只长他七八岁,自己的官职也已升到七品,却还知道赐教之恩，不论什么时见了面，总是一口一个姚老师，叫出礼数。大概出于学生对老师的特殊照顾，县科委成立时，黄鹏云首先提出让姚克明老师去当主任，理由是他学问深，比如桃花坡出土那一批殷商时期盆盆罐罐，全县找不出第二个人能像姚老师言语道断，说那是古代文化，并以此撰写了一篇文章在《文物》杂志发表。陶罐送到北京，被作为国宝收藏在国家博物馆。至少在这个边远的小县里，姚克明名声大振。用这样的人到科委当主任最理想不过，一来给县上撑门面，二来也尽了学生一点心意，——将老师由一个联合校长提拔成部局领导，不能算是忘恩。谁知姚克明偏不识抬举，坚持不去，婉言谢绝。一直僵持了半年，还是学生比老师厉害，就在我和水仙结婚不久，姚克明到县科委走马上任。

吉人天佑，姚克明上任第一桩事，就是让山地铲刨机的研制重新上马。黄鹏云碍于老师情面，勉为其难地恩准。可是命运多舛，山地铲刨机第二次遭到戕杀时，连姚克明都未能幸免，他对我们的关怀让恶人做了流言的种子，其手段之卑鄙不外以流言杀人，坏人公然贴出"小字报"，说他和水仙如何如何。这一撒手锏，差没把这个老人击倒。说来话长，时候不早了，到此搁笔，再叙。

志强
九月三日

四

苏琴：

九月十六日及十月七日的两封来信均收悉，拖至现在做复，并非忙碌，心情使然。

不觉间时已深秋，萧索的冬月日渐迫近。霏霏细雨接连下了几天，仍不转晴，凝重的云块铅一样压下来，罩住四围山峦河谷。收获后的田野空旷而寂寞，泥土被犁铧翻起，裸露着发霉的苞谷根须。到处是水洼，在不觉的微风里，波动着清冷的微澜。不知名的鸟雀间或擦着地面掠过，残留在枝丫上的杨树叶，斜着飘落下来。衰枯的草丛里，秋虫们偶或发出一两声单调而凄凉的哀鸣。

这样的天气，容易让人伤感。

苏琴，合同签署距今快两个月，六千元所得费分文未获。二十多天以前，农机厂的小田如期践约，将三万元试产费一厘不差，面交县科委刘云生主任，但事情莫名其妙被搁置起来，拖延至今，依然风不吹草不动。想当面去问刘云生，可是张口说钱，又生怕讨人嫌。那就等一等。黄鹏云不至于开空头支票。

寂寥的日子最难打发。也好，写信吧。

苏琴，你在九月十六日来信上，写了这样一段话：

"从你信上的一些文字，加上我的想象补充，你的那个她，一言一举，一颦一笑，在我心中渐渐明晰具体。曾经认为只消用眼角斜睨的女人，迅速改变着她在我心中的形象。当我仔细阅读你的信件时，如你一样，竟也是那么惊颤地撩开了心幕，而接纳了她。如果物以类聚，如果不抱世俗偏见和个人私念，她，你的水仙，应当毫无愧色归属于'贤妻良母'。为了你，为了我们的孩子，这样一个贤妻良母不正是我久久为之希求的吗？在为你和孩子庆幸的同时，我有一点点嫉妒。她是怎样赢得你欢心？我扪心自问，过去，我对你并没过多要求，只是想像所有女人那样，天经地义应该从男人身上得到应该得到的。我没得到，或者说得到很少。这恐怕是导致我们分手的主要原因。那一个时期，你心里只有山地铲刨机，忘却自己是有女人的男人，或者说忘记家里有一个等待男人去温存的女人!

"同样是你,前一个女人觉得无法忍受的痛苦,后一个女人似乎乐得其所。于是我想:是我感情上向男人索取太多?按年龄,她毕竟情窦初开啊!或者索取不到干脆压抑了自己?若果真如此,就太不幸了。"

苏琴!该怎么回答你,三言两语叙说不清。如果你有兴趣,我不妨从开头说起。

你问到小屋。

你说从信上看,我们现在居住的小屋显然已不是农机厂里那一个,它的方位,从文字看,好像在屈产河北边?

你判断不错,我的一家已有十年时间在这里居住。

这里到处是乱石和野草:莎蓬、苦蒿、本钱草、野蒺藜,夏天开寂寞的野花,冬天枯枝败叶在冷风里哀鸣。除了山根下几座坟茔,唯一建筑物,就是那个被人遗忘了的孤零零的大烟囱,它没着没落,像平地兀然竖起的一根狼尾巴。烟囱根底是一间斗方大小简陋的机房,门框已被扒走,只剩一个黑窟窿。据说是发高烧年月留下的政绩,里外看不到烟缕痕迹。大约"钢铁元帅"不愿在这荒凉地方"升帐",所以新建的烟囱和小机房一同荒废。没想到若干年后,由我给它派上了用场。

我们就住在烟囱里。诚然可悲。夹缝里讨生活,算没办法中的办法。

苏琴,我们再回到十年前我和水仙结婚不久那一段日子吧。

那时,对我来说,算是双喜临门:山地铲刨机的研制得以继续,破碎了的小家庭重新建起,宝宝也从乡下接回来。开始的几天,他对这个陌生的继母别扭了一阵子,渐渐地就融洽了。他很响地喊她:"妈!"但发音依然不准,念"天"是"千","地"念"纪",

"西葫芦"念"鸡不芦",逗得水仙子笑,使劲在小脸蛋上亲。宝宝常常偎在她怀抱里。逢礼拜天,她就拉着他的小手去上街,用副食证割半斤猪肉回来,包荞面饺子。三个人分吃两个人的口粮,她总觉得缺理,每顿饭只吃半饱,总是说'饱了',还煞有介事打饱嗝:"看,饱了吧!"

每如此,我隐隐作痛。

好在山地铲刨机有了研制费,承蒙新上任的科委主任姚克明老师多方奔走,总算又搞到一万元专项研制费。我的工资可以全部交给她安排,至少可以买一些议价粮,加点瓜菜,勉强把日子对付下去。

日子似乎鲜活许多。天气稍暖和时,炉子移到室外,破油毡搭建个小棚子,伸出来的铁烟囱摇曳起青色的烟缕。屋前横斜着牵起一条细绳。白天,我照例去上班,水仙教宝宝认字,要么挽了衣袖洗濯,洗净的衣服满满晾一绳。晚上,一块干净的暗颜色的旧窗帘隔开外面世界,黄黄的灯光柔和如梦,宝宝早已进入梦乡,脸盆被轻轻碰响,那是她在洗浣身子。淡淡的胰子味伴和着女人身上特有的馨香,那样撩人心绪。新婚日子,软绵的枕边自然要厮磨出几多风情、几多恩爱。

当然,我没有将日子全部消磨在儿女私情,那样岂不辜负了年华!爱情固然使我愉快,但责任和理智使我很快地将这愉快用于事业。

我又沉浸在山地铲刨机研制里。

感谢姚克明老师,不断给我送来一些资料供我借鉴参考。马四海居然也为山地铲刨机大开绿灯。他特地在前院腾出一间办公室,并在全体职工会上强调:没事谁也不许到刘技术员办公室去干扰。私下里也特别关照我,说一万元的研制款已拨回厂里,该买什么你尽管买。除此之外,还常常背了双臂,走进我们的小屋,语气和神态就像在一个锅里搅稀稠。进门就问,炭烧完没?粮食够不够吃?大灶上给各户分山药蛋,你们分啦没?分啦?分了多少?怎么才分那一点?没户口的不给分?别人没户口可以不分,水仙得分!告他们说,就说我说的。

临出门还再弯回来,瞅住水仙说:

"往后有什么事,只管来找我,志强那工作不一样,动脑子的事最怕人打扰,来找我好了。"

日子倒也顺顺畅畅往前流淌。

我依旧埋头于山地铲刨机研制,水仙操持家务,做饭,带孩子,上街买菜。厂子里有谁需要缝缝补补,缀个扣子什么的都乐意来找她帮忙,有时也看见她和女工们站在一处拉话儿,贴近地抻抻人家袄襟,捏捏人家辫子,听见对方说了句什么,开心笑起来,露出白白的牙齿。也常独自钻在屋里哼小曲,脸色日渐红润,"你看,我又胖了!"她站在小圆镜子前对我这么说。

正如人们常说:好景不长。刚刚舒心了的日子,没过半年出事了。

我出了一趟远差,为了设计上的疑难问题,我去太原、天津、郑州等地求教几位专家、教授,经过月余时间奔波之后,踏上归程。当我风尘仆仆踏进厂门,我愣了——出了什么事?食堂那儿人影幢幢,墙壁上像贴着什么,一些人指指画画,捂了嘴窃笑,另一些人则很反感地扭着脖子走开。

有人贴水仙大字报,满篇污浊:"破鞋""烂货""妖精",最堂皇的句子是"逃避劳动、破坏农业学大寨",勒令"立即从农机厂滚出去"。落款:"革命群众"。

我不在家这段日子,她得罪了哪一路神仙?

"怎么回事?"我在二车间门口碰上马四海。马四海咬着一根火柴棒，一见到我，神色似乎有点乱，但很快恢复威仪，把压在脑门上的黄帽子掀下来，拢拢头，再扣上去，傲岸地扬起面孔。他说谁写大字报他不能管，"四大"自由，有些问题确实应该考虑，本来就不该将一个没户口的农村女人弄到这里白养着，她自己长着两只手，就不能到城里住下吃闲饭，应该回到村里"抓革命，促生产"，再说，你们住的那间小屋厂里准备作库房用。

事情很明白，显然水仙得罪了马四海！

我急步穿过厂院，向我的小屋走来。

没有一点响动，两件晾在绳子上的衣物，被风掀下来，皱巴巴卷折在墙根。烟囱上看不见有烟缕，炉膛里火已熄灭，只剩一丝余温。这样的大白天，窗帘子却不拉开？——还好。她居然有心思看一本书？她泰然地盘了双脚，坐在床的一端，将书页翻响。那心不在焉的神色，沉浸在一种深深的心境，以至于反应过于迟钝。

"呀，回来啦？"她恍然如梦醒来瞅住我，跟着就站起。眼睛红肿，似乎哭过，却尽量装出笑，坦然替我拍打身上尘土，端洗脸水。这期间她告诉我宝宝吃饱出去玩了，一双眼睛极力想从我的脸上捕捉什么。之后，用一只碗到瓦瓮里舀面：

"给你做红面剔尖吧？"

"不饿！"

整个身子凝冻了似的，就那么背转着，一只抬起来的胳膊弯曲在瓦瓮里，仿佛泥雕木塑。过了一会儿，慢慢将身子斜过来，静静倚墙站了，眼睛散乱而哀戚，并不看我，忧伤地咬住嘴唇："你全晓得啦？"

理智提醒我，不能难为她，何况事情还没弄清之前。

"谁贴的？"我问。

"除了马四海的人，还会有谁？"

"你惹他了?"

"他不是人!"她向我哭诉了事情全部。

"自你出差走后,马四海差不多天天到家里来。我真怕他来,怕他那一对眼窝,贼里贼气在人身上盯。我又不敢惹人家,人家是厂长,又是民兵小分队头头,咱住在人家厂子里,你又在人家手心里捏着。我心里再讨厌,脸上也得挂着笑。我想:只要自己走得正,就不怕鬼叫门。头两次,那坏货装作关心我,问面吃完了没,要不要他去帮着买?生火柴还有没有,要不要他帮着劈点?我回他说:'啥都不短缺,厂里忙你就不要费心啦,有事我会去找你的。'他不听,只顾地来,坐下就不想走,扯南山盖北海问你话。

"一次,他问我会不会唱秧歌。我说不会。他说他会,便哼唱:

  瓜子剥了皮皮也

  你是哥哥心上的仁仁也

  蛤蟆没啦咻腿腿也

  你是哥哥肉蛋蛋也

  茄子没啦咻把把也

  你是哥哥搗心锤锤也

"明知存心不善,又不能把他撵出去,只好装糊涂,他唱他的,我做我的活,觉得没味道,他自己会走。

"谁知道这贼天胆,前天下午天要黑了,仓库的窗户上田老头已点亮灯。我刚收拾停当,拾起针线要给宝宝补裤子。那坏货鬼魂一样飘进来,自己先坐下。我心里怯,寻思想个什么办法让他走。那坏货大大咧咧朝床上躺,鞋也不脱,身子放翻,压在被子上,让我给他端杯水。我只好倒一杯水端过去,没料到他趁机捏我手。我说,马厂长,你喝酒了吧?我闪开身子,沉着脸又坐下补裤。宝宝在翻一本小人书。那坏货脸皮厚,一点都不在乎说:'我他妈是喝了酒,该吃就吃,该喝就喝,人活着就图个痛快,你说是不是?'见我没搭理,赖皮狗似的架起二郎腿,拉着死腔又唱:

> 采上两枝水仙花
> 鬓角插
> 哎呀呀,我的小冤家
> 今夜晚哥哥陪着妹子耍

"我只有装聋卖哑,大声喊宝宝,问他那娃娃书里都说的啥,来给妈妈讲讲,小羊羊怎么啦?小山羊上山吃草啦?跳到河里啦?不对,来,听妈妈给你讲:不是跳到河里啦,是小羊羊不小心跌到河里啦。对,后来又得救了,谁救的?你看,是不是小猴子来搭救的。我故意不停地这么大声地嚷,直到他感到没意思不再唱下去为止。可那坏货又问我:水仙,你说人活着为了啥?我猜想狗嘴里不会吐出象牙来,冷冷地回了一句:晓不得!他就说我憨,白活了二十多岁,又说:'听我告诉你,人活着就为两件事,一为吃,二为——'他喷了一句粪,我又气又急说,马厂长,你喝醉了吧?那坏货就躺下去,四蹄大展开:'喝醉了好,有钱难买一个醉!''马厂长,时候不早了,宝宝也要睡了,你也该回去了。'我紧上紧地这么撵他,那坏货偏不走,说:'回去?回哪儿去?今黑夜我就在这儿睡!''马厂长,你疯了吗?'我恼悻悻放下脸子。可那坏货越来越不像话了,干脆借酒发疯:'你怕个啥?我可是不怕的,妈的,只要今儿个能和你睡一觉,哪怕明儿个拉我到教场坪挨了枪子!'我边喊边往外跑,扯起嗓门喊田老头:'快来呀,马厂长醉得不行啦，你快来扶他回去呀！'多亏了田老头来，那坏货只好假戏真做，东倒西歪地扶着田老头走了，那副鬼样子好像他真醉了一样。我吓得心跳了多半夜。

"马四海没出了他的狠，今儿个就想出这法子，糊我的大字报。"

苏琴！当时水仙细细地向我把事情哭诉了一遍。也许我可以息事宁人，但不包括侮辱人格和尊严。连老婆都保护不了，还算什么男子汉大丈夫！

"我找他！"

记得我揣了一把斧子。

她不让，大声喊住我，抢先堵在门口，泪人一般地央告我："使不得！人家冲着我来的，是我惹了他，他想咋作贱就让他作贱好了。我不怕，只是怕你吃不住，害得你在人前抬不起头，都怨我自己有短处，合该连一句硬话都叫不响。是我不好，才连累了你！"

她泣不成声。

我像一头凶悍狮子，双目圆睁，雷一般吼：

"你让开！"

她倏然一惊，止住泣，却不让开，倔强地瞅住我，说：

"你不能，不能因小失大。不为别的，也得为你那山地铲刨机，好不容易才有今天，何必要和他闹翻脸，刀把捏在人家手里，说卡你就卡了，真那样，对得起谁？姚老师跑东跑西，上地区上省城，求爷爷告奶奶好，不容易给你弄来研制费，如果再有三长两短，你多年的心血不是又白费？志强，该忍还得忍。咱惹不起躲得起，你只要给我娘儿俩重寻个地方住就行了，鸡窝狗窝也不嫌，离得他们远些。只要你能顺顺当当作务你的营生。"

想想，也实在别无他途。

于是就搬到烟囱院。——地域狭小也不至狭小到没有我们的安身之地不是？这样的乱石、野坟，这样的野草丛生，一夜之间狐狸咬死我们三只下蛋母鸡，第二天清晨常常发现小院里会有一堆灰白的狼屎。固然是荒凉，但从另一面讲，不是又很清净？可以避开人世的纷扰与龌龊？超脱炎凉的世态与冷眼？可以躲开恶人们的节外生枝。

然而，怎么可能呢！"世外桃源"原不过只是一种理想。日子并没有因为我们住处的迁徙而减轻了它的重负。特别是她，我可怜的水仙，为了我，为了我的山地铲刨机，她在这里所遭受的磨难，比起在农机厂的那段日子不知要辛酸多少倍！

此时已是深夜，农机厂的喇叭停息了好一阵了。晚安，苏琴，明天我接着写。

五

苏琴：

前天的信没写完。原本打算昨天接着写，一件意外事情弄得我没了心思。

昨天我遇上了刘云生。

是在农贸市场街口那儿。他挽一个脏兮兮的尼龙网兜，装茴子白、秋菠菜、大辣椒之类，从熙熙攘攘人群里过来。

他明明瞅见我，却不知为啥犹豫一下，大有绕道走开意思。他努力把脸面拧过去，佯装看路边的货摊。但我的感觉告诉我，他那眼角的余光分明在注意着我。他像躲避什么危险，就要从我身旁溜过去。这样的举动是极容易叫人犯疑猜。

我叫住他，开门见山地提出合同问题，问六千元所得费什么时候兑现。

他吞吞吐吐。如果不是有难言之隐，深度镜片后面不会是那样一双躲躲闪闪的眼睛。

事情似乎不大美妙。我问他到底出了什么事。他脸一苦，愁楚地用手摸弄着下巴颏，似乎正要说些什么，摇了摇脑壳，无可奈何地叹了一声，意思是：我有什么办法呢！

"你是不是去找一下黄鹏云？"他这么说。

"什么意思呢？"

"黄事先有话给我，让放一放。"

"为什么？"

"不知道。"

我还再说什么呢。这是一个不祥的兆头，我闷闷不乐回到家，左右猜不出黄鹏云打什么主意。

"你心里好像有事？"昨天吃晚饭时水仙这么问我。

我没敢告她，不能告。自从合同签署以后，她心里不知编织过多少美丽的梦，但随着时间一天天地往后推移，这些梦在她心底越来越虚幻。她曾几次问我："怎么还不见动静？""还没说什么吗？""会不会变了卦？"我宽慰她说："不会的，大不了迟几天，合同在咱们手里捏着。"虽然是这么说，心里同样如履薄冰。如果真要发生什么变化，对水仙来说，不仅仅是梦幻破灭的问题，我真担心她那身体。

也许事情没有想象的这么糟？谁知道呢，只好听天由命。

好了，苏琴，书接上回，我接续写前天没有写完的信。

就这样，我们从农机厂搬迁出来，搬到了这一片荒凉的世界。

这以前我曾想过租住民房，但那样的话，一来要掏很高的租金，二来逢节过礼拜我们也实在拿不出多少好吃好喝去孝敬房东，否则就要看人眉高眼低。为此，水仙死活不愿意，就相中了这座烟囱下的小屋。可巧人家正要卖，条件倒也优惠，索价一百元，分期付清。

这么着我们便取得了对这间屋子的所有权。花钱安门窗，修墙，泥炕，盘炉子。但不论怎么打扮，住这样的地方，我总觉得太委屈她。总面积满打满算拢共只能摆三只单人床。窄小还在其次，其简陋、荒凉委实不比拦羊的山圈强多少。

可是你听水仙怎么说："再不好也比缩在人家房檐底下强，这也不行，那也不准，放个屁都战战兢兢。笑哩，宝宝，你说妈说得对不对？"那时她正在院子里盘鸡窝，裤挽起，赤脚片穿两只旧凉鞋，腿肚上溅满泥点子。她一手抓泥，一手拿石片。一绺头发贴在汗额头上说："这里再不好也是咱自个的窝，你想咋哩吧，想唱、想说、想跳，还是想蹦咧，由咱高兴，哪怕咱全家人翻毛筋斗呢，也碍不着他谁。来，给我递块砖。宝宝，去，给妈找两个瓦片，宝宝真乖。"她自己去提来一桶水，三下两下，水到泥成，比男人干活也利索，她一面垒石片，一面眉飞色舞地说，"别看不起这搭儿，一满美着哩。你瞅，前头是长流水，后头呢山连山，左右不是绿草就是野花，拿金銮殿换我还未必就舍得。别看眼目前破破烂烂，烂怕啥，地方好赖全在一个收拾。你不要管，忙你的正事去，我长着手哩。"

我真叹服她的那双手！

在不算长的日子里，这里竟是另外一番天地。依样的有屋，有院，依样的炊烟如梦；依样的院子里点瓜种豆，种苞谷，葵花绿过院墙，云瓜在崖畔扯蔓；依样地听见公鸡打唱，母鸡呱蛋，成群结伙地厮跟着公主似的在院里走来走去，偶或刮起风，凌乱地掀翻起尾羽，身子就斜着一溜烟跑出篱笆门外，啄食，斗架，追逐爱情，有时就一直远远地踩进草地里去。天一放亮，水仙挑了水桶到河边去挑水，睡眼惺忪，一面走一面用手指拢头发，晨风掀动着衣角，小扁担压得弯弯的，吱吱呀呀响一路。

宝宝爱河，成天在河边玩，耍水、弄泥、围泥作池，不怕五月的太阳晒，屁股撅老高，趴在地上看小蝌蚪甩尾。"宝贝——！"水仙常站在篱笆门前，脆溜溜地扯了嗓门喊他吃饭或睡觉。

屋子里也蛮够意思，一块缺角的窗玻璃擦得明光透亮，炕围的一周贴满了旧画报，花花绿绿，有人，有马，有风光，靠墙的台台上摆几个洗干净的墨水瓶；倒上水，活鲜鲜插几把小野花，有红，有白，有淡紫。晚来，点起黄黄的灯，满满地盛一屋温暖、一屋恩爱。

苏琴！这便是我们新筑的巢。

是她——水仙——我刚强的妻，全仰仗了她那一双灵巧的手，硬是在这瓦砾堆上，艰苦卓绝地给我们营造了这样一个难得的家，虽是荒郊野境，却依样能叫人乐在其中。

她对自己的成功很满意，就像画家满意自己精心构思的杰作："怎——么——样？"她歪着头，俏皮地瞅住我问。那样子分明是对于日子，她已经很满意，完全可以在这里，落下心来久长地将日子过下去。

日月更迭，草木枯荣，不知不觉三年过去。

经过悠悠的三年岁月，山地铲刨机的研制总算是有了一点眉目。

用日子来衡量，其收效岂不甚微？

诚然是慢了一些，可这又是怎样不平常的三年：殊死的搏斗，电与火的洗礼，不也牵动着每个人的心肠？加上马四海处处阻挠事事刁难，能搞到目前这个样子就算很不易。

这之中，各种报纸以通栏标题报道了全国科技大会在京召开的消息。刚刚结束了梦魇般生活的人们，恍然有所醒悟：中国要深刻地变革了！

时来运转，卑微的我竟也上报了，连同我那多灾多难的还未问世的山地铲刨机。自然都是溢美之词，除了热情的赞扬与鼓励，还给予相当高的评价。

福兮祸兮！

如果不是有人把消息传扬出去，如果省报两个青年记者不千里迢迢到来采访，如果不要写成文章，不拿去在报上发表，不要写我的名字而写上黄鹏云的话，也许以后的事情不至于会发展到那样的结果！

黄鹏云看到那份报纸，脸乌云一样阴沉，当即把姚克明和马四海召去。那双死鱼般的眼睛相当叫人惊骇，他将报纸朝桌子上一捂，用手指"咚！咚！咚！"敲出威风。

"这篇文章你们看过没有？算不算突出个人？任何个人，即使有天大本事，离了党照样啥事不成。山地铲刨机能有今天的结果，功劳应该首先记在党的账上，这个科研项目，从一开始到现在，几起几落都是我一手亲自领导，亲自过问的！"

不拐弯抹角，不遮遮掩掩，直戳地道出自己观点，也算光明磊落，襟怀坦白。其精神固然可嘉，但实在又是叫人哭笑两难！

苏琴！事后我才得知，黄鹏云写给地委和省委一份报告中，是将山地铲刨机作为他唯一邀功资本。他在报告中说，为了搬山造田学大寨，为了加速农田基本建设进程，为了科学种田，他是如何倡议并领导了山地铲刨机的科研项目，如何和别人一起参加项目的技术攻关小组，如何废寝忘食，绞尽脑汁，通宵达旦，甚至由于劳累过度,差点晕倒。据说报告刚送上去不久,这份报纸出来了,两相对照,相去甚远,这不成心给黄鹏云好看?他如何不气,如何不恼!

将不可言说的愠怒用恰当方式发泄完之后,特做如下决定:鉴于山地铲刨机已经旷日持久,能不能成功,谁也没有绝对把握,先弄出一个样机来试一试,看看前途如何,行,就继续搞,不行,趁早收摊子,不要再劳民伤财,我们这么个穷县,实在贴赔不起。说完这些之后,紧接着是一个"特此声明":本决定和报上的文章是两码事,切莫混为一谈,别叫人误会我在借故报复,我黄鹏云还不至狭隘到那种地步。

这话可就不该说,聪明一世的黄鹏云难道也有糊涂一时?岂不是此地无银三百两?

知其主者莫过于奴才,听姚克明老师告我说,别看马四海当时坐在那把黄椅子上不发一语,深深弯着那腰,眼眯着,漫不经心地搔着头屑,而主子的一言一句早已心领神会,说不定一些相应的打算也同时在那一刻盘算好,不然那微微撇了的嘴角不会流露隐隐的幸灾乐祸。别看黄鹏云煞有介事地关照他要积极配合,全力支持把样机很快造出来时,他应承得那么欢实;但那神态、那腔调让人感到板眼深沉得很,尤其临走时仰了脸连喷三个烟圈儿,那样地将烟蒂朝墙根一扔。所有这些连姚克明老师看了都好不忧心!

"操心点,事情成败全在此一举。"姚老师再三叮咛我。

水仙更是惶惶不可终日,用她的话说:成天价一颗心提在喉咙眼。

赶制样机那些日子,我每次下班回来,她差不多都站在篱笆门口,极仔细地瞅我脸,对她来说,我的脸就像寒暑表,喜喜欢欢,说明厂里的事顺当。愁眉苦脸,一定遇上了磕绊,那样,她就郁郁不安替我着急,也只能戳在那里拧搓着手,干急使不上劲。

样机勉强造出来。

马四海似乎没有像姚克明老师担心的那样敢于从中使坏。这个人比之过去好像收敛许多。"三大讲"总过不了关。最后黄鹏云以"既是执行者,又是受害者"的结论给以开脱,依然稳坐农机厂第一把交椅。水仙落给他脸上的那一记耳光未必就能忘却,或者,他言语道断,早已料定我的样机只能失败,不会成功,不然每次向他批料,他总是嘲讽地将嘴角一歪:"能凑合就凑合着用吧,不要糟蹋好料了。"纯然等着看的哈哈笑神气。

样机试用前一天晚上,水仙翻来过去一夜未眠:"明儿个我也跟上到地里眊去。"她说。

我劝她:不必。那时她正怀着小不点,七个月了,挺老大一个肚子,行动已极不方便。

试用地点选在野外一面土坡坡前,气氛有点像三堂会审,差不多的头头脑脑都到了,农机厂部分工人和一些群众也赶来围观。我把机子开到土坡跟前,扎定,只待一声号令,便开始掘进操作。说不上兴奋,或是没有把握的紧张,忽然感到一种临场怯惧,细汗不断从手心往外沁,沾湿了方向盘。我看见人们如同观赏稀有动物。

"怎么样,问题不大吧?"姚克明老师很关切地走过来悄悄问我。

"是骡是马先拉出来遛遛再说,不然心里没个底。"这是黄鹏云和身边几个人在说话,他俨然一个操持生杀大权的法官,端着公事公办脸子。而马四海却站在稍远的地方,双臂交架,隔岸观火。我的眼睛忽然一亮:她,我的水仙,怎么也来了呢!不是不让她来?挺着那样一个大肚,远离人群,静静站在崖岩下一颗小枣树跟前,孤雁一般,不安地怀着心思,眼不转地瞅我,暗含了多少期待与担忧。我冲她笑一笑,用眼睛宽慰她:放心吧。

苏琴,这次试验出人意料地失败了。

天哪!这怎么搞的!铲起来的土块远远不是设计那样沿预定抛物线方位,成了一群神经错乱的乌鸦,没头没脑四下乱飞,飞沙走石,下陨石雨一般,尘埃带土圪蛋,铺天盖地落下。在场的人几乎无一幸免,差不多都遭到袭击。人们像逃命捂着脑壳从土幕里跑出去。我握住操纵杆,加大油门,更执着地向前掘进,结果,还那样,只好停机熄火,脑子里一片空白。

围观的人们,一个个惊魂未定,土眉土脸睁着一双惶惑眼睛:"这是啥家伙?"

苏琴,你听听马四海放什么凉腔:"这叫'土匪'!刚发明的一种新式武器!"

我的神经麻木,呆呆地坐在机子上。

"不应该这样,是不是让志强再试一次?"姚克明老师向黄鹏云这么提议。

"算了吧,再试还不是那样?你看,把大家一个个弄成土地爷了。"

黄鹏云这么说,脸上的纹路夸张地堆成痛楚神色。你只要仔细留神他那对为掩饰不住兴奋而发亮的黄眼珠,就会明白无误知道他心里究竟怎么回事。

马四海把两根囫囵纸烟连成一根,向上斜着,白眼翻天,表面上心不在焉,实则幸灾乐祸。

科委主任姚克明老师,像热鏊上蚂蚁,跑前跑后围着机子转了几个圈,知道已经无望时,愣在那里想心事,斯大林烟斗吊到嘴上,却忘装烟,也忘了点火,还是那么抽、抽。

山地铲刨机样机试用,在一片复杂的表情与纷乱的喧嚣中宣告失败。同情的、惋惜的、鼓励的、泄气的、抱怨的、叹息的、幸灾乐祸的、恨铁不成钢的、吹热风的、送冷气的、敲凉壳的、说怪话的、皱眉的、苦脸的，热笑、冷笑、咧开嘴巴笑、哼着鼻子笑、怪模怪样地笑……

苏琴！你一定在猜想我当时的处境。

没有什么比失败使人更痛苦更沮丧！

我无言愣在机子上，木雕泥塑般，纯乎一具没有知觉的僵尸。

一只软绵温暖的手落在了"僵尸"的一只手背上，轻轻地抚摸着。走厄运的人最需要体贴与温暖。

温暖从那只柔软的手上，传导到"僵尸"全身。

"僵尸"复活了。

苏琴！当我从那梦魇般痛苦的沉思里醒来时，我才知道是她——我的水仙站在我面前，她依旧像抚摸一只受伤的小兽，轻轻抚摸着我的手。她用哀伤的眼睛瞅我，想给我一个宽慰的笑，好不容易嘴角刚漾开，但，没成功，两汪晶莹泪珠断了线似的滚落下来。

我眼圈也红了。

男儿有泪不轻弹？也许，我在这件事情上确实到了伤心处。

弄不清人们是怎么散去的，那时长满草的荒坡下，除了被马四海嘲笑为"土匪"的山地铲刨机以外，只剩我和水仙两个人：一个泪水斑驳强颜欢笑，一个垂头丧气长吁短叹。

我确实伤透了心！

不要以为我是受不了那些讥讽冷嘲。不，我没把人生道路看成无往而不胜的坦途。我从研制山地铲刨机一开始就把成功与失败一并计算在内，当然也包括置冷嘲热讽于不顾。

我伤心用将近十年的心血、耗了上万元的资金，就这样白白废于一旦。因为黄鹏云已经把言语道断，山地铲刨机不可能再有继续研制下去的希望。

苏琴！事后分析检查，之所以失败，原因有三：其一，山地铲刨机本来还只是一个"不足月的婴儿"，却被黄鹏云的"催生剂"硬性地提前催着下来。当然也怪我自己过于乐观。其二，用在抛物轮上的弹簧，不是原设计所要求的型号。据个别工人私下透露，是居心不良的马四海使了偷梁换柱手段。其三，失败的主要原因，还是由于我对离心力的抛物定向问题，没有研究好。

"这个问题难度大不大？"

姚克明老师于心不甘地把我叫去问。

"难度还不小。"我坦率地说。

"你仔细地掂量一下，还有没有信心？"

"有。"

我明知维艰，信心总还是有的，只要执着地探索，我自信会攻破这一关。

"那好，你等着。"

姚克明老师咬住烟斗在心里把事情掂了掂，他去找黄鹏云。他赊了老师面子去向学生求情，希望黄鹏云给山地铲刨机研制再开一次绿灯。结果学生没有给老师留面子。

姚克明脸灰灰回来，一肚子不痛快坐下叹了一会气，劝我说：要么就放一放。放一放？谈何容易！姚克明老师见我痛苦样又问，想想看，有没有别的出路？我说，唯一的出路就是另找婆家。

当然，这也不是一句话就能办到的事情。能不能找到婆家？需要多少时间？路费，盘缠等等花销，从哪里去筹借？马四海绝不可能给这笔款。再说，家里呢，眼看她就要生了，一没粮，二没钱，月子里谁伺候？

我一筹莫展。

姚老师来了。

"孩子！"

他头一次这么称谓我。我心里一阵阵地热。是的，为了我的婚姻，为了我山地铲刨机，这些年来，姚克明老师就像父亲那样关怀着我，替我操心，为我四处奔走，使我和水仙深为感激。因此，我们也像尊敬父亲那样，从心底里尊敬着这位慈祥的老人。

他给我掏出五百块钱。

"这是五百块钱，你点点，回头你到科委先打个借条。志强，我的本事使尽了，再无能为力了。科委全年活动费就只有这一点了，我说服了大家，虽然不多，也是大家一片心，权当给你凑一点盘缠吧，回来以后，把车票、住宿条条，拿到科委去报销。"

苏琴！我用一双颤抖的手接住姚克明老师递过来的钱，很沉。这是期望，是重托。我很感激，却没有说一句感激话，只有一双被泪水模糊了的眼睛。

"你走你的。"水仙这么对我说。她说家里有她，她能行，叫我放心只管去，不要挂心她和孩子，只是生的时候，能回来就回来转一遭，不能，也就算了。

就这样，我咬咬牙上路了，经过一段时间周游"列国"，"婆家"总算找到，很遥远，在大山外的平阳县，一个县办企业——动力配件厂，条件很优越：研制成功以后的山地铲刨机，他们可以有优先生产权。

我离家远走，这一走不知会是几年。

那天天不明我就上路，水仙早早起来颠着大肚子给我烧了几颗山药，煮了四颗鸡蛋，一直把我送到街门外。

我走了，带着幻想，带走了牵挂。留下了艰难困苦，留下了期待和思念。

啊，我可怜的妻！

苏琴！临上路那一个晚上，我说，此一去，也许一年半载，也许三年五年！我的意思是：日子难熬，撇下她们母子在家里讨生活，心里委实有些过意不去。显然她却误会我的意思，哀怨地一叹："唉！一年也罢，五年也罢，你在家与不在家差不了多少。"说完小声咯咯笑，她尽量要笑得轻松些，但我听来却带着凄凉。

我一时默然，负债般悄悄躺在那儿想：这些年我是否又自觉不自觉重复着"疏忽"？

苏琴！我那时就想到你，想到我们那个不愉快的夜晚。我躺在那里追忆着那可怕的一幕，正如你在九月十六日来信上记述的那样，你这样写：

"还记得第一次和你闹饥荒的事吗？是啊，那时候你除了山地铲刨机的图纸之外，心里还放着谁呢？"

"礼拜六，对两地分居的少年夫妻来说，该是多么叫人迷醉的日子。可是你整整五个星期没有回来。我恨你，咬牙切齿地赌咒：你不来，也别指望我去找你，看谁能熬过谁。一个礼拜过去，又一个礼拜过去，挨延到第七个礼拜，我自先忍不住，我像新嫁娘一样，打扮起来。那时候，秋风正凉，我关起门用香胰子洗濯身子，换衣，细心地梳头，用一根筷子蘸了水烤热，把额前的刘海卷成微曲。我情急意切离开学校，徒步四十里山路，天刚擦黑时，我来到县城，来到你身边。

"夜，我自先脱了衣服睡下，静悄悄期待着，期待你能快点到我身边来。

"你不来，双手搂头，沉湎在你那没完没了的设计图纸堆里，压根忘记床上还有一个我。'睡吧！'我提醒你。

"你光嗯，没动。

"当我再次睁开眼睛时，已是曙色满窗，瞅瞅身边，陪伴我的还是那只空枕头，你，依然故我，埋头在那堆图纸里。

"头一夜我守了空房。

"当然没有好脸色给你，而你却纯然不觉。我不知该笑还是该哭。

"我第二天下午就该到校的，我决定再住一夜，星期一的早晨再去，也只误一节课，只好抽时间补。

"吃午饭时，我用心良苦向你介绍一本书。

"啥书？你问。

"'许广平写的一本回忆录。'

"我细细讲起来，不全讲，只讲鲁迅先生每晚动笔之前，首先到床陪妻子说说话，直到妻子酣然入睡之后，他才离去。

"'是不是？'你饶有兴致地问，好像是得到某种启迪，一双小眼睛遐想般望出去，之后，是那样地瞅住我，嘴角一漾。

"第二个晚上你将白天的话压根忘却。神采飞扬对我说：有办法了，今天晚上满有把握可以攻下一组数据。又说，今晚去办公室，那儿灯亮。边收拾东西就要走。我顾不得羞耻，赤身裸体跳下炕，堵住门。我沉湎在爱河里，欲火燃化了一腔忧怨，我媚态十足噘了小嘴央求你：'你不陪陪我吗？'

"唉，我这样的女人，活到这个份上，也委实可怜。

"你总算欢欢喜喜上了床。

"我身上承受的好像只是一个没有灵性的躯壳，那样的索然无味。我火了：'你是在给日本人支差吗？'"

苏琴！那个夜晚，我躺在水仙身旁，如你信上所写，我忽然地意识到，不该忽略的生活又在我身边重演。

记得我们分手时最后一个夜晚，作为临别赠言，你曾告诫我说："分出一点时间和情感给你的妻子吧，不然你就是再娶十次女人，十个女人也同样会受不住。"开始一段时间，我似乎还铭记着，后来又渐渐忘却。你在九月十六日信上还这么说：

"我如此地重温旧梦，目的在提醒你。按照一般自然规律，人生的旅途，我们不过刚刚走完一半，回忆总结一下过去，对下半辈子生活，未必不是一件有益的事情。我以一个女人的本能，揣度着另一个女人。值得你醒悟的是：天下搞科研工作人有多少，有几个科研人员不娶老婆？又有几个能像你这样娶了老婆又把老婆晾在一边的男人？也许这些年你已经醒悟了，但愿如此。"

苏琴！承蒙你这样提醒，也如你信上所说，我也确实醒悟。可是，刚刚醒悟，我又远走高飞。

苏琴，再回到我出外的那一段日子吧。

后来，水仙诉说她那几年的日子——

白天倒不要紧，主要是天黑了怕！不是怕狼，怕人，怕坏人！

好家伙！这么多的男人们都来"关心"。脸生的、脸熟的、见过一两面的、从来就没见过面的，一个个"活雷锋"似的，满脸的温良恭让，竞相嘘寒问暖，献殷勤。

尤其马四海，笑咧咧，表明尽释前嫌。几年前的那一耳光他早就忘却。说他是来看看，问家里生活紧不紧，若紧，就吭声，志强刮到外头，可究竟还是厂里人，留下老婆娃娃厂里怎能撒手不管。至于停发工资，那不是他的过，上头有指示，他也没办法，不过呢，你一个女人家，我不能眼看着你断了烟火，谁叫咱长了一颗豆腐心，工资不能领，就先借着花，花了再说。说罢斜了眼在她脸上观气候。她问：钱，甚会可以领？他说：甚会都行。

"那我明天去领？"

"明天就明天。"

她到农机厂对会计说,马厂长说了,志强的工资让先借上,我来代领。

会计说:

"领啦!"

"没有呀?"

"他没给你?"

"谁?"

"马厂长!他代你们领啦,说给你送去的,没送?"

"没。"

"你去问问他,他在办公室。"

马四海煞有介事举了双手在口袋上一摸:

"呀!忘家啦!"又放低嗓门,"你回你的,我送去。"她说这是图啥哩,我又不是扛不动。

他坚持着送。

晚上他来了,边走边小声哼:

  小妹妹去拔葱
  隔墙跳回个小后生
  一把扔掉呦葱
  羞答答要做那个营生
  ……

推开门时,眼直了:这不是拾破烂的白头发老婆婆吗,她怎么在这?

"老婆子,水仙呢?"

"茅子里。"

"老婆子,深更半夜你游门游到这来了?"

"我不是游门,就在这搭睡哩,日后天天就在这搭睡哩,给水仙她娘儿俩做伴。男人不在家,女人年轻,再说这块地方就不净,有狼,有野狗,那些年闹年成,饿死不少人,就埋在这不远处的山根底,少不了来个饿死鬼啥的。你不是给水仙送钱吗,拿来啦?你先坐下。她马上就回来。"

她回来了。马厂长已经走了。

不知是哪个坏小子深更半夜往院里扔石头,扔砖,扔烂瓦片,有时也扔死人骨头,扔土疙瘩。要么拗门,要么就翻墙,想进来。屋里的人大声喊:贼,捉贼!有时敲响脸盆、锅盖壮胆。切菜刀,火柱放在手跟前,压在枕头下,听见响动就坐起,有时干脆就不睡,灯点着,手里掂着家伙,通宵达旦坐一夜。直到星星落,窗上有了白,才松下心。白头发老婆婆脸一苦说:

"这过的啥日月!"

要命的是没钱。

没钱万事空!

苏琴!你决然想不到,生活狼狈到她坐月子时只有七斤红高粱。没钱,粮买不回来,只能雀儿衔食般到街上一斤半斤往回买,山药蛋皮成了救命粮,不敢倒,掺一点面,便是"窝子"。有时煮苦菜填肚。她心强,不向人叫苦。

姚克明老师知道了。知道了就惹一身祸。

那时我在平阳,小不点生下已快三岁,那一天刚做好"饭",院里有脚步声,知道是姚老师,她慌着就捂住锅。迎上来,姚老师问,吃啦吗?她说,吃啦,小不点却说没吃,她瞪他一眼,小不点说,就没吃嘛,饭还在锅里呢,边说过去揭锅盖,姚克明老师走过去，使筷子搅，全是绿。

"你和娃们就煮这吃？"问罢叹口气，就走了。走了又来，背半口袋米、十斤挂面。她不收。老师说："我知道你心强，从不向人告难，别人接济你，你可以不收，大叔我接济你，也不要？"她哭了。

马四海恼了——他要断她烟火，想以此逼她就范，你姓姚的老家伙背粮背米给她？

街上就贴出那张小字报（没头帖），画两个光身，一男一女，男的写姚老师，女的写水仙。姚老师在街上发了一会儿呆，回到家里，长一声短一声叹息。

她哭肿了眼，觉得对不住姚老师。

白头发老婆婆火冒三丈："哭！哭！都怪你男人，嫁汉嫁汉，穿衣吃饭，你穿，穿不上；吃，吃了上顿没下顿。他算啥男人，自己不挣钱，反倒你来磨手指头抡摇捣石换钱去供养他。我要是你，拍拍屁股早跟人走了。走到天边也挨不上你受这恓惶。"

苏琴！在后来的日子里，我不止一次地问她："那时候你想没想跟我离？""没想，真的没想到离。""为啥没想，那样的苦？"她笑笑，说："反正我觉得天不能老黑着。"

是了，多年来，她之所以这样孜孜不倦，支撑她的原来是那要奔赴的日子。

日子不会亏负人。

苏琴！这一点，我信，她信。你信不信？

志强
十一月十日

六

苏琴:

　　一连串的事情已经证明,你的话没有错。你在十月十七日的来信中,谈到合同兑现,你说:恕我直言,你这个书呆子,是不是太单纯、太过于乐观了点? 单纯的乐观往往不大可靠。古人云:鉴往而知来。世事的因循,留给人们的概念是:办泒事容易,闻风而动,雷厉风行。办好事难,难于上青天! 合同的事,你不觉得太顺利? 正因为太顺利,我才生疑。也许我们在崎岖路上走惯了,一到畅达坦途,还真有点不习惯。正如山里人乍到平川走路,依然要把腿脚抬高,习惯使然。我觉得事情未必会像你说的那么美妙,更何况那是一个山高皇帝远的僻远所在。

　　果然如是?

　　苏琴! 我觉得好些事情,又在恢复原来的样子,生活似乎失去刚开始那种鼓舞人心的色彩,人们三三两两聚拢一处,谈论机关一些事情,满腹牢骚,一面承认政策英明,一面抱怨歪嘴和尚太多,悲观地断言:中国这盘棋不好摆弄。另一些人则漠然置之,歪了嘴角默然一笑,其意味颇为深长。也坚信历史的车轮,再不会停下来,但又充分据量了历史的沉淀,所以就既不悲观失望,也不做高远的好梦,当初那种热切的念头,已渐渐淹没在日子里。

　　唯有黄鹏云却是更加春风得意,脸色越来越红润,足见活得惬意。隔三岔五派人到河里摸老鳖,炖成细肉下酒。踌躇满志剪了双臂从街面上走过,趿拉着鞋。表面的懒散,说明内心的安稳与妥帖,一言一笑,一招一式,无一不体现出优越感。顾问的头衔已确凿弄到手,未来的日子也就在意料之中。由是,更自信,更自负,当然也更固执,更倚老卖老。我更担心山地铲刨机的命运。

我去找黄鹏云。记得是十一月五号,也是见罢刘云生第五天。

我急于等用钱。希望六千元所得费能早一天兑现,这样就能早一天领她出去到大医院去检查治疗。苏琴!近几天,她的身体忽然有些反常,失眠几乎成了恶性循环,连续几天,整夜不合眼,为了治病,借钱垒债不是不可以,正如你信上提醒我说:不一定要等到合同兑现以后,六千元拿到手才去就医。早一天检查,早一天松心。事情似乎还没到万不得已程度,也许,这些年我都疲惯了。退一步讲,即使我借到一笔钱,她也未必肯去,除非她已病到卧床,不能再动弹的时候,否则你是没办法把她弄到医院去。

苏琴!无钱看病的苦头她已经吃够了,心也伤透!

那是她生下小不点的第二年,生活上的劳碌加上精神折磨,她的身子日渐衰弱。为了山地铲刨机,我已远离家门,时间久了,难免牵肠挂肚,一个月亮初升的傍晚,我回了家。

多亏我回来,大概是天意!

我回来第二天,她病倒了,突然喘不上气,嘴成青色,脸憋成黑紫,胸脯剧烈起伏,心跳,如擂鼓仿佛死神就在跟前。我万分惊恐,一气把她背到县医院。

"先交住院费!"挂号室的小窗口里露出一张冬瓜形女人脸,一副拒人千里之外的表情。

我上下摸口袋。——其实,这又何必,明知自己口袋空!一年前马四海停发了我的工资,我在外的伙食费都是靠婆姨砸石子卖钱供应。

我没钱交住院费,只有一张低三下四的笑脸:

"实在对不起,让她住下吧,钱,我随后交。"

笑脸代替不了人民币。冬瓜脸板起:"不行!"

想到手腕上还有一块表,虽然破旧,除此之外,通身再找不出更值钱东西。索性脱下来,想以此做抵押,添了哀告,加之旁边的几个人帮着说情,这才好不容易感动了人家。

出院时,冬瓜脸用算盘珠拨出一串令人目瞪口呆的数字,用一只旧手表折价偿还显然很可笑。医院领导勉强同意:延期一月,付清拖欠。

唯一的指望就是马四海能发还一部分不合理的克扣。

我直接找到黄鹏云。黄鹏云答应可以通知马四海补发工资,但有条件,我必须马上回来上班。这就等于说山地铲刨机搞不搞吧。

我自然不会答应。

苏琴,没想到,找他不仅没起作用,还惹起一场风波。

事情发生之后我才听说,黄鹏云在一次各机关负责人会议上,讲到财政问题,忽然大发雷霆,点名批评县医院慷国家之慨,居然允许一些职工家属不花钱就住院看病,拖欠着医药费至今不交也没人过问:"干什么吃的!我要问一句,你那个县医院还有没有领导?"愤愤之下,把水杯往桌子上一丢,脸上溢了凛然朱色,之后,说下去,"为什么不派人去要账?清理拖欠是当前的中心,连农村都在搞嘛,对一些常年拖欠户,必要时可以让他破产还债嘛!城里为什么就不可以,我不信家里再穷能穷到连个箱箱柜柜都没有?抬嘛!"

我们遭难了。在一个日将黄昏时候,医院来人了,领头的就是挂号室那个冬瓜脸女人,戴一顶桶一样的白卫生帽,板着脸。身后跟着两个肌肉发达的勇夫:一个眉毛极粗,有些面熟,像是医院茶炉工;另一个像进城打零工的社员,穿一双旧雨鞋,绞扭了双臂架在胸前,一副"招之即来,来之能战"的英武。

那女人口气很硬,钱得马上付,否则就抬家具!

我们没钱,唯一家具只有那只红扣箱。

茶炉工头一歪,向临时工打了招呼,便起手要抬走那只扣箱。

水仙扑上去,爷爷奶奶祷告,死活不让抬,说钱短不下,病好了砸石子卖钱还。

只不过是用自行车的包装箱改做,板薄如纸,可是,她对它倾注了怎样的情感啊!她曾极耐心地使唤砂纸一遍遍地打磨,涂朱色的漆,是小屋里最"奢华"的摆设,收藏着全家人穿戴、布票、鞋样、我的图纸、宝宝的各样纸烟盒叠成的"三角"。扣箱虽不贵重,却维系着全家人的希望与欢乐。如今被粗暴地弄成底儿朝天,所有东西狼藉在炕上。

抄走的何止是一只扣箱,是人格和尊严。在以后好悠长的时间里,直到现在,每每想起,我和水仙总觉得有一种耻辱感。难怪水仙曾那样发誓赌咒:日后没钱病死也不去医院!

苏琴!现在你也许已经明白,我为什么这样地急着要找黄鹏云。我连着找了两次,均没找见,不在家,也不在机关。"看看在不在大门口扫街,或在路边修树。"有人这么对我说。

扫街,修剪树。黄鹏云干这些营生大家都见过。

从哪一天起,黄鹏云有了这样好习惯?据说,很早以前就有了,那是要搞一场什么运动,或者要整顿党风的时候,黄鹏云就抡起一把长长的竹扫帚,微微地弯着那腰,在县委会的大门口,极认真地扫马路。时间呢,大多在上班或下班时候。黄鹏云停下来,一手扶了扫帚,一手将脖子上扣子解开,顺便掏出一块叠得整齐的小手帕,顺脖一抹,再在额上沾几下,一面呢,就和过往行人说些无关紧要话,这自然是张目的。许多人就夸张地亮了眼珠:

"嗬呀!黄主任怎么是你来扫?"

"怎么,我就不该扫吗?"

黄鹏云谦和地笑,然后又撅了屁股,抄起扫帚,哗——哗——一路扫去,扫到行人稀落为止。

不一定每次都抡扫帚。他还特意从林业站要来一把修整枝条的特制剪刀,专注马路两边小杨树,咔嚓!一根带着青绿叶子的小树枝剪落下来。

扫地也好,剪树也好,换一个人来搞,也许就很卑微,很平凡。但一样的事情由黄鹏云来干,平凡的小事,能生出不平凡的伟大。黄鹏云谙熟此理。难怪他"文革"初期,扫帚、剪刀不离手,表演了好长一段时间。当然喽,在粉碎"四人帮"那段时间,黄鹏云将这一优良传统,发扬到淋漓尽致,但后来又久长地搁置下来。那大约是觉得已经成功穿越过日子,要长治久安了。只要马克思他老人家不召请,大约不会让他挪窝。还有什么可忧心呢!在大浪淘沙的年代里,黄鹏云总算没有一落到底,虽然只弄到一个"顾问"头衔,对他来说,这似乎够了。黄鹏云依然是举足轻重。

苏琴!我是在通往南寺圪塔那条小路上找见了黄鹏云,他反剪了手,正优哉游哉拾级而上。

我习惯地喊他:"黄主任!"他站住,菩萨似的一脸慈善。我一若黄鹂小口,很小心提到那六千元所得费,当然也说到水仙的病。

"是不是?"他轻敛双眉,很难说不是同情,可又闪烁其词,不说给,也不说不给,只劝我不要急,放一放有好处,你不知道,情况复杂,不像你想象那么简单,再等一等吧。

"可是,估摸还等多久?"

"嗯啊——这不好说!"双手一摊。

我耐心等了一个礼拜,又等了一个礼拜,再去找黄。脸色当然也不悦。黄鹏云有些接受不了,沉下脸说:

"年轻人!差不多就行了,你还嫌少吗?把你由教员转成职工,由职工转成技术员，由技术员转成行政干部，下一步准备调你到科委，还计划给你老婆孩子转户口照顾你够可以了，你又来斤斤计较什么钱——"摇摇脑壳，语气和缓了些，"年轻人！唉不知你怎么理解，平反冤假错案中，许多同志补偿费，全部又交了党费！是哩，合同上是写了那么一笔，如果是我，越这样我越高姿态。好家伙，六千块呢！你不想想，我们这些三八式老家伙，四年工资加起来也不到这个数。你，一个月工资只有四十大几的小干部，一下拿这么多钱，不怕扎手？"

苏琴！你听，一语道破原是满腹不受用。

后来，他答应产品试制出来兑现。

志强

十一月十五日

七

苏琴：

我的心在颤，在淌血！我要告诉你：水仙已不在人世！

我不得不把复信挨到这么久。

朋友们劝我："你不能垮。"我也这么宽慰自己。还好，总算从悲痛深渊里挣扎出来。虽然心境还没有得到完全恢复。

苏琴！眼下我坐在这郊外的小屋里给你写信。风物依旧，心境却是两般模样，有人去楼空的凄清与苍凉。

冬月里的天时这样短，不觉间窗外已是灰蒙蒙一片混沌。

无月，无星斗，很静。偶或听见院子里的枯叶与柴草被风轻轻旋起,轻轻落下。萧瑟、清冷的农机厂喇叭里正播放流行歌曲。同样的歌声,往日听来那么样缠绵动人,如今,却别是一番滋味。仿佛一个不幸的女人,站在遥远山谷,诉说辛酸与伤感,如丝如缕的旋律叫人想哭。

> 让我哭倒在你的怀中
> 直到把眼泪哭干
> 流逝的云啊
> 野鸽子啊
> 命运多悲惨
> 相爱的情侣两分离

我的眼泪何曾没有哭干呢?可是我的眼泪没有把她挽留住。她还是去了,远远去了。

我觉得她没有离开我,眼下,她就在小屋后面靠山根向阳的山坡上。

那儿有座新坟包。

按照乡习,本应将她安葬到我的老家。临终的时候,她瞅住我,泪眼花花地说:

"我死后,不要急着把我送回去,一个人我怕。我也丢不下你,丢不下你和孩子,就先埋在这屋后的山根下,找个避风地方,你有空就到我坟上来来看看我。"

坟包不远,距离小屋只半里之遥。顺着草坡走至山根底的一个豁口处,拐进去,便有一处避风向阳土坡,站在那里,能望见奔流不息的屈产河,能瞭见人车往还的柏油路,及红砖砌墙的农机厂,也能瞭见我的小屋。

毕竟荒凉寂寞。

无边的苍穹下，这个背圪崂里，空空荡荡的土坡上，除了她的那座新坟，唯一陪伴她的，就只有不远的山崖上那棵永远长不大的小柏树，成年累月呜咽着一支古老低沉的无字歌。余下，便是那些稀落茅草和刺丛，窸窸窣窣摇动着，摇动一片凄凉。

苏琴！有时我总说服不了我自己，她——我的亲人，突然离我而去，一个人，孤单地躺在荒郊野外，永远不再回来，我的心被什么揪扯着。为此，每天黄昏时分，我总要到坟上去陪陪她，就那么默默地在坟头旁边坐下来，默默地和她说说话……一直到太阳落下山去，天色完全暗下来，我才一步三回头慢慢走回来。

我没法忘记她。这些天，静下来就会想到她。她那清瘦而秀丽的面庞，那安详而沉静的双眉，乌亮而温柔的大眼，单薄而匀称的身子，以及她的一言一举、音容笑貌和劳碌清苦的一生，都那样明晰地浮现在我眼前。那时候，我觉得她并没有死去，只不过是出一趟远门，很快就会回来。

当我的神志完全清醒过来，才想起她确乎死去了，永远再也不会回来，这又常常使我黯然伤神而唏嘘涕下。

苏琴！我老有一种摆脱不掉的负罪感。如果一开始，就把她的病当成一回事的话，如果继县医院之后，能再及时到地区，或者省城大医院进一步确诊，如果……

现在说这些还有什么用！

苏琴！虽然在合同签署以后，姚克明老师、白头发老婆婆和你的来信，曾经很当成一回事提醒我，虽然我也曾经为之不安，可是，绝没想到会有这样严重，认为像她被生活几经搓磨，几经摔打,大约不会那么脆弱。得知合同签署以后,虽然她曾有过饮食、睡眠失调现象,但似乎并不要紧,就像一棵柔韧的草,大风袭来就艰难地弯下腰去,事后又能慢慢再把腰杆挺起来。她一如这柔韧的草,也总能撑持着起来,又接连着把家务活计重新拾起。

倒是事情有了反复的时候——就在那个阴郁的雨水连绵的日子,小田突然跑来,告诉黄鹏云决定要把"试产"暂停下来的时候,我倒是替她起了一点担心,只怕她真的承受不住。她也确乎站在院子里,愣了许久,安静的神色,微微咬着的嘴角,仿佛事情既出乎她的意料,又在情理之中,知道天地间人生道路,本来就不是太容易,多少总要有些麻搭。但又坚信:希望的日子,迟早会到来,只不过要多费一些周折。所以才那样反转过来替我宽心:"由他们喀吧,船到桥头自然直,日子咱该咋奔还咋奔。"说着挽了袖子,把一盆衣服洗出来,使劲甩水珠子,麻利地晾晒到铁丝上。接下来,挨着做什么,还做什么,执着地将日月撑持下去。烧饭,补鞋袜,侍弄人……眼见萧索的冬月日渐迫近,脚步快快地到后山,剜一篮一篮苦苦菜回来。估计解决她和小不点的"国供"问题一时还很遥远,那么,地当然还得种,便检查籽种,往院里攒粪。一面呢,到街面上拾菜叶子,顺便打问玉米或高粱行情,掏空就到河滩去,顶一轮红日头,抡起小铁锤把一颗颗青石圪蛋捣碎,趁宝宝过星期日,借来平车,她推,娃拉,把石子弄到城里换钱,一毛一分筹计日子。不过再紧也得从口里节省出一点来,宝宝好不容易问她张口要买一条窄腿牛仔裤,她喜欢得不得了,更不停地劳作,黎明或傍晚下河去挑水,再重再累,她也乐意咬牙把生活的担子挑下去。

但是,猝然她倒下了。

头一天还好好的。

第二天天不明就起来,起来就下河去挑水,挑完水就做饭。吃早饭时端着碗对我和孩子说南说北,正说得起劲,院墙外有人叫。听声音好像是姚克明老师,我和水仙都生疑。

因为近若干年来,姚老师几乎不再涉足我的小院。按说,人是不应该忧逸畏讥,开始一段日子,我对姚老师谨小慎微很不以为然,但后来我想通了:何必要苛求一个上了年岁的老人?何况他已儿孙满堂,能度一个清静晚年,不也正是我们所期望?

他冒着蒙蒙细雨,走进我家小院:"志强!"那样风风火火把我从屋子里喊出来。老态龙钟的脸盘上,关不住喜悦神色。

水仙热情招呼姚老师屋去坐坐。姚老师三言两语把话说完,调转屁股就走了。雨已经渐渐沥沥,我和水仙送到街门外拐弯处,叮咛他走慢些,小心滑。姚老师头也不回,撑着小黑伞,顺着坑坑洼洼小路,渐渐消失在薄雾般的雨幕里。

我和水仙沉浸在激动里,还有什么比得上姚老师送来的消息叫人激动?

苏琴!你决然想不到,小小的山地铲刨机,惊动数百里之外的公署大专员。姚老师说:昨晚,专员连夜给县上拍来一份电报,明确指出,山地铲刨机要立即投入试产,所签署合同各项条款务要信守,六千元个人所得,要依照合同如数、如期付给技术员本人。电报上,清清楚楚写了专员的名字。

有人告"御状"?

自然不是我,不是姚老师,也不可能是小田。

专员出面过问此事,连夜拍来电报,听姚老师说,县上头头慌了手脚,私下抱怨黄鹏云固执与专权,决定马上召开党委特别会议，几辆小吉普同时驶出县城，要把下乡的几位常委们接回来。

专员的一份电报，让这个善良的女人激动得没完没了。在她看来，专员就是皇上，一份电报就等于"圣旨"。

从那一刻起，整整多半天，她那憔悴的脸上洋溢了难以抑制的笑意。她那一颗滚烫的心该是怎样地在翻腾啊！

天色向晚时候，她的亢奋与激动一下低落下来。像走完很远的路，倦了，再也挺不起精神，她斜垂了脑袋，眼睛散漫而失神，久久盯住脚前的一个地方，类乎绝望的情绪正在迅速地延伸。

她，我可怜的妻子，终被无情的生活颠簸得心力衰竭，犹如一棵小树，到底没能承受住飓风的摇撼而折断。

第二天，她张罗早饭，刚抱起一颗南瓜要洗，骤然眼一黑，觉得恶心，一股带腥的液体直往上翻。她使劲揪住前胸，紧着要往院里去，没等跑出门，便哇的一口——

吐血了！

惊吓与心疼使我昏迷过去。

等到小田他们将她放上担架的时候，可怜的水仙，已经脸白如纸。人们簇拥着担架急忙向县医院奔去。杂沓纷乱脚步声，每一步就像从我的心上踩过。我觉得世界在毁灭。

我拼命地追去，两条腿越来越软不可支，追到农机厂大门那儿，一步都移不动。记不得是哪个好心人将我搀扶到医院。

我赶到医院听到的第一句话就是：准备后事吧！

我觉得天旋地转。

我冲进急救室，医务人员已经在撤离，他们无可奈何地陆续退出。

屋里只剩送她进医院的几个人，屏声敛气围着她。小田低声呼唤：

"水仙！水仙！你看谁来了？"

我可怜的妻，躺在一张急救床上，脸色惨白，微微合了双目，就要沉沉地睡了似的，而又不能，分明还有好多事情要嘱咐，要依托，所以才那么硬撑持着，一直撑持到亲人来到她身边。

"水仙——"我叫着扑过来，死死拉住她的手，泪如雨注我跪下一条腿，捶自己的头。

清泪从她眼角溢出，顺着苍白的面颊，蜿蜒流到耳根，滴到我手背上。她背过脸去。

大约想到留给她的时间已经不多，便又转过来，依恋地看住我，艰难地启开双唇，喘息声已经很不均匀：

"志强，不能再帮你了……不要哭，生死路上无老小，有几件事你记住：这个家，离、离不开人，小不点还小，宝宝也不省事，你也，也得有人招呼。我走后，你要重找一个，找一个知冷知热人。不要哭，听我的话。还有，席边底下我悄悄攒了十四块三角钱，还、还没攒够，你领工资后，再添上点，给宝宝买一条窄腿腿裤，是我给娃许下的愿。你、你长短、长短要记住……"说到此，她不得不停下来喘一会儿，然后又提到山地铲刨机说："等不到那一天啦……"嘴角一漾，"日后机子造出来，到坟上给我说一声……孩子呢，把两个孩子都叫来。"

大家黯然，知道她真的要去了。见我哭成泪人，小田一应后事全承揽起，挪出身子到门口和大家商量，打发人分别去买"老衣"，到木业社看棺材，最当紧是把两个孩子赶快找来。

我瞅见水仙渐渐安详地合了眼渐渐地不省人事。等到把两个孩子匆匆找来，她已经完全停止呼吸。

宝宝跺了双脚哭号。

叫人最痛心是小不点，我那不晓事的孩子，以为妈妈睡了，跑上前去，使唤小手拖水仙的胳膊，一面叫着："妈妈！妈妈！我不要你在这睡，咱回，咱回嘛，妈妈！"

"还不把孩子抱走！"有谁这么说。

小不点蹬着两条小腿不让抱她，哭喊着说，她要等妈妈醒来后一块儿回。人们只好把她放下。由她吧，实在也顾不上他们。

弄不清小不点啥时候睡着了，小狗般蜷曲在水仙床头，眼角印着泪痕，长长的口涎从嘴角垂挂下来。

可怜的孩子，不知道妈妈永远不会再醒！

最不能忘却是入殓时白头发老婆婆的话。她扶了棺材瞅住躺在里面的水仙：

"唉——！你没福哇！你真没福啊！"撩起袄襟抹一把泪。

老人说得对。这些年来，为了山地铲刨机她心甘情愿地吃尽苦头，好不容易熬到现在，曙光就要照耀一切时候，她却匆匆去了。

苏琴！我也深知，不能把日子永远淹没在哀伤里，那样岂不有负死者所望？

正如姚克明老师来规劝我：前面的路还很长，要紧的是把精神振作起来，去奔赴未来！

远处农机厂的喇叭正播放歌曲——

> 今日去，愿为春来归
> 盼归，莫把心揉碎
> 莫把心揉碎
> 且等春来归

春之脚步，常常蹒跚来迟。比如，我们这个深深嵌在大山皱褶里的小小县城，很遥远，很偏僻，毕竟抵挡不住震撼梦魇的春雷。

苏琴！没事的时候，我常把问题深想，会联想到我的小屋前面这条屈产河。每当春暖花开的时候，山外的田野该是一片芳芬，而这里的河面，仍然坚冰如磐。从山梁后面迟迟升起的春阳，那样的清漠，河边嘶鸣的小风依然尖厉。不禁让人忧心，要到哪一天，这板结的冰层才能消融，才有哗啦啦一河生气勃勃的浪花呢！

春之脚步阻挡不住。你只消用心听一下，就会听到激流已经在冰下奔鸣，坚如磐石的冰层开始解体，消融，并随着满满荡荡一河春水，日夜不停地呼啸，奔腾，滚滚东流。

苏琴！仔细琢磨，这不就很像我们的日子？就连黄鹏云那样的人，不是也在努力追赶时代的脚步？给我送试产所得费的那一天，他沉痛地对我说了许多悔恨莫及的话。

当然，这并不是说，未来的道路从此便全是坦途，不，同样还会遇到一些沟沟坎坎，遇到一些麻搭。但似乎并不要紧，毕竟我们处在一个春阳高照的日子。

苏琴！我就写这么多吧。

愿我们在祖国不同方位上，趁着大好年华，共同向未来奔突！

祝你万事如意！并问候老张同志

志强
写于一个春天就要到来的日子

原载《黄河》1986 年第 2 期

青　楼

　　天已黄昏，一弯秋月云里穿行。

　　日渐逼近的战争阴霾，让人忧心世道不稳。我姐肖珍珠在灶间洗刷锅碗，细长的辫子从脖后绕过来搭在肩上。院子里，父亲捏根火柴棒，坐在小板凳上对付潜伏在牙缝里的苦菜筋。母亲抱着我坐在麦秸编制的草垫上撩起袄襟给我喂奶，她心绪不宁地说：

　　"马驹外出清债有半个多月，算日子不短了，也该回来了！"

　　同样担心的父亲说："是该回来了！"

　　马驹是我哥。在一家客栈当差。

　　疯传边关已经失守，同城危在旦夕。晋军开上去，中央军开上去，八路军开上去，小日本吃了不少苦头，中国军人到底没能抵挡住野兽的进犯。溃败下来的散兵，摆在前方摆抗战威风，向老百姓要现大洋，要金镏子，稍不如意就拉枪栓：他妈的，老子在前方流血牺牲……

　　北边战事吃紧威胁到省城，省府行营秘密南撤。一些首当其冲的县太爷仓皇自保，三天前我们的县太爷在夜幕下，带着家眷和金银细软溜出城门，留下权力真空。赵团长乘虚而入，成为权力象征。赵团长贴出布告，自称城防司令。赵司令派兵四面巡逻把守，城墙上站好多兵，一律端着枪，走来走去，刺刀闪着寒光。

城防司令给兵们训话：都给老子精着点，出了岔子把你们一个个在城头点天灯。

胆小的人家自寻出路。

前不久，和我们肖家同进出一个街门的罗掌柜（一进两院，罗家住后院，我们肖家住前院）将街上的几间铺面连同后院宅第仓促出手卖掉，带着家眷远天远地回到大山里的老家躲避战乱。

我父亲肖老五对罗家的举措不以为然；"是福不是祸，是祸躲不过。"——多数人的活命哲学。

所以无奈中醉生梦死。坐落在正太街的戏园子里依然紧锣密鼓，天主教堂斜对面的电影院正在播放一部美国大片《芙蓉》；酒馆里大呼小叫哥俩好三桃园八仙八仙；茶馆里客人们品茶论古，俩茶客楚河汉界杀得难解难分，为一步臭棋面红耳赤。夜幕下街道一个拐角处，两个巡逻兵和一个站街"野鸡"调情。繁华的南池子巷，各家妓院红灯摇曳。东洋车叮叮当当来了去了……大街小巷墙壁上千篇一律刷写出"守土有责""存亡与共"标语。靛蓝色的字迹月光下闪烁着令人心悸的色彩。

我母亲说："睡觉，时辰不早了。"

提尿盆是我姐肖珍珠的营生。我姐常噘着小嘴抱怨自己丫鬟命。母亲调侃我姐："可说哪，晓不得是姑奶奶你投错了胎呢，还是你天生不是小姐的命。"肖珍珠一脸不屑的神态：那可不一定！我姐肖珍珠双膝跪在炕上走来走去，把被子褥子枕头铺好放好，跳下炕取尿盆。

我姐在院里尖着嗓门喊："妈！街门关不？"

母亲即刻气不打一处来："关了关了！"

我爸我姐都知道，母亲冲冠一怒是冲着后院的高家。

大明时期我们肖家出了一位爷，官至四品，领礼部尚书衔，在御前走动。我们肖家城里城外颇有名望。我家尚书身着朝服全身画像、玉带、上朝奏本使用的笏板,以及尚书看过的六大箱线装书,一代代传下来。传到我父亲的父亲时,只剩几大箱书。父亲的父亲将钉满铜铆钉的六个大木箱卖给梨园戏班装行头。到我父亲一辈,满满六箱线装古典,陆续送进灶膛当火引子灰飞烟灭。

肖家可炫耀的只剩这座宅子。

这是一座两进院落。连接前后院有一座宽敞的穿堂,也叫仪门,油漆斑驳的两扇木门连接前院和后院。后院一壁砖墙有个月亮门,进去是后院,坐北朝南三间大瓦房,东西两边各有厢房。前后院落均为砖木结构,用料之讲究,营造之精致,无不向后人昭示其格调与品位。沧海桑田,后院早已不姓肖。赵钱孙李几番易主。父亲说他小时候后院住张姓一家。后来转手卖给罗家,前些日子罗家又卖给了高家。

属于肖家的只有前院这块地盘,还有依然屹立的街门楼和雄踞两边的一对石狮一对石鼓,以及一砖到顶门楼上笔力苍劲的砖雕楹联——

    上联:里有仁风春色溥
    下联:家余德泽福星临
    横批:礼乐可风

曾经的辉煌富庶和诗礼传家风范,让肖家的子孙后代倍感做人的底气十足。

谁能料到,新来入住的高家,门风如此不堪!

高家还没有入住之前的一个傍晚,罗家大叔的一句话,我的父亲母亲——尤其我母亲像吞了苍蝇。

清冷的月光笼罩着停在我家街门外装满罗家细软的四辆马车。我们肖家人都出来送送。多年的邻里之情，禁不住别离的串串泪珠。就要启程时，罗汉大叔将我父母拉回院里，说有句话憋在肚里。说不出口啊！再不说会憋出病！

我父亲说："咱们两家相处这么多年，有啥不能说说！"

罗汉大叔说是关于卖房子的事。父亲说你已经说过了。罗汉大叔说只说了一半，除了街上那几间铺面，他将后面的院落也卖掉了。罗汉大叔急忙解释说这世道兵荒马乱，风声一天比一天紧，日本鬼子不光占了天津、北平，察哈尔、热河也丢了，眼下正分兵几路扑过来。省城已经不保，鬼子的红头飞机说不定哪一天就飞过来。

我父亲宽慰说：我明白你的意思了，依照老规矩是这么个礼，这种事顺序应当先近而后远，先紧让我，我的家底你清楚，买不起，何必走那个过场，你没错！

罗汉直摇头：你越这么说我愈发觉得惭愧。

我父母亲都很奇怪。

"我惭愧没有给你们选个好邻居。"

我的父母神色愕然。

罗汉大叔急忙解释："不是故意的。当时急着出手，难得有一个出手大方的买家。只知道新房主姓高。事后才知道这家门户不好。"

"唔？"

"事后听说这个姓高的在花街一家窑子里当'护院'兼'茶壶'。"

我的父亲母亲大眼对小眼。事已至此他们还能说什么。

罗汉大叔连连抱怨事情办得很糟糕！

我父亲宽慰罗汉："不必自责，他们是他们，我们是我们。虽说同在一个街门进出,清者自清,浊者自浊,没事。该动身了,再耽搁城门关了就出不去了。"

罗汉大叔一脸深感"对不起"的表情,双手举起高高一揖,道一声"保重"。

车夫扬起马鞭,四辆马车转眼消失在朦胧月色里。

自打送走罗家那一刻起,我母亲再也笑不起来。

高家人搬家路过前院,肖家尤其我母亲眼皮也懒得抬,视而不见,比路人还路人。

面部神经全部处于休眠状态。

搬家后第二天上午,穿戴周正的高太太提两包南式点心,从后院里穿过仪门,满脸绽放笑意到前院拜邻居。我母亲猝不及防,好不容易把脸上表情整顿好——既不冷淡,也不热情。没有请人家进屋,就院子里。好狗还不咬上门客呢!顺手递来一小板凳,另一小板凳是我母亲吆喝我姐从屋里搬出来的。母亲对高太太说你坐。高太太堆满感激的笑意。在我母亲眼里,这位四十开外举止文静的女人,看面相当属柔和良善之辈,衣着整洁得体,头发黑黑的,椭圆形的发髻用网款款挽于脑后,插一枚葡萄形翡翠银簪。瓜子脸形,白白净净,笑的时候浅浅露出水滑洁白的牙。

"大妹子,"高太太首先打破见面的微妙尴尬,"往后咱们前后两家人,就在一个街门里出出进进,常言说得好,远亲不如近邻呀!"

母亲:"啊——是吧。"

绝非一般的邻里间家长里短那么轻松。一个是出其不意;一个是巧妙迂回。

当时我姐在场。

我母亲:"还不知道太太你家几个孩子。"

高太太；"我可知道大妹子你有三个孩子,两个男孩一个女孩。对吧?"

高太太还说:"我还知道大男孩已经捉了事关上饷了。"

我母亲:"他还算有长进吧。字号的大掌柜提携,让他到账房历练。"

高太太:"大妹子好福气,孩子立门顶户了。"

我母亲:"你的儿子一定也很有出息。"

高太太:"出息谈不上——小时候没念几天书,如今混点饭吃罢了,好在是风不吹雨不淋。嘿嘿!"还没等我母亲开口,高太太亲昵地拉起我姐姐一只手说;"这么俊呀!大眼睛,长睫毛,脸蛋上还有俩酒窝,姑娘今年多大了?"

我姐姐怪不好意思的样子。母亲说:"她呀,只长个子不长心,跳过年才十三。高太太也一定儿女成群吧?"

高太太:"我不如大妹子有福气。就俩。一儿一女。"

我母亲:"好呀,儿女双全!搬家时好像没见过你女儿。"

高太太:"她——忙!"

母亲恍然明白,猜想女儿一定出阁嫁人了:"婆家咋样,姑爷也可人意吧……"

恰此时,街门响动,进来一个青春丽人。

刹那间高家太太神色有点乱,问说你怎么就能找到新家来的。

丽人笑道:"进了香炉胡同,没人不知道旗杆院,一打问就找到了。"

高家太太向满脸诧异的我母亲介绍:这就是我那个女儿,小名牡丹。回头又向她女儿说:记住,这是婶子,这个是珍珠妹妹,还有一个吃奶的弟弟,一个哥哥,还有你大叔。关了街门这前院和咱后院就是一家人了,边说边牵着女儿的手挪动步子,还一边叮咛:

大妹子也时常带孩子来后院走动走动……

名叫牡丹的丽人一言一笑很文雅，也很懂事，一口一个"大婶"，双手拉住珍珠姐姐妹子很是亲热。

丽人牡丹亮相街门那一刻，母亲蒙了。这谁呀？好面熟！在哪见过？我母亲使劲想……想起来了——月份牌！

眼皮下这位活脱脱就像从月份牌走下来：也是这样的烫发，也是这样略施粉黛，蛾眉淡扫，这样的皮底软段鞋，肉色长丝袜，一袭葱绿色花旗袍紧紧俏俏雕塑修长身段……

母亲忽然觉得怎么怪怪的，哪儿不对劲！

高家母女一步步从我母亲身旁走过时，我的母亲发现高家这位女子身上的花旗袍开衩真大胆，白兮兮大腿闪烁于光天化日。

高家那个丽人进门那一刻起，我姐肖珍珠两只眼睛就没离开过，直到丽人进了仪门。她那样子让我母亲相当烦躁。

纸里终归包不住火啊！

我母亲终于打听到高家女儿的身世——窑姐！

当时我母亲脑海里一片空白。脸也白了：我日她个妈（对天发誓，我母亲头一次粗口）！这往后怎么弄？罗汉还是人吗？为几个臭钱啥事都能干出来，弄来这么个肮脏人家！和这种人家同在一个街门里出，一个街门里进？街坊邻里会怎么看？我们肖家人脸往哪搁？何况儿子还要娶媳妇，女儿眼看一天比一天长大……

母亲越想越觉得天塌地陷。不行，说什么都不行！要想尽一切办法把这家人撵走。我父亲说没那么容易，不是一句话就能撵走。母亲觉得父亲的话有道理。当然不能来硬的。他多正当盛年，儿子马驹初生牛犊不怕虎。别说动刀枪，舞棍弄棒抡拳头也不可。打死人要偿命，伤重了坐牢房蹲监狱。何苦？亏本买卖不能做。但想想我姐肖珍珠那双走火入魔的眼神，母亲不寒而栗，近朱者赤，近墨者黑。事情不能就这么下去。

母亲试图使用女人们的本事——冷暴力，或曰使软功。

水可以穿石，柔能够克刚，一句话扔过去，表面看毛发无损，而内伤是看不见的。有时候一句话足以让人毙命。至于吐唾沫，抓脸，咬人，揪头发……就免了吧，我母亲说她不行。

冰火两重天！

这是一场艰苦卓绝的鏖战。

在母亲眼里，高家是仇人。由最初的视而不见，不理不睬，冷若冰霜，到怒目金刚，到指桑骂槐，指鸡骂狗。

我母亲头一次展现出超人的思维敏捷和张口就来的脱口秀。只要高家人从院子走动，她绝不放过。所有言语举动全是临场发挥，即兴而来。无中生有，莫名其妙，自说自话，栽赃构陷，自编自导自演……逮住谁是谁，尤其我姐没有少当冤大头。小猫、小狗、鸡、燕子，都能用来宣泄针对高家人的厌恶和愤懑。比如，院子里晾晒衣服被褥的铁丝上，挂有切成条状未晒干的茄子，后院的谁谁从街门进来了，母亲疾步走去，捏住茄子条恶狠狠嚷："这个烂茄子！晒几天了还不干。就像有些人的脸皮，真厚！"高家人耷拉着脑袋，三步并作两步闷声走去。比如，我家堂屋木梁上有一窝雨燕。一家人都喜欢燕子，春天，雨燕应时飞来，整理燕巢，生儿育女。偶尔迟来几天，母亲会站在院里望天牵挂。年年如是。高家住进来后，雨燕也跟着遭殃。一天午后，飞回一只雨燕，没有直接飞进堂屋，而是落在晾衣铁丝上。可巧高太太要上街去，刚出仪门，我母亲看见了，顺势抄起一把笤帚朝雨燕扔出去："要不要脸了？撵都撵不走是吧？非要等人搬梯子把你的窝拆了？也不瞅瞅，这儿是你们安营扎寨的地方吗？要脸不要了？"高太太耷拉眼皮出街门。再比如，我姐正在纳鞋底，母亲扯起嗓门突然发难："不要脸的东西!"我姐莫名其妙:"我招谁惹谁了?"母亲使眼色,姐姐就明白院里有情况。母亲继续:"说你多少遍了,还有脸摆来摆去。"

如此这般。

但好像无济于事。

母亲添新招——摔打街门,或者高家谁谁刚走到前院,脚前或者脚后,突然飞来一只破鞋,突然泼来一盆水,傻子都知道这不是给钦差大人清水洒街。先是一盆脏水,后来是洗脚水,现在又要升级了。

晚上吃菜窝窝喝稀米汤,夜里我父亲起来两次,我母亲起来两次,我姐姐睡眼萌醒稀里糊涂摸下炕,尿盆里稀里哗啦响声不断。早晨起来,我姐伸伸懒腰,刚把尿盆端起,母亲吩咐她,端出去不要倒,就在茅子里放着。我姐肯定有一根神经没睡醒,懒得说什么,照直端到茅房没倒。父亲一大早去了铺子,离我家不远,靠蝇头小利贴补家用。母亲和我姐坐在小桌前加工果丹皮。大包的果丹皮从杂货店批发回来,切成小片零卖。

母亲基本掌握高家女儿活动规律——通常在九点左右回来。窑姐们乾坤颠倒白天是黑夜,黑夜当白天。

母亲心不在焉。

街门外,人力三轮车叮铃声由远而近。

母亲不动声色进来茅房。

牡丹进来。换一身时髦女学生装。齐耳短发,学生蓝偏襟长短袖上衣,黑色绵绸短裙,白底青面圆口布鞋,脖颈绕条丝质白纱巾。一夜劳顿,掩饰不住她脸上的倦容。她只想快步回家睡觉。刚闪过身——哗!从紧贴南墙半人高的茅厕里面,泼出的液体薄如蝉翼呈扇面飞翔而去。苍天在上,母亲绝非故意要往身上泼,心里紧张,没把持好就泼出去。多亏牡丹脚步快,稍慢一步,人就成落汤鸡。膝盖以下裤子湿透,两只白底青面圆口布鞋泡在黄汤里。

泼脏水已见怪不怪,今天是泼尿啊!牡丹愣在那里,眼泪夺框,流到嘴唇边她咬住,一步一步进了仪门。

高太太出来时,手里握一把菜刀,我母亲愣住。高太太说大妹子,要么高抬贵手放我们一马,要么你把我们一家全杀了。这不,我把刀也给你拿来了。

我母亲急了:"我怕脏了我的手!"

两个女人吵起来。

不断有路人进来看热闹。

"老少爷们,我家的人招谁惹谁了,地契上写得明白,前院和后院同进出一个街门,怎么就不让走?不是热脸换了个冷屁股,便是指桑骂槐,指鸡骂狗,扔破鞋,泼脏水,今儿个居然泼尿!你们大家评评理,到底是谁的错?"高太太无助地拍打着手。

围观的人私下议论。卫道者站在我母亲一边,认为容忍一个婊子和正道人家搅和一起有失风化,因而怒目。开明者认为我母亲太过分,自古以来笑贫不笑娼。开明者呈现出对我母亲的小小遗憾和对高太太一家有所同情。麻木的人无所谓卫道与开明。他们只是来看热闹,双臂交叉胸前,只是咧开嘴笑。

我姐跑去把我父亲从铺子叫回来。

高太太想请我父亲说句公道话。我父亲很作难。地契上写得明白,前院后院伙用一个街门,不让人家走没道理。可是这时候再没道理也得护自己婆姨:

"让我说,你也不想想,她为啥不去泼旁人?"

"她叔,你啥意思呀?我们就应该受你们气呀?出出进进我们只有走前院这一个门呀!我们没有长翅膀呀!飞不过去呀!能不能说个明白呀?到底想要什么吗?不是想要买路钱吧?要是,就明说!"

"你……不能这么说!"我父亲很不以为然。

高太太何止是胡搅蛮缠,是故意栽赃羞辱。母亲将我父亲推开:

"高太太!我知道,知道你们家有钱,知道你们家钱多。能不能给大伙说说,你们家的钱是怎么来的?"两只眼睛紧紧盯住高太太。高太太目光迅速避开,但仍硬着头皮不装怂:"你说是咋来的?"

"我在问你!"

"反正,既不是偷来的,也不是抢来的!"

"不是偷,也不是抢。多么体面、光彩,清清白白的好人家。钱自然也是清清白白赚来的,今天就来当着众人面摆阔。说要给我们家买路钱。我谢了。可惜,你们敢给,我还不敢要!害它脏!臭!恶心!"

通往后院的两扇仪门哗啦推开。街坊邻里或曾耳闻或曾目睹,能想到出来的这位花枝招展丽人定是那位小有名气花名牡丹的窑姐。

牡丹宛如变戏法从头到脚让自己焕然一新。身上一袭石榴红软缎睡裙,脚穿石榴红缎面绣花鞋。描眉,画眼,施粉黛,涂胭脂,嘴巴红得如同喝了鸡血。

高太太要拦住女儿,女儿用胳膊将她划拉开。

牡丹一双眼睛死死咬住我母亲不放,风摆杨柳般一扭一扭向我母亲逼过来。然后站定。两条美腿前后交错,前面的一条略弯曲,脚尖点地,两条胳膊很优雅地架在胸前,娴熟地将一只哈德门香烟叼在鲜红的唇上。她掏出小巧玲珑闪着宝蓝色的进口打火机,咔嚓!将烟点燃。她粉脸一斜盯住我母亲问:

"脏吗？你可知道一天到晚有多少银钱流进花街柳巷？又有多少银钱从花街柳巷流了出来？流到千万人手里？我们家从你家小铺子里买过洋火，打过烧酒，买过醋、酱油、碱面、果丹皮……钱一分不少你们都收了。其实呀，你不是嫌钱脏，你的病根是吃不上葡萄骂葡萄酸！"

"啊呸！你什么东西，臭不要脸的婊子，千人骑万人压的贱货！"

你说对一半，婊子不假，一点都不臭。明人不做暗事，咱是在教坊挂了牌的名正言顺的婊子。那么多男人点名死打烂缠着要我。你行吗？你不行。拿镜子照照你自己，贴上钱人家也不会要！

母亲气得满脸煞白，众目睽睽之下她栽在一个婊子手里。

我的母亲很受伤害。

当太阳渐渐西边滑去时，占了上风的牡丹从后院走出仪门，一副胜利者的姿态从前院穿越而过，不可一世的嘴脸，在向世人宣布从今以后，邪恶的旗帜将在这个院子里高高飘扬，而崇高、久远拥戴的道德情操将威信扫地。前院里这个坚强的卫道女人（我母亲），不得不屈辱地低下头来，忍气吞声饱受折磨。

此时，我的母亲如同受伤的野兽。

这一夜我母亲对着一盏油灯整整一晚上没有合眼。

第二天我父亲回来说他打听了，后院有靠山——商会的会长。咱惹不起。

我母亲说她咽不下这口气。

所以，该发生的事发生了。

那天我哥肖马驹一路风尘仆仆进了城，直奔货栈，当着大掌柜的面向账房先生将清理回来的银钱票据，仔仔细细交割完毕，天已黄昏。大掌柜对我哥说这些日子路上辛苦，顺手捏起三块银洋递给我哥，吩咐买些好吃的给家里带回去。我哥买了两包福同会点心和一包糖豆角。我哥前脚刚进家门，不大工夫后院那个小妖精也回到后院。

商会今晚宴请城防司令及其部下，饭局原定在晋阳春饭庄，后改叫局丽春院——吃花酒。菜肴仍由晋阳春饭庄提供，丽春院姑娘们作陪。头牌姑娘牡丹是赵司令钦点。牡丹认为有必要回家另换一件穿戴。她出了丽春院，叫了一辆三轮，穿街过巷，进香炉胡同，在旗杆院门前下了车，推开街门，嘎达嘎达皮底鞋响一路，快步进了后院。她做梦没有想到，前院的屋子里正在酝酿一风暴。

两包点心和糖豆角没有给家里带来欢乐。母亲的哭诉让我哥全身装满火药。火药桶在一路皮底鞋响声中点燃了。"我废了她！"我哥拼命三郎般冲了出去，直奔后院。突然的爆发让我父亲乱了神，断喝："马驹！回来——"

"乒——！哗啦——！杀人呀——！"后院传来家具倒地声，瓷瓶、瓷罐粉碎声和女人尖叫声。父亲如烫了脚的蚂蚁满屋转圈，指住我母亲："你就闹吧，闹到刺儿上你就歇心了！"

肖马驹威风完之后回到前院。

前院和后院陷入一片死寂。

如同所有青楼妓院，丽春院的门楼上约定俗成挂一盏大红灯笼，上书"丽春院"。杨树兴率商会几个头面人物陪同赵司令及其马副官等一行来到丽春院。早有老鸨娘出面迎迓。"接贵客——"在外场当值相帮高扬的吆喝中，赵司令阔步挺胸器宇轩昂。面部肌肉松弛仍然浓妆艳抹的老鸨，抢上前去亲自为赵司令等人将门帘高高挑起来：老总请！长官请！杨会长请！宋老板请！……

窑姐的香巢艳窝容易撩人好奇，何况是当红窑姐牡丹，陈设果然不同凡响：客厅摆放明清款式硬木家具，桌面嵌云纹大理石，高背椅设大红刺绣缎面软垫。条桌上陈设西洋座钟、青花瓷胆瓶等贵重摆设。正面墙壁悬挂一副墨地金粉推光漆字画，书写：

正是酒醉人多时
偏是野花滋味好

掀开桐木隔断上一帘精致的苏绣，是窑姐牡丹姑娘的卧室。同样硬木家具，床上摆双人苏绣鸳鸯枕头，红牡丹团花软缎被，水红色丝绸床罩，围一圈本色流苏。让人耳目一新的是团花软缎被子下边半遮半掩的美商龙和洋行出品的丹碧丝牌月经带，是刻意还是漫不经心？陈列于梳妆台上的佳古龙玉容霜、夜巴黎唇膏，以及来自纽约的林文因花露水，还有茶几上那几本颇具都市风情的综合性刊物《妇女丛书》，给这古老而常新的烟花寨平添了几多现代气息。最引人入胜的是墙上那幅《十二图》，据说为郑板桥手迹，题曰"花营锦阵春宫图"。赵司令眼不放盯住《十二图》无限感慨：他奶奶的！

晋阳春饭庄订制的美味佳肴一件件装进油漆精美的木制食盒里，派人络绎不绝送往丽春院。

大家入席就座。首席桌设在牡丹姑娘屋里招待赵司令。隔壁一桌是马副官和几个弟兄。赵司令当仁不让坐上席，杨树兴坐主陪位。余等皆次递安。在座的每个人左边各设一空位，虚席以待姑娘们前来伺奉。

犹如婚礼上的司仪，杨树兴依照妓院程序嘹亮起嗓门：起手巾咯——一个相帮手端油漆托盘应声而入。托盘里整整齐齐码一摞热手巾。这个相帮不是别人,正是牡丹姑娘的哥哥。杨树兴利用接手巾的工夫,侧过身悄悄问:牡丹来了吗?听到"还没来"立刻急了,压低嗓门:马上回去催!马上!

街门响。高家那个在丽春院当"大茶壶"的宝贝儿子回来了。一身白裤褂,穿皮鞋,胸前晃动着怀表链子。奉商会会长杨树兴命,回来督促牡丹别磨蹭,赵司令马上就到。他王命在身的样子,匆匆进来后院。不大一会工夫,高家儿子又从后院出来,脸上鼓了颜色。这个自小练过拳脚的人,没有冲进我们肖家大打出手,只是用敌视的目光朝我们肖家瞪了一眼,很重地摔街门。

我父亲预感到要出事。先看看我母亲,再看看我哥。母亲面无表情。父亲说马驹你回你货栈去吧!我哥知道他啥意思,拐了一下脖子说:我怕他谁!

嘴里这么说,到底还是走开。

赵司令耐不住寂寞,指一旁空座问会长杨树兴:还等什么?杨树兴心领神会。心里着急牡丹还没来。看来不能再等,嘹亮起嗓门:上先生——

应局姑娘们如同待嫁新娘,一个个光彩照人,挤在一起无忧无虑闲来聒噪,比如:"如意绸缎庄新进回来的维也勒毛绒料子不缩水质地好""某某裁缝店制作的旗袍款式如何别致""某某美容店发型最时髦""某某老板如何怜香惜玉出手大方"……听到喊"上先生",一字排开风摆柳跟随老鸨走来。杨会长宣布说:今天的花酒,独赵司令钦点,其余各位这里就乔太守乱点鸳鸯代劳了。按照预设的方案,燕子姑娘跟宋老板,晓梅姑娘跟齐老板,瑞琴姑娘跟杨树兴会长，云姑娘跟韩老板，翠翠姑娘大大方方一屁股先坐在马老板大腿上，顺势在马老板脸上亲了一口。满堂喝彩。杨树兴注意到赵司令表情微妙，走过去解释说：不是我辈不知君臣有序道理，是你的心上人听说钦点她伺候，喜欢得不知道该如何是好，特地专程回家去要盛装打扮，有道"女为悦己者容"啊！赵司令满心欢喜：我等她，我等她！一面端出王者风范。这时候高和尚进来和杨树兴在一旁"咬"了一阵耳朵。杨树兴面色突变，又瞬间将表情摆平，走过来对赵司令说他亲自去催一下即刻回来。赵司令欣然点点头。杨树兴临走时对赵司令说：要不要先叫一个姑娘过来给司令解解闷，不能让司令你枯坐。也是头牌，扬州来的，花名莹儿。和牡丹姑娘并称"姐妹花"，能歌善舞。赵司令身子往椅子靠背一挺，满脸幸福说：叫来吧，叫来吧！

街门又响。高家宝贝儿子又回来了。紧随其后是大昌银楼大老板县商会会长杨树兴，穿月白府绸长衫，皮鞋，戴金丝边眼镜。两人快步向后院走去。

我父亲在门缝里看得一清二楚，判断事态很严重。高和尚和杨会长前脚进仪门，我父亲后脚出街门，直奔万昌货栈。吴老板说马驹刚出去办点事，我父亲如此这般将事情简要讲给吴老板，吴老板一惊：这不是老虎嘴里拔牙吗！事情已经到了这份上，说什么都迟了，父亲央求吴老板无论如何告诉马驹，千万不要再露面，最好今晚能出城去避避风头。吴老板让我父亲放心，说他会关照。

杨树兴火急火燎跟随高和尚来到了后院，进门看现场，脑子全乱套：怎么会这样？如同台风袭过万般狼藉。受伤的牡丹披头散发赖在炕上。商会会长杨树兴眉头紧锁，聆听高和尚对杨树兴说：你派人十万火急让我回来催，听说是赵司令叫局，我撒腿就往家里跑。一进家门，才知道我妹子被人打了。我妈当时就在场。让我妈从头对你讲。

这位头上插一枚翡翠玉簪的母亲，眼泪汪汪叙说了事情全过程："平时把我们当软柿子捏，今儿个愈发长了谁的势，用尿泼不解恨，又纵容儿子打上门来。进门二话不说，扑上去照住牡丹劈头盖脸抡起拳头就打，我上前拦挡，一把推我趴在地上半天起不来，檀香木花架撞倒，上好的胭脂红细瓷器花瓶碎了一地。你过去看看，看把牡丹打成什么样了。左眼打成乌青，再往下一点还不把眼睛打瞎！幸亏躲闪快，脸蛋只是捎带了一下，却打在耳朵上了，当下血从耳朵根顺着脖子往下流。我说嘛，金耳环会跌下来，我的那个天！把耳垂上的肉眼打裂了，血淋淋只连着一点点肉……"

杨树兴走到牡丹姑娘床前。高和尚过去掀开牡丹的被子。睡着的牡丹姑娘见到杨树兴，眼泪一泄如注。杨树兴埋怨前院的人太不像话。

高和尚对牡丹说：妹子别哭，谁都知道你是杨会长的人。打你就等于打杨会长，别说咱们咽不下这口气，杨会长也绝对饶不了他。

杨树兴说这个自然，可问题是眼下那一头十万火急呀！赵司令还在等牡丹姑娘呢，现在弄成这样还怎么去应局？一面吩咐说让牡丹到附近诊所包扎一下，而他自己得马上回去。这年头穿老虎皮的人得罪不起！说罢，匆匆告辞。高和尚紧随其后。——没走两步折返回来对牡丹说：看见没有，人家杨会长不把你当回事！

杨树兴脑海里一片空白，哪里能顾上牡丹死活。草草安抚几句,匆忙带着高和尚直奔丽春院。一路苦苦想不出赵司令那一头怎么收场!这帮散兵游勇尤其那个所谓的赵司令,简直是土匪!入城那天,带着虾兵蟹将,招呼不打,闯进国民小学,说打今儿起,司令部就驻扎在这里。身穿月白色长袍老先生出面挡驾,理由是学堂重地,非学子不可擅自入内。"让开!"老先生没让开:"这位长官一定读过圣贤书,断不可亵渎斯文!"

"啪!啪!"迅雷不及掩耳速度,打老先生两个耳光。赵司令一张蜡铸的脸四平八稳看着怒不可遏的老先生。面对淫威,一介书生没有退却,目光宛如两把利剑直指一张蜡铸脸。赵司令没有任何表情,但一只手不事声张向腰间游走,老先生注意到土匪那只手落在腰间盒子炮上,掀开盒盖。立刻意识到"秀才遇上兵"的含义。不得不眼皮耷拉,垂下文人尊贵的头颅。当天晚上老先生一根麻绳将自己吊死在屋梁上,向世人宣告"士可杀而不可辱"情怀。

赵司令眼皮没眨。

杨树兴后悔不该多此一举吃什么"花酒",在晋阳春饭庄就不会惹这般麻烦。真是掏雀掏出蛇。

自封为司令长官的赵司令,进城伊始直接下令商会:即刻上交三十辆(苏茂牌)洋车(自行车)。理由是部下守城行动方便快捷。有枪便是草头王,县长出逃群龙无首,直接找商会是务实抉择。商会会长杨树兴召集几个副会长商量,明知敲诈但找不出拒绝理由。第二天又命商会上交两千大元——不是钞票,要现大洋。名目是部队安营扎寨费。商会会长们硬着头皮认了。隔五日第三道令:四千大洋!由头是给士兵发军饷。欲壑难填,老母猪找见萝卜窖没完没了。这怎么行呢!会长们七嘴八舌表示不能接受。坐在靠椅上的马老板挺直了身板,器宇轩昂宣布:顶住,坚决顶住!

众人附和:对着哩,顶住!

杨树兴问：别忘了老校长尸骨未寒。

在座的会长们，一如晚秋时节蟋蟀，集体失声。

最后商定由杨树兴出面到司令部斡旋，其他人负责筹银子，按照"量体裁衣"老规矩，由县城各大小商户分摊。

杨树兴凭感觉知道赵司令匪气，并不知道真的是曾经啸聚山林拉过杆子的土匪头子弃暗投明在部队当了团长。礼仪待人是杨树兴一贯的行为准则。纸墨笔砚，字斟句酌，他撸撸袖子，认真书写一份"投名状"，意在联络感情，或曰感情投资。谁能料这帮土匪还待多久？为以后做铺垫说明杨会长的前瞻意识。杨树兴违心地堆砌溢美之词。帖子上称颂赵部"仁义之师"，说日寇进犯，府衙要员望风南逃，群龙无首，治安安在耶？百姓惶惶不可终日，赵司令率部恰如其时入城协防，无异于雪中送炭，全城子民幸甚，商贾幸甚云云。杨树兴当然知道这样的曲意奉承、献媚、拍马屁很下作。当年韩信甘愿胯下受辱是为前程，而杨树兴低头折腰放下身段是为包括自己在内全城百姓。杨树兴知道赵司令未必买他账，深知赵司令打着抗日旗号，浑水摸鱼发国难财是真。打过两次交道，赵司令对他还算客气。古人云柔能克刚，杨树兴想用柔软手段感化一下，幻想胃口不要太大，能少搜刮一点，当然也有延缓、拖磨日子的刻意。杨树兴将写好的帖子呈上，赵司令不认得字，杨树兴念给他听，又听不懂，命令他说意思。杨树兴就说意思。赵司令哈哈大笑："别奉承我。有话直说，是为军饷的事吧？"杨树兴说：天下兴亡匹夫有责，我等虽一介草民，岂能不明义理！赵司令率部戎马疆场，浴血奋斗，我等安敢不尽其所有，只是……不等杨树兴说完，赵司令用手往下一劈："哭穷？今天换个人来，我崩了他！"拍拍腰间盒子枪。

杨树兴僵在那里不知所措。

"我问你,"赵司令说,"听说上次交来的三千大洋,你自愿多出了一份?"

杨树兴承认是。

"为什么?"

"政者,正也。子率其兵,岂敢不正?"赵司令听不懂。杨树兴解释:好比打仗,当官的往前冲,当兵的敢不冲锋陷阵?在下不是商会会长吗?赵司令拍拍头,说自己终于回过神了。杨树兴话锋一转,讲了一个与"军饷"有关的故事。说从前有兄弟两人,各自养了一只母鸡,哥哥想吃鸡蛋,把母鸡杀掉,掏出一颗蛋,吃了。弟弟也想吃鸡蛋,聪明的弟弟不杀母鸡,母鸡每天给他吃一颗蛋。哥哥只吃了一颗,没了!见赵司令洗耳恭听。杨树兴说:其实和我给你信上说"竭泽而渔"一个道理,要想不断有鱼吃,就绝不可扒堤放水!

赵司令一脸欣赏的表情望住杨树兴:"本司令虽是老粗,却也在江湖上混,'义气'两个字还懂。你这个人哪!一不是抠屁眼吮指头一毛不拔铁公鸡;二,你这个人敢担当,不只是仅仅为你自己,更是为全商会商家大众出头露面甘冒风险。所以本司令给你一个面子——这样吧,砍一半怎么样?"

从杨树兴角度当然是多多益善,全砍掉最好。显然不现实。有此结果实属不易。至少往后能沟通。

土匪头子赵司令的反复无常往往超出杨树兴预期。回去如何向赵交代,心里没底,想象不出事态结局。此时此刻杨树兴希望姑娘穷尽柔软手段,让赵司令深度陶醉风月场空洞情感乐此不疲。杨树兴明白,心情好与坏、沮丧与愉悦,决定事情结果。心境不同会截然相反。杨树兴只求太平无事,千万不要节外生枝。尘世间万物充满变数,不是人的意志可以左右。固化了的火车道,也偶有出轨发生。

怕什么就来什么。杨树兴再次回到丽春院,这个莺歌燕舞、灯红酒绿的温柔世界,转眼间琴哑歌谢,取而代之是雨骤疯狂"三堂会审"。原因是姑娘怠慢了赵司令,请了三次没来,司令很没面子,第四次派马副官将其"提溜"来。姑娘吓软了,失魂落魄磕头如捣蒜趴在地上求司令饶命,声言她是多么想过来伺候司令,可掌柜死活不让走,我一个弱小女子奈何不了他,小女子句句实话,不信问我们老鸨可作证。听说司令要来,我们姐妹们哪个不是争着抢着想伺候司令你,小女子更想。说假话让老天爷把小女子雷劈了!老鸨作证说姑娘没有说谎。老鸨鬓角插一朵丝绒小红花。不是她不想来,刘掌柜不放她走,就是那个卖烧酒的刘掌柜喝醉了。

卖烧酒的刘掌柜被马副官"请"来。

刘掌柜脸肥耳阔,将军肚,头上浅浅戴顶瓜皮帽。看见眼前阵仗,心里发怵,却硬撑出好汉神态。但不失礼仪对赵司令笑容可掬,弯臂上去捏住瓜皮帽顶端那颗琥珀色疙瘩,提了提,同时象征性折折腰。

赵司令仰着脸,半闭的眼缝里射出一束内容不详的光芒,那么样盯住他笑,——不说话,只是盯住笑。刘掌柜额头冷汗渗出。他极力为自己辩护:在下是按行规和章程行事,妓院有规定,花钱买笑,按时论价,选好中意的窑姐,你可以一两个、两三个钟点,也可以包天、包月、包年……这期间跟随你的窑姐就是你的女人了。在下包的姑娘,到明天上午她才不属于我……

赵司令放声大笑说:我只知道半小时前她已经是我的女人!突然俯下身来:你知罪吗?

军爷饶恕!借我十个胆也不敢冒犯军爷。也许他们没说明白,也许是在下喝多了,耳朵不好使,没听清楚。

"耳朵不好使你还留它干什么？"赵司令端起手枪"啪！"，子弹削去刘老板一只耳朵，血肉横飞。在场所有人心惊胆战呆若木鸡。赵司令很委屈：妈的！我的女人你也敢玩？

卖烧酒的刘掌柜捂着半张血流如注的脸仓皇逃命。

被惊吓的姑娘瘫在地上筛糠般哆嗦，赵司令怜香惜玉，亲自扶她到自己身边坐下，芹姑娘依偎在司令怀里泪眼汪汪撒娇。

赵司令安抚芹姑娘同时惦记着牡丹。他问杨树兴：怎么回事，人呢？

杨树兴上前解释，说牡丹姑娘自己不谨慎摔了一跤，摔得不轻，来不了啦。司令问是她来不了，还是你不想让她来？杨树兴一副蒙冤神态，说司令玩笑开大了。司令向他摆摆手，即刻命令马副官带几个人去看看，抬也要把人给我抬来！马副官奉命而去，自然是由茶壶带路。

杨树兴苦笑：司令不相信我？

司令未置可否，说把人请来不就明白了吗！

"司令多虑了，再说我敢吗？不瞒司令，有道是天涯无处不风流，杨某人常来风月场所，但从不专宠。"

"可我听说她是你的干女儿，你是她干爹？"

杨树兴说逢场作戏，说白了一个小女子在这种地方混，只不过为找个靠山而已，大树下好乘凉罢啦。

司令自我解嘲说我不是爱美心切嘛，想一睹芳容，哈哈哈……

杨树兴赔着笑笑，说不急不急，来日方长，有道是"两情若是久长时，又岂在朝朝暮暮"。要我说，眼下美人在怀，何不趁此良机让姑娘为司令献上一曲，姑娘不但有一副好嗓子，还会弹一手好琵琶。

在座的各位拍手附和。姑娘怀抱琵琶，婉转歌喉——

佳人睡眠迟,听窗外步儿移,我那人儿醉酒回来身发虚,愁得奴家心里急,要睡不脱衣,倒在奴怀里……

曲罢,司令率先鼓掌,一面喊"呱叽,呱叽",大家随声附和。

牡丹姑娘就在这时出现在大家视线里。出乎人们意外,不像杨会长描述的那么悬,原以为红损绿残,这不好好的吗?花枝招展风采依旧啊!只是头上,兜头盖脸蒙一块黑纱,如同伊斯兰女人难辨庐山真面目。紧挨司令左边添把椅子,让牡丹姑娘就座。赵司令风光无限坐拥东西两宫。司令爱怜地牵起牡丹姑娘一只手,放在自己大腿上。——把人弄来动机是要验证她和杨会长是否沆瀣一气欺瞒撒谎。类似的事件,通常情况下,司令不会是这种姿态。亲自或命令部下,一把上去将蒙在脸上的黑纱扯下。粗糙且蛮横的赵司令在美色面前,身上骨头酥成一塌糊涂,那张下贱的嘴脸和拿腔捏调的缠绵细语让人呕吐,肉麻,全身鸡皮疙瘩。他恨不得变成一只小羊,让牡丹姑娘用鞭子——不是轻轻,而是重重地抽在他身上。他像捏住鼻子软言细语问说:整块布布干啥,雾里看花?揭开!牡丹说我怕揭开了把司令吓着你不再理我。你挂在墙上的照片我看了,花儿一样美呀!可眼下这朵花被人糟践得不成样了。当牡丹姑娘将黑纱揭开时,所有人都吓一大跳,像是火线上的伤兵,兜头缠一条白纱布,护着一只被层层叠叠纱布遮盖的耳朵。刚才还好好的,怎么成这样了?都破相了呀!半个脸肿得眼睛也睁不开,另一只眼睛也乌青。鼻子也受了伤。一旁站着的大茶壶火上浇油,说最残忍是把半个耳朵都撕掉了,当时血流得哗哗!司令数落牡丹姑娘:走路不看路,摔成这样!与其说抱怨,责怪,不如说心疼、体贴确切。司令的语气充满溺爱。

不是我摔的。

不是摔的？

被恶人打了！

杨会长说你不小心摔了一跤。

牡丹扭头看杨树兴，脑子里转了转：杨会长惹不起恶人。

杨树兴表情含糊，未置可否。

司令威风八面拿出军人气派，左右撸了撸袖子：邪了！出门没看皇历，我的两次桃花运都让人搅黄，说说，是谁把你打了？

牡丹姑娘麻袋里倒石头，抖落得干干净净。

司令问站在一旁的马副官：你都听明白了吧？马副官说明白了。司令命令马副官马上去找见打人凶手，他打烂牡丹姑娘一只耳朵，我要你去把他两个耳朵都敲了！就像我刚才敲那个卖烧酒的。马副官担心自己万一失手咋办。司令放话：没人敢让你偿命。

马副官一行无功而返。家里人说肖马驹去货栈了。货栈掌柜说两个时辰前打发到离城不远的几个村去收账。牡丹姑娘不相信，她咬定是躲起来了！司令大包大揽说放心吧，躲开初一，他躲不了十五。

第二天还没见到肖马驹踪影。华灯初上，牡丹见到杨树兴，她说敢肯定肖马驹跑了。她的意思是给司令说说，肖马驹只是打手，真正的主谋是他娘老子，跑了和尚跑不了庙，要抓先抓他爹妈。杨树兴沉了沉，杨的意思是他爹妈毕竟不是直接当事人。还是听司令的：躲开初一躲不了十五。不就是一两天吗！过了这一两天，若真跑了和尚，咱们拆庙不迟。

结果和尚跑了，庙也不见了。

事后，有人疑心杨树兴会长做了两面人。

其实是我父亲肖老五直觉。——从大清到民国，冷暖人间，阅历无数，早已人老成精，熟知防人之心不可无。

打从提茶壶的和尚带领商会会长杨树兴，急匆匆踏进街门直奔后院，又急匆匆从后院直奔街门，杨会长深锁眉头，神色沮丧；以及趾高气扬的高和尚恶狠狠盯住肖家那样一瞥。手握水烟袋坐在堂屋的肖老五，已经敏锐感到一场暴风雨就要袭来。

我父亲临危不乱，吩咐我母亲立即收拾东西：鞋袜、衣裳，屋里还有多少钱？都拿出来，上路了，盘缠得多带点。我母亲担心兵荒马乱，让马驹去哪儿？父亲说：他罗汉大叔一家走时留下个地址，我记得写在一个纸烟盒上，我交给你，想想夹在哪里……

我父亲火急火燎来到货栈，和掌柜如此这般周密串通，让我哥肖马驹当天出了城，躲过一场劫难。

我父亲以为邻里之间，吵嘴打架，纠纷难免，不会牵连九族。忽然，记起卖烧酒的刘老板的状况时，我父亲当机立断，于第二天晨星闪烁之际，带我母亲逃离县城，父亲用腰带把我捆绑在他背上。没带我姐走，出于几种考虑：一是肖珍珠还是个孩子，跳过年才十四。不会和一个小孩过不去。二是兵荒马乱，路上不安全。再者，家里也最好能留个人，她虽说是个孩子，也能自己招呼自己，不会饿着冻着。风头松动后，白天抽空到铺子里照应照应生意，多少有个进项。其余时间守在家里别出门。——还有，印象中，肖珍珠和牡丹姑娘彼此似乎并没交恶，两个人碰面相互对对眼，偶尔，还回过头来莞尔一顾。牡丹姑娘不大可能难为珍珠。

母亲沉默。——多数女人习惯相信男人的智慧。

可用"丧家之犬"形容我们大逃亡。父母轮流抱着我一路向西逃窜。将平川的路走到尽头开始跋山涉水。受我母亲拖累，一天下来最多步行三四十里路程。母亲缠过脚，但未曾达到"金莲"的精度。辛亥革命爆发，革命党倡导妇女解放。从此，中国有了"解放脚"一词。

母亲跟随父亲艰苦卓绝翻过一架山,又翻过一架山。路越来越陡峭。父亲说不要停,翻过这座山就保险。爬到山顶时,母亲精疲力竭。父亲说:歇了吧。累极了的母亲软体动物般,背靠路边一棵松,一滑到底,瘫在石板地上。长长出一口气,撩起袄襟,将奶子填进我口里。在距离太阳近了的山顶上,母亲一双眼睛望穿云海。

"他爸!我越想越觉得不对劲,走时就应当把珍珠带上。"

父亲安抚母亲:这局面不会久长,风头过后咱就回来。

但无论如何肖珍珠成了母亲消解不了的一块心病。母亲的泪水像进入雨季。

母亲头一次经见如此浩瀚壮阔的山岳,不如想象中那样美好,那样的山清水秀,仪态万方,如诗如画。而是无边无际黄土堆砌的崇山野岭,给人天荒地老、西出阳关无故人、空旷隔世的孤独与凄凉感。她为罗汉大叔一家生存在这样的环境里叫屈:太苦焦了!

父亲不以为然:一方水土养一方人。

罗汉大叔家离黄河二十里山路,村名很古怪——索达干。历史学家听了便知道是吐蕃或鲜卑族遗风。无边的山峦、豁岬,让我疲惫不堪的母亲绝望:这是大海里捞针,到哪去找这个索达干!

父亲宽慰:莫愁,鼻子下面有嘴呢!

半个多月后,倦极了的我们,总算在一条长满绿树的山沟里,打问到"索达干"村寨,那时候夏日的晚霞披挂在四面山峦。

重新相逢的两家人,百感交集,眼里都含着泪花。罗家人以为我爸妈放心不下我哥肖马驹。一路辛苦奔波,人困马乏,当下最要紧是先做饭。时间仓促,又不是外人,简简单单一桌家常便饭。罗汉大叔坚持喝点酒,要为我们接风洗尘,劝大家都满上。说到肖马驹,罗汉大叔说八天前就来了,坐不住,想寻个事,跟了个拉骆驼的人。拉骆驼的是陕北人,头上裹一条旧了的白羊肚手巾,养十二峰骆驼,把城里的京广杂货布匹日用品,翻山越岭驮到黄河岸边水陆码头。再从码头将宁夏、察哈尔、热河等地从黄河走水路用船筏运下来的粮食、皮毛、药材、火碱……打成包,再从码头往城里赶,远天远地,一路驼铃声。第二天马驹跑回来说他想离开这里。罗汉大叔以为他想家。马驹说不是。马驹不想说,又觉得没必要瞒罗汉大叔,对着罗汉耳朵压低嗓门:

"我出去当兵。听说西边在'扩红',要壮大抗日游击队。"

"听谁说的?"

"那个拉骆驼的掌柜。"

罗汉慎重地想了想:"这是大事,得和你爹妈通通气。"罗汉想用缓兵之计拖住他,然后开导,说服,让其打消年轻人一时的心血来潮。

"不用!"肖马驹很坚定。

"容我再想想。"罗汉大叔说。

肖马驹心里已经蓬勃着无法控制的热切幻想和立即奔赴的渴望。肖马驹煎熬在痛苦的等待里,一会站立窑背上,一会站立山崖上,遥望西边云天,喊他几声都听不见。罗汉大叔知道留不住,已经身在曹营心在汉。鸟儿长大必然展翅高飞,来自天空的诱惑一旦涌现就难以阻拦。除非你非常愚蠢。

黎明前浮云遮月,罗汉大叔送走肖马驹。

行前,罗家大婶连明彻夜,油灯下赶趁做了一双布鞋和一双布袜,连同家里带来的衣服包在一起。罗家大婶说,包袱里还塞了路上要吃的烙饼。

悄悄穿过村寨,翻过一架山后东方欲晓,在山道弯处上了通往西去的大路。在翻过一架山后分手了。马驹面朝城里方向默默磕了头。他不知道父母亲已在路上。罗汉大叔站立在路边一个高处，望着肖马驹渐行渐远。东方远山后面曙光冉冉。肩上背负蓝格家织包袱的身影，沐浴在明艳的晨曦里，以及曙光里，脚下尘土飞扬。

故事讲到这里，母亲眼圈已经红了，刻在脸上的笑意越来越僵硬呆板，越来越多的泪水，如同夏日清晨荷叶上的露珠越聚越多。心情同样沉重的我父亲急忙圆场，努力做出喜悦样子："他妈，听见了吧？咱马驹出远门干大事去了！"

母亲的眼泪夺眶而出。

"你们看她多没出息！"父亲急忙解嘲。

一时间气氛凝重。

罗汉大叔说，不管怎么说，孩子从我这走的，也怪我没拦住。

母亲急忙在被泪水弄得一塌糊涂的脸上抹了一把，发自内心向罗家真诚表白："千万不要多心，我不糊涂，知你们为他好，毕竟是自己身上掉下的肉啊！"大家表示理解。父亲接着说，乱世出英雄，马驹出去闯，或许能衣锦荣归，让咱们也跟上体面。

罗汉大叔端起酒杯："来，都干了！"

罗家人这才知道，我父母因受"株连"仓促出逃到这里，幕后黑手是名唤牡丹的婊子。听完我父母漫长陈述后，罗汉大叔很懊悔，当初不把院落卖给高家何以会有现在的事情发生。我父亲母亲极力宽慰：他叔不要自责，都是命，命该如此！是福不是祸，是祸躲不过。肖家该遭此劫难。

长长短短叹息声……

夜幕下的小山村万籁俱寂。罗家今夜无眠。

快一个多月了，天南地北，又逢乱世，我的父亲母亲煎熬在消息闭塞的等待里。

终于断断续续有来自千里之外老家的传闻。传闻如同夜幕降临，昆虫们无边无际的鼓噪，让人心烦意乱。

传闻之一：
日本鬼子的红头飞机在我家世代居住的县城上空盘旋。天女散花般撒传单，花花绿绿传单漫天飞舞，飘落在树上、地上、墙头上、屋顶上，内容是"大东亚圣战""共存共荣"……
预感日本人要攻城。城里人心惶惶，一片乱象。

传闻之二：
赵司令把开京货店大掌柜杀了，罪名是抗捐抗粮。传言是杨树兴做了手脚——两人曾经为一个窑姐结怨。

传闻之三：
赵司令连夜派部下将弄到手的钱财、粮食，满满装了十几辆马车，荷枪实弹仓促押出城门。

传闻之四：
撒完传单第二天，日军兵临城下，用大炮把城墙轰开一道豁口。日本鬼子蝗虫般往里涌，弯着腰，用三八大盖枪射击。守城的赵司令率部浴血奋战。"我日他奶奶！"司令边骂边脱上衣，被扔出的衣服像展翅鲲鹏。脱成光膀的赵司令，举起盒子枪，站立在一个高处，用气吞山河的嗓门激励部下："弟兄们！为国效忠的时刻到了！"在司令感召下，士兵们十分骁勇。但终因寡不敌众，全军覆没。

但后来的传闻截然不同。

说浴血奋战的不是赵司令和他的部队。日军兵临城下前，赵司令率部溜了，守城的是刚组建的"抗日民众动员委员会"战士，领头的是十九岁的"游击县长"，一直战斗到最后一分钟。

事后才真相大白。——赵司令没走。不是不想走，正准备把队伍拉出去，即便上山当土匪，也比困在城里等死强——但来不及了。日军城围了。摆在司令面前有两条路：要么投降，要么和"抗日民众动员委员会"联合守城。

马副官的意思是：好死不如赖活！

司令拉下脸："谁敢提'投降'我立马崩了他。"

司令决定联络"游击县长"。

年轻的"游击县长"身穿黑卡其布中山装。脸白净，留分头，乌亮的眼睛神采飞扬，习惯将一本书或报纸，卷起来握在手里。

"游击县长"之称呼，是上级新诠释。原来命令各位县长各自为战，城在人在，城亡人亡。后改变方略，规定不必死守县城，保存实力打游击。

我和父母离开县城半个月，"游击县长"来了。民众的抗日情绪烈火般燃烧起来。青救会、妇救会、商救会、工救会、农救会随之成立，到处洋溢出抗日情绪，到处贴抗日标语："打倒小日本""团结一致共同抗战""誓死不当亡国奴"……

围城第二天，"抗日誓师大会"在九月的阳光下展示了空前的声势浩大。满世界的五彩小旗和小旗的飒飒声，一如金秋原野风过玉米田。高昂的歌声此起彼伏：

> 枪口对外，齐步前进，不杀老百姓，不打自己人，我们是铁的队伍，我们是铁的心。维护中华民族，永做自由人……

赵司令全身戎装，无比庄严地和年轻县长坐在主席台上。会长杨树兴绅士风度，坚持要坐在最边沿位，身子略微前倾，胸前的银质怀表链子在秋阳下光华闪动。各抗日团体代表一个接一个上台表达誓死抗击日寇的决心。会场爆发起阵阵掌声。

司令的掌声同样热烈。

从他现身会场那一刻，便受到普遍关注，战争年代军人是大众的守护神。为了共同的敌人，大家似乎原谅了他平日的恶行。尤其听他在大会上气壮山河的演讲。他信誓旦旦要在此次县城保卫战中，和他的部下同全体民众奋斗到底，血染疆场。会场响起暴风雨般的掌声。人们手都拍麻了。

终因寡不敌众，县城失守。原有的"晴天白日"变换成了"膏药"旗帜在城头招摇。"游击县长"血染疆场。赵司令饮弹成仁未果，就义时对日军大喊："来呀！给你老子来个痛快的！"日军先砍掉他一只胳膊，司令大骂，要日死日军和所有日军长官的奶奶、母亲、姐姐、妹妹、姑姑、姨……并上溯十八代。他嘲讽日军的母亲们，大部分被野狗骑过，所以孕育出这样一群没有人性的狗杂种……

至死，赵司令骂不绝口。

他得到普遍赞许：不愧为江湖好汉！

传闻之五——董村大火

董村，距离县城五里之遥，一个民风淳朴充满祥和的世界。

这里不是战场，没人带刀带枪，只有手无寸铁的劳苦大众。秋季"大扫荡"，穷凶极恶的日本鬼子狼入羊群般冲进董村，血洗并焚烧了这座美丽的村庄。一个侥幸从死人堆爬出的人说，日本鬼子端着刺刀把村民驱赶到打谷场。一场大屠杀开始。

这群狗娘养的日本鬼子，狞笑着用刺刀一下又一下穿透村民们胸膛，丧心病狂搞杀人比赛。大屠杀持续一个多小时。打谷场上六十多个无辜民众倒在血泊里。日本鬼子在六十八具尸体上浇上汽油，然后纵火焚烧。熊熊大火腾空而起。火舌舔着了草垛，蔓延到门窗，房子……大半个村庄燃烧在大火中。浓烟遮天蔽日，五里之外能闻到燃烧后的木头气味和尸体浓烈的焦煳。这群狗娘养的野兽们观赏火焰中不断扭曲变幻的尸体乐不可支。

传闻之六——天皇与禽兽

上里村是个不足三十户的小村，离城二里，举步之遥。卖豆腐的张氏就住在上里村，张氏的豆腐远近闻名，他做的豆腐口感好，有筋道。居住在香炉胡同的人家都喜欢吃张氏豆腐，每天早晨张氏卖豆腐的吆喝声和黎明一同到来。他的嗓门悦耳动听的原因是富有女性韵味，而且辽远悠长颇具乐感。他用丹田发声，把气运足之后再字正腔圆用力拉长嗓音：

"豆——腐——！"

听说张氏的女人死于绞肠痧，给他留下一个还不曾断奶的小女女。张氏和他的小女儿相依为命。张氏又当爹又当娘，一面卖豆腐。好不容易把女儿拉扯到一十二岁。他的女儿长得很可人爱，胖乎乎的，头上翘起两个"锅刷子"。圆丢丢的小脸蛋娇嫩得能掐出水来，而在严冬腊月这一张小脸蛋却因凛冽的北风和冰雪泛起动人的粗糙和紫色胭脂红。给人们的印象这一老一少总是形影不离，人们戏称这个可人怜爱的小姑娘是他父亲的尾巴。张氏一年四季推一辆小独轮平板车。

平板车上放着鲜嫩豆腐、秤，以及放钱用的小木匣。张氏屁股一扭一扭推着独轮平板车吱喽喽响一路。小姑娘不紧不慢跟在父亲后面，路面不好走时就追上去帮扶着使劲推一把。冬天她穿一件臃肿的印着碎花的厚棉袄，到了夏日她的天真烂漫发挥到极致。夏日里卖豆腐的小姑娘跟随父亲的独轮平板车来回往返在绿透的原野上，少不了要绕道走进路边姹紫嫣红的草丛里采撷一些花草什么的，偶或也能捉到一只全身碧绿的蝈蝈。她像所有未成年孩子一样喜欢在大自然里无忧无虑充分展现纯真与天性。

出事这一天，张氏和他的女儿照例一大早推着独轮平板车出去卖豆腐。鬼子兵已经包围了县城，他们就到附近的村子去卖。

这一天张氏和他的女儿走村串户卖完豆腐重新回到村里，他们没想到这个可爱的小姑娘竟是走到了她人生的终点。

县城沦陷和卖豆腐的小姑娘遇害消息差不多是在同一天传到遥远的索达干。

小姑娘遇害的惨烈场景比之县城沦陷更让我母亲感到震惊恐怖，我母亲目瞪口呆两眼一黑差一点晕倒。在以后的几天里我的母亲睁眼闭眼总是卖豆腐小姑娘的影子。我母亲和罗汉大叔两口以及我的父亲肖老五不止一次缅怀那位可爱的小姑娘。他们——不仅仅是他，我敢说所有见过这位小姑娘的人均对她印象至深，人们都记得小姑娘很小的时候就跟上父亲出来卖豆腐，那时候她像一只刚出世的小猫见了人胆怯，羞羞答答藏在父亲大腿后面闪动着一双明亮的眼睛向人们探头探脑。后来渐渐长大仍然腼腆文静，只是对你莞尔一笑。我母亲回忆说有一次她在我们街门前买豆腐时因为小姑娘太招人喜欢就想逗逗她。母亲问说："女女，一斤豆腐五毛钱，斤半豆腐多少钱？"小姑娘回答不上来一时很窘迫，一面摇摇头一面不好意思对我母亲笑一笑。母亲说她很可爱。罗汉家大婶补充说，这女女的嘴小小的，嘴唇翘翘的，笑的时候就露出两颗小虎牙。

出事这天，上里村人们像平常一样男人下地侍弄庄稼，女人在家操持家务。张氏和他的女儿照例一大早推着独轮小车去卖豆腐。长期的战乱固然让人们几近麻木，但为了生计就不得不奔波劳顿，耽误了庄稼活碗里就会发生危机，这是最简单不过的道理。当然，也不否认人们心里存着侥幸。"手捉犁拐鞭打牛，老子不做你吃尿"是庄稼人应对一切官家的盾牌。认为无论谁坐天下都离不开庄稼人，日本人也无非是来争天下，即便发生不测也只好认命。是福不是祸，是祸躲不过，这显然是一个弱者于无助中一厢情愿的无奈。

鬼子进村了。

在没有任何征兆情况下，鬼子采取了突然袭击方式，光天化日神不知鬼不觉不期而至。就像炎热的夏季原野上骤然卷起黑旋风，一时间天黑地暗，灾难和恐惧同时降临。

传闻说事件发生的前一分钟，上里村还沉浸在一派和平景象里。烈日当空，乾坤朗朗，由于炎热，巷道里很少有人走动，就连狗们也伸着长舌头懒在荫凉里打盹喘息，只是在村西头被一圈柳树掩映着的池塘那儿隐隐约约传来一阵阵女人们的嬉笑声。

当时有十几个女人在池塘洗涮衣物，由于雨水寥落的原因，池塘的水面上泛着绿色泡沫。绿色的泡沫里间或有青蛙鼓着两只大眼睛探头探脑，两只白衣黑嘴水鸭栖息在池塘边的柳荫下相互亲昵地给对方梳理羽毛。柳丝直垂水面，偶或荡漾起一阵轻风，如发的柳丝在水面静静地摇曳出浅浅的如梦的涟漪。

十几个女人三三两两在池塘边成一字排开，挽着袖子，或坐或蹲，把衣物放在石板上使劲揉搓，或放些皂角抡起棒槌一下一下捶打。一面海阔天空说长论短，说日本鬼子围了城，城里人出不来，城外的人进不去。说年景，说天气，说东家长西家短。这是一群清一色的婆娘，各自都有着不同的经历和深刻体验，尽管她们年龄悬殊，其中一个跳过年就奔七十，最小的二十一，去年刚结婚，如今肚子也大了，算来已是六个月身孕。

年龄并不妨碍这群已是"过来人"的口无遮拦肆无忌惮。

她们彼此调笑攻讦毫不留情把对方被窝里的秘密隐私加盐调醋无限夸张抖落在这秋阳高照的光天化日之下。这种赤裸裸的揭露引动起一阵阵开怀大笑，她们笑得前合后仰震耳欲聋。

就在她们正笑得死去活来时，她们其中的一个忽然受了惊吓似的用异乎寻常的嗓音"呀"地叫一声。

这种极不协调的叫声让正在进行中的欢笑声一若用裁刀裁了齐刷刷停顿下来。

几乎是同时，这群脸上僵着笑意的女人发现了周围的异常情况。

事情过后，这些遭受过劫难的女人回首这段不堪回首的往事时说，那一刻她们都弄糊涂了，怎么会神不知鬼不觉一下子从什么地方冒出那么多日本鬼？就像月黑风高的夜晚一群幽灵冷不防戳到面前，让人头皮发麻魂不附体。

日本鬼子是在对池塘实施迂回包围时发现这里原来只有一群女人。

这无疑是意外的收获。

日本鬼子像野兽发现了猎物急不可待迅速缩小包围圈，迅速接近目标。

一个手里拿着指挥刀的日本军曹用形体语言指挥他的部下要悄悄地干活。手里端着三八大盖枪的鬼子们狗样都弯着腰，穿笨重牛皮靴的两只脚贼似的高高抬起轻轻落下，尽量不弄出响声。最后，鬼子们像撒网一样均匀地拉开距离，池塘边就呈现出这样一幅画面——在池塘四周不大高的地埝上，森严壁垒站着一群日本鬼子，不发一语，像墓地里冰凉坚硬的石头塑像纹丝不动站着，隔几步远就戳一个，沿池塘周围扯起一条阵线，让围在里面的人绝望地知道即使插上翅膀也别想着能逃逸出去。

这群日本鬼子一律穿着黄皮，一律戴有飘带的帽子。两只穿笨重牛皮靴的脚略微呈八字叉开，两条腿尽量绷直，胸脯使劲上挺，三八大盖枪横着端在手，枪上一律上刺刀，刺刀在秋天的阳光下闪耀着钢蓝色光芒。而野兽们的面目神色更像是同一个模子里打造出来，一个个怒目金刚凶神恶煞，腮帮子用劲拉下来，下巴颏着力端上去，僵硬的脖子直梗梗宛如男性勃起的生殖器，上面挺着一张傲视一切的凶恶嘴脸，挺着不可一世的威风。

面对一群手无寸铁的女人却如临大敌，你很难判断这群野兽不是故意在装腔作势。

被围在池塘的一群女人一面心存侥幸一面感觉到灾难就要来临，一个个如老鼠见了猫屏声敛气，脸上掩饰不住茫然与恐怯。原本只是很小的风，此时在耳边呜呜咽咽鸣成了大响，那一刻，除了间或能看到鬼子们头上帽子后面的带子，在苍白的远处寂寞地飘起又落下，宇宙间的一切仿佛都凝固。

那个授衔军曹的日本小头目神气活现地把长而雪亮的指挥刀像挂拐棍那样很有力度地竖立在自己面前，双臂曲弯款款压上去。同样端着一副不可一世的嘴脸，目不斜视地注视眼前这群鲜活的女人，就像野兽注视已捕获的猎物那样一脸的得意与玩赏神色。

日本小头目嘴巴上留着一撮人丹胡须。

鼓圆的胖脸配上这样一小撮人丹胡子无疑很滑稽。

肩膀上粗针大线缝一块大补丁的常收媳妇，一面偷笑一面小声问潘发家媳妇说：

"你看那个人嘴上的胡子像不像你小肚子下面那撮毛？"

面无表情的潘发家媳妇不露声色抬起一只脚从后面勾她一下。潘发家媳妇胸腔里正擂小鼓，担心眼下的处境可能凶多吉少。常收媳妇不合时宜的举动更增添了她的恐惧。她厌恶常收媳妇如此不识眼色，觉得这女人不够数。

嘴巴上留一撮人丹胡子的日本头目对站在身边的中国翻译叽里咕噜叽里咕噜说了一排子日本话。

上里村女人们头一次听外国人说话，像听天书听不懂。

越是听不懂越觉得很可笑。

最先憋不住自然是常收媳妇。这次她没有把头抵在潘发家媳妇背上，而是挺起来，目不斜视，满脸正经。嘴却不闲：

"你们谁能听得懂他呜里呜拉呜里呜拉了半天呜拉了个啥？我怎么听着好像是谁长长放了一嘟噜屁。"

人在枪口和刺刀下是很难笑出来的，也许是枪和刺刀营造出来的气氛太压抑了，常收媳妇正好给了大家一个自我放松机会。先是一些女人抿着嘴悄悄笑，一些女人见别人笑自己也就跟着笑，虽然笑得很僵硬很不自然。

年轻的运来媳妇和年长的富贵家奶奶没有笑。

年轻的运来媳妇吓得脸上已不见血色，她担心人们的嬉笑会招来灾祸，几次想让大家都悄悄的，又怕自己人微言轻没人会听，所以只是张了张嘴没说话。

看样子富贵家奶奶大有干预的意思，她皱着眉头硬是忍着，等待大家能够自觉安静下来，她的斑白的双鬓飘扬着两缕银丝。

这群束手待毙的女人窝里的举动引起了日本人的关注。

留人丹胡子的日本头目和那个中国翻译用秃鹰一样敏锐的眼睛直直地向这一群女人射过来。这秃鹰一样的目光加剧了本来就胆小的运来媳妇的恐慌，也让白发苍苍富贵家奶奶心灵上平添重压。

运来媳妇细白的鼻尖上开始渗出细小的汗珠子。

富贵家奶奶不得不出面制止，虽是抑着声，口气却是老辈训斥小辈那样严厉。

"不说话怕人说你们是哑巴?也不分是啥场合?看不见又是枪又是刀?不要一个老鼠坏一锅汤让大家都跟上受牵连。"

那个头顶正中犁开一道缝留个大分头额宽腮圆长得倒也人模狗样的中国翻译终于代替日本人说话了,他清理一下嗓门拉开长声:

"都别咯吵了。太君命令你们把手里活计先放下,都到那棵大柳树下去。"他指了指池塘边那棵柳树,说太君要在那里给你们训话。

他狐假虎威不可一世的神色和坚硬语气都充分表明这一旨意像大山一样不可动摇。

没有人敢不顺从。

这群柔弱的女人心里清楚她们已经失去自由。她们像一群忧心忡忡任人驱赶的流放者,步履蹒跚拖泥带水深一脚浅一脚来到被指定的大柳树下,如同受了惊吓的麋鹿密密匝匝在柳树下挤作一团。一个个满腹疑窦茫然四顾,常收媳妇还有心思抱怨谁踩了她的脚,甚至还笑出声。只有她知道自己心里又是多么恐惧。

她们都预感到要出事。

她们想象着可能要发生的事情。将要发生的事情远比听到死刑判决所产生的心理重压严重许多。

没有听错的话,中国翻译说太君要她们把身上的衣服全脱了。

难以置信的荒唐让这群女人们大惊失色,终于大呼小叫一如炸了窝,甚至有难以抑制的愤怒情绪,毕竟敢怒而不敢言。

这之中留人丹胡子的日本头目又对中国翻译呜里呜拉说了一串日本话,翻译表示心领神会。

中国翻译又开始说话了。

中国翻译和颜悦色笑容可掬。他让大家都静一静,他宽慰大家说你们不要害怕。太君刚才说了,"皇军"没有别的意思,也就是"皇军"弟兄们为了"大东亚圣战"出来时间长了,你们要好好伺候。太君说伺候好了太君大大有赏。

可以断定那个时候她们的思维系统已紊乱得无法收拾。这些由传统文化熏陶出来的女人们,失去贞操就等于生命毁灭,何况要在光天化日之下进行,其丑恶与狗有什么两样?这种超出常人想象的行为如何接受得了?

中国翻译督促说:"脱吧。"

女人们不约而同用沉默表示抗议。

"你们都不脱事情大概就不好办。"

日本头目却对中国翻译摆摆手,突然笑起来,并向中国翻译呜里呜啦了几句什么。

中国翻译就要沉下去脸色不禁又重新舒展开来,而且温和得犹如春天的阳光,没有人能看得出这温和的阳光里藏着奸诈的玄机。

他这样告诉大家:

"太君发话了,太君说不强迫,完全靠你们自愿。现在听我的话,愿意为皇军效劳就留下,皇军表示大大欢迎,你们中间有谁不愿意,现在就可以走人。"

这是一个出人意料的意外。

这样的意外让女人们你看我我看你面面相觑不明所以。迷茫使她们进退维谷。

女人们迟疑未动的原因并非是想留下来"伺候"皇军,尘世间太多的经验和教训让人不得不事事谨慎小心。凡是超越常规的事情大约都不可靠。到了口的食物岂能轻易放弃?谁见过野兽把捕捉到的猎物又放走?即便是有,充其量也不过是猫捉弄老鼠玩的把戏。

年轻的怀着身孕的运来媳妇没有考虑这么多。中国翻译话音刚落，她像死囚犯人听到特赦令那样激动得差不多就要哭出来：

"我能回去了吗？"

中国翻译告诉她说：

"能呀，你现在就可以回去了。"

她脱逃似的义无反顾迈开步子，放在池塘边的衣服搓板也来不及要，若不是挺着个大肚子，她会动作更敏捷。她慌慌张张像被追赶的一只笨拙的母鸭。

运来媳妇还不懂得失去自由的人要想重新获得自由是要付出代价的。

她到底太年轻，到底阅世不深，不知道世事险恶。她不知道这是鬼子制造的一个骗局，她不知道有时候郑重的承诺未必就都要兑现。她更不知道这是鬼子设置下的一个圈套，眼下鬼子需要一只鸡，鬼子懂得要想把一群猴子制服最好的办法就是当着这群猴子的面把一只鸡杀掉。

运来媳妇没走出几步，一个端着带有刺刀的枪的日本士兵就跟上去了。

刺刀从运来媳妇背后进去穿透前胸。随着刺杀全部动作的完成，她的身躯先是前倾而后是抽刀时所产生的惯性也随之往后一仰，就这样直挺挺仰面朝天倒在血泊里。

肚皮由另一个日本士兵用刺刀豁开，肠子汹涌而出，它们像刚从泥土里挖出的一团粉红蚯蚓，紧紧缠绕在一起痛苦地扭曲着。肚子里的胎儿已初具人形，日本鬼子用刺刀从运来媳妇子宫里血淋淋挑出来，高高举在空中。鲜红的血液不断从他柔软的体内流淌，顺着刺刀、枪管流淌。所有在场的鬼子欢呼雀跃。

屠杀的威慑效应和对柔弱如羔羊一样的女人们造成的恐怖不言而喻。

日本鬼子用轮番作业方式，饿虎扑食那样扑向这一群裸体。

对持有传统文化观念的文明人，这是一个儒雅扫地不堪入目最最野蛮不过的场面。

大和民族这样的兽类，恰似见了腥膻，全身每一个细胞都呈现出空前的亢奋与活跃。

富贵家奶奶——这位年逾七旬的老人用"伦理道德"做最后一次挽救自己的努力。她可怜巴巴很哀苦地向正要施暴的日本鬼子乞求说：

"你们就饶了我吧，我都七十多岁了。按辈分我该是你们奶奶。"

她的话换来的是一片嘲笑，他们这样告诉富贵家奶奶：

"日本皇军并没有考虑要你给我们传宗接代生儿子。"

卖豆腐张氏的小女儿在这场劫难中同样遭到蹂躏，而且死于非命。

传闻说在池塘边发泄了兽性的兽兵们带着满足的笑意飘飘欲仙就要走出村口时，卖豆腐张氏和他的女儿推着独轮平板车也正好从村口进来。

这群兽兵和张氏父女狭路相逢在巷道里，旁边的一座门前有石鼓较为讲究的建筑就是张姓家庙，里面陈列着张家族人历代先祖的牌位和画像。

兽兵们用刺刀将张氏父女逼进张氏家庙，由于过分的惊吓，张氏父女脸白如死全身哆嗦。这群兽兵当着父亲的面将小姑娘扒成赤条条一丝不挂。张氏的苦苦哀告声泪俱下换来的只是雨点般枪托重重落在他肩上背上小腹上和大腿上。

轮奸是当着父亲的面进行的。

张氏将一口黏稠的浓痰着力吐在一个兽兵脸上之后便一头撞在

柱子上。

张氏躺在自己的血泊里。

传闻第二天清晨上里村那个池塘里漂浮着几具女尸。其中就有富贵家奶奶和卖豆腐张氏的小姑娘。打捞的时候池塘周围站满了哀伤的人群,人们把眼睛都哭红了,没有人抱怨她们轻生。对这些受害者来说,死是一种无奈,是一种解脱。却不是所有人都能解脱得了的。这些死者们之所以坦然而去,除了要摆脱永恒的耻辱——也没有太多丢舍不下的牵挂,重要的是对形同禽兽的占领者们的无言控诉。

善良的中国人没有想到这是一群用两条腿直立行走的禽兽。

若干年以后我才知道,在当时还是日本盟兄盟弟的德国人私下里直言不讳称"大日本皇军"是"野兽集团"。据说,当时德国驻华大使馆发给德国外交部一份秘密电报中写道:"……日本皇军是一架正在开动的野兽机器。"

卖豆腐小姑娘事件成为我母亲一块心病的主要原因是她联想到我姐肖珍珠。我姐孑然一人,县城已沦陷,到处都是日本鬼子,谁知道会发生什么事。母亲说再不回去她会急疯。

离县城五里我父母看见了北门。

巍峨高耸的箭楼最先映入眼帘,继而是绵延不绝的城堞,以及恢宏博大年代久远的古城墙。

我父母看见高耸的箭楼上一面旗帜,在午后的软风中耀武扬威恣意飘扬。

旗帜呈白色状态,舒卷开来时展现在白色状态上还有一个状若狗皮膏药的红坨子。肖老五和他的妻子意识到这是一面日本国旗。

正是晚霞夕照时，满天火烧云，烧红了古城墙，整个城市仿佛淫浸在血泊里。

原本有着浓烈乡情的城市陡然间使我父母觉得陌生而遥远，且弥漫着无边的神秘与恐怖。

我的父母在北门饱尝了亡国奴滋味。

肖老五和他的妻子不得不硬着头皮走向城门，其步履因为沉重而显得拖泥带水，恐怖使他们的面部僵硬得没有表情。一若月黑风高夜突然看到一群索命判官那样看到城门跟前站了几个荷枪实弹的大兵。几分钟以后我父亲肖老五无师自通悄悄告诉我母亲：

"日本人！"

我母亲很紧张。

走到城门，肖老五发现城门前的这些兵们并非纯粹日本人。肖老五根据其服饰判断，只有两个是日本人。另外四个就不纯粹了。后来，我父母才知道他们的名字叫"皇协军"，顾名思义，即协助日本人欺侮中国老百姓。他们是日本豢养的狗，孝子贤孙一样为日本人卖命效力。他们为至少能戴一顶日本帽或穿一件日本军衣而自豪，这是他们炫耀自己归属在大日本门下有力标识，也是他们狐假虎威的资本。父亲觉得眼前这几个假日本人有些面熟，怀疑他们来自城防司令部赵司令部下。

父亲悄悄向我母亲做如下更正：

"穿一身黄的是日本人，不穿一身黄是假日本人。"

父亲在说这话时眼皮耷拉着，声音很小，像是自言自语。

两个日本人挺胸叠肚像动物一样嗷嗷乱叫，飞扬跋扈横在马路上，随心所欲对付任何一个过往的中国人。

城门口挨挨挤挤聚集着不少人。提篮的，挑担的，背柳条筐的，拿着小包袱的，穿长衣服的，着短褂的，戴礼帽的，剃成光头或裹着羊肚毛巾的等等,参差不齐,而脸上大多写着无奈与冷漠。

城里的人要出来,城外的人要进去,分别排成队,依次小心翼翼接受日本人和皇协军的盘查询问搜身,然后向日本人三鞠躬。

父母亲胆怯着排在队尾,肖老五让妻子站在他前面。

母亲前面是一长者,像是一位教书先生。一袭青布长衫,肩上挎一个很整齐的蓝布小包袱,手里捏一把红油纸雨伞。人很清癯,脖颈白而细长。

教书先生的神态给我父母亲留下极为深刻的印象——他大约五十开外,略长的脸庞见棱见角。突兀的眉骨一若坚硬的岩石凌空俯冲下来,岩石上端竖两道剑眉,岩石下闪烁着一双犀利而睿智的眼睛,不苟言笑,一言一举都流露文化人特有的刚正不阿的凛然气质,一看就知道是个有学问的人,自然会受到我父母的钦敬。据说他是一个纯粹的爱国主义者,不主张结党,一向信守"君子群而不党"古训。

教书先生故意忽略了一个重要环节——当他从两个日本兵面前走过时,完全一副读书人的姿态,挺起胸膛,步履潇洒,双目平视旁若无人,压根就没想过要给谁敬什么礼鞠什么躬。

这就闯祸了。

日本士兵恼羞成怒大骂他良心坏了坏了的,并要皇协军们好好审问他是什么的干活。

那个愣头愣脑的家伙问教书先生为什么不给皇军敬礼。

教书先生表现了读书人应有的平静与沉着,他说:

"关键是腰弯不下去。"

还说:"人老了,骨头也就硬了。不像你们(他泛指了指那个家伙和其他几个皇协军),身上除了能揣见一身肉揣不见骨头。我自愧不如啊!"

愣头愣脑的家伙初开始还以为赞扬他，后来回过味儿来，狞笑："你敢变着法骂我？你他妈活腻了！"猝不及防打教书先生一巴掌。

"你以为我看不出来？就凭你手上这把红雨伞就敢断定你不是共匪密探就是抗日分子。"

据说教书先生被押进日本人的监狱就再也没有出来。

教书先生不给日本人敬礼是出于民族的气节。我的父母亲没有给日本人敬礼是因为恐怖而吓昏了头。

直到听见一个皇协军朝着他们发出声凶恶断喝：

"还不走等什么？等棺材吗？"

大约见我们一家人的贫穷和拖儿带女，想到不会是什么人物，这才把我们放行。

出乎父母意料的是已经沦陷的城市还如此这般红尘滚滚。一个陷落敌手的城市看不到战争留下的痕迹和创伤，看不到累累弹痕，看不到炮火洗劫之后的残垣断壁、破砖瓦砾，以及烧焦的废墟和烟熏火爆了的坍塌，还有无家可归幽灵一样在废墟间游荡了丁者。临近黄昏的街道上熙熙攘攘人来车往。其间不乏上身只穿一件衬衣的日本人和偶尔过来一行昂首阔步的日本巡逻兵。大多数行人表情冷漠。

日本人淋漓尽致表现着占领者的优越骄横和不可一世。日本军用摩托野蛮地呼啸而来又呼啸而去；一辆洋车从我父母身边擦身而过，车上坐着一个日本浪人和一个中国窑姐。日本浪人全身放松一只手轻轻揽着窑姐一捻细腰，另一只手在车的边沿绕下来舒服地垂吊着。年轻的窑姐则跷起二郎腿，为了突出胸前的丰满她取仰卧姿势，她那一脸的神采飞扬除了炫耀性感似乎还在告诉世人只有她们才经久不衰。

我的父母亲是在天主教医院门口不远的地方和牡丹姑娘不期而遇。牡丹坐在一辆洋车上迎面而来。牡丹似乎已经认出穿着褴褛的两人是我的父母。我不知道牡丹也同时认出伏在父亲背上的我。

最初时候牡丹姑娘对自己眼睛有所怀疑。她吩咐车夫停顿一下，相信没有看错时就径直向前义无反顾。

我的父母浑然不觉，没有认出坐在洋车上的牡丹，只是影影绰绰感到一辆洋车拉着一位亮丽女子一闪而过，也意识到这辆车子是要去天主教医院，大约是从背后只看见车上那一头精心烫出来的波浪发，但没有看见那鲜艳亮丽的红唇，更没有注意到那辆洋车到天主教医院门口时，车上的女子没有下车，掉了个头又走了。

我父母不知道这一举动和我姐肖珍珠有关。

被眼前这意料不到的繁荣景象弄得晕晕乎乎的我的父母双亲，似乎发现原先挂在大门口写着"天主教医院"的牌子不见了，被一块"皇军招待所"木牌取代，大门两旁木桩一般坚挺着两个日本哨兵，能听见里面留声机在播放音乐。我父母不知道那是源于美国的爵士乐。

这是一种被占领后特有的繁荣，一种在暴力胁迫下的繁荣。类似妓子们用脂粉打磨出来的脸蛋，有了太多的刻意与装饰。

如果街道上没有日本人的军用摩托，没有日本巡逻兵，没有墙壁上这儿刷条"建立大东亚新秩序"，那儿刷条"东亚圣战，共荣共存"新写标语，很难相信这里发生过什么事情，或者似乎这里压根就没有发生什么事情。

占领这座城市所以轻而易举占有了丽春院挂头牌的牡丹姑娘，一夜柔情后的三木佐夫彻底迷醉。他发下话来要独占花魁。为了表示他的仰慕之情，他将随身携带象征着文明和时尚的一支派克钢笔和一支俄式打火机，赠给牡丹姑娘做纪念。

打第二天起，每当夜幕降临就有车把牡丹姑娘接到皇军招待所，那里有专为三木佐夫开设的香巢。

牡丹姑娘为又攀上高枝自命不凡。同行姐妹既羡又妒。

随同牡丹姑娘一同前往的还有我姐肖珍珠。

肖珍珠是以"跟姐"的身份跟着牡丹姑娘，而真正用意只有牡丹姑娘自己心里清楚。

三木佐夫一见到肖珍珠就像蓦然见到彗星再现。牡丹姑娘从三木佐夫眼神里读到"吃着碗里看着锅里"的内容。

牡丹姑娘对三木佐夫说："她还小。"

三木佐夫说："没有关系。"

在牡丹姑娘纵容鼓励下，年方一十三岁的肖珍珠半推半就终于投在一个杂种外国人日本军官三木佐夫怀里。

牡丹姑娘对肖珍珠的地位有着一个明确界定，就像《红楼梦》中王熙凤与平儿。肖珍珠只能是小妾，而她自己才是主子。

三木佐夫海开口大笑着连说：

"要西要西"。

三木佐夫说他非常愿意体验一下中国式妻妾成群的滋味。

三木佐夫赠给肖珍珠的礼物是一条透明维尼龙腰带，一个小巧玲珑猪皮钱包，一块价值不菲的欧美加手表。

对比之下赠予牡丹姑娘的礼品就黯然失色。这不仅仅是礼物本身的多与少、廉价与昂贵，而是体现她在三木佐夫心里所占据的位置和价值。

牡丹姑娘顿生醋意，觉得自己一下矮了半截，但又不好意思表露出来，只在心里隐隐作痛。

其实，心里最不好受的恐怕要数商会会长杨老板杨树兴。

牡丹姑娘琵琶别抱让杨树兴深刻体会到"婊子无情"并非姑妄之言，固然有怯于日本人的淫威但也不能否认牡丹的虚荣。

除了牡丹姑娘之外，还有一个头疼事情让杨树兴更为烦心。

"和平进驻"那天，三木佐夫率领他的部队举行声势浩大的入城仪式。一辆接一辆的军车从城门驶进来，军车之后是骑兵，骑兵之后是炮兵，炮兵之后是步兵，一队接着一队浩浩荡荡穿越在街道上。一时间飞扬的尘土遮天蔽日，街道两旁被强迫来"欢迎"的民众战战兢兢经历了名为"和平进驻"实为"武装入侵"的前所未有的辉煌。三木佐夫出色地炫耀了大日本帝国的威武，但他没有想到会出现与"大本营"命令相悖的后果。

出于宣传需要，"大本营"意思是这里将以"模范城"面貌用图文并茂方式见诸《朝日新闻》《读卖新闻》《每日新闻》等各大报端，让全世界都知道"大日本皇军"占领下又一块"王道乐土"。但关键问题是满街里几乎所有商店铺面关门的关门歇业的歇业，街道上行人敛迹，尤其夜幕降临冷清得人影都看不见，黑黢黢简直就是一座死城。如果把这样的照片刊登在报纸上岂不是对"王道乐土"的绝妙讽刺？自己抽自己嘴巴，往"大日本皇军"脸上抹黑？尽管三木佐夫采取紧急措施四处张贴告示，以"大日本皇军"的口气命令所有商人务必立即开门营业，敢违抗命令者将严惩不贷。原以为能奏效，结果是几乎没有反应，三木佐夫怀疑有人操纵。而实际上大多数商人对未来已不抱希望，近在咫尺离城不远的上里村和董村血腥大屠杀和灭绝人性的纵火让人不寒而栗，活在魔鬼手里能保住命就不易，谁还有心思想着买卖？鉴于日军咄咄逼人的布告，既不敢马上撤货关门，又不愿意将这没有希望的生意再做下去，前后左右看一看，既然大家都不急着开门，自己又何必要出风头？反正法不治众。杨树兴会长的银楼铺板不是也关得死死的吗？

大家都持观望态度。三木佐夫觉得大伤脑筋。

独眼马队长给三木大佐出主意，他用了一句文学家常用的语言，形象而生动地说："山上的核桃须打着吃。"

又说："这帮家伙天生欠揍，随便用刀拾掇几个就没人敢刺毛了。"

三木佐夫的神情似乎另有所思，忽然非常突兀地问说："商会会长杨树兴的府上你可知道？"

独眼马队长说知道。

三木佐夫显得很满意。又问："你可知道你们中国有'擒贼先擒王'这样一句话？"

马队长眼睛朝上翻了翻连说知道，忽然绝顶聪明地说道："太君的意思我明白。太君是要'杀鸡给猴子看'，把商会会长杨树兴抓来，然后咔嚓……"他用手势做一个杀头动作。

三木佐夫很失望，懒得再说什么，举起一只手在空气里甩了甩，像赶苍蝇那样把马队长从他的官邸赶出去。

三木佐夫选择了怀柔。三木佐夫在独眼马队长陪同下出人意料地拜会了杨树兴。

此时的三木佐夫完全一副类似中国士大夫形象而不是军人。他身着一袭宽松的日本和服，形状就像中国寺庙道观里和尚道士们的袈裟道袍。绰约的丝绸和服上恰到好处点缀几个古钱币图案。他风度翩翩笑容可掬，显示了日本上流社会应有的高雅与不同凡响，他一手提着文明棍，一手提起和服一角，矜持地走进杨府。

当然不是空手而来，礼品是福同会两包点心，却不盛在礼盒或者托盘，而让随从马队长用一根细绳晃晃悠悠随便勾在手指上，就像从市井随便勾回来一吊猪肉。谙熟中国文化的三木佐夫用这样的方式送礼绝非一时疏忽而是刻意为之，他在体现礼贤下士同时也表露了不可忽略的傲慢，就是要让杨树兴玩味，难道"大日本皇军"还要仰中国人鼻息？

对于三木佐夫非比寻常不期而至的突然造访，杨树兴有一阵子脸上呈现出不知所措的慌乱，以致在客厅他向三木佐夫敬茶时，捧在手里的青花瓷盖碗茶杯哗哗啦啦发出一连串清脆细小的瓷与瓷磕碰声，就像十冬腊月不胜其寒上下牙关不住地打架那样。

毕竟是久经沙场见过世面，杨树兴虽然强迫自己情绪渐渐趋于稳定，但却改变不了由于紧张而带来的僵硬姿态。

紧急思考之后认定三大佐夫来者不善善者不来。

杨树兴觉得厄运即将来临。

他告诉自己是福不是祸是祸躲不过。

三木佐夫似乎看出杨树兴内心深处逐渐扩张着的不安情绪，于是就像老朋友大可不必拘礼样子用很家常的姿态告诉杨树兴说：

"来时带了两包福同会点心，用中国话说我这是'借花献佛'。"

他说福同会点心他已经尝过了。五仁、豆沙、玫瑰、枣泥他全尝过，他盛赞福同会的点心甜而不腻，酥而不散，味道美极了。完全可以和北京城里老字号"兰馨斋"的点心媲美，尔后告诉杨树兴今天他是慕名而来，他想以字会友。他说他曾在富士山下一所中学担任语文教员，"大东亚圣战"打响以后他担任战地记者离开日本本土，后来就带兵打仗。他说自己是一个中国书法爱好者，曾悉心临摹魏、颜、柳、赵，可惜悟性差，充其量还只是一个爱好者。就像有些中国人爱好京剧，爱了多半辈子连个票友都不是，更谈不到角儿，高兴时也能哼几句供自己欣赏。他说他也曾经常写字，孤芳自赏罢了，到后来才明白书法不等于写字。书法作为一种艺术形式，它有着另外的意义。正如中国书法大师王羲之所说："点画之间皆有意，自有言所不尽。"他是多么希望得到真人点化，听说杨老板擅长中国书法,他便有了如饥似渴的感觉,还请杨老板恕他唐突冒昧。今天算是交朋友,书法的事来日方长,到时还请杨老板不吝赐教,今天他另有事相求。

三木佐夫终于说到正题。

三木佐夫说到"大东亚圣战",说到"共荣共存",说到"王道乐土",然后说到街面上各家商店关门罢市问题。三木佐夫说:既然阁下是商会会长,出现这样的严重局面恐怕是要担干系吧?据说阁下的银楼在关门大吉?

三木佐夫始终保持着温文尔雅的姿态。

但杨树兴却如雷贯耳,他已经感觉到这位身着丝绸和服故作儒雅的日本军人正在释放着他的威风。

三木佐夫最后说看在朋友分上他不难为杨会长,他只要求杨树兴以商会会长名义召开一个有全体商人参加的会议,奉劝大家立即停止这种傻事。他必须马上看到一个繁华局面,即使这种局面只维持三天。三木佐夫并不掩饰自己纯粹为了标榜的目的。

他对杨树兴说三天之内记者要来拍照。

最后他要杨树兴向全体商人转告他充满威胁的语言,说他的忍耐是有限度的,他不想看到董村的大火及上里村的流血事件在城里重演。

杨树兴当然明白这是在威胁。对于三木佐夫的要求杨树兴尚不敢表示明确拒绝,他很婉转地对三木佐夫说皮之不存毛将焉附。他的商会会长已经是昨天的历史了。

三木佐夫说:"皇军没有宣布撤销以前,你依然是会长。"

杨树兴还想说什么,三木佐夫果断用手制止了他:"作为朋友我不想伤和气。"

杨树兴显然闻到了火药味。

杨树兴知道自己已经陷入进退维谷状态，如不按照三木佐夫的意思办理，整个城市包括他本人在内，其后果将不堪设想。如果依照三木佐夫意思由他主持召开商界会议，这就等于自己给自己头上戴了一顶"汉奸"帽子。

经过苦思冥想的杨树兴，感到自己被装在扎紧的口袋里，任凭做怎样的奔突都将是徒劳时，就不得不背着重负把商界同仁都召集起来。

三木佐夫进杨府消息不胫而走，全体商人忐忑不安甚为思量，这样就使得整个会场充满着治丧气氛。大家都像石蜡一样坐着，每根神经都绷得紧紧的。面色苍白的杨树兴会长，站在主席台上努力向大家做出惨淡的一笑，然后非常突兀地问大家，还记不记得在中正街开绸缎铺的罗掌柜。

他说："看起来罗掌柜这步棋还是走对了，当时我还使劲劝人家罗掌柜应当如何如何，卖瓦盆似的一套一套侃侃而谈，现在才知道自己很可笑，要是现在见了罗掌柜，我的舌头肯定会立马短了半截。"

以上算是杨树兴的开场白。

整个会场鸦雀无声。

杨树兴在静得连树叶落地都能听见响的冷清中，结束了他的开场白。干咳了两声后就转入正题："我不说大家也知道日本人去找我了，无事不登三宝殿。什么事？两个字：开门。日本人还说如果大家不想让董村大火及上里村流血事件在城里重演，日本人向我提出要求召开一个会，在会上把他的意思向大家转告一下。"

说到这里，杨树兴的声音变得低沉起来。

他说本不打算召开这次会。他说谁都知道这等于替日本人办事。这也就等于给日本人当汉奸。我并不想当汉奸。可思来想去又不能不召开这个会,他说他虽然不在教会里,可听说过上帝与《圣经》。他只想打个比方,说要拯救一群众生,上帝要求必须其中一个人下地狱,那么这个下地狱的人就是我杨树兴。我可能担上汉奸恶名,好在苍天可鉴。

杨树兴最后语重心长地说:"我和大家一样都是生意人,谁不巴望开启门来红红火火做生意,可这样的世道谁的心里也没谱,我们不能米买不回来丢了口袋,铺面里可都是各家养家糊口的血汗钱哪! 我和各位同仁心情没有两样,眼下刀架在脖子上,咱们不能舍命不舍财! 问题是舍了命未必就能保住财,到头来只怕要落个人财两空的下场。"

杨会长的意思再明白不过。

摆在每个人面前只有一种选择,要么舍财,要么舍命。精于算计的商人们选择了舍财。

第二天各条街道上杂乱的铺板声和黎明一起到来。

于是就有了我的父母亲进城以后所看到的"繁荣景象"和红尘滚滚。

我和我的父母亲终于又回到香炉胡同我们肖家老宅,就像茫茫大海漂泊着的帆船终于驶进平静港湾。

我的父母走进自己家门就长长吁口气,刻骨铭心体味着家的滋味,也同时表明度日如年的出逃生涯和压在心头的重负轻而易举得以消除。

令人欣慰的是一切都还是原来老样子,就连香炉胡同口我们家的那间小铺子也原封未动竖立在街面上。

唯有一个小小遗憾,就是这会儿我姐肖珍珠不在家。

不过大可不必担心,因为晾绳上的洗脸手巾还湿漉漉,吃罢饭还没洗的碗筷上的米粒也不曾风干,一双胡乱扔在炕头上穿罢的袜子抓起来一闻就能闻见最熟悉不过的脚汗味……

母亲把我放在炕上,随手递过来一个脏兮兮布娃娃,着手收拾被我姐肖珍珠弄得乱糟糟的家。

我父亲肖老五在张罗烧开水,他急着要泡一壶茶。

我的母亲一边忙着收拾东西一边唠叨:

"这死女子越来越懒了,家里乱得像猪窝,我要不回来还不知道会邋遢成啥样子。锅碗锅碗不洗,衣裳衣裳不洗,盆里的衣裳快泡臭了。睡罢觉的被子也懒得叠,一个女女家从小就这么不爱好长大了谁要。到时候嫁不出去我看你怎么办……"

我母亲在肖珍珠这枕头底下发现了那条维尼龙腰带,除了新奇之外敏感的母亲似乎也意识到这很重要。她说:"你快过来看这是个啥?"

肖老五端详了半日最后只是把头摇了摇。

有了警惕的母亲又在洗衣盆里搜出一条穿罢还不曾洗过式样怪怪的啥东西?母亲又喊:"你过来看。"

肖老五看了看不大有把握地说:"像是个短裤。"

"短裤?!"

母亲用两个指头捏住,把短裤提起来像审视怪物仔细审视着这个薄如蝉翼粉红色三角小裤衩。母亲心里说这是人穿的吗?并说怎么会有这东西?这可不是平常百姓家女人用的啊!

那时候母亲站在那里疑虑重重。

大约就在这时,肖珍珠的脚步声从街门处一路响来。

那时候我父亲肖老五正端起一杯刚刚沏好的热茶。

我的母亲站在原来的地方,斜着身子等候肖珍珠进来。

已经站在房门口的肖珍珠似乎极力想做出欢欣鼓舞样子。她呼唤父母亲时却让人感到一种例行公事的味道。

她甚至在躲躲闪闪逃避母亲的目光。当发现母亲手里湿淋淋提着她那薄如蝉翼的三角小裤衩时，她一下全身不自在起来。

始终盯着肖珍珠的我母亲竟是一脸愕然。

在这晚秋夕阳的映照下，母亲看见穿在肖珍珠身上的是一件翠绿色旗袍。

她不敢相信站在面前的是自己女儿。我的母亲做梦也想不到在一个不算很长的时间，她疼爱的女儿形象竟会无情地遭到篡改。

牡丹姑娘按照自己的意志，把肖珍珠打造成现在这个样子，可谓如愿以偿。如今完全可以用胜利者姿态出现在肖家人面前，高仰起头，把消遣的目光久长地倾泻在肖老五老婆脸上，尽情享受复仇的快感。

但牡丹刚才在街上认出是谁时，完全被紧张情绪笼罩。那时她想到肖珍珠要大祸临头，想到肖珍珠此时此刻还一无所知蒙在鼓里。一种强烈的使命感，督促她吩咐车夫将车调转，赶快给肖珍珠去通风报信。

那时候我姐肖珍珠正在丽春院香巢里跟着琴师练曲子。

这是三木佐夫交给牡丹姑娘的一项任务。

三木佐夫在日本国称得上风流情种，常常在一些风月场所流连忘返，所以在军旅中能学有所用，他的主要任务就是为日军组建"慰安妇"。"和平进驻"县城以后，他发现这一片土地上美女如云。如果在这里组建"慰安妇"其资源将非常丰厚。

他的建议理所当然得到"大本营"的支持。

"慰安妇"筹备工作已在运作之中。

三木佐夫之所以要肖珍珠学曲子，是因为他对中国妓女也有研究,他说就"妓女"这一领域而言,中日文化有着太多的相似,比如"四美俱"。就是要求妓女具备脸蛋美、胸脯美、屁股美和妖娆如杨柳一捻的美丽细腰。这不仅是中国审美情趣,在日本亦然,但在中国更讲究色艺双全,不仅有一副漂亮脸蛋,还会弹唱歌舞,若能琴棋书画,兼备文采,且能谈笑风生,应对如流便是上品。

三木佐夫说肖珍珠目前只具备漂亮脸蛋。

当务之急先学歌舞,继而琴棋书画。

他说他希望能得到一个完整的称心如意的中国妓女。

牡丹姑娘虽貌美年少艺佳无可挑剔,唯一遗憾是她已经不是一颗鲜桃。

那个脸颊消瘦留着山羊胡子的琴师,对肖珍珠表示赞赏,说她不仅嗓音甜润,也极有悟性,似乎不比牡丹姑娘逊色,天生是端这一碗饭的。

他甚至说打从第一次教唱,就发现肖珍珠一双充满灵性的眼睛里盈溢着对音乐的迷醉。

果然在不长时间就学会《二度梅》《六月雪》《卖胭脂》《苏三起解》《做小衫》等剧目中的精彩唱段,以及一些流行曲牌。

现在她和琴师在练唱一首牡丹姑娘最为得意的曲子:

玉美人才十六

挽了挽乌云欲梳油头

露出鲜红的兜兜

雪白的肉

勾惹得郎君往上凑

……

就像破门而入的飓风,风风火火的牡丹姑娘弄得悠扬的琴声和轻若细语的歌戛然而止。

才去了不久复又突然返回的牡丹姑娘让屋里两个人莫名其妙。

脸颊消瘦的琴师扯出的琴弓僵了似的搁置在空气里。

肖珍珠两片朱唇也凝固了似的,半张不合一如摄影家的定格。

琴师和肖珍珠从牡丹姑娘神色有些慌乱的脸上判断可能发生了异乎寻常的事情。

牡丹姑娘像捅下大乱子对不住人似的心里总觉得有些虚。她尽量使用一种轻描淡写的语气,向我姐肖珍珠通报这样一个重要信息:"你爸和你妈都回来了。"

对于肖珍珠不啻一声惊雷,立刻脸白白地愣在那里。

明知道这样的一刻迟与早都要到来。

似乎在心底里,对于这迟早会发生不可避免的面对,肖珍珠也曾有过千百次的彩排,或者说预演,似乎也能勉强应对自如。想不到真正要她面对时,竟是如此力不从心。

她惊慌失措陷入一筹莫展境地,两个眼珠兔子一样乱跳乱窜。

后来还是牡丹姑娘给她壮胆。

牡丹姑娘及时提醒她:"你应当理直气壮。"

又说:"不过现在应当回去。"

还说:"但不一定现在就把事情挑明。"

肖珍珠却担心回去再出不来:"要是不让出来咋办呀?"

胸有成竹的牡丹姑娘便精心策划。心里乱成一团麻的肖珍珠,此时一如傀儡任牡丹姑娘摆布。

当前最主要是瞒住父母,绝对不能让父母知道,在他们出逃这段时间内肖珍珠在做什么。

这是肖珍珠向牡丹姑娘的唯一要求。

我姐肖珍珠心里非常清楚,她的堕落对我的父母尤其我们的母亲,将是毁灭性打击。

她能想象到对女儿刻骨铭心思念的父母,好不容易回到家,而迎接他们却是兜头盖脑一瓢冷水会是什么后果。

这无疑是致命的。

肖珍珠不想看到自己的双亲因为自己的堕落伤感绝望。

假如有可能,她就永远不想父母知道她的真实情况。

惊慌失措的肖珍珠,哀求牡丹姑娘一定要帮帮她。

牡丹姑娘答应了肖珍珠的要求。

这当然不符合牡丹姑娘初衷,牡丹姑娘之所以能为之动容,不外两个因素,这两个因素在当时牡丹姑娘未必十分明晰,应当说是潜意识。一个因素考虑到和肖珍珠志同道合而产生的友谊感情成分,二是肖珍珠打造得还不完全彻底,至少还没有名正言顺正式加入自己这一行列。家里人如果极力挽救,肖珍珠就有可能金盆洗手,回头是岸来个急刹车。牡丹姑娘可能前功尽弃。牡丹姑娘不想有这样的局面发生。

在以怎样的形象面对父母,肖珍珠和牡丹姑娘有着明显分歧。肖珍珠意思是质本洁来还洁去,朴朴素素还父母一个本来面貌。现在这身打扮太行业化,极富个性的行业装束,极容易刺激人,也极容易引起猜疑。

牡丹姑娘说这不现实,因为肖珍珠原有的家常衣裳放在自己家里,如果回家去取等于自投罗网自露马脚。牡丹姑娘主张只消洗去脸上铅华,身上的旗袍大可不必脱下来。

肖珍珠慌得睁大眼睛,说这岂不此地无银三百两不打自招?

牡丹姑娘说:"你回去就这么说……"

牡丹姑娘脑瓜快捷得几乎不加思考顺嘴编织出一套关于穿旗袍

的解释。牡丹姑娘也知道这样的解释并非天衣无缝。

事后牡丹姑娘承认她是故意的,她就是要借此给肖家那个自命不凡的女人捎个信,就是要叫她有一点感觉,让她提心吊胆疑神疑鬼饱受折磨。

站在屋外的肖珍珠和站在屋内的我母亲相互把眼睛碰撞在一起时,两个人陷入对峙状态。

肖珍珠早已做好应对准备。从最初的忐忑不安,很快平静下来,重新拾起慌乱的目光,显得从容不迫也十足的女儿态。

母亲脸上也勉强释放出和平信号。

表面看好像什么事情都没有发生。

母亲继续忙着把屋里的东西整理顺,肖珍珠抱着我亲热了一阵,就出来进去,又是淘米又是拣豆子,张罗着做晚饭。肖老五则闷头耷脑,抱着青花瓷小茶壶,令人不安的是,丝毫感觉不到重逢后的喜悦。数日的别离竟然使一家人陌生到找不到要说的话。其实心里都明镜似的,大家都在共同避免触及一个极为敏感的话题。

这样的努力实在不轻松,让人感到空气紧张别扭和不自在。

做贼心虚的肖珍珠,一面忙着做活路一面时不时偷偷用目光捕捉母亲脸上的表情,母亲神色恍惚的模样让她百感交集。

聪明的肖珍珠,知道一场不可避免的危机只是暂时潜伏下来。

审问是睡在炕上不久以后开始的。

肖珍珠最终没有提出晚上要出去的打算。

她本想对我父母说,她如今已招聘在一家厂子里,一会儿得去上夜班,别等门,晚上不回来了。这句酝酿已久的谎话,打从进门那一刻起就如鲠在喉,一会儿是欲说还休难下决断,一会儿又欲罢不能，好像一只兔子，捂在布口袋里要冲出重围前冲后撞左奔右突，反复多次，到底没有足够的勇气说出，最终埋葬在肚里让胃液消化掉，把最初害怕不让夜出的担心，变成自觉地放弃。

当时肖珍珠自己也闹不明白什么原因，后来当我长到会思维的年龄，仔细分析了我姐肖珍珠当时的心境，她的潜意识里，一定为自己这种有悖于良家女儿规范的行为在灵魂深处感到了歉疚与不安，而想以此对父母的感情聊作补偿。

母亲在我睡熟的时候把身子转过去。

她面朝我姐肖珍珠，把脊背给了我。

母亲胳膊从被窝抽出来——连同半个身躯。鱼一样灵活，将身子扭过去，用手把那盏油灯扇灭。那时纸糊的窗棂外面星光灿烂。通过半开半闭的天窗，可以望见深邃而铺满星月的夜空。在如水的星月映衬下，屋子里薄雾一般，洒下一片若明若暗的朦胧。

睡在母亲身边的肖珍珠，在这一片朦胧里不事声张，眨动着两只大眼睛，像躲藏在树丛后面窥探的狐狸，时刻都在捕捉母亲的目光，试图想从这一对灵魂的窗户里，窥视猜测母亲内心的奥秘，以便自己想出对策。

刺探或者询问刚刚涉世的亲生女儿隐私很受折磨。母亲如履薄冰，每跨越一步都战战兢兢提心吊胆。

有道是"养女如养虎"，特别对一个刚刚步入花季的少女，作为母亲，对其一言一举，尤其要格外小心，从肖珍珠进门那一刻起，就引起母亲高度的警惕。肖珍珠身上一袭衣裳，让母亲怀疑肖珍珠正在朝着一个险境滑去。

母女俩一对情侣般在窃窃私语。表面看就像于不经意中随便提起，想到什么问什么。而实际上母亲却集中了全部神经，微丝不漏过滤每一句话，往往有些事情就是从这不经意中，找到与之相关的蛛丝马迹。

　　母亲的问话是密集式的，一句接着一句，让肖珍珠疲于应答，没有编织假话的机会。但肖珍珠依然假话连篇，且能做到脸不红心不跳。肖珍珠明亮的眼睛望住母亲，一副从容不迫样子。只有从她眼睛后面，能看出她是多么紧张不安，以及小脑袋瓜如何超速运转。母女两个在进行一场智慧较量，一个穷追不舍，步步紧逼；一个小心设防，步步为营。

　　我母亲话锋一转："你身上的旗袍是咋回事？谁给你的？还有那些怪模怪样的东西？"

　　肖珍珠无言地望着母亲，好像早就在等待意料中，要来的终于等来了似的，脸上呈现出古怪而自信的表情，久长地不再作答，我们肖家这座星月映衬下，显得朦胧的屋子，也陷入久长而难耐的宁静。这时候如果有一枚银针飘落地面，足以能听到清脆悦耳的金属声。

　　我父亲肖老五发出两声短促有力的咳嗽。

　　从一开始肖老五就自觉站在一个从属地位，像局外人那样，一副视而不见、充耳不闻、事不关己的姿态。古人曰"子不学父之惰，女不淑母之过"。历来有关女儿的事情，总由母亲出面管教，尤其女儿长大以后，当父亲的有诸多不便之外，好些事恐怕难以出口，但毕竟是自己亲骨肉，而且可能涉及伤风败俗。

　　这就决定了我父亲肖老五，不可能作壁上观，他静静地睡在那里，貌似悠然舒闲样子，其内心却一点也不比母亲轻松。只是这位一家之主的大男人，在母亲盘问肖珍珠过程中，除去用耳朵谛听之外始终不发一语，为了使母女俩的谈话，不因为他的在场心存芥蒂，关键的时候干咳嗽两声，借以表明他可是心不在焉。

　　我姐肖珍珠，用一双大有深意的目光端详母亲，她在琢磨母亲，为何不单刀直入问旗袍的事，而是绕一个大圆圈。她没有料到，母亲会突兀其来地问及米面，问及日本人和后院，所有这些如点穴一般，都点到要害处，让她措手不及，防不胜防。米面的事最为棘手。母亲的精到盘算不容置疑。这一时期很少回来做饭，多半在堂子里用过，有时就跟着牡丹到后院打秋风，所以当母亲突然问及时，肖珍珠方寸大乱，觉得不能自圆其说，差点露出马脚。肖珍珠还没有从第一个回合中反应过来，母亲矛头一转，又说到日本人，虽然母亲神色安详，一副不经意样子，但心里有鬼的肖珍珠，总觉得绝不是空穴来风。她提心吊胆，从母亲的眼神里，判断事情有可能还没有败露——仅仅只是有可能而已。不管怎么样，她还是硬着头皮，采取老鼠跌进面瓮里——翻白眼的手法，百般抵赖死不认账。她也知道，在应对母亲过程中，惊恐紧张、力不从心，甚至捉襟见肘，好在一路拼杀，还没有焦头烂额。有一阵她为自己非凡的应变能力自豪。

肖珍珠瞪着两只荒凉的眼睛，长时间不能作答的神态，给我母亲造成的惊吓非同小可。原本不安的情绪，如同乌云迅猛扩张开来，她预感到事情不大美妙。凭感觉，她断定肖珍珠可能已出事，并走向堕落，而且固执地认为，这源于后院那个不要脸的小婊子的纵容引诱，或施加影响。对当初让女儿单独一人留在家的决定，又一次追悔莫及。她强烈地憎恶当初肖老五自以为是，也对自己当时疏忽大意痛心疾首，她没有理由不相信自己对女儿肖珍珠行为的判断，沉默不语就等于对事实默认。肖珍珠在她穷追猛打之下，已经末路穷途原形败露。当人赃俱获时，还能再说什么呢？母亲眼神渐渐茫然若失，继而流露出没底的痛苦与绝望。

肖珍珠长时间沉默以后终于走出慌乱，心境平和下来智慧便随之而来。

"我早就知道你要问旗袍的事。"

肖珍珠的述说天衣无缝又合乎情理。"东亚圣战"不断扩大,相应的军需要得到大量补充,与之相关的工厂应运而生,需要大批劳工走进工厂,日本人的招工广告贴满了大街小巷。肖珍珠说她是在一个广告上得知日本人新建的一座颇具规模的纱厂,要招聘相当数量女工,据说广告上不惜笔墨,对这座纱厂优雅环境做了相当动人的描述,并且一旦录取,待遇将很丰厚,管吃管穿管住之外,每个月下来还有一笔数目不菲的工钱。肖珍珠说她是本着试一试的心情,前去应试,没想到她被录取,更没有想到她被录取以后,不是下车间做苦工,而是留在招工办公室,当了白领阶层,虽然是做些服务性工作,其地位却是很体面,这从衣着上就能看出其优越。招工办的服装,由上面统一发放,男士一律穿西服,女士们一律穿旗袍,不穿不行,这是工作需要,也关乎着大日本纱厂的形象问题,肖珍珠说她只好入乡随俗穿起了旗袍。

她没有说明那件薄如蝉翼的小裤头,也是否统一发给。

至于那条透明的维尼龙腰带,肖珍珠含糊其词说是招工办的一个日本同事给的。

应当说这是一个很完美的故事。我的两位高堂,尤其我父亲肖老五,差不多要被感动了,肖珍珠无可挑剔的叙述,使两位老人渐渐放弃怀疑肖珍珠是在编织一个美丽的谎言,仿佛满天乌云渐渐被风吹散。我的父母犹如在灰暗的冬天里,感受到春天的信息那样。感受一个全新的生活方式已经到来,毕竟是改朝换代了。太多的经验告诉人们每逢这样的时刻,大多都有新气象展示出来,这几乎成为历史规律。古今中外概不例外。躺在一旁的肖老五激动得爬起来,双腿一弯圪蹴在炕上,仿佛只有这样才能表达他喜悦的心境。他没想到肖家的坟头上会冒出这样一棵苗苗,一个女女家,年纪又这么小，就如此有出息。肖老五甚至乐观地将这现象和肖家的命运联系在一起，乐观地认为我们肖家从此将出人头地，将时来运转，将重振肖家历史上曾经有过的雄风。在一个瞬间，我的父亲肖老五差不多就要张开嘴巴好好夸奖肖珍珠几句。想到眼下是日本人坐天下，又觉得肖珍珠的一番美丽动人的叙述，就像飘浮在秋天里原野上的晨雾一样很不可靠。

最终肖老五还是没有说什么，无言地把身子放倒，重新躺在被窝里。

相比之下，我母亲显得很冷静，对肖珍珠天花乱坠的叙述，始终保持着高度警惕。她那能穿透一切的目光，极其尖锐地盯着肖珍珠不放，有一阵子肖珍珠差不多就要吃不消，眼睛里开始呈现出脆弱状态，母亲不失时机给了这样一个杀手锏：

"女女，你知道妈的胆儿小，吃不住吓。"

"妈，你是说我不该去？"

"你不知道日本人不是人？"

"日本人也不全都是坏人。你看我这不是好好的吗？"

母亲疲倦了似的，闭着眼睛养了一会儿神，当她再次睁开来望向肖珍珠时，其目光已经少了一些尖锐，多了一些柔和。

母亲语重心长地说：妈怕你出事，远在罗汉大叔家，心却全都操在你身上。回到家见到你那身打扮，吓得我一个劲抖擞。母亲用哽咽的声音，继续着冗长的担忧与不堪想象的后果。母亲的述说充满了哲理和经验，说到做人的道理和道德规范，说到自尊自爱，说到名声和人格，说人活脸树活皮，说唾沫星能把人淹死，手指头能把脊梁穿透，说我们肖家世代优良门风有口皆碑。在这香炉胡同母亲的高尚品格，是出了名的楷模，不论在人前还是人后，都响当当无可挑剔……

"女女，你要是真出了事，你妈我也没脸见人。"

我可怜的母亲泪水禁不住滚落下来。

肖珍珠差不多被母亲的眼泪感动，她甚至在思考，是否应该重新修订生命坐标。当她设身处地，极为认真假设自己重新回到原来状态时，她整个身心都在战栗。那时候她将度日如年，将长期煎熬在没有指望没有色彩痛苦的折磨里。她觉得自己已经离不开那种充满奢靡与富贵的环境氛围和缠缠绵绵的情调，以及卿卿我我每时每刻都撩拨春心的刺激。要么悬崖勒马就此打住，立刻回到父母身边；要么我行我素弯弓没有回头箭，一条黑道走到底。

看来，肖珍珠只能忍痛割爱选择后者。

至于父母，只能靠他们自己去拯救自己。他们可以这样想，压根就没有生我，或者我早已夭亡。日子长了，岁月会渐渐让他们从霪霏的日子里走出，长久服丧一样的脸上，将重新展露出笑容，或者他们只是一时面子上抹不开。当我往家里拿钱时，他们或许一改初衷，嘴上不说而在心里对我的选择给予宽容和默许。

第二天起来，她勉强熬到吃完早饭。她告诉父母说：

"我上班去了。"

我的父母亲面面相觑。

母亲面无表情向我的父亲发了一道指令，她的声音像大病初愈软弱无力："跟上她，看她到底去哪儿。"

我的父亲有些犹豫。考虑母亲的担心并非多余，作为父亲也有责任对自己女儿负责。他向外走时两条腿却显得拖泥带水。

也许冥冥之中他预感到什么——他不可能知道他这一去就再也没有回来。

为此，事情发生以后，我后悔不迭的母亲，抱着我血淋淋的父亲尸体呼天哭地。

我父亲肖老五,在一个晚秋时节的早上,迎着耀眼的阳光从街门里走出去。一路上我父亲肖老五,远远看见邻居或熟人就大声打招呼,准确讲是道个平安。在这兵荒马乱年月,死神随时可能光顾每一个人,如果有谁忽然几天不见面,人们会想到死亡或灾难,所以彼此见面以后,脸上的表情好像都在说,活着,大家都还活着。

肖老五终于打听到日本人纱厂招工地点,就设在天主教堂院内。看来,肖珍珠昨晚上的话并非虚构,这使他一直悬着的心放下一半。肖老五记得昨天路过天主教堂时,好像有日本人站岗,他不知道让不让进去。

残酷的现实使他们惧怕日本鬼子就像惧怕魔鬼。

快走到天主教堂时,肖老五在心里鼓励自己不要怕,沉住气,经验告诉他,遇见恶狗切记昂首挺胸从容不迫,人和狗一样专欺负惊慌失措的人。当两个凶神恶煞的日本兵,架起刺刀挡住肖老五去路时,肖老五一颗心在肚里狂奔乱跳,幸好门房里出来一个头上压着一顶鸭舌帽的中国人,长一张青蛙脸,三十左右年岁,他狗仗人势歪着脖子教训肖老五:招呼不打就敢往里闯?

肖老五忙赔笑脸说:

"这位爷,我打听一下纱厂招工办可在这里头?"

青蛙脸马上就换成和蔼表情,告诉他就在这里边办理招工,问他是不是你们家有姑娘想来。

肖老五说:"我家姑娘早就进来了,我是想进去看看她。"

青蛙脸就不高兴了:"难道你不知道'大日本皇军'的纱厂是军工单位吗?军事重地是可以随便进出的吗?走吧走吧。"

肖老五本打算试着再求一次,但只好又放弃了。因为两个端着刺刀的日本哨兵恶狠狠向他逼过来,若再纠缠等于自讨苦吃,既然所说的招工地点真有其事,证明肖珍珠没有虚说。那么肖珍珠说她就在这里上班也一定不会有错,回去告诉孩子她妈大可不必担心。

肖老五不知道肖珍珠压根就是谎言。

肖老五至死也不知道,这里所谓的纱厂招工,原不过是一个陷阱。凡被招进去的女子都会神秘地在这个城市里消失。到后来才真相大白,三木佐夫所筹划的"慰安妇"工作,已经悄然实施运作。

离开天主教堂以后,肖老五全身上下有了一种闲来无事的轻松感,忽然记起要到街上转转。他想走遍每一条街道,让自己好好看一下这座沦陷后既陌生也熟悉的城市,到底变成了什么样子。

肖老五就是在这样的情况下遇见高和尚。

应该说这是一个难以置信的偶然巧合。

后来我一直怀疑是上帝的安排。

巧就巧在这时候的高和尚和牡丹在肖珍珠事情上已经闹翻。牡丹姑娘背着高和尚鼓动肖珍珠到丽春院入了花籍,让他大为光火,为此他发誓要伺机报复。更巧妙的是,日军头目三木佐夫今天中午在丽春院牡丹屋子里摆了一桌花酒,作陪的除了牡丹自然还有肖珍珠。高和尚双手捧着茶色细脖子玻璃瓶,从杏花林酒庄出来没走几步,不经意间迎面看见不顾右盼正在走来的肖老五。肖老五好像也认出对面的高和尚。高和尚眼睛豁然发亮,一若见到久别重逢的亲娘老子,无比殷切凑上前去。这个下三烂的小人,自我母亲和他们高家发生那件不愉快事情以后,再见到我们肖家人就像见到九世冤家。而我的父亲表现出来的一向是好人不与狗斗,不亢不卑坦荡君子风度。

肖老五没有想到,这个向他献殷勤的人是个告密者。

高和尚神秘兮兮,拽着肖老五一只袖子来到马路边僻静处,脸上一副十万火急的神色。可他欲言又止故意做出难以启齿,尔后相当狡猾地运用了不大确定的语气。他说到肖珍珠：

"我也纳闷，你们家小珍珠不可能到那种地方，也许看错人……不过我劝你最好亲自去看一看比较保险。"

当他看到肖老五脸上竟是一副轻蔑的不信任微笑时，急忙发誓赌咒："我要说假话我他妈不是人操的。"

又说，"我好人做到底。我只劝你一句，到了那里不管看到什么也不要胡来。心里有个底就行了。记住，进了丽春院正面楼上第四个门。"

肖老五鄙夷地微笑着，并把腰杆挺直。跳梁小丑高和尚走远之后，他独自愣在那里出了一会儿神，仅有的一点自信似乎在渐渐崩溃。

高和尚所言未必空穴来风。

肖老五的脸色在中午的阳光下渐渐趋于苍白。他鼓励自己大可不必提心吊胆，完全可以理直气壮亲自到丽春院去看看，让事实来证明高和尚是在满嘴喷粪。

我父亲肖老五就是在这样的一种精神支撑下，硬着头皮向丽春院走去，而脚下像踩着棉絮有虚无缥缈的感觉。

日军头目三木佐夫的到来，使丽春院上上下下一如伺候皇上一般忙个不亦乐乎。这样我父亲肖老五很顺利地进了丽春院，并从容地来到楼上。

肖老五旁若无人来到第四个门前。

屋内一女子用娇滴滴的嗓音在唱小曲。最初心里像擂鼓一般的肖老五只打算将门推个缝，但不知怎么推了个大敞开。

他愣在那里。

屋内却像什么都没有发生，维持原有的状态。

屋子里杂乱无章的情景让肖老五眼花缭乱，好像有一张桌子，桌上杯盘狼藉。坐在桌子右首的是一个一面击节一面唱着小曲的小女子。坐在正面的是一对相拥相抱的男女,女的肆无忌惮坐在男人大腿上……

肖老五头上嗡一下,好像被棍子重重一击。

一个残酷的现实摆在他的面前——

他认出那个不要脸的女子,不是别人,是他的女儿肖珍珠。

此时,肖珍珠也好像察觉到不对头,当她终于认出站在门口的是自己的父亲时,除了瞬间惊愕之外,居然没事人似的,做出一副大模大样不理不睬的样子。

愤怒使肖老五理智失去控制。

他才不管什么日军头目不头目,抢上前去一把拽住肖珍珠的胳膊,用迅雷不及掩耳之势,像提一只小鸡提到门口,抡起胳膊,一个大巴掌打在肖珍珠细嫩的脸上。

这一巴掌在已噤若寒蝉的屋子里听起来格外清脆。

就在肖老五抡起胳膊要打第二个巴掌的时候,三木佐夫的枪响了。子弹从肖老五左肺叶穿越而过,鲜血汹涌而出。肖珍珠眼看着自己的父亲倒在了血泊里。

突然而至的刺激,使肖珍珠茫然失神而外,没有别的反应。

她似乎完全处在一种无知觉状态。

……

飘着碎雪,裹杂细雨,其间风也萧萧。

碎雪落地而化,看不到晶莹与洁白。凉冷的雨雪和泥土以及枯黄的落叶混合起来,让死水般的街道满世界污泥油水,乱七八糟一塌糊涂。马路两旁一些寂寥的行人,提着裤腿深一下浅一下小心翼翼寻找脚印。只有洋车夫们在泥泞里勇往直前。每一脚下去泥水都飞溅而起。

铅一样的天色，沉重得让人喘不上气。

坐在洋车上的牡丹姑娘，其心情糟糕得就像这天气——雨雪一样凉冷，风一样飘忽无定，不能把握。

牡丹姑娘要去探望被日本人软禁了的杨树兴。杨树兴被软禁差不多快一个月了。眼下杨树兴危在旦夕。

据可靠消息说三木佐夫对杨树兴已经失去耐心，不仅杨本人要遭处决，而且还累及家人——他的三个夫人，都将被拉去作为慰安妇送到前线，让日本士兵蹂躏。

这一可怕消息，是我姐肖珍珠昨晚偷偷告诉了牡丹姑娘。

肖珍珠说这一消息是警备队长独眼龙酒后在枕头上透露的。

独眼龙说，在一次会议上三木佐夫谈及杨树兴，对他不肯合作的态度已经到不能容忍的地步。恼羞成怒的三木佐夫，抡着拳头向他面前的办公桌子施暴，继而转过身去，将太阳旗下横陈在架子上的一把象征军魂的战刀取下来。他抽刀的动作是那样地斩钉截铁，然后，像削铁一样凶狠地凌空一劈，继而宣布了对杨树兴及其家人的处罚决定。

三木佐夫在做这一决定时，龇牙咧嘴满脸狰狞。

警备队长独眼龙，在透露这一消息时，呈现出幸灾乐祸的神态："活该！奶奶的，他也会有今天！"

第一批慰安妇输送出去之后，三木佐夫只得意了一半，再也得意不起来。

日本人借招女工之名而行招慰安妇之实，挂羊头卖狗肉的消息，像瘟疫一样迅速传播开来。一些抗日秘密组织，专就此事刻印传单，彻底揭露日本鬼子无耻阴谋和罪恶勾当，一夜之间大街小巷广为散发，一时间百姓们大惊失色，舆论哗然，已经上当受骗的人家,哭哭啼啼找到"招工办",要自己女儿。差点上当受骗的人家,立即刹车退避三舍。原本就不大兴旺的"招工办"越加清冷得像一座坟场。一向被三木佐夫称为"伟大"与"不朽"的"事业"在这座城市刚刚开张就可能寿终正寝。

要命的是他想不出一个最能奏效的办法,对哭闹着的人们,他不能用武力解决,那会更进一步露出庐山真面目。

三木佐夫想到杨树兴。三木佐夫想借用杨树兴的声望,挽救这一被动局面,也就是说,最好能以杨树兴以及商会的名义出面,运用各种形式,来宣传证实关于所谓"慰安妇"之说纯系危言耸听无稽之谈,是某些抗日分子对"大日本皇军"恶意中伤,造谣诬蔑,是对"大东亚圣战"的别有用心。为了增加说服力,可以伪造一些照片回来,比如让第一批已经当了慰安妇的女子,换上工装拍照,背景就是纱厂厂房或者车间。

有杨树兴这样的人物出面,加上颇有说服力的"证据",相信一切流言会不攻自破,三木佐夫"神圣伟大与不朽"的事业,将会顺利开展起来。

像上次三木佐夫亲自上门拜见杨树兴,没有想到,杨树兴竟然让他美好的梦幻变得没有任何意义。

杨树兴在心里嘀咕:倘若顺从了日本人,我杨树兴还算人吗?当初在日本人淫威下,违心规劝同仁开门复市,已使自己蒙羞,岂能有再?且不说此举关乎叛国媚敌汉奸走狗之嫌,就做人而言,这与禽兽何异?自己虽没本事匡扶社稷,明哲保身,不伤天害理,总还可以做到最起码不能媚外殃民,祸害百姓,最后落个千人指万人骂,一如过街老鼠遗臭万年,连子孙后代也觉得无颜苟活于世。

杨树兴知道不能正面回绝三木佐夫。第二天杨树兴让家人呈给三木佐夫一封信。

牛皮信封上写：大日本皇军三木佐夫将军阁下亲启。

一笔工整楷书想说明自己对将军阁下是多尊敬。信上说事不凑巧，可能昨天晚上洗澡时偶感风寒，没想到竟是一蹶不振，全身倦怠，软不能支，两耳失聪，目力昏眊。最糟糕的是头昏脑涨，地转天旋，有暮齿衰迈之感。八成患了眩晕之疾，一时半会难以痊愈，为将军所托之事已力不从心深表歉意……

三木佐夫信没看完就撕了。他用日语骂了一句：

"老滑头！"

三木佐夫当然不会就此罢休，他立即吩咐独眼龙带人，不大一会工夫就把杨树兴"请"来了。去时顺便给杨树兴写了一个条子。意思是得了病就得看，而日本国的医道，就像大日本皇军一样出类拔萃无敌于天下。杨树兴一看就知道什么意思，索性做出中风不愈病恹恹样子：嘴歪眼斜，一脸呆气，目光痴滞，惚兮恍兮。杨树兴让自己的两条腿像海带一样柔软，好像精疲力竭不堪重负，跨越三木佐夫门槛时，险些绊了一跤。

杨树兴好像还扶着门框，站在那里喘了一会儿气。看样子着实病得不轻。

当两个日本军医出现在杨树兴面前时，杨树兴意识到要露馅，但他必须硬着头皮，把戏继续演下去，否则就会大祸临头。

他鼓励自己沉住气，他懂得晕眩不同于外伤，既看不见也摸不着，神医来了也不敢断言说你不晕。

两个日本军医对杨树兴仔细检查后，彼此面面相觑，然后大有深意地望了望杨树兴。再然后，走过去，走到三木佐夫跟前呜里呜啦，八成是向三木佐夫汇报杨树兴压根在装病之类的话。

三木佐夫笑笑。三木佐夫笑得颇为深沉。他一边笑一边摆摆手，示意两个日本军医你们可以走了。

两个日本军医，操着正步出门而去。

杨树兴理所当然被留了下来——准确说是扣留。

不同的是，他没有像对待犯人那样，将杨树兴投进监狱。而是在日军招待所二楼一个单独房间里让他失去自由——软禁而已。这是比较温和的方式。除了没有自由，饮食方面倒也很受优待。一日三餐都能吃饱，菜蔬也不单调，萝卜、白菜、豆腐、粉条，隔三岔五来一盘小炒肉，甚至还优待一壶烧酒。

三木佐夫如此用心良苦，宽宏大量，其用意是想感化他，希望他能与"大日本皇军"合作。但杨树兴却像暖不热的石头，丝毫看不出要和皇军合作迹象。他一口咬定头晕，而且症状非但没有减轻，似乎还有加重趋势。你看他那样子，嘴照歪，眼照斜，惚兮恍兮，一脸蠢相，两腿稀软，缺精少神。杨树兴颤颤巍巍抬起一只手，指着自己嘴巴口齿不清告诉三木佐夫："说话都困难了。"

三木佐夫现在就想一刀剐了他。

忍耐到了极限，就不能再忍耐。三木佐夫决意像扔一棵烂白菜，要扔掉杨树兴。三木佐夫觉得少了他杨树兴也无损于什么，"大日本皇军"没有办不成的事情，不要发愁三木佐夫黔驴技穷，软的不行就强取好了，狼既然不能再继续伪装温和的外婆，那就索性露出狰狞面目，事实上已经见诸行动。为了能按计划完成第二批慰安妇数目，并如期送往前线，三木佐夫采用突然袭击方式命令其部下，在夜幕掩盖下，挨家挨户砸窗撬门强行入室，名为清查户口，实际干着卑鄙勾当，凡是花姑娘统统拉走。但事情进展远不如想象中乐观，因为人们尽管生活在铁蹄下，出于生存本能，也不会忘记应对周旋。用三木佐夫话说，中国人狡猾狡猾的。

随着战事不断扩大，前线对慰安妇的需求和后方的供应眼看要呈现失衡状态。三木佐夫必须加紧运作，方能保证第二批慰安妇如期送走。按照原定计划，距离第二批运送日期还有两天，但慰安妇的数量，还不足原计划的三分之二。

需要说明的是，三木佐夫决定，将俘获的几个中国女兵，拉去充当慰安妇——和慰安妇严重缺额无关，至少不是主要原因。

如果说让中国妇女充当慰安妇是出于狭隘的民族心态和兽性满足，那么蹂躏中国女兵，除了上述两个原因之外，还有对中国军人恶毒的复仇快感。

风挟裹着凉冷的雨雪扑面而来，坐在洋车上的牡丹姑娘浑然不觉。她心急如焚，不断催促洋车夫走快点，她频频回首的原因，是担心三木佐夫会派人追上来，她没有料到三木佐夫会如此痛快答应她的请求。但她深知三木佐夫是个反复无常的角色，说不定这会儿哪根神经不对劲，要出尔反尔收回成命，和杨树兴死之前都难以再见一面，这将使她遗憾终身。

敢于在嗜血成性的"大日本皇军"面前替杨树兴说情，是要有几分胆量的。虽然她觉得三木佐夫对她有特殊感情，自以为可以邀宠，但比起对日本天皇宗教一样的崇拜与忠孝和大东亚圣战的"崇高事业"，一个卑贱的妓女，算得了什么？三木佐夫压根就没把她当回事儿，充其量玩物而已，就像随便在树上摘一颗梅子，放在嘴里临时解解渴，然后再随便扔掉。

为了增加保险系数，牡丹姑娘试图邀请我姐肖珍珠和她一块去见三木佐夫。凭着女人的直觉，三木佐夫在情感分配上，肖珍珠明显要优异于她。让肖珍珠帮帮腔，会更有把握些。

那时候她和肖珍珠一同来到楼廊的拐角，为了表示她们的亲密无间，牡丹姑娘将一只胳膊搭在肖珍珠肩膀上，然后小声说出自己的打算。

肖珍珠就像受到惊吓的跳蚤跳开了，躲避瘟疫般躲开了她的搂抱，她拒绝这充满风险的友谊。她惊恐万状向牡丹姑娘声明说：

"我不敢，打死也不敢去！"

肖珍珠看在姐妹一场的情分上，奉劝牡丹姑娘也不要去，并提醒应该知道三木佐夫，脾气上来六亲不认。杨树兴杨大老板是犯了死罪的，为一个犯了死罪的人去说情，无异于向老虎谋皮，弄不好会把自己也搭进去。这种事躲避唯恐不及，哪有像你这样，死心眼找上门去往上贴？你犯不着为他搭上一条性命。

最后她说：

"你可不要犯傻，你应该先替自己想一想再说别的。"

这是一句看在朋友情分上来自肺腑的语言，也是我姐肖珍珠的活命哲学。

牡丹姑娘既定的决心，没有因为肖珍珠的忠告而动摇。人非草木岂能无情，毕竟她和杨树兴有着深厚的发自内心的友情。

闲时，她不止一次饶有兴趣地思考这样一个问题，她接触过的男人那么多，而那么多的男人，似乎像薄雾一样，淡远得模糊不清，不曾在她脑海里留下深刻印象。唯独和杨树兴，并没有因为时间推移世事变迁而疏远了情感，淡泊了友谊。尤其在这大限来临的时候，更让她深切体会到她是多么牵肠挂肚坐卧不宁。

为此，她不顾后果去求三木佐夫，事后想起来，才意识到自己当时有多么大的傻胆。明知道自己未必能有回天之力，甚至有可能遭到飞蛾扑灯自取毁灭下场。但她义无反顾，为了难以忘却的友情，为了难以推卸的责任，也为了求得良心的安宁。

巧的是三木佐夫及时来到丽春院要和牡丹姑娘、肖珍珠两个人消遣行乐，可谓天假其便。对牡丹姑娘来说，这是一个绝好时机。她竭尽全力，使出全身解数，把一个女人的床上功夫发挥到淋漓尽致。她那全新的浪漫情调,让三木佐夫心花怒放,虾米一样卧在硬木沙发里,一面喝着热茶一面极愉快地沉浸在刚才的情境里,回味无穷。大约就在这时,牡丹姑娘使出柔软手段,她风情万种,用宛如玉一样的双臂,环着三木佐夫脖颈,做出小鸟依人的可爱情态,两只柔情似水的眼睛,望着三木佐夫依恋不舍。终于启动朱唇,她小心翼翼告诉三木佐夫,有件事不知道当说不当说。

反应最快的是肖珍珠。那时她衣扣还没扣好,正在"打扫战场",整理零乱的床铺。牡丹姑娘的话让她惊骇得两个乌亮的眼珠一阵乱转,而后敏捷地跳下床做出"急尿"样子,急急如律令夺门而去。

只有牡丹明白,肖珍珠急尿只是借口。

在得到三木佐夫许可之后,牡丹姑娘壮着胆,开始了关于杨树兴的叙述。牡丹的叙述使三木佐夫的脸色由晴变阴,并一点一点凶狠起来。牡丹并不因为三木佐夫凶狠的脸色,而终止她的叙述。后来她又发现三木佐夫凶狠的脸色,在她那充满感情的叙述里,又一点一点由阴转晴趋于温和,就像满天乌云终于被风吹散。

三木佐夫最后答应她探望杨树兴的请求。

让三木佐夫所料不及的是,一个朝秦暮楚的风尘女子,面对一个虽说也曾对她感情投入,但说到底,毕竟是嫖客角色的男子,却能痴情到把自己生死置之度外。在这芸芸众生里,到底寥若晨星。野蛮成性的日本军曹被感化,愿意为她网开一面。

当然,还有一个更为重要的原因,牡丹姑娘答应除了"再见他一面",也试图劝说杨树兴能够回心转意放弃固执。

三本佐夫觉得这倒是个不错的主意。

她持着三木佐夫手谕,一路绿灯顺利来到日本招待所二楼。

担任看守的日本士兵,在腰里掏出一把铁钥匙,为她打开软禁着杨树兴的那一间房门,牡丹姑娘没有迫不及待扑进去。两只脚慢慢腾腾,宛如在棉絮上原地踩着步子,一种犹豫不前状态。这是因为忽然之间她有了一种清醒。

人往往都会这样在一些时候,会有不期而至的清醒。

清醒了的牡丹姑娘,忽然意识到,她和杨树兴之间已经有了隔膜,尤其三木佐夫到来之后,杨树兴总是尽量躲避着她。此时此刻,让她轻而易举忆起不久前在大街上的一次邂逅。

记得那时候街道上铺满秋天的阳光,她和肖珍珠两个人,在光明照相馆照罢刚刚走出来,正好看见迎面走来杨树兴。

首先看见杨树兴的是我姐肖珍珠。肖珍珠像报春鸟,异常活跃惊喜地告知她:"看!你相好的来了!"

牡丹姑娘犯懵懂,一时间搞不清楚在说哪一个。

"谁?"

"还有谁,你干爹,杨会长杨大老板。"

街道上行人寥落,牡丹姑娘很快认出杨树兴,眼睛一亮。不足百步之遥的杨树兴,分明也看见她们,但他的目光电光火石般避开了,他佯装没有看见,而且煞有介事,装模作样意欲走进附近一个店铺。

肖珍珠远远喊住他。

杨树兴一副恍然觉醒神态,连忙走过来,笑微微脸膛上充满很生动的惊喜,意思是遇见她们是多么高兴。而牡丹姑娘,却能看出来他那生动的惊喜里,有太多的虚假。尤其当两个人面对面站在一起时,牡丹姑娘有了更为深刻的体会。她发现杨老板确实和她生分了,明显有了距离感。

因为杨树兴看她时,那一双失去往日热情的目光,好像在敷衍了事躲躲闪闪,脸上表情也极不自然。

牡丹姑娘的热情不减当年。她还像过去一样，矫情地噘着嘴，使起了小性儿埋怨说："这长时间咋不来看我？"

"忙，太忙。"

杨树兴未加思索脱口而出，一面皱起眉头好像在为自己日理万机不能脱身让他好烦恼。

牡丹姑娘不留情面地给以揭发："诡说！"

"实话。"

"实话不实说。别处采花去了吧？"

"笑话。再说我哪还有心思去采谁家的花呢？"

"红楼十二谁晓得你采谁去了。"

"冤哉枉也。像这样兵荒马乱，我可是再也无心向花台了。"

站在一旁的肖珍珠，揭露杨树兴时多么伶牙俐齿："杨老板，你不要蒙哄我们了，我姐心里明镜似的。你说你无心向花台，可据我们所知，这长时间，你可没有少寻花问柳，只是不来丽春院找我姐姐罢了，而是到别的堂子，找别的姑娘去了，我们这里可有一本账，详细记载着哪一天你去了某某堂子找了某某。怎么样，要不要我现在一一报出来给你听听？"

肖珍珠的一席话，弄得杨树兴半天呆在那里。

"为啥不来丽春院找我姐？"

杨树兴哑口无言。

肖珍珠问他，是不是因为三木佐夫吃醋？杨树兴矢口否认。

"要么你是害怕三木佐夫会加害于你？"

杨树兴期期艾艾没有回答。

杨树兴无言自明表露了自己的心理障碍，肖珍珠却认为他在故意找借口，说她和牡丹姐并没有三媒六证，被三木佐夫娶为妻妾，三木佐夫也没有把她们两个人霸占死，她们都还有相对的自由，只要三木佐夫不来,她们可以照常接客。这一点三木佐夫还算通情达理。三木佐夫只是要求他有优先权。所以三木佐夫每次来,事前都打个招呼通知一声,这就是说,如果当时你杨树兴可巧正在这里,你就完全可以从容离开。我们也可以从容做些准备,迎接他的到来,大家彼此都相安无事。后来事实证明也确实如此。那么你杨老板还怕什么呢?最后她鼓励他:"咱说好了,来啊?"

牡丹含情脉脉,她用近于乞求的语气表露着自己的真挚情感:"来啊!"

杨树兴说:"行!"

杨树兴始终都没来。并非杨树兴心肠硬,也不是杨树兴移情别恋,对牡丹姑娘产生厌倦,是不想为了一个女人,再发生像成国民那样的悲剧。骄纵的三本佐夫,绝不会像成国民那样轻而易举败在他手下。和气焰嚣张的日本军官三木佐夫较量,无异于以卵击石,只能落个粉身碎骨下场。身在矮檐下,岂能不低头?大丈夫能屈能伸。现在是日本人天下,他对牡丹姑娘表示理解,自己堂堂须眉也奈何不了日本人,一个柔弱女子又能如何?为了生存,她只有趋炎附势。他只能克制住内心依恋,软弱地走开。

站在软禁杨树兴房门外的牡丹姑娘,并没有做太久的逗留,过去的情景在脑海里只是刹那间的闪回。

在她举手要推开那扇被油漆成红颜色的房门之前,像每次见杨树兴一样,都要双手理云鬓对镜贴花黄,现在她习惯地用双手理了理头发。

相对无言。

身陷囹圄的杨树兴,给了牡丹姑娘太多的刺激和强烈震撼。

眼前的杨树兴和记忆里的杨树兴判若两人。原有的风流倜傥、潇洒自信,在这小小的房间里,似乎已完全蒸发掉。眼下,除了两只眼睛依然烁射着锋利光芒，整个人就像晚秋时节枯萎的玉米田毫无生气。

已经没有心思顾及仪表的杨树兴，虾米一样将自己蜷缩在一把木头椅子里。这个一向讲究整洁的人，头一次这样落魄。他那荒凉的须发、憔悴的容颜以及焦虑的神色，无一不让牡丹姑娘百感交集。

她已没有勇气抬起头来再看他。泪在眼眶里打着转，她极力克制着感情，下意识无限反复捏弄着自己的衣角，被捏弄的衣角像瑟缩在冬天冷风里的落叶。

于无声处的杨树兴，则久久地望着牡丹姑娘，他在她的神态里寻找自己的未来。凭感觉，他已看出自己死期就要来临，同时意识到她的到来除真诚了却心愿而外，还附加着别的使命。

他用试探的口气自言自语："今天是你来，下次就该着喝日本人的断头酒。"

杨树兴不幸而言中的判断，让牡丹姑娘心慌意乱六神无主，鼻子酸酸的。她说得很婉转很策略："你为啥就不能活道一些？"

杨树兴很认真地看着牡丹姑娘。牡丹这一句话，让他感到他的判断千真万确。牡丹姑娘还要继续说下去时，他挥一挥手制止，很严肃地说，如果你是来当说客，就免开尊口。责无旁贷的牡丹姑娘，绝对不会放弃这最后的挽救，她几乎声泪俱下说："你怎么好糊涂啊！人死了可就不能再活了呀！"

杨树兴灿烂地笑，他笑得那么坦然，那样无牵无挂。

一个人如果不是修成正果，面对死亡断然不会如此超然脱俗，如此平和安宁。杨树兴已把生死置之度外。杨树兴如是说："我只不过天地间一介平民而已，人世间的荣华富贵，能够享受到的，差不多我都享受了，自认为没白来世上一遭，于愿足矣。人活到这个份上，应该是没有什么遗憾，死不足惜。再说自古人生谁无死？不过迟与早罢了。"

杨树兴说，单就纯粹生死而言，他会像常人一样，想活着而不想死。但前提必须活得有质量，活得有价值，活得自由自在，活得堂堂正正。如果生不如死，那就宁可去死也不愿活着。说到这里，杨树兴做短暂停顿。之后，他出一道题目给牡丹姑娘。他说眼下日本人给他设置了两条路供他选择，一是活下去，另一个是死亡。他让牡丹姑娘替他拿主意，是选择活着，还是选择死亡？

牡丹姑娘毫不犹豫要他活着。

杨树兴摇了摇头。他很感激牡丹对他的一片深情，真心实意希望他能继续活下去。他说他也想活着，可日本人是有条件的：必须忠实地给日本人当汉奸，帮日本人把中国女人欺骗、强迫到前线，让鬼子兵蹂躏，那样活着算个人吗？这辈子总想着积德行善，可到头来并非完人。说他也曾玩世不恭，造过孽。每想起不由良心自责。过去罪孽还没赎完，岂敢再造孽？生是顺化，死亦是顺化，就目前而言，死是绝好解脱。

杨树兴已铁了心。

牡丹姑娘没有放弃。有关事情不得不说："就只想到你吗？"

杨树兴满脸疑惑。

牡丹姑娘原本不打算告诉他，那样比听到判决自己死刑更残酷。为了拯救杨树兴及其全家，她别无选择，她向杨树兴透露了三木佐夫在对他执行死刑的同时，他的三个夫人也将被拉去做日本军人慰安妇。

杨树兴目瞪口呆。无言地沉默良久："覆巢之下无完卵，既然命里摊上她们是我杨某人的妻室，命里也就摊上她们要受此劫难。相信她们知道怎样自我了断。"

他想说得刚强些，到底掩饰不住无边的痛苦和回天无术的无奈。对于三个夫人，他已脆弱到不敢再想下去，心如刀搅乱箭穿心啊！被凌辱被玷污的何止是夫人们的高贵躯体。尊严何在？名声节操何在？所有这一切都将丧失殆尽。不仅夫人们因蒙羞无颜再苟活于世，恐怕杨家列祖列宗，即使在鬼域也难以抬头，杨树兴自己不论死与活，面对这奇耻大辱的残酷折磨，其精神将不堪重负而彻底崩溃。

杨树兴的意志终于动摇。

杨树兴意志动摇的原因，不能说和三个夫人无关。

杨树兴是在牡丹姑娘另外一番谈话中发生动摇。

那时候牡丹姑娘很哀伤地正准备离开，她带着诀别的心情，把带给杨树兴平时喜欢吃的几包福同会点心和绿豆糕，一一从手提包里掏出来，想着这是她最后送给他的礼物时，不觉悲从中来。这之中杨树兴问及她，也问到肖珍珠的近况，后来问到三木佐夫的慰安妇。牡丹姑娘就说到，三木佐夫如何让他的兵们深更半夜砸窗撬门见姑娘就抢，至于她和肖珍珠，还是老样子，除了伺候三木佐夫，照常接客，不过最近三木佐夫要让她和肖珍珠去执行一个重要任务。牡丹姑娘说到中国女战俘，说到这几个中国女战俘将作为慰安妇成员，被送往前线。杨树兴很震惊。牡丹姑娘说三木佐夫担心这几个中国女战俘，不容易就范，让她和肖珍珠去"培训"。

杨树兴脸上云黑浪涌，如果把将要发生在三个夫人身上的悲剧视为家仇，那么踩躏中国女战俘，就应当是国恨。比之家仇给他心灵的冲撞更为剧烈。他脸色铁青，大有火山爆发之势。他在地上默默地走着来回，就像走入严峻的冬季，在漫长的冷酷里酝酿春天的惊雷。

谁也不知道，一个不宜向外人道的计划，就在这时候酝酿成熟。牡丹姑娘只是看见杨树兴在停止踱步时，他的脸色也有了转折。仿佛雨过天晴，极温和地告诉牡丹姑娘，说他反复想想，觉得人还是活道些好，他引用"识时务者为俊杰，好汉不吃眼前亏"句子，他请牡丹姑娘对三木佐夫传个话："就说我想见见他。"

牡丹姑娘两只眼睛光华四射，举起的双臂像鸟儿飞翔，真想扑在杨树兴怀抱里。她感到忧郁在冬天的小溪，忽然春天来了，一下就活蹦乱跳充满无限生机。

牡丹姑娘高兴自己不虚此行，不只是挽救了杨树兴性命，还有他的三位夫人的悲惨命运。她用鲜红的双唇结结实实在杨树兴脸上印了一下，喜鹊一样匆匆而去。

除了杨树兴自己，谁都没有想到，杨树兴最终选择依然是走向死亡。

那一场大火烧红了远处的夜幕，映红了半个城池。烈焰腾空，伴随着滚滚浓烟，浓烟和夜幕融为一体。

第二天全城人都知道，昨夜杨府"发水"。一夜之间，经几代人打造的气势不凡的杨府建筑群，在一场大火中化为灰烬。而杨树兴本人也在这场大火中得到永生。

那场大火发生在午夜之后，具体讲是杨树兴从日军招待所出来的第二天晚上。

这是一个极不平静的夜晚，先是燃烧起大火，大火燃烧至天将黎明时分，城外又传来密集而激烈的枪声。在这之前，我哥肖马驹——这个自从出去后就音信全无下落不明的远方游子，也正是在这一天晚上，幽灵般神不知鬼不觉潜回到我们家里。我哥肖马驹进门还不到抽一锅烟工夫，发现远处的火光将我家的窗户映成彤红。

居住在城市另一边我的母亲，和他久别重逢的儿子，一起目睹了远处天幕上那一片熊熊的大火燃烧。

我哥肖马驹的到来，仿佛给众人打了强心剂，给我们这个比死亡还要寂寞的家，注入了暂时的活力，犹如人之将死回光返照，于无望中又闪现出动人的明艳。

我父亲肖老五死去以后，我的母亲也等于随之同时死去，不同的是母亲比死去多出一口气。

我母亲在埋葬我父亲的同时，也埋葬了她自己的情感世界，埋葬了喜怒哀乐。从此不说，不笑，不哭，不恼，端着一张仿佛已经失去知觉永远没有表情的脸。我的母亲虽身在红尘却远离尘世，她自我封闭了自己，拒绝和外人一切交流与交往，不论是同情还是友善，不论是幸灾乐祸，还是不怀好意的风凉话，一概置之度外。她总是低着头走路，独往独来。偶或碰上好心的邻居和她打招呼，照例耳不闻眼不见全然不予理睬，母亲更多时候是把自己关在家里。

父亲死后我和母亲成了事实上的孤儿寡母。我哥肖马驹出逃在外有家不敢回。我姐肖珍珠虽近在咫尺，却死心塌地选择了堕落，甘愿站到家庭对立面，实际等于彻底埋葬了她自己。唯一和母亲相伴的就只有乳臭未干的我。母亲同样拒绝了和我的交流，神秘动人的催眠曲，已成为历史回忆，甚至哺乳时都不记得看我一眼，更不记得逗我笑一笑。她只是机械地把袄撩起来，机械地将乳头塞进我的口里，而两只眼睛却茫然看着别处，看着她面前的一片空无，脸上照例没有表情，这样一个呆板僵化的母亲形象，能从天不亮睁开眼睛那一刻起，一直保留到月落星稀。她疲惫不堪直至不得不合上眼睛，第二天再接着延伸下去。我们的家日复一日陷入在窒息般的寂寞中。

那一晚上肖马驹越墙而入。这一行为本身就为他披上神秘色彩。

我母亲望着久长牵挂，突然出现在她面前的儿子，既不大喜也不大悲，她那死水一样的面颊上，难得漾出几许微弱的涟漪，表达出了抑制不住的激动。

对于家里一无所知的肖马驹，似乎觉察出什么，他俯下身来很温柔地端详了一阵已经熟睡的我，当说到我父亲时，母亲就像叙述一个非常古老而淡远的传说。肖马驹问到肖珍珠，我母亲不假思索非常果断："死了。"

这句话是我父亲最后告别这个世界之前对我母亲说的。

我母亲第二天才知道，马驹和他的几个同志是奉命营救中国女战俘。

远处的一场大火在天幕上熊熊燃烧起来的时候，我哥肖马驹告别了母亲，吩咐招呼好我。

没想到这一别竟是永诀。

终于获得自由的商会会长杨树兴迈着从容步伐沿二楼楼梯走下来，走出日军招待所大门。那时候正处在夜与昼纠缠不清时分。风裹着碎雪细雨扑面而来，脸上麻酥酥、坚硬、凉冷的感觉让他禁不住打个寒噤，这个久不出户的人感慨着寒冷冬天的提前到来。

在越来越灰暗的街道上他匆匆迈着步子，犹如一个即将到达终点的长跑运动员竭尽全力做最后冲刺。他知道依靠智慧换来的这一点时间是极为有限的，他必须利用这极为有限的时间，尽量能使自己的人格完整。

杨树兴一经获得自由，便开始了他死亡的安排。他已经反复做了极为认真的思考。他用极平和的心态，想得很仔细很周到，应该考虑的他都考虑到了，生怕遗漏了什么。好像他不是去赴死，而是在做一次远游的准备。

那时候全家人已经吃罢午饭，午饭异常丰盛，这是三位夫人的意思，也是杨树兴自己的意思。夫人们意在替她们的丈夫压惊，庆贺阖家团圆，杨树兴却有着另外的含义。用人郭小拴破例和主人们同坐一桌。因为太激动，碰杯时他洒了酒。后来，他被杨树兴叫到书房，杨树兴告他说，鉴于自己心情不好，决定和夫人们一起到外面远游一趟，散散心，然后在上海住一段时间，正好这期间你也可以回去一趟。你现在就去打点东西，能带的都带上。因为一时半会儿我们可能回不来。一面打开抽屉把一个用报纸打包的东西递到他手里，吩咐他拿回去好好把家安置安置。

这个嘴阔唇厚的老实汉子信以为真，于天黑之前，笑眯眯咧着嘴离开杨府。他没想到走后的当天晚上，一场大火让杨府成为他永远的记忆。

获得自由的杨树兴得到三木佐夫的口信，让他先回家去。答应第二天约他见一见。

到家的杨树兴，那一天晚上把自己一个人关在书房里，潜下心来，开始实施他人格的完整。除安顿用人，最大工程是作两幅字、画。两幅字、画让他呕心沥血字斟句酌。貌似平常文字，却干系到身家性命，不是把生死置之度外的人不敢为之。杨树兴不是为了彪炳史册，而是在极力想尽到一个普通国民的职责。

一幅画是要送给他的红颜知己牡丹姑娘，一行字是送给未曾谋面的将要沦入火坑的那几个中国女战俘。

给牡丹姑娘的是一幅扇面，洁白的扇面上寥寥数笔，写意着一束桃花。杨树兴最了解牡丹姑娘，凭着她的悟性，能意识到杨树兴用心良苦。这个无言的画面寓意着一个发人深省的典故。这个典故杨树兴曾经给牡丹姑娘讲过。本意是向她提个醒，沦落红尘也许无奈，但不等于要丧失民族气节，帮助日本人算计中国女战俘，无异于助纣为虐甘当汉奸走狗。于公于私杨树兴都觉得应该拉她一把。还有，一幅小小字画权且就当作死前馈赠。

杨树兴送给中国女战俘是二指宽的小纸条。为了中国军人的尊严，也为了她们自身的名节，杨树兴觉得唯一的办法就只有靠她们"自我了断"。除了小条，还附带一把长约寸余的水果刀。小纸条上写了这样一句话："士可杀而不可辱。"

做完这一切时，公鸡已在窝里打鸣：咯咯咯！在阴云密布的初冬黎明，乍听起来好像捂在布口袋里，让人觉得睡意更加难以摆脱。杨树兴捶了捶懒腰，哈口热气，搓着双手，搓着僵硬的脸，借以驱赶疲劳和倦意。他没有办法像平常那样，回到夫人房间里去补一觉。不同寻常的午餐还需要他认真张罗筹划。

这可是他们杨府"最后的晚餐"啊！

就像耶稣和他的门徒们，在耶路撒冷最后的一顿餐饭。所不同的是，耶稣的那句话不幸而言中，耶稣说他们中间将有一个人出卖了他。果然就出了个叛徒犹大。这个叛徒以三十块钱为代价，把耶稣的行踪泄露给祭司长，致使耶稣被钉在十字架上。

没有人背叛杨树兴，他的夫人们像忠实的信徒，和杨树兴休戚与共陪伴始终。面对死亡她们义无反顾，无怨无悔，夫唱妇随奔赴黄泉路。他们和自己的丈夫一样，宁可玉碎不为瓦全，她们同样死得心安理得。

用人郭小栓午饭以后离开杨府。杨树兴也走出自己家门。其时细若游丝的西北风依然尖锐，雨丝似乎已经停歇，只有细碎的雪粒，若梦若幻蚊蝇一般漫不经心，洋洋洒洒。这个身着丝绸长袍的男人，外罩蓝色闪锻团花马褂，脖子上是条浅色驼绒围脖。他极其潇洒地撩起围脖一端,从前面绕过去搭在了右肩上,随后他坐上了一辆人力车。他告诉车夫:"丽春院。"

他在丽春院穿越而过,这个死亡已到眼前的人环顾四周,一物一景,都让他流露出对生命的眷恋,却并不影响他对死亡的选择。这从他轻轻提起长袍下摆,一步一个台阶从容潇洒走上二楼的姿态,就不难看出他的心境是多么坦然。

熟悉的脚步声让牡丹姑娘喜出望外,这个穿一身石榴红贴身棉睡衣显得更为性感的妖娆女子走出了房门,含情脉脉迎接她的干爹杨树兴。她伸出玉一样洁白的臂腕,将红底镶着黑边的棉门帘高高撩起。

杨树兴呷了一口香茶之后,首先问起了肖珍珠。牡丹姑娘告诉他在楼下,一面故意用怪怪的眼神充满醋意地望住他道:

"怎么,把她给你叫上来?"

杨树兴笑着否认。他说之所以问及肖珍珠,是忽然想到昨天你说的那件事。

"昨天说什么事?"

"不是说有几个被俘中国女兵要你们去搞什么培训吗?"

牡丹姑娘陷入尴尬状态:"能不能不提这个?"

"怎么?"

"还能怎么?哼,又墩沟子又伤脸,让当兵的女子好好洗涮了一顿。"

牡丹姑娘说屋里生着火,她和肖珍珠进去时看到离火炉子不远站着四个神色忧郁的小女孩,其中三个看上去只十五六岁,另一个稍大点也不过十八九。看不出是女兵,她们都穿普通老百姓家姑娘的衣服。只是那齐耳的短发和铸在脸上血与火锻造出来的坚毅显现出与众不同。翻译带着两个陌生男子走进来。在翻译官的监督下,

我们厚着脸开始"表演"。看见我们脱衣服。显然女战俘意识到我们要做什么,一个女战俘尖着嗓子大骂:

"牲口!"

牡丹姑娘说她们无地自容地草草收场,急着要离开这尴尬境地时,那个年龄较大的中国女战俘,用命令的口气要牡丹和肖珍珠等一等。牡丹姑娘说她和肖珍珠不敢不等一等。

女战俘问到她们是不是中国人时,她和肖珍珠都点点头。那个年龄较大的女战俘就说,站立在你们面前的我们几个也是中国人。而后,她用谴责的神态向她俩一一做了介绍——

她们分别来自不同的地方,战争使她们走到一起。年龄较大的女战俘说,她本人原是北京一女子学堂的学生,最初是参加抗日救亡运动,当灾难和不幸席卷这个国家时,出于国恨她投笔从戎,其余三个小女子是陆续来到这一行列。一个是因为哥哥在卢沟桥保卫战中为国捐躯,她毅然继承了哥哥的遗志,来到抗日前线。另外两个出于家仇,日本兽兵们光顾了她们的家。脸上有一道伤痕的小女子来到部队还不到一年,她从死人堆里爬出来时才十四岁,和她一起死里逃生的还有长她一岁的姐姐。一支抗日队伍路过时,姐妹两个哭着要参军,因为年龄太小,队伍婉言拒绝了她们的要求。从此,这姐妹两个执着地对这支队伍开始了漫长的尾追。她们不知道自己已经追了多少路程,七天以后,姐妹俩鞋都烂了,她们光着脚片继续尾追。小妹妹的腿终于肿胀起来,脚掌上磨起了血泡。再次出发时,妹妹已驮在姐姐背上,姐姐也终于精疲力竭,几乎是一步一挪,最后晕倒在尘土飞扬的路边。当战士们把她们从地上抱起来时,发现姐姐的两只被磨破的脚掌上鲜血淋淋……战士们哭着恳求首长,首长含着眼泪接纳了她们。从此她们成为抗日队伍正式成员,并被分配在医务班。

这位学生出身的女战俘是她们的班长，在炮火中，她们共同担负着繁重的救护伤员工作。战争使环境变得很恶劣，许多伤员染上斑疹伤寒和回归热病。三个月后姐姐死了，死于斑疹伤寒，妹妹并不因此而退却，顽强地坚持着救护伤员的神圣使命……

牡丹姑娘说，那个学生出身的女战俘讲到这里，对她和肖珍珠说，现在你们应该明白了，站在你们面前的不仅是中国人，同时也是中国军人。军人！懂不懂？是为了国家的兴亡，为了民族生存，在前方流血牺牲，抵抗日寇的军人！

牡丹姑娘说，那时女战俘脸都气白了，愤怒使她难以让自己的声音小一些。

学生出身的女战俘，继续大声问话：知道你们在干什么吗？是在帮助日本人干瓦解腐蚀的勾当，你们的良心难道叫狗吃了？你们知不知道什么叫廉耻，懂不懂什么叫尊严，你们还是不是中国人？

当听说被训斥的是两个窑姐时，学生出身的女战俘再没有吭声，摇了摇头，接着挥了挥手，像驱赶苍蝇那样示意她们走开。

二老板上楼来对牡丹姑娘说，晚上三木佐夫要来吃花酒。

杨树兴临走时，从袖筒里掏出那一卷画，他说闲着没事，随便画了一幅画，给你做个纪念。杨树兴漫不经心地对牡丹姑娘说："不一定现在就急着打开。"

画完全展开时，牡丹姑娘的表情有些僵，把最初准备好的喜悦没有延伸下去——不是想象的那么美妙。两条弧线两条直线连在一起就是一个扇面，中间是几朵桃花。这样的画谁都会。

牡丹姑娘觉得不对劲，把这样的一幅画送她怕是画里有话。开始意识到这不是简单的一幅画，是向她暗示什么，暗示什么呢？她没意识到这是留给她的最后一份礼物。

让转交给中国女战俘的那包礼物杨树兴暂且没有掏出来。他觉得三木佐夫晚上的饭可能和他有关,反正晚上还得来,来了看看情况再说。

生与死、荣与辱,其间距离往往并不遥远。

杨树兴没有想到一夜工夫他由阶下囚而成座上客——虽然他坐在微不足道的末位。三木佐夫主位坐,其左右是牡丹姑娘和肖珍珠。

既然酒宴为杨树兴而设,却没有让杨树兴坐主位,而安排在三木佐夫对面。杨树兴的脊背感受着从门缝钻进来的那一丝贼风。

牡丹姑娘和肖珍珠觉得奇怪,那一个空位留给何人?

三木佐夫老朋友似的见面就握手,还搂了搂杨树兴的肩。端起第一杯酒时也站立起来,并号召大家——

"来,这一杯酒给杨会长压惊。"

用礼贤下士表明他对迷途知返的宽宏大量。

一番客套过后,三木佐夫以难得见到的平易近人,刻意营造出看上去似乎平和融洽的气氛。

三木佐夫首先对杨会长愿意和皇军合作表示欢迎,杨树兴则用诚惶诚恐的神色报以感谢。

三木佐夫鼓励只要好好干,皇军会大大优待。之后,就说到征召慰安妇的问题。三木佐夫说,他将有一个大的行动,这样的行动也将持续下去,从而保证有更多的慰安妇源源不断送往前线,以满足"大日本皇军"弟兄们的要求。

杨树兴说他会全力配合。

就在三木佐夫兴致勃勃提议要为"大东亚圣战"共同干一杯时,肖珍珠冷不丁冒出一句认为是一个不可思议问题。

当兵的怎么敢和女人睡觉？身子掏空了还能打仗？说完她自己先笑起来。

三木佐夫笑喷了酒。杨树兴也笑笑。

笑罢，三木佐夫口若悬河引经据典，展示自己博古通今和知识的广泛。他首先肯定男人身上是掏不完的，就像井里水，取之不尽用之不竭，大可不必杞人忧天。只不过井水可以不掏，男人不掏会憋出病来，轻则烦躁不安情绪低落，慰安妇轻而易举解决士兵们需要。这不仅是日本国，在你们中国更是源远流长，只是称谓不同。日本国叫"慰安妇"，贵国称呼曰"军妓"或者营妓，营妓始于汉武帝。

说到这里三木佐夫看杨树兴，他说杨老兄在这方面也许有研究，我没有记错的话，贵国的营妓好像春秋战国时代就有。记得一本书名《吴越春秋》记载越王勾践，为了解决士气低落，将有过失的寡妇们集中起来送到部队，向士兵们提供性服务。原文不一定记得很准确，说"越王勾践，输有过寡妇于山上，使士之忧思者游之，以娱其意"。你们中国对"营妓"所产生的能量，还有过一句话你杨老兄知道是什么？见杨树兴茫然，三木佐夫很夸张地并伴以手势说："胜过雄兵十万！哈哈……"

牡丹姑娘问道："日本的男人出来打仗，女人在家没事干，为啥不出来当慰安妇，何必费这么大劲要中国女人当慰安妇？"

三木佐夫的讲述是多么富有哲学意味——

其实不过是在重复日本情报部大雄一郎写给日本陆军本部的一份文件上流氓加恶棍式的语言。他说用中国女人作为慰安妇，会抚慰那些因战败而产生沮丧情绪的士兵。他们在战场上被中国军队打败的心理，在中国慰安妇身上得到最有效的校正。他说唯有中国慰安妇，能鼓舞日本士兵的精神。他说当日本武士道不能支撑崩溃的士兵时，中国慰安妇的肉体却能对复原士兵的必胜信心起到不可估量的作用。他还说能在中国女人身上得到满足，必将能在中国领土上得到满足。他还说占有中国女人，便能滋长占有中国的雄心……讲到这里三木佐夫简直要激动起来了，当他站起来时，还是注意到应有的风度，示意大家端起酒杯：

"让我们共同携起手来，我们必须更多征用中国女人，为了我们的'圣战'，为了能在中国尽快建立'大东亚共荣圈'，也为了我们的事业兴旺发达。我提议，咱们共同干了这一杯。"

三木佐夫一饮而尽。

只有杨树兴觉得这杯酒难以下咽，他端起酒杯定格在眼前的空气里，又不能不敷衍，像咽黄连艰难地咽下这杯苦酒。

酒干杯净后三木佐夫发出这样一个感慨，他说他有一个想法，说他的这个想法是对日本情报部大雄一郎理论概念的深入发展，就像信徒对某种神圣的教义继承与发展那样，甚至比大雄一郎的理论概念更理想更有效应。他的设想是慰安妇不仅仅是中国女人，而且是中国女兵。同样是女人，其作用不可同日而语。

说到这里，三木佐夫轻轻地用击掌方式向门外传达了信息。

戴白边眼镜的翻译官很神秘地闻声到来。

笑容可掬的翻译官和三木佐夫一样今天都穿便服。三木佐夫用手势向翻译官略做示意后，翻译官心领神会欣然离去。

得意非凡的三木佐夫，向大家披露谜底。至此才明白那个一直虚空的座位。

原来那几个中国女战俘就在隔壁房间。

三木佐夫饶有兴致说，今天晚上将有一个重要任务，要交给在座诸位。任务的核心就是让你们把这几个中国女战俘重新塑造一番。三木佐夫说，其实塑造从昨天已经开始，三木佐夫承认效果不大理想。经过考虑,他决定换一个地方试试,他认为环境对一个人的改变尤为重要,所以他选择了妓院。他说妓院是一个大温床,即便是禁欲主义者,也会产生浪漫情怀,煽起欲望之火。他相信这几个中国女战俘,在这个大染缸里将得到有效的熏陶,加上诸位启发诱导,她们将变得温柔似水。之后,三木佐夫很调皮地挤了挤眼,他说拜托诸位,最好就在今天晚上,能让他近水楼台先得月,他多么想领略一番女战俘的滋味。

女战俘进来以后,屋子里的人不约而同站立起来。

杨树兴向后转时,将椅子挪动出一片慌乱的响声,和女战俘面对面且近在咫尺的杨树兴,注意到女战俘用目光对室内每个人都过滤一遍,嘴角闪现出难以察觉的鄙夷。

三木佐夫极为热情地邀请女战俘就座。

女战俘不亢不卑,径直过去坐了那个一直空着的位置。

杨树兴冷眼旁观,注意到年轻女战俘的神态。战俘营的囚禁生活使她很憔悴,但只要仔细留神,就会发现憔悴中所透射出来的不屈与坚毅。

三木佐夫殷切地向她一一做介绍的时候,她表现了旁若无人和不屑一顾。她拒绝一切讨好与热情。

杨树兴在心里对眼前这位女战俘深表同情,崇敬。

这位年轻女战俘不拒绝餐桌上的美味佳肴。

杨树兴准确无误地听见女战俘问道:"能吃了吗?"

他目睹了女战俘的埋头大嚼和狼吞虎咽。

杨树兴禁不住在心底发出绝望的呐喊:完了!同时很悲哀地意识到,自己苦心孤诣要送她们一份礼物的打算,纯粹是一厢情愿自作多情!

三木佐夫的两只眼睛闪闪发亮。女战俘的行为让他看到希望的同时,也有一种美丽的期待。他忽然意识到何不让牡丹姑娘和肖珍珠唱些曲子给女战俘佐饭?

女战俘进门那一刻起,牡丹姑娘和肖珍珠,见到女战俘就像老鼠见到猫。昨天的狼狈使她们的目光脆弱不堪,没有勇气和女战俘对视。但职业使她们学会乖巧,任何情况下都能舍去脸皮让自己笑逐颜开。

琴师到来的时候,牡丹姑娘主动站起来清了清嗓门。

听见琴师拉完了悠扬的过门,牡丹姑娘就尖着嗓子很悦耳地唱了一曲《忆东京》:

薄衾小枕凉天气 / 乍觉别离滋味 / 辗转数寒更 / 起了还欲睡 / 毕竟不成眠 / 一夜长如岁 /

歌声戛然而止是因为年轻的女战俘敲了敲桌子,就像法官敲响法槌,但不是一击,类似舞台上叫板。屋子里的人不约而同将目光聚焦在年轻的女战俘。年轻的女战俘,傲慢而简洁地回答说:"饱了。"

女战俘拍拍肚皮,一种满足的神态。

三木佐夫以为他的努力正在奏效。

自以为是的三木佐夫流露出难以想象的亲切。他对女战俘终于懂得关爱自己的举措,给予高度赞扬和肯定,接着就谈他对人生的感受,进而谈到人活着究竟为了什么。在宣扬他的人生观时,没有忘记引用孔老夫子语言。他说"饮食男女,人之大欲"是被你们历代皇帝封为"万人师表""至尊至圣"孔老先生的句子。人活着就为了两件事,孔老先生的话是饮食男女,我的话是吃喝玩乐。人生苦短,尤其女人"好花不常开,好景不长在"。"无可奈何花落去"是所有女人们不可逃避的悲剧。所以我提议，何不从现在起，我们索性放开，及时行乐！"

三木佐夫说这话时，很在意年轻女战俘的反应。

年轻的女战俘用凛然姿态明确告诉他：

"你不会得逞！"

三木佐夫脸色阴冷，恢复了"大日本皇军"的不可一世。他旁若无人地拍拍手，对进来的翻译官挥手示意把人带出去。

三木佐夫狞笑：

"嘿嘿！大日本皇军的刺刀，会让她们懂得什么叫顺从！"

出去又进来的翻译官，请示三木佐夫是否现在就可以带回去。这几个女战俘带回去，单独关押还是和现在这一批中国姑娘关在一起明天一块送到前线慰问部队？

三木佐夫毫不犹豫回答是后者。

正当翻译官就要带中国女战俘走出去时，杨树兴主动请缨，让他出面试试，他自信能让她回心转意，也无须太长的时间。他建议将军阁下不必走出丽春院。

三木佐夫答应了他，但不同意他单独进行。

心怀鬼胎的三木佐夫，要牡丹姑娘和肖珍珠留下来一块帮他再劝劝。

翻译官二次把年轻的中国女战俘带进来之后，自觉地走出去。年轻的中国女兵以仇人相见分外眼红的气势，开始就让杨树兴等人淹没在一片滔滔不绝的谩骂声里。杨树兴别指望能有插嘴的空隙。中国女兵骂他们是汉奸走狗、民族败类、无耻之徒，接着是漫长的训诫……

翻译进来。他让杨树兴出去一下。

杨树兴走出房门，看见三木佐夫已经站在楼下朝着他打手势，问进展怎么样。他回答有希望。三木佐夫说，如果没有希望就算了，待会儿让他们带回去，并说他自己有点事，要先走一步。说罢就向门外走去。翻译官紧随其后。

门外响起了吉普车的马达声，接着有四个荷枪实弹的日本士兵从门外走进来，其中两个走向二楼，另外两个则在院内游动。

杨树兴忽然觉得气氛不大对劲，却不知道发生了什么事情。

杨树兴不可能知道三木佐夫刚才得到一个消息，他的谍报员获悉一个重要情报，中国兵已经化装潜入城内。

杨树兴担心时间一长会生意外，他返回室内不由分说简明扼要对年轻的中国女兵做了如下交代——首先请求允许他把话说完。一不要以为凡是和日军接近的人都是坏人。他说内忧外患天下大乱，世人不乏苟且之徒。可至少我自己知道我还是一个中国人，更知道做人的准绳。可惜我老朽无能，面对你们几个女兵当前的处境，我回天无术。你们可能还蒙在鼓里，还不知道你们将要作为一名慰安妇被送到前线。你们不同于凡人，所以有一句话相送，"士可杀而不可辱"。这一句话我已经写在纸上送给你们权且作个纪念。杨树兴边说边从衣袋里掏出那个早已准备好的小纸包，并声明小纸包里还附带一个小东西，当你们在最需要的时候可能用得着。

年轻的中国女兵神态茫然伸手接了杨树兴递来的小纸包。杨树兴发现肖珍珠脸上有了惊吓，牡丹姑娘也好像疑虑重重，便特别给予关照："记住，你们什么都没有看见。"又说他有点急事，得先走一步。

杨树兴临出门特地回过头来看了一眼牡丹姑娘，这是他生前的最后一次，然后神态镇定走下了楼梯，走出丽春院大门。

也走进那一片冲天大火。

在后来的漫长日子里，人们说起杨树兴，也总忘记不了那场大火。那场大火久长地燃烧在人们心里。

　　没有人证明发生在杨府的那场大火是为了配合营救才燃烧起来的。但营救中国女战俘也确实是在大火燃烧不久以后展开的。

　　枪声骤然而起。

　　激烈的枪声来自北门。要营救的女战俘却在城南。

　　营救人员使用声东击西战术，一部分人用火力麻痹牵制敌人，肖马驹和其他三个营救人员以迅雷不及掩耳之势直扑丽春院。在地下抗日组织配合下他们掌握了一切。

　　遗憾营救没有成功。

　　枪声响起，整个丽春院寂静得像座坟场，所有人都躲在屋里大气不敢出。同样躲在屋里的牡丹姑娘趴在窗玻璃上目睹了一切。

　　应当说最初的营救进展可以说很顺利。那时候留下一个营救人员在二楼做掩护，其余三个营救人员，随同中国女战俘冲下二楼，在楼梯的拐角处他们遇到来自对面枪弹的阻力。还活着的另外两个日本兵躲在对面房间里向他们开枪射击，他们不得不趴下来。那个留在二楼的营救人员全力向对面还击，他所站的位置几乎就在牡丹姑娘窗户跟前。牡丹姑娘看着他两只手各握一支手枪，身子贴住楼栏，左右开弓，向日军猛烈射击。当对方火力终于被压下去，牡丹姑娘发现站在楼上的这一个也倒下，不是骤然倒地，而是徐缓地往下滑，最后倒在楼廊的木板地上。他试图爬起来，当他不得不放弃最后努力时，才知道自己身负重伤。

　　牡丹姑娘隔着窗玻璃清清楚楚看见他倒在血泊里。

　　第二天回想起来，牡丹姑娘说她当时已经不知道也顾不上害怕，她说她愣在那里。牡丹姑娘说，后来她虽然隔着玻璃，可她发现他并没有死去。她说他努力挺着脖子尽量把头抬起来，一边向楼下喊快走，一边伸长胳膊使劲想探到自己的枪——这是他唯一的一支手枪。另一支手枪在他倒下之前掉在楼下。这一支也掉在了楼板上，只是离他远了点，就差那么一点，他无论如何都够不着。让他欣慰的是楼下的三个营救人员和女战俘们已经穿越过庭院平安冲至大门。

日本人的军车呼啸而来，顿时大门外枪声大作。

已经冲出去的中国女战俘和三名营救人员，面对日军密集的子弹，一边还击一边再退回来。他们退到院子，日本鬼子也冲进院子。枪声也就停息。

前后不到两分钟。

在这不到两分钟的时间，三名营救人员，一名战死在院子里，另外两名负重伤。

负了重伤的营救人员和四个中国女战俘被日本鬼子席卷而去。

他们一律被押上军车。

军车呼啸着驶向夜幕深处。

院子里重新安静下来，死一样的安静。过了好一阵儿，牡丹姑娘重新趴在窗玻璃前。当她看到已是人去院空时，这才转过身来对一直躲藏在夹壁墙后面的肖珍珠说："出来吧，都走了。"

"院子里躺着一个死人。"她又说。牡丹姑娘看见肖珍珠又要往后缩时说："胆小鬼，咱们窗户外面还躺着一个呢！别怕，他好像还没有死。"

牡丹姑娘一面说一面趴在窗户上，踮起脚尖："你过来看，他好像真的没有死。"

肖珍珠小心地走过去，也趴在窗户上，透过玻璃她看见窗外的地板上真的躺着一个人。她只注意人有没有死去，她把目光移到那人脸上，她愣住，她急切起来，慌乱地踮着脚尖再仔细辨认．她倒吸一口冷气两眼一直傻在那里。

牡丹姑娘奇怪:"怎么啦?吓成这样?"

"我哥!真的是我哥!"肖珍珠僵硬在惊吓里。

牡丹姑娘愣了一下,然后走出去。

事后她回忆往出走的心境,除了隐隐的幸灾乐祸外,还有终于等到要了结一场宿怨的恶毒。

站在楼廊上的牡丹姑娘,果然也认出来——认出曾经抡起胳膊在她脸上狠狠抽巴掌的仇人。

牡丹姑娘说她站在那里足足盯了他一分钟。她说就在这一分钟里,她的脑子不知煎熬了几个世纪。她说当时不知道该怎么办。那时候手枪就在她脚下,真想捡起来一枪把他崩了。

就在这时候,牡丹姑娘听见楼下对面一个房间的门被踢开。她真切地看到一个日本鬼子脊背朝外。弯着腰从门里退着走出来,样子像在使劲往外拖一条沉重的麻袋。后来才看清拖出来的是一具日本鬼子的死尸。一定是被楼上的这一个用子弹击中的。活着的这个鬼子一瘸一瘸,看样子也负了伤,夜里看不大清,腿上那黑乎乎一片湿泽的一定是血。同伴的死和自己的伤使他疯狂起来。他瘸着走到躺在地上的营救人员尸体跟前,把枪端起,在死人头上又补了一枪。

他在死人身上发泄仇恨,自然不会忘记楼上还躺着一个。

牡丹姑娘眼睁睁看着那个日本兵一面愤怒地嗷嗷乱叫,一面一瘸一瘸要到楼上来。负伤倒地的营救员,大概意识到危险,出于生命本能,他焦急地再一次伸出胳膊想探到那支手枪,他用了全身的力气,手指像受伤的蚯蚓艰难痛苦地弓起来,一点一点往前探,可惜身子太重,他没有探着。在他要放弃努力的关键时刻,牡丹姑娘一只脚移动了一下。闹不清那一瞬间,是否想到那两个为追赶部队双脚磨出血的小姑娘？想到杨老板给她的桃花扇字画？只知道她移动出去的那只脚，稍事犹豫后果断地把枪踢到她的仇人手里。而后她迅速进屋。

枪响了，随之而来的是楼廊尽头传来沉闷的倒地声，又从楼梯上响下去。凭知觉判断那个日本鬼子死了。牡丹姑娘也闹不明白什么原因催着她赶快再出去。面对已经精疲力竭的伤员，环境迫使她当时只有一个思维：风暴远没有过去，必须立即把他拖进"港湾"。

她和肖珍珠窃贼似的手忙脚乱，以惊人的快捷，把身负重伤的营救人员肖马驹好不容易拖磨进来，并在夹壁墙后面安顿好。这时她才忽然意识到，她同时也给自己拖磨进一个随时都会发生的险境。

"咋办呀？"肖珍珠一筹莫展。牡丹姑娘倒显得很沉着，她说现在顾不了那么多，先这么藏起来，闪过这个风头再想法子，并特别叮咛一句："可千万记住，打死也不敢走漏了风声。"

肖珍珠使劲点点头。

黎明到来的时候牡丹姑娘和肖珍珠一块被"皇军""请"走。

"皇军"对她们使用了背靠背审问方式。审问内容是杨树兴写的纸条通过谁给了中国女战俘？审问最初目的，是想借此考验考验她们对"皇军"是不是忠诚。纸条是从职务为班长的年轻女战俘身体上搜到的。年轻的女战俘用小刀割断自己动脉血管，但她自杀未遂。四个中国女战俘和其他的中国妇女一块被塞进包着帆布的卡车，天亮之前送往日军前线。

牡丹姑娘一口咬定不知道，茫然地摇着头。

审问肖珍珠是在警备队审讯室，这里刑具齐全，还没有怎么吓唬她哭着全招了。据说她站起来时凳子上有她的尿液。

问她还有没有要交代的?

她说没有了。

"八格!牡丹姑娘全都招了,你的实话的快说!不然就死了死了的!"

汗流如雨的肖珍珠供出了一切,连同她的灵魂。如狼似虎的日本鬼子包围了丽春院。

一直被蒙在鼓里的牡丹姑娘还在一问三不知。问到中国伤员更是矢口否认。

牡丹姑娘理所当然不能再出来,而肖珍珠却获得了自由。

漫天遍野的雪花在无声地飘落,飘落在距离西门不大远的这一块荒芜的刑场上。

全副武装的日军倾巢而出,他们森严壁垒如临大敌密密麻麻警戒在刑场四周。

刑场上一字排开站着一个中国女人,二十三个中国男人。

他们都是营救中国女战俘的参与者,他们都戴着镣铐,他们将被处决。

一切似乎都已凝固,静静地在等待着什么。

牡丹姑娘和我哥肖马驹比肩相邻。

从左数,肖马驹站在第一位置,身着大红闪缎棉旗袍的牡丹姑娘,紧挨着我哥肖马驹。

他们看上去都很平静,平静地从刑车上跳下来,平静地走到被指定的位置。

站好以后,牡丹姑娘和肖马驹漫不经心地相互看了一下。

也许是太寂寞了。肖马驹和牡丹姑娘小声说话。

肖马驹问牡丹姑娘:"还认得我?"

牡丹姑娘说:"碾成灰也认得。"
"不记恨我?"
"至死也忘不了。"
"那为啥还救我?"
"不知道。"

而后,他们各自都把目光平静地看着远处,看着漫天飞舞的雪花。

风将牡丹姑娘额上的一绺头发吹来吹去。

牡丹姑娘艰难地举起戴着镣铐的手,把头发拢了拢又放下来,平静地等待着,等待着生命最后时刻……

枪声响了。

我母亲死时严冬已经到来,母亲死前抱着我徒步走进西山,将我托付给罗家,徒步走回来。

母亲为肖家留下一粒种子。

母亲吞下那一碗砒霜时,苍天在下一场十年不遇的茫茫大雪……

原载《吕梁文学》

2002年拓展为长篇小说《小城绝唱》由作家出版社出版

权文学 ◎ 著

权文学文集

短篇小说卷·上

山西出版传媒集团　北岳文艺出版社
·太原·

图书在版编目（CIP）数据

权文学文集．短篇小说卷．上/权文学著．—太原：北岳文艺出版社，2021.3

ISBN 978-7-5378-6375-9

Ⅰ.①权… Ⅱ.①权… Ⅲ.①短篇小说—小说集—中国—当代 Ⅳ.① I217.2

中国版本图书馆 CIP 数据核字（2021）第 042601 号

权文学文集：短篇小说卷·上

权文学 / 著

责任编辑
张丽

书籍设计
张永文

印装监制
郭勇

出版发行：山西出版传媒集团·北岳文艺出版社
地　址：山西省太原市并州南路 57 号　邮编：030012
电　话：0351-5628696（发行部）　0351-5628688（总编室）
传　真：0351-5628680
经销商：新华书店
印刷装订：山西人民印刷有限责任公司
开　本：890mm×1240mm　1/32
总字数：710 千字
总印张：29.375
版　次：2021 年 3 月第 1 版
印　次：2021 年 3 月山西第 1 次印刷
书　号：ISBN 978-7-5378-6375-9
总定价：138.00 元（全四册）

本书版权为本社独家所有，未经本社同意不得转载、摘编或复制

目　录

短篇小说卷·上

在九曲十八弯的山凹里	/ 001
隐　情	/ 015
白天的梦	/ 026
拜罗汉	/ 040
沉　浮	/ 050
村　女	/ 065
该早点儿	/ 078
路漫漫	/ 092
胎　毒	/ 111
位　置	/ 130
乡　邻	/ 142
月儿圆了	/ 155

南瓜花	/ 162
臭臭外传	/ 183
有钱难买五月旱	/ 193

短篇小说卷·下

月亮在山顶丢失	/ 211
冻土地	/ 228
常发的电视机	/ 246
尘　世	/ 260
村西有个老天保	/ 273
风　波	/ 282
贵　人	/ 292
还　魂	/ 310
客为何来	/ 322
流凌季节	/ 334
弃　女	/ 351
芍药梦	/ 362
小　胡	/ 371
正　月	/ 377
荒　塬	/ 390

附：评论家言（摘录）　　406

在九曲十八弯的山凹里

二十多户人家，散落在山坡的一隅。在县制的地图上才能找见，芝麻粒似的，细碎细碎一点。名曰：喜鹊崖。

小小的喜鹊崖，镶嵌在皱皱褶褶的千叠万壑中。

四围是馒头山，挂着条条田埂。只是村北不远处的山峦，兀然拔地而起，黑魆魆的石头，陡峭、险峻，立着老林。一线清泉从上面落下来，潺潺地从村前绕过。冬天，这里一片颓败。只在草木泛出青绿时，才显出山清水秀。

毕竟太偏僻了，假若没有鸡鸣狗吠，没有清晨和暮间那升腾着的袅袅炊烟，很难相信这里居然生活着人家。

这里通往外面的世界只有一条路，一条窄窄的黄土路。弯弯曲曲，顺着重重叠叠的馒头山，往南绕过去，绕过去，七里以外才见人家。再走七十里，才到"繁华"的县城。

县城是不多进的，太遥远了，口袋里又没钱。城里人也不大来。除了一两个下乡干部偶尔来绕一遭，往来最多的就数那个推一辆绿色车子的年轻邮递员，隔三岔五，传信送报，同时也带来外面的新信息。于是，喜鹊崖的女人圈里又添了新话题："听说了吧，涤卡布又不时兴了，城里人都穿窄窄裤了，屁股绷得像南瓜瓣似的，一棱一棱的呢，嘻！妈的巴子，丑死了。"

喜鹊崖的村民们，蜗居在僻远而古老的小天地里，日出而作，日落而息，艰难地为嘴挣命，艰难地打发日月。

呼啦一下就转了乾坤：田地到了户，后山又碹起小煤窑，当下就富得流了油。穷够了的山民们，还真有点土包子开洋荤——舍得花钱：穿皮鞋，戴手表，买衣服，置办各种家具。月余前，两条线线从遥远的山那边把电扯过来。一家伙又想到买电视，决心要把日月光景过得盖过城里人。这小小的喜鹊崖，居然荡漾着八十年代新气息。可是，在一块醒目的墙壁上，赫然就用石灰水刷上"天下太平"。一时间又使人迷惘起来：怀疑眼下是唐朝中兴，还是乾隆盛世？但随之就听见谁在唱"我们是八十年代的新一辈"。可是，一夜之间，你又发现村子里那棵说不上年代有多么久远的老槐树上贴着：天皇皇，地皇皇，我家有个夜哭郎。有时刮来旋风，连念书的娃们也知道站下来，狠狠地唾三口，并念念有词："呸！呸！呸！送你这黑老鬼。"喜鹊崖的山民们，至今笃信鬼神。信鬼的同时，口里说着时兴话："五讲""四美"啦、文明礼貌啦什么的。可是张家二小子上完中专，留在省城工作后，村民们恭维人家老子却这么说："你家风水好，娃娃总算吃上'皇粮'，挣上'俸禄'了"。可是呢，当一群一群的鸟雀，流星般慌慌扎进北面山冈的丛林时，夜幕就低垂下来。喜鹊崖的山民们拖大拉小，去享受城里人也不过如此的现代化生活——坐在电视机前看节目。毕竟节目的时间太短了。眼见得天光还早呢，吃饱、喝足、野惯了的山汉们，并不急着去钻被窝，憋得浑身痒痒时，便做些有天没日头的事：要么摸揣人家女人大腿，要么围起来赌钱。再无聊时，就看狗咬架、猫上树。总之，一件屁大的事，都会轰动整个喜鹊崖。

眼下，就发生了一件顶顶有趣的事，热闹得差点没把喜鹊崖抬起来——

你听那吆三喝四的喊叫声：

"赶紧去吧——县里来的下乡干部把狗嗄弄走了！那个猴二子的媳妇把他告下了。"

"爷爷家，那个鬼！莫不是摸揣人家惹翻了脸？爷爷家，人家两口子可都是在外头吃'皇粮'的人哪！活该他碰上马蜂刺！"

"快些，赶紧看去吧——"

脚步声更稠密起来，夹杂着喧哗、笑语，乱纷纷朝那住着下乡干部的小院里涌来。转眼来了许多人，抱娃的、端碗的，还有大肚婆姨。

窑里很难再挤进去，便爬窗台、上鸡窝，仰着脖子往窑里瞅，果然瞅见明晃晃的电灯下坐着三个人：下乡干部、狗嗄、猴二子的媳妇，人们细碎地咬了一阵耳朵后，才知道狗嗄并没有摸揣那媳妇，而是为了一件顶没价值，最让人叫不起兴的寡淡事——狗嗄私拆了那媳妇一封信。当下，喜鹊崖的山民们失望透顶："寡得疼哩，这也值打官司？"便走掉一些人。更多的人却留下来，想看看这寡淡官司到底能审出什么花、什么朵。反正回去也不瞌睡。

眼下，那个媳妇——那个面皮白净细嫩，梳一蓬鸡窝头，穿一身米色套服，屁股瓣绷得紧紧的年轻俊媳妇，正坐在一把钢管、胶木折叠椅子上。说是二十五了，她看上去也就二十一二的样子。

她也是第一次到夫家来。先时，和猴二子同在一个学堂念书，两人恋上爱。如今都在省城吃"皇粮"。

婆母病了，猴二子便回来。年轻媳妇和猴二分隔时间久了，她害相思，就写来信。不知怎样一来，信还未到，她竟抢先回到家。信却落到狗嗄手里，居然就撕了封，而且当众念了。妈哟！那信上有她写给猴二子的私房话呀，这岂不让人们拿到笑柄！她羞愤了，火悖悖找见那个拆信人，板起红脸蛋：

"你懂不懂法律?"

如果那个拆信的山汉,当时能软下话来认个错,不那么嬉皮笑脸无所谓;那个队长,也不是那么笑笑眯眯不当一回事,她也不会一怒之下找下乡干部去告状。私拆别人信是《宪法》所不许可的,他下乡干部不能不管。于是,她如今俨然端一副原告的模样,理直气壮地坐在椅子上,头歪向一边,嘴噘得高高的,等待县里干部裁决。

下乡干部就坐在条桌旁。正在笔记本上写什么。这是个中年汉子,大家都叫他老郭。额宽脸方,圆豆眼,穿一身警蓝干部服,在县司法局当主任。既然自己下来是检查落实"文明礼貌活动",自己又是司法局的。那么,这场拆信的官司,自然推卸不得,裁决一下也是分内之事。

"吃过饭,把那个拆信的人叫来。"他对那个满脸胡子的队长这么吩咐。

现在,那个拆信的人,就坐在离他不远挨墙放着的一条宽宽的条凳上。这是一个典型的山汉。胸前隆起雄健的疙瘩肉,四肢粗壮如檩。这样的身坯,以前只披挂褴褛。如今他有了钱,居然"抖"起来,穿涤纶、"三合一"、花呢之类。眼下穿在身上的是质地尚好、款式也入时的的确良裤褂。却把上衣拧成细细的一股,一抡,搭在肩上。裤脚也胡乱挽起来,皱皱巴巴夹在腿弯里。这就很煞了风景。脸是紫棠色的,油亮。一双机灵的小眼睛,常常就细眯起来,显得诡计多端和不知忧愁。现在,他正眯着眼瞅老郭,脸上隐约现着嘲讽。他觉得这个"圆豆眼"没水平,大不该为这么大点事兴师动众。他全然不当一回事,抽完一支烟后,就把自己那带日历的电子表从腕上抹下来。

他戴表并不为看时间,作用就像女人手上的银镯子,常常就丢给哭闹不休的孩子耍。这不,耍坏了。上面的洋码看不见再忽闪。此时,他剔尖一根火柴棒,垂头耷脑细心地整治起来,丝毫不考虑眼下自己是一个待审的被告。

老郭写完什么后,挺直了身躯,一副就要开庭的神气,弓起手指头,把桌子"笃笃笃"敲响。有人自动维持秩序:"不要鳖吵了,里头要问话了。"纷乱的嗡嗡声由里而外渐次偃息下来。

审问开始,老郭让原告报一下姓名。

"张卉芳。花卉的卉,芬芳的芳。"原告礼貌地欠欠身。

老郭点点头,记下来。又问被告:

"你呢?"

他压根没听见,只顾低头摆弄他的电子表,一点没察觉"圆豆眼"在瞪他。只是听见窑门口有人喊:"把你那死骷髅抬起,问你话呢!"他才嬉皮笑脸扭过身子来。

"姓名?"老郭又问了。

"狗嗄。"他爽利地这么答。"圆豆眼"兀地一瞪:

"严肃点好不好!"

他困惑地眨眨眼,脖子一拐:

"就叫狗嗄嘛,从娘肚子出来叫到如今了。"

首先是那个媳妇勾下头,同时就蹙一下眉毛,脸上却生出怜悯。但并不向狗嗄看一眼,思索一下什么后,就甩一下头发,将脸板得平平的。老郭却使劲抿住嘴,分明想笑。心里话:"他那爹妈咋搞的,怎么起这样一个难听的怪名字?"

唉唉!在这遥远的喜鹊崖,谁的名字又动听呢?

喜鹊崖的田土,不长财富,只生贫困。贫困到给孩子起不来一个像样的名字。

"狗"老郭捏住笔,一时吃不准是"亲",还是"侵"?便又问,"哪个'qin'呀?"

"这都不知道?'吐'的意思,就是说,狗都不想吃,吃了又喂出来,就是那个'喂'字。"说完就扮一个鬼脸。

轰地,里里外外响起一片笑声。

老郭不笑,把名字写好后,又板着脸子问:

"是你拆看了这位女同志的信?"

"是哩!"挺一下胸,一副勇武气概。那神情好像打死老虎的不是人家武松。

这自然又叫人发笑不止。

但老郭却使出声威了:"笑什么?这也值得好笑!"

一下子大家又静悄悄,有人缩脖吐舌。老郭又落下一笔后,再瞅住狗喂:

"说一下过程!"

"过程?"狗喂觉得迷惘,连连眨动小眼睛。

"对,过程。就是说信从哪来,你如何拆,谁见来,你念给谁听来,这前前后后你细细讲一遍。"这么吩咐完后,老郭燃起一支烟。

"行咯!"狗喂慨然应允,喜滋滋的,好像他是劳模,就要给大家报告他的功勋似的,脸上挂着得意的光彩,但一下子又忸怩了,作难地搔着后脑勺子。他实在担心自己讲不周全,讲不细,或漏掉什么。于是,便不急着开口,用一只手托住下巴颏儿,眼珠一翻一翻地盯住窑顶,认真地把事情思索起来。

事情呢,就发生在今天,吃午饭的时辰,他从北岗扛回来一捆柴,走到村前的坡根时,恰恰遇上那个推着绿车子的年轻邮递员。常来常往的惯熟人,既然他不打算吃饭后再走,就乐得替他顺便把邮物捎回来。年轻的邮递员交给他一卷报一封信就掉转车头,一跨,飞快地走了。

他呢，一个心眼在那信上了。

说来你也许不信，看别人的信件对喜鹊崖的人来说，是一件顶顶平常而又有趣的小事，向来是谁先抓住谁就拆，拆开就念给众人听，除非自家不识字。先睹为快嘛！

狗嗳认出信是寄给那个"吃皇粮"的猴二子的，从省城寄来的。一时像得了宝贝似的，喜不自胜，压在肩上的柴火似乎轻了许多。那条瞪眼坡，没费多少力气就爬上来，到了那棵老槐树下时，见聚着许多人，便身子一仰，扔下柴捆，挤眉弄眼，把一个用木碗吃饭的小女女叫过来：

"女子！快去吧，叫一下猴二子，就是在外头挣票票的那个猴二子，就说有他的信。"

小女女摆动着老鼠尾巴似的小辫子，挺挺地走了。狗嗳便高高晃一下信，打一声山呼："唔——看信喽！"

像听到号角，老槐树下又聚来好些人，端着碗，一个个看把戏似的，蜂拥着围过来，仰脖咧嘴地嚷道："快点拆，快点念——"

狗嗳嬉皮笑脸跃上一块高处，先用袄襟除掉胸前和额上的汗渍。"嘶"地拆了封，吹喇叭似的，嘴对住封口，腮帮一鼓，扁着的牛皮封兀地膨胀起来。他款款把信笺夹出来，诡谲地挤挤小眼睛。响亮地清一下嗓门后，就正经八百念起来。时不时就碰上"拦路虎"，于是便不能爽利地念下去，不免吭吭哧哧。有人说他是瘦狗拉屎，要换一个人念，他偏不，愈发地朗起声来："一日不见，如三秋秋秋分（兮）？"

"不念'分'，念'兮'。"一个上过高中的后生这么纠正。狗嗳愣愣地想一下后，就拐人家一脖子：

"滚得远远的，'秋分'是节令，'秋西'算什么？还高中生呢！"他不容高中生再争辩，摆一下手，"先不管他'秋西''秋东'，听下面的。"他又念了：

"相思最使人消瘦，我又不能不相思。盼归。最后，让我久久地久久地……"他又碰上"拦路虎"，困惑地搔着脑壳子，"久久地什么你呢？唉，洋学生，口字边一个'勿'字，念什么？是不是念'咬'？久久地咬你吗？"

扑哧——高中生抑住笑，"不是'咬'，念'吻'。"

"吻？"

"吻。"

"怎讲？"

"亲的意思。"

"亲嘴的亲吗？"

"是哩。"洋学生红红脸。

他惊讶地瞪起小眼睛，兴味盎然地品味着，"吻，吻？"品着品着，就兀地缩了脖，像喝了醋精。张嘴，吐舌，翻白眼，骤然怪叫一声："酸哪！"

哗一下，老槐树下响起爆豆般的欢笑声。

这期间，那个"吃皇粮"的猴二子匆匆赶来。没顾上抹掉嘴角上的米花儿，凉鞋的带子也没系好，尾巴似的朝后翘着。他已知道有媳妇的一封信要来，也想到这里的乡俗。他当年就不止一次地拆念别人的信，总以为那不合时宜的陈规旧习已过去，便不为意。可是，那端木碗的小女女跑来告他取信时，首先是当娘的扔了舀饭勺，笑着说："快点去，一准拆看了。"他才慌慌忙忙放下碗，慌慌忙忙地跑来。然而，信已示众！他露出惊愕的神色。可那狗嗄，那该死的狗嗄，竟扯旗放炮叫起来：

"二子——吻，吻了吧？吻是啥滋味？叫你那洋媳妇给咱那憨婆姨传传经，让孩他娘也吻、吻咱一口，开开洋荤哪！"

人们愈发放肆地笑。

猴二子红着脸，虽然被戏耍得狼狈不堪，却不恼火，他不能苛求自家的乡亲故友。

可是，他的那个俊媳妇竟然跑来了，见自己的隐私已被抖落在光天化日之下，惊愕得了不得。白嫩的脸蛋上燃起"火烧云"，一把抢来自己那被公开了的信嗔怪道："太不可思议了！太原始了吧！"她愤愤地甩一下头发，两片薄嘴唇尖尖地噘起来，状如桃花苞。

"桃花苞"并不能遏止"原始"的泛滥。那些鲁莽的山汉们，可着喉咙眼把她的那个"吻"满世界张扬开来："吻啦！呜——吻啦！"女人们又逮住了新笑柄，叽叽嘎嘎，像狂泄的山洪，足以把喜鹊崖抬起来。

她羞得脸上挂不住，一怒之下就告了状。

这样一来，狗嗄就倒了运，晚饭刚吃完，就被弄来问官司。

事情就这么简单，也寡淡之极，为寡淡的区区小事问官司就不能不叫人好笑！

狗嗄眨动着捉弄人的小眼睛，饶有兴味地把事情讲一遍，边讲边扭鼻歪嘴扮鬼脸，不时引逗人们哄然大笑。

"是哩，是这么回事。"门口有人作证，那个媳妇扭一下脸，也没辩驳。

老郭觉得狗嗄不是胡诌，便匆匆把口供实录下来然后把指头"笃笃笃"敲响，待里里外外嘤嘤絮语宁息下来后，接着把官司问下去，他让他谈一谈动机——当然要问动机，因为这关乎着案情的定性问题。

"动机？"狗嗄翻翻眼珠，他一时没弄懂"动机"为何物，"我，我没动过谁的鸡（机）呀！"

"放老实点！"老郭又动了声威。

"动？"狗嘎作难地斜着眼搔胡采，依旧困惑莫解。那个站在门口的高中生替他解围："意思是问你为什么，为什么要拆看信？"

"为啥要"他诧异起来，想笑，觉得话就不该这么问，便又拐那高中生一脖子，怨声怨气地说，"把他的，这不是白糖开水话吗？那你为啥要吃饭？还不是想呗！我看信，当然也是想看呗！"

这不是要花招吗？但老郭一下想到也许他有顾虑，觉得有必要耐下心来交代一番政策——就讲"坦白从宽，抗拒从严"什么的。

正讲着时，忽地一暗，那本来就不雪亮的电灯泡骤然就光华顿敛，只剩猩红一丝，很快地弱下去、弱下去，直到熄灭。但很快，一个用墨水瓶做成的煤油灯摇曳起如豆的黄光。这期间，又走掉一些人，觉得今晚的官司叫不起劲儿，再看下去未必会有趣。何况身子也乏乏的了。明天还得起早到北岗砍柴，往南坡送粪。

天光已不早了，就要交夜了。老郭决计抓紧时间审下去，正要问什么时，忽然又从寂静的远处隐约传来一个女人的呼叫声，好像站在天的那边，声音遥远而缥缈。黑黢黢的夜色寂然如死，只留那凄婉而苍凉的呼叫声：

"四女哎——俺孩回来呀！四女哎——俺孩回来呀！回来呀！"

分明在招魂！

悠长的招魂声在阴森的夜里摇曳，令人毛骨悚然。除老郭和那媳妇外，一个个都失魂落魄地瞪大了眼睛。大气都不敢出。似乎看见了北岗脚下那片坟地里一明一灭的绿光，魑魅鬼魅正在天庭张牙舞爪，几个人脸上罩着恐怖，头发也一根一根竖立起来。

突然地，那死不了的狗嘎厉声怪腔地呼叫了，像被狼叼住了脚后跟，恐怖而尖利，尾间也尖尖地扯上去：

"鬼！鬼——"

呼啦一下，女人们像突然受了惊吓的马群，洪峰般地朝窑内涌来，杂乱而惶恐的脚步声，突然而起，又突然而落。一个个面色如土，半天才转过神儿，像侥幸逃脱出虎口那样，总算松下一口气，却余悸未除，一面捂着猛烈跳动的胸口，一面颤抖地打着寒噤，纷纷抱怨狗嗄是挨千刀、狗不啃、狼不吃。

那个"无神论"的俊媳妇，是那么样地瞅住这些惊魂未定、愚呆而原始的山民们，心里觉得沉沉的。

狗嗄子没事人一般，脸上绽着恶作剧的满足。

老郭火气十足地摔一下笔记本：

"你搞的什么乱！嗯？交代你的问题！"

这样，气氛又转了过来。

"我，我有啥问题？"狗嗄噘着嘴，低声地嘟囔。

"动机呢？"

"动"他咧咧嘴唇，却答不出话来，把脸一扭，歪葫芦似的拧出一个怪相，差点没引得人们又笑出来。他竟然先笑了，"嗤——"刚笑出一半，就看见一双火爆爆的"圆豆眼"，一急之下，慌着扭住鼻子，这才抑住。

这算什么态度，他思想上居然没一点压力！还笑呢？

"你还有脸笑？"老郭声色俱厉起来，"你已经犯了法知道不？你侵犯了这位女同志的人身权利。"

狗嗄像挨了蜇，显然是误会了老郭的本意。于是便惶恐地涨红了脸，急着辩白：

"我，我可没有挨碰过她的身子！我……"

"老实些！"老郭虎着脸。

狗嗄愈发急了，站起来，就要哭的样子："老天爷在上，我又不是没老婆，鬼才打过人家的主意，谁动人家一指头谁不得好死，天地良心！"

天哪，他说些什么呀！哗——人们笑得前仰后合。那俊媳妇咬住嘴唇，哭笑不得。

老郭却铁青了脸，他认定狗嗳又在耍花招。于是就叉开五指，"叭！"一巴掌拍在桌子上，险些没拍折了手指头：

"胡搅蛮缠！"

像骤然听到炸雷，狗嗳陡然一抖，他被镇住了，虽不服气地翻眼嘟嘴，到底蔫蔫地垂下了那颗硬脑壳。任凭老郭再问什么，他都缄口不语，嘴片子像铁焊住似的，谁也别再想撬开一道缝。

"这么说，你是不打算认错了？"

"……"

"这么说，你是要顽抗到底了？"

"……"

"不是问你！"断然一喝。

狗嗳依旧不理——岂止是不理，索性豁上了：气汹汹把电子表往腕上一套，顺手又脱下一只鞋。这是三接头的牛皮鞋。他把鞋脱下来，不思谋老郭的问话，却把手塞进鞋洞里抠，然后刷地一抖，果然就抖出许多零零碎碎来。顿时一股恶臭味满屋子弥漫开来，能熏死人！

老郭霍地站了起来，他没办法再忍耐了，这分明是挑衅嘛！他认定坐在他眼前的这个宝贝是"山核桃"，非得砸着吃不可了。本来他只打算教育一番，让他向人家卉芳同志赔个不是就了事，虽然是触及了法律，但只要态度诚恳，也不一定非得承担法律责任。而他，竟如此顽劣，这是无法叫人再容忍了，他双手叉住腰，火冒三丈地在地上踅了三个来回，猛地停住，胳膊"唰"地一伸，狠狠指住狗嗳的鼻端：

"我，再给你最后一次考虑机会，知错认错，咱算拉倒了事。

如果继续顽抗你听着,明天早上你来时就带上铺盖卷,准备进城蹲班房。眼窝都别瞪,难道《宪法》没学过?私拆看别人信件是载入刑典的,按照法律要处一年以下有期徒刑的!"老郭噼噼啪啪说到此,骤然顿住,挥一下手,"好了,这事今天就到这里,回去好好思谋思谋,何去何从,自己选择,散吧!"

像爆了一颗炸弹,窑里窑外一片寂然。狗嗳呆了,所有的人都呆了。这些喜鹊崖的山民们像被击蒙了似的,一个个愣眉愣眼,面面相觑而不知该做何语。

那个俊媳妇很懂礼地站起来,问老郭自己是不是可以走了。老郭点头允许后,她便心事重重地出门而去。接着是狗嗳子垂头耷脑走了出来,其他的人们也相继散去。

静了的村道上,又响起杂乱的脚步声,拌和着窃窃碎语。

今夜的喜鹊崖不平静!好些已经暗了的门窗上复又漏出点点灯火。

人们睡意全无,被刚才那件事搅动得心绪不能安宁,觉得狗嗳子这场官司吃得屈!不就为一封信吗?可多年来,喜鹊崖兴的就是这乡规呀!在这一方天地里,没有人想到拆看别人信是不可以的。谁抓到信,谁就神仙似的被大家宠着、围着。收信人也被叫来站在人群里,满脸溢着笑。那神态就像他家的人在外中了状元,他是被请来听喜报似的。一边笑着脸子听,一边就把临时借来的一包纸烟掏出来,按人头散着。念信的人自然要得到双份酬赏。嘴角叼一支,另一支夹在耳朵上,这是一定要酬谢的,大家之所以这么热热闹闹地赶来,固然为了听新奇、逗乐;但同时又标示着这家人缘的厚薄。赶热闹的人越多,收信人的心里就越满足,脸上也就格外光彩。可是,那个倒运的媳妇,头一次回婆家就破了乡规。不就是为那个"吻"吗?谁家两口子不"吻"呢!叫法不一样,做的都是一回事。吻就吻吧，还怕人说，假正经！还放下脸来告状，亏她做得出。那个下乡干部也不是东西，值不值就审官司，法律又咋的？一没杀人、二没放火、三没做贼。为一封信就蹲监吗？还说犯了法？唉，谁知道呢！狗嗄也该倒运，偏偏轮到他就……也许没做好梦。

那个狗嗄，自然也睡意全无，此时正躺在自家的土炕上。一根一根地吸烟卷，把事情的前前后后再想一遍。梦是不曾有的，但右眼皮似乎凶凶地跳了半早晨。"左跳财，右跳崖"嘛，十之八九是要倒运的，果然就应验了，让我准备铺盖卷？咋日鬼的，咱烧香就关庙门！别人拆信赏烟抽，轮到我就蹲班房？也许是吓唬吓唬咱吧？就算是真的，也不一定非得去坐牢，老郭刚才有话：只要认个错就可以消灾免难的。认就认吧，"错了，我改。"不就是一句话吗！可是，向谁认错？向那个媳妇吗？那媳妇真不顺眼，她真好意思告人状，刁！看她那样吧，一说话就先抬屁股，又是弯腰，又是点头。妖！刚才断罢官司，听见老郭说"散"，你拔腿走就是了，还骚情地问一句："我可以走了吧？"你不走怎么着，莫非还想让谁管你一顿饭？天生的贱！嗯啊，让我向她这样的人赔不是，算倒了十八辈子霉！凭她啥？比咱多一只鼻，还是多一只眼？还是凭她脚上那双皮鞋的后跟比我的高？我又不是买不起！对了，是得再买一双新皮鞋了，无论如何明天得进一趟城，除了买皮鞋，手表也该换一块了。还有，那媳妇穿的那条裤子成色是不赖，质地也好，照那样子给孩他娘也买一条。是呀，还缺少什么呢？那么，睡吧。于是，他"呼"地吹熄了灯……

夜是更深了。一钩弯月从云絮里姗姗出来，银色的月光映着静静的喜鹊崖，也透过窗玻璃映着狗嗄的一张酣睡的笑脸。

原载《山西文学》1983 年第 9 期

隐　情

很窄的一条巷子，像裤带。深深地走进去，就来到村边这片不大也不小的世界。

这里原本也很热闹。如同村里各处，人稠，树稠，屋檐压屋檐，烟囱挨烟囱；冒白的烟，青的烟，黑的烟；鸡声、猪声、猫声、人声；娃娃叫，女人笑……成天价满满当当响出一片实实在在的农家日子。

不知何年何月起，呼啦一下衰败得彻底，死的死，亡的亡，折的折，塌的塌，十多户红火热闹人家，说完就完，孤零零只剩三寡妇和老营长两户。

往日的繁荣隐迹到遥远的记忆里，只留下一片清冷的寂寞与空旷。断壁残垣、苦蒿、野艾、榆丛，以及乱草中的断砖、碎瓦、死娃裤，或这里一堆那里一堆被黄鼠狼、野狐狸吃剩下的黑鸡毛、白鸡毛在冷风里抖。秋夏的黄昏夜，常能看见绿光明灭，都说是鬼火。娃娃们不敢到这里耍，大人也很少来走动。但三寡妇和老营长不在乎，热土难舍，他们依旧坚守在这一片寂寞与空旷中。

此外，就是卖醋老汉。他也不犯怯，种几亩薄田，兼制醋。将谷米制成醋，装在一个用桐油裹了的竹篓里，每日清晨推了那辆吱扭乱叫的独轮车，走村串户。他个子矮，推独轮车的样子十分好看：摆腰、甩屁股、扭麻花步，舞蹈一般。不过，每日清晨，第一宗营生是捡一筐粪，然后才卖醋。刚出被窝，边抠眼屎，边提着那只破柳条筐，穿过深深的裤带巷，走到这片荒凉空旷里。这里有一堆一堆狗屎橛。偶尔也有人屎橛。常能捡到满满一筐。有时只捡半筐，有时更少。但不会放空。他把捡到的粪送出村外去肥田。他捡粪不用钗也不用铲，用手。他不害脏。说用手抓着快。有时抓着抓着就直了腰板，呆呆地望一会儿老营长屋顶上那一缕要死不活的孤烟，再望一会儿这眼前的空旷。触景生情，想到人世间兴衰莫测，枯荣无常，一声叹息，生出悲凉。

有时他也兴味十足，那是在他双目望着三寡妇那座小土院的时候。他明察秋毫地审视那墙头、那瓦檐，看有没野汉们留下的蛛丝马迹，以及院内那棵冒出墙头的小梨树上有没有挂些招引野汉的布条碎绳绳什么的。

这种事他年轻时干过。他懂。

他似乎没发现什么破绽。瓦檐上没有扔下砖头瓦片，墙头上也不见印痕。那棵小梨树呢，没挂什么令人生疑的物件。花儿是开白了，一嘟噜，一嘟噜，楚楚动人。这满树"缟素"给小土院添了些许淡淡的清冷与忧伤。

无论如何他闹不清这土院里那个年轻标致的三寡妇没有男人怎么熬？

三寡妇长到十六岁时就当了媳妇。坐花轿来的。轿帘一挑，一村人都呆了。男人们眼发直。女人们恨不得钻裤裆，让爹妈重养一次。

都说新媳妇标致得像画上画的，单是那双花苏苏的眼睛，冲人一笑，就叫人酥软半日。

可惜红颜命薄，结婚才一年，女婿患绞肠痧，紧病，折腾一夜，就死了。她呼天抢地不让盖棺，哭一声："我的天呀……"一嗓子没号完昏死过去，掐半天"人中"才苏醒。人却呆着。婆姨们抹着泪劝她：

"娃呀！往开想，这是命。"

她哇地又哭了。

男人死以前，她肚里便有了。她希望能生个小子，不光自己今生有靠，也保住了这一门香火不绝。这样就对得起死去的冤家了。

一颗大肚挺到七月秋风渐渐凉的时候，长喜妈揣一把锈迹斑斑的铁剪子过来替她接生，硬让她一气吃下六个煮鸡蛋。说到时候有劲。

她用尽九牛二虎之力，终于艰苦卓绝地努出来一个生命。哗地，她听到水的喷射声，她知道是羊水，也知道那个小生命就在这水的响动中降落到人世间。

"是个……啥？"她喘着，虚弱而胆怯地问。

"×屹叉！"长喜妈大声说，像在抱怨天不作美。

她不吭声了，知道生了女的，很哀伤地闭了眼，睫毛不住地抖。她劝自己不要哭，喉结却咕嘟一响，泪水再也控制不住，溢出来。

她没改嫁，守着女儿，守着小土院，守着日子。不知从什么时候起，人们都叫她三寡妇。

三寡妇嫁来的那一年，这一方土地已见出衰败景象。却没料到会衰败得如此惨重。阴阳先生讲，这一方土有邪。难说，要不怎么短短几年工夫就只剩下三寡妇和老营长两户人家？

两户人家虽不相挨，到底也算是邻居。

"远亲不如近邻呀！她婶，往后有啥活计只管说，让她黑脸爸替你做。"老营长婆娘这么对三寡妇说。这女人是个囔鼻子，说话鼻音很重。个子不大，脸也丑，但脖子很白，能想象出她那身子也一定很白。别看模样不咋的，心地却是善良厚道。三寡妇结婚时，她过来帮忙，专挑重活做，一屁股坐在灶窝里，连蒸七锅馍都是她扯二股弦（拉风匣），硬是把一条胳膊扯肿了。

三寡妇知道这样的诚实人说出的话心诚。一时很激动，眯眯地笑出一脸感激。她说少不了要麻烦你们的。只是这么说，却总不去麻烦。到了夏忙、秋忙，绣女下床的季节，她娘家兄弟就来了，夏天来帮她龙口夺食、犁麦茬地；秋天来替她把种子播进田里。

不知是她没叫老营长帮忙，还是叫了老营长没来。反正谁也不曾见老营长替她割过一镰，锄过一锄。

老营长样子很凶。常年四季严肃着一副黑铁脸。

他那脸和常人黑得不一样，黑中透黄，还总是烟熏火燎的样子，大约是炮火的作用。

老营长从十五岁被抓去当兵，一直下落不明。世道乱，只说他死到外边了。八年后他出人意料地回来过一次。巷里人去看他，他怪神气的，说一口河南不河南、山东不山东、北京不北京的"官腔"：我操！当兵这鸡巴玩意儿不是人干的活，时刻会掉脑袋。他说他先当号兵。每日起来憋一泡尿先到野外去拔音，嘴唇都拔肿了。后来不当号兵了，当步兵。

"那么，如今呢，还是个兵？"有人问他。

"兵！"他说。

"都熬八年了，还是兵呀！做不了大官，还不做个小官？"

他一下很黯然，说没做官，还是兵。

那时卖醋老汉还年轻，慢腾腾地笑："嘿嘿嘿！这兵当的，成了树荫下的庄稼了，让凉凉歇住了，不长了。"

他一张黑脸当下紫红成一颗蛋，眼光不知该落何处，且搓着手。

二次回来时,他说升了,当班长了;后来又回来一次,说当排长了;又回来一次,说当连长了;再后来,说当营长了……再后来,枪子在他腰里穿了个眼,让八路军俘虏了,发些盘缠,就回来了。

他不止一次很惋惜地对村里人说,如果不挂彩、不被俘,他还会升,团长、师长打不住。我呀,这一辈子咱只是个营长的命。他怪委屈。

其实他什么也没当过,一直扛"牛腿"。辉煌的"升官图"纯属虚构。这事好些人不知道,有些人知道,知道也不说,偶尔在背后嘲弄几句。谁好意思当面揭人短处?何况他很讲究脸面,人缘极好。他到底是见过世面,扛过"三八大盖"、扛过机关枪,那家伙威风得很,指头一勾,哒哒哒一梭子;他还剿过匪,和日本人也交过火;走过好几个县城,村里除他之外还不曾有谁走过好几个县城,数他见多识广。人们就用崇敬的眼光望他,选他当村主任、当互助组组长、当队长,选他进大队,但他的名字被公社用笔抹了。他一直就在第四生产队当队长。他工作极认真,爱讲个原则性,但不欺压人,逼急了时才犯"国民党作风":"看我不敢毙了你!"却从不动人一根汗毛。遇上演戏或放电影,开演之前爱讲个话。嗓门很亮,像长官训话那样,双手往腰里一叉:"——是不是?"但从不摆队长架子,村外那条黄灌渠决了口,眼看村子要淹,正是春寒季节穿棉袄还打哆嗦的时候。他大喊:"是党团员都跟我来!"他先一个跳进水里。他不是党员,也不是团员。但所有在场的党团员们都扑通扑通跟他下去了。

他的威望越来越高。人们不叫他名字,喊他队长,更多是叫他老营长(绝无戏谑之嫌,完全出于崇敬,他喜欢人们叫他老营长)。

他俨然一副老营长样子,严肃地板起一张铁脸,胸也挺起来,一双大脚板咔咔地走出军人气概。

他那一双脚板大得出奇。有人量过,村里最大的脚是一拃零六指,老营长的脚一拃零七指还绰绰有余。

深深的裤带巷排着老营长密密的大脚印和三寡妇半大不小稀稀拉拉的小脚印。

三寡妇不大出来走动。

"火麦天"日头毒。有人见她从裤带巷走出来,眉不抬眼不斜,脚步轻轻的,像踩着雾。她去田里拾麦穗。田野里的大路上旋转着龙卷风,她抬起一只手,把顶在头上的手巾结得紧紧的。

秋天的黄昏。有人见她和女儿鸾鸾从田里抬回来一捆绿豆蔓。鸾鸾两只羊角辫翘翘的,穿着碎花红夹袄。鸾鸾走在前头,她走在后头。她眉不抬,眼不斜,腰杆长长的,屁股圆圆的,扭一下扭一下,走进深深的巷道里,晚霞就完全落下去,留下一些梦。

深深的远处传来门铃声,接着是木头闩子声。

天一黑,三寡妇就闩住门不出来了。

"今晚不来不行。工作队说了,会很重要,一个人都不能少。谁去叫一下鸾鸾妈?"老营长这么大声说。

"你和鸾鸾妈住一条巷,知道开会,咋不顺便叫叫呢?"

"叫你叫,你就叫,那么多废话!"老营长拿大眼瞪。

三寡妇来了,领着鸾鸾。

会开到月上树梢才散。

三寡妇将鸾鸾摇醒。

"敢回呀?看黑的,等等和老营长相跟上。"有人这么说,眼珠来回滑。

老营长铁着脸,装没听见,只顾对民兵连长说:"反正这件事就交给你了……"

三寡妇也装没听见:"鸾鸾!眼睁开,瞅路。"

两人不相跟,从不。

"相跟啥,打头到如今,我没正眼看过她,一个寡妇家。"老营长事后对人讲。话传到卖醋老汉耳朵里了,拉他到一个背人处:

"你说你没正眼看过她?"

"谁?"

"三寡妇。"

"没。"

卖醋老汉笑笑。

"笑啥,没呀!"

卖醋老汉又笑笑,望着他,眼里射出一些文章。

老营长的眼珠渐渐往一搭拢。

这样,第二天就有了事:老营长当着众人面拿大眼瞪住三寡妇,且骂开:"干鸡巴啥!"脸子很恶。

这样的事过去不曾有过,一次都没有过。以往干活时,只要有三寡妇在,老营长就特别关照:"婆姨们多歇歇吧","时辰不早了,婆姨们都回去做饭去吧……虽然是板着脸,心思却是极暖地传导过去。和三寡妇在一起干活的女人们始终都没发觉,她们是在沾三寡妇的光。男人们也没发觉。三寡妇却知道。老营长很会来事。

但一下子又反常得彻底,竟然大眼瞪了。不为什么,就那么瞪。面相很恶。犹如在瞪一个敌对阶级。

分明是磨道里寻驴蹄,鸡蛋里挑骨头,故意找碴!

那时,正是晚霞夕照时,男男女女都在胡萝卜田里除萝卜。一地的胡萝卜缨子,新翻起的泥土散着芬芳,一堆又一堆水灵透亮的胡萝卜,叫人很嘴馋。男人们使五股铁叉在前头剜,女人们随在后面拣。三寡妇极是麻利,捏住萝卜缨,款款一提,黄灿灿的胡萝卜便出来了,抖抖土,三寡妇边拣边静静地听人们疯说疯道,忍俊不禁时,就极灿烂地笑。她笑的时候格外好看,头一仰,张大口,脸庞圆圆润润,牙齿白白的。咯咯咯,正笑得开心,身后一声暴雷炸响:

"笑啥?"

是老营长。

他极威严地瞪着三寡妇,把一地人瞪得很糊涂。三寡妇也很糊涂,愣在那里琢磨半日,依然糊涂。营长就踹一脚胡萝卜:"日瞎眼咧,看不见上面土?"还瞪。

三寡妇实在吃不住脸一红,很难堪,也委屈得不行,满满汪两眶泪,转儿转儿……从土里挖出的东西呀!除非拿到河里洗。再说,又有谁拣下的萝卜比她更洁净?

类似这样怒目的事情,后来还有过几次,而且是在人多的时候,这就叫人思量不尽。每次都把三寡妇弄得很狼狈,砸泪蛋儿。

卖醋老汉冷笑,骂老营长装蒜!

他心里有数。

记得是夜半时候,一阵细雨飘洒,清晨,卖醋老汉照例挽了筐走进裤带巷捡狗屎撅。也是无意中发现情况,墙根底的湿地上有新砸的脚窝,卖醋老汉蹲下用手量,一拃七指。卖醋老汉肩膀一缩,笑得很诡。

有道是捉奸要捉双,诚然他没有捉到双,只捉到几只脚印。但他认为铁证如山,断定老营长和三寡妇有事。

卖醋老汉够意思,守口如瓶,从未向人透露半点消息。有啥说头,虱子跳蚤还知道挞摆呢,何况大活人。他很豁达,再说,传出去三寡妇怎么活？老营长怕也吃不住。他把这桩风流事永远藏在肚里。

自从上次卖醋老汉眼里射出文章后，老营长心里一直虚。他总觉得人们望他时，眼睛后面还有个眼睛。要不然，何以远远看见他走来就一哄而散？或者努嘴挤眼，骤然把话打住，弄得他心里怵。

没过多久，"四清"工作队进村了，看样子来头不大美妙，把队干部们全晒在一边，扎根串连，摸底排队，神出鬼没，如入敌占区，像搞二次"土改"。对象却是干部，全都请上"楼"，一个个窝在墙根搂头抱脑，哭丧着脸考虑问题。严重的就被采取措施。有两个干部已经被"采取"到监牢里去，干部们都很恐怖，老营长也很恐怖，整日里心里擂鼓点。

一天，工作队长找老营长个别谈话，问他想不想"下楼"。他诚惶诚恐说想，工作队长硬着脸严肃地说，你是不是"四不清"干部，现在还不能下结论。允许你暂时下"楼"，协助我们工作，你要好好表现。又说，这里"土改"没搞彻底，阶级阵线不清，有些人的成分要重新划分。

后来，有四户成分被重新划了。其中有三寡妇。

三寡妇的成分问题是老营长提出来："她凭什么当中农？"老营长硬着脖子这么说，态度很革命，不手软。他揭发三寡妇家有过剥削，男人活着时就不种田，田地租给别人种，坐吃租子。自己长年四季挑一副货郎担，走村串户，卖针、卖线、卖品红、卖品绿……日子过得好，不吃黑馍，男人死后，三寡妇也很少下地，春种秋收，全靠娘家兄弟，这也是剥削呀！

"叫她当个富农吧！"老营长这么说。工作队说："行，就这么报上去吧。"

刚报上去，天下就大乱了，"史无前例"就开始了。三寡妇被打入另册，红卫兵的"牛鬼蛇神"名单上开了三寡妇名字。名字后面的括弧里注明她是：漏网地主。

"牛鬼蛇神"们被勒令集体罚跪、扫街。三寡妇跪在太阳下边呆呆地望住地面，头发被风掀得很乱。她扫街时也呆呆的，脸蜡黄蜡黄像张表。过几天，红卫兵又勒令"牛鬼蛇神"们各自戴顶纸帽子，提上自家的洗脸盆，第二天一早去游街，一面把脸盆敲得当当响，一面就喊：我是"牛鬼蛇神"某某！反革命！坏人！应该千刀万剐……第二天"牛鬼蛇神"们打扮打扮出来了，巷里响起了不同的脸盆声。

三寡妇没有出来。

红卫兵们很恼火，乱脚踹开三寡妇的屋门，哗地拥进去，哗地又退出来。

三寡妇死了，脚离地二尺高，上吊死的。

三寡妇死时，神不知鬼不觉，家里就她一个人。

她的女儿鸢鸢，早几年前咯血咯死了。

她的娘家人用一副薄棺材潦潦草草掩埋了三寡妇。

第二天，老营长钻在家里没有出来，他对人说，身上不合适。

后来的日子，正如大家所知道的那样，就那么走过来了。三寡妇被平反昭雪，摘掉地主帽子，还原为中农。可惜她不知道，她被埋在土里，恐怕都化了。

三寡妇活着孤独，死后还孤独。她被埋在远离墓群的一个角落。坟包小小的。没碑，没树，只有荒草，很寂寞。年年过清明，年年不见有人给烧纸钱，也不见有人给她坟上添一铣新土。

每逢清明这一天，老营长就要拿些纸钱跪在祖坟上烧。过来过去，总不敢朝三寡妇坟上瞅，低着头，脚步快快的。

后来，他就老了，不再当队长了，放了几只羊。不知怎么搞的，一只羊就跑到三寡妇的坟头上，大口大口啃坟头上的草。老营长追上去："我日你妈！"一鞭下去，差点儿没抽断一只羊耳朵。

他头一次这么望住三寡妇的坟。半天不挪窝，脸上戚戚的。突然跺一下脚："我，我他妈的……唉！"他垂下头颅，半天才起。

他又望住坟。发现三寡妇的坟包很荒凉，不像别的坟茔，绿树遮蔽，迎春花栽得满满的。

老营长病倒了，很重。医生切过脉，说，不抵了。家里人就急急地料理后事：买棺材、缝制寿衣、扯孝布……

谁也没想到，他奇迹般地复活了，都笑他摸了摸阎王爷鼻子，又回来了。

但只活了三天，第四天头上老营长又倒下。这次倒下去再没起来，真不抵了。老营长临死时，好多人都在场。老营长为大伙操劳了这么些年，大家心里过不去。泪眼汪汪地看着老营长很衰微、很安详地合上了眼。几个有心计的人盯着手腕上的表，说老营长落下最后一口气时，长针和短针平平地摆在一条线上，不多不少，正好九点一刻。

似乎也不曾发现这两天他做了什么事。

只是第二天打墓时，有人无意中发现三寡妇坟头上新栽了几枝迎春花。问了好些人，都不知道是谁栽的。大家都说奇怪。

第二年春，墓地上的迎春花全开了。

三寡妇坟头上的迎春花也开了，灿烂的黄花……

原载《火花》1986 年第 8 期

白天的梦

日头红彤彤。红彤彤的日头把李猛老汉的身影在五月的山路上扯长了。李猛老汉脖子上的两根青筋快绷断了,犟牛似的歪着头,脸色泛白,下嘴唇打摆子似的抖,两条瘦胳膊像被捆着,贴住身往后一扭,抄在背上。枯树根一般的手捏成一团铁,像抽风的公鸡,一路趔趄走来。

李猛老汉火塌了。能不火?来不来就说:告咯!

好,咱就告咯。活了一辈子唡,敌人都没怕过,还怕个你?你范如星不是三十如狼、四十如虎正当年?身子骨不是壮?知道你范如星每日有奶喝、有蛋吃,中午还筛两盅酒,滋补得脸色红润,浑身的膘往外冒疙瘩,胳膊像椽粗,不缺力气。但未必你敢打!打也不怕,七十五了,黄土埋过脖,也该活到头了。

来不来就说:告咯。

好嘛,告就告咯。你以为你当支书,在月镜村一手遮住天?娃娃,你差得远!老子闹革命那一阵,你娃娃还在辗道里舔糠哩。老虎屁股不敢摸?偏摸!

是你范如星把大家召集到一起的,是你范如星主持的会。你范如星头儿点得、袖子挽得、眉毛展得、嘴皮软得,告大家说:上头布置唡,要整风唡,要整顿党内新的不正之风唡。今天咱开个党员会，一家人不说两家话，咱们就麻袋里倒西瓜，有啥说啥。你范如星对大家说：虽然不是搞人人过关，到底咱是头头，就从我身上先开始吧。你们大家要知无不言，言就说完。我呢，虚心给咱听。有，就改了。没，就拉倒。保证：一不抓辫子，二不戴帽子，三不打棍子。总而言之：不打击，不报复，不给小鞋穿。说到这搭，你范如星嘴一咧，笑得像刘海似的：嘿嘿嘿！田土都下到户咧，各自收，各自打，各自保管。想报复也报复不上咧……

不报复？信你个鬼！后月镜的张小小，反映你分地心不公，你就记仇。人家娃儿要领结婚证，开介绍信，你一把捏住红戳戳不松手，说死说活不给开。硬逼得一个没过门的媳妇，把娃娃生在娘家炕上；前儿月镜的刘来有，说你范如星盖房多占了公家地，你也记仇，豁院基时，你专门给来有的院基豁到河滩的那块凹地里，结果一场秋雨，硬把一座新屋门湮塌……

谁说你不报复？谁敢说你报复不上咧？现在，你让大家提意见，谁敢？熬了多半夜，自然是熬了个哑巴会：抽烟的只顾抽烟，用洋火棍棍掏耳朵的只顾掏耳朵，栽下脑壳掰脚趾头的只顾掰脚趾头，合住眼颠瞌睡的只顾颠瞌睡，开小会的开小会，谝闲传的谝闲传……一说要发言，嘴就噘成棉花疙瘩。你范如星还笑哩，说：哈哈！咋都不提呢？没有多的啦，还没有个少？没有大的啦，还没有个小？总得提一点点吧？不然，记录本本上一个字都写不上，上面派人来查，咋交账？你范如星说：再不发言，就点人头呀。你就点到我李猛。你说：老革命咧，带个头吧。我说：行咯。我问你要听顺耳的呢，还是要听逆耳的呢？你坐不住了，站起来，仰起脸，笑得哈哈的，说：你这个老汉汉，忠言逆耳嘛，提吧提吧！我说：行咯，就提了。提了，你就火了，烟把把都摔了，溅起一片火点子。你说全月镜村就数我是个咬槽货！我说你先别管我咬槽不咬槽，你把我的意见先落到本本上。你脸一板，说不能落！我问你咋地不能落，你说不能落就是不能落！我也火了，也站起来了，说：不落就不行！你越火了，一巴掌捂到桌子上，墨水瓶瓶都震倒了，吼塌天地说：不行你告咯！

日头红彤彤的，红彤彤的日头把李猛老汉的身影子在五月的山路上缩短了，缩在他的脚下了。李猛老汉踩着自己的影子走。走出一半路了，火气还没有散。

来不来就说：告咯！

告就告，我怕啥！我一是一、二是二，是圆就说圆，是扁就说扁，一不给你范如星加盐、二不给你范如星调醋。我不把鸡蛋说成碌碡，也不把碌碡说成鸡蛋。他谁敢判我诬告罪？咋啦，哪一条我说的不是实情？哪一条冤了你范如星咧？我一点点都没虚说。别的咱先搁起，先说你那五千块票票是咋个得来的？你说是卖树苗苗卖下的款。好嘛，咱问你，你可知道你那树苗苗是咋长的？是你挖过一锹土？还是你淌过一滴汗？你锄过一锄？还是你抢过一镢？你浇过一滴水？还是你撒过一把肥？是你种来？还是你收来……你把你家承包的地，转手又承包给王六儿，让王六儿给你当牛做马，你范如星脸儿朝天，坐在荫凉凉里得现成。条件是：负责推销王六儿的树苗苗。好吗，王六儿不这么巴结你，他家的树苗苗就卖不出去咯。你范如星有权咯，林业款放下来，由你掌，你说买谁家的，就买谁家的。你说一棵苗苗多少钱，就是多少钱。别人家的树苗苗长成林子了，卖不出。你家的树苗苗还不到半腿高，就出园了。别人家的树苗苗比大拇指还粗，比大鞭杆长，你只定两毛钱的价儿。你家的树苗苗才毛细的一点点，就定三毛钱。范如星腰不弯，气不喘，就这么把公家的五千元票票装到你的口袋啦。这是事实啊不是事实？你范如星还算不算个共产党！

来不来就说：告咯！

咱就告咯。你以为我不敢？活这么大岁数咧，敌人都没怕过，还怕个你？你以为你范如星有个连襟在城里做局长是不？觉得腰眼粗是不？人家局长未必就会像你那样没水平！未必就会向着你。向着你也不怕。我怕过谁？四二年闹革命，敌人把我逮住，两把刺刀架到我脖子上，当官的审问我：村里谁们都是农会干部？说出来，没事。不说，就割下你那颗九斤半。我说：记不起了，真的记不起了。当官的眼窝一瞪：妈那巴子！一个都记不起吗？记不起，想！限你一分钟。我给他想个鬼！我眼窝一翻一翻看天上跑云哩。敌人可气坏咧，又是拳打又是脚踢，骂我是贱骨头，在我腿肚上硬硬地扎了一刀。扎了一刀也没说。我怕啥！

日头红彤彤的，红彤彤的日头把李猛老汉的身影子在五月的山路上又略微地拉长了。李猛老汉也走到一棵歪脖树下。

歪脖树离月镜村三十里远，火势势的李猛老汉，这才感到又渴又燥热。他想起了路边的山崖下，有幽丝般一缕泉水，汪成脸盆大的小池子。李猛老汉就走过去，蹲下，用双手掬了泉水喝，最后一掬捂在脸上，透心凉。手甩甩。眉毛、胡子上却亮亮地挂着细碎细碎的小水珠。他喘口气，就站起，用双手捏了被汗水润湿了的裤腿腿，抖擞抖擞，又继续着赶路了。

再走五里地就到了。白生生的小路变宽了，能瞄见远处那一片绿的树白的房了。李猛老汉嘴角一歪，歪出一丝冷峻的也很得意的笑。步子便赳赳有力，被泉水刚刚浇下去的无名火，又呼呼地往上蹿。他胳膊一甩，甩到背后，抄起，牛似的又歪着头。

来不来就说：告咯！

告就告，你以为我晓不得乡政府在哪搭？合住眼窝也找到咧！

这倒也是。熟门熟路了。往些年，李猛老汉常走，只是近年来,有了岁数,才走稀了。还是去年春上来过一次。那一次是县党史办来了两个年轻后生,说要整理一份月镜村革命斗争史,就把李猛老汉请到了乡政府。喝上等茶——一块多钱一包;抽上等烟——带把把的。书记和镇长轮流替他沏茶。两个年轻后生争着替他点火。"哧"地火柴划亮,双手捂着火苗,很贴近地凑过来,告他说,别急,慢慢回忆回忆,回忆好了时,由他用口讲说,两个青年后生用笔往本本上记。李猛老汉说着说着就哭了。两个年轻后生写着写着也哭了,掏出手帕擤了好几次鼻子。书记和镇长听了眼也红红的,事后请他吃了一顿饭,专门炒了几盘子菜。书记和镇长都敬他酒,说了许多感激话,留他住了一夜,盖滑软的绸被子,第二天才派人把他送回月镜村。这以后,李猛就再没到镇上来。一年了,只一年的光景,镇上就大变样了,扩展到村外了,村外盖起几座新门面,造起一片新屋,一座二层高的小洋楼格外醒目,一律安装的新式门窗,墙壁上从上到下泥五色石子,小石子捣得碎碎的、染黄的色、蓝的色、绿的色……怪洋气,很中看。但李猛老汉却一点点观景的心思都没有,他装一肚子火,急着要到乡政府,到乡政府去找"整党办",告那个范如星的状。路的这一边是张铁匠的铁匠炉子,露天地里,炉火烧得正红,张铁匠和他的徒弟脱成光膀,一递一递在抡锤,叮叮咣咣打犁铧,捻铁钉。周围站着几个闲人,看得入味。张铁匠看见李猛老汉过来了,铜铸般的脸上,两只小红眼就笑得生动,牙齿也白:

"老汉汉,来,抡两锤。"

张铁匠小李猛老汉十好几岁,知道李猛老汉也会捣铁。当年打鬼子造"土造枪",李猛曾经抡一手好锤。现在不行了,老了,抡不动了。即便是能抡动,李猛现在也没心思,他急着要去乡政府,乡政府还在桥那边,李猛老汉顾不上回张铁匠的话,咧嘴笑笑,脚不停地就走了。

好不容易到了乡政府的门前了。那不,能看见门前的两个四方砖柱了。只需爬个小坡坡就是。

李猛老汉站在两个四方砖柱中间。却也愕然。走错院子咧?他这么想。院子依旧,风物却是两般模样,全住上人家了,菜畦畦、小房房、鸡窝、兔笼。把院里塞了个满。地上大摇大摆走着鸡,铁丝上搭着尿布片儿,一个不算年轻的小婆姨掏出雪白的肥奶,正坐在小凳凳上哺孩子。

"这不是乡政府吗?"他问。"搬啦!""搬啦?"

李猛老汉疑疑惑惑地退后几步,头歪转,瞅瞅砖柱,先前挂在砖柱上的木牌牌摘掉了,他这才知道确是搬了。

"搬到哪咯啦?"他又问。

那婆姨低了头只顾哺奶,没搭理。

李猛老汉莫奈何,只好掉转身子走开,走到那个小铺铺里,往肚里填了一碗凉粉、三个粽子。掏出四毛五分钱交给王掌柜,从王掌柜的口里才知道,乡政府搬迁到河对岸那个新盖的二层小楼里了。没办法,只好从原路返回,他一点都不气馁,步子赳赳有力,俨然一副不到长城非好汉的气概!

李猛老汉终于站在小楼下了。这里虽然没挂牌子,但根据路人指点,他知道这里就是乡政府。李猛老汉嘴一歪,又歪出得意:来不来就说:告咯!咱就告,这不是到了告你的地方啦。

围墙还没打,是个野场子,能看见河流和庄田,远远近近的庄稼地里有人做活计,狗们在地塄上撒欢。

小楼怪入眼的,分上下两层,洋灰铺地,墙上泥豆青色碎石子,豆青色墙壁上满是门儿窗儿的,一样样的高矮,一样样的宽窄,涂一样样的油漆,安一样样的玻璃。所有门上边都钉个牌位似的小牌牌,黄底,红字。李猛老汉斗大的字不识一个,就无法知道哪一个门门里才是"整风办"。院里空荡荡,一个人影都无,想问也没法问。他见门就挨个儿推,推不开,趴在窗玻璃上往里望,望不见,全捂着布帘子。他一喘一喘地爬上二楼,二楼拐角处的一间房子像是有人,他没用手敲,推开一道缝,身子没进去,头进去了。里面只有一个瘦麻条条的年轻后生,身穿红背心,像个耍电影的,正在全神贯注地摆弄他的放映机。说不定摆弄好长时间了,已摆弄得焦头烂额,头发揉成稀乱,鼻梁上沁出汗点子,一脸愁楚地盯着机子,像是老虎吃天,没法下手!

"孩!人都哪咯啦?"李猛老汉问。

后生瞥他一眼。

"你找谁?"声音是从李猛老汉身后传来,嫩声嫩气。李猛老汉晓得是问他,就紧着把伸进去的头从门缝里又抽出来,蹒跚地转过身子,看见一个青蛋子娃娃站在他跟前,女女似的,秀眉秀眼,脸圆而粉白。

"你找谁?"又问,嫩声嫩气。

"整风办。"

"没。"

"没?"

"没。"

"整风咧没个'整风办'?以往整风,公社都成立'整风办'的。"

青蛋子娃一味地笑,三言两语中,李猛老汉才知道这娃娃是乡政府的通讯员,今年来的,高中没考上,是个临时工,大伙都管他叫小刘。小刘告他说,这次整风,大一点的乡才设"整风办",一般的乡镇,只设"整风小组",这里只有"党小组"。

"党小组?"李猛老汉松软的眼皮朝上翻翻,笑了,一脸自豪。"党——小——组!"像嚼糖块儿那样嚼一遍。这名字,他熟。四七年闹革命那阵儿,就叫"党小组"。那时他李猛还没在党。但"党小组"在他家萝卜窖里开过会。开过好几次。每次开会,李猛一家三口都在上面放哨,婆姨坐在街门口纳鞋底,李猛提个破粪筐在村口假装收粪,他家大宝在巷里滚铁环,滚到这头,滚到那头。一次,李猛看见从山上下来几个可疑的人,就把粪筐敲打敲打,大宝就跑着把铁环滚到家门口,朝坐在街门口纳鞋底的妈挤挤眼,妈就挽了绳子往回走,用玉茭竿在窖口敲敲,窖里的人马上就上来转移了。那一次没出事。那时大宝才十四岁,机灵得很。不知怎么着,李猛老汉觉得站在他面前的这个小刘,脸上哪块地方,有点像大宝。就盯住瞅,瞅得小刘脸红红的都有些不好意思了,这才意识到不该这么盯人家娃儿,便说:"也行咯,就找党小组。""党小组的人都下去啦。""下去啦?""下去摸情况去啦,摸准情况后就要开会整风了。"

"该整了,一些人一自满就忘记自家是党员了。"李猛老汉自言自语道。

小刘奇怪地瞅他,问他是哪搭的?他就说是哪搭的哪搭的,是专门来反映情况的,认识书记和乡长,去年来过一次,书记和乡长都给他敬了酒。小刘就一下子有点肃然起敬了。他告诉李猛老汉说,书记和乡长都是整哪小组里的,一个是组长,一个是副组长。但都下去了,不过书记下午就回来,如果要等的话,他就把会议室的门开开,里面有沙发。李猛老汉说:"要等。"小刘就"哗啦"顺势从裤兜里摸出一大串钥匙。

屋好大,墙好白,脚底光得打滑,摆一圈皮椅子,稀软,也长,放翻身子躺在上面打个盹儿用不着蜷腿。小刘好像猜出了他的心思，告他说：乏了就在沙发上躺躺，不怕的。

小刘这娃很招人爱，招呼他坐下，倒了一杯热热的水，双手递给他。

他很感激地瞅住小刘。总觉得这娃儿什么地方有点像大宝。正要开口问小刘十几啦——猛猛地就听见外面有人撕肝裂肺的一声惨叫：

"天哪！"

李猛老汉像骤然被人在头上抡了一棍，当下就直了双目，魂也吓掉了。他愣愣地用眼睛问小刘。

小刘眯眯眼一笑道："耍电影哩，机子大概修好哩。"说着跑出去了。

一场虚惊过后，李猛老汉自己也觉得好笑。

小刘又回来了，说机子修好咧，正试片子哩，问他看不看。李猛老汉觉得：反正是个等，总比干坐着强，就说：看就看！他随小刘到了拐角的那个屋。坐下。那个穿红背心的后生，很专心地在摆弄机子。没有银幕，人影投在墙上。人影全都挤扁了，扯长了，小鬼似的扭动，百不中看。小刘给他解释说：是宽片。镜头不对。李猛老汉解不下，心里只抱怨穿红背心的后生本事不沾，不会耍。

人影虽然扁长，意思却能看懂，演得是闹革命年月的事情。刚进来时，投在墙上的影子是一个被敌人打成半死的人，头像布袋一样软软地垂在胸前。刚才那一声：天哪——！说不定就是他喊的。敌人用水将他喷醒，他就当了叛徒，给敌人带路了，包围了村子。鸡娃飞，狗娃叫，接下来是抓了我们两个人，两个人挨了打，后来就锁在一个房房里，再后来天就黑了，天上闪着星星，关在房里的两个人爬起来，从门上的窟窿里望星星，望着望着，两个人就唱起歌来了……

看到这里，李猛老汉硬胳膊硬腿地要往起站了，小刘问他：

"咋啦？"

"出呀！"他说。

小刘也跟着出来了，问他咋不看啦。他嘴一扁说尽是捏戏的人胡编哩！人都捣到黑房房啦，还顾上唱歌？唱个鬼！四七年闹革命，我被敌人也关过黑房房，哪里有心思想到唱？尽胡编哩！不看咧，还不如躺到皮椅椅上美美睡一觉。

李猛老汉真的睡到皮椅椅上了，软软的，比睡炕受用多了。小刘又给他倒了一杯水，款款放在茶几上。

李猛老汉睡在那里慈祥地看小刘，他越来越觉得小刘有点像大宝，就问：

"娃儿，你几岁啦？"

"十六！"小刘说完"十六"就走了，一准是电影勾住他的魂。

"十六？"李猛老汉这么想，"比大宝只大两岁……"

本来李猛老汉想静下心，把范如星的事好好再想想，拧成条，免得向整风小组反映时，东一榔头西一棒槌的。

可是，看见小刘，不由得就想起大宝——大宝死得好惨！才十四啊！

斜对门的屋子里传来一片纷乱的狗叫声……

这纷乱的狗叫声，把李猛老汉遥遥地带回到那动荡的年月去了。

大宝出事的那一天，村里的狗也是这么个叫法。刚解放，地面上还不稳，敌人常来"拉锯"。天还没亮，狗就叫成一片。多亏有准备，农会干部总算转移了，可是有一个上面派来的工作同志还没走脱。李猛刚把那个工作同志掩藏好，敌人就进村。李猛被抓去了。后来又抓了李猛的婆姨和儿子大宝。一个一个地过堂，一个一个地吊起打，打成血糊人了，要他们招供出那个共产党干部藏在哈地方。李猛没招，婆姨也没招，大宝也没招。一家三口人，嘴咬得铁紧。敌人火了，把大宝拉出去，当着李猛和婆姨的面，一把撕烂大宝的前襟，露出红红的胸膛，刺刀尖就抵在大宝胸前的嫩肉上。敌人问李猛：

"要儿子，还是要共产党？要儿子，就乖乖把那个共产党干部交出来；要共产党，我这把刺刀就往里捅呀！三——！二——！"

还没数到"一"，李猛婆姨疯了似的大叫了："儿子——！"又疯了似的抓住李猛使劲摇。李猛一巴掌打在婆姨脸上……婆姨被打醒了，可是，那把刺刀也捅进大宝的胸里了……

大宝是躺在李猛怀里落的气。落气前，眼珠慢慢转动着，瞅瞅爸，瞅瞅妈，然后就永远地合上眼睛……

"唉！眨眼工夫，几十年过去啦！"睡在皮椅上的李猛这么想，"值！我大宝死得值！"

李猛老汉有点困了，慢慢地就合住眼，他想养一会儿神。

斜对门的屋子里忽然就响起了枪声，枪声好紧，炒豆似的……李猛老汉合住眼听。嘴一歪：

"这哪里像打枪，一听就不是真家伙！大概是在洋铁桶桶里拉鞭炮哩，听说台子上演戏就是这么弄哩。电影上的枪响保不准也是这么弄哩，一听就不是真家伙，哄憨憨哩！"

"快！快快！不对啦！"

李猛老汉听见有人这么叫，声音急促而惶恐。似乎还重重地推了他一把。李猛老汉糊糊涂涂坐起，愣着问：

"咋啦？"

"啥咋啦，听不见狗咬成一片了？枪也响乱了，咱们被围住了！"是小刘在说话。

李猛老汉一惊,完全醒豁过来了。果然是狗咬成一片了,枪也响乱了。子弹像雨点一样密,落在了屋顶上,屋顶上的瓦被砸得哈啦哈啦响。李猛老汉冒着枪弹站在阳台上,一看,对面山头上到处是人,枪子儿从那儿打过来。在田里做活计的人,像乱了营的蜂群,到处乱窜。李猛老汉就大声地吼喊:

"地里的人!往丁字路口跑,那儿有一辆汽车,腰弯下跑,小心枪子儿!"

喊罢,又十万火急地向站在他跟前的小刘说:

"你长短要跑出去,找见书记和乡长,就说有情况啦,叫他们先别回来,在外面躲一躲。"

小刘就去了。

李猛老汉正要下楼,听见拐角上的屋子里还在演电影,心里火透了,一脚踢开门,两只眼鼓环似的瞪那穿红背心的后生:"都啥时候啦,还演你妈的骨石哩!还不快把摊子收拾了!机器往丁字路口搬,那里有一辆汽车,一个铁钉都不能留给敌人!"说完就趔趔趄趄地下了楼,趔趔趄趄到了丁字路口。

丁字路口已经拥拥地来了好些人,好些人都看住李猛老汉。

"怎么,汽车还没修好?"他问。

"好是好咧。"有人答。

"修好咧还不快上车,寻着往敌人手里落吗?"

"司机不拉!"

"不拉?"

"拉是拉,要钱。"

李猛挤进人群,找见司机,立眉瞪眼的司机架着二郎腿在抽烟,李猛老汉劈头盖脸一顿好骂:"赚钱赚得你心也黑了是咋的?"

愣头青的司机乖觉了。

"上车!"李猛老汉吩咐大家,他说让党员和党员的家属先上,敌人是抓党员的,其他人可以缓一缓。

该上的都上了车了,却忽然记起卖粽子的王掌柜还没来,李猛老汉吩咐司机:把这一车人先送走。自己就连跑带颠地找王掌柜去了。

他在桥上遇见了王掌柜,王掌柜一脸哭相,说敌人抢了他的铺子啦,把凉粉全吃完啦,粽子也吃完啦,一分钱都没给,老本也赔了,生意没法做啦……

"都啥时候了,还钱呀钱的,保人就是保本,快走!"

李猛老汉把王掌柜拉扯到丁字路口来了。来了,又傻眼了:汽车没开走。车上的人全撵下来了,东西也扔下来了。汽车上满满装一车树苗苗。

"谁干的好事?"他问。

"范如星。"有人说。

"他人呢?"

"司机楼里。"

李猛老汉气呼呼绕过去,一看,司机楼里果然坐着范如星。

"人要紧,树苗要紧?"他问。

"树苗也是钱,敌人抢去谁赔我?"

"你还算不算个共产党?"

"不服气?告咯!"

正在吵,敌人包围过来了,一律枪上刺刀,虎狼恶着脸,一个当官的吼喊着,要大家交出共产党,不然就开枪呀!一——!二——!

"三"还没喊出,李猛老汉说话啦:"要抓就把他抓去!"他指指范如星。

范如星被敌人五花大绑，拉过桥去了，捆在一棵小树上了。敌人端起枪——"当！"

天崩地裂……

"咋啦？咋啦？"睡在软椅上的李猛老汉像被弹簧弹起来似的，惊叫着，吓出一脑门子汗。他摸摸椅子：软软的；端端茶几上的水杯：温温的；再使劲掐一下大腿：痛。这才知道自己做了一场噩梦。他似乎有些不相信，就走出来，站在阳台上，田里做活计的人依旧在做活计。拐角上的屋子里电影还没演完。抬头瞅瞅，日头红彤彤的。红彤彤的日头下，他李猛竟做了这样一个日怪梦！他有些惶恐了。无论如何像他李猛这样的人，是不该这样地来做梦啊！

好长一个时间，李猛老汉总是惴惴的。

原载《火花》1987 年第 11 期

同年《小说月报》转载

拜罗汉

小狗丢了!

她四处寻觅,没寻到。哀苦刻在她脸上。

她可怜,早就殁了汉,仅有一个儿子,也没管住。她到底没有再嫁,守在这县城边的石头院里,寡居到老,现已发白齿落,人们叫她石院老太。她在城关二队吃"五保",吃喝不愁,按说,该知足了,竟耐不住暗淡沉肃的晚年寂寞,异想天开,想养一只猫啊、狗啊之类的小把戏。好心的虎虎妈劝她:"猫是奸臣变的,要养就养狗,狗忠。"

她决计养狗。

她终于有一条狗了。狗吃得溜圆,像个胖娃娃,通体油黑闪亮,无一丝杂毛,用手一摸,茸茸的,像软缎;两只乌亮的眼睛,闪着怯怯的光,迟慢地扭动一下大脑袋,憨厚得让人好笑。这就惹动得石院老太常常对着那有柔嫩胡须的小嘴巴,美美地亲一口。她绞尽脑汁,给它起个动听的名字——小黑!

小黑刚捉回来时,还不曾离奶,眼睛挤着,芝麻虫似的,在地上颠顶地爬蠕。橡皮头般的小红鼻子,四下里乱拱乱嗅,一边嗅,一边尖声细气地"哄娃,哄娃"地哼叫,石院老太忙做来面糊,拌上糖,喂它。它不吃,她又慌着找来蒸好的白馍,嚼得碎碎的,软软的,塞进它口里。这更惹它发火摇头晃脑,烦躁地摆动两只尖尖的小耳朵,愈发"哄娃,哄娃"地叫。石院老太急得焦头烂额,却又一筹莫展。于是,扭动小脚,进东家,出西家,汗流满面,借来喂月娃用过的橡皮奶嘴嘴、玻璃小瓶瓶,向邻居虎虎妈讨来半碗鲜羊奶。直到石院老太把滴答着奶汁的橡皮奶嘴填进小黑嘴里,它的吵闹才平静下来,小黑快活地摆动着小尾巴,嘴里响起"啜啜啜"的吸乳声。

石院老太看着,满脸的纹路绽成一朵好看的金丝菊——她笑了,慈母般的笑。

小黑渐渐长大起来,眼看能自家啃动硬些的食物,满世界跑了。石院老太用一根颜色鲜亮的红布条,在它脖颈上拴了个小铃铛。"丁零零,丁零零"动听的铃铛声,使这个寂寞的小院子,生出许多欢乐与热闹来。

小黑很机灵,变着法儿讨主人欢心。它突然就从什么旮旯里,叼出石院老太出嫁时穿过的一只绣花鞋,着魔似的,满院撒着欢儿跑。

"哟哟,找死呀,抖出那陈年老古!啥张致呢?"石院老太扭动着小脚,满院里追。小黑便做出一副盛怒的模样:按住鞋子,龇牙咧嘴,奶腔奶调地"汪!汪汪!……"叫着,一边朝石院老太一扑一扑,惹得她看开怀大笑。

淘气的小黑,使石院老太的寡居生活,充满了无限乐趣。

小黑不见了!——小黑丢了!

小黑的失踪,使小院重新陷入寂寞之中。

石院老太正在屋前的台阶上木呆呆地坐着,苍老的脸上罩着哀苦。

院墙外,骤然响起脚步声。是虎虎妈,提一只送饭罐子,进门就扯旗放炮:"我大清早去露水集上卖黄瓜,听人说,物资局院里圈住一只狗,已经四天了。我猜着,准是你家小黑,你快去看看吧。我不能陪你去了,你瞅,饭已迟了,田里人肠子早饿化了,再迟,我那死鬼准瞪眼了……"说着,把手巾往头上一顶,一阵风似走了。

石院老太当下就扭动一双粽子脚,坡上坡下,左拐右拐,好不容易找到物资局仓库院。

仓库保管是个驼背老头。见她问,就说了一串怨声怨气的话:"鬼知道是谁家狗,无端就钻进那堆木料堆里,出不来,急得没死没活地嚎。晚间更可恶,像鬼哭,吓得人不敢出来撒尿……喏,在那儿呢!"驼背老头指指最南头那木料堆,说昨天下午还嚎呢,只是腔调柔弱多了,似乎快饿死了。

石院老太顾不得说什么,跌跌撞撞奔到山样高的木料堆前,听不见响动,就朝里呼叫,像母亲呼唤儿子,声调哀怨而悠长:

"小黑哎——"

骤然,里边传出了响动,像小黑的铃铛。她的心怦怦地跳不止,接着又喊,果然又丁零一下。她辨清了,是它,是小黑!"孩儿!你听见我叫你吗?"

立时,料堆深处,小黑回应了:"汪呜——汪呜——"焦躁而嘎哑,像在哭。叫声越来越弱,最后,绝然而凄凉地"呜呜"两声,就什么也听不到了。

"是谁把它弄进去的?"石院老太气哼哼地跑去问驼背老汉,样子就像审一个有重大嫌疑的贼。驼背老汉回答说:"鬼知道!它或被人追捕,或它自家捕猫,急不择路,就钻进去。底下,原有一条旧排水沟的,可天知道为啥又出不来……"

"不能想法救救它吗?"石院老太泪眼汪汪,向驼背老头述说了一通自家寡居的孤苦，及小黑如何可爱以后，祈求说。

驼背老头念她可怜，便说，办法当然有，搬开木料就是，但这木料人是搬不动的，恁大木头，最小的一根，十个好汉也未必能撼动，非吊车不抵。吊车是现成的，喏，就在那棚下停着呢。但需周秘书放话，不然，司机小刘不敢妄动。让石院老太找周秘书去批准。并告诉她，周秘书在局里，出了仓库院往东拐，照直走，顶头就是一座朱砂红的小红楼，那就是物资局。

石院老太急匆匆找到物资局。她记得，这里曾是一座佛爷庙，庙里有许多罗汉。她小时最怕来进香，怕的是要向罗汉磕许多头。如今，那些罗汉已作了古，这里变成一座精巧的小洋楼。小洋楼很壮观，窗玻璃闪着炫目的亮光。墙垩白，脚底铺着细碎的有色石。

一个擦玻璃的卷毛姑娘热情地领她来见周秘书。

周秘书是个中年汉子，仔细地听她述说来由以后，扶一下眼镜说："真巧，环保局刚打来电话，限三天，必须弄出那条狗。那条狗嚎叫起来惹得四邻不安，更严重的是死后招蝇，传染起狂犬症如何得了？你看，我刚写好请示，等领导批准后，马上派人搬动木料，尽快救出你那条狗……"说完，向石院老太点点头，就要往出走。石院老太放不下心，坚持要同去见见领导。于是，便一起去找赵局长。

赵局长正在屋里看报，神情很专注。报纸的广告栏内，有一条可延年益寿的新药广告，把他的神智吸引住了，以致没听见有人敲门。直到屋门再次响起"笃笃"声，他才懒洋洋地起身去开门。

赵局长热情地招呼石院老太坐下，又给石院老太倒一杯水，捏出一撮烟丝一般尖细的茶叶，微笑道："老人家，喝过碧螺春茶没有？上等货，见水就沉的，不信你瞅。"说着把茶叶丢进杯子里，"瞅，沉了吧？哈哈……"

石院老太无心思品茶,心里急着救她那条狗。

周秘书便忙着向赵局长请示,从环保局通牒,说到石院老太。说三天时间已太遥远,因狗已气息奄奄,必须马上动手去救。石院老太也眼泪汪汪诉说自家的苦处。听过二人述说以后,赵局长站立起来,用一个指头,轻轻往周秘书胸前一抵,抱怨周秘书太教条:"常说,救命如救火,这根本用不着请示,应火速去办!"

从赵局长那里出来后,周秘书对石院老太说,还得去找钱局长。因赵局长只管仓库,吊车与司机属钱局长领导。前几天,司机小刘因违章已被停职,如今要使唤小刘开吊车,当然得经钱局长批准。

石院老太暗暗叫苦,又没奈何,只好愁眉苦脸随着周秘书去找钱局长。钱局长住在一楼,这一串串下坡台台,满够石院老太受的。她小心翼翼侧转身子,先伸出一只脚,摸住台阶,踩稳,然后再让另一只脚跟下来。如此款款地往下移动,却又身不由己,老像后面有人推着似的。第一道坡下来,就觉得腰酸腿软。她每下一级台阶,就长长喘一口气。

下到一楼,正好碰上钱局长。钱局长刚锁上屋门,推一辆新车子要外出。周秘书忙把他喊住了。

石院老太一见钱局长那相貌,一时吓住了。钱局长那惊人的威仪,实实叫人生畏。他长长的脸子布着阴森,傲岸地仰起头,眉峰紧锁,眼珠像悬在半空,不屑用正眼看人;说话不像用嘴,倒像拿鼻子哼。当周秘书说到要用司机小刘时,钱局长的面皮,唰地变了色:"我这个局长是聋子耳朵,摆设!小刘的停职为啥不通过我?这会儿又突然想起我了?不管!"说着,很重地踢一下脚,气汹汹推着车子走了。

石院老太苍老的脸上,显出了绝望和不安。

周秘书并不气馁。他宽慰石院老太别急,说当初小刘的停职,是局里最大的头儿雷局长的旨意,可以去找找雷局长。只是,雷局长年迈体弱,平时不来机关上班,多是在家养息身子。他把石院老太安顿到办公室等候,自己走了。

石院老太虽说如坐针毡,但到底脸上又有了希望的亮光。她想,雷局长既是最大的头儿,当然是说了算数的。

时间过去了好久好久,仍等不见周秘书返回来,石院老太心如油煎,因为她在担心着小黑的死活啊。

突然,楼道里响起"空咚,空咚"的木拐子声。石院老太慌着出了门,见周秘书相随着一个老汉走来,她不敢相信这就是雷局长。当她又要开口诉说她那小黑的不幸时,雷局长抬起一只手,往下一按,说:"到办公室去谈。"

石院老太抑制住内心的悲苦,只好跟他们再度上楼,进了雷局长的办公室。

雷局长端肩弯肘,正襟危坐,架起老花镜,仔细审阅周秘书递上去的请示报告。他老和尚念经般边看边掀动松软的嘴唇,很吃力,近视眼像捉虱子一般,一个字一个字地逮。巴掌大的一份报告,足足看了半个小时。

"笃,笃,笃"雷局长用手指敲击着桌子,慢声慢气地说:

"看来嘛,重新把木料归整一番,势在必行。因为:一,观之不雅,有碍环境美;二,里边又压了一条狗,而狗,又气息奄奄,救狗,自然是燃眉之急。我认为,这个请示么——可!"他说着,掏出笔,把'可'字赫然写在请示报告的左上角,对周秘书说,"好了,你立即通知小刘,照办。"他正要把报告递还周秘书,忽然又问,"此事,是否请示了钱局长?"

周秘书喃喃讷讷,很小心地述说了钱局长刚才的愤怒。说再去找，怕也无益，况且，人已愤愤地走了。雷局长眉毛一皱，掀动着松软的嘴唇，摇摇头，苦笑一下。他并不认为在处理小刘的程序上有什么不妥，因为在决定停小刘的职时，钱局长不在家嘛！不过为了搞好领导成员之的团结，他说："看来，谁系的铃儿，还得由谁解。小刘的停职，是通过局务会的，在家的局长，当时都点了头的，如今，依然需他们表态。这份报告，送他们几位传阅。"

石院老太只得随周秘书再次找到赵局长。

赵局长依然用他那肥嫩的食指轻轻抵住周秘书的胸脯说：

"如今，都'五讲四美'了，是不是？彻底清理一下仓库院实属必要，何况压了的那条狗死活都得弄出来，不然大家都患上狂犬病如何得了？我刚才已答应了。至于小刘的工作，那是钱局长分管，应该找他……"

周秘书先说了钱局长如何愤怒，又说了雷局长刚才的旨意。

"嗯，"赵局长搔额顶，"那么好吧！"说着，就拿起红铅笔，舔一下，稳神运气，在请示报告上端，圈了一个圆圆的红圆圈。

石院老太纳闷：这红圈儿是管什么的？直到走出门下楼时，她才忽然想起，学校那些念书娃们，常因老师多赏了一个红圈儿，高兴得手舞足蹈。由此类推，她认为是起用吊车的事得到了恩准，她的小黑要得救了，这怎么不让她从心里高兴呢。下得楼来，尽管她扭了脚脖，也没叫苦。她万万没有想到，周秘书说，还得去一楼找孙局长！石院老太简直不大相信自己的耳朵，双腿一软，一屁股墩坐在地板上：

"天爷！真是磕不完的头啊……我那可怜的小黑还有救没有？"

周秘书用鼓舞的语气告诉她：本来还有两个，可李局长到纪委开会去了，只要找到孙局长一个就行了。

这样，他们又到一楼去见孙局长。

孙局长正坐在桌子上打电话。

这是个五大三粗的人物，石院老太以为是个杀猪的。你瞅，他攥拳挽袖，大腿压二腿，一边对着话筒野声野气叫唤，一边扳住一只肥脚，用指头抠那趾间的黑皴。

"喂！是县百货吗？你们的杨副经理在吗？好，给我叫狗日的。"

周秘书见缝插针，忙递上请示报告。孙局长一边心不在焉地浏览着报告，一边继续抠那趾间的皴——不少呢，他把抠到的那发黏的，并带有恶味的污垢，用指头轻轻地捻着，捻成一个圆圆的丸儿，弹指一挥，"嗖"地就飞上天花板。

这时，电话响了——

"你谁？"

"你爸！"孙局长说。

"啊哈，是你个龟孙！"

"喂，你给老子留的那东西呢，那批货不是回来了？"

"哟！忘了。"

"啥？你母亲的大腿！"

"伙计，这两天我他妈心烦，那笔补助费，公司顶住不给！"

"不给？白让他们清查了，闹个狗日的……没名堂？谁敢说？你告他们：身体损耗劳神费和写检查费、担惊受怕费……多了。啥？我是咋闹的？好，你等等……"

看来，孙局长觉得拿上那份报告打电话不便，就拿起笔，草草地在上面画一个圆，把周秘书和石院老太打发走了。

当雷局长再次看到这个报告时，脸子往下一沉，火了：

"通知所有局长，马上召开局务会议，专就这个问题明确表态！"

周秘书不敢怠慢，很快地走了。

石院老太觉察觉到事情棘手，便问：

"还不行吗，我那狗快没命了！"

雷局长叹口气："唉！有啥法，驴拉牛不拽！"

"你不就是主事的吗，放句话不就行了？"

雷局长苦笑笑："不能啊，紧着注意，还怨声载道呢！什么'不民主'啦，'一言堂'啦，'独断专行'啦……唉！婆婆灾啊！"

雷局长牢骚正盛，周秘书来了，说局长们已下班走了。

雷局长抬腕看一下表，果然下班时间已过，"那么，就只好推迟到下午开吧。"周秘书实在无能为力，宽慰了石院老太几句，神情不安地走了。

石院老太拖着沉重的腿脚，绕到仓库院。驼背老汉抱怨她办事迟慢，但听了她如此这般述说之后，又为之愤愤不平："哼！如今的事儿，龙多不治水！"他劝石院老太吃点饭。石院老太摇摇头，抹一把眼泪，向南头的木料堆走去。她相信她的小黑还活着，扯开嗓子呼唤起来：

"小黑！小黑喂——听见没，答应我，小黑喂——！"

听不见回应与响动。石院老哽咽起来："小黑呀，长短再忍会儿，只要开了会，你就有救了……"

到下午两点多钟时，周秘书跑来说："赵局长因身体不舒，请假去医院了；孙局长也说他有点事，没来上班。这样，下午的会又开不成了。雷局长的意思，是等明天……"

石院老太绝望了，双腿一软，咚地坐在地上，忍不住放声大哭起来。招来许多看热闹的人。

物资局第五把手李局长也来了。

李局长虽是个嘴上没毛的年轻人，但初生牛犊不怕虎，他向周秘书问清了事情的缘由，果断地说："以我的名义，到建筑社借用一下他们的吊车，油，我们以后还。"

周秘书犹豫一下，但还是去了。

须臾，一辆东方红牌大吊车，轰隆隆开进仓库大院。仅两袋烟工夫，木头被一根根搬开了，小黑得救了，但已气息奄奄。石院老太顾不得道谢，抱起小黑，匆匆走去。她要急着向虎虎妈讨点羊奶，但愿小黑能救活……当她走出仓库院，禁不住回头瞅一眼身后的那座小红楼。不知怎的，她的两眼一阵晕眩，那已经作了古的诸多罗汉，在她面前晃动起来……

原载《火花》

沉 浮

双手交抱，站立在"县招"的大门口，像支起笪箩等不见雀儿飞来，焦灼不安，又死不甘心：

"鬼也不见一个！"

张所长愤然。

等谁？旅客？前院"大招"里，楼上楼下几乎床无虚位，后院那座被人称作"高等华人公馆"的"小招"，十二个房间，除去两个套间一般情况下不动用外，也算客满。

他在等一个人。

昨天，电话上地委于秘书长答应马上就来的，他眼巴巴从昨天等到今天，连影子也等不见！不是告他有火烧眉毛的事吗？那个要命的聂县长，打省城回来，今天就第三天啦！这三天，他张所长是脚踩地雷过日子啊！

那个走路阴死阳活，说话打不起调调的年轻县长，像一团乌云，重重地压在张所长头顶上，随时有放电和打雷的危险……

去年，一个风雪交加的晚上，记不准是三号还是四号，反正是开"三干会"。

看罢电影，无所事事，张所长四脚朝天压在床上，优哉乐哉地抽"过滤嘴"，一面伊儿呜儿哼戏文。一段时间他迷上了"阿庆嫂"，开口就"开茶馆"什么的,只是不会京腔调调,词儿也记不大准。别人听来像挨木头锯,他自己却津津有味。

  开茶馆盼兴旺,
  江湖义气第一桩。
  司令常来又常往,
  我有心,背靠大树好乘凉。
  …………

  张所长摇头晃脑,唱得入味,屋门哐当一响,慢腾腾进来一个年轻人,张所长一抬眼认出是岚岭公社的聂书记,就没挪窝,只把面皮松动一下,算是打了招呼,依旧哼叽着"阿庆嫂"。

  蔫蔫糊糊的聂书记,一直走到他床前,和蔼地俯下身,慢声慢语地向他述说天气突然变冷,晚上睡觉受不住,问能不能加床被子。按说,一个堂堂公社书记,提这点要求,还不是张飞吃豆芽——小菜一碟?而张所长笑脸一收:

  "不行!"

  "……"聂书记被噎得回不上嘴。

  "你冷,别人就不冷?也给加?"张所长身子一扭,脸朝墙转去。

  "可……老曹怎么就给加了呢?"

  "老曹是常委!"

  "常委就……"

  "常委就是常委,不服气你也弄个常委当当,我照样伺候你……"

  "好了,好了!不加算了,何必说那样多!"聂书记很不愉快,正欲转身走时,张所长又扔来一句:

"嫌多别听，我又没请你来。"

"你……"聂书记涨红脸，"还，还当所长呢！……"

"所长不好，撤了……可惜你不是县长……"

张所长冲天喷一个长长的烟柱。

聂书记恼怒了：

"我当了县长，上任头一件事就是先撤你的职！"

张所长很刻薄地眼窝一翻，久久地盯住聂书记，嘴角一歪，笑笑：

"娃娃，就凭你这模样？蔫黄瓜似的，是当县长的料吗？"这句酸溜溜的话，冲到嘴边，到底忍了，化作一股气流，从鼻孔里喷出——

"哼！"

聂书记愤然摔门而去。

…………

谁能料到，命运是如此捉弄人。

"满月"未出，"人代会"上呼啦一家伙，晴天响声雷，那个"蔫黄瓜"居然出人所料一跃而登上了县长宝座。张所长被震晕了，那天他钻在屋子里，死活不出来，一夜之间，熏掉两包"大光"。他意冷心灰地做了"卷铺盖"的准备。

大概是天不绝人，新上任的聂县长，"头一件事"没来得及做，就匆匆赴省学习。原说是半年，没想到提前一个月，人就回来了。张所长心里一紧，觉得这一下实实在在刀架在脖子上了。一个堂堂知县，扒拉一个小小所长，比拈掉一个虱子容易。

张所长不甘心就这么轻易让人拈掉，鸡被割掉头还要蹬蹬腿呢！他是个大活人，还是所长。他认真掂量了"所长"的斤两：虽说是伺候人的角色，有时确有"挟天子以令诸侯"的能量，于是他就想到一个举足轻重的人——地委于秘书长。

只要于秘书长能赶来，在聂县长面前略微启动一下嘴皮，不怕他姓聂的不高抬贵手。

两天了，张所长望穿秋水，还不见于秘书长踪影。

他变换一下姿势，点燃一根烟，时时留神看有没有一辆黑色的"上海"卧车突然从街那头驶过来……

他相信只要于秘书长回来，定会替他帮腔说情。于秘书长每次来，张所长是怎样地高接远送，扑翻身子伺候啊！

——那辆黑色的"上海"轿车，只消在"小招"门外将喇叭轻轻一按，坐在屋里的张所长就能听出是于秘书长大驾到了，急如救火般往外跑，吆三呼四："玉翠，玉翠！快，快着，首长来了……"他必亲自开那用铁棍焊接的栅栏门。弯腰、点头，向坐在车里的于秘书长打招呼。车刚停下，就抢前拉车门……帮首长提那什么也没装的黑包包，喊："玉翠！玉翠！快，钥匙，门上钥匙……拿来，让我开——不是这个，要套间门上的……啊——怎么搞的，洗脸水这么烫！烫鸡呀？哟！嘿嘿，嘿嘿！我这该死的嘴，硬是手下人不凑劲，气得来……好了，快给首长泡茶……茶具干净不？洗了？洗了就行了？用开水烫，烫两遍……"

但凡于秘书长来，张所长都这么跑前跑后，脚跟踢得屁股蛋响。就连于秘书长的那个又流鼻涕又放屁的乡下老爸，来县医院治病，张所长不光破例安排在设备讲究的套间里，洗脚水都是张所长一盆一盆端着倒呢！于秘书长的乡下老爸在这里一住半个月，非但不收房钱，还额外奉送两个南瓜。他已摸清了这位"老人家"的胃口，平生爱吃一口南瓜饭。于是张所长亲自钻进灶房，左挑右拣，挑出两个纹路深，色正，指甲一掐流黏液的大南瓜。只等于秘书长接老爸时顺便让带上。可那一天竟忙昏了头，把于秘书长送到"大招"门口时才猛地记起南瓜来，张所长急忙喊停车，撒腿往回跑，不大一会儿，两个磨盘似的大南瓜被张所长用头顶来了。本来顺手塞小车后厢好了，他不，偏要绕至车前，双腿一弓：

"于秘书长！你看这瓜的成色……嘿嘿嘿，好吧？口味也不会错，保管又甜又绵。我们这儿的特产，专门留给你家老爷子的。我这就塞到你小车后头啦，噢……"

"快来看啦，看那个奴才相！"忽然，"大招"的楼上有人这样呐喊。张所长抬头一瞅，三楼的几个玻璃窗上印着几个生脸子，便狠狠朝上翻一下眼窝：

"谁？说谁？谁是奴才？社会主义得承认差别！有本事你也弄个地委秘书长当当……"

于秘书长够朋友，二次来时，就对县上的头头说："老张干得不错嘛！怎么还是个副职呀？我看当个所长也满够格的嘛……"

很快，他擢升到所长——欢喜之余，又觉得窝心！大不该在"所长"的头衔上冠以"代"字。和尚头上扎小辫，何苦多此一举？代所长？还"代"什么呢——"代食品""代销店""瓜菜代""代……"

在他期望尽快去掉"代"字时，天不作美，碰上那姓聂的冤家。

"我上任头一件事就撤你的职！"数月来，这句话久久不散，在他耳边萦绕，张所长担心聂县长会马上下手。一旦生米煮成熟饭，于秘书长迟来一步，还顶屁用！

此刻，张所长又望望街那头，知道没什么指望时，就蔫蔫地走回来，穿过"大招"院落，来到"小招"的庭院里，百无聊赖地这里停停，那里站站，觉得什么都不入眼。太阳有气无力地照着，天色灰蒙蒙，全然没有初夏的清明与透亮，让人欢实不起来。落在屋檐或树上的鸟雀，亦如死人咽气般有一声没一声半天唧啾一下；晾晒在铁丝上的床单、枕巾，也是那么少精没神，让人徒增空旷与寂寞。院里很少有人走动。只有那个至今还穿一条薄棉裤的乡下老头，站在二楼的阳台上，憋着脸子倚栏远眺。他是前些日子被县党史办请来写回忆录的。老头没有文化，只好由他回忆，别人代录。当年打鬼子，他是小有名气的战斗英雄：凌空就接住敌人扔来喷着烟雾的手榴弹，又回敬过去，四个鬼子便自食其果，一命呜呼！现在他已老了，须眉皆白，他痴迷地望着广漠的远空，纹丝不动。

张所长想去前院的花圃散散心，于是，他反剪起双手，懒懒地迈动起脚步。

刚要跨出铁棍栅栏门，听到二楼有电话铃声。玉翠竟追到楼外，身子从栏杆上弯下来喊他，说政府办公室来电话，聂县长请你去一下……

张所长心里往上一提：

"聂县长……请谁？"

"请你哩！"

"你没问啥事？"

"问了，不告，只说叫你马上去。"

张所长木然，觉得大事不妙——那句摄人魂魄的话又在耳边震响，"我当了县长，上任头一件事就是撤你的职！"

"完了！"张所长在心底发出绝望的哀鸣。他断定今天就是砸锅的日子，犹豫片刻，硬着头皮去了。

半小时以后，张所长返回在去时的路上了。表情已不再沮丧，但依然惊魂未定……

刚才，他怯怯地推开聂县长的屋门，一眼瞅见正伏案批阅公文的聂县长。他不敢想象，这就是当初那个很不起眼的"蔫黄瓜"，似乎比过去略胖了点,虽然还有点尖嘴猴腮,却明显地透出夺人的威仪:穿一件颜色庄重的涤纶褂子,硬挺的衬衣领子顺脖子露出白白的一线。翘着的手指夹一支燃着的烟,一缕淡蓝色的烟云,抖抖地扶摇而上……这一切都让张所长发怵。

出他意料的是,聂县长丝毫没有表露要算旧账的意思,只是那样宽厚地对他笑笑,而且敬他一支"前门"。张所长受宠若惊,当下躬下身子,诚惶诚恐地上前用双手捏住那支棍棍,瑟瑟抖抖并不敢点燃,虔诚着脸子,等候聂县长问话。

聂县长没涉及撤他职务的问题,只匆匆地交代他一项重要的接待任务,就再没说什么。只是在他唯唯诺诺刚要出门时,聂县长喊住他,似乎要说什么,却又犹豫了,只久久地瞅他一阵子,手一摆,说:

"先去吧。"

这就使刚刚落下心来的张所长又顿生疑窦,那久久无言的眼光,可以做如下解释——"那件事我没忘,等忙完这次接待,我再收拾你!"或者是:"这可是给你最后一次立功的机会,若能漂漂亮亮完成这次接待,撤职的事,可以考虑挽回……"

张所长倒是宁愿相信后者,抑或聂县长确乎出于好意,咱可不能给脸不要脸啊!他毅然决然地使出全身解数,要出色地完成这次接待任务。

身负重要使命的张所长,加快脚步,穿街绕巷,匆匆地回到招待所,匆匆地将有关人员召集在他的屋子里,为了强调这次接待任务的重要性,他添盐加醋地对聂县长的话做了如下篡改:

"聂县长说了,要把这次接待工作当作政治任务来完成……"

张所长这么强调完后,就下达具体任务,从保卫到接待,从吃饭到睡觉,一项一项,逐条逐款,一丝不漏,周密到厕所里该放哪一种牌号的手纸。仅为此一桩，足足讨论了半个小时，张所长叼着烟卷，拧着眉毛，最后拍了板："越贵越好！"

当务之急是催所里的旅客搬家腾房，把他们统统撵到前院的"大招"去住。

"那个老头呢，也撵？"玉翠惊愕地瞪起双目。

"统统撵！"张所长毫不含糊。

玉翠很作难地去执行命令。

那个被请来写回忆录的寿星老头，一点也不难为玉翠姑娘，当下就收拾自己的东西，把来时邻里们托他捎油打醋的瓶瓶啦、罐罐啦——从床下取出，一面往那个褪了色的拉锁已不再管用的黄帆布包包里塞，一面絮叨："……来时，我就说不住这儿，我一个土腥腥的庄稼户，哪值得住这么好的屋！可你们所长，左一个功臣、右一个老革命，硬拉活拽地把我弄到这里……"

玉翠很过意不去，俯下身子，帮着整理东西，软言软语叫着大爷做解释，说前面"大招"的住宿条件也不赖。老头急了：

"女女！大爷不是这意思，人老了，但凡窝下来就懒得动，我一个庄稼人，好将就，急了土地上还滚呢，随便什么地方，头一落枕就是觉……"说着就拎起包包，又把晾在床栏上的湿毛巾，往肩上一搭，蹒跚着下楼往前院"大招"去了。

其他房间，头上有官帽帽的几位客人，虽满肚子不欢喜却也无可奈何，只好摔摔打打，拿自家东西撒气，嘟嘟囔囔地去了。

唯有住在二号房间的那位脸盘瘦削戴一副黑框眼镜的年轻记者，凶着脸子，将钢笔重重朝写字台上一摔：

"不搬！"

玉翠犹豫一下，退了出来，找见张所长，缩脖吐舌，双手一摊：

"咋办？"

张所长相当不满地拐玉翠一脖子,便亲自出马。玉翠怯怯地尾随其后。

此时,年轻的记者,双腿一绞,挺挺地蹬住床栏杆,仰躺在被子上看书,听见脚步声,已知道二人的来意,并不去看,一派愤愤然的样子。

初时,张所长脸上笑笑的,耐心地向记者做解释,说他们向来对记者是按县团级对待的,按说,住"小招"是理所当然的事情,可是今天情况实在特殊,要接待一个重要人物。张所长不便说出这重要人物姓甚名谁,为了安全起见,即便是记者,也要保密为好。反正不是一般带"长"字的人吧。最后,张所长委婉劝记者委屈一下,还是搬吧!

记者有记者的道理,既然有资格在这里住,那么就对不起,我不管他什么"长",总有个先来后到吧?

唰的一下,张所长硬起脸子:

"那不行,眼下还得承认差别!"

记者忍了忍,鼻子一皱:

"好吧,就算有差别,也犯不上把客人全撵走吧?"

"安全呢?谁知谁是卖啥吃的,出了问题你负责?"

记者受不住了,瞪了眼,"你把我们当什么人?特务吗?"

张所长没回嘴,袖子一撸,亲自动手抽床单、扯枕巾——要强撵了。

记者知道争执下去也是无趣,便悻悻地打点自家东西。

玉翠心里觉得过意不去,却也总不能光站着,她灵机一动道:

"老张,隔壁房间那个老头睡罢的床单还抽不抽?今早才换上呀!"

"抽!"张所长很坚决地说,"隔壁房间计划安排首长的女儿住,老头身上土了吧唧，一股臭烟味，不换咋行！"

玉翠撇撇嘴，借故走出。

记者也愤愤，自语似的：

"哼，合格的奴才！"边说边砰的一声，摔门而去。

张所长听出味来了，狠狠攥了手里东西，一冲一冲追出来：

"回来，你给我回来！"

记者当真就转回来，灼灼的眼光不无挑衅地瞅住张所长，嘴角一翘，意思是——回来你敢怎么样？

张所长果然也不敢怎样，只怒目而视，怒目而视之后，说："还记者呢……语言就不美嘛……"

"你美！我都替你脸红。可怜虫！"记者说完，又愤然下楼而去。

"回来！你回来……"张所长又一扑一扑了。这时，玉翠忙出来挡驾：

"算了，算了。人家不是搬走了吗，少说两句吧。"

张所长愤怒难消：

"记住他，下次再来，住个屁！"使劲抹一下溢在嘴角的白沫。

…………

接待前的准备工作，在紧张忙乱地进行着。人手不够，张所长就从"大招"抽，说："全力以赴！"

每个人都上足发条，闪电般迈动脚步。直忙到第二天的拂晓，准备工作才基本就绪。张所长逐条逐项仔细检查一遍，觉得没啥漏洞，就脚步快快地到了县政府，找见聂县长，把接待前的准备工作，一五一十做了汇报，但撵人的事却只字不提。然后就很小心地问聂县长还有什么指示，一面慌忙掏笔、掏本子，屈腿猫腰，把脸仰得高高的，一若刚晓事的小宝宝，正在听老祖母讲"星星、月亮、狗熊、大象……"那样天真而专注。

聂县长没什么指示，只是再靠实一下，接待时会不会有滴汤漏水的事发生？张所长拍拍胸，自负地笑笑，意思是：保证万无一失。干这一行，不是吹，就连那左右逢源的阿庆嫂也不如咱一个脚趾头呢！

聂县长笑笑，打算要走，说有几个数据还得和一些单位核实一下，不然，首长让汇报时，一问三不知，他这一县之长，恐怕不好交账。为了对老张的工作表示赏识，他将胳膊搭在张所长的肩上，一捋，那白白的手指在肩胛处轻轻地拍拍……

这就拍出味儿了。张所长当下轻飘飘的，犹如扶摇而上的柳絮……虽然聂县长是衔着葫芦露着嘴，没直接说出："安心当你的所长吧！"而意思却是有了。这么想一下后，张所长亢奋了，觉得光明就在前头。只要圆圆满满完成这次接待任务，给聂县长壮了脸，他张所长的乌纱帽，就万无一失了。

……

唉唉！谁能想到呢，无端就节外生枝，半道里杀出一个程咬金来，一锤子砸了他的吃饭碗，张所长差点没咽了气。

事情发生在当天晚上。

首长是午间来的，一行三人：首长、司机、首长女儿。女儿叫青青，人在小不点儿时，就时常像听神话般听父亲讲一些战争年代的逸闻趣事，对这一片神奇的土地早就神往。今天，好不容易遇上机会，死缠活缠地硬要来。争持再三，父亲做了让步，他考虑呢，今天是女儿的休假日；二呢，让一个自小在蜜糖水里泡大的年轻人，到这革命老区来感受、熏陶一番，也不是件没意义的事情。他破例允许她搭顺车。在日头偏西时，一行人风尘仆仆地来到目的地，在县委"小招"下榻。

紧张的接待工作有条不紊。一切都顺顺当当地进行,并无纰漏。虽然铁栅栏门外,不时有探头探脑的人,均被张所长和负责保卫的同志轰得远远的。为了首长一行的安全,天一落黑,除加强"大招"门口的值班工作外,张所长特别关照保卫股,在"小招"的铁栏栅门前站了双岗。

又有谁能料到那老头——那个被撵到前院"大招"里该死的寿星老头,竟着了鬼!不知怎样就探听到消息,说住在"小招"的这位首长,就是他当年打游击时的战友。九点钟时,他兴冲冲地栽栽歪歪地跑来,死缠活缠要进去。站岗的两个门卫,耐着性子劝阻,老头只是不听,便争执起来。惊动了张所长。他气哼哼跑来,凶凶地将所有在场的人瞪一眼,不问张长李短概而斥之:

"鬼叫什么?黑天半夜鬼叫什么?懂不懂规矩,嗯?"这么压住阵脚后,便板着脸子问老头,

"你找人家首长?认识?"

"哈呀!"老头禁不住拍一下大腿,像对全世界宣告似的,亮起大嗓门,说自家不仅认识,且惯熟得很呢,当年打鬼子时,常在一个被筒里伙睡,还揣过他的……

张所长惊骇得变了色,不等他把最后一个字说出口,就断然喝住,慌着吩咐手下人快把这个"疯子"弄走。

两个门卫本来就受了老头的气,听见吩咐,呼地上去,不顾轻重地又拉又扯。老头急了,使出力气,死死抓住栅栏上一根铁棍子。张开缺牙少齿的嘴,对住院内的小楼,可着喉咙喊:

"丑娃——丑娃——你快出来一下,我是杨——石——头——哎哟!我的胳膊,要折啦!我是日本鬼、二战区吗?丑娃——丑娃——你出来一下……"

小楼里的人终于被惊动了:几处屋门同时响动起来。接着是

杂沓的脚步声……便有人下来了——司机、青青、服务员玉翠。另外,还有来所里探望的聂县长……众星捧月般,簇拥着一位身材魁梧的老年长者——他就是小名唤作"丑娃"的首长。虽然他已皓发飘逸,看上去却并不显老,他比石头只小一岁,却不像石头老汉那般衰枯。自从南下分手以后,他就再没回来,两个月前,才由南返北,调回本省工作。当年的征战地,不免牵动他眷眷之情,就急着前来旧地重游,寻觅留在记忆里那烽火中的足迹与战友。就像回到阔别多年的故乡,情不自禁。刚才正兴致勃勃向聂县长询今问古,骤然听到有人呼唤他的小名,心一提,竖起耳朵,听见年轻时一个熟识的名字——杨石头。当下,记忆的荧光屏上映现出一个身坯粗壮、眼睛细小,负了伤还讲笑话,给人以快乐的年轻后生。首长把手一摆,慌着下楼,彼此相对不相识了。细眯起眼,久久地盯住瞅,依然恍如隔世,一点找不出彼此当年的影子。但还是情急意切地彼此喊一声对方的名字,呼地扑上去,忘情地紧紧搂作一处。捶捶,捣捣,不说话,用近于哭的表情对笑着,眼里涌出泪……

这情景叫人动情,在场的人鼻子都酸酸的,玉翠和青青,背过身去抹泪珠子……唯独张所长惶惑了,呆着脸,默默地问自己:"我是否干了一件很不冒烟的事呢?"

果然不妙!该死的老头,没话闭嘴好了,却少盐没调和地说:

"下午就听说是你,我不敢信,到晚上才靠了实……"

"那你咋不早进来呢?"

"我进得来吗?"石头老汉怨气冲天地伤感起来:"门口摆两个便衣探子,只差没把我老骨扭折……"

首长脸一沉。

张所长就从头冷到脚底板。可恶的老头还连连奏本,把如何撵人,如何腾房,如何这,如何那,结结实实述诉一遍。

首先是聂县长愕然瞠目。

张所长傻眼了，闭住气瞅首长——

首长不说话，但眼里射出凛冽的光焰，瞅住聂县长：

"这是怎么回事啊？你们不觉得太过分了吗……"

像听到雷，张所长心里哀叹道："完了！"他忙瞄一眼聂县长，聂县长也正瞅他，充满愤愤与怨恨的一瞥把张所长从希望的巅峰推了下来。这次是彻底砸锅了！

"还愣啥哩！"聂县长这么阴着脸子提醒他。

精明的张所长当下就知道自己该做什么了，马上又吆三喝四，步子快快地赶到前院"大招"找见所有被撵走的人，说了许多好话，赔了好多不是，又把人家一个一个请回"小招"，还亲自一趟一趟地替人家提包包，背东西……

首长返回楼上时，脸面上依然是一种沉重和愠怒的气色，刚才的事情使他久久不能平静。他缓慢地踱着步，长长一声叹息后，语重心长地对聂县长说：

"小聂啊！我们的工作是要铺路，可不要再干那些堵墙、挖沟的蠢事啦！"

聂县长频频点头，几次张了张口，却没多说什么，主动承担了责任。

首长要走了，县上领导同志都来送行，和首长言欢话别。张所长一脸灰，出于礼貌，他不能不来，强挤出一脸的笑，远远地站在一边，向首长行注目礼。

首长敏锐地感到了什么，特意走过来，热情地拉住张所长的手说道：

"所长同志，谢谢你的招待……如果你欢迎的话，我下次再来。可有一样，下次来时，大概你不会再让我当孤家寡人，坐禁闭了吧?"

一言未了,小院里引动起一片欢笑声……

张所长也笑着。首长的话让他心里发暖。再瞅聂县长的脸时,只笑了一半便想起那句"撤职"的话来,顿觉前程黯然失色。

客走人散后,张所长像锯倒的树桩,颓然倒在床上。

恍惚间,听见玉翠扯起尖尖的嗓音在喊他,说聂县长有请。

恍惚见到了聂县长。

聂县长推一下手头的文件,笑笑告诉他:"老张,我打算把你头上那个帽帽去了……"

张所长就破罐子破摔了,顺手扯来一把椅子,大大方方坐上去,白眼朝天,一扫过去老鼠怕猫似的缩骨像,脸一沉:"现成,早等你这句话呢!"

聂县长一愣:"你……什么意思?"

"不是要扒拉我的乌纱帽吗?"

聂县长笑起来:"我指的是你那个代字,你想到什么地方去了?哈哈……"

张所长自然很激动,一下子眼睛又睁得亮亮的。仔细瞅瞅,窗外的阳光已斜斜地向西坠去,并没有聂县长。才知道是南柯一梦!不免苦笑……

日子平平安安一天天过去。

聂县长虽然没有像梦中那样去掉那个"代"字,但也没有再提起"撤职"的事。

张所长仍然忙碌着……

原载《山西文学》

村　女

我娘从城里回来啦。满当当地提一包东西。好吃的？我想。撒着手欢迎上去。娘慌着用手捂，不准。她把脸仰起，笑眉笑眼地瞅住我：

"鬼女子呲——！你知道娘给你买回个甚？"

"甚？"

"你猜！"

"好吃的？"

"吃的除外。"

我想了想："电子表？"

娘脸一扭：

"根底不对！"

"耍的？"

"鬼！二十三的人啦，还挂记甚耍！"娘剜我一眼，"再猜。"

"反正……"我眼一翻一翻使劲猜……"反正，不是穿就是戴的。"我快嘴快舌地嚷，像打机关枪。

我娘咧嘴一笑。我以为猜对啦，娘却说："猜对一半，不过，快咧，再猜。"娘仍笑眉笑眼地瞅住我。

我从头猜到脚板：绒线帽帽、尼龙纱巾、尼龙汗衫、套服、筒裤、丝袜子、高跟跟鞋、手表……到底都没猜着。

娘撒撒嘴，拉开包包，掏了半天，掏出一件小东西：雪白，装在一个塑料袋里，我忙抓来一抖，——傻眼了。天爷！这不就是城里女人们戴的奶罩吗？……我那娘呔！她这是日头打西边出来啦？我梦也梦不到，我娘会给我买回这么个玩意儿。

我惊异地瞅住娘，眼瞪得像铜铃。

"瞅啥哩，乡里不是选了你上县赛游泳吗？"

我还是没转过弯，一脸痴相……

是哩，县上要开运动会。可热闹呢。除了赛球，赛田径，还赛游泳。明天就报到，有学生娃、有干部们，还有农民。每个乡都派代表队。这么着，我被挑上啦，专门赛游泳。乡政府给我们发了运动衣。一色红：红裤衩，红背心。裤衩分两种：后生们穿"三角"的，女孩孩家穿带腿腿的。腿腿有半尺来长。怕不保险，专门在裤腿口又缝上松紧带；背心也分两种：后生们穿搭带带的，女孩孩家一律穿有袖袖的，也是半尺来长。昨天晚上，我在灯下穿了试，往炕上一站，歪来歪去看半天，再一划一划摆弄着游泳的架势，问娘："好看不？"

娘往后退几步，眼窝眯成细缝缝，仔仔细细看半天，说：

"好看哩。只是没有人家电影上那些耍水娃们俊，老觉着少个甚。"

"少个甚？"我问。

"……"娘又想不起，笑一下，说："解不下。"

……

这么着，今儿个娘早早地进了城，悄没声就猛猛地买来这么个小把戏。

我自然欢喜得很。却不敢让娘看出来，就假眉三道地装出一副生气样，使劲摔打一下那个奶罩罩，怨声怨气地说：

"咋买这?"

娘拧着脖子,饱饱剜我一眼窝:

"我还不知道你个鬼. 前两年你不早就寻思着想戴个这?"

一句话刺得我红了脸。

前两年,我真的偷偷买过这么一个奶罩罩,让娘看见了,美美地捶了我一顿,一把夺去填进炉灶里,骂一声:"贼胆!"

小时候,我可胆大哩。娘说我:疯得像个野小子。

那时候,我还是个后脑勺梳两条小"老鼠尾巴"的小女女。敢和小子们赛爬树:脱了鞋,猴似的三下两下就上到树梢,压得树枝忽忽悠悠;春天捋榆钱儿,夏天揪酸杏,秋天摘棠梨子。还敢上墙,没梯子也敢上,几个猴孩孩,他踩住你的肩,我再攀上他的肩。咬了牙,一挺,就是一个人梯子,老来高。小子们都说我女娃家,身量不重,总让我上最上头。我说:行。一点都不怯。一只手扶住墙,一只手就伸进墙缝里,掏雀儿窝。先摸有没有柴草,有,就把胳膊再往里伸,常常就会摸出来几个肉肉的、嘴巴黄黄的,挺逗人爱的小不点儿,小脑袋一摇一摇的,使劲张开嘴,叫个不停。有时,碰巧了,说不定还能摸出几个雀雀蛋:小小的,圆圆的,嵌一道道弯弯曲曲的花纹纹。大家因为这就欢喜一阵子。

有一回,没有摸出来雀儿,也没有摸到雀雀蛋。手刚进去,就摸住冰凉、稀软的家伙,往出一拉:

——蛇!我杀猪似的尖叫,一个跟斗从高处摔下来,额头上磕了一道口子,殷殷地淌着血……娃娃们吓坏了,我一声都不哭,说:"不要紧。"随手抓起一把细面面土,朝伤口上一捂,又忙问:"蛇呢?"

小子们敢捉蛇,猛地提起蛇尾巴,倒吊起,我不敢。却敢提蝎子。热天里,蝎子多,天黑时,刮一阵凉丝丝的小南风,蝎子从墙缝缝里钻出来，我亮起手电筒，瞅得准准的，一下就捏住蝎尾巴。一个两，两个三，攒多了卖成钱，称盐、打油、灌醋。娘夸我是傻大姐，有本事。

真的，我可傻呢！敢和小子们摔跤。比我大一点的小子们也摔不过我。我敢让他们抱后腰："好了吗？"我扎好架势问，他刚说："好了。"我就猛地弯了腰，一把从底下逮住他的腿，使劲往后一躺，"咚"一下，把他重重地压到身底下。惹来一片笑声。人们吼着叫好。

往后，慢慢长大了，懂得了羞，就再不和男娃们摔跤了。

可是，我十六岁那一年，又和一个后生家摔过一次。

后生叫黑娃，和我同一个生产队，长我一岁，十七。人高马大，肥囊囊一身肉。本来我不摔，他硬挑逗。那一天，队里割苜蓿，日头烤得热死人，人们都割得乏乏的，横一条竖一条压在苜蓿草上歇息，我也仰面朝天地躺在苜蓿上，一面摘一朵苜蓿花闻香香，一面看天上的游云。不安生的死黑娃忽然朝我喊：

"叶叶！摔一跤！"

我不理。

"叶叶，敢不敢和我摔一跤？"

见我不应茬，人们就帮着瞎起哄，婆姨家更是起事精，也尖着声喊："叶叶，和他摔一跤，你能行……"

我禁不起激，噌地站起来：

"摔就摔！"

上去就抱住，婆姨们捂着嘴咕咕笑，我不管。左扭、右扭、一会儿勾腿，一会儿使绊子……头一回两个人一齐倒下算是平跤。我说："算了。"黑娃说："再摔！"

我一喘一喘地死活不愿意。

黑娃硬缠，人们又跟着乱起哄：

"上！叶叶，不能松他……"婆姨们喊得最凶。

又摔。

这一次我吃了亏，三下两下，他就将我摔倒在地。我不服，扭住他不松手，挣扎着想掀翻他。这么着，两个人又紧紧扭成一个蛋，满地里打滚儿，眨眼间就把绿绿的苜蓿草压倒一大片。三滚两滚，不知怎么着，那个死黑娃一下就骑到我身上，压得人喘不过气，动都不能动。我急了，喊："松手！"黑娃肖然不动，还骑在我身上，问：

"认输啊不？"

"……"我不吭声，使劲挣扎。我才不肯下软蛋呢。

"不认输就不让起！"黑娃说。

"对，老骑着……"一个死婆姨这么喊。人们就笑……

就在这当儿，正在另一块地里做活的娘瞅见啦，呼哧呼哧跑过来，凶凶地拉一副长脸，恶声恶气地朝我骂：

"你——还要脸不？"

打那以后，娘再也不许我和后生家摔跤，但却不嫌弃我和后生家在一个水池子里耍水。

村背后的山田里有个小水库。碧绿地汪着一湖水。无风的日子，湖面平如镜，水里倒映着绿的山、蓝的天、白的云……深处还有鱼，鱼儿有时跃出来，水面上漾起圆圆的水环，一圈一圈地绽开……

我自小爱耍水。娃娃家不害羞，和小子们一块耍，扎猛子、打水仗……慢慢地学会"狗刨窝"。再往后，又学了些新花样：踩水、卧水、蛤蟆式……胆子大起来，敢游到对面水边，和后生家赛过几次，我每次都得第一。人们都夸我：不光是游得快，姿势也好看。

我又长大一些时,娘悄悄嘱咐我:"再耍水,把胸前遮盖住。"

"咋啦?"我问。

"丑呢!"娘说。

我愣愣的。

娘斜了眼,骂我是小憨货。接下去就说:姑娘家是"金奶子",新媳妇家是"银奶子",生下娃娃的婆姨是"猪奶子。""金奶""银奶"最值钱,怕人看。"猪奶子"才可以不避嫌。

我咯咯地笑。

看我,说到哪儿啦,不是说买奶罩罩的事吗,怎么扯南门盖北海呢!

……噢,想起了:那一年我十八。正是热天,日头红得能烤死人。在责任田里干了半晌活,全身汗腻腻的,憋得慌,老想跳进水里泡一泡。这么想着,三扒两下吃罢饭,碗一放,趁男人们都在村子里歇晌,我就拉扯了西头的彩彩、东头的玉仙做伴儿,从长满庄稼的山圪梁上翻过去,来到绿得见不到底的水库旁。

这会儿水库可静呢,一个男人都没有。只有几个吃屎娃一丝不挂,浑身晒得像红虫一样,正在水边学"狗刨窝",溅起一片水花。

一见水,我就没了命,当下急着就要脱鞋。彩彩死活不情愿,眉毛一皱,说:另寻个地方。玉仙是个"中间派",只是咬了下唇笑。不说话,意思是:怎么着都能行。我知道拗不过,只好再把鞋扣起。

我们又顺着水边边绕过去,远远地绕到一个弯弯里。弯弯里长着芦苇草,自然要保险些。虽然是三个老汉两根胡须,稀拉拉没有几根,到底是个遮拦。

"脱光!"我这么说。

彩彩和玉仙还以为我说疯话,没想到我真的脱得光光的,浑身上下一根线都没留。一下子两个人都傻了眼，明溜溜地瞪圆了眼珠子，那模样就像在看一个大马猴。

"看啥哩，没见过？各家身上没有？"我说。

彩彩把头勾得低低的，抱怨我一句：不要脸。玉仙不说啥，只是一股劲咬住嘴唇盯住我笑。

"脱呀！"我又喊。

彩彩干脆将脖子拧过去。玉仙只是笑，却已是有心思了。

"还等啥哩，脱呀，脱光！"我说。

"敢吗？"玉仙问。

"敢！"

玉仙发发狠，脱了袄，脱了裤，脱了背心子，轮到脱裤衩时，一下又作难得了不得，像一只胆小的兔子，使劲捏住裤衩，提心吊胆地东瞅一眼，西瞅一眼。

"不怕的，鬼也没。"我一面替她壮胆，一面连声不断地逼她快脱。玉仙还是心事重重，两只手捏住裤腰上的松紧带，提起，褪下；褪下、又提起……试了好几次，到底不敢脱。

"没彩的货！"我剜她一眼，身子一纵，"扑通"一声自己先跳下水，我自由自在地游啊、游啊，游了个美。

玉仙馋得不行了，发发狠，一把拉下短裤子，也赤条条地跳下水来。

只剩彩彩一个人还磨磨蹭蹭地留在岸边上。那个老古板，任凭我们说成个甚，她还是她那老主意：裤子挽到大腿根，只露出两条腿把子，汗衫也不脱，就要下水。我和玉仙死活不依，撩起漫天的水花子，兜头盖脸朝彩彩身上泼水。眨眼工夫，她成了落汤鸡，通身上下水淋淋浇了个透。这么着，她才脱了那个汗衫子，拧拧干，晾到一块石头上，然后，贼一样颠着碎步往水里头跑，两只手紧紧捂住胸前的一双奶子，样子就像端着两个雪白雪白的发面馍……

三个女人，三个光身子，引逗得两只花尾巴雀雀也飞来看稀奇。它们落在不远处的一根苇子上，忽悠忽悠打闪儿，两只小眼睛，骨碌骨碌盯住我们瞅，尖着嗓子叫个不停，好像说：咕咕——羞！咕咕——羞！

"去去去！"彩彩手一扬，把花尾巴雀雀撵得远远的。

我们畅畅快快在水里扑腾了好一阵子，耍够啦，洗美啦，三个人又挤成一堆，钻在苇子里，比谁的身子白，谁的肉嫩，谁的胳膊粗，谁的腰围子细……

刮来一阵小风，苇子摇起来，尖尖的绿叶子轻轻划在人身上，怪痒的。玉仙最娇气，身子一扭一扭躲过来，躲过去。笑个不停。彩彩皮实，一点也不在乎，只顾搓着身子，我们三个数彩彩吃得胖，胳膊腿圆得像莲藕。胯骨也数她的大。我忽然叫起来："胯骨大，能养娃！"玉仙当下就接着说："彩彩，这么说等你日后嫁了汉一准是个能生娃娃的优良品种！"

彩彩急了，脸一红，骂声："松货！"就撩水泼我们，我和玉仙搂住头笑，一面讨饶说："不敢了……"

这当儿，猛猛听见一群婆姨们叽叽喳喳的说话声。谁呢？连天晌午来做甚？我们扒开苇子往外一瞅：不远处的堤坝上果真站了一拨子人，有七八个女娃子，一个个穿红着绿，打扮得花蝴蝶似的，多半都穿短裙子，风刮起来，一摆一摆，露出多半条赤条条的腿把子。看这穿戴就知道是从城里下来的。这些女娃子由两个不老不小的汉子率领着，两个汉子一律穿运动衣，蓝的，背上背着白码子。一个汉子正给女娃们指指点点讲说什么，另一个汉子顺着堤坝朝我们这一边走来。我们没命地往堤上跑，踢溅起一片水花子，胡拉乱扯地穿上衣裤，扣子扣得乱了套，咕咕咕笑一场。

谢天谢地，那个汉子又转身子返了回去。这时候，堤坝的那一头又来了一拨看热闹的人，拖大拉小，有男有女，全是我们村的。

我们三个大眼瞪小眼，不知到底出了什么事，急急火火地顺着堤坝跑过去。一问，才知道是县体工队的来水库训练女子游泳。

那个汉子讲完了话，女娃们开始做准备动作：甩膀的，下腰的，踢腿的……我和玉仙、彩彩挤在一搭里瞅，玉仙嗓门压得低低地问：

"瞅见没？"

"甚？"我说。

"人家那胸脯。"

"咋啦？"

"奶子怎么都那么高？圆圆的，尖尖的，硬面馒头似的，瓷囊囊的，动一下，打颤儿。不像咱们，走起路一甩一甩！"

"那是咋啦？"我问。

"晓不得。"玉仙说。

"人家是城里的。"彩彩带着羡慕的口吻。

"鬼话！城里女人身上和咱乡下女人身上零件不一样？"

可是到了没弄清城里女人为啥胸脯就比咱乡下女人挺得高。

接下来，那些女娃们就要下水了，她们当众脱起衣裤来，一点儿都不害羞。

村里人少见识，叽叽咕咕地笑，后生家傻傻地咧开大嘴，婆姨家有人把脸藏到背后去……我们却看得着了迷：天神！居然都脱成光光的，只留一个小裤头，上身是半透明背心，隐约着一条"牛眼罩"似的布布，雪白。玉仙悄悄对着我的耳朵说：怪不道城里家女人胸脯挺得高，原来奶子上都垫着一块布布。

"不知道那叫个甚？"我悄悄问。

"晓不得。"

"各自缝的?"

"像是买下的。"

"不知得多少钱。"

"晓不得。"

"不贵的话,咱也一人买一个戴上,保管也俊呢!"

玉仙半天不言语,叹口气:"可惜咱不是城里家的。"

"不是城里家咋的!乡下女人就不是女人?偏要戴!"我不服气。

彩彩却不乐意了,嘴角一不撇,抱怨我们孬好都不分,故意把胸子弄那么高做甚哩,怕人瞅不见是咋的,不害扎眼!再说,庄稼户女人卖什么俏,有那两钱还称盐、打醋呢……

我才不听她卖膏药呢,就拦腰截住她的话问玉仙:

"玉仙,要是有,你敢不敢戴?"

"你敢我就敢。"

"准话?"

"准话!"

"我敢!"

第二天,我进了城。见商店就进,顺着柜台齐密密地找,悄悄地找那个"牛眼罩"。到了在县百货一个玻璃盒盒里找到啦,盒盒里放着七股八样的小零碎,扣子、顶针、丝线、缝衣针,还有那个"牛眼罩"。

"咳!给我取一下这个!"我用指头轻轻戳点着盒盒上的玻璃罩,朝卖货的婆姨喊。

卖货的是个年轻的小婆姨,公主似的端着个粉脸儿,站在那一头半天都不理我。我还以为是没听见,又喊一声"咳!给我取一下这个!"

"哪个?""粉脸儿"斜过来了,冷冷的。

"这个?"我又朝盒子里指了指。

"哪个吗?"很不耐烦。

"就这个么!"

卖货的小婆姨重重扔下手里的木尺子,拉下脸,一扭搭一扭搭走过来。尖尖的高跟鞋响得重重的,口吻里带着气道,"不会说个名儿吗,什么这个,那个的!"

我满脸通红。鬼知那叫个甚!

"到底要哪个?"她眼窝一翻一翻的。

我也火啦,恶狠狠地朝那"牛眼罩"一指:"就是这个嘛,遮奶头的白布布!"

扑哧!卖货的小婆姨就笑,咯咯咯的……随后,又绷住脸,"你买乳罩干啥?"

"戴哩!"我没好气地说。

她惊异地瞅住我:

"你不是村里家的?"

"是村里家。"

"货卖出去是不许退的!想好!买啊不?"

听,明明是小瞧咱村里人呢。我气粗粗地腰一挺:

"买!"

那卖货的小婆姨扬起她那公主粉脸儿,眼一斜,嘴角轻轻歪了歪。我一点不在乎,大大方方付了钱。

这么着,我悄悄地买到一副"奶罩罩",悄悄地拿到家。天黑下时,悄悄地拿出来,戴在胸上,让娘在灯下瞅俊不俊。

我娘吓坏啦,眼珠儿都差没有蹦出来,骂我"要脸不"。长这么大，连丑啊俊啊都解不下！好端端地把胸子弄老来高，挨炮来！不要脸的！一准是在水库里中了那群女妖精的邪……一面这么数落，一面就要夺："拿来！"我硬不，用手捂得紧紧的。娘急了，捏住拳，狠狠在我脊背上捶几下。到了硬夺了去，填进炉灶里，点把火，当下烧成灰面面。

娘气得一夜没合眼，说我人大啦，心野啦，寻着给她丢人哩。又骂我不知道日子艰难，白白地糟蹋了一块多钱，糟蹋光景哩……嘴里叨叨不停。

这都是两年前的事情啦，想不到两年后的今天，娘竟然亲手给我买回来这么个招人喜欢的小把戏，想一下，就失笑得不行。这么说，娘的脑瓜开化啦？我疑疑惑惑的，便试探地说：

"娘咃！人家前两年喜喜欢欢买了一个，不是让你一把火烧了吗？还美美捶了我一顿。"我故意噘起葫芦嘴。

娘就笑，抱怨我不要老狗想起陈年屎（事）啦，前两年娘是老脑筋，再说那时家里又不富。

"如今呢？"我这么问。

"用得着问吗！光景呢，你又不是晓得，打墙的板儿翻儿翻儿往上冒哩。再说娘的脑筋也转了，思谋着城里家女娃儿就是会打扮。娘只有你这么一个女孩孩，不打扮等甚哩，你不是早就想要个这，今儿个娘就给你买一个，让我娃也洋气洋气，明儿个进城赛游泳，脱了衣服，也省得给咱村里人丢成色。"娘喜滋滋地说一大气，临了硬让我当下戴上试一试，看俊不俊。我就戴起来，一下子胸前翘翘的，我张狂得了不得，使唤镜子照不够，学着城里家女人样，挺了胸，一扭一扭走过来，走过去。娘的眼睛成细缝缝，瞅半天，手一拍，说："像，像个城里家女女！"

这当儿，玉仙跑来了。她今儿穿一件浅绿色的凉衫，胸前满嘟嘟的，却远不如我的挺。她一下瞅见我戴的"奶罩罩"，咬住唇光知道笑，两只水灵灵的大眼睛盯住我瞅不够。我问她：

"俊不？"

"俊呢！"

"戴上试试。"

"对。"

"敢不敢戴上去巷里？"

"不敢。"她脖子一缩，吐吐舌头。

"我敢！"

我当真戴着那个小把戏到巷里转了转。这一下，我那个小院子就热闹了，蜜蜂闻见香香蜜一般，转眼招引来一拨子大姑娘、小媳妇，连老婆婆老汉汉家也挤在墙畔上看稀罕，咧着那没牙的嘴。

我家小院里像落了一群欢家雀，叽叽喳喳吵闹不停，一个个高兴得哟，好像在给他们招女婿。

有人鼓动姑娘们，咱们也买一个"奶罩罩"。

这伙鬼！欢喜得蹦高高。

"唉！真要进城吗？"一听声就知道是彩彩。不知啥时候她也站在了墙畔上，夹在两个老婆婆当间里，探出半个身子来，扯着嗓门喊："给咱也捎带买一个，要大号的，咱的腰粗！"

一院子人笑……

第二天一群女娃们相跟着去县城，叽叽嘎嘎像游在一河春水里的鸭子。

县城离我们村不远。

原载《现代人》1985 年第 2 期

该早点儿

费家出事啦!

从前天起,费家婆子眼皮一直跳,老想到要出事。果然就出事!

夜刚入静,四个穿蓝裤褂的公安人员,不期然来到费家,把费家那个唯一的生着一双精灵黑眼睛宝贝儿子——亚雄用绳子捆了便走。

"应该!"小镇上知道底细的人都这么说。

费家婆子却大放哀声地哭皇天了!这是可以想到的事情,毕竟是自己身上掉下的肉啊!何况又是当着娘的面。公安人员顺屁股就摸出绳子来,一抖,刷地搭在亚雄的脖颈上。当娘的当下腿一软,顿觉天旋地转……眼睁睁瞅见一条白白的细绳子,蛇似的顺着亚雄两条胳膊,一圈一圈,飞快绕下去,接着是"刺啦,刺啦"叫人心碎的抽扯声……眨眼工夫,一个刚满十八岁的小后生被捆成一颗蛋,小老汉似的,弯腰屈背,屁股朝天,头发差点没碰住脚,额上黄豆般的汗珠子,吧嗒吧嗒,摔落在水泥地板上……

费家婆子心痛得了不得。猛地记起让她切齿的老头子,老头子到西街去了,为了眼前的这件事,想快快取到一些"经验"回来,没想到事情会这么快,公安人员抢先一步,把人押走了。费家婆子跺脚，叫一声："天！"大哭。哭了好长一段时间，才抽抽搭搭地渐渐止住。刚才儿子被捆成一颗蛋的影像，总在心幕上跳，万千哀怨深深嵌镶在脸上。

事情在前天就知道不大好。

前天，小镇上开一个声势浩大的宣判会，人多得了不得，偌大一个体育场挤得满满的，潮水般涌动，派在各处的公安人员，汗流浃背，喊破嗓子，奋力维持秩序，到底还是挤倒两堵土墙。散会后，场坪上被挤掉的各样鞋子，满满捡了三筐不止。

好些年没开这样规模的宣判会了，一家伙拉出七八个"祸害"来，自然令人振奋。

这些"祸害"们可恶透顶，朗朗乾坤，敢行凶作恶，抢钱、抢物、抢女人……谁敢说"不"，轻则捆巴掌，重则捅刀子……他们猖狂到太平盛世人不能过太平日子。养姑娘竟成为家里的负担，前不久，东街两个十二三岁的女娃娃，上学路上竟遭到毒手，被几个"祸害"用刀子强行逼到一个罪恶的去处……把罪恶的事情做完之后，人已被摧残得奄奄一息……

罪孽做到如此地步，算是恶贯满盈。欠债是要偿还的。

和其他各地一样，这个山区小镇，也在打一场"从严从重，惩治刑事罪犯"的硬仗。

首战告捷，头一网就抓了七八个"祸害"。一个个把他们用绳子捆了，在大会主席台下边的木板上排成长长一行。他们听完对自己的判决，就被押上刑车，缓缓地绕街示众后，两辆押解着首要分子的大卡车，兀然加快速度，飞快地驶出西门，一直拉到一个叫作绞场坪的地方，让他们每人尝到一颗"黑枣"，便陈尸在荒草乱石滩的一隅，得到自己应该得到的下场。

为此，好些人家都打酒、买肉、做好饭，以示庆祝。费家婆子也没例外，开完会就扭着胖身子，一头挤进菜市场，买回一吊鲜猪肉，二斤嫩韭菜，当当当，一阵案板响，便有热腾腾的细面饺子出锅了，盛在一个镶有蓝花的细瓷海盘里。一家三口，围着圆圆的木饭桌坐下来，老两口很香地嚼着饺子，一面津津乐道刚才会上的见闻与感慨：谁谁的两只鞋都被挤掉啦、又谁谁在刑车上吓得脸黄成一张表啦……

只有亚雄不说话，这个脸儿长长、身子精瘦、衣着时髦的小伙子，低低垂着一颗长毛头，闷闷不乐地强咽了七八个饺子后，就蔫蔫站起来……

"不吃了？"当娘的停住筷子问。

"嗯。"

"咋啦？"

"不咋。"

"不咋是咋啦？吃这么少？身上不合适吗？"

"没。"

"没？"瞅见亚雄脸上的气色不好，"还没呢，看你那脸，黄蜡蜡的，阎王爷勾了魂似的……说过不让你到绞场坪去，血糊污拉的，准是吓着了……"

亚雄拧住眉，用发烦的脸色禁住娘的嘴。默默地进了里屋，抓起一本画报，身子一歪，倒在床上心不在焉地翻动着。

"一子难教！"费家婆子这么嘟囔。

老头子兴致极好，把中断了的话接续下去，绞场坪长，祸害们短……并由此引申到"祸害"们的亲娘老子。费家婆子也猛然记起——

开会时，一个"小祸害"的娘，远远站在会场外的一个角落里，瞅见自己的儿子被押上刑车后，差点没哭断气……

听见这话，老头子愤慨了，一双多肉的肿眼泡鼓得圆圆的：

"哼！早干什么去了，现在哭？活该！"

"就是，"费家婆子也附和道，"只顾撇开大腿往下养，养下又不管教，现在又哭……"

两个人，把那不尽职的爹娘谴责过后，才突然想起自己也是当爹娘的人，也突然记起当爹娘的一些责任来。首先是当爹的当下端出一个当爹的架势：身子略略往后一仰，脸板得平平的，使出声威：

"雄雄！"

"嗯。"

在里间的亚雄用鼻子哼一句，声音闷闷的，人像在深深的枯井里。

"你在外头没给老子捅什么娄子吧？"当爹的问，样子像问天。

"我……我捅什么娄子啦！"

"我问你，平常你都和什么人在一块鬼混？说说你的狐朋狗党！"

"……"

亚雄默不作声。

直到当爹的使出威风，才吞吞吐吐地报出几个名字来：铁脑四四、铜锤石头、金箍棒柱柱……

头一个名字生，当爹的没做反应。听到"石头、柱柱"两个名字时，脸色就不好了，嘴一扁，眉头攒成疙瘩样：

"还有谁？"

"还有……还有外号饿死鬼德德……"

像重重挨了一棍，老头子当下直了眼，费家婆子也瓢似的大张其嘴，半天合不拢。

这是他们万万没想到的事情。我的天！难道雄雄成天在外就和这样的"虫虫"们混吗？尤其那饿死鬼德德，简直不成个东西，敢独自擎一根铁棍，潜在小镇东门外的柳树林里，月黑人稀时，兀地跳出来，拦路截住一个胖女人，胖女人孤身无援，便一口一个"好兄弟"地叫着讨饶。

"兄弟"却不行。

胖女人就卸了自家手表，连同仅有的三块钱、四斤粮票都交出来。

"兄弟"还不行。要强行逼她到林子里去，说要玩玩……

胖女人大约从嗓音上听出眼前的歹徒是何许人了，便蹬蹬蹬，大步跨上去，盯住对方细瞅瞅，一巴掌照脸就掴了过去，然后跺脚捶胸，连哭带号，蹦着高高叫骂：

"孽种！奈何到你二姨头上来了？啊！走，咱进去，看你和二姨怎样个玩法……别跑！你小王八羔子别跑……"

想一下，和这样一个混账东西鬼混在一处，该都是一伙什么样的"虫虫"了。这些"虫虫"，虽然还不曾杀人放火，但在公安局怕都是挂了号的人物。

想到事情的严重，这一对当爹娘的觉得非马上认认真真管教一下儿子不行了。首先是老头子——这个年近五十，胸宽腰圆，一言不合就立眉瞪眼抡拳头的老头子，将手里的筷子一掼，呼地站起来，把椅子踢得远远的，呼呼冲到里间的屋门口，着力用手一指，满脸杀气地对亚雄说：

"听着，从现在起，马上和这些乌龟王八们一刀两断，敢不，我扭折你的腿！你看不见眼下正抓集团犯……"说到"集团犯"，老头子就稍稍迟疑一下，把话打住。大约用了"集团犯"一词，勾起了刚才的宣判会，想到了绞场坪和绞场坪上的血污……于是，两个父母，不期然就心里一紧，疑心到自己家里是否也会有一场横祸发生。

事情果然不妙！

昨天。老头子早早地到油坊去上工（按照合同，他承包镇上一座油坊），从另外几个打油人的嘴里得到一个消息，就蔫蔫地扔了油槌，满腹心事地回到家，悄悄告一声妻：

"那个饿死鬼德德被抓了！"

正在缝纫活计的费家婆子，猛一惊，掉了剪子，差点扎住脚：

"甚会儿？"

"昨天夜里。"

"抓走几个？"

"眼下就德德一个。"

"没牵连谁吗？"

"没。要有牵连，昨天夜里就该一锅端了！"老头子端住下巴颏，深思远虑地说。

费家婆子长长松一口气，暗暗祈祷上苍：玉皇大帝保佑，雄雄不要出什么事……眼下的风头，无论如何不能再让雄雄出去疯跑野逛了。老头子鼓了眼泡严厉决定：

"把他圈住！"

"圈住！"当娘的即刻附和。

两个人都狠了心肠，忍痛扔下各自赚钱的活计，索性坐到家里，像一对忠于职守的哨兵，履行自己应该尽到的义务，严严地把雄雄监视在里间小屋里。夜幕垂下来，将床铺移到屋门口，堵了"关隘"，硬是不睡，眼都熬红也绝不玩忽职守。

亚雄——一个向来肚子不饿不回家，夜不过半不落巢的人，如今受此约束，无异于坐牢。他变着法儿想溜：

"尿也不让出去吗？"雄雄双手捏住裤腰，头歪下去，苦着脸，两脚不安地踢动，做出一副实在是憋不住的样子。

爹疑心他在捣鬼，便说：

"尿到盆盆里，满了我倒！"

真尿了，吭哧良久，滴答出两三点……

诡计败露以后，自然就不能骗开"关隘"。

天近黎明时，到底将盆子尿满了。老头子很不情愿地弯下腰，双手浅浅地捏住盆边儿，挪动碎碎的步子，一面恶口骂娘，说，我算是活成个人儿了，别人养儿享福，我是伺候儿子倒尿……

好在这一夜平安无事过去了。

今天早上，老头子从别处把又一个更糟的消息带回来，面如土色地告诉妻：

"昨天夜里，又把石头和柱柱抓走了！是关在临时收留所里的德德咬上的。"

费家婆子脸上满布着惊讶与慌恐，觉得事情严重：既然德德会"咬"石头和柱柱，那么石头和柱柱会不会"咬"别人？若咬，岂不要蛛蛛拉蛋蛋，一拉一串串？谁敢保证不咬咱雄雄？

"关键是问问咱这贼坏，到底有没有捅下娄子！"

夫妻两人慌慌地到了里间，再三追问，到底有没有跟上那群乌龟王八捅乱子？

雄雄就了头颅，嘴抿得紧紧的，不说有，也不说无。

这情形让当娘的愈发心焦火急了，就取了女人们惯常的姿态：跺脚、咬牙、捏了拳头，照准雄雄背上使劲抢，用近于哀告的哭腔喊：

"说呀，我把你个小老子哟！"

"……"雄雄木然嗫嚅一下，依旧不发一语。但一种刻意隐瞒着什么难以启口的事情已在那愁惨的脸上裸露无遗!夫妻两个惶然一顾,起了绝望,知道一切事情不必再细细追问已经明白。眼一黑,两颗悬虚的心一同向深不探底的枯井里落去……

费家婆子,丧魂落魄瘫坐在床的一隅。老头子也如蔫布袋软软地顺墙蹲下。他们知道雄雄被抓是早晚的事。若如此,自己日后有何脸面站在人前说话?上街走路,恐怕都要像出穴的小鼠,顺墙根溜了……想想,就酿出一腔怒火,气哼哼地瞅住妻:

"你讲究还是个妈,儿子坏到这种地步,就一点没觉察吗?操的什么心!"

费家婆子一肚子怨愤正没处泄,噼噼啪啪就接了火:

"噢,怨到我头上啦?常说'养儿不教,父之过',你倒有脸来问我?成天价一头扎进钱眼里,你察觉儿子什么了?从没听你放过一个屁!"

管是不曾多管的,没放过一个屁,确实有点屈。老头子瞪起肿眼泡,很硬气地连连质问两声:

"你再说我没管过?你再说我没管过?"

费家婆子眨眨眼,一下明白他指的是两年前的一件往事——

那一天,邻居李妈——一个头发半白的老女人,按着平素的交情,扭着一双"解放脚"来到费家,嗓门压得低低的,对住费家婆子的耳朵,把知道的事情讲说一遍:

"……管管你雄雄吧,你娃跟上鬼啦!"

"真的?"费家婆问。

"可不是真的,他还跟上那般鬼学跳光屁股舞呢!"

初时,费家婆子半信半疑等到吃午饭时,无意间果然就看出一些端倪,盛了饭,雄雄不上饭桌,径直奔里间屋,轻轻地闭了门,轻轻地拧开收录机,便有娇滴滴的音乐声传来,加着一个妖里妖气没了骨头女人的唱歌声，哼哼叽叽，软不溜溜，就像蚊子撒娇……

吃饭不到饭桌来，已有好些天了，费家婆子并不以为意，今天，想想李妈的话，生了疑窦。她蹑着脚，到了里间门口，一只眼睛顺门缝往里瞅，瞅见雄雄有异乎寻常的举动：虽然端着碗，魂儿却全然被没骨头女人叼走了，两只脚，随着音乐的节拍子，一抬一抬，左拉右划，慢慢地又大动了，腰一扭一扭的，撅着的屁股蛋子也如打摆子似的一甩一甩，口里并念念有词："一、二、三、四……"

咚一下，费家婆子一脚踢开门：

"抽筋哩？！"

沉迷在一种情趣里的雄雄噘了嘴巴："妈——你捣什么乱呢！"

"不学好的东西！"

"妈——八十年代了，你不懂！"雄雄奶腔奶调的，像用鼻子说话，一面说，一面腰又一扭一扭，屁股一甩一甩。

"我叫你爹去！"

雄雄笑笑的，不理，依旧扭腰、甩屁股。

费家婆子把老头子从饭桌上拧来。老头子端出当爹的威风，脸板成铁青样，颈上鼓几条青筋，瞪住雄雄：

"把你个东西！"挟一股风就扑上去，蒲扇似的大手斜着，着力扇去——啪！一家伙亚雄被凉凉地摔在地板上，他骇然瞪一双眼，脸成雪白样，转眼就有鲜红的血污从口和鼻孔里流出来……

见这情景，费家婆子惊得足足呆了五秒钟，然后疯似的：

"我也不活了！"大叫着向老头子扑去，死死抱住老头子两条腿，一面扭打，一面母猫似的号，"打！连我一块打……你这蛮尿，拳头攒得饱饱的，索性将我娘儿俩一齐打死好了……你打呀！把你这个蛮尿……"

老头子气蒙了,鼓了眼:

"你不是让我来管管吗?"

"让你管就往死打?"

"是往死打吗?"

"那血?"

老头子本想说什么,想到一个明白女人糊涂上来也同样不可理喻时便忍了。他将一只拳头砸在另一只手心里,发誓赌咒道:

"好,从今往后,任凭他成龙变虎,别再指望我!"

赌气只是一方面。重要的是,他也确乎太忙了,一个人承包偌大一个油坊,一干子人,一串子事,样样都需他操心料理。一个极要强的人,遇上这样一个好年月,自然就产生"要干就干出个名堂来"的气概。时间就不能耗费到别的事情上去。至于儿子,就让当娘的料理好了。

当娘的却认为,咋料理?人已长成牛高马大,既不能搂在怀里,又不能拴在裤带上。只要做到饿了有他饭,冷了有他衣,就算尽了做娘的责任。其他事情,大可不必再管,任其儿子到外面去闯闯,不是说要经风雨见世面吗?她自信,一个从小老成的孩子,长大后大可不必担心会做越轨的事情。如果巷道里有谁来给她掏耳朵,"管管你雄雄吧!"她就话中带刺地笑笑:"不就是我管大的吗?风吹大的?"一句话把人家噎得死死的,渐渐地断了言路。

当娘的用袒护取代了管束。实在说来,她也无暇去管,她也忙啊!每天都有一堆做不完的活计,并非自讨苦吃,你想,自打老头子承包了油坊,钱是拿回来了,但同时把一种做男人的架子也越来越明显地端出来,动不动就朝她翻眼珠。作为一个刚强的女人所不能容忍!如今,既然允许八仙过海,各显神通。而自己,一来刚四十出头,青春还未最后告别;二来又有一手技艺超群的剪裁术,何必非要坐下来看着男人的脸色吃现成呢？于是，她个人挽了袖子，搬砖、调泥，在临街一间房子的土墙上，捅开一个小窗口。在一串鞭炮声中，一个写着"裁剪、锁边、缝纫"的布帘子挂出去了。生意如人所料的兴旺。自己挣了钱腰就粗，她心里话："你个老鬼，我看你再敢朝老娘瞪眼窝！"

当然，之所以开缝纫铺子，道理并不全为这些，最主要是缘于生活充满的希望。时下提倡发财，就不能辜负年华。众人拾柴火焰高，两个人赚钱，比起一个人来，到底能使家境发得更快些。

把心思都放在钱上，钱越多，劲头就越足，也就越不肯放过每一分光阴，心里只有钱！唯独把一个做父母的责任远远丢到脑后。亚雄从早到晚在外做什么，做父母的向来是一问三不知，事情酿到今天，把一个天样大的娄子捅下后，两个做父母的又大眼瞪小眼地怨天怨地了……

这又何必呢！即使吵塌天，也于事无补！当务之急是急需冷静下来，脸一苦，样子就像甘愿舍条大腿，让人用刀子割肉那样，狠狠心肠，他对妻说：

"你马上数出三摞摞各一百元的票票来！"并把道理讲下去：事情明摆着，眼前吉凶如何，关键就在被抓了的那三个狐群狗党的嘴了。只要不乱"咬"，就可以逢凶化吉。唯一可行的就只有分头找找他们的爹妈求情了，不能空手去，每家先塞上一百元，然后请他们给各自儿子通个风，只要保证不咬雄雄，日后他们各家的零零碎碎一切花销咱全包，一直包到他们的娃娃出狱为止。

费家婆子想想，也只好如此了，只要能消灾，破财就破财吧！

可是呢，那几家的爹娘，全是小鼠一样胆子，话只听到一半，人就吓成稀软，哪里敢收这钱！"这是干什么呢！岂不成心给我儿子加罪吗？我们已经够倒灶的了，还往火坑推吗？快走吧！你们……"

雄雄爹娘,如此这般碰了三鼻子灰!日头就斜斜地向西边山脚下落去,两个意冷心灰的人,沮丧着脸回到家。希望破灭后,剩下的只能干瞪眼等着公安人员用绳绳来绑呢。天越黑下去,心越跳跳的。觉得实在已经到了山穷水尽,老头子喟然一声长叹,瞅瞅面壁饮泣的妻,艰难地说出一句很不想说的话:

"他妈!你,该把他要带的东东西西收拾一下啦……"

听到这话,费家婆子就要大哭……老头子慌着劝住:"嗯啊!现在号哪门子丧!这只是防备一旦有个万一时,免得事到临头手忙脚乱忘记什么。也许就平安无事呢!即便有事,哭有何用?何不硬硬气气把事情想得到到的,该料理什么就料理什么吧……"

把一个哭天抹泪的妻劝住后,两个人就哭丧着脸,心里酸酸的,动手给儿子打点进监牢时应该带的东西:褥子被子啦、枕头枕巾啦、毛巾香皂啦、牙膏牙刷啦、喝水杯杯啦等等,都仔仔细细一一张罗到一起。

瞅瞅这些东西,当娘的腿又筛糠了,兀然想到抓犯人时一个程序,脸色惨白:

"要是……要是真来抓,还非得用绳子捆吗?"

老头子将眼皮往下一垂,没说话,重重地点点头,意思是大凡抓人总得捆的吧!

"娃嫩骨嫩肉的,哪能吃住绳子捆呢?"

"唉——"老头子长长叹口气。

当娘的鼻涕眼泪抹成一片:

"不能事先打听打听?到底派些谁们来抓,也好托人说说情,求求人家到时候捆松点……"

老头子记起一个人来——一个三进监牢才改恶从善、绰号"赖子"的人，邋遢，有力气，眼下在油坊抡油槌。大约因为常挨捆，就得了一些挨捆的经验。一次，在油坊谝闲时，赖子似乎说过，人在挨捆时，只要如何如何，就不感到遭罪的话。但眼下，又实在记不起了！

费家婆子又气得想哭：

"还等什么呢，还不快去再问问赖子！"

这叫什么话！让一个有头有脸、正正派派的体面人，去讨教这样一种龌龊事，岂不等于在脸上刮耳巴！可是，又一想：怨不该自己是他爹！事到如今，即便是黄连水，也只好硬硬头皮往下咽！他老老脸，决定自己再出马走一趟，去找找赖子。

临出门时妻喊住他，叮咐说回来时记着买几个芝麻饼饼。说监牢里不比在家，以便晚上饿了时，让雄雄能悄悄垫垫肚……

他闷头耷脑应一声，就步子快快地上西街取"经"去了。

"赖子"脸略略红一下，咧着嘴，揪揪耳朵，就毫不保守地传授诸多挨捆的窍眼：弯腰呀、夹肩膀呀、握拳头呀、扑通跪倒在地呀……都仔仔细细交代一番……

老头子苦笑笑，留下一堆感激话。返回到小镇，突然想起买饼子的事，但天色是很晚了，灯火与笑语全都关进马路两边铁皮房子里。他只好去东关走走了，那里有一家灯火彻夜通明的夜销店。

他如愿买到十个芝麻饼，慌慌往回赶，一进家门，觉得事情有些糟，忐忑不安地急着在院里先叫声儿子，后叫声妻，——寂然无声！心越发跳，两步并一步地闯进屋，景况果然不妙：刚才收罗在一起的那堆东西不见了。妻双手搂头，一屁股窝在沙发里，样子像死了谁。

"雄雄呢？"他提着心问。

妻一下拍了腿，就号啕了……

老头子自知误了大事，慌慌做些解释，说自己是如何紧上紧地去，又紧上紧地回，只是为买芝麻饼饼，才远远地拐到东关，延误了工夫！

妻又拍一下腿："把人绑住拉走了！该早点儿啊，早回一步，雄雄也不至捆成那个样……"

原载《晋阳文艺》

路漫漫

一

顾不得吃午饭,一张餐证换两个蒸馍,塞进挂兜里,顶着火麦天的毒日头,匆忙奔出县城。

江老成到县上参加"关于进一步贯彻农业生产责任制"专题讨论会,开了半个月,他原不打算来的,县委刘书记两天六次电话,总算把他拧去。问他,他诒经:

"脑疼。"

刘书记笑笑:

"老伙计,东半个县,就只剩你们金银湾和张家山两个先进队吃大锅饭了。"顺手递他一摞文件,不少呢,除了省和中央红头公文,多是这里那里推行"责任制"的典型材料。

江老成细眯两只老眼:

"捺住洗我脑壳?"

刘书记哈哈一乐:"但愿能啊,我的老伙计。"

今天会议要结束了,刘书记亲热地搭住他肩膀,问回去有什么新打算。江老成脖子一梗:

"外甥打灯笼——照舅(旧)!"

刘书记像患牙疼，捏了腮帮子苦笑：

"还吃你那和子饭（一锅烩）？"

"吃惯了，对脾胃。"

刘书记双手交抱，走来走去："老伙计，你是多年的老先进！文件学了，经验听了。实现现代化的两个环子，一是'科学'，一个就是'生产责任制'哪！"书记的话颇温和，却有分量。

江老成心里咯噔一下："书记，你准备一刀裁？"

刘书记拍拍他的肩膀，喟然长叹，说强扭的瓜是啥滋味，他已尝够了。强人所难的事，他不想再做，但也希望大家都不去做。

江老成觉得话里有话："书记，你直说。"

刘书记笑笑："比如，你手下的臣民百姓，一旦提出'大锅'改成'小灶'的时候……"

江老成一叠三折，蹲在地上，半天没吭声。这是他最不愿听，也是最伤脑筋的事。家里的景象明摆着：东西南北，所有大队都开了"小灶"，一圈儿的邪风吹着，能不使他的社员伤风感冒？他已经察觉到那潜在的人心思变的危机。田间、地头、饭场，人们高扬嗓门，全然一种羡慕语气，到处谈论：谁谁家把大田全放到了户，谁谁家包了多少多少地，除去包交任务，光小麦一茬就干落了多少多少斤，可发咧！之后便是幽怨的叹息。言下之意，显然在感叹他们命运不济，逢了个死不开窍的老糊涂。连一些队干们也魂不守舍了：不紧着吃喝社员动弹，只顾用发馋的眼光，瞅人家在那窄条条、小块块田里"单干跳舞""兄妹开荒"。所有这一切，越来越使江老成感到"资本主义"的威力。他也越来越觉得肩上的重荷。假若掉以轻心岂不大浪吞舟？这次开会，他的姗姗来迟，此也是原因之一。现在，听刘书记如此说，心里不胜烦乱。但为了确保金银湾这块社会主义地盘不被"资本主义"吞掉，他决然横下一条心，站起来拍拍胸脯:"书记,想让金银湾大队开'小灶',除非我伸了腿,或把我扒拉掉。"

像这样的执着,书记能说什么呢?等待呗!因为事物总是在比较中决定存在,一旦人们从心里感到,骑马确实比骑牛跑得快,自然会放弃对牛的固执。想到此,刘书记温和地笑了:

"老伙计,我说过不再犯强迫,不过,你们金银湾两千一百名群众,还能像过去那样,按你的口令,这么一二一齐刷刷地开步走吗?"刘书记风趣地边说边跳腿甩胳膊,接着"哈哈"放怀一乐。

江老成满有把握地说:"书记,不瞒你讲,眼下确实有人站在槐枝望柳梢。望归望,我不放话,谁也不敢展翅。实话!"

然而,不到两袋烟工夫,从家里来了个打小报告的人说,不得了,后院起火了,第四生产队悄悄把大田下户了。江老成惊骇不已:

"诡说!"他不肯信,但胸前却突突地跳。毕竟不能排除郁结在心头的不祥之兆。

打小报告的人,指天指地,敢拿脖子上九斤十四两作保。

江老成愣住,渐渐地,脸上呈现出可怕的土色。他火冒三丈:"赵满水呢,大队主任赵满水呢,他死了?"

当他听说这件事正是赵满水的主意时,半天说不出话,下嘴唇几乎咬出血。

他十万火急地回来了。

前面,像绿龙一样的湫河堤岸遥遥在望。青石桥的那边,就是属他所辖的一方土地,他恨不能一步跨过桥去,逮住赵满水论个长短。

二

转眼翻过青石小桥。金银湾副业队的三台"小手扶",穿云破雾般"嘎嘎嘎"欢叫着向江老成迎面驶来。放在往常,江老成总习惯和年轻的司机们亲热一番,拍拍这个肩膀,捏捏那个下巴,碰上口袋里有什么稀罕吃食,少不了往他们口里塞,再说一些鼓励的话,"好好干,不能老满足一块二,今年能不能把工分值提高到一块五,就靠你几个喝汤水哪!舌头别吐,年轻轻,多出点力怕啥,把你几个猴头!"

摇钱树哪!一天往铁厂送两趟白云石,后山有的是,无本生意,一个月大几千元收入呢!

而今天,江老成大非已往。秋风黑脸,只打问了一下赵满水,二话不搭,村也不进,气哼哼拐到西河湾。

西河湾是第四生产队的耕作区,赵满水在这一带锄玉茭。人不少呢!这大热天,晌也不歇,一个个背朝毒日头,汗水顺着鼻尖往土里滴,大伙舍不得展展腰。是急着描龙绣凤,还是在拾金捡银?以前几曾这样过?敲破钟吼破嗓往地里扭呢!不同的是,那轰轰烈烈的"羊群""雁阵"式动人的劳动场面不见了,成了七零八落,这儿孤独的一个,那儿冷清的一双;潘家姑娘在薅谷;兴儿两口子,在麦茬地栽红薯;常收爸在路边种小叶烟;张老三领着婆姨正撅起屁股给玉茭苗勾化肥。使他惊叹不已的是,连七八十的老寿星、多年不出门的穆家老太,也坐着麦秸垫子,一挪一挪,马伏着,颤颤嗦嗦,在地头拔草。不怕老骨头烤干吗?就在这时,他发现路边的一排白木橛子,白底黑字,清清楚楚标着户主的名字和亩数。这,分明是"界桩"了!

江老成眼前一黑,差点栽倒。他痛苦而悲伤地哀叹一声:

"果然五马分尸了!"

天呐!展现在眼前的,不就是二十多年前,早被埋葬了的,而今又从土里钻出来的个体单干吗?

江老成集一腔怒火于喉管:"赵满水呢?"雷似的吼声震动原野,连禾苗也瑟瑟发抖。

田里,所有劳作的人,一个个拔蒜薹似的伸起脖颈,见是支书,便噤若寒蝉,足足愣怔了三秒钟,这才想起把眼睛细眯起,脸上挤出恭维的笑,简短问一两句热情而寡淡的话。远一点的,则挥动一下僵硬的胳膊,打打手势,以示问候。江老成只顾硬着脸,眉毛突突,两眼喷火。栽小叶烟的常收爸半天才想起告诉他:

"满水他在……在在……"他也弄不清舌头是咋日鬼的,突然结巴起来,抬起一只脆胳膊,遥指尽西头一片玉茭田,使劲端端下巴。

江老成气呼呼反剪双手,顺着田垄,磕磕绊绊,大步而去。

人们惶惶着彼此交流一下不安的眼色。

果然出事了。

江老成一到那片玉茭地,就把赵满水揍了。他抡起老拳,照鼻梁狠狠给了一家伙。当下,赵满水鼻里口里淌出血,染红了脚下的土坷垃。赵满水捂着鼻子、猫着腰,紧着往水渠跟前跑。江老成掉转屁股顺着原路往回返。他满脸盛怒,看样子,还不肯善罢甘休。

本来就一肚子火,又遇上三队的朱家老汉火上浇油——拄着拐拐,喉咙里抽丝拉线般喘着,把江老成拦在大路上,颤颤嗦嗦,从怀里掏出一张皱巴巴泛了黄的纸。朱家老汉叫着他的小名:"成!这张土地证上,有当年农会主席亲手压的'宝',四至阡陌都写得明白,如今分给常收家这二亩田,可是我朱家的祖上田哪!地不是要分了吗?我还要我那祖上田。"

江老成几乎咽了气，筛糠似的，用手指住朱家老汉直喘，又指住田野里其他人，半天才说出话来：

"都要翻天了吗？"吼道，"我江老成还没死！"

人们面面相觑，苗儿不间了，烟叶不敢栽了。张老三悄悄吩咐婆姨快回家取笤帚，把撒进土的化肥再扫出来，那个长年四季头上都匝着白手巾的刘喜儿，正和婆姨拉来一车上好的猪肥，一看这阵势，便"吱"地车把按落在地头边不动了，婆姨却还使着憨劲在前头拉牵绳。刘喜儿没好气地吼：

"别拉了！"

"不进地吗？"

他翻她一眼——

"不看这是啥火色？先把粪倒地脚头！"

三

夜了。云布在天上，也布在大伙心上。

金银湾今晚不平静。人们迟迟不睡，三个一堆五个一伙，聚拢街头巷尾，纷纷议论白天地里发生的事情。对赵满水平白遭这一拳愤愤不已，更多是抱怨这个越来越变得冥顽不化、可敬而不可爱的老支书要把他们放在这大锅里还煮多久！

当江老成从他们身边擦身走过，人们都装着没看见，谁也不理睬。

整整一下午，江老成米没沾牙，水没润唇，蹲在他家屋前的台阶上，足足磕下两把烟灰，这才屁股往起一撅，吩咐老伴："睡你的，别等我。"蔫蔫着出了门。

他特地绕到供销社，挑最贵的，买了包"开封"烟，踩着凸凹不平的路，向赵满水家走来。刚走到街口拐弯处，听见前面两个影子在说话，听口音，一个是刘喜儿，那个"油葫芦"嗓子，似乎是外村的。

"听说你们大包了？""油葫芦"嗓子问。

"黄了。"喜儿愤愤着答。

"咋着？"

"搅茅棍回来了。"

"谁？"

"还有谁，江老成这个老棒！唉，这辈子都甭想好事，有啥法，死猪挡道。"

气极了的江老成跌跌撞撞地喊：

"谁？说谁？站住！把你个龟孙，别跑了！"

两个影子慌乱一闪，不见了。

听听——"死猪"！革命一场，就落这？寒心不！

看得见赵满水街门前的老槐树了。当他将手伸进口袋，揣揣那包"开封"，觉得自己两条腿有点发沉。

他想起了二十多年前的往事——

二十多年前，也是这样揍了满水一拳，也是这样的夜里，这样地去供销社买了一包烟，这样地走进了老槐树院

那是为办社的事，就剩下十多个顽固派死活不入，害得金银湾不能敲锣打鼓到县政府报喜，其中就有赵满水。年轻的支书急了，在一间小屋，软禁了几个顽固派，连明彻夜地训，训，训！后来，干脆脚底倒上麦秸，吃饭，睡觉都不许回家。有几个打熬不过，便将江老成的军，"先说你那干兄弟赵满水吧，他入，我们入。他不入，我们也不入！"

小屋里只留下大块头赵满水。干兄弟怎么的，公事公办！江老

成又用了一个白天加一个夜晚，好话说了七七四十九大车，赵满水一叠三折窝在屋角的麦秸上，膝盖顶住下巴颏。到了，那张阔大的厚嘴唇没吐一个字。

江老成跳起脚骂："你是死人？"

赵满水这才把身子活动了一下，依然下巴不离膝盖，眼皮一抬，眼角角堆起似笑非笑的皱纹，冲着江老成：

"哥，你要犯强迫？"

"谁强迫了？"江老成虎起眼。

"那好，我不自愿！"眼皮耷拉下来。

江老成呼地挽起袖子："我看你自愿不自愿！"说着抡起烧火锤，上去就是一家伙。赵满水鼻里、口里见了血，染红了脚下的麦秸。五大三粗的赵满水，噌地跳了起来，攥紧的铁拳，捏得咯咯响。但，到底没落下。一回身，扑在墙上，放声大哭："呜！这到底叫我好活哪，还是叫我难活哪？呜呜！说是叫难活吧，却给了我地。说是叫好活吧，这，这才好活了几天，呜呜！又要把地收回去！呜！"

对着这"糊涂蛋"，江老成干气没法，转身冲出了小屋。

晚上，江老成揣了一包烟，想耐心再开导开导兄弟。他轻轻推开赵满水的屋门，担心满水和他的媳妇会一把推他出去。当他硬着头皮，站在那微弱如豆的小油灯下时，坐在炕窝窝的弟媳妇，慌忙站起来，响响亮亮喊他一声："哥！"赤脚光片的赵满水，歪鼻子肿脸，却当什么事也没发生过，屁股往炕后一挪，拍拍席："东跑西颠，快上来！"怕他腿吊着不受用，叫他坐平，顺手递来烟锅子："哥，你尝，纯纯的头茬叶子，我还滴了几点油，味道美着呢！"

江老成觉得鼻子酸楚，扑闪了一阵泪花子，手颤嘴也颤，费了好大劲：

"兄弟,哥打重了。"他话刚出口,就被赵满水挡住了:

"别了,哥,我不记恨你,我想过了,兄弟不拖你的腿。入了社,往后的路是黑是白我估不透,可我这命是你捡的,婆姨是你帮着娶的,你总不会把我往黑路上引,从今往后,我听你的就是了,你说咋着就咋着。"

想到这里,江老成忽然觉得两条腿又轻了许多,他愈觉得今天这一拳打得应该,打得及时!当年,不正是那一拳头,把赵满水打乖觉了吗?从此,多少年,他和哥心贴心,肉贴肉,当了哥的好帮手,一起历尽辛酸,闯过了几十年的风风雨雨,把当年一个穷得叮当响的落后队,变成如今响当当的先进集体。没想到,二十多年后的今天,他赵满水又中了邪。江老成去县上开会前,他几次趴在哥的耳边吹风,"哥,牛王庄几个队全部搞了责任制,产量比去年翻了两番!""哥,马王寨把地全放到户了,亩产上了一千四呢!"

一提责任制,江老成像见了九世冤家:"满水,我看你跟上鬼了!"

他只说赵满水被镇住了。没想到趁他外出开会,满水竟擅自做主,支持第四队搞"复辟",叛了他的逆。赵满水啊,赵满水!当初,哥那一拳打得太轻了,不然钻在你脑瓜里的小农思想,不会在二十多年后又忽然冒出来。但愿今天这一拳再能把你打醒。只要你在支部会上认个错,把分了的地再收回来,就完事大吉。你是个明白人,想必这会儿思想通了。好,哥来了,像二十多年前那个晚上,和哥掏肠兜肚好好叨啦叨啦。

大槐树院到了。

他推开赵满水的屋门,明亮的电灯下,欢迎他的是一副副冰冷、呆板的脸。窝在灶火口的弟媳妇非但不叫他哥,饱饱乜他一眼。有几个串门的,话也不搭,像躲"黄症"似的,一个个抽腿走了。坐在炕上的赵满水，膝盖顶住下巴颏，眼睛盯住脚趾头，压根就不想朝理他。江老成老老脸，自己坐到炕沿上，掏出"开封"，先扔给赵满水一支，满水像没看见。他又给自己抽出一支，本来自家身上有火柴，却故意朝弟媳喊："火！"弟媳装没听见。满水过意不去，冲着婆姨："耳朵呢，哥不是要火？"弟媳抓起锅台上的火柴盒，看也不看，板着脸，往炕上一扔，便起身扬长走了出去。

江老成觉得不对味儿，果然他一提今天的事，赵满水就截住了：

"别了，哥，这件事光咱哥俩叨啦不清，开个支部会吧！"

江老成抽身下炕，脸一沉：

"行，我马上就通知人！"

四

昏黄的夜晚。月亮躲在云彩后面，夜色朦胧得像梦。远处天际里，传来隐约的雷声。

屋里没有灯光。江老成胡乱歪着身，压在凌乱的被子上，像患了三个月痨病，疲惫不堪，一双布满红丝的眼睛，间或半睁半闭，望望窗外，隔一会儿就鼓一下肚子，长长嘘一口混合着烟与酒难闻的气味。

昨晚的支部扩大会，直吵闹到鸡叫二遍。江老成伤心透顶！他几曾这般失魂落魄过？大伙都把矛头对准他，你一榔头他一棒子，叽里呱啦，收拾了个不亦乐乎。打人，固然不对，所以他江老成事先就支好挨批的架势：一语不发合住眼，任凭人们给他戴那么多帽子，什么"野蛮"啦，"家长作风"哪；还有人说他"国民党"！他都硬着头皮忍了。可是，说到第四生产队私下分田时，竟也把不是推

到他头上。江老成一下火冒千丈,噌地从椅子上跳起,双手端腰,喷火的眼睛左右一轮:

"咋的,今儿个是专门开我的斗争会来了?嗯?支部没有改选吧?我这个支书还没咽气吧?事关着路线,这么大的事,背着我偷偷摸摸搞?眼里还有没有组织?"说着,"叭"的一巴掌,重重拍在桌子上。

会场哑然。

江老成余怒未息,气哼哼挽起袖子,拾起裤脚,赤脚片圪蹴到椅子上,他费了好大劲,掏出一根烟,又足足擦了三根火柴棒,才把烟点着火。

人们并没有为他的气势所屈服。有人阴阳怪气小声嘟囔:"独立核算的生产队,到底有没有自主权?是不是今后放个屁也得支书点头?"会场乱了,人们七嘴八舌,纷纷责怨支部以往对生产队干涉太多,卡得过死,不合中央精神。第四生产队分不分田,那是人家的自由。赵满水也没什么错,因为这用不着支部讨论来决定,云云。最令人伤心的是,其他几个生产队长趁风扬土,当场提出,他们的队也计划开"小灶",顺便在这儿打个招呼,同意不同意,只等麦子收割利落后,他们就开始搞。

会场静极,有人在咳嗽,好多人朝江老成翻眼皮。江老成觉得一种从未有过的孤独与悲凉。他呼呼呼地把刚燃了不久的烟卷,在桌子上捻个粉碎,就下椅子伸脚探鞋:"任凭你们爹要死,娘要嫁,我不管了。"他胳膊一抡,近于吼了,

"我也管不了!"

江老成咣当一摔门,挟一股旋风走了。

他回到家,像一头斗败的公牛,疲惫地栽倒在炕上。没处撒气,一鞋扔过去打飞了墙头上啼叫的公鸡;撒欢的小花猪,硬硬吃

了他一砖头，可怜直到现在还耷拉着耳朵，歪着脖子。他推搡开妻端来的饭碗，弄来酒，脖子一仰，一瓶红薯烧下去一半。醉了，东摇西晃，胳膊腿像线线吊着。发酒疯：死了娘般，咧着大嘴号，一把鼻子两把泪，要多伤心有多伤心。

"德行吧！"老伴觉得他可怜又可气，硬把他按倒在炕上，这才酣然睡去，直睡到这日头落月亮出。

妻给他张罗饭。

江老成神志似乎完全清醒了，但第一个想到的依然是昨晚糟不堪言的支部会。他烦乱地支起身子，摸见开关绳绳，"叭"一下，屋里亮了，不见放在桌上那半瓶酒。他溜下炕，头好痛，脚下像踩着棉花。他定了定，趿拉着鞋，满屋里乱拾翻，终于在一个破纸箱里找到了。他拧开软木塞，刚把瓶子对到嘴上，妻恰好端饭进来，大呼小叫，带着哭腔：

"我的冤家，要死吗？"妻放下碗夺过瓶子一摔，"哗啦！"一地碎玻璃和酒渍。

妻见老头子满脸黑煞，便双手拍着大腿，一屁股坐在炕沿上，撩起袄襟，嘤嘤着，边啜泣边数落：

"你这是何苦来，嗯？从夜个到如今，你没吃一口饭，嗯？不到两天，看看你那脸，像削了两斧子，嗯！"她"唏溜"擤一把鼻涕，甩在地上，"他们要'责任'，就让'责任'好了，却像割你身上肉，老狗看家，看住初一，能看住十五？"

江老成用发烦的眼睛将她瞪住：

"甭烦我了！"他粗声大气地边说着，边抄背起双手，趔趔趄趄地出了屋。

起风了。远处的雷声也越响越近。

老伴慌忙上前，双手扶住门框，扫了一眼乌云奔涌的天庭：

"做啥去吗？不看要下雨了？你那酒后热身子……"

江老成不搭话，只顾走他的路，一晃一晃，摇曳着苍老的身躯，渐渐消失在夜幕里。

江老成原本也没有地方去的，只是心里烦，想找个清静地方转转，散发郁结在胸中的闷气。可结果呢，他越发地闷上加闷——

一夜之间，金银湾像开了锅，热腾腾翻滚起来，按捺不住的喜悦。江老成走到哪里，就见哪里聚拢着人群，电线杆下、大树底、打麦场，三个一堆，五个一伙，立着的，蹴着的，鞋垫在屁股底下，光脚板席地坐着的有滋有味吧嗒着旱烟，一边兴奋地谈论着昨晚的支部扩大会，时不时爆发出开怀笑声，轰天动地，能盖住天上的雷。江老成的心里却升起一股股说不出的滋味，他明显感到这些庄稼人突然腰粗气壮起来，说出话来中气很足，俨然真正当家做主的口气。他们高扬嗓门，说着自己对生产的安排和对土地的支配。窑上张氏站在路灯下，拍着胸脯，向人们庄严宣告，他决定只挑选六个人，承包大队的砖厂，完不成合同，心甘情愿卖老婆。树底下那几个人，像是三队的，正在商量着等土地划分后，合伙在责任田打两眼井，安上水车，一旦天旱队里的电机井浇不过来，好驾上驴车拉水，免得旱了庄稼秋后赔产。各自都打算置办些犁、耧、磨、耙等小农具，便于自家精耕细作使起来方便。接着，又争辩起包什么土地合算，有人主张包水地，有人主张包旱地，旱地比水地潜力大，只要作务仔细，产量可成倍往上翻。

这些扎耳朵的话，狠狠刺痛江老成的神经，他加快脚步，垂着脑壳，愤愤向前走去。"乱了，乱套了！"他暗暗叫苦。远远地又听见五队打麦场院上的喧哗声，听口气都不大赞成像四队那样把地分到户。但对"大锅饭"同样地倒胃。他们觉得作业承包合乎五队实情，因为队里除了有两个大果圃和一个菜园外，大多男人们都工于泥瓦匠。至于作务土地，除了紧要关头全力以赴外，平时活计，娘儿们完全可以拿得下来，自然，如果能分到一头耕牛，就最美不过了。

"还是驴好，农闲时可以拉脚！"有人这么嚷叫

放在往日，江老成马上会冲上去，端住腰，放下脸："都要翻天吗？嗯？我还没有死！"而现在，他只站在暗地，狠狠朝那些洋洋得意的人们翻了两眼窝。因为说也白说，等于刮风，昨晚的支部会一下使他威信扫地。"不行了，没法收拾了！"一种大势已去的痛苦，使他长长叹了一口气。

就在这时，一前一后来了两个人：张老三和他的婆姨，挑着化肥，扛着锄头，提着风灯，脚板捣地咚咚响，有精有神地从江老成身后走来，两口子都和他打声招呼，又步履匆匆地向前走去，走不多远就碰上刘喜儿。

"啊哈！老三，屁眼门上点炮？两口子紧上紧去哪？"刘喜儿从扛在肩上的锨把上抽下手巾，抹去脸上的汗。

"还用问吗？定心丸吃定了，自然是去责任田。"张老三说。

"责任田有金马驹？白天跌打一天，这又灯笼火把地连轴转？"

"昨天白白误了多半天，你听这雷吼的，总得抢在雨前把化肥都追上。"

"哈哈！怪道都说责任制好像让爹妈把四队的社员重养了一回。"

"说人哩，你呢？"张老三婆姨抢白道："撒粪撒到现在才回来，晚饭也忘记吃！"

"这话不抬杠，咱家的干劲又来了。"

他手舞足蹈学着戏腔。

"看把你浪的！"

"都一样,眼下金银湾除了顽固不化的老支书——"

刘喜儿忽然噎住了,瞅见不远处有个影子,他细一瞧,正是支书江老成,吓得舌头掏出二尺长,想躲来不及,江老成虎着脸已到跟前。刘喜儿嬉笑着面皮,很响地叫了声"老支书",又说自己就这德行,心里一乐嘴上就没了把门的,"其实呢,也没啥,只不过觉得眼下这政策好,富得快,眼见得四邻八村日子火爆爆上去了,能不眼馋?可你……"

"金银湾富得也不慢!"江老成动怒了,"工分一块二,口粮吃到四百六!哼,说话掏点良心,从前你家过的啥日月?过年吃豆腐渣的日子忘了?你小子新婚夜,抱着媳妇光屁股溜光炕忘了?再说金银湾有几家不穷气冲天?盛水的瓦罐也买不起呢!可如今……"

提到现如今,江老成来劲了,甩出个开花大巴掌,如数家珍般,说一样,往回掰一个指头。口若悬河,唾沫飞溅,滔滔不绝重复他那不知重复过多少遍的翻身账,比如:金银湾已经有了多少多少个暖壶……

"扑哧"刘喜儿忍俊不禁,口里的烟屁股喷了老远,周围的人也跟着笑。

江老成眨着眼:"笑哩,笑啥哩吗?"他惘然。

刘喜儿突然绷住,神秘而正经地对江老成说:"支书,你记住,往后再比较,你不如和咱老祖宗猿猴比,那阵他们不是才用树叶遮盖屁眼门吗?"

哗——,周围爆发起一片冲天大笑,江老成脸红了,从头到腿底,他明显感到这放肆的笑声里含着辛辣的讽嘲。他受不了,顷刻间他觉得自己成了众叛亲离的孤家寡人。他恼怒地掉转身子,深一脚浅一脚,旋风似的朝自己家里走去。脚下,不时被什么磕绊一下,显得很狼狈。

远处，依然听见那令人窝火的嘲笑声。

起风了，大雨将至……

五

江老成一进屋门，冲着炕上的老伴吼道：

"金银湾我是站立不住了，他妈的，我定了，咱走！连根走，明天就迁户口！"

正在做针线的老伴，惊诧得翘首发愣："啥，迁户口？"

"对！迁户口，这村不能住了，搬家！"

他意思是除了搬不走的祖宗坟茔，一切盆盆罐罐、针头线脑都搬走。

老婆子以为他还在发酒疯，翻他一眼：

"鬼抽筋！要走你一个人走，我才不跟你活败兴呢！"

"好嘛！你也和我作对！我走！我这就走！"

江老成一阵地翻箱倒柜，找他的穿戴行头，三下五除二就拘起一个大包袱，往圪肘窝一夹，话也不搭，夺门便走。老婆子慌了手脚，大呼小叫起来：

"我的那活爷爷，你真走吗？"

江老成从门外探回一个光脑袋："不含糊，你思谋好，要社会主义，就跟我迁户口，搬家！到张家山去落户，要不，咱吹！"话音刚落，光脑袋一闪不见了。门似乎被重重摔了一下，那沉沉的脚步声也由近而远。

老伴听得心惊肉跳，就挪身子就下炕，跌跌撞撞，慌忙去找赵满水。

赶到老婆子找见赵满水时，江老成已出了村。

快到石板桥时，他觉得腿脚提不动了，差不多一步一回头——一条肠子扯不断哪！

他完全可以返回去的。虽然屙出的屎再坐回去，有点败兴，毕竟不至铸成半生遗憾！但他的出走，不是出于赌气，而是经过痛苦的深思熟虑。因为他不能眼睁睁看着"资本主义"在金银湾泛滥，眼不见，心不烦罢了。然而，故土难舍啊！他终于站住，慢慢地回转身来。

轰隆隆的雷声在当顶上炸响，长长的闪电，映见江老成的衰颜苍发。皱巴巴的眼里泪光闪闪，他哭了。他在心底里呐喊：三十年的家业，就这样呼塌了吗？饲养场那六十二头驴和牛怎么办？一家一头不够分，四家一头怎么养？轮着吃派饭吗？谁心疼？会不会把你们宰了肉？拖拉机呢，我那几台漆明闪亮的好宝贝！把你锁进黑房里，任凭雀儿拉屎，蜘蛛结网吗？会不会把你们大卸八块，卖了废铁？

风更紧了，和尚岭响起的林涛声让江老成觉乎是谁在啜泣，是村子后边的小水库吗？哭吧，眼看是没娘的儿了。日后谁还给你垒块石，埝上添锹土！

啊！莫非是老和尚岭在难受？可这能怨我吗，四百亩山地，只用了十多年光景，就把水送上去了，原打算再苦干两年，就要叫你喝上咱小水库的水，可是没指望了！

当他艰难地转过身，展现在他眼前的是一望无际的九十亩河滩地。全村人用血汗堆成的刮金板哪！九十亩乱石滩，全部铺上三尺厚土，算一算多少方？可土呢？当年许多人都瞪眼了。江老成大手一挥："走，向老和尚岭要土去！路远怕啥，人多力量大，正好发挥发挥咱大集体的优越性！"江老成一马当先，率众挑起了筐担。

一个冬天过去，他肩上肿起三个肉馒头。那是一个有风的傍晚，突然，江老成觉得两眼发黑，喉咙里一股腥味，没等放下担子，哇地吐了一口，糟糕——血！他慌着用脚埋，恰好老伴走来：

"你那脸咋的黄黄的？"

"咋不咋。"

"咋不咋？你脚底踩的啥，过来我看——啊！"老伴脸吓白了，"你吐……"

江老成虎起脸："你喊，你喊！让别人听见我捶死你！"他压低嗓门厉声镇住老伴："去，悄悄到家找几个药片片来。"

老伴一副犹疑不决的神态，刚迈出步又折返回来，望着江老成一声叹息，关切地对江老成说："他爹，你这是何苦啊！"

……

江老成没有走。

后来人们提到这件事，江老成是这么说的，当时没走成的原因是自己的两条腿越来越沉……

赵满水当时听到老支书要走，他二话不说抬起屁股就追，追到村口时，不追了。他断定老支书走不了多远自己就会回来。原因很简单，一是他和这片土地打断骨头连着筋，有道是儿不嫌母，母不嫌儿啊！二是祖宗先人的坟头都埋在这里；再者，这片土地有他留下的太多心血和汗水。

村口有一座年代久远的土城门，原有砖砌拱顶城门楼在历史的长河里早已经灰飞烟灭，只剩下残垣断壁掩映在枝繁叶茂的杨树林里。站在村口的赵满水背贴住土墙一面抽着烟，一面留神村外那条土路。

他没有判断错，江老成和他的老伴正向村口走来。赵满水扔掉烟屁股，重新掏出一支"顺风牌"香烟叼在嘴上，用打火机点燃。

距离江老成十步之遥,捏着烟的手早高高举起,快步送去,江老成一若无风的池塘,微波不兴。昂起头一步一步走过来,当赵满水把烟递到他面前时,他稍做犹豫,面无表情地把烟接过来。

你弟媳妇把酒温好了。赵满水这么说。

你满意了?

赵满水咧开嘴,望着江老成傻笑。

原载《火花》1986 年 9 月

胎 毒

不就是十八个胡萝卜吗？把两个三五岁不谙世事的小娃娃当贼是问，岂不觉得可笑？

事情过后莎莎懊丧地想：假如今天不是双休日，就不会发生这样的事情。那样的话，整个上午，莎莎上班，墨墨在幼儿园，婷婷在学校念书不可能到姑姑家玩；假如婷婷和墨墨只是在院子里玩，不是玩着玩着出了家属院大门，也不会有事；假如市委第二家属院距离水西村不是这样近的话；假如家属院大门外面不远处没有那片迷人的小树林的话；假如小树林后面的河边没有那畦胡萝卜的话；假如那个学生娃礼拜天没有去学校补课的话，或者补完课回来路上没有拐弯抹角穿过小树林去看他的胡萝卜的话；假如莎莎十万火急在电话里尽管委屈地要哭出来，但如果能说得详细一点，是谁在这夜幕掩盖下踢门打窗威胁她们母子安全的话；假如莎莎的哥哥和他的弟兄们能事先问明白没有把人打错的话；假如那个姓高的司机和另外一个叫刁什么玩意儿的不掺和进来挑三豁四煽风点火推波助澜的话；假如……

不能假如。

尘世间不能有太多的假如，那样的话就不成其为世界。

莎莎说玩儿去吧。

墨墨和婷婷雀跃，拉扯着童车往门外挤。"就在院里玩呵——"莎莎对两个孩子的行为做了规范以后，依旧把头埋进德莱塞一部名叫《珍妮姑娘》的小说里，一面嗑着京味西瓜籽。宽松、时髦的"派"牌休闲装衬托出恬静潇洒。她坐一把白色网状海滩椅子，一条腿架在另一条腿上，一只脚很随意地放在天鹅绒拖鞋里，翘起的一只脚赤裸着。大脚趾上那一点蔻丹很鲜艳。

就在婷婷、墨墨把一辆童车从家里拉扯出来，拉扯着下了三个台阶，拉扯出单元大门的时刻，水西村一个头发像麦茬样的人，也正在他家院子里，把一辆老掉牙的破旧不堪勉强还能跑动的嘉陵牌摩托，费了很大力气才发动起来。他使劲踢摩托，骂了一句什么，推着摩托出了街门。他要去市医院看腿病，你能看见他那挽着左边裤腿的小腿肚上有一块状若杨树叶子的暗疮，从他有记忆时候起，就知道自己腿上有一块暗疮。春天里万物复苏，这片"杨树叶"也活跃起来，让他感觉有万千蚂蚁在里边蠕动，他忍着平生耐力不敢去挠，却又忍不住，用鹰一样尖锐的手指已不能解恨，就又取梳子刮。那层干巴巴的黑褐色硬皮刮掉了，露出鲜红的嫩肉，滴答着"桃花红"的水水，血肉模糊。这样的"酷刑"一天数次，要进行到将近夏末的时候，世间的"偏方"用遍，也不见好。郎中告诉他这个病怕是从娘胎里带来的，属"先天性"病毒。他问能治好吗？郎中说，惭愧。

他原名叫善发，但人们叫他老刁，如今叫他刁爷。

刁爷畏惧春天。今天就奇，现在不是秋天吗，秋天里怎么会有春天的感觉？刁爷觉得那片"杨树叶子"像又活跃起来，和春天发病时一样，似有万千蚂蚁在里面蠕动，初时隐约，渐次极痒。村里人也觉得反常，不到春天呀？一个额头很宽的汉子说，有啥奇怪，今年闰八月，节令当然应了小阳春气候。天气和暖，春天的病在秋天发作不是不可能。

不管怎么说，刁爷的病又犯了。前几天听说省医院下来几个扶贫大夫，在市医院挂专家门诊。其中一位专治皮肤疑难症，只是花钱要多，单挂号费就叫人咋舌。刁爷说贵就贵吧，只要去根！

病急乱求医，说不定这次瞎猫碰上死老鼠能治好。打早起来，刁爷四处张罗钱钞，凑足他认为能够支付药费的数目，已是家家炊烟该吃午饭的时辰。原本计划两点钟要动身，该死的摩托呼嗒嗒呼嗒嗒快四点钟才发动着。

刁爷的摩托驶过市委二号家属院门口时，婷婷、墨墨在后院水泥地板轮番骑三轮童车耍得正起劲。这时候家属院大门口还风平浪静。

前面两个长发披肩衣着时髦骑着"山地"自行车的年轻女子，听到后面有摩托驶来，自觉地把道让开。刁爷使劲踩住油门，横冲直撞紧贴着两个女子的自行车超过去，顿时尘土遮天蔽日。刁爷听见两个女子骂"什么德行"。刁爷在肚里笑：这还是好的哪，我要是开四轮，哼！——刁爷开四轮专门对着路边的行人踩油门，排气管直对路人。劣质柴油喷出来的气体一若大海里的乌贼吐墨，顿时天昏地暗，最要命是你衣服上喷了许多很难洗掉的油点子。多数人用眼瞪他，碴子硬一点的敢骂，有时候很难听：我×你妈！刁爷装没听见，只在肚里说，倒退二十年你试试骂老子。不相信你敢在太岁头上动土？

二十多年前是"文革"。"文革"期间刁爷亢奋得不得了，像注了吗啡，招之即来。不召也来，饭可以不吃饱，扔下碗就跑，抄家、揿头、扭胳膊、领头呼口号，嗓门很响亮。后来扛长矛，后来腰里别手榴弹，耀武扬威不可一世。看电影不买门票，人家说：票呢？他一横：日瞎眼了？老子们是民兵小分队！边说边螃蟹一般斜转身用肩膀一家伙把门撞开,说:进!跟在他后面的狐群狗党,七姑八姨一窝蜂往里涌。武斗期间刁爷也相当骁勇,不怕死。守卫在楼上的"敌人"一枪打飞他头上的黄帽子。他说,好嘛!莫非太岁头上也可以动土?于是身上搭起几条被子,浇上水,臂弯里夹两包炸药,冒着"枪林弹雨"冲上去。事后司令夸他好样的,还说掌权以后给他转"国供""提干"。后来"革命"不革了,"国供"没弄成,"提干"也没弄成,还差点弄来一顶"坏头头"帽子。他和司令关在一个屋子里。思前想后他很颓丧很悲观地对司令说,我们这是做了一场甚事!司令说三十年河东三十年河西,等着,三年等一个闰月呢。他问司令下次你还革?司令说难道你不革?他说孙子才革!他决计自己不再革了。可是后来天下一直太平,"革命"不兴,他便又觉得人世间太索然寂寞,渐渐地头发白了。

婷婷和墨墨在院子里先是一遍遍骑童车玩。腻了,又玩别的游戏。玩着玩着就玩到大门外。沉溺在《珍妮姑娘》情节里的莎莎一点不知道。他们快活得像刚出巢的小鸟。对面的小树林太迷人了,那深深的很幽暗的绿色充满着神秘和诱惑。他们小心翼翼地迈着试探性的步子,怀着惶惑而好奇的心情渐渐走进小树林的深处。他们是头一次独立远足,头一次发现世界很大很精彩,觉得好玩,有趣。墨墨蹒跚着两条小腿皮球似的跟着姐姐在林子里"滚"过来"滚"过去。他穿一身橘黄色"一休"牌童装,上上下下那么多小口袋。口袋里到处装着树叶、小草、野花,还有不会动的小甲虫。

他们穿过小树林,向河边走去。河边的乱石滩上蓬勃着一块茂盛的苍翠,像沙漠里孤零零的一块绿洲。绿色是孩子们的天堂,他们把胡萝卜缨织成的绿色当作天然草坪。两个人雀跃着张开手臂扑进这一片毛茸茸的苍翠里,小狗似的在里面恣意撒欢。第一个发现胡萝卜的是墨墨,他指着一个冒出地面不大一截绿中透黄的茎体向婷婷大惊小怪：看！看看！婷婷的两只眼睛愈来愈亮：胡萝卜！是胡萝卜！其神情不亚于哥伦布发现新大陆。这以前他们只在饭桌上、妈妈的菜篮子里和跟着妈妈在农贸市场菜摊上知道什么叫胡萝卜。

看图识字有拔萝卜的故事。他们饶有情趣地照着做，墨墨揽住姐姐后腰，婷婷拽住胡萝卜缨子，像拔河游戏中那样，鼓励自己使劲。骤然跌坐在地上，手里只有一把断了的萝卜缨。天真无邪的笑声回荡在温暖的秋色里。两个小娃娃用娇嫩的手指头，在板结的田土上一点点抠。那样的认真细致、那样的坚韧不拔、那样的激动万分。用了九牛二虎之力，终于把萝卜抠出来了，他们欢喜若狂，虽然那胡萝卜只有小老鼠那么大。

第一个胡萝卜硬是用手指头抠出来的。挖第二个胡萝卜就进入到"石器时代"，他们从河边的乱石中找来有锐角的石头片，替代手指头。"生产力"立刻大大提高。地里的胡萝卜一个又一个、两个又三个……一气被他俩挖出一十八个。两个孩子兴奋得不得了，正兴情浓时，那个学生娃气急败坏地向他们走来。

乐极生悲，大约小娃娃也不能例外。

学生娃看着自己的胡萝卜被糟蹋得如此惨状，不禁双眼圆睁，面对这两个小祸害，一只胳膊呼地抡至半空中，五指展开，状若蒲扇。看不出这个清清瘦瘦善眉善眼一向腼腆如姑娘般的学生娃，一旦发起怒来也同样不得了。

两畦胡萝卜田来之不易，那是学生娃是用指头蛋从河边石头滩上"抠"出来的。夏日，学生娃把胡萝卜种子连同希望一起撒进田土，长成苗苗不容易，如今秋来，眼见着就要收获，却狗刨窝似的被人刨得一塌糊涂。可是他那只扬起在半空中的手，不知为什么很稀软地落下来了，也许他觉得这两个小东西不经打，抑或想到自己是学生。但事情也不能就这么了结,他知道和这两个小东西不会理论出什么结果,得找他们大人。人赃俱获,看他家大人怎么说,于是他声色俱厉地下命令:走!跟我走!还有你们拔出来的萝卜,全拿上。他像押解犯人那样,婷婷墨墨在前,学生娃断后。离开胡萝卜田,穿过一块满是鹅蛋石的河滩地,穿过那片小树林。婷婷把十八个胡萝卜头朝下缨子朝上倒提死猫似的松松垮垮地分别提在两只手上,她的小嘴噘着,很不服气样;墨墨却不知道天下忧愁,走进小树林发现一只很大的蝴蝶落在一朵鹅黄色的花朵上。他忘乎所以地一面雀跃着一面锐声叫姐姐快抓。学生娃断喝,老实些!小墨墨仰起脸看学生娃,说咋啦?学生娃说小心我踢死你!

　　学生娃把婷婷和墨墨从小树林里押解出来时,那一轮暖洋洋的秋阳已经斜斜地压在了西边山头上,能看到山崖下水西村家家户户炊烟缭绕。

　　二号家属院排列着五栋大楼,住着二百多户人家。学生娃不知道这两个小东西的大人们姓甚名谁,更不知道他们住几号楼?几单元?哪层?哪户?他也没指望这两个小东西能告他。

　　学生娃当然不能放过他们。他把婷婷和墨墨作为人质看守在用砖砌就的断墙下面,连同十八个胡萝卜。这里隔一条马路正好面对着家属院大门。学生娃知道,无须等到天黑,他们家大人就会自己出来找。

　　等来的不只有莎莎,还有学生娃自己的母亲。两人差不多同时到达,那个姓高的小车司机比他们来得更早。姓高的小车司机在他家的阳台上看到了事情全过程,没事儿时他常常站在后阳台上。今天的事就在他眼皮底下发生。他眼睁睁看着两个小不点穿过小树林肆无忌惮地扑进那一块胡萝卜田,后来看见学生娃出现,后来看见学生娃把两个小不点带出小树林又带到那堵废弃了的红砖墙根下,小高以为学生娃把两个小不点教训几句就没事了。没想到他在客厅看了差不多有一个小时的电视台二次来到阳台时，学生娃还在。小高看他像在看守囚犯，命令着两个小人儿贴饼子一样贴住墙站好。两个小人儿那副可怜巴巴的样子就像两个落入猫掌的小鼠。一时姓高的司机动了恻隐之心：怎么能这样？不就是几个烂胡萝卜吗？他趿拉着一双塑料拖鞋，一气下了五楼出了大门穿过马路：咋啦咋啦咋啦？学生娃回过脸来问他这是你的孩子？他顿了一下说是的。看看婷婷和墨墨并不认识。学生娃说你家娃偷了我的胡萝卜。他说娃娃家解不下（不懂事），便走过去拍拍婷婷和墨墨的头，说以后可别了，记住胡萝卜是人们辛辛苦苦种的，不是路边的野花野草，快给这个哥哥认个错回去吧。学生娃说：噫——这么就行了？小高说不行你要咋的？要赔我。小高说哈哈！这年头是个人都懂得商品意识！你说咋赔？学生娃说一个胡萝卜五毛钱。他说你真敢要，菜市场一斤胡萝卜五毛钱，你看你这胡萝卜没有狗鸡巴大，一个就敢要人家赔五毛？学生娃不松口说，五毛！一个五毛十个五块，五八四十，一共赔我九块钱……

就在这时候学生娃的母亲和莎莎一先一后来了，一个是顺着通往水西村土路上赶来的，一个是从市委家属院大门里小跑着出来的。婷婷和墨墨像看见了救星，几乎在同一时间：妈——！姑——！哇——！顿时合奏出一片喧天哭号。莎莎看到自己家两个孩子受苦受难样子，心疼得不得了。她不经意地迅速看一眼所有在场的人，出于教养，她克制住自己，努力做出和颜悦色的样子，问怎么了怎么了？语气里隐约着些许诘问和谴责，意思是你们两个在院子里玩得好好的，什么时候就悄悄跑出去了？还有你们这些老大不小的人了，怎么能这样对待两个不懂事的孩子呢！

你的孩子偷了我的胡萝卜。学生娃指着十八个带着绿缨子狼藉在地上的胡萝卜说。

莎莎愣在那里。这是她绝对想不到的,加上这个学生娃用词如此刻薄,竟然说"偷"!她觉得自己的心灵受到严重刺伤,很不愉悦,但脸上还得赔出笑来。不管怎么说是自己孩子闯了祸。她和蔼地征求学生娃的意见:你的意思是?学生娃要求赔钱,一个胡萝卜五毛钱,十八个胡萝卜九块钱。但学生娃的母亲说算了算了,我还以为是谁呢,两个吃屎小娃娃能解下啥?算了算了,对于这位母亲的通情达理莎莎很感动,她用感激的眼光,望望这位身板单薄穿海蓝色家做西式上衣的女人,再望望那个身着夹克,看上去绝对有四十多岁的男人。她以为他们是一家子,又觉得这男人好面熟,在哪见过?忽然记起这个人好像也住在这大院里。

姓高的司机认识莎莎,只是从来没有说过话,也不知道莎莎的名字,只知道她家很富有。父亲是教授,除了工资还稿费颇丰;哥哥有自己的公司,有一部属于自己的小汽车;弟弟在南方一个很有名的海滨城市给一家规模宏大的外企当采办,报酬相当可观。

她的爱人已借调到省城,手头很阔绰,也有一部属于自己的小汽车,差不多每到双休日就开着小车回来。姓高的司机一看见就心里泛醋。他不知道眼前的这两个小东西就是她家的孩子,暗暗埋怨自己刚才不该多管闲事。现在他掏出一支桂花烟,再掏出打火机,点燃,慢慢地吸着,一副事不关己的神态。

莎莎对女人说,胡萝卜是你们辛辛苦苦种的,不容易,就依这位小哥哥赔九块吧,我这就去取,你们稍等一会儿。婷婷和墨墨一并随莎莎去了。

事情本来可以了结。

然而,冷灰里又爆出来一颗豆——刁爷非常及时地骑着他的那辆破摩托从医院回来了。

那个戴一副琉璃色宽边眼镜一言一语都见学问的专家医生很权威地告诉他这个病是胎毒。他问能治吗？专家说，抱歉，不过可以一试。专家给他配一剂药膏，当下涂在患处，一股凉气直透心脾，过一会儿感觉到奇妙效应。他兴奋不已地赞扬专家是神仙。他问能不能去根？"神仙"说如若三天以后还不痒，或许有点希望，否则的话就难说了。刁爷嘿嘿一乐说你谦虚呢。

刁爷刹住车，双腿着地，左腿肚上那块血肉模糊状若杨树叶子的毒疮新糊了药膏愈发稀里糊涂好像打烂的脑浆。他对路边的学生娃和他的母亲说，嗨嗨！你们母子两个在这里争争斗斗做啥哩？女人简要说了胡萝卜的事情。女人不主张赔，要儿子跟她快回去，儿子说不，硬要等人家取钱来。

刁爷说杀人偿命，损物赔钱，这是天经地义。

女人说，两个吃屎的小娃娃解不开事，何必要较真呢！

刁爷讽刺女人：你还挺雷锋精神呢。人家不是取钱去啦？送上门的钱为啥不要？不要白不要。站在一旁的那个姓高的司机趁风扬沙：这位同志说得对着哩，不要白不要，其实，你们刚才要得还太少，刚才你们就应该来它个狮子大张口，这家有钱。

学生娃说你刚才还不让赔，还说我的胡萝卜没有狗鸡巴大。

姓高的司机干笑笑。

像犬们嗅到荤腥，刁爷说：等等，等等！一面偏腿下了摩托，撅着屁股使劲把摩托推到红砖砌就的断壁前，撑好。然后过来，就像对待自己的事情，一副特别关心的样子说，来来来，让我看看，到底糟践了咱们多少胡萝卜。

学生娃说一共挖了十八个。

刁爷问一个胡萝卜你让他赔咱多少钱？

学生娃说五毛。

刁爷别转脸，嘴巴啧啧有声，很遗憾的样子：不是大叔我说你，你娃娃太嫩，没见过世面，没听这位同志刚才说，今天咱们可是遇上财神爷啦。你怎么才要五毛钱，一个胡萝卜最少也得赔咱五块！

他大叔，你别憨了！女人觉得这太过分。

五块算个啥，姓高的司机嘟嘟囔囔像是在自言自语。对这家来说十块也不算多。他说。

十块？这次是刁爷惊愕了。

姓高的司机把莎莎的整个家族如何如何富有重复一遍。后来又说，十块算个啥，九头牛身上拔一根毫毛，人家觉也不觉。

可是……十块钱呢！人家——给不给？刁爷觉得没有把握。

姓高的司机说，想办法让她给，等会儿趁天黑的时候，到她门上去诈唬，她家里就她一个年轻女子和一个孩子。男人不在家，女人吃不住诈唬，你一诈唬肯定给。说完后觉得自己应该离开这里了，他把桂花烟屁股扔在地上，用脚掌踩灭，然后转过身去，悠悠地走进小树林里散步去了。

刁爷说那就十块吧……对！十块！说罢一只手果断地凌空一劈。

女人哈哈笑起来，说摸你下巴还在不？尽说些有天没日的话。女人叫着学生娃的名字，说快回快回。刁爷就推着女人往后退，说这不关你的事。你回去吧，该干什么干什么去。这事交给我好了。女人说这不行。刁爷说你怕啥？莫非雷能劈死谁？钱多了咬手是不是？

女人迟疑片刻，然后半推半就地说，我是该回去了，来的时候炉子上坐了锅，再不回去锅里水就熬干了。说完慢慢转过身去，临走时还特别叮咛一句，你们也不要太过分。

……

莎莎手里摸着一个真皮钱包。小得动人，铁锈红的颜色，镀金旋钮，平时装些零用钱和"木兰车"的钥匙。莎莎打开包，先掏出面值五元的一张，又掏出面值一元的四张钱钞，要给学生娃。

学生娃不肯要，学生娃看刁爷脸色。

莎莎诧异，看看四周，发现刚才那个女人不见了，那个面孔有点熟的男人也不见了，换了一个头上长着麦茬一样白头发的陌生男人。

莎莎莫名其妙，疑惑地望一下陌生人，觉得事情可能要复杂化。

刁爷一双眼睛像欣赏猎物一样斜睨莎莎，吃饭穿衣亮家当，不是大家闺秀，身上包装能这么高级？拖鞋也是丝绒质地的吧？

一看就知道刚才那个人提供的信息没有错。

他问莎莎，你打算赔多少？

莎莎说，不是说九块吗？

九块？刁爷龇牙缩脖，怪声怪气很阴冷地笑了。

莎莎说，刚才我们说好的，一个胡萝卜五毛钱，十八个胡萝卜不正好九块钱吗？

刁爷慢条斯理一字一顿地说，刚才是刚才，现在是现在，现在我说了算。

莎莎问你们是一家子？

刁爷说我是家长，他老子，他指指学生娃。莎莎半信半疑地说，是吗？

刁爷说这能假？

莎莎察言观色，如果不是强奸人意，学生娃一时间不会那么慌乱和尴尬，可他又不置可否。既然学生娃不否认，大概就是父亲无疑。关键问题不在这个父亲是否真实或者假冒,实质是嫌钱少,想再多要一点罢了。

你是说九块少?莎莎问。

少!

那你说多少?

刁爷五指叉开在后脑壳茬子很硬的白毛里耙过来耙过去,一若木头耙子耙过麦茬地,表示他的脑子已经在急速运转,而脸上的一条条皱纹堆砌成一副苦相,让人感到他实在不好决断。而最后还是下了很大决心,愿意不惜血本给她一个好大面子,大腿上挖了一块肉似的忍着痛苦说出了一个数字。这个数字让莎莎两颗乌亮动人的眼珠骤然定位。

莎莎苦笑着问,你是说一个胡萝卜不是赔五毛而是赔十块?

刁爷说,没错,一个十块,一共是一百八十块。

莎莎说这也太离谱啦!

刁爷双臂交抱起来,纯粹就是一副老油条相,说,呵呀!你要是这么说,这事情可就不好办了。慢慢地走过去,蹲下。在那一堆胡萝卜里随便拿起一个来,意味深长地说,是呀,要是在农贸市场买的话,一斤胡萝卜撑死也就是四五毛钱样子,像我手里这个胡萝卜比狗鸡鸡大不了多少,也就是三四分钱样子。可惜你们不是买,你是……说个"偷"吧怕你脸皮薄吃不住。反正你们把我们的胡萝卜弄坏了,看样子你是吃国家饭的,比我更懂得损坏了别人的东西要赔。至于赔多赔少,那就没有什么尺寸了。公园里掰一个花瓣罚多少?五块!我一个胡萝卜还抵不上一个花瓣重?没听说五八年一个红苕长到二百多斤重的事吗?再说了,我们这胡萝卜是优种。我们是在培育种子,要不为啥孤零零远离庄稼地在这干河滩上种了两畦胡萝卜?怕串种。之后,刁爷就用那个鸡生蛋蛋生鸡的无限循环法则，说一个胡萝卜能产生多少多少两种子，两畦胡萝卜能产多少多少斤种子，一斤胡萝卜种子能种多少多少亩胡萝卜。这多少多少亩地胡萝卜又能变成多少多少钱……那么，一个胡萝卜要你赔十块钱，怎么能说太离谱？

一言不发的学生娃木木地站在那里，对刁爷的诡辩术佩服得五体投地。

莎莎一时不知该怎么办好。她不是拿不出一百八十块钱，是不甘心。这分明是讹诈。莎莎尽量让自己保持着平和的声调，但又不失庄重地说，就这样吧，别的话就不要说，还是刚才说定的九块钱。你们数一数。

刁爷不接收。学生娃看刁爷的脸色也不接收。

你们看着办吧！莎莎的脸已隐约现出愠色——对这种人有时候就得态度强硬些。临走时她给他们留下门牌号码。

刁爷双目一瞪说你可不要后悔。

若有一分奈何莎莎也绝不打电话，但眼下她不得不拿起电话向父亲告急。凶悍粗暴的擂门捣户已持续半个多小时且愈演愈烈。楼道里地动山摇，夜幕下显得格外恐怖。莎莎撩起窗帘一角影影绰绰看到楼前已经有人在围观，看不到也听不见有谁出面制止这粗暴与野蛮。门上施暴声有增无减，门板已不堪重负吱吱呀呀发出痛苦的哀鸣。形势很严重，一旦门撞开，谁能保证冲进来的不是洪水猛兽？

莎莎个人安危尚在其次，墨墨呢，吓不死也得吓出病来……事不宜迟，只有让父亲和哥哥来解围。

电话拨通后，她好一阵不说话，迫使自己稳定一下情绪。可是父亲从她那急促而粗重的呼吸声中已经听出来一定发生什么事了。父亲焦灼地问出了什么事。莎莎用最大努力克制着不让自己哭出来。胡萝卜的事她只概述了三言两语，就说爸你快点来！说完这句电话就挂了。

父亲一连拨通两个电话。一个是拨给他们公司下属的一个酒店经理小马。小马曾在剧团唱武生，从小练就一身好功夫。

父亲对小马说有一帮人在莎莎那边闹事，赶快在酒店门前截一辆车，带上几个人，我马上就下楼，咱们一块儿去；父亲又给儿子伟拨电话，同时拨了伟的BP机和手机，他知道伟有一伙铁哥们儿，大多是有头有脸的白领阶层，都会几套拳脚。父亲十万火急地对伟说莎莎那里有危险，让伟赶快叫几个人去看看。父亲放下话筒，急步下楼到酒店门口，小马和他的几个店员已经挤在一辆"塞北箭"车里整装待发。后来父亲才知道小马和他的几个店员腰里都别了家伙。父亲敏捷地跳上车一面关车门一面吩咐司机快开，兵贵神速，伟的朋友散居在各处，一时半刻怕不能召集起来。父亲赶到二号家属院三号楼前，还不到十分钟。他没想到伟和几个铁哥们儿已先一步到达，而且三下五除二把人已经打趴在地上。他暗自惊叹他们集结神速。父亲不知道趴在地上哭号着的女人就是那个学生娃的母亲。其实作为无辜的母亲挨打是很冤的。她在家做饭等到天黑还不见学生娃回来，她是二次从水西村跑来叫学生娃回去吃饭的。她没想到事情会这样，她很生气地骂骂咧咧叫儿子滚回去。就在这时伟和他的几个哥们赶来了，一听见疯狂的砸门捣户声，一个个救火似的冲进三号楼一单元楼门。进去后一人揪住一个，天黑，双方面目都看不真切。伟和他的朋友断喝：你们干什么？学生娃和另外一个后生不吭声，刁爷高挺被揪着的胸脯充好汉。他命令伟：手松开！关你们什么事……话音还没落，当胸就重重挨了一家伙。只一拳刁爷和学生娃就飞出楼门，像摔死鸡一样摔在地上好半天站不起来。学生娃的母亲自然不依，她破口大骂。伟冲出来一个大巴掌扇过来。学生娃的母亲就趴在地上了。伟和他的朋友见对方并不还手，便叫妹妹开了门，听莎莎述说前因后果，才知道他们打的不是为非作歹的暴徒，而是被偷胡萝卜的事主。伟和他朋友面面相觑，意思是刚才应该先问明白，可是年轻人血气方刚，哪里趁得住，往往是打完了再说。

父亲和小马来时，刁爷和学生娃已经不在了。只剩学生娃的母亲滚在地上母猫一样哭号着。这哭声召唤来更多的围观者。父亲觉得第一件事得赶快把地上的女子扶起来，如果任其哭号下去后果不堪设想。天黑，父亲影影绰绰看到地上的女人很年轻，就劝说：姑娘！快起来地上潮。"姑娘"不理。父亲当然不知道刁爷临走前曾向"姑娘"咬耳朵：别起来，这打不能白挨。我去叫人。敢在太岁头上动土！

小马趴在父亲耳朵上说赶快准备，水西村有人在高音喇叭上集合人。父亲顿时很紧张。大院里听不真切，父亲和小马来到家属大院大门外，果然看到在集合人。西边，那座魔鬼一样轮廓分明的山崖影子叠印在秋天的夜幕上，一片朦胧的水西村就模糊在那魔鬼脚下。高音喇叭在那一片模糊里进行着蛊惑人心的煽动。声音被秋天的风割裂得断断续续、呜呜咽咽，似乎在呼唤一个久远的幽灵，令人感到阴森、恐怖、周身寒彻。父亲一激灵打了个寒噤。

高音喇叭不厌其烦地重复着同一个内容：栓儿婆姨在市委家属院被人打了，听到广播以后赶快到市委家属院里去⋯⋯

父亲和伟、小马以及伟的哥们儿还有家属院几个好心的邻居，聚拢在大门里一个拐角处商量应急的办法。父亲脸上刻着重重忧虑。伟的一个朋友宽慰说，不怕，兵来将挡水来土掩。他们最后做出决定：立即让莎莎抱着墨墨悄悄转移到四楼邻居家里以防不测，二是小马立即报告城北派出所，说情况紧急，一定请他们来得越快越好。

隆隆的摩托一辆接着一辆风驰电掣般从水西村向市委家属院倾泻而来,刺目的车灯纷乱地划破夜幕。杀气腾腾如入无人之境,一如出膛子弹,一辆接着一辆疯狂"射"入家属院大门,紧随其后是一辆又一辆的自行车。还有三五成群步行着来的,不大一会儿工夫,家属大院里已经是黑压压的一片,堵得几乎水泄不通。水西村人大多麇集在第三号楼前的院子里。那个一直躺在地的女人火上浇油,由像猫叫春般的哭号变成了杀猪般的尖叫。这更激起水西村人的愤怒情绪。一时间捋胳膊挽袖的、喷着唾沫星骂脏话的、捏着拳头叫阵的,气焰十分嚣张。刁爷尤为活跃,他带领着几个人在前后院人群里窜来窜去,就像一条警犬,决心要找出个子高高的脸瘦瘦的打人凶手。

父亲焦急地望着大门。

一辆小车从大门外驶进来,从车上下来小马和一个穿警服的公安人员。父亲像看见救星似的急忙上去和公安人员握手,简单说了情况。公安人员挨个看了看站在父亲后边的几个人,伟的几个铁杆朋友公安人员显然都认识。公安人员向他们笑笑就向后边的院里走去了。

父亲总算松了一口气,有公安人员出面事态就不会恶化,父亲这么想。水西村人严严实实地包围住公安人员吼喊得一塌糊涂。公安人员借着一家后阳台的灯光看见远处的人群里有一个叫铁头的汉子在那里指指画画地指挥什么。这里没有人不知道铁头。几年前他曾因为一言不合,举起牛头大一块焦炭,把一个人的头颅砸成烂茄子,幸亏没砸死,他因此坐了几年班房。

水西村人要公安人员必须保证对方把打人凶手交给村里人处理,要不然今天就是个今天。公安人员要他们先撤人,事情由公安人员来调查处理。人群里有人开骂，公安人员表示没听见。不知道怎么着后来就找不到公安人员了。刚刚露脸的月亮也躲进云里。

公安人员回避了，他们清楚今天遇到了什么对手，也清楚眼前将发生一场什么样的事情，回避是一种明智的选择。父亲脸上又一次笼罩着阴影，他不相信公安人员会走。

从来就没有什么救世主，全靠我们自己才能妥善处理！伟的一个朋友一面发着牢骚一面从怀里掏出手机。伟和另外两个朋友也掏出手机。然后分别都钻进汽车里滴嘟嘟按了一串码儿。父亲知道他们在搬兵。

伟和他的朋友还有小马劝父亲回去。父亲说不。父亲不能走。当然，他虽不能冲锋陷阵，但他要准备承担后果。不能让伟儿，更不能让伟的朋友承担。

来了一辆卧车，又来了一辆卧车，又一辆……前后来了不下五辆。五辆车上下来十八个年轻后生。后来的一批和先来的一批彼此都脸对脸看了看，握了握手，然后心领神会地等待事态变化。咱们不能先飞。这是圈里的话，意思是不首先动手，类似"不打第一枪"，"不首先使用核武器"。

阵势已经摆开，形势骤然严峻，可以说箭在弦上一触即发。

大量的围观者往后撤。水西村的人顺墙溜，撤出大门；院里的人撤回到自己家，趴在窗玻璃上或忧心忡忡或隔岸观火或幸灾乐祸。比如那个姓高的司机就是后一种人。

山雨欲来风满楼的时候，事情突然有了转机。

转机的原因是大门口"大兵"压境，而且有关住门打狗之嫌。那个叫铁头的汉子在心里揣量，虽说他手下有几个"拼命三郎"，到底寡不敌众，打起来只有吃亏。铁头拿出和平方案。刁爷跳起来带头炸营，嘲笑铁头一伙还没上阵就拉了稀。铁头狰狞着脸大骂放你妈的屁,睁开你那个窟窿到前头院看看,谁不服气谁就去试试,一个个不叫你们趴在地上才怪呢!刁爷气得翻白眼。铁头首先发出和平信号,意思是想个别的办法劝劝两家事主把事情了喽,也免得伤了咱弟兄们的和气。双方代表经过一番穿梭外交,终于达成如下协议:打人一方赔偿挨打的一方两千元,作为挨打人的皮肉损失费和精神损失费;挨打的一方保证钱一到手马上撤人,事情也一笔勾销。

父亲感慨说这样好这样好!

滚在地上哭号的女人说不哭就不哭了,爬起来借着一家后阳台的灯光和她的男人以及那个学生娃各自很认真地舔着唾沫点票子。

后院里重新响起一片摩托声、自行车铃铛声、男呼女叫声和嘈杂的话语声,乱哄哄得像剧场的刚杀台。

父亲和伟以及伟和小马的铁哥们儿看着水西村人羊群一样从他们眼前涌过去,涌出了大门。

刁爷没有走,他像泄了气的皮球,眼巴巴望这不可挽回的局面惋惜得不知道要骂谁。

大门口轰轰隆隆一片马达声,所有的小汽车都发动着了。这之中,父亲和伟、小马等人到后院看了莎莎,她已安然无恙地回到自己家里,墨墨睡得很香。大家坐了一会儿,说了些宽慰的话就走了。

小汽车一辆接一辆驶出了家属院大门。"停下!停下——"站在院子里的刁爷很不甘心地扑到家属院大门口,吆喝着想让每一辆车都停下来,捏着一只手电在每个人脸上晃,他断定那个打人凶手就在这些小车里,只可惜认不出来。他很懊恨自己当时没把人认准,懊恨这天也太黑,如果当时认准就一定不是现在的结局。小汽车不听他的,一辆接一辆开走了,留给他是一串串响屁和灿烂的尾灯照耀着的白色气体。

　　看门老头说，还不走？我要关门了。

　　刁爷极不情愿地出来了，连同他的那辆破摩托，又是费了好大劲才把摩托发动着。照例踢，骂。他骑上了摩托，恋恋不舍地回过头去朝大院里望。铁闸门已经关上，夜幕下的第二家属院里空空荡荡。刁爷心里泛起一片凄凉落寞。百无聊赖中刁爷慢慢放开油门，车灯也亮起来，颠颠簸簸上路了。摩托电不足，夜幕下车灯光亮模糊很愁惨，刁爷愈发觉得凄凉与落寞……他记起了那两千元，那是给挨打人的皮肉损失费和精神损失费。他也挨了打的，索赔是理所当然。但不知能给多少，抵今日看病钱应该不成问题，如若三天不痒就有希望。为什么说"如若"？如若痒起来呢？是不是就没有希望了？

　　刁爷觉得心里没有底。

原载《人民文学》

位 置

八子夜里没睡好,梦一个接着一个,全是噩梦,最后把她彻底吓醒。睁开眼,天色已经大亮。藕荷色的落地窗帘上极灿烂地铺满夏日朝阳。八子愣神回忆梦境里的一切,一个个原本很完整的故事,如今好像都隐藏在雾幕里,记起来的只是些鸡零狗碎。和她作对的不是别人,是八子的同类。那么多女子和她过不去,一个个小妖精似的折腾她一夜。把她弄得精疲力竭,全身稀软。在梦中最后把她彻底吓醒是为了一把椅子,那是八子家的椅子。八子搬着椅子依稀是去南门外看放焰火。粉碎"四人帮"那一年正月里,南门外放过一次焰火,方圆几十里的人都来看热闹。这以前,人们只是在电影电视上看过那壮观场面:火树银花,风情万种,深邃的天幕上接连迭印一幅幅硕大无比的画面:"天女散花""孔雀开屏""金蛇狂舞""满天星""蓝色宝石""红梅闹雪",还有白的菊、黄的菊,还有许多许多……许多都叫不上名字,总之五彩纷呈,漫天落英,半个天都染红了。南门外的焰火,远不如想象中那样火爆热烈,最要命是间隔太长,隔上好半天才来那么一下,犹如瘦狗拉屎。人们仰面朝天对着黑黢黢的一片空白使劲傻等,脖子等酸了,有的干脆找个地方蹲下,住在附近的人索性回去搬来椅子、小板凳什么的,摆开阵势耐心等待。不是成心要吊大家胃口,拢共也没有几个礼花弹,三把两下就能放完，那样又会使大家觉得不尽意，太扫兴。主持焰火的人发下话来，"隔上十来八分钟放一个，一下都放完了，叫大家还看什么呢？"

那一次八子也去看焰火，她亭亭玉立地站在文化大楼最顶层阳台上。那时候她十八，正在人生黄金时刻，就像夏日清晨里一朵带露珠的喇叭花，难怪会有那么多小伙子大男人争着向她献殷勤，"八子，这有椅子。""八子，来坐我的。""八子……"八子笑笑，模样就像公主。那时候她和喜子还没结婚。

八子长那么大第一次看焰火，"第一次"往往会给人印象很深，难怪夜里八子梦见看焰火。睡梦中八子搬了把椅子，似乎不在文化大楼顶层，只记得人山人海。八子把椅子放下。刚要落座，来了一帮小女子，一个个打扮得桃精柳怪，说这把椅子是她们的，应该让她们坐。八子很生气，似乎和她们扭打起来，后来，八子当然守住自己的领地。二次要落座时，又来了一个衣着相当新潮的小女子，披挂着一身艳若桃花的粉红套裙，像一只硕大无比的粉红蝴蝶，她好像不是走来的，是飘来的，那样的翩翩如仙不可一世，她扬起一张雕眉画眼的脸子，命令八子说："这个婆娘起来！"命她"起来"已让人不可忍受。还……还"婆娘"！这当然刺伤了八子的自尊心，立即还嘴说，你要干什么？

"粉红蝴蝶"说：我要你起来！

八子说：起来干什么？

"粉红蝴蝶"说：我要坐！

八子说：这是我的椅子。

"粉红蝴蝶"说：这我不管。

八子说：你这人怎么不讲理？

"粉红蝴蝶"说：我就这样。起来！

八子说：一边去！

"粉红蝴蝶"说：起来不？

八子说：你要咋的？

"粉红蝴蝶"说：你给我起来……

"粉红蝴蝶"竟动手掀翻了椅子，坐在椅子上的八子就往下倒……往下倒……就像影视上让人看厌的慢镜头。八子感觉自己正落入万丈深渊。

这么着一个激灵八子吓醒了，醒过来才知道是个梦，白白出了一身冷汗。她仔细琢磨，梦里的粉红蝴蝶，就是昨天到酒店应召的那个小女子。昨天那小女子到酒店的时候，八子就很在乎喜子的表情。小女子披挂一身艳若桃花的粉红套裙，飘逸若仙，乘风而来。喜子一双眼睛盯着粉红女子上下滑，两只眼珠骤然乌亮许多。喜子对粉红女子说，明天就来上班吧！喜子征求八子意见。八子说，行呀，叫来吧！粉红女子临出门，有风吹来，绰约的裙摆如细浪翻卷。一眨眼，人就不见了，留下一团看不见的粉红余韵。喜子骄傲自己有一双伯乐的慧眼。喜子说他一眼就看个准。喜子还说，怎么样，我早说过，插起招兵旗，就有吃粮人。现在问题不是全解决了！喜子向大家散一排"红塔山"，自己也点燃一支，很惬意。

眼下，喜子四仰八叉地在八子身旁酣睡如一团烂泥。均匀地翕动着鼻翼，均匀地发出鼾声。忙碌一个月，总算有了结果，小酒店万事俱备，只等开张大吉。

为了开酒店，这个月可把小伙累坏了，租地盘，贷款，装修，办理营业执照；刻章子，开户头，置办酒具、茶具、餐具、灶具、桌椅，购买卡拉OK设施；请厨子、招聘服务小姐，等等，忙得昏天黑地。

当然，八子也不清闲。

喜子不缺力气，缺谋略。好些事情需要八子拿主意。两口子一文一武，配合默契。

可是在选择服务小姐的问题上，两个人意见相左。喜子说"这个行"。八子说，"不行"。喜子说"这个不行"。八子说"这个行"。喜子的内心很诧异，弄不清是自己水平不高，还是八子的审美意识发生问题。当然最后还是八子说了算。原定招聘十个服务小姐，已经招回来九个，还没有一个能让喜子称心如意。喜子心里就不美，忍不住嘟囔，哈呀——这水平！八子不高兴，说你啥意思。喜子使劲绽出笑脸，耐心地讲：我没有其他意思。我是说，不管什么事情都讲究个配套，不说你也知道，在这个城市里，像咱们酒店这么高档次，目前还没有第二个。再过三年，也绝对是领导新潮流。你信不信？即便是有人照猫画虎，依葫芦画瓢，跟在咱们屁股后面学，他们也搞装潢，也设包厢，包厢里也有卡拉 OK……可是，他们有谁舍得用绸缎做贴面往墙上贴？有谁舍得花那么多钱买银勺、银筷子、银蜡台往餐桌上摆？更不用说咱那几套卡拉 OK 设施了，哪样不是进口货？"功放机""影碟机"、美国音箱、29 英寸大彩电，就连放碟片的架子也是从日本进口的，一个架子上千块哪！他们舍得花这钱？我说这话的意思，既然咱们装潢一流、设备一流、饭菜一流，咱们的服务小姐们也应该是第一流。

八子问：咱们的服务小姐怎么啦？

喜子瞅住八子说：一般化！

八子说：什么叫一般化？都是按条件招的，初中以上文化程度，会说普通话，年龄二十上下，五官端正，身体健康。

喜子说：端正健康就行了？

八子说：那还要怎么样？

喜子说：总得漂亮吧？

八子说：可也都不丑吧？

喜子说：反正不够水平。

八子说：你要的那个水平标准是什么，闭花羞月？李师师再生，陈圆圆转世？

喜子说：能有一个达到这种水平的当然好了。

八子说：哎，你可别弄错，咱们是开酒店，不是开妓院。

喜子说：你别给我胡扯，我不和你争，我只是提醒你，你招的这几个妞，在餐厅服务还马马虎虎，关键谁去站"吧台"？这可是酒店的门面，你总得有模有样漂亮点给我招那么一两个吧，不能让顾客刚进门抬头一看扭头就想走。

喜子说吧台，其实就是柜台，也有叫收银台。"吧台"是舶来品，听起来时髦。喜子爱时髦，马上就要"试营"了，"吧台"上还没有合适的人选，喜子很着急。

就在喜子和八子刚说完不久正心急火燎的时候，那个"粉红"姑娘自动找上门，喜子没法不激动。

喜子这一觉睡得很完整，不像八子支离破碎做了一夜噩梦。

喜子不知道睡在身旁的八子望着铺满夏日朝阳的藕荷色落地窗帘正在想什么。

八子的名字就叫八子。八子的母亲真"英雄"，嘀里嘟噜一连生了十四个孩子，五个男孩，九个女孩。前三四个孩子生下来，父亲为给孩子起名字耗费了不少心血，看着妻子的丰胸、圆臂，身体这么饱满，精力这么旺盛，就知道潜力还相当不小，再生三四个也恐怕打不住。这么下去，得弄出多少孩子？得起多少名字？那岂不太熬人？生下第五个孩子时，父亲说就叫"五"吧。父亲发现这办法不错，既省力也不难听。就推而广之，按出生次序依次类推，"六六""七七""八八""九九""十十"……井然有序一路叫下去。八子排行第八,就叫她八八。也叫八子。

这不是女人的名字。太缺乏色彩!女人的名字应当柔软、清秀、鲜嫩、亮丽、水灵灵的。"八子"是男人名,容易让人想到石子,想到坚硬和粗糙。

这名字和她本人实际内容压根不相符。

八子生下来就是个美人胚,在她爹妈制造的那个庞大的姐妹群体里,数她出类拔萃,是最出色的一个,她的容貌让姐妹们既羡且妒,埋怨爹妈怎么搞的,同一棵树上,结下来却是如此截然不同两种果子!当然,话说回来,八子毕竟是他们全家人的骄傲。游集、赶会、进城、串亲,或者看戏看电影,全家大大小小只要出门,总喜欢拉上八子就伴儿。八子几乎成了家庭每个成员随身携带的装饰。家里人生怕别人不知道似的,总要自作多情地向人解释——妹妹们介绍说"是我姐",姐姐们介绍说"是我妹",爹妈说"是我跟前的"。情形就像某个文学家写了一篇得意之作,见人就说是我写的,脸上弥漫出来的是一派得意的表情。这就不难想到,镶金牙的人为什么总喜欢笑口常开,戴金戒指的女人在人前多将手指翘成兰花形,浣衣女人总是把衣袖挽得很高,这固然是怕弄湿了衣服,谁又能说另外一半原因不是为了炫耀玉腕上那只六两重的绞丝银镯?就像二十世纪六十年代的一些男人们喜欢在人前搔首弄姿,因为腕上有一颗锃亮的全钢防震"上海"牌手表。

那个时候八子家里还很穷,没有像样的东西可炫耀。没有金牙,没有戒指,没有绞丝银镯,更没有手表。家里唯一可以让大家出去炫耀的就是八子那个俏丽的姿容。

这样的姿容也让八子本人获益匪浅。

上帝总是很公允,上帝在造人时给每个人都赋予不同的生存资本。不同的人就是靠这不同的资本来实现自己的人生价值。有人靠聪慧，有人靠刻苦，有人靠诚实。也有人靠厚颜无耻，比如扒手、政客之类。而八子的资本是她那张漂亮的脸蛋。人生在世，各人都有各人的福分。不能说八子不聪明，可也说不上很聪明。她在一些事情上混沌到近于痴傻：六岁上一年级，上够三年，三年留了两级；十岁的人了，掰着手指数半天才知道七加四等于十一；若反过来再问四加七等于几，无论如何回答不出来。老师说墙头上有六只鸟，又飞来五只鸟，一共有几只鸟？八子掰指头，脸憋得通红，半天，说：九只。老师吃了盐巴似的直龇牙。这倒还在其次，令人吃惊的是，二十七八岁了，还不会写大写的"捌"。一次会计发补助，会计说八子你是八块，打个条。八子就打了个条，会计看了看，说这个8不行要大写。八子握着钢笔，一副老虎吃天无从下手的样子。旁边的人以为她是一时糊住——这种情况生活中每个人都有过，就热心地提醒她说：提手提手。八子做出忽然想起的样子，极快地写出来：今领到下乡补助扒元……在场的人顿时都目瞪口呆你看我我看你。

　　通常情况下，一个学习成绩相当糟糕的学生，在老师和同学们的眼里是没有地位可言的，就像一个毫无作为的公民在社会上没有地位一样，自己也觉得矮人半截活得卑贱，脸上永远一副受苦受难的颓丧相。八子却从小到现在自我感觉一直良好，因为不论在家里在学校在机关，八子一直生活得很"辉煌"。别看她不知道墙上有六只鸟又飞来五只鸟一共是几只鸟，但她永远是被人仰视被人羡慕不已的角色。老师说八子给咱打拍子吧，八子开始不会打，老师说可以学。老师百折不挠地重点培养她，就因为八子长得俊。打拍子人选很重要，她代表一个班级一个学校的形象，是一个集体的门面。很快八子的拍子打得相当有水平，不仅节奏感强，而且很花哨。"天大地大……预备——唱！"无数张嘴巴在她的双手翻飞下昂扬顿挫引吭高歌。从小学一年级到初中三年级,八子一直当指挥打拍子。每次举办歌咏比赛,她所在的班级或者学校总能得第一名。班级或者学校因为有了她而提高了知名度,一下子就"辉煌"起来,县一中就是这么"辉煌"起来的。那一次举办全县歌咏大比赛,参赛的县一中百人合唱团的指挥就是八子。大礼堂人山人海,八子走出边幕条刚一亮相,就得了个满堂喝彩。雪亮的聚光灯下,八子齐耳短发神采奕奕,从肩上斜斜披挂着的那条洒穗大红丝飘带,越发衬托出她的英姿飒爽。她昂首阔步地走到舞台中央,一个眼神,一个微笑,一个漂亮的向后转,然后,用慢动作把双臂轻轻地抬至与肩平,宛若未飞将飞的燕子。然后定格,那一刹那间,她给人的感觉分明就是一尊美丽的雕塑,那笔直的双腿,那丰臀、那瘦腰、那端庄修长的身段,以及白嫩细腻恰到好处的脖颈,无一不充满青春活力,透射出一种魅力、一种风情、一种夺人魂魄的神韵。这时候八子将捏在手指间的指挥棒高高地举过头,猛地向下一劈,演唱开始了,优美雄壮的男女混合声一如天河决堤般响彻寰宇。礼堂里一遍又一遍地响起热烈的掌声。后来人们说这热烈的掌声多一半是为八子拍的,因为八子本身就是一首动人的音乐,那次比赛县一中一举夺魁。八子名声大噪,她的母校县一中也随着她的名声从此辉煌起来。全校师生一脸骄傲,走在街上昂首挺胸,步履高阔,有人说到八子,师生们就说"我们学校的"。

可是八子没有考上高中。

八子还没来得及失望懊丧,县上毛泽东思想宣传队就来人把她叫走了。她往女演员堆里一站,"六宫粉黛"顿无颜色。导演说这样的俊女子天生就该演主角。于是她演"铁梅"、演"吴琼花"、演"喜儿",后来她跳"白毛女"(芭蕾)。后来宣传队就解散了,队员们大多遣散到建筑社,女的提泥包男的搬砖递瓦。八子反而更加"辉煌"，她理所当然地调到了县文化馆。适逢全民"跳舞热"，一时间八子又红得发紫。八子会跳"迪斯科"，会跳"交谊舞"。八子的迪斯科跳得热烈火爆相当投入。交谊舞跳得更为出色，探戈、帕斯、伦巴、狐步、恰恰恰、华尔兹。尤其华尔兹，八子跳的华尔兹不仅舞姿优美高雅，而且绝对是国际标准，相当有贵族味。各机关团体争先恐后地请她去辅导。局长部长们还有副书记副县长们纷纷拜她为师，她皇后一样被人崇拜尊贵，仿佛能和八子这样的女士拥着跳舞，实在是一种享受、一种恩赐、一种在某圣地亲吻裸体女佛脚踝的神圣感。那个时候除了吃饭睡觉，她的每一个空闲都被劳顿和优越感填充得满满当当，一回到家全身就像散了架，常常让喜子替她捏肩捶背揉腿。

这一切仿佛就是昨天的事情，怎么呼啦一下就变了天日？

文化馆办实体，搞了一个"华美"公司。馆长兼经理的李学厚，在决定公司公关小姐的候选名单上，很残酷地将八子的名字一笔就划拉掉了。这个毫无精神准备的突然打击，就连八子本人也怀疑自己的心理承受能力。八子知道"公关小姐"是美和精明干练的代名词。八子跑回家关住门对着梳妆台的大镜子，细细观察自己的容颜，忽然大惊失色，这眼角什么时候有了这么多细纹？按理说，大凡一个女人，对自身美的失落应该是很敏感的。也许八子早就敏感地察觉到了，只是不愿意承认。而她现在不得不承认这个残酷的现实。八子望着镜子里的自己已如明日黄花，怅然若失。

现如今的机关，有本事的人下海经商去赚钱，没本事的人只好守着空庙无所事事，文化馆原来就是一个无所谓的单位。说是上班，也不过象征性去绕一遭应个景儿。八子懒洋洋到了机关，翻一阵报纸，谝一阵闲嗑，织一会儿毛衣，然后提前一个小时懒洋洋地回来。一天的日子就这么打发掉。八子常常会蓦然惊恐，我难道就这么着了？而后陷入失落空泛无可奈何的思绪。八子说她如今就像摆在小摊上被日头晒蔫了的青菜不大会有人问津了。

……

八子于无意之中改变了自己命运。

她到菜市场买菜，发现她的菜篮子比周边人的菜篮子寒酸。尤其宣传部干部马启亮和文化局的蒋玉峰，他们两家生活拮据，同属第三世界范畴。马启亮和蒋玉峰的家属常常是在晚霞西照时，挽着菜篮子到菜市场买一些蔫萝卜蔫黄瓜蔫茄子之类，顺便捡一些不花钱可以拿回家洗一洗还能吃的白菜叶子。这次八子到菜市场又遇到马启亮和蒋玉峰的两个家属。不是晚霞西照时分，是晌午，八子惊讶她俩菜篮子里的内容远比自己丰富，全都是鲜嫩水灵应时蔬菜，西红柿、大辣椒、蒜薹、黄瓜，还有用藕叶包着的二斤鲜猪肉，一块着了色的熟猪肝。蒋玉峰家属的另外一只手里提一条活鲤鱼。八子热情地问他们家里来客了？她们说没有呀。事后八子才知道，马启亮和蒋玉峰是业余二道贩子，马启亮批发水蜜桃饮料，蒋玉峰贩卖假烟。有人看见他们下班后，常常是在黄昏时分，抱一两箱水蜜桃，夹着两三条"红塔山"，出入一些酒家饭店。

这件事情对八子很有启发。一天八子告诉喜子说，看来咱们也得行动着点，不然咱就真成了"无产阶级"了。喜子说咱们不赚大钱，开煤窑办焦厂没资本。咱们也不赚小钱，仨瓜俩枣的，就像马启亮和蒋玉峰，几盒纸烟几筒饮料。咱们赚那不大也不小的钱。喜子的意思是要开个饭店。八子想了想说行。

开酒店，初衷纯粹是为贴补家用，同时也能充实一下八子无聊的日子。生意忙时前前后后当下手，剥个葱蒜，洗个碗筷，端个盘子什么的。八子也乐意屈尊，人哪，就得明智点，况且这也没什么，美国总统落选后不是也下海去做生意吗？当然，对八子来说，这是无可奈何的自我宽慰，心灵深处毕竟黯然。可是，当她和喜子到了省城，用一天时间对十二家酒家饭店进行考察的同时，八子忽然心眼一亮，有一种绝处逢生的感觉。她想她的位置不是厨房，不是剥个葱、洗个碗什么的。她的位置应该在吧台。身临其境目睹十二家酒家饭店，发现站吧台的小姐女士是那么亮丽，那么光彩照人，那么不同凡响。吧台位置太重要了。它是酒店的象征，是酒店的灵魂，也是展示个人风采的地方。

她用试探的口气把想法告诉了喜子。喜子龇牙笑说你得了吧，野心不小，倒退十年还差不多。八子说怎么我老了是吧？喜子说不老，可也不嫩了。八子抿住嘴不再说什么，心里在酝酿着一个"阴谋"。所以在招聘服务小姐时，她牢牢地掌握着生杀予夺大权，录取淘汰她说了算，喜子奈何不得。八子就是要利用这生杀大权为实现自己的"野心"一步一步铺平道路。凡是对她能构成威胁的，越是有模有样、越是出类拔萃的姐儿妹儿，就越别希望能到这个酒店来。这样一来，招聘下来的可想而知。用喜子的话说：太一般化了，还，还愣头愣脑一股子村气！八子说过一段时间就好了，这城市呀是个大染缸，过不了几天村气就退了，就城市味了。当个服务员还是可以的。喜子说关键问题是谁站吧台，明天就要开业了！八子说照开。暂时没有人我先照护几天。喜子想了想，也只好如此了，招进来的几个服务员，论姿容论气质还没有一个能比上八子。虽然不理想，化化妆，弥补弥补，打扮打扮凑合着用吧。

没有想到半道里杀出来一个程咬金，节骨眼上仙女下凡似的来了一个"粉红蝴蝶"应召，喜子得了救星似的，当下拍板，让明天一早就来上班。此时，八子的心态实在太复杂，她承认这小女子模样俊俏，有魅力，自己比之不及。可是，她来了我往哪摆？

小酒店在一片浓烈的炮仗声中开业大吉。不是"粉红蝴蝶"站吧台,是八子。昨天八子出去兜了一圈,回来时脸上有掩饰不住的笑意。问喜子,这个人你敢用?喜子说怎么?八子说这小女子在旅店鬼混被派出所抓过。喜子连连摆手,不敢不敢,我不敢用,我又不是开窑子。

八子满面春风,光彩照人。她化了淡妆,穿一件咖啡色扫地套裙,不减当年风韵。贺喜的人很多,熙熙攘攘,电视台也来助兴,大家抱拳恭贺喜子发财发财,说咦——老板娘呢?哈哈!八子你在这哪,我们还以为是哪个年轻漂亮的小姐。八子从大伙眼神里得到了自信。她悄悄问喜子,怎么样?喜子说还行,像那么回事。

原载《山西文学》

乡　邻

日头落了，小风从庄稼地里飘来，很轻，甜丝丝的。

邻居的小饭桌，还不见摆出来！

饭是熟了的，那呼嗒作响的风匣声，早已宁息；烟囱也消散了最后一缕青烟。饭香从墙那边飘过来……可那小饭桌，还不见摆出来！

目下，坐在街门前核桃树下吃饭的，只有菜氏和老伴。

饭食是好的：鸡蛋臊子面，满碗漂浮着的油花儿，像眨动着的孔雀眼睛。老远就喷喷香，馋得过路人咽口水。而菜氏和他的老伴却吃得寡味，像嚼塑料布，似乎并非碗里缺少盐或调和，而是另外短缺了什么东西，那莫名的东西，又似乎就关在邻居那年月久远的板木门里……往些时，风匣一停，两家的女人就扯起尖尖的嗓子：

"熟了吗？"

"熟了。你哩？"

"熟了。"

街门都响动起来，核桃树的荫翳下，洒上清凌凌的井水，再细细扫出光洁的一片。两家的饭桌，摆在这光洁的场坪上。邻家的小儿子蛋蛋，非要把两家的饭桌紧挨着，然后把小凳子哪、草团子哪、木头墩哪，均匀地摆好。大人们也不觉得有什么不妥，都坐下来，热乎乎地吃着，拉枝扯蔓地说着，笑着……

男人们总是狼吞虎咽后先离开饭桌，在树荫里躺下来，小叶烟的浓雾袅袅回荡。屁股一抬，下面就长长地喷出一声钝响。蛋蛋和梅梅，禁不住手捂脸蛋"叽咕"笑。女人都绷住脸，到底绷不住，核桃树下喧起一片热闹的欢笑声……

这笑声，常常持续到夜里很晚。人们就这么坐着，男人们谈庄稼、土地。梅梅躺在娘怀里，听两个津津乐道的母辈，述说那永远拉不完的家长里短。蛋蛋则满世界地"疯"，有时被菜氏唤来搔脊背……直到湿热的地气渐渐消散，夜风带来露水清凉，女人才用疲倦的嗓音，吆喝着孩子一块回家睡觉。而两个男人——菜氏和老大，余兴未尽，烟锅对烟锅，两颗殷红的火星，一明一灭闪烁……

然而，这些乡邻间令人发甜的情谊，似乎已经很远了。按惯例，每年入伏前，两家的饭桌都摆出来的，可今天头伏也快完了吧？

"这家人和咱淡了！"菜氏不无怅然地瞅住邻居家板木门。

"是淡了！"

"老大和我头顶头也不说话。"

"蛋蛋妈见了我也寡了！"

"也寡了吗？"

"最多问'吃了，喝了'，便装着去吆鸡撵猪。"

"这两个孩子见我也绕着走哩！"菜氏说着就愤愤起来，"哼！还不是嫌咱过富了，受不得，心里就猫儿抓，唉，人心！"

菜氏扒完饭，来到树跟前，踢掉鞋子，身子放倒，掏出烟锅子。

老伴收拾着碗筷，没好气地丢他一个脸色：

"怨人呢,我不过嫌败兴不说罢了,想想你做那些事吧!"

"怨我?"菜氏不服气。

"怨你!"老伴做出要揭老底的样子。她见菜氏蔫下去没再回嘴,怏怏地端起碗筷走了回去。

菜氏确乎软了。他心里明白,两家的情谊,之所以日渐淡薄,说来就怪他菜氏一人!

他并不姓菜,百家姓上也未必有。叫他菜氏,无非因他种一手好菜。最拿手的是种大白菜。他有一套绝不外露的像家传秘方那样种菜技术。比如,一般人,只笼统知道"头伏萝卜,末伏菜",但种出的白菜,往往不是烂了菜心,就是放了凉壳。而菜氏却像高明的厨师掌握烹调的火候,不迟不早,恰到好处地把他的菜籽落进土。早了不行,迟也不行,前后误差不得超过五天。这五天又是根据每年的气候变化,而移前或推后。这当然是个诀窍,断然不得外传。就像他的其他工序一样,捉迷藏似的,外人很难学到手。

由于得天独厚,他种出的菜,个头大、瓷实、肥嫩。不论凉拌、醋熘、炖肉,都美味可口。虽然每斤要高出别人二三分钱,但每次上市,都被抢购一空。

由于种菜,他的光景就飞升起来,只两年,一步登天,跃居富户行列。

这就引逗得村上一些在地里卖死劲的庄稼人眼红、心痒、动心思。决计铁下心来,即使磕头捣蒜,也要说动菜氏教他们种菜。

头一个铁下心的,就是菜氏的邻居——大汉。

可惜一条大汉,是个除了种田,啥手艺都不会耍的笨人。前年又患了哮喘病,天一凉,喉咙里就"咝儿咝儿"响。这样一来,只好他爬锅老婆爬坡。女儿梅梅,虽能接点力,却念高中,干点活,也不过三天打鱼,两天晒网。

新经济政策，虽然使他的家境有了明显好转，但他的钱包儿，远不如别人鼓。这常使他和她的老伴陷于尴尬。

近二年，庄稼人居然也讲究穿戴。年轻人抖"料子"，挂手表。尤其过年，女娃们一个赛一个打扮：皮鞋也就够抖了，还讲究半高跟，围巾呢，非得什么拉毛毛的……梅梅姑娘，模样花朵一般，可穿戴总不入时，和伙伴们站立一处，立刻就显出寒酸来。这使当爹妈的脸上大为无光。大年初一，大汉的婆姨，蔫蔫地捂上被子睡了。大汉心里也不美气。虽然梅梅姑娘没有噘嘴，还笑笑：

"爸！妈，看你们，我才不稀罕那些呢！"说着就背过脸去，用指头蛋在眼角抹一下，悄悄弹掉……

唉！快十八九的姑娘了，谁不喜欢打扮？只是，娃懂事，不说罢了。

大汉总觉得委屈了孩子。这倒不是纵容儿女和别人比穿戴，这里头的说辞大了，过去穷，还好推诿：是"四人帮"害的！可如今，光景再不如人，除了怨自己，还能说啥呢？

他不甘于人后，背上馍布袋，跟张木匠学了半年。结果呢，连自家的案板也收拾不了。恨得蛋蛋妈把擀面杖弄得山响："这算什么案板呢？……趁早把你那些家当收拾起。依我说，不如跟上邻居他伯学种菜。总得你开口，人家知道你哪儿痒？常说，远亲不如近邻，未必他好意思把你的话落到地上拾不起……"

大汉觉得在理。

去年，过罢端午节不久的一个晚上，就在这核桃树下，月亮照着，女人和孩子都回家睡了，大汉述说了自己想学种白菜的打算。

未等说完，菜氏像火烧屁股，当下站立起来，磕掉烟灰，搂一下裤腰：

"种庄稼没窍，能下苦就好……睡吧，时辰不早了。睡吧，睡吧……"边说边趿拉着鞋贼撵着似的，匆匆进了自家街门。

又过了些日子。在大田的小路上，大汉又拦住了菜氏，掏出烟，蹾在路边的草地里，向菜氏表示：苦，他不怕；地，也已豁出一块来，白菜决计要种了，当下，要紧的是请菜氏给以技术性指点，末伏马上就到了，哪一天下种，地又如何整治？还有……

菜氏慢慢腾腾掏出烟锅，吹吹，抠着，眉头锁得紧，做出认真思索的样子。背上像有虫子咬，肩膀不停地一蠕一蠕，过了许久之后，他才开了金口：

"庄稼户一窝猴，人家扛锄咱扛锄，人家摇耧咱摇耧……"说完，头也不回匆匆走了。

这么着大汉就心凉了。

而蛋蛋妈矢志不移："猴就猴，眼尖些，照猫画虎，他做啥，咱也做啥，白菜一定要种……只是这菜籽儿——我跟他要，不给，我给你偷，嘻嘻！"菜氏的老伴，甘当内应。

大汉到底种上了白菜。

可这苗苗怎么比菜氏早出来六天？同一天种的呀！——明明看着菜氏蹲在地上，一窝一窝地刨，一撮一撮地撒，一堆一堆地埋。大汉也就猴似的，在自家田里照猫画虎，可怎么就？……莫非岔子出在种子上？两口子合谋着做了弊？还是那天菜氏根本没把种子落进土？……

收获到来的时候，大汉果然抓了瞎。菜氏的白菜，牛头一般满地滚，而他家的菜，一捏一个稀糊烂。按承包合同，大汉亏了老本。一急一气，哮喘病提前犯了，比哪年都重，窝在炕角里展不起腰。

"还邻居呢，短心眼子，日后少搭理。"蛋蛋妈愤愤然。

"哼,没良心!要不是我爹,他那屋顶早被扒……"

梅梅鼓着脸子,正要翻那陈年旧账,爹凶凶地瞪她,意思是:大人们的事,娃娃家少插嘴。

两家的关系,从此淡泊下来。只是菜氏老伴,一番好心落了个猪八戒照镜子,自然也窝一肚子火。菜氏心里当然清楚,难怪老伴刚才数落他时,他没敢回嘴。

夜色已完全暗下来,村子里,热闹的喧嚣声依然持续着。多数人家已吃完饭,忙着给牲口拌料、添草。孩子们玩起捉迷藏,叽叽嘎嘎欢叫着,几欲盖住磨坊里的机器声;巷道里飞出一伙年轻人,吆三喝四,骑上车子进城去看电影——功夫片《十八棍僧救唐王》。用的是真家伙,实打实对打,很叫座。远离县城的村民们,为了一饱眼福,心甘情愿奔波几十里夜路。只是票不好买。菜氏思谋着,明天早早进一趟城,走走门路,想法买两张票也带上老伴去风光风光……

菜氏沉醉在甜甜的思索里,然而骤然响起一阵骚乱。骚乱声来自隔壁的板木门里:先是慌乱奔跑的脚步声,接着"啪"一下,从屋里飞出一根擀面杖来,紧接着,便是蛋蛋的哭叫声。菜氏心里不由一紧,弄不清蛋蛋何以遭打,想进去,又挪不得腿脚,只得耐着性子听。听见蛋蛋妈从屋里追出来,心疼自家遭了打的儿子,又气又怨地数落道:"小孩子家,你一点不知道日用的艰难。一分钱逼倒英雄汉呢,何况,一张电影票得花一毛五!有这一毛五,咱能称一斤盐,能买七盒半洋火呢……"

蛋蛋总算住了哭,但仍伤心地啜泣着。

菜氏似乎弄清了事情的原委。埋怨大汉不该为一毛五分钱,让孩子受此委屈。如果此时蛋蛋走出街门外,菜氏会毫不犹豫地给他掏一毛五——不，三毛，还有梅梅姑娘呢，一人一张票钱！

蛋蛋到底没出来，即使出来，也未必肯向他菜氏伸手！

菜氏觉得若有所失，久久瞅住邻居那紧闭着的板木门，默默不语，陡然就生出许多惆怅。觉得空落落的冷清与孤单！孤单得令人发烦，百无聊赖的他打算睡了。拖着懒散的步子，刚走进自家屋门，大队的广播又响了。村子里满世界轰鸣起老支书嗓音："喂！……"

说是要开个会。通知的人许多都是上不了桌面的龌龊鬼：卖卤肉的杨二拐，做豆腐的罗锅锅，木匠张歪嘴，铁匠李红眼。余下几个，也不外编筐的、养兔的、耍驴的，其间也有菜氏。

村里人差点没笑死：我那爷！尽叫了些歪瓜裂枣？挨个数，头上都不带翅，显然不是干部会，也不是"富户"会，因为，指名道姓，还叫了几个光景不起眼的主儿，其间就有大汉……

菜氏也觉得怪，思谋一下后，就对正在铺炕展被的老伴说：

"你去胡支应一下，问我，就说肚子疼。"

这个五十挂零、脸方方的软心肠女人，用笤帚扫扫身子，果真开会去了。

去了就等不见回来。时辰已不早了，菜氏正要睡，老伴回来了，进门就报喜，说她替老头子对了一个象。

菜氏拐她一脖子，说她疯疯癫癫，老没正经。

老伴喜着脸子，跪上炕楞，双腿并住，弹弹脚上的土，转过身，脱掉鞋，麻利地盘起两条腿，然后，有根有梢，细细述说会议的内容。

她说她到大队时，人已到齐，只有大汉没去，说是病又发了。她说开会的人坐了两摊子，一半是"富户"，一半是几个甩牛尾巴的主儿，她呢，就坐在门槛上……

"哎呀！你简麻些！"菜氏为老伴的不得要领而窝火。至于谁去或谁没去，谁在什么地方坐，这都无关紧要，当下紧要的是说清究竟开什么会，支书都讲些啥？

讲些啥？多着呢！一串一串的，反正好听，入耳！可惜记不全，说起来就不免缺苗断垄！谁叫你不去呢，嘻嘻！老伴笑着盯一眼菜氏，就调动智慧，使劲追忆老支书刚才说过的话：

那个满脸胡茬活一百岁也不改娃娃性的老支书，一开始就向"富户"们深深鞠一躬，逗得人朝死笑，接着，他就讲下去：

"托新政策的福，庄稼人总算松开了手脚，凭大家上天摘星、月宫里折桂呢，只要个人有能耐。咱村有能耐的就不少，所以，日子过富了。这好呀，我代表支部，恭喜大家发财……"

"可是呢，还有些人家，并不诸事顺遂。富了的户，我巴不得再富些。却有一个期望，在致富路上，你们跑得快，这好，可还得前后左右招呼着点，对那些腿脚慢的，伸手就拉一把。常说，同路不舍伴嘛！我看还得发挥发挥咱们社会主义的优越性儿。今天，把大家叫来，就是要解决这个问题：咱们来他一个先进带后进，富户帮穷户。别保守，本事不要往棺材里带。支部也不硬性指派，常说，人对脾胃，狗对眉眼，咱们来个'自由恋爱'，各找对象。愿意找两个的也可以，别担心婚姻法批不准，哈哈……"

支书笑着，满屋的人都跟着笑，便都对起象来……

"你呢？"菜氏很是不安。

"我就替你要了大汉，让他跟你学种菜。"

菜氏拉长了脸，狠狠瞪老伴一眼。菜氏已相当恼恨了，悔不该打发这死婆子去开会。这死婆子胆真大，不回来商量，便自作主张。不想想，大家都种白菜，日后，我的白菜卖给谁？不是自家撑自家行吗？

"你把这个对象退了,要么你和人家对去,我不管!"

"真个是卖石灰见不得卖白面的?都富了有啥不好?说句不中听的,日后有个过不去的坎坎,借也有个借处……"老伴这么开导菜氏。

这话自然乏力,菜氏绝不相信他再会倒霉,于是气呼呼"咔嚓"拉熄灯,扭转身给老伴一个冷脊背。整整一晚,再不发一语。

天色已经大白,菜氏才爬出被窝。昨夜的愤愤还在肚里搁着,脖颈上依然挺硬着一根犟筋。

他赌气不吃老伴做下的饭,揣上钱出屋。并非去进城,电影票已决计不买。"哼,看电影,看个屁!"以此作为对那死婆子的惩罚,也泄泄心头的愤愤。这还不够,他已打定主意,去杨二拐的肉铺里坐桌子,裤带放得松松的,任凭自家酒足肉饱,绝不给死婆子带回一星半点,看她日后再逞能!

如此想着,便出了村。

天亮时落了一阵雨。葱绿的田野,一下旷远许多,阡陌垄头,罩一层淡淡薄雾,所有庄稼像刚从水里捞出,湿漉漉绿得发黑,宽厚的叶子上,滴答着闪亮的水珠……

菜氏无心观景,只顾闷头朝杨二拐肉铺走来。

肉铺,只是一间低矮的土屋,像瓜庵。离村一箭之遥,坐落在横过村前的大路边。不卖生,只经营些弄熟了的头蹄下水。眼下,肉铺里聚着几个人物正热闹。话题是昨晚的会。议论菜氏,为他慨然传艺大感不解。正争论时,可巧菜氏来至土屋旁,听见里头正说他长短,就停下步子,扯起尖尖的耳朵——

"那是他婆姨自作主张,未必菜氏知道。"
"总是两人事前说妥的,不然,她敢?"

"啊哈！日头从西边出来了，菜氏咋舍得传他那看家本领呢？"

"这有啥？……"接话的是杨二拐，"人心都是肉长的，人家大汉有情，他菜氏就不能无义！想当初，要不是大汉出来顶杠子，他菜氏的房子早改了姓！……"

菜氏猝然懵了，如坠五里云雾。二拐的话，使他摸不着头脑："房子？……房子与大汉何干？……"土屋里的话再无心去听，迅速翻动那早已深深扔在脑后的往事——

往事并不遥远。那时，他还属长年拖欠户，队里本来就穷，加他这些"老欠"，尽管工值很低，分配依然不能兑现。有劳力的人家，比如大汉，那时，大汉还精壮，两口子都是强劳，挣的工分就不少，却徒有虚名，每年总得不到现钱。队里"清欠"，菜氏便叫苦："哪里有呢！"没有就破产还债！队里这么定了。菜氏只有房子。"房子也要，马上腾，限天黑前，不腾就把东西往外扔！再不，就搂顶！"队长铁了脸这么说。当下，菜氏屋里像出殡，婆姨扯着嗓子号，好不伤情，石头听了也落泪。菜氏蔫头耷脑窝在墙角，唉声叹气想不出主意，便支起一副挨打架子……却怪！天黑了，并不见队里来人催腾房，也没扔东西。第一天——平安；第二天——无事。一直忐忑着的菜氏，慢慢落下心，自家犯寻思："一定是婆姨哭得伤情，队干们心不忍，念及咱可怜，就不难为咱……"果然连着几天过去，依旧风不刮草不动，时间一长，渐渐地就淡忘了……

留在菜氏记忆里的，也仅此而已，无论如何找不到与大汉相关的影踪。可杨二拐的口气里，分明有什么瓜葛。他耐不住，欲要进屋问二拐，身后却传来脚步声，一瞅是三蛋，也巧，多年的老会计。便过去一把扯来，贴墙站了，绕着圈儿从他欠队里那笔老账说起："本计划去年就还的，可刚刚喘过气来，今年咱抽空，把这事了喽……"

三蛋惊讶地瞪起双目："怎么，大汉一直没对你说？"

"？"菜氏愈发困惑，苦巴起脸子，密麻麻的纹路堆成一片迷惑的网。

三蛋便把事情讲下去：

那一天，队干们确乎要对菜氏来真的了。天黑下来时，荷锹扛镢，正要朝菜氏家里走，大汉跑来挡驾：

"队长！这，不妥吧？"

"咋不妥？"

"猫儿、狗儿也得有个窝呢！"

"你别卖好面！那你替他还账，拿你账上的工分顶也行……怎么，舍不得吧？"

"顶就顶！"

"算话？"

"反悔不是人下的！……只一件，这事都别告菜氏，欠私人比欠公家更着急，给谁谁都会这么想，我们的事，我们日后慢慢了，就这……"

三蛋的话，使菜氏猛然一震，半天回不过神儿，脸上变换着颜色……忽然又想到什么，急着进了肉铺。

见是菜氏，屋里人愣一下，耳朵上夹着一截红蓝铅笔的杨二拐，按住切肉刀，撩起腰间那闪着光亮的油腻围裙，拐着，热情地迎过来，其他的人也显出异样的热情：和他打诨、骂俏、说几句粗话，也有人给他让座。

"菜氏，听说你答应带徒了？"有人这么问。

"哪——当然！"菜氏冲口这么说，一副得意样子，说完，连自己也惊奇了。但问话的人又顶上一砖：

"你别神！谁带不了？无非是什么'庄稼户一窝猴，人家扛锄咱扛锄，人家摇耧咱摇耧'……"话音刚落，土屋里便爆起一片欢笑声。

虽然，这充满友好的嘲弄，使菜氏红了一下脸，但心里却腾起一股惬意来，便咧开嘴巴，一边说些聊以解嘲笑的话，一边向杨二拐伸出两个指头：

"来，口条！"

"二两？"

"二斤！"

杨二拐愣一下，眨一阵子眼皮，才犹豫地下刀子。

菜氏端着色艳味香、动一下就颤颤呼呼的猪头肉，心事满腹地离开肉铺。

他得快着回去，向老伴述说；也急着见到大汉……要不要带上钱？——还账？……见面先说钱，啥味嘛！……钱是要还的，今天却最好不提……那么，见面后先说些什么呢……检讨？像娃娃那样，把过去的事从头翻一遍？没劲！……

七想八想，不觉就到了家门口，顶头就碰上老伴陪着大汉两口从自家院里出来。大汉两口首先绽出笑，脸上洋溢着感激。菜氏也就咧开嘴，却不自然，就说：

"那个啥，离末伏没多天了，白菜地该拾掇了，你计划往哪块地种，种多少，咱俩一块到地里去合计合计……"

当晚霞升起时，作务田土的人回来了，上学的娃们回来了。两家的女人又隔墙扯起尖尖的嗓子：

"熟了吗？"

"熟了。你呢？"

"熟了。"

核桃树下又时时荡起开心的欢笑声……觉得今晚的饭格外可口,有味。这倒不全然由于桌上多了两碗猪头肉,而是那曾经一度觉得缺少的东西又回来了。如是,这笑声更比以往爽朗、发甜,飘送得更远……

原载《山西文学》

月儿圆了

月儿圆了,犹如姑娘的妩媚笑脸。春水似的流光,映照绿树瓦屋,映照窗棂上剪贴的花喜鹊。

坐在窗前,趁着月色,飞针走线纳鞋底。小豆豆窝在怀里。她敞怀露出奶子,娃贪馋地吮一个,用手摸一个。看得出,彩凤心里格外熨帖。她眼里闪烁兴奋的光芒,说话像唱歌,走路、干活比往日麻利了许多。那只捏针牵线的手,像一只灵巧的燕子,上下翻飞着,口里还情不自禁哼"信天游",边弯下腰来,在娃的小脸蛋上亲一口。

多少个日子了,多少个黄昏夜,娃少享此福,常常月儿升起老高,还不见妈从地里回来,只好边哭边吮着婆婆的蔫奶去睡。妈忙啊!作业组选举她当组长,八个姑娘、媳妇包种六十亩棉花,紧够作务啊!联产计酬,时时事事得格外操心。春天,成立棉作组会上,队长讲得明白:超了奖,减了罚,每斤按一毛钱计。队长操着破锣嗓子,当众喊她的名字:"我说彩凤,你这当组长的可听见,别看咱是姐夫、小姨子,照样得公事公办。好好干,超一斤奖一毛,哄你不是八路军。"八个姐妹头对头围成圈,一合谋,咬咬牙,包!从此,八个人拧成一条心,十六个鼻孔合出一股气:从春到秋,常常捏着手电上地,背着月亮回家。夏里雨水旺,油桃长得快。六月天，钻进齐人高棉田里，火毒毒的日头，烤得人汗水顺着沟壕流，忙着整枝、打掐，饭都顾不得回家吃。饿了，啃几口窝窝，咬几口咸菜；渴了，趴到水渠边喝口凉水。小豆豆哭着要吃奶，婆婆背着他往地里送。怕中暑，劝她到地头树下喂。彩凤笑一笑，说怕误工夫，顺势坐到垄背上，敞开怀，掏出奶，填进娃口里。从种到收，风里雨里，泥里水里，滚爬过春，打熬过夏，到秋后，她们的产量居然在队里拔了尖。乐得几个婆姨在棉垛里翻跟头。

想到此，彩凤停住手里的活计，轻轻舒了一口气：没有苦中苦，哪有今日甜？她自然地又想起今晨队长的话：

"我说，你给办公室吊个大泡子，多叫几把算盘，今晚就试算超产奖，明天能发就发喽！我进城买几张梅红纸。"

这话，是今儿个早上，日头还没出山时，队长站在崖畔上对会计喊的，晨风把它送进彩凤的耳朵。一天了，这些话老在耳边回响着，像一只永远赶不走的蜜蜂，在她耳边唱着甜蜜的歌。这一天，觉得袄襟里像揣着一只花喜鹊，觉得今儿个日头走得格外慢，像缠了脚的老婆婆，好不容易盼到月儿升起。

傍晚，落了一阵细雨。收获后的大地洗刷一新，高远的蓝天也像刚出水的缎子，星儿愈发明亮，月儿越发皎洁。

彩凤不时把针儿在鬓角抿一下，每如此，总把两只明亮眼睛，透过窗玻璃，越过院墙顶上的豁口，朝枣园深处、队长办公室雪亮的窗户瞅一眼，再瞅一眼。她知道，队长和会计正在那儿试算她们的超产奖。方才，巧巧和金梅喜着跑来，硬要拽她去"趴窗台"，听听会计可把棉花的斤两念错，算得可与她们私下估摸的数字相符？两个鬼，兴得像过年的孩子，去了这半天，也不来报个讯！她把手儿轻轻按在胸前，细细品摸自己此时心头的滋味。

咋能不喜呢，彩凤和她的伙伴们粗粗估摸了估摸，她们的超产奖少说也下不了两千块。八个姐妹雀儿噪林般乐得发了狂。巧巧和金梅，一个小媳妇，一个大姑娘，两个鬼，高兴得相互搂住腰在炕上"二鬼摔跤"，险些跳塌炕。

高兴啊，每人平均二百多呢！彩凤一个人，少说也不下三百元。甚会儿手里捏过这么多票票！她只有过一摞摞借款条条。唉，"学大寨，赶大寨"，越学大伙心越散，越赶兜里钱越少，娃想吃块糖蛋蛋都难。那一次，好不容易攒下几个蛋，换成几毛称盐打醋钱，锁在柜子里，想一个掰成几瓣花。小豆豆害嘴馋，哭着要吃糖豆豆，彩凤左右哄不宁，从柜里摸出钱包，一层层打开，取出五分硬币，来到供销店，五分钱才买四块？贵死了，她狠狠心，捏着钱返回来，一层层包好，锁了柜，掂起小镢头，跳起脚上了山，挖来几根甘草根，泡上水，把碗送到娃嘴边。豆豆抿一口，咂咂嘴，甜甜的，笑了。彩凤眼里滚出一串泪，扑啦啦滴进了娃的碗里。

唉！那揪心的日子总算过去。彩凤抹去辛酸的泪，俯下身，轻轻摸着娃的头：这下好了，我娃不用再受罪了。

娃沉沉地睡了，彩凤把娃放好，顺手抽来枕头，侧身偎在娃跟前，轻轻拍着娃的背。

月光从明亮洁净的窗上照进来，映照着豆豆，映照着彩凤充满希望的笑脸。她似乎听见院里有窸窸窣窣的脚步声，以为是巧巧和金梅来了，忙欠起身，脸儿贴在玻璃上往外望。院里静悄悄，只有风摇树动叶儿响。

"这两个鬼，去了这半天还不来？"

她重新躺下，对着月光想心事。想到那将要到手的奖金不知该怎么花。自然不能瞎花，得拣当紧的置办。汉子的衣裤无论如何该扯新的了，好几年了，过节串亲都走不到人前。如今时兴涤卡，贵死人!庄户人图个结实耐穿,条绒布虽背时,做一件顶一件。婆婆也急需一件褂子,老人一辈子难得享几天福,一天到晚只知死受,自打实行作业组,越发舍不得让手脚闲下来:做饭、扫院、猪娃、羊娃、鸡娃、兔娃……快七十的人啦,还能跟咱几天?发发狠,扯一身好布,把老人打扮打扮。豆豆呢?给娃买点啥?娃哭过几次了,要穿塑料鞋,买他一双。对了,记着给娃买糖蛋蛋,发发狠称它两毛钱,让娃和婆婆抿抿那带玻璃纸的软糖。自己呢?身上的衣裤,不用说也该换了——这件粉色碎花衫,还是结婚时的旧物,已褪了色。肩头和袖肘都缀着补丁,分明窄小了,穿在身上紧绷绷。还有这裤,长不长,短不短,膝盖处也快磨透了罢!明年再说吧。明年扯他一身的确良,赶赶时兴,还要带花的,年纪已过三十,不赶着花哨花哨,莫非要等到变成没牙的老婆婆再穿花衣裳?嘻嘻……彩凤像是和月亮说话儿,甜甜地睨了月亮一眼。

"这两个鬼,还不来。"彩凤喃喃着躺了下来,打了个呵欠,睫毛开始打架了。

"哗啦啦,哗啦啦……"什么在响?是金梅在笑?这鬼,动不动就笑。恍恍惚惚中看见金梅和巧巧进来了。

"这俩鬼,刚才还是满天日头,转眼又是云又是雾。咋?超产奖到手了熬煎得花不了?"彩凤笑着问。

金梅气哼哼拧拧脖子:"还超产奖?梦吧!"

"咋?"

"黄了!"

"屁!"

"哄你是驴!"

彩凤依然不信。

"不信你问巧巧。"

巧巧双手一拍，道："这不是活活坑人吗！咱们顶日头，背月亮，泥里水里跌打一年，就算白干了？"

彩凤一股怒气直冲脑门，扭身跳下炕："我去找他！"说罢两只大脚挟雷卷风地冲出门。

姐夫正在吃饭，红薯焖小米，他吃得很香甜。见是彩凤来了，想说话，满口的饭，张不得嘴，只好用筷子点点碗，意思是：个人去舀，好吃哩！

站在当地的彩凤，她双目灼灼，冲着姐夫狠声道："你变卦了？"

"你说甚？"

"咋？这奖你不让发了？"

"谁说的？"

"哄鬼去吧！"

姐夫一拍腿："哄你我不是八……"看！卡壳了吧？她知道，平常姐夫为了表白自己"君无戏言"，不论对谁，总是这么扬起大手，赫然摔出一个"八"字："哄你不算八路军。"可是，你瞅，这会比画出的"八"字只摔到半截，拇指蔫了，食指弯成了钩，寂寥地将开了那几根黄胡子，有盐没调和地说："嘿嘿，嘿嘿！"

彩凤急了："啊？你真的下软蛋了？"

姐夫把碗筷重重蹾在桌上：

"看你那样子！"

彩凤眉一立："这么说，你真要下软蛋？"

"我没有长着八颗脑袋。"

彩凤偏转脸，扬起嗓门大声喊："姐，你来！"

小个子姐姐应声跑了进来。

"有没攒下的鸡蛋壳？"彩凤问。

姐惘然如丈二和尚："那只死芦花鸡光下软蛋，说是缺钙，隔两天就得喂一次蛋皮。"

彩凤不耐烦地狠狠剜姐一眼："问你甚，你啰唆甚？"

"有，有，攒下不少，都在灶间窑窑里放着呢。"

彩凤出去又回来，用袄襟兜来一包蛋壳，哗啦倒在姐夫面前：

"我看你也得了软骨病，吃上省得下软蛋。"

姐夫的脸陡然变色。

彩凤不禁笑，那样开心，笑醒了自己，愣愣地眨巴眼。窗外，缎子似的蓝天，如水色的月，闪烁的星辰，——桌子上哪来的一摞梅红纸？

"咚咚！"有人在敲窗。

彩凤扭头看见婆婆趴在窗台上。

"妈！"彩凤叫道。

"半夜三更，你吃了喜娘奶啦，把我也笑醒了。"

"嘻！人家做梦呢。"

"乐成那样，崖鸡唤蛋似的。"婆婆绽开多皱的笑脸。

彩凤笑问："妈，有人来过？这梅红纸……"

"是巧巧和金梅送来的。见你睡得香，没惊动，放下就走了，说明儿个一打早全都来，要赶着做花。明儿个队里要开发奖会，要给你们披红挂花呢！那纸就是要做花用的。对了，你姐夫还捎话说，明儿发奖时，让你代表作业组上台讲话。"

彩凤笑说："妈！刚才我梦见姐夫反了把，奖不给了呢！"

"你是胸口抓笊篱，劳心没道理。如今的政策，连我都信了实，你还做那倒运的梦？睡吧，天时不早了，明儿个还得早早起来做花呢！"婆婆快活地扭着身子走了。

她回想起方才的梦。人的希望遭到了破灭之后，竟是如此痛苦和恼怒。可是，好端端咋做这梦？你说怪不？她不由脸儿贴在窗玻璃上，一双明亮的大眼睛朝外边望去。

月儿越发圆了，照耀着不夜的山寨、绿树瓦屋、窗上喜鹊，以及彩凤印在玻璃上充满希望的笑脸。

原载《山西文学》

南瓜花

支书长庚,领着杨明刚走进这座小院,忙不迭吆喝:"天成!玲玲!老书记杨明同志看你们来了……"

"……"没人应——主人不在家。

支书转身外出去找,留下老书记在院子里稍事等候。

老支书发现这院子不大,只有三间低矮的北屋。很破旧了。屋前,被一个大块的绿色"帐篷"遮着,——那肥大的、上面斑斑驳驳点缀着像淡淡雪花般的叶瓣,一眼就看出这个绿色的"帐篷"是由若干南瓜蔓织成,很旺盛,拔地而起,顺着那用树枝搭好的架子,直爬到屋檐上端,顶着仲夏的骄阳,蓬蓬勃勃,生机盎然。

老书记信步来到"帐篷"底下。嗬嗬!花儿开了,金黄金黄的,还真不少。他左右嗅嗅鼻子,闻不见空气中有什么浓烈的香味。只是在他踮起脚跟,使劲把鼻子对在一朵花蕊上,才嗅出来一丝丝淡淡的清香。他忽然地想到了秋天。

他想到秋天里这棚架下滴里嘟噜挂着一个个像地雷像枕头的金色大南瓜时,不免为南瓜花在花卉里没列入正谱,被贬入另册委实感到不公,世上有几首赞美南瓜花的诗?是因它太平凡吗?它是平凡——有颜色,但不妖媚;有郁香,但不浓烈。它朴朴实实,生就平常样、淡淡妆,从不因那肥大的阔叶压得它见不着天日而心灰意冷。它静静的，默默无闻地做着自己应该做的事情。每到秋天收获的时候，这平凡的南瓜花，奉献给人们的是多么不平凡的硕大果实啊！……老支书想到这里，不由在心里自对自说："好吧！等我将来学会写诗，首先写一首赞美南瓜花儿的诗。"老支书自我风趣地笑着走出"帐篷"，又审视着院内别处景致。

看得出这家女主人是个很热爱生活的人，一切都拾掇得井井有条，并富有情趣。顺西墙，由北向南一字排去：柴垛、炭窝、井台。井台的架上爬着"牵牛蔓"；离井台不远处，安放一箱蜂。蜂箱的两边栽着好看的"钹钹花"。再过去，便是鸡窝和猪圈。南头的院子栽着花椒、香椿、石榴和泡桐等树木。树下堆着几摞新砖，两垛新瓦，看样子要盖新房子了。到处都收拾得干干净净，利利落落。这是一个充满和谐、安宁、勤劳、幸福的小家庭。可是，他忽然觉得自己有愧于这一家人。

那是十多年的前的事了，杨明曾在这个县里当过一年书记，后来就调往他处。粉碎"四人帮"后，他一直在地区"政策落实办公室"工作。有人称它是"擦屁股办公室"。难道不是吗？粉碎"四人帮"后，谁不是憋着一肚子劲，急着搞"四化"建设。然而，可叹！我们的国家，我们的党，不得不抽调大批人力，拿出大批财力、物力，去给人们落实政策。这却又是一件十分必要的、当务之急的重要事情！多么可笑和可悲啊！为什么会有这样的结果呢？不能用"是'四人帮'造成的"一句话，原谅我们自己的过错。过去，我们这些当头头的，不也干过许多蠢事吗？为了某种需要，为了适应某种气候，甚至为了自身的"尊严"，个人的"面子"，轻而易举的一句话，就断送一个人，毁灭一个家，给多少无辜带来了灾难。党的威信蒙受了多少不应有的损失！几年了，我们花了多少心血，付出多少代价。直到现在，这件事依然在拖着"四化"的腿脚。痛心啊，告诉那现在、将来,肩负大大小小职务的同志们千万记住这一教训,否则,到共产主义我们这"擦屁股办公室"还是常设机构呢!

老书记之所以如此感慨万端,是因为他想到自己曾经为了个人"面子"说过一句话,而使眼前这座小院里,发生了一连串令人痛心的悲剧!

那年,他和县委组织部长在一个公社蹲点。

一天晚上,组织部部长向他反映说:"杨书记,听个别社员反映,我们县林业站的一个技术员,今天下乡来,吃派饭时居然提出不吃群众做的南瓜菜。"

按县委当时的规定,下乡干部不和社员实行"三同",是要受严重处分的。杨明让组织部部长立即把那个技术员叫了来。

这是个二十大几的小伙子,瘦长脸、宽厚略见外翻的嘴唇使他显得格外憨厚诚实。留着小分头,很拘谨地进来,站在屋角,胆怯地摆弄手里剪树条用的特制剪刀。他结结巴巴说他有胃病,一吃南瓜就烧心,吐酸水云云。

杨明书记瞪他一眼:"胡扯!"也没问他姓甚名谁,就命他回去连夜写一份深刻"检查"。技术员急了,说如不相信,可派人去向他媳妇调查。杨书记发火,说他胡搅蛮缠,命他:"出去!"

技术员悻悻不悦,临出门,不知深浅地小声嘟囔:"人家焦裕禄还关心底下人呢,可你……"

好家伙,一个小不点,敢顶撞县太爷!家里还坐着其他人,所有的人几乎都听到。杨明觉得脸上挂不住,冲着组织部部长说:"你这组织部部长是怎当的,用这号干部?"得,就这么一句话,几天以后,组织部部长没征得书记点头,就把技术员开除回家。当然,杨明同志是几年以后,才知道此事,但是,那时他已狼狈不堪,处于无权地位。听说由于自己那一句话,给技术员和他整个的家庭，带来一连串的不幸时，就一直于心不安，耿耿在怀，但又无能为力。直到他重新工作以后，曾捎书带信，三次打电话给县上，让过问此事。可是，好长时间过去，事情没能解决，听说被大队支书压住了，不，是顶住了。一是为之抱不平，说平反的条件太低。一家人平白遭那么多罪，受那么多苦，到头来只落一条"恢复工职"就想拉倒了事，未免太不近情理；二是他们不敢去通知，怕技术员女人的厉害，说这女人非比寻常，七个男人捏到一块，不抵她一身能踢能咬的本事。带那样的条件去通知，不碰一鼻子灰，挂着红胡子出来才怪呢！说人家男人要是不被开除，十年来，他不熬个书记、县长，还至少不熬个局长、部长？他当上局长、部长，还不照样也把老婆、娃娃弄回城里，安到百货当个经理，放到粮站当个站长？至于给七大姑、八大姨、外甥、侄子们找个工作，安个位位，还不是鸭子吃菠菜——平平的就捞上？县上没有这样的人？

据县上同志讲，如上的话，很难断定不是这女人的意思。所以觉得复杂，解铃还须系铃人，杨明觉得应当亲自来一趟。为了求得事情的解决，杨明同志征得了县上的同意，必要时，可再做一些让步。

能不能谈出个结果，关键是要先说服这个厉害的女人，老书记觉得事情棘手。不由得想到，方才支书对他说起的，关于这女人的几桩往事。

支书从这女人的"艳史"讲起。

她十八岁的时候，就出落得丰满、清秀，水灵得像早春的嫩葱，爱说，爱笑，笑起来就"咯咯咯"敲银铃般，难怪娘老子给她取名叫"玲玲"。多少说媒的，领着多少好小伙从她眼前过，她都瞧不上，只把四个眼角角盯住后巷里那个老实巴交的"贯贯"。

那一天，日头落了山。原野静悄悄，玲玲下田回来，红红脸，把贯贯堵在苇子地里的小路上。

"天成哥,借你一件东西。"

"嗯?行咯。"天成局促地说。

"得借一辈子!肯?"她抿住嘴。

天成眨巴眼,憨笑。

"咯咯!"她忙捂住嘴,"不懂我说的啥?嗯——那借给你一件东西,也是一辈子,要吗?"

"啥,啥东西?"

"咯咯!"玲玲乜他一眼,"你呀,呆子!"说着旋转身,咬住手指,"还有啥,就是……"声音低到几乎听不见,"给你……当媳妇。"不等说完,烧红的脸蛋,紧紧捂在十个指头里,羞得半天没敢抬头。

天成像突然得了个大元宝,一边傻笑,一边抓挠后脑勺,半天才省过来。却低下头,用脚蹭着他那本来就很光亮的锄头。

"我家是富农。"

"我不嫌。"

"你爸妈怕不情愿。"

"有我哩。"

果然,玲玲爸妈不情愿。爸又吹胡子又瞪眼,声言要扭折她一条腿!

"咋办?"天成犯了愁。

玲玲咬住嘴唇半天没说话。突然盯住贯贯瞅。

"天成哥,你真心爱我吗?"

"还用问吗!"

"你跟我走。"

还是这地方,还是黄昏后。两个人窸窸窣窣钻进苇子深处。苇子梢头添一轮新月。

"你爱我一辈子?"玲玲问。

"一辈子。"

天成和她肩挨肩,面朝月亮跪:"月亮神,你做证,我爱他一辈子,说假天打五雷轰!"

俩人发完誓,玲玲侧过脸脉脉含情:"从今儿个起,我就是你的人啦。"

……

爸妈把玲玲关在屋子里。

"玲儿,你不知他家是富农?"妈说。

"富农的儿子就不兴娶老婆?"任性的女儿噘着嘴。

爸吼着要打女儿,妈极力拦挡,一只大鞋飞过来,玲玲辫子一甩,扭身冲出门,一气跑到村外河岸……

"这咋办?"天成哭丧着脸,蹲在草地上,双手抱住头。

玲玲不说话,只顾想心事……

"你不用愁,我自然有办法。"

……

——突然,女儿想吃酸,有多没少往饭里舀酸菜水。妈说:"怕蚀坏胃的。"女儿板着脸儿说:"我想!"

当妈的犯疑惑。

——女儿下田回来,口袋里滴里嘟噜抖落出一大堆青杏儿,一个接一个咬得脆响。妈说:"要烧心的。"女儿说:"我就是想吃嘛!"

当妈的神色恍惚不安。

——女儿拿来一件碎花上衣,央求妈替她把扣子往外移移。

"……"当妈的愣半天没说话。

"愣啥哩，不看人家窄的还能穿吗？"

妈像踩在裂了口的冰河上，往女儿身上瞅——当妈的心跳肉颤："儿呀，对娘说实话……"

"四个月了！我早想好了，要么就在这家里养，要么我去死，去跳河，去上吊……"女儿给娘一个冷背。

当妈的眼一黑，差点晕倒。

晚上，关住门。当妈的对当爸的说："她爸，要打要骂，要杀要剐，你冲我来。怨我没把女儿调教好。如今，生米煮成熟饭，总不能眼看大姑娘把孩子养到娘炕上。依我看，你就答应了这门亲吧……"

当爸的像拉了架的黄瓜蔓，头一耷拉："唉！事到如今，我还说他妈屁……"

第二天，玲玲欢天喜地去找天成。天成似有难言之隐。

前天，那个外号叫"二百五"的赖小子，把天成挡在林子里，死命扭耳朵：

"甚会儿把玲玲肚子弄大的？"

天成如实招供，说他在苇子里只是亲过一次。二百五说："哄你妈的鬼，玲玲的大肚皮是气吹的？"

天成信了实，觉得自己上了玲玲的当，赌咒不再理她。

还是在那条小路上。玲玲截住天成："为啥躲着我？"

天成不吭声。低头用脚碾地上小石子。

"哑了？"

"人家都……"他倔倔地，"都说你……"脖子一拧，不说了。

"说我甚？"

"说你那肚子！"像在对天说话。

"……"玲玲又好气又好笑，撩起袄襟，三解两解，掏出一个鼓囊囊的东西，朝天成摔了过去，一边掏出手帕抹眼泪……

天成傻眼，原来是裹着棉花的包袱！

他俩结婚了。

当爸的抱怨女儿不该捉弄他。好在女婿可人。老亲家也亲自上门递烟、递水赔笑脸。虽是"富农"成分，也是正道人家。他也就心平气和。

一晃十年过去。

十年的变化真不少，有苦有甜，有喜有恼。四个老人先后离开人世，娃们哭得好可怜。

毕竟笑的日子比哭的时候长。最值一提的是摘了"富农"帽子。"四清"工作团同志说，当年根本就不该让戴。

十年里小两口没红过一次脸。五八年，天成进了城，到林业站吃了公家饭。每月能挣三十几个元。他烟不吸，酒不沾，除去伙食费，剩余交到媳妇手里。

媳妇在家里当总管，里里外外一把抓。村里人夸玲玲是个过光景能手，除了管三娃：猪娃、鸡娃、人娃，兼"伙头军"。家里操办完，不误到地里挣工分。

有谁问："玲玲，天成对你亲不亲？"

玲玲"咯咯"一笑：还算孝顺着呢……

"如今跟前几个娃了？"

"不多，两个公一个母，肚子里这一个还没出来呢，估摸又是个夹鸡鸡的……"说完又笑。

从没见她愁眉苦脸过，屋里，院里，地里，巷里，常听到她这样笑，一笑一串铃。

光景过得有滋味，两口子和美，几天不见面想得慌。逢着星期六,只要日头一压山,等着吧,十之有九,天成准骑着自行车赶回来过礼拜。

每到这一天,玲玲地里干活光走神,锄苗不看苗,仰着脸儿往大道上瞅,一锄下去又耪倒了三苗谷。队长瞪眼:"两只死羊眼不知往哪翻,日头还没落,就急着想回去抱汉吗?"

地里一片笑声。

玲玲羞红了脸,骂队长是挨砍刀的货。

玲玲一进家,挽胳膊捋袖先下厨,连娃们也摸准了老规程:今晚爸爸准回来,要不妈为啥做好饭?

饭做好,照例先候着,等当爸的回来一块吃,当妈的抓起扫帚,再把小院扫一遍,炭窝垒垒齐,柴垛归归整。然后,悄悄站到镜子前,拿起木梳拢拢头,抻抻衣……

"妈!妈!"五岁的女儿小秀,耷着两只羊角辫,瞪着伶俐的大眼睛,"我能猜见,我爸一会儿就回来!"

"嘻!你怎能晓得?"

小秀嘴一歪:"那你为甚打扮?"

当妈的脸绷住:"少胡说,还不爬远……"

小秀扮鬼脸,连跳带蹦往外跑。

当妈的对着镜子笑,抱怨自己没来由,三十大几了,还好像新媳妇,也不避着娃,看好不,娃揭了妈的底。

左等右等,等不见人回来,娃们喊饿,她发落娃们先吃,自己又等,耐不住跑到村口望,一条土道空落的。天光很晚了,她胡乱吃口饭。

他回来了。回来得这般晚,快后半夜了吧?玲玲觉得男人不同以往,全然没欢喜劲,蔫搭搭一屁股坐在椅子上,话也懒得说,问一句,哼一下……

咋能乏成这样？

她忙着去给男人舀盆热水洗涮，好好烫烫脚，能解乏气。走到院里，发现自行车后架上有一捆铺盖。莫非带回来让拆洗？却为何还有七股八叉的日用东西？她觉得蹊跷。忙返回屋，瞅住男人那张灯光下的脸，天哪！几天不见就瘦成这样子？脸色也不好看，眼睛周围发着乌。看着他满腹心事的样子，她左盘右问，男人心里烦，愤愤地："让人家打发了，有啥问头！"颓丧地手扶额头，不再吭声。

玲玲差点把手里的脸盆跌地上。打发？打发不就是开除了？为啥呢？偷了人？不会！贪了污？不会！犯作风问题了？不会！他不是那种人！她的心里七上八下，猜东猜西……

她端来饭，男人摇摇头。她做一碗鸡蛋拌汤，左逼右哄，男人只呷了两口，把碗放在桌子上……我的冤家，你到底闯了啥乱子呢？她鼻子一酸，想哭。

两个人闷闷不乐上了炕，男人心里不好活，翻来覆去睡不着。

玲玲怕他憋出毛病，手一撩，钻进男人被窝里。"到底因为啥嘛，要把我急死吗？"

男人眼一合，扑噜噜一串泪水落在枕头上："就嫌我吃派饭时没吃南瓜……"

玲玲一听，气得半天没说话，暗自在肚里狠狠骂那县委书记是挨刀的货：我以为把天戳了个大窟窿，原是为这点屁大事！不吃南瓜就犯开除罪？

天成说："往后咋见人！"

玲玲心里何曾好受？总不能陪着他一起哭啊！她强颜欢笑，替男人宽心。"我说你呀，泪颗就那么不值钱？一没偷，二没抢，啥屁大事！有啥见不得人？依我说你回来正好，省得人家抽心扯肝。咱也不稀罕那几个钱。腿不坏,手不折,有的是力气,还发愁过不了光景?你看,看咱这炕上:夫妻两口,跟前卧几个乖狗,往后,从早到晚厮守一块,团团圆圆,热热火火刨闹咱的日月,你说这多美气!嗯?"

第二天,天还没亮,玲玲猛地一觉醒来,用手摸摸,男人被窝是空的,连个热气也无。吓她一身冷汗,捏着手电四处找……我那冤家呀!他竟跳了井!

玲玲哭天抹泪忙唤人,七手八脚将他打捞上来,谢天谢地总算保住一条命。只是,听男人说他腰疼得受不住。玲玲拉着小平车,一口气把男人拉到县医院。也是命该倒霉,偏偏遇上个不景气的大夫,扎针扎错穴位!好好一个人,躺到炕上半个身子不会动了。

对一个拖儿带女的农家少妇来说,真是晴天霹雳啊!村里人都担心她受不住,会被生活的担子压垮。出乎意料,这个刚强少妇,终又挺起身子。这个小院里,连人带畜十几口,都张嘴向她要吃要喝啊!

她一天到晚拼命干活,又多添了两窝兔,一头猪。忙不过来,抹着泪水让孩子停了学。没办法啊!以前攒下的,大多给男人治病,再不想法刨闹,坐吃山空,不要说给男人请不起医,就连这几张嘴也得吊起!

唉!事情偏往一块凑。肚子里这个"讨债鬼"也不安分了。夜里,躺在炕上静下来,觉得肚皮顶得鼓鼓的,好像在对妈妈说:妈妈!我就要出世了。玲玲把头捂在被子里,咬住指头偷偷哭:娃呀,不是妈妈心肠狠,怨你不逢时,妈我养活不了你啊!……第二天,玲玲肿着两只眼,走进公社医院,医生说六个月了,只能水引……她明知道小产无异于大养,可是没出三天,她居然要下地。唬得巷里的婆婆、婶子们纷纷打劝:"好娃哩,使不得哟,还太没日子呢，千万动弹不得，好好在炕上将养你自己，不然，月子里弄坏身子可不是打耍的。"玲玲咬住嘴唇摇摇头，掮起锄头出工去了。

她依旧拼命做活，家里、地里团团转，一天到晚不倒身。做饭、喂猪、育鸡、洗涮，给娃们补裤、补袜、鞋底上打掌。还得伺候躺在炕上的丈夫。人说：久病床前无孝子，玲玲对久病的丈夫，再苦再累，从不皱眉发烦。熬汤煎药，伺候吃喝，端屎倒尿……每每下地，走前，把暖壶灌满，放到丈夫手跟前，丢下一串暖心话；回来，家具一放，先往男人床前跑。手伸到他身底下，摸摸可曾尿湿了小褥子。喝不，我给你倒点？饿了吧，先给你荷包两个鸡蛋？今儿个日头好，我背你到院里晒一晒……人一瘫，身子变得死人一般沉，往炕下挪还好办，再往炕上发落就犯愁，玲玲只好把娃们都吆喝来，她揽住男人腰，老大、老二每人抬住一条腿。玲玲冲着女儿喊："小秀，这死女子，站着看吗？还不快搭把手，钻到底下用头顶，顶住你爸的腰，使劲！一、二——三！慢点！轻轻地放……对！"

男人可怜，成天躺在炕上不能动，脾气变得越来越坏。骂猪，掂起枕头打鸡，连孩子也觉得不顺眼，动不动就不吃饭……

她知道男人心里苦。所以愈发地不敢发怨，总是赔着笑脸，哄小孩般央求他，一口一口哺他吃。为了给男人解闷，走东家串西家，向念书娃儿们借来好多"小人书"；晚上，偎在男人身边，掏肠剜肚说一些开心话；谁家的公鸡不踩蛋，等等。直到男人静静睡去为止。一天下来，只有在这时，她才觉得腰痛，腿酸，全身像散了架。

铁打的人也经不住这般操磨！

玲玲见老了。才三十出头的人，额上过早地刻上深深的抬头纹，两鬓夹杂着根根白发。丰满的脸蛋像被刀儿削了一般，泛着黄。明亮的眼睛失去往日的光彩，深深陷下去。精神也远不如以往，很少听到她那银铃般的笑声。一坐下就颠瞌睡。

一天晚上，她照例燃起艾卷给男人熏肚脐（医生说这是治胃痛的好法儿），红红的火头，冒着丝丝青烟，悬在离肚脐只差一指远的地方。玲玲小心翼翼，眼不眨地盯着艾卷，随时注意接住落下未燃尽的灰屑，生怕把男人烫着。

不知咋搞的，玲玲觉得像被鬼缠住一样，任凭什么法儿使尽，赶不走那要命的瞌睡虫，她糊里糊涂，像被捏走魂儿一般，随着身子猛地前倾，头重重地一栽，手松了，那燃烧正旺、冒着丝丝青烟的艾卷，跌落在男人腹部……她被吓醒，闹不清是不是由于听到男人"啊"地怪叫了一声，总之，她被吓醒了，手忙脚乱在男人肚皮上乱刨乱抓，一边使劲吹气。离肚脐不远的肉皮上，烧起足有铜钱大红红的斑块，弥漫着一股烧焦了肉的气味。很快鼓起一大个燎泡。她惘然无措，用负罪的眼光，可怜巴巴地望男人的脸。男人痛极了，痛得龇牙蹙眉，深深"咝"进一口气，憋住好半天才心碎了似的长长"啊"了出来。猛地，他勾起头，异常凶狠地盯住她。她惊愕地哑然瞠目，天哪，几曾男人这么看过自己，她的内心一阵委屈，不由得想哭。就在这时，她看到男人猛地扬起了拳头，斜着朝她劈了过来，但没够着，男人越发恼羞成怒，二次扬起拳头……她完全可以躲开的，玲玲没有，她把眼里扑噜打转的泪珠儿硬咽回去，然后，手扶地，马趴着，安详地伸着脖颈，把脸向男人跟前送去，送去……送到男人拳头足以够得着的地方，轻轻地合住眼帘，等待那暴风雨般的拳头或巴掌在她那瘦削的脸上落下……那扬起的手，定格在空中，无精打采地往回抽的时刻，忽然被玲玲双手拽住了。

玲玲用祈求眼光看他说：

"打我吧，狠狠地打我一顿，你的心里太苦了……"

天成搂住玲玲说："我的好人，是我把你折磨成这个样子……"玲玲再也无法控制自己，抱住男人放声哭泣……哭声惊醒了孩子，一个个惊惶失措翻身坐起，可怜巴巴缩在炕的一角，惶惑地望着哭成一团的爸妈，像得了传染症似的，一个接一个号啕起来……

三间小屋里传来全家人的哭声……

天成止住哭，又劝住玲玲和孩子，做出坦然的样子，问玲玲能不能答应他一件事。玲玲哽咽着说，只要她能做到，十件、百件、千件、万件事她都答应。当听到男人让她带着孩子们，另找个人家，讨一条活命时，她伸手捂住男人的嘴，眼泪泉水似的往外涌。她摇着头，示意男人不要再说下去，哽咽道："不要胡思乱想了，从和你结婚那一天起，我就想到日后，我们老了能如何一块去死。我不怨你……我怨那个挨砍刀的姓杨的人，把我们一家害到这步田地！"

出气的日子终于盼来了，几个月后，人们突然疯了般卷起一场造反夺权旋风，那个外号叫"二百五"的，一夜之间夺了队里的大印。县上，姓杨的失去了往日的威风，被造反派押着到处低"狗头"。

玲玲想到自己一家憋了这长日子，受了这多痛苦，好容易有了今天，岂能轻易放过姓杨的！

玲玲决定进城造姓杨的反！听说姓杨的被看守着，只有以战斗队的名义才能揪出来，村里人谁愿意贴着工分随她进城呢？她咬牙扯来二尺红布，做了四个红箍子，套在她和三个孩子胳膊上，打出"独立户战斗队"的小旗子，气冲冲地向县城开拔……

几小时后，这一行四人造反队来到县城繁华的街道上。玲玲觉得心里空落落，这反咋个造法？找谁？去哪找……她心里没有底，像小家女进了大户人家厨房,摸不见勺大碗小。

有人告诉她,到县委院里找红总部去联系。

终于找到红总部,一个戴黄帽子的人接见她。她告诉苦情,并说明来意。戴黄帽子的人冲他伸出大拇指,表示全力支持她的革命行动,让她快去集合队伍,把人马带到解放台,那里正开批斗会。

玲玲离开红总部,腰杆虽然硬了许多,想到马上就要在人稠众广的地方,和姓杨的当面锣对面鼓,心里便有点不踏实。她决计先到解放台看看,怕弄出什么笑话丢人现眼。

天哪!就是这样造反吗?玲玲到了解放台,像到了法场,被那杀气腾腾的气势吓软。她远远地靠在一棵小杨树上,目瞪口呆地揪着台上那揪心场面。那就是姓杨的书记吗?怎么被作践成这个样子?戴那么高的纸帽,挂那么大的牌子。两只胳膊,被身后几个立眉横眼的人,扭鸡翅膀似的反扭在背后。有人呼号了一声什么,立时,从台下蹿上去几个彪形大汉,冲着挨斗的人抡天舞地,龇牙咧嘴地恶吼。杨书记被掀翻在地,一阵狂风暴雨过后他已站立不起,满身的糨糊、满身的白纸条,黄白的脸上虚汗淋淋,大口喘着粗气……她眼不眨地望着那可怜巴巴的杨书记,鼻子一酸,忙拾起袄角在脸上抹了一把:"唉!他也够可怜的了……"玲玲没有取到什么经,却留下一掬同情的泪水,匆匆离开了批斗会场。

"独立户造反声明"一经在街头贴出,立即轰动半个县城。戴黄帽子的人,在解放台对着高音喇叭吆喝"独立户战斗队"上台时,玲玲已经领着她的孩子走进一家饭铺,用仅有的四两粮票,买了二两盛的两碗三七粉白皮面,分给三个孩子,她喝人家一碗面汤,就偃旗息鼓,匆匆撤离县城,早已奔走在返回的黄尘土道。

……

老书记杨明,对于支书长庚的话回想到这里时,沉痛的心情难以自禁了,他坐立不安,心绪不宁地在小院里踱着步子。

门外响起一串好听的女人的笑声,凭感觉,老书记觉得是女主人回来了。不由心里一抖,独自紧张起来。

支书长庚领来一个女人——个头不高,身板结实,两只灼灼发亮的眼睛透着精明干练。毋庸置疑,定是那个名叫玲玲的女主人了。

女主人穿一件肩头缀补丁的深蓝色褂子。两年的新生活,虽然使她那圆形的面容上恢复了一点光彩,但依然可以看出辛酸的往事留给她未老先衰的痕迹:那额上的皱纹,那黑白相间的双鬓。

四目相对……

老书记敏锐地察觉出女主人用一种复杂的眼光在辨认他。蓦地,她那眉尖一抖,脸上闪过一团愠怒的云,嘴角抽动了一下,要说什么,终又忍住……本来就忐忑不安的老书记,愈发地心跳起来。理亏,使他张不得口,他想赔她一个笑,但面部肌肉僵硬不听调使,做出一个可怜巴巴比哭还尴尬难受的笑,愈发难堪不知所措。

女主人强挤出笑脸,终不自然。先说他老多了(她进城造反时,他一头黑发,而今是白发老汉了)。她深深地一声含着怨愤的叹息……可是当女主人忙进忙出,搬来小桌小凳,招呼他和支书在瓜棚坐下,又取来一包"喜"字牌香烟,亲自用两个指头,款款拈出两支,先敬他一支,再敬支书;麻利地划亮火柴,恭恭敬敬地招呼他和支书把烟点着时……尽管手脚神态有点慌乱,老书记却觉得刚才的那一声叹息,似乎也包含着某种谅解。

"玲玲同志,这几年没少骂我吧?"老书记变着法儿想调节一下不太自然的气氛。女主人略有所思,笑了笑,把捏在指间燃烧着的火柴棒上下一绕,火苗熄了,化作一缕青烟。

"老书记,你猜对了,不瞒你说,我可真骂你哩……"

"我说嘛,这几年我这耳朵都老发烧,哈哈……"

三个人一齐放声乐,拘谨的空气松动了许多。女主人边笑边对支书说:"他支书伯,你陪老书记坐,我去给咱烧点水。"说着,就进了屋,屋里响起风箱声。

老书记边吸着烟边问支书:

"长庚同志,刚才你的话没讲完,玲玲领着孩子从城里造反回来,以后呢?"

"唉!"长庚叹了口气,"甭提了,差点被折磨死……"

支书刚说到这里,玲玲端着两只粗瓷大碗出来,双手递给老书记和支书,说声抱歉没茶,劝他们趁热喝……然后,就坐在门边的草堆子上,一边纳鞋底,一边揣测老书记无事不登三宝殿。

果然,老书记问起天成。

"他不在!"玲玲麻利地放下手头活计,"娃们用平车拉他到公社医院扎针去了。"边说边起身把支书叫过一边。

"他支书伯,今儿个抓你这差,烦你到公社跑一趟,让他们扎完针快回来……慢着,还没吩咐完呢!"她说罢飞快地从屋里拿来一个瓶子、两块钱,"顺带割吊肉、买些酒,快着,等你回来陪客呢。"

支书长庚和老书记打过招呼,便大步流星走出去。

支书走了,连同那已松动了的空气也带走了。场面变得局促,老书记一副负荆请罪的样子,抱愧、痛心地叙说追悔莫及的往事。女主人一言不发,只顾低头纳鞋底。飘逝的怨愤又在脸上闪现。她使劲把针穿过鞋底,猛且狠地抽扯着线绳"哧啦——哧啦——"

老书记顿了顿,本想把话转入正题,告诉她,条件可以通融,以便宽慰她受伤的心,可她在火头上,这样的情绪,难免会谈僵。一声长叹后,接着他真诚地剖白:

"由于我，使你们全家遭了那么多罪，受了那么多的苦。我知道你们窝着一肚子气，本打算早点来，总分不开身，平反的事情堆积如山，要求解决问题的人成天到晚踏破门槛。今天，我总算来了，当着我的面，你们痛痛快快发一发怨气，心里也许会畅快些。至于我……"他说不下去，调整一下情绪，"能当面听你们骂一顿，我也好受些……"

"老书记……"玲玲停住手中活计，"已经过去的事了，还提它做甚哩……"撩起袄襟在眼上抹了一把，慢慢地抬起头。

"唉……这些年，他是受了不少苦。原当初你是不该那么处理他……可是话说回来，天成要是不跳井，也不一定会引出那些麻烦，一半也怪他脸皮薄，心眼窄……老书记，你放心，我不会再怨你。再说，哪个人一辈子能保险不做失手砸碟碰碗的事呢，吃一堑长一智，只要往后办事都能谨慎小心些比什么都强……"

杨明老泪纵横，他掏出手帕，使劲擤擤鼻子，他说懊悔天成被除名的事，自己知道太晚，是一年以后才听说。那时已无能为力……说到此，他扬一下手，意思是过去的事情不说了。因为他觉得女主人是如此通情达理，话头一转，转入正题。

"玲玲同志，我这次专程来，除了向你们赔情道歉，还有——听县上同志讲，事情进展不大如意，所以我想亲自过问一下有关天成平反的事情，你不妨来个麻袋倒西瓜，有什么想法、要求，尽底倒出来，咱们协商解决。尽量做到能使你满意……"

老书记说到此，见玲玲端详了他一下，又耷拉下眼皮，一边深沉地思索，一边慢慢把线绳在鞋底上缠好，别上针，款款放下，尔后，庄重地抬起头："好嘛！不知咋个满意法，老书记，你能不能先摆个谱儿，我先听听行情……"

老书记没料到玲玲会摆出这么一种架势，果然事情很棘手。

"除了恢复天成的工作，我已说服县上，可以考虑补发全部工资。"老书记试探地望着玲玲。

"完了？"

"嗯……啊啊！"

玲玲："老书记，我要是不情愿呢？"

"嗯……"老书记一副为难的样子，认真思索了一番，"当然，要是不发生这事，天成也不会是现在的级别，要不，给他再升一级……"

"老书记，我要是还不情愿呢？"她依然看住他。

老书记面呈难色，不得不露出温和的笑。虽然已说服县上放宽条件，但终有极限。可事已至此，总得想法了结，他不想和女主人做买卖似的讨价还价。他咬咬牙，手在空里重重一劈，决然地摊出最后一张牌：

"再给你安排一个孩子！"

"咯咯咯"，女主人抿嘴一笑，"我要是还不情愿呢？"

老书记双手一摊："哎呀，这样的话，我可就无能为力了……"

这时，小秀回来了，她已长成一个亭亭玉立的大姑娘，穿一件淡青色衫子，赤脚片，手里提一双破塑料鞋。她在生人面前格外窘迫，红着脸，吐一下舌头，转身就要走，被当妈的喊住，遵妈吩咐，慌乱地叫了一声"杨爷爷"，便急着转身向瓜棚外遁去。当妈的也追到院里。

"十八九大姑娘，光脚片，像甚？"

"鞋烂得能穿？"

"你二哥不是早起才用火筷补了吗？"

"补十八遍了，提脚就断。"

"不能火补用针缝，你先把布鞋换上，那不，窗台上呢，后跟补了，紧着到地里把家具拿回来，帮妈给客人做饭……"

母女俩的对话，老书记在瓜棚内听得一清二楚。倏忽间，一种内疚与不安困扰着他；觉得这家人的生活太清苦。于是，当女主人返回瓜棚时，他又做出这样的决定：

"这样吧，我负责说服县上，从民政局再给你解决三百元生活补助费。"

玲玲瞅住他，突然地像春水决堤，"哈哈哈"大笑起来。

老书记懵了，如堕五里迷雾。

玲玲深有感慨地叹口气，语重心长地说："唉！老书记，果真你没听人说闲话吗？说你们这些办事人没原则，是瓦匠的泥笆——事事都一抹平，不管理长理短，凡找上门去的，闹得凶的，吵得欢的，就能要瓜给瓜，要豆给豆……老书记，说一句不怕惹你生气的话，上头纠正冤、假、错案，好！该！可你们这些办事人，总得把住尺寸吧？"

老书记像被什么震了一下，有点站立不住，玲玲忙扶住："老书记……我，说重了吧？"

老书记感慨万端，摆着微微发颤的手，示意玲玲说下去。玲玲宽厚地笑着摇摇头：

"刚才我不过故意试试你，果真地我要盆你给盆，要罐你就给我罐，嘻嘻！"

老书记："这么说对县上原来的决定你是同意的？"

玲玲又笑笑，略顿了顿，慢声细语对老书记说，县上的平反条件是刚从老书记口里才听到的，以前谁也没来讲过，她也未曾去找县上。原本要去找的，也知道不会白跑，一定会答应让天成复职。可是，她又觉得不妥，一个四脚不能动的残疾人，虽然是公家人造成的，可一半也怪他自己，如此只拿工钱不上班，这样的钱花着毕竟理亏……她曾想到让女儿小秀去顶替（女儿也是管果树的好把式，硬是她爸这些年手把手教的，如今是队里的技术员），可她又怕落闲话，说她借此由头讨国家便宜。如此才左右为难，拿不准主意……

老书记很感动，他大包大揽，说不仅天成复职，还要安排小秀……玲玲忙不迭地摇着头：

"使不得！老书记，如果行，就让女儿去顶替，这样，公家也算把欠的账还了。我呢，拿上女儿用劳动得来的工资，花着心里也实在……"

门外传来小秀的喊声，说她爸扎针回来了。老书记抬腿就要出外去接，被玲玲一把挡住："你不要动，我去。"玲玲迈开步兴冲冲向门外走去。

老书记望着玲玲走去的背影，一种敬佩之情油然而生。

什么地方飘来淡淡的、沁人心脾的幽香？老书记翘首仰望，蓝天下，木架上一片博大的绿色里，星星似的缀满金黄的花朵，淡淡的馨香，分明来自她，来自这素素的南瓜花……

原载《莽原》1982 年第 1 期

臭臭外传

提起臭臭其人，社员们点头多，摇头少；干部们则摇头多，点头少。点头的说："臭臭是条汉子。"摇头的说："纯属无赖、谬种、黑痞。"如此甲是乙非，褒贬殊甚。诚然，在那亘古少见"棍棒"遍地、"帽子"纷飞、一切都拧过个儿年代，"大逆不道"的臭臭，确乎干过一些无法无天事情，然而，从根底讲，对臭臭如何正确评价，大有澄清是非之必要，好在过去曾有几个人私下将臭臭的逸闻轶事撰书成册，取名"外传"。不妨择其主要，趁如今提倡民主理案，布达天下，以求公论。

一　臭臭其人

林业局老张到枣树坪蹲点那一天，恰巧公社来了一个生产检查团。队里忙着打酒割肉摆宴席，因为检查结论的优劣和招待好坏成正比。基层干部为求得他们能上天言好事，竭力巴结这群"串食"客，自己也乐得跟上打打牙祭。老张是县上派来住村工作队头头，自然也在宴请人员之内。

老张随检查团象征性在地里兜了半天风，回到大队办公室北窑。明光锃亮的圆桌上摆满了刚切开的大西瓜，大家一阵狼吞虎咽，肚子膨胀起来。少顷，厨房里传来锅碗瓢勺声，客人们陆续去茅房腾肚子，老张觉得有失大雅，不事声张地将手伸进去把裤带弄松。忽然听到院里有人油腔滑调地喊："好家伙，这么香啊！"老张扭头隔窗看见从大门进来一个人，三十上下，浓眉大眼，一头乱发朝天竖起，半敞开的上衣露出结实的胸脯，两只眼睛闪动着天不怕地不怕的光芒。双手伸进裤兜里，弓着腰，脸扬起来，一晃一晃朝前走，用鼻子使劲嗅，挤眉弄眼说："好香啊！"

看样子来者不善。

王会计慌忙拿起两块西瓜到院子里挡驾："赶得早不如赶得好，算你有口福，快吃。"

"福浅，没生下你们干部胃口。"

王会计讨个没趣，返回屋内一边摆弄桌椅一边吆喝："栓他娘，上菜！"

老张看见窗外那个人向厨房走去，差点和端盘子胖女人相撞，听见那个人问说又请谁？胖女人说："检查团。"

"又是检查团，赶不完的苍蝇，走了一拨又来一拨！我看做什么菜。"一面说一面从墙上捏了点什么，顺势丢进菜盘子里。胖女人吸口凉气愣在那里。那人夺过菜盘向北窑走来，扯起堂官腔："来啦，楼上请——"

看样子干部们都拿他没办法。

菜已上齐，宾主就座，彼此劝酒，一声"请"，纷纷下箸，老张多操了一份心，筷子虽然举起，迟迟不肯落下，一双眼睛在菜盘里扫来扫去。

"啊呀！啥家伙这么硌牙……"

在座的连连有人叫苦。"扑哧——"窗外谁在笑，接着就唱：

虱子虱子脸皮厚，

成天吃我身上肉。

今天吃我我不受，

给你撒把六六六。

客人们玩味出滋味，个个脸面难堪，王会计面带愠色走出去，老张发现窗外还是刚才那个人，赤条条光着膀子，悠闲地在台阶上坐下来，将袄捂在双膝上，一面怪笑，一面在地上抓些土，往衣服上撒。

王会计阴着脸："你倒啥运？"

"捉虱子"那个人头也不抬，果然捻起一个滚圆的虱子，放大嗓门，"龟儿子们，把老子身上的血快吸干了！"一面做鬼脸，把虱子放在石板上，用指甲盖使劲一挤——"崩！"地溅出血，"叫你孙子们再吃！"抓起衣服往肩膀上一抡，哼着小调走了。

老张问王会计刚才那个人是谁。王会计说："枣树坪出了名的黑皮！"

老张点起一根烟，心里琢磨枣树坪的阶级情况很复杂。

老张问刚才这个人叫什么名字？

"臭臭。"王会计说。

老张掏出本本记上。接下来是对臭臭明察暗访。人们大体反映——这个人成分倒是没问题，贫农。小学没毕业，但有才。小小年岁能在秧歌队担任伞头。伞头不简单，不但会踩场子，更重要的是嘴巴利索脑子快。见猫唱猫，见狗唱狗，张嘴就来。他十三岁那年当伞头，进城参加秧歌比赛，全县十八个公社秧歌队全去了，臭臭挨个和他们对歌，十七家全都败下阵。臭臭夺了个状元红。人们都夸枣树坪出了个小神神。可惜命苦，爹娘下世早，孤单一人过日子，能吃苦，闲时看医书，有谁头疼脑热主动为其扎针什么的。后来娶了媳妇，日子刚圆满，谁能料到呢，臭臭拦路抢了公社刘秘书三百元钱和一块进口手表。刘秘书陪同公安来抄家，抄出赃物。臭臭媳妇扑上去扇刘秘书耳光，臭臭跳脚骂刘秘书王八蛋。臭臭说钱和表是刘秘书强暴了他媳妇，怕他们上告给的。谁信？臭臭被判三年徒刑，媳妇跳了悬崖，好好一个家就这么完了。可是老支书当时私下放出话来，说是冤案。据老支书说，臭臭媳妇临死前一天找过他，哭诉刘秘书真的奸污了她，她告诉了臭臭，臭臭抄起家伙往外冲，她硬是拦挡住，说姓刘的在县武斗队，你去了白送死，两人商定寻个人写状子，相信会有说理地方。第二天刘秘书来了，进门就下跪，给臭臭赔不是，硬要留下三百元钱和一块表，说是赎罪钱，臭臭想正发愁没有证据，就收下。谁能想到，第二天公安来了。支书的话传到上面去，上面的结论是，走资派勾结阶级敌人造谣反扑。支书被夺权，狠批斗了几次，送到水库劳改。臭臭从牢里出来以后就变成现在这样。

二　啥感情啥立场嘛

由于臭臭捣乱，生产检查评比结果，枣树坪排名末尾。干部们一肚子气，王会计向工作队长奏本，说臭臭不知道从哪里拐来一个婆娘，没办结婚证就上床，名义上臭臭跟王老五在槽头睡，可孤男寡女日子长了，那种事谁能保险？

"明摆着是犯法呀！"老张说。

"谁说不是呢！"

"为啥不办理结婚证？"

"本人倒是想领，大队门槛都踢断了，成天缠着要开介绍信，可是，不能呀，女的家里成分高——地主！"

老张也认为介绍信不能开，并吩咐王会计让臭臭马上把那个女人弄走。臭臭跑来质问老张凭啥不开介绍信，凭啥要我把人弄走？老张一脸的威严，首先批评臭臭没有阶级斗争观念。然后什么立场呀、觉悟呀、对立呀……许多关于无产阶级革命论述。

臭臭不耐烦："你不要给我卖狗皮膏药！"

王会计发话了："什么态度？张工作员溅了半天唾沫，你是秋风过驴耳。亲不亲阶级分，你怎么能……嗯——和地主女儿睡？开介绍信？不法办你算逮便宜了。限定你天黑以前把她打发走，不然一条麻绳连你带她一块绑了。"

那个叫玉莲的女人怕连累臭臭，臭臭也担心玉莲。臭臭脱下身上的褂子，把仅有的三升高粱面包好，硬是塞到玉莲手里，臭臭把玉莲送到村外柳树下，玉莲哭，臭臭也哭。

王会计知道了，数落臭臭："啥感情，啥立场嘛！"说罢扬长而去。

臭臭站在那里，远远盯住王会计背影——良久。

吃过午饭，老张想睡会觉，王会计老婆气哼哼拉着臭臭要告状。王会计紧随护驾，后面跟一群看热闹的人，会计婆姨哭诉说，臭臭勾引她。老张没弄明白，人群里有人起哄："臭臭熬不住了，想吃王会计家天鹅肉了。"看热闹的人咂开嘴巴大笑。王会计气歪脸。

老张终于弄明白：快做午饭时，王会计婆姨肚子疼，王会计当时去了公社，赤脚医生一时也找不见，她记得臭臭偶然也曾给人们扎针看病，急病乱求医，打发小女儿把臭臭找来。还行，一针下去就不疼了。臭臭说我给你再开点药，这药不好买，回头你把药方交给王会计，让他走个后门。把写好的药方放下，拍拍屁股走了。

王会计回到家,婆姨将药方递给他。王会计打开一看,傻眼了。

你,和他蹬蛋算了。

爱你的臭臭
某月某日

王会计扇了婆姨两个耳光,婆姨号啕大哭,为表白贞洁,跟随男人把臭臭扭送到工作队。

"知罪吗?"老张问臭臭。

"我没罪。"

老张和王会计拿大眼瞪他。

臭臭嬉皮笑脸:"我这不是照你们说的做嘛,她不是贫农嘛,我这是想表达一下阶级感情。"

老张说:"滚!"

三 还让人活不?

城里逢集,房前屋后栽几棵枣树的几户人家,头天晚上忙着摘果子,准备第二天进城去。近几年,搬山造田学大寨,后山的枣树都砍光了,社员们断了钱路,只好在有限的几只鸡屁眼里,掏几个油盐酱醋钱,有的家里栽几棵果树。臭臭家脑畔上有棵梨树。今年雨水好,估计能摘两担梨。他计划卖了梨给流落他乡的玉莲买件棉衣,剩下的钱给自己买双鞋穿,但想想——算了吧。他想到亡妻,"十月一"快到了,省几个钱买几张花红纸,该给她送寒衣了。

广播响了。老张念文件,内容是"取消集市贸易,堵农村资本主义道路"。老张最后宣布:从明天起任何人不许赶集,未经工作队批准不能出村。

"还让人活不?"臭臭找队长,队长不敢做主,臭臭串联了几个和他一样想进城的人找老张,老张不准。臭臭拍拍屁股说:"走吧走吧,不让卖咱倒沟里。"其他人都跟出来,束手无策样子。臭臭说姓张的是小娃鸡巴,越顺他他越硬,你们先回去,我再和他磨。

第二天天没亮,臭臭挨家拍那几个人的窗户:

"快起来,准许了。"

"准了?"

晨星眨眼,一路五副挑子装满水灵灵梨、果、桃,沿石板小路直奔县城。刚进城就遇上"撵集"。臭臭拧着脖子和城管吵:"一把泥把老百姓嘴巴糊住算了!"来了几个横眉竖眼带枪的人,对臭臭一行人采取革命行动——连筐没收。臭臭一人闯进市场管委会(其他几个不敢来)。院里一个老婆婆哭天抹泪要她的老母鸡,几个城管凶巴巴在训斥。臭臭认出墙根下自己那副担子,猫儿扑食般抄起扁担撒腿就跑,跑出县城串村去叫卖。

其他几个人,米没卖成反丢了口袋,钱没卖一分赔了两个筐子。一个个哭丧脸,刚进村就被"请"到群众大会上,命令他们站好,手放下!老张用一个小时务虚(念有关文件),然后务实:

"早上你们到哪去了?"

"城里卖果去了。"

"谁批准你们去的?"

"不是你批准的?"

"红口白牙!"

"臭臭说的呀!"

"臭臭呢?"

"不知道。"

老张正要发火,听到有人唱:

> 工作队莫要胡批判,
> 自产自销不倒贩。
> 掰开六十条看一看,
> 毛主席说话算不算?

声音从会场后面传来,人们发现远处牛圈墙根谷草堆里仰面躺个人,——臭臭。懒洋洋合住眼,口里叼根谷草,架起二郎腿,光脚板悠然挑只破鞋。如此的傲慢深深刺痛老张:"站起!"老张雷霆大发。

臭臭不慌不忙起来,双手插进裤兜,不慌不忙进了会场。

"谁批准你进城卖果子?"老张虎着脸。

"毛主席。"

"严肃点!"

"当然是毛主席。"臭臭不紧不慢说,"今儿个一大早,我钻出被窝就到毛主席像前鞠了个躬,说毛主席,按你老人家'发展多种经营'的指示,我种了棵果树,明天我和村里几个人进城卖果子,想请半天假,请你老人家批准。毛主席看着我笑,这样我们几个就走了。"

人们哄然大笑。

老张气坏了:"你眼里还有没有领导?"

"你敢说毛主席不是领导?"

老张脸色由青变白:"干部,党员,全都留下,其余人散会!"指住臭臭,"治不了你我不姓张!"

臭臭扬脸走人。

四　天哪，这是批斗会？

会场设在学校院子里。窑背上、大门口，民兵撒了岗，一律枪上刺刀。这年月人们对此司空见惯，任其革命委员会主任高喉咙大嗓门连喊开会了，会场依旧麻雀噪林。

开会了，坐在主席台上的人一律拉长脸，主持会议的革委主任瞅住老张，老张点点头。革委主任挺起胸膛喊：

"把'三反'分子臭臭揪出来！"

会场骚动起来，人们看见臭臭被几个戴红袖章的民兵扭成"喷气式"，在一片"敌人不投降就叫他灭亡"口号中，旋风般推到主席台一边，只是押人的和被押的都勾着头"咕咕"笑。

老张重重拍一下桌子："还有没有阶级斗争观念！"

小伙们使劲咬嘴唇，臭臭还笑，为防感染，小伙们踢他屁股，拧大腿——太重了。臭臭批牙咧嘴："啊——真拧老子？小心开完会爷爷把你们活扒了。"

会场乱套了。老张一气喊了四个口号，局面才得到扭转。王会计首先发言，题目是"批臭批倒'三反'分子臭臭"。用事前统一好的口径，以反对"割尾巴＝反大寨＝反对毛主席＝反革命"的公式，扶摇直上把臭臭送上"纲"。王会计最后说，"不难看出臭臭是十恶不赦的大坏蛋，是货真价实的反革命'三反'分子……"

一条麻绳将臭臭绑了，立即押往县城，臭臭毫无惧色。人群中有人塞给臭臭一斤粮票，或几毛钱。臭臭看见老张在台上用胜利者的神态望他，臭臭轻蔑地笑笑，迈开步上路了。唱道：

臭臭今日好威风，

工作队长来送行。
摇摇摆摆把路上,
牢里吃饱喝足享太平。

披枷带锁的臭臭就要望见县城时候,一丝悲凉从脸上掠过。天色向晚,灰暗的天庭云封雾锁,落山的太阳在天边燃烧起一片火烧云,这样的气象庄稼人称"韶"了。谚语说"早韶不出门,晚韶行千里",意思是韶光出现在黄昏的晚上,黑暗过后的明天,一定会晴空万里。

原载《汾水》创刊号

有钱难买五月旱

今天芒种,是父亲头周年祭日。父亲是去年这时候去世的。父亲去年去世离芒种只差三天。三天以后,也就是芒种这一天父亲的灵柩入土为安。桃花的丈夫说,父亲一辈子不拖累人,临了走呀走呀你看这日子选的,如果再迟一天,大家可就乱套了。谚云"麦到芒种根自死",意思是到芒种小麦就熟了。原野上一地沉甸甸的金黄,空气里到处弥漫着新麦清香,浓郁得叫人喘不过气。夜幕升起时田野上幽深的远处忽然传来叫人怦然心动的布谷鸟叫声:割麦种谷!割麦种谷!这声音会让人骚动不安,状况犹如欲火烧身,一心想着能马上动作起来。这是一个龙口夺食季节。有道是"大芒小芒,绣女下床",学校里也放麦假。

还不到芒种时候。夏收序幕已经拉开。大运公路上从北边开过来的收割机一辆接一辆日夜兼程往南边开过来,准备进入一年一度夏收大会战。但毕竟进入雨季。为防患于未然(雨水渲湿土地,收割机无能为力),富有经验的人们依然步履匆匆到集市上添置几把镰刀、木杈、木锨、木耙和带着青叶子的竹扫帚。以备芒种一过就开镰收割打场。女人事先把新扫帚上青灰竹叶一片一片摘一部分下来,用麻纸包好。待到割麦或打场时,捏几片放在开水罐里泡凉茶,犒劳龙口夺食的男人女人们。用竹叶浸泡的凉茶气味芬芳能解暑败火。

父亲在去年距离芒种还有十天左右，骤然病倒了。子女们宽慰他说没事，吃些药打打针就好了。父亲知道自己这次是再也起不来了。父亲八十六岁。父亲躺在炕上安详地说，能熬到吃上今年的新麦就知足了。父亲只要求再能活上二十多天，那个时候芒种已过，麦子快收快打差不多已经入仓。

父亲没有吃上新麦。

也许父亲意识到自己活不到这一天。既然活不到这一天，那就迟不如早，龙口夺食季节，大家都很忙，不要给子女和乡亲添乱。

父亲赶在芒种之前带着少许的遗憾安详地告别了这个世界。停灵三天，出殡的日子正好是芒种。一村的乡亲都来了，大家哀哀泣泣也从从容容头一天安葬了父亲，第二天就顶着火红的毒日头钻进麦田里龙口夺食去了。

乡习：老人谢世后，其纪念仪式除了"七忌"，便是过周年。数三周年隆重，规模不亚于出殡。两周年一般情况下从简。未亡者子女没有特殊情况不可以免俗，一定要在老人坟前磕头烧纸祭奠以尽孝道。

父亲身后人丁不旺，只遗传下两个女儿。大女儿名叫桃花，二女儿叫杏花。桃花快四十岁了。杏花比桃花小四岁，也三十大几。桃花嫁在本村，住村东最尽头。男人姓赵名葫芦。和桃花一样只上过两年小学。二女儿没嫁出门，招赘女婿在家立门顶户，赘婿姓蒋名自立。

天不明杏花醒转来睡在炕上眨巴眼儿，心里盘算今天来给父亲过二周年的大人小孩坐四桌子也恐怕打不住，担心馍不够吃，急忙起来又是和面又是捅火赶着多蒸了一锅馍，不能让人吃个半肚。吃个半肚岂不贻笑大方？父亲在天之灵也会觉得心里不美。

赘婿蒋自立早晨起来第一件事是到院里观天，昨晚预报有雷阵雨。心里念叨万不可，明日就要开镰了。一面就回到上房将父亲兼丈人的遗像端端正，擦拭擦拭，虔诚地摆上祭品：一盘香蕉，一盘麻花，一盘水果糖，然后敬香。三根。有神三鬼四之说。然后行大礼：作揖，拜。一叩首，二叩首，三叩首……庄重如仪，绝对不敢草率从事。然后洒扫庭除。今天有客上门，需细细地扫。院子很大，除去北面四间新瓦房，东面一间临时小灶房，其余全空着。这要一直扫到院子最南端。最南面是猪圈。养猪是受姐姐桃花两口子的影响。桃花家是养猪专业户，去年仅此一项收入好几千，如今杏花家也养两头优种猪。两条清一色"女性"，已经发育到"情窦初开"的时候，大有控制不住的样子，几乎是欲火难挨，煎熬得不行。拱墙，屁股在石槽上蹭，口里咦咦呜呜呼唤配偶，腔调尖锐激越兼有焦躁情绪。

这两头猪怎么了，忽然疯疯癫癫的？

开始时杏花和蒋自立都懵懂，以为猪病了。忽然心智大启，意识到猪的生理需求。但又怀疑不可能吧？这样小？又一想，如今实行开放，也许猪们得风气之先？拟或是品种超常，早熟？同样是女人，热带女人就比之其他地方女人发育早。

果真如此倒是求之不得。早开花早结果，提前实现经济效益。一头小猪可以卖到二十大几。

杏花觉得没有把握，建议蒋自立到村东头去一趟，让姐夫赵葫芦过来瞧瞧两头猪是不是果真发情。

蒋自立磨磨蹭蹭不愿意。说那两口子不知道怎么了，从开春到现在也不常来走动，见了面也意意思思的。要去你去叫。

谁知道是怎么了，一对神经！杏花这么说，一面心里沉沉的。姐和姐夫打年初到现在就一直和她较着劲。杏花赌气说，我也不猜他们的心事,由他们去。蒋自立挥动新买的一把竹扫帚从院子最北头一气扫到最南头的猪圈根,刚直起腰,发现圈里两头母猪蹬直了后腿趴在墙头上,猴急猴急地哼哼着企图越墙。墙头上已经拱下一个豁口。

蒋自立喊杏花你快出来看,看这两头厾猪,急成什么了!

杏花白着两只面手从灶间出来很惊喜地说:真的发情了?

蒋自立说:你不看都急成什么了。

杏花说:猪发情竟这么厉害?

蒋自立说:和人一样。人急了也会翻墙头,总要想办法解决一下吧?

杏花说:你爬过?

蒋自立说:不敢。

杏花说:小心我弄折你的腿!

杏花穿黑色健美裤。杏花不适宜穿健美裤。腿不直。

上午九点时分,父亲的几个侄男侄女和几个本家近族提着祭品、纸幡陆陆续续都来了。有道是"上坟不过午"。这之前尚有一顿待客饭要吃。等到十点钟光景,就差桃花一家还没来。杏花脸上很不悦。杏花说不等了,一对神经!上菜,咱吃咱的,吃完就往坟地走!

桃花脸上鼓着颜色,一条腿压在另一条腿上,穿毛边白裤、头戴白孝帽坐在自己院里一棵梧桐树阴凉下。她身后不远处房屋的墙壁上紧挨窗户一个砖缝里,一根状若筷子粗的小树枝挑起一面做工精细的白纸幡,在风中张扬。纸幡下台阶放一个半新不旧竹篮。竹篮里盛放着祭品:十根麻花和二十亿冥国银行票子。巷里永红家里有印版。雕刻精致。一村人都可以借来用用。面值为一百万元。想印多少就印多少,不必担心通货膨胀。昨天赵葫芦从永红家借来印版，蘸上蓝墨，一气印了二十个亿，让父亲在另一个世界里手头宽裕些。现在的世道没有钱寸步难行。想必另外一个世界也是如此，钱少了不行。何况父亲还要照顾比他先走一步的母亲。赵葫芦羡慕地说，咱们活着的人手里要是能有二十个亿还愁啥哩，坐下来放开享受也享受不尽，也省得咱们辛辛苦苦养猪。

赵葫芦和桃花饲养二十几头猪。

桃花家院子很宽敞。这是两座连成一起的院基。现在用一道土墙从中间分开，从一个小门钻出去，那一半院子是猪圈，这一半院子住人。坐北朝南已经竖立起一座二层楼。像杏花家里一样，院子里其他地方还空着。不同的是桃花家靠西墙从北到南种了一排树：桐树、椿树、柿树、桃树、软枣树、石榴树……浓浓地绿成一线，眼下石榴花燃烧成一片火红。赵葫芦在西墙根一棵柿子树下用一把锈迹斑斑的砍刀给猪们剁一种名叫灰条的猪草，跟前馋着一群公鸡母鸡。赵葫芦头上没有戴孝帽。他把那顶白布孝帽团起来揣在上衣口袋里。随时听从桃花召唤。桃花如果说咱走吧，他会马上把手里的活计停下来，从口袋掏出孝帽戴上，提了祭品、纸幡，到杏花家去给老丈人过二周年。可是桃花坐在那里一直不说走。

赵葫芦提醒说：时辰不早了。

桃花说：知道。

赵葫芦说：你是不打算去了？

桃花说：父亲的二周年能不去吗？

赵葫芦说：那还不动身？

桃花说：急啥哩，该动身的时候我会叫你。

桃花知道如何把握分寸。不能去得太迟。太迟了人家吃罢饭还等不见她们来就不等了，耽误了上坟，父亲在九泉之下会难受的。自己心里也不好活。也不能去得太早。太早了杏花和她男人会没知觉,感觉不到她这个当姐姐的今天要做什么。

说白了,桃花今天就是要成心找别扭,成心要和没良心的妹妹过不去。

打年初到如今这一股恶气窝在心里快窝出病来。这半年她只是暗里和她们较着劲,外人还不知道她这个当姐姐的对妹妹已经是貌合神离。今儿个桃花就是要叫外人知道:要不是给父亲过二周年我还不会进你的门。但今天我不能不进你家的门。也好。可我偏叫你们称心如意。不是要等我吃你们家的饭吗?请客不到羞主,亲戚们一定好奇怪:她姐怎么没来?到那时候我索性就说出来。让众人看看你们还够人不够人。看看你们把事情做得损不损,看看你们是怎样丧良心把过去的事情忘得一干二净。

杏花两口子把姐姐的心可算是伤透了!

事情的起因是为了几副对联。

杏花的男人蒋自立当过民办教员,会写一手好毛笔字。欧颜赵柳,真草隶篆都能来两下。最擅长楷写颜体,也工于柳体行书,驰名半个县城。他的毛笔字多次参加县书协举办的书画展。村里人都称他"一把刷子",是"一把手"的意思。村子里谁家婚丧嫁娶、老人寿辰、孩子满月以及过年时家家户户贴的对联,差不多全出自他的手迹。不光字写得好,句子也编得颇具学问。比如寿联,多以青松、翠柏、星宿、龟鹤等寓其延年益寿。女寿星多称"萱堂""宝婺""瑶池"。男寿星多称以"南极""椿挺""山鹤""庚"什么的。"行可楷模年称德,老如松柏岁长春","椿萱并茂,庚婺同明"。他的春联其内容也不外趋吉避凶渲染元日热烈气氛:"红梅开佳景,瑞雪兆丰年"。也颇具时代感:"一天等于二十年"呀什么的。"文革"期间就"帮气"了,什么"金猴奋起千钧棒"呀,"扫除一切害人虫"呀,什么"全无敌"呀。这以后,他的桃符嬗递到最近这些年才彩色纷呈起来，而且相当有人情味："大有年五风十雨，太平春万紫千红"；"福同时共彩，人与物皆春"，"百花吐艳春风暖，万象更新国运昌"。他从腊月二十三就开始磨墨挥毫，一直写到腊月二十九。这是一个大村，户多。每户少说也需三五副。有的还更多。他须整天地写。他写起字来很投入很认真。给谁写对子，谁就站在他对面帮着运纸。他微弯了腰，把笔投在墨汁里蘸饱。抬腕，运气。一手扶案，然后就笔底生风，或行云流水，或龙飞凤舞。他一直站着写，不能坐。一天下来腰酸腿困。但他不累。他整天都陶醉在赞誉声里。他一天如此辛苦换来的报酬便是这赞誉声。有一点文化的人赞扬说写得好，实在是写得好！蒋自立笑笑，很陶醉。没文化的人也赞誉说写得好，就是好！你看这字，花花哨哨也黑黑的！蒋自立就不知道该笑还是不该笑。

蒋自立和杏花在一次年关集市上发现有人卖春联。一副七言对联开价两块。生意竟然火爆。一下就激活了他们的商品意识。

蒋自立打算到县城开一个字画专卖店，卖对子和条幅。加之林林总总公司、歌厅、舞厅、夜总会、酒家、饭店、桑拿浴、美容厅……如雨后春草丛生，装潢门面牌匾少不了也来买字。蒋自立认为他的字进入市场一定很有竞争力，经济效益错不了。杏花说屁！又不是天天过年，卖对子能卖几个疙蚤？还不够房租呢！

字画专卖店没有弄成。到这年腊月二十三村里的人上门让写对子时，杏花家的街门上堂堂正正挂出一个牌子，赫然写着"求字索酬"四个字。

这以后，蒋自立的对子不白写。

从杏花把会写字的蒋自立招赘到家那一年始，每年桃花家里过年对联，妹子杏花和她的女婿蒋自立全承包了，似乎已经成历史惯性。每年的腊月二十八天黑以前杏花就把红对子送来，并不厌其烦向姐姐和姐夫一一地做了交代：这副对子是街门上的，这一副是房门上，这一副是卧室门上，这一副是灶房门上。写"大地回春"的斗方是院里墙上贴的，写"饮水思源"是水缸上的，"五谷丰登"是粮食囤上的，"鸡肥蛋大"是鸡窝上的，"日行千里"是小四轮上的，猪圈门上写"六畜兴旺"或者写"顺天生意，福地财源"。总之面面俱到，该贴的地方都写。交代完毕以后，姐妹俩相互问一问还有什么没有准备好，埋怨什么人手上兴了个过年，把人忙个死。杏花说蒋自立一天到晚就是写对子，过年的吃喝穿戴一应事儿全扔给她一个人，差点没累趴下。这不都腊月二十八了，年糕还没炸，馍还没蒸。桃花说你姐夫倒不写字。可要待候那二十几头猪，也给我帮不上手。我的年糕倒是炸下了，过年的馍也蒸下了。就剩下做凉菜。可也把我累得快直不起腰。你没炸糕就别炸了，姐今年炸得多，你在姐这拿上。杏花说能行。

去年腊月二十八这一天桃花和赵葫芦两口子等了一下午没等见杏花送春联来。

赵葫芦说：该不是忘了？

桃花说：怎么可能？定是腾不开手。等一会她会来的。

等到天黑。杏花没来。

赵葫芦说：大概是今年不送了吧？

桃花说：不送了？

赵葫芦说：是不是也想要咱掏钱买？

桃花说：你那张嘴巴闲着没得嚼就嚼萝卜去。

后来桃花自己到底沉不住气了，踩着夜路敲开杏花家门。进门就问对子呢？杏花说本来要送去的，又怕你们谈嫌歪了好了贵了贱了，干脆等你或姐夫过来自己挑，有两种对子，一种呢是墨汁写的，一种呢是金粉写的。桃花说哪一样好我当然就要哪一样。杏花说当然是金粉写得好。桃花说我就要金粉的。杏花说可价钱不一样啊！墨写的对子一副两块钱，金粉写的对子一副三块。我……你眼瞪那么大做啥哩？看把你吓得，放心吧不会让你掏那么多。你只掏个工本费就算了。我都算好了，要像往年一样，你们家大大小小对子加起来最少得用五张梅红纸。一张纸割两副半对子。五张纸能割七副。卖给别人是二十一块。你给上……一张红纸八毛钱，五八是四块，加上金粉钱、工夫钱和毛笔磨损钱……桃花心里不断地抢着小鼓，脸也一阵比一阵滚烫。她说你别给我婆婆妈妈，干脆一句话我该给多少钱？杏花说妹子我优惠你，给八块八毛八算了。桃花说还有零有整？杏花说要过年了图个吉利，八八八发发发。本来只收你八快就行了。桃花一面掏口袋一面心里乱得像团麻。事情到了这个份上，瓜再苦也得一口一口吞下去，而脸上还不能露出苦色。桃花只掏出几张毛票。她说我身上没带钱，要不你先记到账上。杏花不说算了算了。杏花说能行。

　　桃花像丢了魂儿，她弄不清自己是怎样从杏花家里走回来的。她回来以后就不停地笑，不是哈哈大笑，是一种秀才落榜的笑。这种笑挂在脸上比哭难受。赵葫芦猜出她一定受了挫折。她笑着把卷成一大卷的对子随手放在桌子上，笑着坐在炕楞上，笑着仰面朝天躺下去。又笑着坐起来。

　　赵葫芦说：是不是要钱？

　　桃花望着赵葫芦不说什么，但笑着笑着眼里就吧嗒吧嗒挤出一串泪颗说：我刚才没带钱，你取出八块八毛八分钱给人家送去。

　　赵葫芦说：明儿个不行吗，非得这会儿送？

　　桃花坚持说：这会儿就送去。眼里噗噜噜又滚出一串泪。

　　赵葫芦说：你看你，不就是八块八毛八分吗？值得你泪儿泪儿的？又不是掏不起这块八毛八。

赵葫芦把钱取出来，临出门桃花叮咛他说：这个事就窝在肚里不要对人说。

赵葫芦出去后桃花才认真掉了几点泪。她无论如何想不通杏花会变成这个样。开天辟地没听说村里有谁给人写对子还要钱。就算你说得对，如今时兴什么都进入市场，也不能市场到你姐头上吧。你六亲不认，说话不打咯噔，啥成本钱呀、工夫钱呀、毛笔磨损钱呀……你可真能说出口。我是谁呀，我是你姐！是用脊背把你从小驮大的姐！

杏花三岁时一场大病落了个下肢瘫痪。从那以后到杏花十三岁病痊愈差不多十年期间，桃花一直用脊背驮着杏花走。说杏花是在桃花脊背上长大的一点都不过分。桃花硬是一天三趟背着杏花上完了初小，又上完了高小。年复一年，日复一日，春夏秋冬，风霜雨雪桃花从没说过累没说过苦。高小校址距离村子不下三里地。一天，桃花背着杏花送她去上学。走到半路变了天，雷雨交加，桃花一滑，崴了脚踝，疼得额头冒汗满眼泪花。杏花心疼姐姐，趴在姐姐背上哭着说：姐，我不上学了咱回吧。桃花不理杏花，挺了挺身子，硬咬住牙往前走去。就那么一步一拐，一步一个钻心疼，疼一头汗珠，疼一把眼泪。她哭，妹哭，天哭，一直哭至学校……

桃花和赵葫芦提着祭品挑着纸幡穿街过巷走进杏花家时候，正好那顿待客饭已经打扫完战场。杏花埋怨说眼看响午了，等你们吃饭等不来。桃花说我们来时在家里吃过了。赵葫芦也说吃过了。杏花说怎么就吃过了？桃花很含蓄地笑了笑，就和赵葫芦径直进了上房，把祭品献在父亲灵前，给父亲磕了头，从篮子里取出那二十亿元冥币。和大家相随着出了村，来到墓地，在父亲的坟茔前双膝跪下，摆贡品、敬香、奠酒、焚化纸幡、冥币，然后一叩首，再叩首，三叩首；想起薄情寡义妹妹，桃花只想趴在父亲坟头上大哭一场。但桃花没有哭，泪水在眼里打了几个转咽下去。

桃花和赵葫芦同大家离开坟茔再返回到父亲灵前磕了头完成了全部仪式后，把篮子里麻花掏出来，抬起腿就要走。杏花说：姐姐，姐夫，屁股在板凳上挨也不挨就走呀？这家里未必有老虎要咬你们不成？一旁的蒋自立也说再坐坐，一面取出红塔山抽出一只递给姐夫赵葫芦。桃花不凉不热说家里忙，养着那么一群猪，离不开人。

说到猪，蒋自立就说姐夫你快过来看看我们这两头猪是怎么了，怪声怪调地叫不说，还老想着往外扑。赵葫芦说我刚才早看了。

蒋自立说：这两猪是不是发情了？

赵葫芦说：是。

杏花说：母猪发情这么厉害？

赵葫芦说：让公猪配一下就没事了。

蒋自立说：姐夫你那圈里不是有公猪？

赵葫芦说：有。

蒋自立说：让你那公猪配配。

赵葫芦看桃花脸色。

桃花说：配配。

赵葫芦说：行，配配。

蒋自立说：下午把猪赶过去？

赵葫芦看桃花脸色。

桃花脸上掠过一片琢磨不定的笑意说：赶过来吧。

赵葫芦也说：赶过来吧。

三年等一个闰月，憋了半年恶气的桃花总算等来一个报复机会。桃花心里话：我还以为你们家里长年挂着无事牌呢，原来也有求人时候。今儿个我也给你们一个滋味尝尝。

　　据说雌性动物发情时身上会分泌出一种特殊气味。这种气味会像电磁波一样四面辐射,辐射给一定范围内它的同类雄性。这些同类雄性获得了信号立即精神焕发并沿着这气味寻寻觅觅会自动跑来求偶。下午,杏花和蒋自立两口子顶着五月的骄阳,费了好大工夫才把两头发情的母猪赶到村东头。还没进桃花家大门,跨院里那头种猪早已支棱起两只耳朵横冲直撞在猪栏里疯狂起来。

　　猪配种和大牲畜配种不一样。大牲畜比如驴、牛、马等,交配时候需要人抓住帮着。不然半天找不准地方,盲目乱戳一气。时间一长雄性要么会软,要么会射到体外。猪交配大可不必如此。大凡种猪都是独居一室,只需将发情母猪赶进种猪圈内就行了,它们会自我完善,无须人多此一举。

　　可是呢,杏花和蒋自立将他们两头发情的母猪原封未动从桃花家里又赶回来了。

　　没弄成。

　　原因不是因为桃花说了那句该说也不该说的话。

　　桃花说那句话的时候。杏花的两头发情母猪已抢在他们前面到了通往跨院的小门前。它们情急意切地用坚硬的鼻头使劲拱撞木栅栏。跨院里猪栏内的那头种猪也尖锐地嚎叫着呼唤情侣。外面的想冲进去,里面的想冲出来。只是这里里外外的牛郎织女被一道木栅栏割断了。站在距离木栅栏不远处的杏花、蒋自立正在和姐夫赵葫芦商量一个配完再配一个呢,还是两只同时都弄进圈里去?就在这时候桃花说了那句话。

　　桃花说:我们可不白配。此时桃花穿一件浅黄色针织短袖汗衫。桃花说这话时候脸上笑笑的,却足以让你感到坚实与不可动摇。

杏花白了姐姐一眼，说没见过你这么小里小气的。我们压根也没想过白让你们配。

这是真话。杏花和蒋自立没有想过不花钱就让人家给他们的母猪配种。但是沾点光讨点小便宜的心思还是有的。他们已经动过脑子。找别家的种猪配种价格贵不说，也远。得把那猪赶到外村去。姐姐住本村，家里有种猪，何必舍近求远。别人家里的种猪配一次三十块钱。姐姐和姐夫能好意思向妹妹妹夫要这么多？至少不砍一半价？

"姐，不白配。总得给我优惠吧？我可是你的妹子。"

"当然优惠"

"优惠多少？"

"一半。"

"配一次十五块？"

"三十块。"

"你是说两个猪三十块？"

"两猪六十块。"

"你把我杀了。姐，你是不是想喝你妹子的血？弄了半天你一点都没优惠吗，别人配一次也三十块。要是这个价我硬可找别人去。"杏花满面通红。

赵葫芦说一分价钱一分货嘛，种儿不一样，行情当然不一样。三十块的价是膘猪种。咱们的猪是瘦肉型，优种。

杏花和蒋自立一脸错愕："说啥呀，瘦肉型猪种？"蒋自立双手捂在脸上搓搓，相当泄气地说白忙乎了。杏花和蒋自立稍事踌躇后，就说回吧不配了。杏花埋怨蒋自立事前没问清楚，白费了这半天劲。蒋自立反而埋怨杏花，你不是也没问吗？杏花把脸沉下来。

这样一来，杏花和蒋自立把猪往回赶的时候两口子脸色都不大好看。

　　桃花还以为这两口子是想沾光没有沾上，才满脸不高兴，顿时有一种扬眉吐气的快感。在心里说：哼，你们也体验体验这滋味去吧！

　　其实杏花和蒋自立不是在计较钱的多少。刚才听了赵葫芦解释以后，蒋自立绷紧的肌肉立即松弛下来，杏花的五官也归了位。明白姐姐桃花两口子没有存心要宰妹子一刀。他们也打听过，时下的行情，瘦肉型种猪配一次要三十元其本身就把姐妹的人情已经包含在里面。杏花和蒋自立认真核算过。究竟用哪样猪种做过比较，结果还是认为养膘猪合算。同样的条件下，出栏时如果瘦肉型猪能长到一百五十斤，那么膘猪二百斤也打不住。就算瘦肉型猪市场行情比膘猪好，每斤也不过多三四毛钱。把各项投资包括配种费仔细算进去，还是养膘猪赚钱多。做买卖就得讲经济效益。能多赚一分就绝不少赚一分。

　　按说，杏花和蒋自立甘心情愿放弃姐姐和姐夫优惠他们百分之五十的配种费，并且心存感激地接纳了姐姐和姐夫的这份人情；而桃花呢，也自认为把"滋味"回敬给妹妹和妹夫了，心境已经平和。故事发展到这里就应该结束。可是一件意想不到的事情接踵而来。

　　正当杏花和蒋自立把他们两头发情的母猪完好无缺地从姐姐家赶出来，穿过巷道就要到他们家门前的时候，忽然巷道有人惊呼。原来桃花家那头种猪箭矢一般追赶过来了。这家伙色胆包天，它是咬断木栅栏上两根杨木段子跑出来的。爱情的力量实在不可低估。这家伙追上来以后立刻大发雄威。杏花和蒋自立吓得站在墙根下不知所措。而两头发情的母猪看见它们的同族异性立刻柔情似水且迫不及待地凑上去。杏花和蒋自立发现姐姐家的这头通体白色的雄性猪种颇有雄性气质，爱情的烈火燃烧得它省略了一些启动程序，一开始便进入实质性阶段。肚腹下那条雄根状若坚挺麻花钻,非常残忍地进入其中一头母猪体内,接着又进入另一头母猪体内。杏花和蒋自立发现两头母猪的眼睛相当妩媚。它们纵情肆意,完全不考虑环境的污染,也不考虑这样一来会给他们各自的主人带来什么样后果。等到桃花和赵葫芦赶来的时候,一场浪漫而壮丽的种族繁衍仪式刚刚落下帷幕。

杏花和蒋自立脸红耳热也相当尴尬地目睹了这一阴阳交合全部过程。蒋自立无可如何看着那头正水深火热似的白色种猪自我解嘲说,这厮猪艳福不浅,又是妻又是妾的。可是不让它配不让它配没防住它会撵上来强要配。这不是强人所难吗,要是个人非得判它个强奸罪不可。杏花说,咦,你说这怪不怪,他们家的猪刚才圈得好好的怎么就能跑出来?蒋自立听得出杏花在怀疑是桃花两口子做了手脚。蒋自立说不管是怎么出来的,反正是出来了。而且把两头母猪都弄了。猪这东西和人不一样,一般情况下是一弄一个准。人可以刮宫、做人流,可没听说给猪。咱们只好认了,接受这个现实。既然已经配上了,这配种费还得掏。好在还优惠咱一半价呢,不要等人家开口。虽说是"酒中不语真君子",可古人还有一句话:"财上分明大丈夫。"咱们不白用人家。该给人就给,人家也经济核算呢。

事情却不是这么发展。

杏花和蒋自立看着桃花和赵葫芦一前一后喘气不匀跑来。杏花尖着嗓子连说带笑:"姐,你看怎么办,你的猪把我的猪强奸了。"桃花也使劲在脸上堆出笑,看着眼前这个场面,在心里玩味杏花说这话什么意思。

桃花说:骑了?

杏花说:骑了。

桃花说：把俩猪都骑了？

杏花说：都骑了。

桃花眼珠转了转，把杏花刚才的那句话再玩味玩味，脸上就有些不咸不淡的意思。桃花吩咐赵葫芦说，你把猪弄回去。赵葫芦全力以赴对付那头雄种。桃花把两只胳膊交抱到胸前，一只脚稍稍向前迈出，便是一副要和人争论长短的架势，而脸上依然是努力笑笑的样子。

桃花说：不是说不配吗？

杏花说：是不要配的呀。

桃花说：可又让配了？

杏花说：没有人说要配呀！是你那个厾猪悄悄就撵来了，一来就往上骑。

桃花说：我就不相信，母鸡不翘尾巴，公鸡能上得去？

杏花已经笑得很不自然了，说可我听说男人强奸女人，不大听说女人强奸男人。

桃花说：就算是猪不懂事，人也不懂事？你们不是一直在跟前吗？为啥不弄开？

杏花说：能弄开吗？

桃花说：是弄不开还是不想弄开？

你……杏花很不高兴了，要不是蒋自立接住话茬，她就要不客气。

蒋自立心平气和地向妻姐陈述弄不开的道理。这种事和人的道理是一样的，正在要死要活的时候，怎么能弄得开？吆喝吗？不抵事。那么打？咋打？打轻了不抵事，打重了又不敢，打坏了可不是玩的。况且也不人道。人干这种事时要捉奸还得等人家把事情办完以后再做理论。人和牲畜是一个道理。

蒋自立的解释适得其反。只能让桃花更坚定了自己的判断。把前前后后的事情和刚才杏花那句什么"强奸"的话联系起来，大凡一个有脑子的人都能看出，今天的事情分明是杏花和蒋自立事先设置好的一个阴谋。

桃花彻底把脸沉下来：今儿个的事可就奇了，我的猪在圈里好好的怎么会出来了？

姐：你这话什么意思？杏花也彻底把脸沉下来了，我也正在这么琢磨呢，你的猪圈得好好的怎么猪就出来了？

桃花说：难道是我把我的猪放了不成？

杏花说那么难道是我把你的猪放了不成？

桃花说：天知道！

杏花说：对着哩天知道！

桃花说：我不和你说了，说什么都没意义，还是我那句话，我们不白配。我也说过优惠一半价，我说的话算数！桃花转过身去一面放开步子走着一面又说。过一会你们把钱送来，我不赊账，我也等钱用呢。

杏花抢前一步亮起嗓门说：姐，既然是这样，我明告诉你，这个钱我不给！

桃花头也不回只是把脸斜着向上摆了一下没好气地说：我可不想打官司。

杏花脸气白了，扯开嗓门：放开你的马儿跑。打到天边我也陪着。

"打官司"不是一句气话。桃花回到家里以后可真有这个心思了。总得找个说理的地方吧？而赵葫芦意思是算了吧，毕竟是你亲妹子呢。再说打起官司来咱也未必能赢。是咱的猪撵上硬骑人家去了。桃花不这么认为。桃花说好端端就撵么？他们那两条骚母猪不来勾引，咱的猪会钻出来撵吗？桃花的意思是勾引在前，奸情在后，所以官司能打赢。杏花那一头呢，也在气呼呼说着关于打官司的事情。杏花说和我打官司，打就打么，难道我怕了你们不成？蒋自立说算了算了，不就是六十块钱么，给人家算了，又不是外人，和你姐姐认什么真？杏花说她不认我这个妹子，我也不认她这个姐姐。你看她把我们当成什么人了。六十块钱，说得好轻巧！她向我要钱，我还要向他要钱呢。我的两头猪还可都是黄花闺女，硬是被她的猪强奸了。难道还不应该赔偿损失吗？走到哪里我都是这句话。我倒要看看这官司是谁能赢！

这之中，天色已经是一点一点暗下来了。晚霞淹没在云彩里。村外，一只布谷鸟像掠过暮色笼罩的大海匆匆地掠过无边无际的麦田：割麦种谷！割麦种谷！天地衔接好幽深好幽深的远方，隐隐约约似有沉闷的雷声滚动。村里所有的庄稼人都惊觉起来，想起昨晚电视里天气预报说今天有雷阵雨，就默默地祈祷上苍，千万千万不要打扰，庄稼人好不容易等来了一个收获季节。

原载《山西文学》1996年第10期

权文学文集

短篇小说卷·下

权文学 ◎ 著

山西出版传媒集团　北岳文艺出版社

图书在版编目（CIP）数据

权文学文集.短篇小说卷.下/权文学著.—太原：北岳文艺出版社，2021.3

ISBN 978-7-5378-6375-9

Ⅰ.①权… Ⅱ.①权… Ⅲ.①短篇小说—小说集—中国—当代 Ⅳ.①I217.2

中国版本图书馆CIP数据核字（2021）第042598号

权文学文集：短篇小说卷·下
权文学 / 著

//

责任编辑
贾江涛

书籍设计
张永文

印装监制
郭勇

出版发行：山西出版传媒集团·北岳文艺出版社
地　址：山西省太原市并州南路57号　邮编：030012
电　话：0351-5628696（发行部）　0351-5628688（总编室）
传　真：0351-5628680
经销商：新华书店
印刷装订：山西人民印刷有限责任公司
开　本：890mm×1240mm　1/32
总字数：710千字
总印张：29.375
版　次：2021年3月第1版
印　次：2021年3月山西第1次印刷
书　号：ISBN 978-7-5378-6375-9
总定价：138.00元（全四册）

本书版权为本社独家所有，未经本社同意不得转载、摘编或复制

月亮在山顶丢失

天是全黑下来了。

月亮宛若银盘,悬挂在沟口对面的塬顶上,辉映着鹞子塬的苍茫与巍峨。

喧闹一天的沟口归于宁静。

那把葫芦做的胡胡又响了,吱吱咕咕拉哭调。秋叶飘落时蝉是这样哀戚,锁在雾间的秋水是这般呜咽,狼崽丢失后母狼也如这般嚎叫。

是王四牛在拉胡胡。坐在铺子门前的泥墩上,眉头拧得紧,一边拉一边望着那一轮清月。

三天前,他心中的月亮在塬顶上丢失了。

隔壁。车马店刘掌柜,弓着身子坐在板凳上叼一杆玉嘴烟袋,蔫头耷脑地听那丝丝缕缕的幽怨声。他黄眼珠暴起:"不成世道了!师傅度徒弟,徒弟反倒把师娘的肚子度大咧。还连锅拔走!"

"唉!撇下了四牛,看悧惶不悧惶,听那胡胡拉得,把人的肠子都锯成碎片。"女人趴在炕上铺被子。

吱吱咕咕。王四牛痛苦地把身躯左右摇撼,大山要倒似的,手指抖抖地在弦上揉,将一颗破碎的心全揉进去——连同过去的岁月。

那一年雨水稠，茁壮了一坡坡青绿。牛们踩进去，淹住半个身子。拦牛的女娃采一朵鹅黄的小野花插在头上，很柔地唱：

　　山峁峁上的蚂蚱喝不上水
　　小哥哥还没亲过妹妹的嘴

王四牛像从地下冒出，眯着眼盯住女娃笑出一脸邪样："月娥！嘻嘻……"恶狼般扑去。

名叫月娥的女娃一脸红云过耳："我拿镰戳你呀！"但身子就稀软了。

他把她压在草窝里。

其时，四周的山峦正安详地涂抹了落日的璀璨。鸟们很鼓舞地贴住草梢飞翔，草梢边沿绿绿的草们颤颤抖抖，继而大摇，醉了似的。

后来，月娥就是四牛的人了。

新婚夜里，如梦的红蜡烛亮到更深人静，四牛和月娥把草窝的事重复一遍后就静静地躺在被窝里，伸臂搭腿咀嚼余韵，四只眼睛死死咬在一处。

"想啥哩？"她问。

"我在想你那次咋就不拿镰戳我？"

"因为"，她明静静地望住他，"因为你仁义。"

"我？"

"那一次你卖桃。"她弯眉一笑，提醒他。

两人就同时记起一幕情景。——五月的太阳已经很毒，月娥赶一群牛去后山，走出村口时，一担刚下树的鲜桃馋人地搁在路边，白头发老婆子正和卖桃的后生杀价儿。后生穿一件红布兜肚，裸露着臂膀，打一双脏污的赤脚。两人抬杠似的讨价还价：

"两毛！"

"一毛！"

"两毛！"

"一毛！"

"一毛九！"后生做出不惜血本的样子，同时声明无论如何不再让了。老婆子咬咬牙递过一毛一，表示也不再多掏一分。卖呀不？不卖我可走呀。一边就扭转了身子。后生剜肉似的说，好，卖给你。

"可别在秤上坑我。"老人很庄严。

"少一两踏我秤杆！"后生硬着脸。

站在远处的月娥看见秤杆高高地翘起。白头发老婆子欢欢喜喜地把一张皱巴巴的票子、一枚硬币递过去，兜了桃子，步履蹒跚地刚走出几步就被后生喊住了。他说钱不对。老人急了，说她幸亏还没走远，怎么不对？你再点点。他说点过了，是不对。后生板着脸。白头发老婆当下脸发白有了愠色："难道我吃不起桃子吗？月娥！你是知道的，一辈子我亏过准？我明明给了他一张毛票、一个分分洋呀！"瘪扁的双唇愤怒地嚅一下嚅一下。后生笑笑说，我的老憨憨！你怎么把五毛当一毛给人呢？白头发老婆一时很惊骇，用别样的眼神呆望后生，万千感慨地先抱怨自己是一字不识的睁眼瞎，接着问后生是哪个村的，并说天底下还是好人多。后生被赞美得怪不好意思，摇了摇头。他发现站在一边的月娥用一双沉静的眼睛正在研究他，当他要望她时，月娥把头上的草帽往下压压，半遮了脸颊，云似的飘走了。

……

被窝里依旧是缠缠绵绵四目勾连。

"那一次我正要看你,你怎么就跑?"

月娥很绵软地说不知道,同时就切近依偎过去,像一只温顺的猫……

吱吱咕咕的胡胡声搅得人心烦,老女人睡下又坐起,骂开:

"那个挨砍刀的徒弟哟!"

"哼!"刘老板依然深深地把头埋在自己制造的烟雾里,"也怪他那骚婆娘欠捶。"

老板女人就想起了什么,眼睛豁然放出亮色,随即将身子往前挪挪,扯了脖颈,那一脸诡秘而好奇的神色,说明事情是极不寻常的。她敛声抑气:"嗨,今儿个我才听说。他家门风不对呀!有人说四牛妈当初也是私奔,跟了一个石匠?"

"石匠。"刘老板眼皮也懒得抬。这事他知道,包括一些细节,他说石匠是陕北人。石匠问四牛妈,看你瘦的!四牛妈说原本并不瘦,嫁过来就一年比一年瘦了。石匠说成天清汤寡水涮肠子,能不瘦?四牛妈鼻子一酸抛挤出一串泪珠儿。

"后来就私奔了?"

"私奔了。石匠说保她吃喝不受制。"

老板女人抱怨四牛爹是木头,事前就没察觉到一点蛛丝马迹?刘老板说,没。石匠和平常一样,一口唾沫吐在手掌心,低下头抡起锤子专心凿一扇石头磨,目不斜视;四牛妈出来进去也垂了眼帘,形同路人,只是一双一双赶着做鞋。后来她就跟石匠走了。留下四双新鞋,男人两双,儿子两双。四牛爹寻思不开,朝崖下一栽,往另一条道走了。那时候四牛才十一。

屋里一时很静。

场院外的胡胡声依然在呜咽着。

老板女人长长叹息一声。她实在理不清人世间的玄奥。四牛娘私奔了。如今，四牛媳妇也私奔了。四牛娘倒也罢了，嫌穷。四牛媳妇就没有道理这么做，一不缺吃，二不缺穿，三不缺钱。还缺什么呢？

"缺揍！"刘老板暴起了眼珠，很激愤地把烟锅在地上磕，溅射出一片火星。

四牛依旧望着那轮清月。手里的胡胡依旧在叙说着。月亮一点一点往西移。四牛知道，月亮移到天的尽头，就落下去了。落下去的月亮还会重新出来。而他那去了的美好日子却再也不会回来了。四牛哭了，一串泪珠砸下来，砸在弓杆上，鲜亮了斑竹弓杠上的纹痕。"悔不该到这沟口来！"他想。

原本是条极荒凉的沟，是狼狐和野猪出没的世界。自炼铁专业户们涌进沟里后，就有了烟云的缭绕和铁水的火红；有了车辚辚马萧萧；也有了沟口一带的繁华：饭铺、茶馆、火烧铺、修理铺、车马店……

深居在塬顶上，毕竟是很冷清的，四牛体贴月娥，说："咱逛走？""逛走！"踩着弯弯的山道，来到沟口，饱览了繁华与喧嚣。临了是到饭铺吃一碗羊肉泡馍，大饱了口福。开钱时，他和月娥四只眼瞪圆了两双：好家伙！一碗就要一块钱，原来才两毛钱呀！两人摸遍全身，只摸出一块九毛六。再也摸不出一分钱。两人一时很窘迫，像当场被扭住的两个贼那样地脸红一阵白一阵。

回来的路上，两人不发一语，折磨在痛苦的缺憾里。

晚来，四牛在炕上翻一夜"烧饼"。天没亮，揣了两个冷馍，独自下塬到了沟口。连住三天，在黑脸师傅的修理铺一折三叠蹲了个胸有成竹。

后来,他卖掉半袋黑豆,贷了一笔款子。

再后来,在沟口紧挨车马店盖起他自己的泥抹小屋。门面墙壁赫然写着:充气补胎修千斤顶。鞭炮炸响,就开张了。刘老板笑出满嘴黄牙抱拳恭贺,老板女人也过来亲热地牵起月娥的手摇阿摇。

财神爷赏脸。开张头一天就赚了四十八块五。

"我的天神!"月娥这么感叹。她把四十八块五用牛皮纸包好,压在枕下。半夜里她摸摸,他也摸摸。都睡不着,陶醉在半生缺憾终于得到补偿的愉悦里。

"睡不着?"她推他。

"你呢?"他问。

"睡不着。"她说。

"你想啥?"他问。

"我想一天四十八,十天四百八,一百天四千八,不到一年咱就是万元户了。我想过两天进城去给你扯一身好衣裳穿。"

"不要。我不要。钱,攒着。要扯给你扯好了。"

熄了的灯复又拉亮。被窝里月娥情浓地望住他,他也望住她。她发现他神游在另外一个世界里,又问,想啥?他笑笑先不说,但脸上已豪气顿生,表明他有一番更大的作为已经运筹好,所以并不忙迫,慢慢坐起来。虽然很激动,但还是用商量的语气说出他的生财计划。月娥一听急了,要不是想到全身的裸露,差点就要跳起来。她很坚决地说:我不! 我就不! 四牛用十二分的耐心诱导。他说他发现了一个做生意的玄妙之处:借用女人的力量。沟口有几家买卖之所以红火兴隆,关键就是在铺面摆一个中看的女人。这是极有见地的主张,女人的作用是很厉害的。活招牌呀!妖娆地那么一笑就会将顾客连人带魂全勾了去。钱也掏得慷慨。月娥固执得要死，她说那算什么呢？描眉画眼妖精似的摆在那里展览？她才不干呢！四牛并不灰心，举他曾经偷艺的铺子作例。黑脸师傅不就是让他的女儿打扮打扮在铺子前头招徕生意吗？看人家生意红火的。黑脸师傅的女儿固然很年轻，脸蛋却不赢人，腰也粗。比起你来她差得远。你如果往铺子前面一站，情形就会大不一样。每日下来就不止是四十八元进项。啥妖精呵展览呵！别说得那么难听，用文明话讲，这是为了竞争，为了把生意搞活就算是展览，不就是看看？看就让看吧，又少不了一块肉！

月娥被说得心动了，忸怩了半日，很作难地说试试，但她不描眉画眼。四牛说能行。他心中有数，知道自己女人无须粉黛定能夺人。但总得干干净净吧？他说。月娥默笑一下。

第二天，月娥刻意梳洗一番，换上洁净衣裳，果然现出天生丽质。

她的任务是在铺前喊生意。初始时月娥娇羞地张不开口，几番鼓励自己才勇武起来："嗨！那一块人！修车吗？你来，来……"忽然极羞地斜扭了身子，脸也随即深深埋进两个掌心里。

四牛说不行，你嗨什么呢，喊石头还得啪啪呢！得叫师傅，或者同志，声音要甜，脸也须是笑笑的……他这么教她。月娥照着做。渐渐有了长进。生意果然红火，要修的车辆在铺门外总是排成长长一行，"解放""东风""小四轮""东方红""嘎斯"，以及胶皮轮马车……司机们生着法和月娥搭讪。皮毛不正的角儿敢不怀好意地冲她歪嘴一笑，摇筛着一条腿，两只眼睛射出淫邪在她那脸上胸上乱扫。月娥很窝火，她对四牛说她讨厌这些人。四牛说不要紧，这帮人就那样。

四牛当然不在乎，因为经济效益是极佳的，每日的收入相当可观。惹得同行忌妒。黑脸师傅双手叉住腰找上门来，翻了半天眼珠子,抱怨四牛抢了他的生意。刘老板过来主持公道,说黑脸师傅没道理,硬劝走了。

四牛得意之余陡生出一种雅兴,动手做了一把土造二胡,没事时就坐在后屋的床铺上吱吱咕咕自我陶醉,边拉边唱戏文:"你走后奴家在门外望,突然来了少年郎,躲在咱家把门关上……"正唱得入味,突然听见月娥在外面一声尖叫。四牛一慌,急忙跑了出去。

事情是这样的,都怪那个满脸胡子的司机,贼胆,竟敢趁月娥给他开发票时,一只手就悄悄向桌下伸去,捏住月娥大腿。

月娥就失声地大叫,脸一拉站起来,很凛然地喝道:"你看错人了!"

"小气鬼!摸摸都不行?"满脸胡子嬉皮笑脸很狼狈。

"你妈你妹子大方,回家摸你妈你妹子去!"月娥动了声威。

满脸胡气哼哼摔门走了。

四牛心里很不美气,脸沉下来,拾起一把钳子愤愤地扔向一个角落。他觉得月娥的做法太过分,怎么能这样对待顾客?这使月娥错愕不已,呆了双目望他。自己的媳妇受人欺辱,反派了自己媳妇的不是?她委屈得想哭。而四牛的理由是,顾客是上帝,你把上帝得罪了,司机们都不上门来咱赚谁的钱?月娥气极,一时不知说什么好,扭身向后屋扑去,后屋里唏唏嘘嘘传来了哭声……

"听那胡胡,我担心四牛会想不开呢!"老板女人躺在炕上说。

"不会吧?"刘老板歪转了脸思索,似乎自己也没把握。

屋外牲口在槽头喷着响鼻,驴在咴咴地叫。刘老板点马灯,准备给牲口上夜草。

"哎!"老板女人叹一声,"四牛这事一半也怨你,那个挨砍刀的徒弟不是你介绍给四牛的吗？"

"这不是冤枉人吗？我怎么知道他是这么一种人。再说我又不认识他。"刘老板嘟嘟囔囔提上马灯出去了。

渐渐地一片薄云将月亮遮住，夜暗下来。远处，沟两边岩崖的高处被铁水辉映得火一样红。铺子旁边的葵花林被风弄起一阵响。悬挂在车马店门前充满暖意的红布灯笼仿佛被惊掠了梦境，含含糊糊晃了晃，偶尔传来咴咴的驴叫声，一辆满满当当的胶皮车驶进车马店。片刻之后，墙那边传来刘老板响响的说话声：我的儿！装这么多？不怕驴努死？粉厂这一扩建，山药蛋的行市还要看涨。日你老姑，今年你娃娃算是又逮住咧……

骤然，四牛像被什么烫了一下，弓弦停了一刻，复又呜呜起来，是极怒的声音。他腮帮上的咬肌一抖一抖很痛楚。

……去年，也如这样的深秋月夜，一辆满载着山样高的皮轮车驶在距四牛修理铺不远处，爆响一只轮胎，让他补。他说，装这么多？疙疙瘩瘩啥家伙？只是随便问问。当时要不问就好了，正是因了这样一问，才有了现在不尽的悲哀。也怪赶车人爱啰唆。问装啥就说只装啥好了，大可不该扯南山盖北海，絮絮烦烦扯那样的一长串。赶车人说装的全是山药蛋。要送到山那边去。山那边新建了一座粉厂，很大。机器全是进口货，海开口子收山药蛋，价钱不低，估计二亩山药出产三千元不止……

四牛听了后，眼球转了半日，笑口一咧，告月娥说"财神爷又敲咱的门了"。月娥懵懂。四牛说："咱也种山药蛋。"月娥以为他要放弃修理铺的营生，重新回到塬上去。这岂不是抓芝麻丢西瓜吗？四牛说，都抓。只有傻瓜才只抓芝麻不抓西瓜！可是只抓西瓜不抓芝麻也未必聪明。咱们呢，既要抓西瓜也要抓芝麻，何况也不是芝麻，二亩山药收入三千块呢！咱们种三亩！四亩！六亩！算计算计，一年下来光田土就能收……

"别贪！"月娥不以为然地偏转脸，兜头泼来一盆冷水："哪儿来那么多地？再说弄得过来吗？人手呢？还……"突然打住。她看见四牛微微地垂下眼帘，且翘起嘴角。那一脸充满从容与机智的神色说明他已成竹在胸。四牛这样安排：一、雇一个人。二、四亩六分地要多一半种口粮，只能抽出一亩地种山药，太少。需烧一片荒，扩大种山药的面积。三、月娥再回到塬上去。

塬上的一摊总得有人招呼，要做饭，要监工。这样也好，双管齐下，两头捞。要想发得快，庄稼带买卖。这可是古人说的。

月娥的眼睛忽忽闪闪不再说什么了。还说什么呢？自己男人还是挺精明挺有本事的。问题是结婚到现在，她和四牛还从没分开过。一个人到塬上岂不太冷清？想到这便有一缕惆怅在心里掠过……不过四牛的话是有道理的，雇人到塬上做活计总得要有人招呼。冷清就冷清吧，也强如在这里一天到晚向那帮鬼司机们挤笑脸。

月娥这么想，想通了。

"四牛！"几天以后刘掌柜跑过来说，"你不是要雇个人吗？店里来了个揽工的，我看挺合适，你见见。"

四牛过去，见揽工的人正撩水洗光膀子，溅起许多水花，腰圆背阔，胳膊也粗，山岳一般隆起一排排腱子肉，有使不完的力气在里头，抡镢开荒当不在话下，是个干活的料，而且这人面相慈眉善眼，人一定实诚。

揽工人说他是陕北人，家里只有他和老母亲，碹了三眼新窑，花光了积蓄。家具还没有打，想买台电视什么的，总之是想武装武装新窑，就出来赚点钱。听说这沟里雇人剜铁，工钱开得重，是不是?

　　四牛在揽工人的肩上拍了拍:"伙计,给我干吧,工钱不比剜铁少,活儿也比剜铁轻省。"他说活儿也不难做,主要是种山药。从现在到明春四月是烧荒剜地,四月二十下种,小苗长起来,锄一遍,锄二遍,忙到七月山药花就开了。这时的活路是给苗培土。培完土人就可以从塬上走下来了。等到寒露节令一到,再上塬去收获一番。这期间足有三个月时间,人可以在铺子里当下手,顺带学点手艺,如何?

　　揽工人咬了下唇想想,答应了。很痛快。

　　"唉!都怪四牛钱眼太重,想出一个雇人种山药的馊主意。"老板女人这么说。她已睡下了。

　　"主意是不错,只是不该叫月娥上塬去。"刘老板啪地拉熄灯。

　　塬上的月亮一点一点往下沉。风在葵花林里睡着了。远处,直直的两道白光射透夜幕,一辆拖拉机震撼着夜的空旷轰轰隆隆从四牛铺子前驶过去。马槽上露出半截女人的倩影,长发飘飘如云,鼓满风的红色褂子猎猎有声,箭一般远去,消逝在暗夜里,四牛慢运弓弦,目光渐渐失去焦点。

　　骤然一声清脆:"嗨!"四牛吓一大跳,手里一条正补着的破轮胎差点没有跌落在地。悄没声出现在门口的月娥忍俊不禁咯咯大笑。

　　四牛抬起头,一种别后的热辣辣的亲情差不多使他笑脸漾开时,却突然凝结住并用大为意外的神色取代:"你,你怎么就回来了?"额上的眉头也正要拧成一个疙瘩时,月娥一双情眼逼他,欲嗔还笑地说:"嫌我回来呀?没良心的。"四牛也觉出自己不近情理,就忙制造出一些笑意铺在脸上,眉心那个差不多要拧起来的疙瘩也急速地平复到原位:"嘿嘿!我是说正是锄苗的时候,活正忙。"

"庄稼活啥时是个闲?你是要把我绑到塬上吗?差不多快五十多天了!"月娥抿尖了双唇,那样地睃他一眼,脸颊绯红了。这样的万种风情竟然被四牛忽略,他只顾勾下头补胎,心里也只记挂山药苗长势如何?墒情可好?叶子是否肥阔?那个揽工人懒不懒?月娥说不懒。还挺洋相的,他说女掌柜该下塬去看大掌柜了!日子可长了!把人弄得怪不好意思。我说变着法把我遣走是想耍奸偷懒吗?他说放心。不信给你讲一个故事听,他说书上说从前有一个姓王的人,大雪天睡在朋友的茶园里,半夜里听见窗外头有人说话:一个说雪大天冷,咱找个地方避避吧。一个说墙塌了一个豁,贼溜进来怎么办?咱吃人家饭不能不好好给人家干事呀!第二天早起,姓王的推开屋门一看,竟是两个狗老老实实卧在雪地里……月娥说到这里自己先咯咯笑。她显得很快乐。出出进进,两只眼睛极灵动地看遍角角落落,杂乱的修理铺处处都能使她生出无限的温柔与情愫。她再次将目光落在四牛脸上时,发现他面颊有些塌陷,脸色也乌暗了些许。

"你瘦了!"她关切地说。

"熬的。"四牛说,并抬了下巴朝门外示意。

月娥就怀疑自己竟然没有发觉铺门外增设了一个新摆设——状如古庙前的一根旗杆。一根白木长杆顶天立地,上悬一块长方形的玻璃幌子,使朱漆写上"昼夜营业"四个字。

"怎么,晚上也不关铺吗?"月娥直纳闷。

四牛将烧灼的烙铁烫在轮胎上,立刻弥漫出焦煳的橡皮味。

提起这事他就满肚子不愉悦,他说黑脸师傅抢生意,不知使了什么手段,把顾客拉过去了,这边的生意每况愈下。活人不能叫尿憋死吧?我就想出这昼夜营业的主意,白天丢了的晚上补。司机们都满意,都说这样好,节约了他们许多时间,愿意花高价儿,这么着全天下来和以往收入相比大抵能持平。只是人要多受些苦,生意上门要随到随接,叼空囫囵着身子躺一会儿。四牛说衣服是不脱的。麻烦,也误事。苦就苦吧,钱难赚屎难吃,世上的钱原本就不好挣。问题是黑脸师傅可恶,步人后尘,效法别人的作为,也挂起了"昼夜营业"的玻璃牌子,你说气人不气人?四牛愤慨地表示,说不定有一天他会大失常态,一砖头把他那玻璃牌子砸个稀巴烂。月娥倒抽一口凉气,大骇了,劝道:万万不可!会闹出乱子的,也惹人耻笑,都是生意场的人,不要卖石灰见不得卖白面的。你原来是仁仁义义的一个人。再说,何苦?犯不着白天黑夜这么拼,世上的钱你挣得完?挣多少才是够?差不多就行了,身子要紧。

积蓄在四牛胸腔里的愤怒,被月娥一番温柔消弭了。难得他还会想到关心人:"你洗脸,壶里有热水。"

月娥把家里的东西洗了个天翻地覆,床单、被罩、衣裤鞋袜。还把院子的里里外外全泼了水,犹如大雨刚过,满世界弥漫湿漉漉的泥土味和肥皂的芬芳。月娥把胳膊都洗红了,双手的皮肤也泡胖了。这时天色已渐渐昏暗了,吃过晚饭,月娥觉得有点腰酸膀困,看了一会儿电视就睡了。睡前照了照镜子,极鲜活的一张脸,红扑扑分明就是塬上的风儿染就。

她当然睡不着。在期待那古老而常新的事情。她很柔情地对四牛说:"睡吧,快十二点了,今儿别熬了。"四牛说不急,你先睡,今晚一桩生意都还不曾做。我看见黑脸站在门外头等生意,这老狗暗暗和我较劲呢,我也得出去等。他拉熄了灯,出去了。月娥一觉醒来，发现四牛囫囵着身子蜷缩在床的一角，她轻轻推醒他："脱了睡，嗯？"她那样柔情似水。四牛却全然不察："我不信今晚能空了？不能一个子都不挣吧？""你就差那几个钱？"月娥心里已经不悦。四牛兴致很浓地抑了声告月娥："不瞒你，今晚只需赚三十块我就又是一个整数了。"月娥只想蹬他一脚。

四牛又站在铺门外了。夜行的车来来去去 没有一个抛锚的。远远看见黑脸师傅把一泡尿浇在墙上就回铺子去了，再没见出来。四牛觉得有点困，只是仍不甘心，依旧和衣蜷缩到床的一角，等待会出现一个奇迹。不知什么时候就睡着了。恍惚间屁股上挨了一脚，他涩涩地睁开眼，窗上竟是一片晨光明亮晃眼。

"我真不该回来！"月娥沉着脸。

"我又没叫你！"四牛气也不打一处来。

"你？好，我走！"

四牛也不说你别走。月娥就走了。

睡在被窝里的刘掌柜和他的女人，差不多要迷糊过去了。但时时被那哀戚的胡胡声所困扰。眼睛合住了又睁开。星光冷冷地在窗玻璃上闪。

吱吱咕咕，四牛越拉越伤心，头在胸前荡成一塌糊涂，往事真不堪回首。

那天，月娥又回来了，正是山药花满山遍野的时候。上次的不愉快已烟消云散，现在见了面两人眼睛同时发亮。月娥说，呀，你吃胖了！四牛就很得意，说，不熬了！还说黑脸也不熬了。熬倒了，差点报销了。出院后就不熬夜了。他还说往医院抬黑脸那一天他乐得喝了四两酒，月娥陌生地看着他，那一瞬间觉得心里有浊物泛起:"你……"后面的话没说。回来的路上她想:别和上回一样,要喜喜欢欢住几天。她努力笑着揶揄:"不熬夜不怕少挣钱吗?"

"嘿嘿,挣得更多。"

"你咋挣?"

"嘿,办法多着呢!"

就在月娥费猜想时,四牛取出一件包装讲究的新褂子,说是托人从上海捎的。月娥喜欢得不得了,急着试试。她说:"美美的,挺合适,颜色也不赖。没给你买一件?""没。"月娥很泄气,塌了双肩。抱怨道:"该咋说你,不该花的你不花,该花的你也不花?你赚钱做啥?""攒。""攒一座金山,像你这么活着有啥意思?"四牛颇有深意地笑笑,不说,也不想说。她哪知道人活一世还有什么比攒钱更有意趣的。攒钱实在是一种享受,这个中滋味只有他四牛能细细品咂出来。

门外有人喊:"王师傅在吗?"

"谁呀?"四牛走出来,"是贺师呀!"

贺师是司机,开一辆"东风"带斗卡车。月娥不认识,没出去,把脱下的新衣放在床铺上叠,一面听见四牛压低了声音在外询问:"啥事?""再给开一个条子。""怎么开,开多少?""随便开个什么,别超过二百元。""先说好,这次咱可是二一添作五,你一百我一百。""行行。"

月娥愣愣地站着,心一点一点往下沉。贺师前脚走,月娥后脚从里间出来,很沉稳地迈着步子,来到四牛跟前,平静地望着他。四牛似乎猜出她要问什么,做出满不在乎样子。"你就是这么挣钱?"她问。"咱们开条,他拿去报销,给咱分点。""你不觉得这钱来得太容易?"

"怕啥?"四牛脸不红心不跳,怪勇武的。

月娥惊惧得眼睛异常明亮，紧紧地望着丈夫这张脸。似乎要仔细研究，又似乎寻找什么，终于觉得有些陌生起来。

"这种钱花着不光彩吧？"她说。声调虽和软却明显地带着尖刻。她故意要刺刺他。

四牛像着了一鞭，面子有点挂不住，脸一沉，充满敌意又略带冰冷地朝她一瞥："不光彩是我不光彩，你怕啥？"

"可你是我男人！"月娥差不多被激怒了。她勇敢地盯住他。四牛脸一恶，瞪住她，愤怒差不多就要冒出来的时候。他将目光避闪开了，稳定一下情绪，换成和好的语气："今儿个我不想吵架。"月娥见四牛主动撤退，自己也就把两只眼睛从四牛的脸上一点一点移开，意冷心灰地叹息道："我也懒得和你吵。"

四牛之所以主动和解，和月娥一样。他和她都不希望各自心中的那种亢奋而热切的情绪遭到破坏。上次的不愉快不能再重演。新婚不如久别，这别后的重逢无论如何应该是热热火火，恩恩爱爱。而现在一场战事虽然已经避免，但四牛发现月娥的情绪并没有转过来，于是就做出一副知错的样子，挠挠头，咧开嘴笑着讨好："嘿嘿嘿！以后不啦还不行？"月娥明知他是敷衍她，也不想再说什么，嘴角一歪，本要表示出笑意的，却笑不起来。

整整一个下午，月娥的心境就像散乱的沙粒，无论如何收拢不到一起，回来时的那种亢奋与热切消失得没了影踪。她几次努力想把那亢奋与热切重新营造起来，终不能够。就像受到重创的车辆，无论如何发动不起来了。

天黑不久，月娥就睡了。四牛也早早地回到屋里，见星光在后窗将屋子照得恬淡，炕上白白的有一团绵软，实在皎洁得很。他心中顿然一热，全身似有火焰燃烧，极迅速地脱了鞋袜、袄裤。月娥就紧闭了双目承受负担……"完了吗？"她问。四牛就觉得没有意思，翻身往下一砸，极响地打起了鼾。

第二天，月娥赖在炕上，迟迟才起来，起来了又百无聊赖，很疲累，眼前的一切都变得索然无味。整个修理铺都失去往日的色彩，变得这样灰暗脏污，远远不及塬上。塬上空明多了，天是那么高蓝，出口气都舒畅；草青青的，一坡连一坡，还有五颜六色的花，也鲜活得叫人爱……

她决意再回到塬上去。去了就再没回来。

该回来了呀，说好了的，苗子培上土以后，月娥和揽工人都到铺子来的。四牛觉得蹊跷，亲自到了塬上。塬上的田里空空的，屋子也空空的，找不见月娥，也不见那个揽工的。只有四双新鞋整整齐齐摆在炕上。四牛就知道发生了什么事，当下腿一软。

那如泣如诉也似愤怒的胡胡声突然中断了，世界犹如跌进一片无边的空洞。刘老板和他的女人像突然没了依托而完全醒了过来。担心四牛会想不开，匆忙提上马灯过来了。

王四牛一肚的委屈与愤懑拌着眼泪同时发泄出来。他声泪俱下地喊：

"不知足哪！她太不知足呀！她还要什么！她还要什么呢？"

刘老板和他的女人长叹一声，没说话。

那一轮满是清辉的月亮依旧在天上移，静静地辉映着四周的山峦。山峦也静静的。

原载《人民文学》1991年第3期

冻土地

高天智来公司头一天,照例先见王局长,王局长暗自嗟叹:咋这模样?年纪轻轻大烟鬼似的,焦枯的一副长脸,伛偻着腰,嘴阔大,傻傻一笑,满嘴马牙。下唇尤其肥厚,而且外翻,活脱脱翻出一副呆相,眼珠倒是乌亮的,间或一轮,又绝无半点灵气。说话喃喃呐呐,姑娘似的羞怯,一面搔自己葫芦样的头,涨一脸绯红,猥琐卑贱得可怜,留给王局长一个老诚、笃厚,也绝没本事的印象。

王局长便说,到后头看库吧。

王局长承认自己以貌取人。

事实证明王局长眼力不错。让高天智看库是人尽其才。除了看库,他能做什么呢?坐办公室须会摇笔杆,他不行,试过。出墙报派他一篇稿子,他唯恐躲闪不及直往后缩,他说贴墙报时我刷糨糊扛梯子。硬逼他写了一篇,小梅抢过去要欣赏。小梅牙白白地正嚼一枚果子,忽然眼珠乱滑,噗,喷一地果渣。错别字还在其次,简直狗屁不通。也不能派他站门市。售货员须思维敏捷,口齿伶俐。还有,可人的外观。高天智脑瓜钝得很。问他话,眼神呆呆瞪你半日才有反应,说话大阴谋家似的几番踌躇不能痛快。至于尊容就更不能取悦顾客。那么就到仓库去吧。

公司仓库远在县城郊外公路一个幽僻的山凹处,利用山崖的自然屏障，拓开一个院落。三间仓库堆放大小百货，四面不着邻，落寞荒凉得很。公司人称这里是和尚庙。派保管是个头痛事，谁都不愿来。当然不来也得来，王局长脸板成死水样子问，还想不想革命？不革命就意味砸饭碗，奈何？滋味有如发配边关。

也有人自愿当"和尚"。比如赵梦彪，不能言传的原因是官场失宠。王局长不给他科长当，他看破了红尘，心灰意冷到这僻远的一隅眼不见心不乱。这是极个别现象。多数是"工作需要"派来的。派来的人很少能"干一行爱一行"，总是牢骚满腹，只当"和尚"不撞钟。售货员远远跑来要进货，赵梦彪硬是不开大门。任凭你嗓门喊哑。把王局长叫来能怎样？我没听见。王局长眼一翻也没办法。

有一个保管员有贼胆。那是一个太阳当空的时刻，小梅姑娘要进一车小百货。保管员哗啦地从腰里掏一串钥匙说，来。小梅姑娘尾随保管在堆满货物库房的巷道穿行，巷很窄巴，光线也极暗，七拐八拐，拐进幽深的去处。不大会儿听见小梅尖叫着跑出来，失魂落魄，泪涟涟找到王局长。王局长问到底怎么了，小梅哭得更响：他摸我！作风向来严厉的王局长很愤懑：我开除这狗日的！又想，不过是摸摸。何况开除他又派谁当保管。

王局长举棋不定时，高天智分配到公司来了。

王局长认定像高天智这样老实巴交的人，工作上必定是一头"老黄牛"无疑，甭担心会炝蹶子。女售货员到仓库进货，也不会发生类似小梅那样的事端。高天智见男人都脸红，见女人更是镴制枪头，目光一触就软。这种人一般都不拈花惹草。再说高天智也没资本，哪个女人能看上他？丑样儿吧。

后来，当高天智的桃色新闻传来时，公司所有的人脸都一呆，半日转不过筋儿。

"高天智犯作风错误啦，他在乡下搞女人！"

"他?"所有人都被震惊,一个个始料不及地瞪圆了眼睛:"他吗?嗨呀!你是说高天智?高天智会弄这事?这不可能!不可能吧?"

没有人相信高天智会搞女人。

高天智身上散发着很浓的村气。宿舍的单人床上铺家织土布床单,白底,很宽的红道子。他的裤褂也多是土布制作,来公司时就穿一身土布单衣,白底红道道。只是那红道不像床单上那样宽,是细细的一条一条,间隔有一指宽。款式却是西式样子,西式裤,西式衬衣,尖领,很硬挺,显然浆过。脚上是圆口布鞋,白底黑帮。全部出自他媳妇的手艺。

高天智住在仓库院的一间小屋,小屋距大门不远,孤屋。高天智来之前归赵梦彪住,现在赵梦彪住后院三号库旁的那间屋子。前边这间小屋兼传达、保卫作用,每日关闭大门是麻烦事。赵梦彪当仁不让地将小屋让给高天智。赵梦彪五短身材,人很孤傲,手里常捏一本言情小说。

这是一间半新不旧的小屋。屋内原本雪白的粉墙被冬日的炉火烟熏火燎地罩上一层乌暗,纸糊的顶棚洇出不少经年的如云图案,让人想到尿布片子。室内放置一桌一床两椅,冬月里才增添一个铁制火炉子,仅此而已。简单却不明了,乱糟糟一派狼狈落魄景象。床没裹添,白木赤裸,很旧了,人压上去便吱吱扭扭地呻吟。高天智崭新的一床铺盖全没鲜亮几日。绣着红花绿叶的白丝布枕头脏成一塌糊涂,实在已分辨不出颜色。那条白底红道土布床单灰眉颡眼皱皱巴巴旧抹布般从床上垂吊下来。床下藏污纳垢,旧鞋、臭袜、团成一包,满是尿碱圈圈的蓝帆布雨衣、混合着汗腥与臊味的秋裤秋袄、裤衩、背心、永远洗不净绣着回形文图案的鞋垫,还有米面口袋、山药蛋、南瓜、葱、蒜、酱油瓶……包罗万象五味俱全。

高天智和赵梦彪都不在公司灶上搭伙，他们嫌远，花钱也多。他们开小灶。夏天伙用一个炉子，自然是烧公家炭。每次做饭高天智都会和赵梦彪谦让一番：老赵，你先做。但生火掏灰是高天智的事。赵梦彪吃饭很讲究，一卫生，二细做。高天智就不同，填饱肚就行。有时一日两餐吃煮白豆，端着个小铝锅，用很旧的铝制羹匙剜着吃，一大口一大口，吸吸溜溜，很香。冬天常买些猪或羊的头蹄下水回来，自己动手洗，褪毛、火筷烧红了烙，嗞嗞地响，冒着青烟，满屋燎毛味。猪毛很难褪净，他就连毛吃。赵梦彪看了龇牙，心里惊叹：这人粗糙得实在可以。

　　但工作上，赵梦彪对高天智就无可挑剔。高分管的一号库，货物堆置得很有章法，且一尘不染。高天智很勤谨，每日清晨总是起得很早。起来就打扫场院，顶着黎明的曙色，操起长把竹枝扫帚，哗——哗——很仔细地扫。先洒水，扯起皮管子满院"人工降雨"，半个早晨就过去了。冬扫到春，春扫到夏，夏扫到秋，秋扫到冬。赵梦彪则总是赖在被窝里，日头晒着屁股，才懒洋洋端着尿盆走出屋门，那时候院里已是湿漉漉一片光洁的清丽。

　　自高天智调来后，仓库大院面貌大为改观。过去这里像个坟场，脏、乱、凹凸不平。一地荒草、炉灰、纸烟盒、鸡蛋壳子，荒草里藏着蝈蝈、蟋蟀、癞蛤蟆，也常有一群黑乌鸦飞起落下。高天智花了一个礼拜清理污秽。裤挽过膝，光膀子拉平车，运土填坑，除草、倒灰渣，干得大汗淋漓。而赵梦彪只管看言情小说，远远坐在一只交凳上，一条腿压着另一条腿，旁边是一杯刚沏好的茉莉花茶，闲适儒雅俨然君子。君子动口不动手呀！赵梦彪说，天智你索性给院里修几个花池吧。天智，索性你再拉几车砖，给咱铺条路，雨天泥泥地滑人。天智就说能行。有时赵梦彪就不发一语，只埋头看小说。偶或在掀起书页的间隙，抬头端详一眼正在劳作的高天智,他发现高天智的两个腿肚并不精壮。但这不精壮的人偏拣重活做。按公司惯例,货来货走,花钱临时雇人装卸车。高天智见活手就痒痒,车一进院,他自愿当义务装卸工,咧着那嘴,不紧不慢走到车跟前,身子背转,勾头,双臂屈弯上举,说:"来!"装卸工犯犹豫,劝他:"可我们是拿了工钱的呀。"

"来吧!"高天智很执拗。山样重的大包压在了他肩上。那一刻高天智就趔趄一下,急忙咬了牙,跐一下腿,稳住,慢慢启动步子,脖颈上一条条青筋暴起如枯树根,脸也憋成通红,一趟又一趟地装卸着。赵梦彪大掌柜似的指手画脚,口里叼根烟,含混不清地分派高天智放这儿放那儿。

后来,赵梦彪真把高天智当装卸工指使。他说:"天智,有一车棉布等会儿就到,准备卸车。"语气就如主子指使奴才,渐渐地就成习惯。"天智,水开了吗?给咱提来灌暖壶。"天智就说"能行"。"天智,晚上关大门时别等我。"天智也说"行"。同时就想到今天是礼拜六。

赵梦彪每礼拜六都回家。他是本县人,离城三十里,回家目的很明确,赵梦彪的话:传宗。这是众所周知的事,何必隐讳。赵梦彪不难为情。虎狼之年呀!

可是高天智呢?人们忽然像哥伦布发现新大陆,发现高天智似乎从未请过探亲假。

刚调来那年回过一次,那时就腊月二十九了。娘和媳妇要他过了"破五"再走。他惦记仓库,初三就来了,穿得新新的,新棉裤、新棉袄染得很黑,浅浅露一圈白布衬领。打那次回罢足有两年多没再回去。去年过年也没回去。媳妇虽来过一次,只住三天就走了。

这不正常,值得人玩味,才三十刚出头呀,火力正足。年过四十的赵梦彪尚且那样"恋栈",高天智能打熬得住?

热心的好事者猜想：他有毛病！要么他"打野食"。

打野食似乎不可能，不曾发现有蛛丝马迹。他从不串门，也没见闲散女人到他屋里没事转转看看。公司的女人更不可能和他有"事"。他和公司的女人不大接触，说话时也不正视她们，看天、看地，眼光直躲。门市部小梅或其他女子到仓库进货，高天智掏出一串黄钥匙白钥匙，开了库门。他不说来，更不引她们七拐八拐到幽暗的去处。她们一律被拒门外，在外面等着。他不厌其烦一趟趟地把要进的货搬出来，核实数字，帮她们装上平车，帮她们推出大门。仅此而已。一句客套话都没，转身就将大门关上，"咣当"一声嘹亮的钝响。

似乎也没毛病。这一点赵梦彪出来做证。高天智媳妇上次来时，他去听房，光着脚片，贼似的一步步挨延到小屋窗前。赵梦彪说床板咯咯吱吱响得很动人。

人们就弄不清楚了。

高天智似乎忽略了人生最最重要的一件大事？他像和尚守庙一样守着这座仓库。

王局长每年给高天智发一张奖状。高天智把奖状全贴在墙壁上，供别人和自己观览。贴奖状时他总是神圣地挺直腰杆跪在床铺上，头颅歪来歪去左右端详，尔后小心翼翼在奖状四角摁上银亮的图钉。他每每望着这些奖状心里便灿烂地弥漫出不尽的荣誉感。

高天智每个季度都能得到一张奖状。王局长说高天智不当模范谁当？谁不服谁就去仓库试试。单是那份寂寞就受不了。高天智就行。不论赵梦彪在与不在，都一样地能忠于职守。赵梦彪寂寥时看小说，小说里有许多男人女人供他做伴。高天智不看小说，也不看电影，戏也不看，只知道看好仓库里的货不要丢失，不要遭抢，不要被雨淋，不要失火就行。余下时间找点事做做：拧麻绳、晒被窝、捻毛线,清明时节在院里点几颗扁豆种几苗南瓜。到了夏天,葱茏的南瓜扁豆蔓在小屋前织起一面绿色帐子。高天智饶有情趣地坐在绿色帐下,仰着脸抠脚趾头,观赏天上的云彩。渐渐地天色就暗下来,月亮升在当空,满天星斗。高天智努力辨认牛郎织女星。脖颈上什么东西叮得人很痒,他伸手啪地拍死一个蚊子。

他喜欢过夏,冬月里夜太长,也冷清,尤其赵梦彪回家过礼拜剩他一人时。屋外的西风满院驱赶枯叶,"飒飒、飒飒"很惆怅,人心里漫出缕缕丝丝孤独与凄凉。他排遣的方法是将炉火捅得旺旺的,偶或也吼喊几句戏文。

   王宝钏坐寒窑一十八载
  奴的夫薛仁贵何日回来

假若县上不大批抽人下乡他就不会出事;假若王局长不是打发高天智而是打发另外一个人去下乡,或许也不会出事;而王局长偏偏是让高天智去下乡,下去就出事了,而且竟然是一桩风流艳事。王局长觉得很尴尬。

王局长懊恨自己太粗疏,至少在他临走时自己应该有一番严厉的训导,或者认真叮咛一些去后应该注意的事项。

王局长似乎也叮咛来着。

那天早晨,王局长赶到县委门前去送行,各机关抽调的下乡队员,差不多全集中在那里。行李已装上大卡车,人也忙忙乱乱地往车上爬。有五辆卡车停在场坪上,王局长找见高天智时,汽车已发动,隆隆的马达响出一派壮士出征的气氛。王局长说,天智上车吧。还说,天智,下去后要注意"三同"。

事后王局长想起来,他当时只是泛泛地说说,没有当成一项庄严的问题强调，态度一点也不强硬，还笑笑的，语气也太和软。这样的不痛不痒，高天智自然是秋风过驴耳不当一回事。最粗疏的是，只叮咛注意"三同"，而没有特别强调一番"作风"。是的，王局长说过"同住"的话。这个呆子该不是"同住"领会为别样一种意思吧？

那时候已是深秋季节，山哪、树哪、田野哪呈现出浓重的肃杀景象。只是树上的叶子还没落光。后来就落光了。再后来洋洋洒洒下了几场雪，把地冻死。抡圆了镐砸下去，立刻反弹回来。一砸一个白茬，溅起一片冰渣子，射到人身上、脸上，落进脖窝，即刻幻化为冰冷的一股，凉森森向骨髓深入。

第二天队长便不敲钟。

队长起来时，几点残星朦朦胧胧在冷风里抖，转眼间消失在灰暗的云霭里。风在树梢制造出尖冷的哨音，渐渐挟裹些零星雪粒。风不算大，却尖硬如刀子在耳朵上割。队长弱不胜寒缩着脖颈，先到老槐树下时，手脚已经麻木，鼻子冻成红色，一串清涕抽丝拉线挂在上面。队长扯起蛇一样的钟绳，看看天庭正有一场大雪酝酿，犹疑一阵将钟绳丢开，转身去找高天智。其时高天智刚从被窝钻出，正掬了双手在脸颊搓。将近一百天的风吹日晒，他的手脸已弄得相当粗糙，厚而外翻的双唇满是麦麸一样的皮屑。队长说：老高，今天交"三九"，是冻破石头的节令，尿出来不待落地就成一条冰棍。我是说今儿个就别敲钟了，让大家歇息两天，正好遇上峪口镇逢集，你说呢？

高天智拧眉头掂量一番说："能行。"

队长告诉高天智他要到集上给队里买几盘平车水轮，给儿子买一个算盘，顺便转转。问天智去不去。天智说不去，他瞅瞅窗外，说要下雪了，下吧，我得美美睡上一天。

走出去的队长又踅回来,说:"老高,饭派在四队海海家。上午吃一顿,晚饭就别去海海家了。"

"不是一家管一天吗?"

"调了。"

"调谁家?"

"莲莲家。"

"莲莲?"

"莲莲。河崖底的莲莲。上午她家走亲戚,大概留下些好吃的。她说反正饭迟早要管,趁现在家里有现成,就调一下吧。"

高天智不说什么,愣了一刻。愣完之后,说能行。队长就走了。

一种不可名状的表情在高天智脸颊上迅速掠过,目光渐渐漫开,眼前就闪出过去一个画面,画面上正演出他和莲莲的一段故事……

今天是腊月十三,这是个倒霉的日子,高天智就是在今日出的事。

而祸根却是在他刚进村不到三天就种下了。

那日他坐着卡车颠簸了七十里山路,到了公社所在地。公社做羊肉面招待一顿后就"布点"。高天智的"点"是枣佤村——一个仅有二十户人家的小村,距公社二里地,翻一架山梁就到。他没想到"点"上就他一人,当下脸折成苦瓜样,向公社书记告艰难。不是惧怕"三同",实在怕开会。讲什么呢?嘴这么笨拙。公社书记见他猥琐样儿,就知道是个窝囊货色,鼓励他:也没啥也没啥。任务单纯得很,你只需将男女劳力全拧到地里,造出田来就成。

当天上午高天智硬着头皮进了"点",晚上召集队干部,下了死任务。

还好，头一天出勤率就相当可观，村里男女全半劳力赶庙会似的，轰轰烈烈地集中在村外的一面山坡搬山造田。冬阳下一面红旗猎猎耀日。

高天智不端下乡干部的架子，完全一个普通社员的样子，干活便干活，独揽一辆平车，始终不撒手。隔一阵就发起狂来，和后生们摽着劲干，干得大汗淋漓，湿透衣裳。

工间休息时，各队汇报出勤人数，竟有九人缺勤，全是女人，理由是病咧。工地上有人就亮起嗓门喊：病咧？试试让游赶集会，一个赛一个跑得快。另一个人接着说："还不是看样哩……"高天智感到了话里有话，慢慢地就问出原委来。"关键是林太太呀，她若说没病，其他几个女人也就都不病了"。

林太太就是王莲莲。男人姓林，在地区林场工作。自去年升为厂长后，莲莲就不再到队里做活计。说病咧。而游集赶会却是不误，她的脸白白胖胖透着浅浅红晕，手也日渐光滑，原有的老茧已经退去，时常搽"友谊牌"雪花膏，站在人前香气袭人。男人逢礼拜就回来，或者她撵到林场去，她过的真正是"太太"的日子。队上女人们感到不平，渐渐效仿，说：咱也病咧。

高天智认为抓住莲莲就抓住解决问题的要害，正如提衣需得先提领子，于是吩咐队长：晚上通知那几个女人开个会。

到晚上没出工的几个女人都来了，乱哄哄站了半窑洞。

"谁叫王莲莲？"高天智问。

"我。"王莲莲一面答应一面扭过脸望高天智。

高天智恍惚间看到白白的一团，白白的一团上显然搽了粉黛，或者是凭借眼角余光扫描得到一种印象。他本打算要细看一眼的，目光刚移过去，又闪电般逃逸，如同受到惊吓的鸟雀急速掠过一片可疑地带。

现在高天智两眼朝上,像在问天:"你有病?"

"有病。"

"什么病?"

"弄不清。医生们也弄不清。"莲莲边说边向他走过来。高天智往后退一步,再退一步。背已经贴住墙。莲莲就逼到他面前了。差不多挨住他。一双亮丽的眼睛含了许多语言在他脸上滑来滑去。高天智觉得自己要被挤扁,一时很别扭,全身都不自在,连转动脖颈都困难,窘迫得不知所措。莲莲说:"高同志,我可不是懒人,实在是有病,弄弄就肚疼。肚里有一颗疙瘩,不信你摸——"顺势抓住高天智一只手,准确无误引到她的肚皮上。这一切来得相当突然,简直防不胜防。闹不清这女人怎样一下裤带就解开了。

这样,会开得相当潦草。

这样,一种柔软滑腻的感觉便永远留在高天智的那只手上。

那一晚高天智睡得很不安稳。

在以后三个月的日子里,如此的不安稳还有过好几次。

现在高天智独自一人正反复捏弄那只手,细细体味那撩人心绪的柔软与滑腻。

窗外,鹅毛一样的雪铺天盖地,不大工夫把世界下白了。

雪天里有一种很绵软的情调,这情调唤醒高天智本来就炽旺的生命。

高天智觉得时间过得很慢。

院里,雪地上满是高天智出出进进的脚窝。他五次三番跑出街门面对村边河塄一带望眼欲穿——那儿是莲莲家。

好不容易才熬到傍晚时刻,河塄上那个孤烟囱冉冉升起了炊烟。高天智站在门外雪地里看那炊烟若乌云翻滚。后来就淡淡薄薄如一片梦境,便知道饭大约熟了,手上的绵软与滑腻便也强烈了。

他心急火燎地朝莲莲家走去。一路上脑海里不断复映三个月前那动人的一幕。真的,她是怎样一下就将裤子解开了呢?他想。

穿过莲莲家窑背上的打谷场就到崖的尽头。崖下远处是开阔的河面,一派银装素裹,河水在冰下流淌。高天智小心地从一面斜坡走下去,身子一点一点变短,渐渐从地平线消失。打谷场上一串长长的脚窝静悄悄卧在雪地上。

高天智在门外拍打身上积雪,莲莲在窑内脆生生喊:进来呀!进来呀!高天智推开门,一张粉脸甜甜地朝他笑。莲莲说:上炕吧,坐平,饭马上就好。高天智咧着厚嘴说:不忙不忙,老林呢?莲莲告他老林场里上班去了,带走了女儿,接着又补一句:"就咱两个。"

什么意思?高天智心一浮,敏感地递来一种信号,禁不住眼珠在女人脸上轮。他发现这张脸精心修饰过,能看出脂粉痕迹。头发梳得光滑乌亮,一阵一阵的高级雪花膏味从女人身上散开来。一阵一阵高天智就觉得脚下软软的似乎要飘,心旗便摇动起来。

他希望三个月前那动人的一幕能重演。

"你——"高天智脸一烧。多亏这天造的黄昏深暗,多少遮盖了羞臊的嘴脸。

"你肚子还……还那样?"

"还那样。医生也弄不清,弄弄就肚痛。"莲莲在锅台前张罗,腰里系条印花围裙。

"肚里还是有个疙瘩?"

"有个疙瘩。"

高天智聚集全部精力等待下文,下文当是"不信你摸"。

现在她没说。

高天智觉得有煞风景般凄凉,方才活活泼泼摇动的一面心旗,现在蔫蔫苶苶如遇雨淋水浇一般。

多亏了"酒"。喝酒的时候景况才有了意外转机。莲莲讨饶地笑说：我不会喝。真不会喝的呀！高天智伸直一条胳膊过来，捏着满上酒的小酒盅，一脸九牛拉不转的神色，相当执拗地说：

"不行，你——得喝！"

"我真不会呀！"

"你不喝，我也不喝了。"

"我抿一口。"

"一盅！"

"不行。"

"半盅！"

"不行。真不行。就抿一口。"

"好好，就抿一口。"

莲莲要另外取一个酒盅来，高天智说，凑一个盅吧。莲莲就不再坚持去取，笑说：

"你先喝。"

"你先抿。"

莲莲浅浅地抿一小口，立刻咂嘴吐舌做出不胜酒力的苦相。高天智弯臂回手咬往酒盅边儿——恰好就是莲莲双唇含过的位置。仰起脖颈"吱——"干了，连同莲莲的香唾。双唇吧唧吧唧弄出一串响儿，品咂深深没底的滋味。

莲莲弯下腰自顾抓起筷子拣菜吃。脸上有绯红悄悄掠过。高天智很馋地看住莲莲，重新提起关于那个疙瘩的问题。

"你是说肚里的那个疙瘩还在？"

"在。"

"我不信。"

"真的呀！"——仍不说"你摸"。但高天智不气馁。

"我真的不信。"眼里有邪光射击。

"真的，我不诳你。"

"我摸？"

"你摸。"

莲莲毫不犹豫就撩衣解带，动作相当敏捷娴熟，一片雪白的诱惑便袒露出来。高天智将手伸向那白色的诱惑里迟迟不想离开。

摸不到疙疙瘩瘩的东西，只是觉得柔软光滑，而且暖。

他三摸两摸，莲莲就意识到什么意思，到底害羞，驱逐开那只手，却是半推半就的样子。高天智脸红耳烧地涎着面皮说：

"来吧！"

莲莲满面通红咬住一个指头，定定地望住一片虚无。

"我给你五毛钱。"

莲莲扑哧就笑。笑过之后问：

"敢来？"

"敢！"

莲莲担心有人来撞见怎么办。高天智说雪这么大，又是吃饭时辰，鬼也不会来。莲莲还是不放心，说，你等着，我出去瞭哨瞭哨就回来。

高天智期待着。

这种时候，一分一秒都是如年漫长。

还不见回来。天时已经暗了。雪依旧乱纷纷的，看得见的只是一地白雪返照。

高天智终于按捺不住，心焦，直至烦躁起来。咋回事？他抽身下炕。他要出去把莲莲叫回来。

他绝没想到，当他的两只脚从这窑门里走出时，竟是走进了一个叫人哭笑两难的悲剧。

莲莲不在街门前。雪地上只有她留下的脚窝,脚窝被雪弄得含糊,似乎犹疑了一阵,终不放心,又顺斜坡上去了。她一定是在打谷场,高天智这么想。那儿眼宽。高天智寻寻觅觅先上去,却是做贼心虚,走到半坡就站住,只露出地面半个脑袋和一双警惕的眼睛。他在那儿探头探脑。

莲莲也不在打谷场。只有夏天的麦秸、秋天的豆蔓严严地被雪封盖着,一垛一垛很笼统。剩下便是一片令人惶惑的白色与宁静。

他发现莲莲含糊的脚印一路逶迤向村里而去。洋洋洒洒的雪花织起一幅漫天雪幕。整个村庄隐约在雪幕后边显得格外混沌,偶尔响起人声、狗声、鸡叫声,连同谁家屋上的炊烟都恍若隔世寂寞而旷远。

村头那棵冰雕玉砌般的老槐树下有几个人影影绰绰站在漫天风雪里,高天智发现其中的一个就是莲莲。莲莲临出门抓起一条红围脖。此时,围在莲莲头上的那条紫红色毛围脖在这银色的世界里格外醒目。莲莲指手画脚地和人们在议论着什么。莲莲回头朝这里望了望。一个男人急急向村里走去。走去的那个人又叫来几个男人和女人,加入大槐树下的一群里。莲莲又在说着什么,引动一片恶狠狠的笑声。有人揎拳捋袖。树下的一群人行为诡谲使高天智满腹狐疑,莫非……高天智心里忽地一沉:坏咧,这女人肯定将我出卖咧!他确凿判断这帮人正在酝酿一个于他有关的阴谋。他想象可能发生的事情,恐惧的阴影在脑海一闪而过:会不会把自己扭送到公社或县里?或者把莲莲那一口子从林场叫回来?他深知当过林工的人那拳头的分量。

高天智一步步从坡上退下来,身上燃烧起的炽热欲火早已灰飞烟灭,他只想:不能等人家瓮里捉鳖。一急之下想出一个办法,很简单——逃。古人说三十六计走为上策。

高天智返回县城时已是第二天早晨。天！这是怎样艰苦卓绝的一夜呵！路难行还在其次，要命的是背负着耻辱和罪恶心理，加上夜幕中雪原上到处泛出的一片死光，一路担惊受怕担心前有埋伏后有追兵，直至双脚踏上县城地面仍然惊魂未定。

此时正是城里人起始早课的时候，满世界是雪造的圣洁。三三两两追赶时间的学生娃袭扰街上的静谧，雪依旧在飘。高天智发现走在街上的学生用异常的眼光向他注视，似乎还叽叽咕咕地暗笑。他心里一虚，步子迈得快捷。

十分钟后，他两腿虚软地正要走进仓库院，赵梦彪出来了，看了他一眼，不说话，似乎很厌恶。高天智讪讪地问他干啥去。"开会。"赵梦彪冷冷地说。

"开会？你知道开什么会？"高天智神经过敏。

"你还不知道？！"赵梦彪凶横地瞪住他。

高天智唰地脸白了。

高天智并不知道公司最近发生了一桩案子——门市部一夜之间丢失五块"上海"牌全钢防震手表。公安人员侦察现场认定是"内盗"。公司关门整风，气氛恐怖。王局长在会上说，事情没弄出以前人人都是怀疑对象。查，给我查！大会小会不断，日夜兼程。一时间风声鹤唳，草木皆兵，谁看谁都像个贼。赵梦彪正蓄满一肚子恶气。

言者无意，听者却是有心。高天智当下如五雷轰顶。

高天智像锯倒的树桩瘫倒在床上，全身迟钝得已近麻木，只有一种意识相当清楚：完咧！他懊恨自己一夜的颠沛原是才出虎口又入狼窝。县城也不是避风港湾，自己回来等于自投罗网。想到斗争大会种种的可怕情形，眼前便是一片毁灭的恐惧。

高天智失踪是一个礼拜后人们才发现的。这期间机关的人以为他在乡下，乡下的人以为他已回城。王局长觉得这事有些蹊跷，悄悄派人下去，配合公社到村里做了一番调查，终于从王莲莲口中半吞半吐和盘套出了事情真相。王莲莲满脸羞惭地供认，两人已经都有了意思。她跑出去是望望风，没想到槐树下聚了一群人，原因是村东头的发家媳妇在集上被人打了，大家很气愤，集合起来要到峪口找那个坏鬼算账去，一时自己掺和进去不好意思脱身。后来回到家，就不见高天智的影子了。

事情已经很清楚。高天智显然是畏罪潜逃了。

"找！找到天涯海角也要把这个龟孙给我找回来！"王局长勃然而起怒色。

兵分五路，姨家、姑家、舅家、所有能想到的亲戚朋友都一一问过，自然也问高天智的父母妻子，都说："咦？没有回来呀！"

县印刷厂连夜赶印"寻人启事"。印出来的"寻人启事"雪片一般洒遍了全世界：省城、各县、各村，有人在外省一个县城的电线杆上也见到过这张启事。启事上铅印宋体字写明高天智的姓名、年龄、性别、相貌特征，高个、长脸、大嘴厚唇，身穿土布棉裤棉袄，有知其下落者务请函告或电话电报联系，必有重谢。最下边一行是单位名称及年月日。"启事"的右上角是高天智的二寸半身照。他的长相本来就丑，加之蜡版模糊印刷粗劣、灰不溜丢很像法院通常布告上偷儿强奸犯之流。

上千张寻人启事宛若一群飞鸟，一经飞出就再也没有消息。眼见又一年过去，还不见有人函告，也没有电报电话。公司上上下下所有人的心却往下沉，一种不祥的预感油然而生：高天智死了！八成是寻了短见！

这种事以前有过。交通局一女会计被怀疑有经济问题，上了几次斗争会，一气之下吊死在后山僻静处的一棵歪脖枣树上。王局长显然从中得到启示，让公司全员倾巢而出，采用梳篦战术，对方圆几十里内山山岭岭沟沟壑壑仔细"检查"，包括所有水井、地窖以及一切能使人毙命的可疑地点，均一一查找，但始终没有发现高天智的尸体，甚或一只鞋袜一块布片残骸都不曾见到。

"找不到算咧！"王局长拍打拍打手，就像终于了却一件事务而又无可奈何，"听天由命。"王局长又补一句，脸上的愠怒中暗含几许悲哀。王局长案头上公务堆积如山，年关又快到了，正是公司业务旺季，每个人都有自己的工作，忙得很呢！

时间一年年地又过了很久，渐渐地人们将高天智遗忘在脑后。只是每到下雪时，大家触景生情，偶或有人记起说："还记得不，高天智狗日的出事那一年也是这样一个大雪天。"在场的人就会抬起头来望着窗外的漫天飞雪，无言地细细回味高天智的种种作为。当然，最令人捧腹的还是他那件臭名远扬的风流艳事。至于高天智的生死存亡已是无关紧要。

高天智的生死是个永远不得而知的谜。大概只有天知道，还有这雪。每当冬天到来时，漫天飞雪洋洋洒洒，似若无声又有声，窸窸窣窣，窸窸窣窣，似乎向世人悄悄述说一个不该忘却的往事。

原载《上海文学》1993 年第 5 期

常发的电视机

一 常发其人

在庄稼人堆里,常发堪称全人。除了生孩子,几乎世间没他不会的营生,操起斧、锯是木匠,挥起瓦刀是瓦匠,抡起大锤是铁匠。谁家做嫁衣,他敢应邀做大裁,无须用尺,只需细眯起两只青蛙眼,顺着姑娘身子上下左右一出溜,一剪下去保你衣裳合身得体;论烹调,方圆十里人家,红白大事请厨子,非常发莫属。自然,他不白劳作,常常天经地义地挟走人家裁剩的碎布条;端走事主的剩馍剩菜。尽管背后有人骂他"小气鬼",然而,在这边远的山寨里,常发凭他的本事,依然是个让人羡慕的人物。至于他那个心地善良的小个子妻,对他更是敬佩得五体投地,温顺得像只小绵羊。里里外外大小事体,唯夫命是从。嘴巴对她来说,似乎是件多余的摆设,除了喊猪、叫鸡,站在街门前呼唤儿子虎虎吃饭,几乎无所事事。间或也不免对某一件事发一句个人高见,却往往招来男人的火气,那青蛙眼往外一鼓,"给我夹住,懂个啥!"对此,她从不恼火,她听说凡有本事的人,都有点小脾气,何况男人的本事又诸般的多,因而她早习以为常,总是心甘情愿地闭嘴大吉。

新经济政策像早春的小南风,给大地带来一片生机。多才多艺的常发如鱼得水,有了施展武艺的天地,铁匠炉、瓦匠铲、木匠斧一手抓农,一手搞副,十八般武艺一齐耍。

小个子妻也使足劲,在男人的许可下,圈里多添一头猪,院里多滚了一地白皑皑的来亨鸡。她不以此为足,擅自做主,叼空往后山跑,打山杏、摘酸枣、采蘑菇、挖党参,常常是月儿升起老高,涧水溪流倒映出她蓬头乱发的瘦削影子,才满载而归。

苍天不负苦心人。头一年下来,掐指一算,嘿!光卖山货一项,就挣了四百块。常发高兴地大腿一拍:

"他妈,明年还照这么弄!"

果然到了第二年,在二百多户的圪斗坪,唯常发家一步登天,跃居首富。粮食太多没处放,从窑里往院里溢。票票愁得不会花,除开了过去的老饥荒,扯了三身的确良,滚了四床新棉被,缝了一件皮大衣,扞了三条羊毛毡,余下的除去零头,还剩七百元捏在手心里,愁得不知该咋发落。

"这有啥愁的!"小个子妻说话了,口气异于往常,大有当家做主的气概,可能是那四百元的经济基础,第一次使自己腰粗胆壮起来:"先买一辆自行车,听说过几天公社到县城的汽路就要修通了,往后上公社、进县城省得你再步跑;再买一辆平车,送肥、收庄稼也省得再挑担,余下的存信用社吃利。"说完,她瞅住男人,想得一个笑脸,不想那双青蛙眼又是一鼓:"你给我夹住!"小个子妻自然地一如既往,闭嘴大吉。她丝毫不恼,端起猪食盆"啰啰"向猪栏走去。

当时常发虽然没给小个子妻好头脸,但第二天他却进城去了,想到集上碰碰运气,捞两宗赚大钱的倒手买卖。日到中天,还一无所获,他怅然若失,走进百货大楼散闷气。不知什么地方响着哇里哇啦好听的乐声?他循声望去,见东柜台前挤挤挨挨拥着不少人。

常发好奇地蹭了进去，不由大惊小怪起来，"喏喏！这不是小电影吗？"常发忽然兴奋起来，他觉得眼前的这些"电视机"比以往见过的要轻巧得多，不需要井绳长的天线，只凭这两根驴耳朵般的细杆杆，就可收映。他忽然记起，公社上次演电影，一次就赚了大几百块，于是，一个异想天开的念头从心底勃然而发——抱一个回去，开个小电影院咋样？

他想到他们那些深居老山，一辈子没见过世面的山民，准会稀罕得像争看从月宫蹦下个小玉兔那样往他常发家里跑。不多收，按人头，一次每人五分钱。冬天窑里耍，夏天院里耍，不愁没人掏腰包，最少每天不收二到三元进项？想着想着常发心里痒痒了。

"喂，多少钱一个？"他亮着嗓门喊。

售货员告诉他，那日本进口的是五百一，太原出品的是四百三。

自然钱多的是好货，人们更会眼馋，常发心跳了。

"嗨！一台电视机能耍几天？"

女售货员告诉他，只要爱惜永不坏的，几年后，只消换个把零件，也花不了几个钱。

顿时，两只光彩照人的青蛙眼朝天翻起，他掐着手指头，私下在肚里拨拉起算盘来：一天按三块算，三三得九，一月九十，十月九百，这一年下来常发心里一阵乱跳，几乎喊出声来，"喏喏！不到一年工夫，连本带利全回来了！这个买卖——合算！妈妈的，老子豁上了，买！"

常发肩膀一拧，蹭出人群，拣个僻静处，面朝墙，背对人，解开裤带，把手伸进裤衩里掏出个鼓囊囊的钱包包。"咦？会不会犯政策？不要紧吧，不是号召广开门路发财致富吗？不是让八仙过海各显其能吗？没错，买！"

常发二次蹭到柜台前，他付清款，不厌其烦地让售货员教他摆弄电视的各种要领。然后，抱起电视机，大步流星，七十里山路，天刚擦黑就赶到家。小个子妻听说男人花了五百元大价，买回个小匣匣，直急得心痛到肝，肝痛到心。男人好像拾了一个夜明珠，大嘴一咧：

"他妈，有了这家伙，往后，日头一落山，那钱就像秋天的树叶，一阵风就落一大片，你只消蹴在地上，满把满把往口袋里装。"

一席话说得小个子妻眨巴着眼，半信半疑。

突然窜来淘气的虎虎，圆溜溜蹬起两只大眼，好奇地问："甚？甚？这是甚？"边问边大胆伸出小手儿。小个子妻眼疾手快，一巴掌打了回去。男人今天没有秋风黑脸，显出少见的温和，带着博学多识的口气，告诉他娘儿俩：

"真是山汉，这就名为那电视机！"

小个子妻蒙了：

"我那老天！咱家能耍起这阔？"当男人告她要拿电视机开小电影赚大钱时，不禁犹豫起来，她鼓起勇气说：

"他爹，这，本村本巷的，低头不见抬头见，人家看上一眼，怎好意思伸手要、要五分钱。"

"没调和的话！"常发大为不悦，"咱这是做买卖，哪有做买卖不要钱的？行了，你去帮我把院子收拾一下，我撑电视机，你把门后那几根椽，猪圈旁那堆破砖头，搬到院里排成一行一行的，虎虎到巷里吼叫人，咱今儿个夜里就开张，先来他一个开门红。"

二　惩戒内奸

就像听说天上的月亮落到常发家一样,全圪斗坪沸腾了。这些常落在时代尾巴上的山民,能破天荒提前享受现代化,怎能不让人心驰神往?好多人扔下只吃了一半的饭碗,撒腿就跑。转眼,常发的街门前,人头攒动,像二月二逢古会,很快就黑压压一大片了。

咦?咋都不快进家去?哟嚯!有人把门,只见常发像堵大墙,横立门庭,胳膊腿并用,劈为一个刚劲的"大"字。他的手指头死死抠住门框,两只青蛙眼掩饰不住的满足,不住翕动的大嘴,像是有发表什么演说的架势。

愣头青的小伙子们等得发烦,便钻进人群起哄,相互递个眼色,脚蹬地,牙一咬,肩膀抵住前面人的背,"日——"的一家伙,人流大浪直向常发扑去。常发脚蹬门槛,手扣门框,猛吸一口气,咬后牙,挺胸膛果然稳住了阵脚。他对着拥来拥去的人群喊道:

"哎——哎——不要挤,听我说两句话,保证都能看上,咱买下电视不就是为了让大伙看吗。"

"噢——"山民们高兴得手舞足蹈地大声呼喊。

"哎,哎——别乱圪吵,听我说完,这电视么——回来!嗨!抓回来!谁家两个蛋娃子从我腿旮旯钻进去了。虎虎,虎虎!和你妈看着了哏!"常发鼓着粗脖子,扭头朝正在院里忙着的老婆和虎虎喊,

"快把那两个蛋娃子轰出来!"

人们又骚乱起来。

"哎!"常发提高嗓门,"大伙听着,看,总是要叫大伙看的,可是,总不能白看吧?按人头,每人一次五分钱小费。不是我皮

薄,耍电视要花电费呀!好比吃饭掏饭钱,住店掏店钱,买卖场的规矩嘛。好了,愿看的往前走,不愿看的回家抱老婆,现在就进了,把钱准备好,掏零的,不然没法找。"

好家伙,不足一袋烟工夫,常发的小院里满满塞了一院人,鸡窝踩塌了,猪圈门挤倒了,鸡食盆踩扁了,连茅厕墙头上的尿壶也被挤落在地摔了个稀巴烂。常发汗流浃背,用了九牛二虎之力,才把街门关上。又找来一块破木板板,让虎虎用粉笔歪歪扭扭写上"客满"二字。然后他撅起屁股,四蹄着地,马趴着,从门槛底下塞出去,央烦外面的人替他挂在门环上。

荧光屏上"再见"二字刚一露脸,常发便急着旋动开关,掐断电源,一条方格家织土布包袱兜头盖脑包好电视机,小心翼翼放进衣柜,锁好。顾不上帮助老婆归顺院子里的破椽烂砖,便急不可耐地跑进屋,鞋没来得及脱,一步蹿上炕,扭亮电灯,一把一把从衣兜里往炕席上掏钱——我那爷!果然是个开门红!常发望着散乱在席上一堆闪光的硬币,两只青蛙眼睛比头顶那六十瓦灯泡还亮。常发把袖子左右一撸,便心儿扑扑,手儿颤颤,一枚一枚,精心细致地数起钱来。"哈哈!九块九毛钱!"他手舞足蹈了。可是,妈妈的,干吗是个"九"呢?多收一毛钱不就正好凑成十元的整数!该死,刚才鬼迷了心,干吗不多放进两个人呢?这不,少收一毛钱不说,还贴了一个尿壶,该死,咦,口袋是否掏干净了?常发怀着侥幸心理,把所有口袋连肝脏带苦胆一股脑儿翻将出来——无。常发懊悔不迭。"妈妈的,干吗是个'九',偏偏只差一毛。"倏的一下常发忽然想起:"嗨嗨?刚才从腿旮旯偷着钻进来的那两个蛋娃子,分明没记得轰出去。不错!是没出去。莫非把钱交给了虎虎他妈?可是为啥不交出来?他跳下炕,秋风黑脸,到院里三堂会审,追查再三,原是虎虎作弊。虎虎说那两个子蛋娃是他同班至好,常把好吃的东西分给他，比如：小杏、山桃、榆钱、豌豆角、干咸菜什么的，还说每每打起架来，那俩蛋娃总做他保镖云云。所以他就擅自做主不收钱，把两个子蛋娃窝藏到窖门后，开映时领将出来，且给坐了两个好位子。

可恼！第一天做买卖，这小猴头就如此大胆背着老子开后门送人情，不发狠教训，日后买卖咋做？常发越想越气，遂抄起烟袋锅，结结实实在虎虎头上敲起一个大青包。

"他爹！"小个子妻急着上前想求情。

"夹住！"常发双目灼灼，断然喝住，"这事你不知道？一对内奸！"

小个子妻哑然瞠目。

三 别出心裁

为了那本能到手而却没到手的一毛钱，常发愤然一夜辗转没得合眼。直到第二天买卖胜于头天，常发才转怒为喜。

可惜，好景不长。仅仅兴隆两天，第三天便一落千丈，小影院由鼎盛的黄金时代，衰落到大有关门倒闭的地步。常发愕然圪斗坪人丁不算少，养一台电视机算得了什么？千多人呢，开始不是连尿壶也挤打了吗？

遗憾的是，那些曾争先恐后、慷慨解囊不惜五分血本堂而皇之走进常家小院的人，大不该抱着仅此一回、下不为例的歪主意。更可恶的还有，那么一批为数不少的惜钱如命者，老大不小的鸡偷狗盗般转悠在街门外——瞧门缝、爬墙头、攀树，玩命似的，踩翻了砖头，压折了树枝，硬是省下五分钱硬币，逮了常发的便宜。

堂而皇之也好，爬墙攀树也好，除去东头他大姨一家（出门未归)和一些既不愿花钱,又不便上树的朽男老妪外,圪斗坪几乎所有的人都过了一次电视瘾。人们咂嘴嚅舌,表示夙愿足矣!既已得到满足,何须再接二连三破财?再说常发也太有点那个,看他一眼电视,就收人家五分钱?真是见钱眼开呀!去他的蛋吧,都不要再看他的电视。

如此却苦了常发。果然到第三天,买卖景况明显地不佳,他原定每天二到三元的计划,完全破产。第四天更糟。常发气愤得眼要冒血,开映时间就要到了,拢共才卖了三毛钱!街门外,冷冷落落,寂寞得怕人,小南风卷着枯叶、破纸,窸窣了一阵又停了,越发让人觉得凄凉。

突然,一阵乱槌捣鼓的脚步声,轰隆隆直向常发家街门口扑来。常发喜了个半截又放气了——来的是一群不甘寂寞而又手无分文的"鼻涕虫"。蚊子般密密实实围住街门,端着下巴,眨着讨人喜欢的大眼睛,望着常发套近乎,像一群多嘴的麻雀!"叔叔,伯伯,伯伯,叔叔"一个赛一个地欢叫,妄图感化这把门将军高抬贵腿放他们进去。

常发却心如钢铸,面如生铁,足蹬门框,双手交抱,心里话:"把你这群碎子蛋,小嘴别甜,没钱谁也别想!咦?谁又大胆往腿底下钻?"常发二目圆睁,一把下去逮住一个,摔死鸡似的扔了八丈远。尔后,朝着眼前的"鼻涕虫"们吼道:"都滚!"

"鼻涕虫"们惶惶然鸟兽般散去,却有一个不但不"滚",反而往前蹭。怯生生地说:

"叔,鸡蛋行不?"说罢贼似的从兜里摸出一个蛋来。

青蛙眼兀地明亮起来,常发用手捏住尖下巴,声音温和了许多:"等等,让叔思谋思谋。"常发盯住蛋,迅速调动智慧:这倒也是个办法,常说"死店活人开",做买卖全凭一个活道。干吗非要死心眼收现钱？庄稼人虽然把钱看得比命重，七个核桃八个枣总还舍得掏，虽然多道手续，但麻烦点怕啥，只要东西收得多，不怕换不成钱。这样一来，说不定这快咽气的买卖能起死回生。就这么弄！常发眉飞色舞，一把抓起那个蛋：

"娃娃，进去吧，谁叫你叔我心肠软。等着，叔不亏你，一斤鸡蛋九毛六，就说你这蛋大，按十颗一斤算，一颗九分六，这就是说我再找回你四分六。好，我忍痛找你五分。娃娃，叔我吃亏多了，算了，吃亏人常在。要不，这样，不用找了，你明晚照来，横竖一样，进去吧。嗨，慢点，别把门牙碰掉，记着，明晚来时再捎三四个核桃，这账就平了。"常发说完又急着扯断脖子般把妻吼来。

"快，替我照应一下。记着，不准开后门送人情！"

小个子妻皱皱眉，发烦地："你呢？"

"别管！"常发说着就向窑里走去，又喊来虎虎，让他从书包里掏出写信用的毛笔、墨盒，又在炕沿铺张旧报纸，如此这般让儿子照他的意思写一份"广告"。

虎虎像受审的囚犯，两只冒汗的手死贴着屁股蛋不敢挪窝，朝天翻了半天白眼，木木的脸上依然透着痴呆气。

"羞你妈！五年级呢，念的书就饭吃了？爬出去。"

"囚犯"狼狈逃窜。

正好院里"观众席上"坐着富贵老汉，年轻时在城里一家杂货铺熬过相公，肚内字眼虽然不深，倒也能画几个"蚂蚂"字。常发央及再三，富贵老汉好歹应允了，稍事沉吟后，便舐笔和墨，赫然写了"启事"二字。常发觉得不过瘾，硬坚持在前边加上"大快人心"四字。富贵老汉拗不过，只好挥毫从命，这样一来，一份生熟半生的"广告"很快地就贴到圪斗坪人稠众广的大街上。

大快人心的启事抄录如后——

各位乡亲父老同志,本字号鉴于部分乡亲银钱缺少之苦,特决定从即日起,门票可以物抵价。计开:

一、拿鸡蛋的,一颗两人。

二、拿小米的,一次半碗。

三、拿黄芪的,一次两根(指头粗)。

限于篇幅,余者从略。

"广告"一贴出,当即见效。自然得感谢那群消息灵通甘当无线广播的"鼻涕虫"。

常发的小影院又红火热闹了。虽然现成的硬币寥寥无几,但街门后新增设的大篮小筐,却七荤八素,无所不有,什么一个鸡蛋两把米,三个核桃四个李,辣鼻子葱,辣心的蒜,萝卜、酸枣、山药蛋。还有什么党参、甘草、红苕呀呀!壮观多了。

业务一增加,常家小院的人手显得很不够使,三人忙得团团转。虎虎管收,常发把秤,小个子妻嫌寒碜,却又无可奈何,便躲在门后皱着眉头分门别类。

有人拿来一把碎绳头。虎虎问:"爹,收不?"

"收!"常发慨然作答。

"我的祖爷爷!"小个子妻边张罗边说,"开收购店吗?"

"夹住!"青蛙眼又鼓了:"这叫死店活人开嘛,懂个屁!"

四 情比钱重

第二天晚饭后,常家小院的街门前,又熙熙攘攘了。人们的手里大包小包提着各种物什。常发在院内墙角处偷窥。

人真不少呵！昨晚连毛带蛋，折款三元大几，从今天的势头看，往后的生意果真要发！他为自己灵活的头脑而得意："一样的买卖就看谁做哩！"感叹之余，他觉得原定二至三元的收入计划略少了点："妈的，从今个起，力争不下四块！"

常发胃口更大了。

忽然，他在人群里瞅见东头娃他大姨，怀里抱着小小，手里拉着狮狮。分明是来看电视的，手里却不见有鸡蛋、红苕什么的。常发皱皱眉，心里一阵不快：日后娃说媳妇找女婿，千万不能在本村，害多利少！今天又得少收几毛，唉！该咱倒霉算了，为人总不能太小气，何况人家向来对咱就像一家人，今天又是出门刚回来头一次来看——可是，今天倒也罢了，吃惯的嘴，跑顺的腿，开头不让她作难作难，日后不把咱门槛踢断？七姑八姨再来一个"一羊过河，十羊照样"，日后买卖咋做？不行，得想个法法。他看见挂在窑门口的破草帽。

开始检票了。

人群里有人喊：

"常发，月亮地里戴草帽，出的啥洋相？"

"怕电灯耀晃眼吗！"

"怕月亮晒黑脸吗！哈哈哈，人家是压低草帽向'钱'看呀！嘻嘻……"

轻松的话语笑声，明显地带着讥讽的刺儿，小个子妻脸上一阵发烫，在门后痛苦地剜了男人一眼，喟然长叹。

常发脸不红，心不跳，破帽压眉，勾着头，一对青蛙眼紧紧盯住伸出来的大小包包。

——凭感觉，他见外甥小狮狮夹在人流中朝他走来了，忙把草帽再压压低，极力勾下头，老老脸：

"展手！"

小狮狮瞠目："姨夫，我是一……"话未说出口，早被常发一把揉了个趔趄，倒了。

"便宜不是这个讨法，甚也不带就想看电视。"常发依然是不抬头，话显然不是说给狮狮听的。

娃他大姨，怕挤坏怀里的小小，让狮狮先进，她拣一高处，踮起脚，仰着脖，一眼盯着狮狮，好不容易见娃刚挤到门口，却意外地被姨夫一把推翻在地，不禁大声喊着：

"他姨夫！连你外甥也不认得了？狮狮快起来，你姨夫没看见是你，快喊你姨夫！"

可怜的小狮狮委屈地流下泪花花，一句"姨夫"没叫出，"哇"的一声哭了。

至此，常发才假意愕然："嗨呀！怎么是你？你看看，起来，别哭了。他姨，快引你娃来吗，就不看我多忙，还给人加热闹！"

一团不可名状的阴云在大姨脸上迅速掠过："狮狮！"她喊，可是，总打不起调。她费力挤上前来，拉起狮狮，"我娃听话，跟妈回去！"

小个子妻忍不住了，忙到门口，口气发硬道：

"姐！你和娃快进来。"

常发歪转脖，鼓起眼：

"偏要在今儿凑热闹，进来往哪儿坐？"

大姨望着自家妹子，笑一笑，然而笑得那么凄然、涩苦："他姨，你帮他姨夫忙去，自家人，甚会也能看。"说完别转脸，拉起狮狮走了。远远还听见狮狮的哭声。

小个子妻强忍住一汪扑噜噜打转的泪水，一扭身去拿筐里的山药、红苕出气。

站在人群里的本家婶也气不过，不解地望着身旁的老头子："这个发娃！连他大姨……"

"他大姨手里没东西嘛！"本家叔揶揄地说，"你去也一样。"

"他敢！"婶子端着威风。

"别神，不服气去试试，你前头走，我后头跟。"

婶子挺胸前面开路，她见常发死不抬头，有意喊着："老鬼！快跟上，抓住我后衿襟。"言下之意是：常发，听见了吧，我来了。

可是，无效。

"展手！"常发照例挡驾。

"发娃，眼遮住了，耳朵也塞住了？听不见是我？"

常发装洋蒜："是婶？你，不能明天来吗？"

"发娃！"本家叔亮出一张一毛钱票票，"我和你婶的票。"

常发脸红了："叔，把侄看成甚人了？"

"你是小本买卖，七姑八姨多了，时间长了你赔不起哪！"

常发竟然厚着脸接住钱，然后喜着向院里吆喝："虎虎，快给你爷、奶占个好座再到屋取个小褥，垫得厚厚的。"

本家叔向本家婶挤个眼，意思是："如何？"

本家婶火坏了，气得半天不说话。

小个子妻痛楚地向常发伸出手：

"给我！"

"甚？"常发莫名其妙。

"婶子的一毛钱你也敢要？真的一点情义都没有了？"

本家婶痛心地看着常发："孩子！发财致富不是这么个做法！"

小个子妻胆也大了，气也壮了，冲着常发说："如今你是六亲不认了，六亲不认呀！你全不顾姐家的深情、左邻右舍的厚谊，一头栽进钱眼里,只知道钱、钱、钱!为了五分钱,你六亲不认,为了五分钱,你抄起烟袋打儿子,抡开巴掌打老婆,你睁大眼睛看看,这二年发家致富的不是咱一家,谁和你一样?"

常发平素能言善辩,此时理屈词穷了。想想自己,觉得脸上有些挂不住,于是自己给自己找坡下。他青蛙眼一鼓,大声喊道:"虎虎,你站着等死吗?开映时间过了,还不快把大门敞开,把门外的叔叔、大爷、大娘们都请进来,今晚咱是招待大家白看哩!"

夜幕低垂,宜人的小南风,常发院里不时飘散着阵阵欢言笑语。

原载《晋阳文艺》1981 年第 7 期
同年《小说月报》转载

尘 世

七娘劝明只要有一分奈何就再伴个人吧。七娘说孤寡的滋味我尝够了。七娘还说我真后悔,如能年轻十岁,我就要再嫁个汉。只可惜我老了。明说七娘你不老,七娘就笑,还不老?女人十八一朵花,上了三十豆腐渣,再过两年我就五十二了。他说七娘我听人们说硬是你把自己耽搁了。七娘苦笑笑说,要不我才劝你莫学我,不然到时候你后悔就迟了。

明回去就睡不着,翻来过去"烙烧饼"。七娘的话在他心里一点一点发生酵母的作用,一个曾经指天指地泰山难撼的铁打誓言渐渐地发生分解直至动摇。

这一辈子我若再要女人就不是人生父母养,是驴下的。三年前明在巷道里当着大家的面拍着胸脯赌咒,那时候太阳刚落山,巷道里人很多,大家正在吃晚饭,都听到了。明说这话时满脸泛红,嘴角飞着唾沫。你说得对,一个汉子说,想得不行了就典她一个。就像窑上的乔氏。乔氏是外路人,有钱没女人。后来典了一个。讲好睡够一月,价洋若干。大家就笑。烧瓦窑离村不远。

明上过女人的当,那个女人把他坑得真不轻!

女人操一口地道的河南话,身着毛蓝大褂,宽裤,扎一副腿带,也是毛蓝颜色,全是家织土布。人长得倒还细致,浅浅的黝黑里生出几分俏丽。清秀的一对弯眉，两只眼睛水汪汪的，闪动着柔顺祥和，嘴大而得当，令人心动。相比之下两只脚就显得扎眼。巷道里婆娘们眼刁，尽管月色朦胧，当她从蒙着藏蓝色车围的马车车厢里刚伸腿要下地时，婆娘们一眼就看个准，纷纷背了脸子挤眉弄眼叽叽咕咕嘲笑她的一双大脚丑死了：嘻！像长茄子！

　　二婚的女人不坐轿，坐类似轿子一样的马车，时间也必是夜晚，村里没有马，驾一条黑驴将她拉回来了。迎亲的驴车回到村里时月牙儿都偏西了。轰隆轰隆的车轮声从村外一路响进来，惊动了一村寂静。三三两两的婆娘们跑出来看稀罕，揉着眼睛，一边扣着腋下的一颗纽扣。二婚女人响器是不许动的，也不放炮仗。在夜幕掩护下不事声张地悄悄进行。突出的标志是在破旧的板门两边贴了一副梅红对子，颜色很绚丽，字儿也黑，只是句子太损——

　　　　公凤凰母凤凰一对凤凰
　　　　童男子小寡妇两只鸳鸯

　　识字的念给不识字的人听，海开嘴都笑了。
　　人散后他说睡吧。女人说，中。当下就脱了个完全彻底，赤条条一丝不挂。真诚奉献给他的除了滑腻的裸体，还有女人的一切。三十岁的他头一回领略女人滋味。女人唤他大哥，他很感动地搂她，说从今儿个起你就是我的婆娘了。女人用一双生动的眼睛软软地望住他说，一夜是你婆娘，一辈子便都是你婆娘了。他说往后咱好好奔日子。女人说，中！只是太亏了你。他不明白。女人说你还是童子身，可我……明说他不在乎。女人说我还拖累你，一人带来四张嘴。明知道她在说她那即将带来的三个孩子。这不挺好吗？除有了你以外，我不费吹灰之力便又是儿又是女的。能吃倒江山的，女人又说。他说不怕，好歹我还有二亩河槽地、三亩旱田，种麦和玉茭，作务得好，一年四季黄馍管够。正月里咱和娃们也吃白馍，最鄙低也要吃上金银卷。女人说她会犁地，我下田帮你作，大女二女也帮你作。大女十五了，二女十三了，都能帮作。过几年儿子长大了也能帮你作。

女人真能作，不怕苦，洗衣、做饭、喂猪、扫地、缝补，整日不歇。女人书虽然是没念过，但却有礼数，巷道里见人不笑不说话，一口一个大爷大娘大婶大叔大哥大嫂大妹子大兄弟……巷道里一些有心计的婆娘汉子们冷眼旁观仔细留神过女人的动态，发现她洗衣便洗衣，专注地坐在河边一块石板上，挽了袖子使劲搓，一双白白的光脚板被河水戏弄得痒痒的。还要她怎么样呢？嫁给明不到半年工夫，便主动提出把她带来的两个亲生女儿全都聘给了本村人。女人一副天经地义的样子分明是向他表白自己实实在在要在这里跟上他扎下根来过日子。

鬼才会想到这是一个骗局！

那是一个黄昏，明挑着豆腐担子从集上回来，刚进门就呆了，家像狼掏了窝。人没了，东西席卷一空。她跑了，连同两个女儿、儿子和所有钱财。明哭不出来。见他人财两空，受聘的两家也不难为他，只是跺脚叫苦。

直到现在明还不明白，那时候怎么会一丝一毫破绽都没有事前察觉到？一个女人家还带着孩子。外面肯定有人接应，说不准就是原来的丈夫。女人真不是东西！害得他打了光棍。更糟糕的是丢人，自己的婆娘都看不住，还算男子汉？被巷里人另眼小瞧，自己也就矮了半截，见人无颜抬头。

七娘可怜明，劝他重整旗鼓。一夜里品味着光棍日子真难熬，明觉得七娘的话有道理，家里没有女人不行。可谁还跟咱，原本不富,再遭那一劫,家里更如狗舔。虽说还没穷到一个女人也养活不起,好在田地还在,没被女人背走。加上卖豆腐的收入,也能对付着把日子过下去。关键是人要合适。

七娘之所以对他生出恻隐之心,除了七娘古道热肠,便是明有恩于七娘。

七娘院里有四棵老枣树,年年结枣,枣能卖钱,是七娘一笔收入。本家侄子眼红,他说婶子,年年秋天是你收枣子,从今年起我要收了。七娘张嘴结舌愣着一双惊怪的眼睛半天盯住他不动,那神情分明是说,这是我家的枣树,它长在我院子里,这座院子是分给我的,分单上写得清清楚楚。侄子说分单上只说院子分给你,没说枣树分给你呀?七娘不依,侄子从腰里抽出一把利斧上去就要砍树,七娘号啕大哭。明和巷里人就来了。明气不过,双手往腰间一插,猫着那腰,一步一步朝那侄子走过去:怎么,大白天抢人呀?看七娘是寡妇好欺是不是?侄子冷笑:牛槽里多出一张驴脸?你说得对,我不光有一张驴脸,还有一个驴脾气呢!后来两人就打起来,后来七娘的枣树保住了。其代价是明挨了一斧子,血淋淋的差点被削掉半个耳朵。再后来他的左耳根下永远留下了那道伤疤。

七娘说媒是她平生未曾有过的第一次。要不是为了明,七娘才不赶着鸭子上架呢。天公作美,她还真说成了。这是她没想到的。头一个没想到是这么快捷顺当,二一个没想到是媳妇年轻,才十九。三一个没想到是彩礼不重。只有一点不称心:娶的是活人妻。这倒也不怕什么。只是担心夜长梦多,七娘向女方提出,趁热把事情办了吧。人家说行。七娘欢喜得什么似的,回来向大家直夸:和大户人家打交道,办事就是痛快。

婚事还依照老规矩办。时间依然在晚上进行。依然不坐轿子,坐马车,没马,就坐驴车。女方的村子很遥远,迎亲的驴车在太阳没落山以前就起身走了。

比起上一次的婚事,场面要热闹许多。像他那样一个最最没有价值的人,能娶一个十八九岁的妙龄少妇,自然会轰动一村。那一晚明的小土院里,看热闹的人来来往往像赶集。美中不足是没有响器,也不燃放炮仗。唯一能衬托出一派喜气的是贴在屋门上的那副梅红对子,颜色很绚丽,字儿也黑。只是句子太损:

洞房中一对新夫妻
被子里两件旧家具

识字的念给不识字的听,海开嘴都笑了。

明的这桩婚事让所有人整个一晚上都处在极大的兴奋骚动中,人们焦灼渴望着能早点目睹这位妙龄少妇的风采。夜已经深沉了,迎亲的喜车还不见回来。一些人熬不住了,哈欠连连,不胜遗憾地回家入梦去了。余下的是一群热心分子,包括请来帮忙的人,七娘也是其中一个。趁着迎亲的队伍未回来之前,人们将七娘围在"新房"里,不厌其烦地向七娘这个大媒人刨根问底。整个晚上七娘脸上光彩照人。她为自己能如此漂亮地成全了这样一桩婚事感到无比自豪。善良沉静的七娘将笑意挂在嘴角,慢条斯理地讲述了故事的始末。人们总算对这一亲事有了一个大致的概念。知道新娘芳龄才十九,前不久被娘家人卖给魏庄一个财主老爷当妾,——第三房小老婆。据说还不到半个月就将财主得罪了,铁下心要卖了她。七娘回家时无意中得到这个消息。听者有心,七娘骑上毛驴翻山过岭到了魏庄,很婉转地向财主老爷说明来意。老爷说,不错。她问老爷能不能先见见人?老爷说,行。不大一会儿工夫,进来一个年轻女子,白净的脸上稚气未褪,看发型是上了头的。可见是老爷的小妾无疑。她步履轻盈双手捧一碗茶递给七娘,并瞅住七娘一笑,似乎又没内容。七娘本要问些什么,老爷却说,去吧!七娘的目光一直送她出了屋。七娘发现那女子身材也可人,要腰有腰,要胯有胯,个子也高,腿也直。只是走路时两条大腿似乎有点儿夹,像戏台上的彩旦夹一把笤帚走台步。七娘也不深想。各人有各人走相,这原本也没什么奇怪,就像每个人相貌绝不尽然相同的道理一样。大体说来留给七娘的印象远远出乎她的意料。但不知像这样一个姣好的女子,老爷怎么不要了呢?老爷仰天长叹,唉!缘分,缘分呀!她不是我家人,就不该进我家门!据老爷讲,开始是为大老婆所不容。小贱人就在老爷身上出气,不让老爷上床,又抓又咬,老爷指着伤痕告七娘说,你看你看,这都是小贱人所为。七娘大骇,没想到老爷脸上累累疤痕竟然是小女子所为。一道一道的,大都结了血痂,分明是锐锐的指甲弄破。何止是脸,手和脖颈上的疤痕也是一道一道的,且直延伸到暗处。老爷说这是绝难容忍的,所以不论贵贱他也要打发了她。后来,七娘就回来告诉了明,明说行。后来七娘就去了魏庄。一番讨价还价后,彩礼咬定。再后来就把日子定在了今天。

七娘说完以后,屋子里静了一刻,人们在心里想象十九岁小娘子的容颜,同时也宽容着她的抓挠。明没大老婆,也没二老婆,不会有龃龉发生,自然就不会抓明。如果真是这样,明可就逮了个大便宜。屋子里结过婚的男人和没结婚的男人对明又羡又妒,说明艳福不浅。当然,明也是沾了七娘的光。这样一来,几个没结过婚的男人围着七娘套近乎,说七娘七娘,你也关心关心我吧,给我也说个媳妇吧。七娘就笑:后生呀,那是媳妇,不是玉米花儿。大娘可以装在口袋里,能大把大把掏来散给你们。七娘说这话时更加光彩照人。在这一瞬间,她从人们充满希冀的脸上忽然发现了自己的价值。原本就善良的七娘愈发慈心大发，她真要普度众生了。当下许诺道：行，只要你们看得起七娘，我即便是跑断腿磨破嘴，也甘心情愿给你们保媒。就在这时候迎亲的驴车回来了，轰隆轰隆的车轮声惊动得巷道里的秋夜更深。七娘周围的一群人一边欢叫着"点草把，点草把！"一面涌向街门。迎亲的喜车停在街门外不远处，载一路风尘。新媳妇由一位女傧相陪伴坐在车厢里，藏蓝布车围把车厢包得很严密，门帘垂吊，静静等待不可缺少的仪式。先是明的姨父将燃着的线香插在喜车的四角，有人喊叫闪开门开。人群骚动让开一条通道，一条像长龙一样用谷梗扎成的草把，一头燃烧得红红火火，被四爷拖了围着喜车左三匝右三匝绕圈儿，琅琅有声念出一串串诙谐幽默的句子：左三匝右三匝，来年抱个胖娃娃。右三匝左三匝，先结果后开花……

站在一边的七娘满脸挂笑，心里巴不得他快一点收场。其心情就像秀才写出了一篇好文章要急着展示于人。四爷知趣，懂得见好就收，就在人们的笑声中恰到好处结束了自己的表演。车上的帘子掀起来了。先一个下来的是女傧相。几个女人众星捧月似的把新媳妇从车上搀扶下来。实在也用不着搀。一个年纪轻轻的妙龄女子，脚也不小，一斜身，手托车盘，噌的就跳下来了。自己一笑，牙很白，月一样的娇嫩，花一样的容貌，柳条一样的身材。大大出乎人们意料。看看站在一旁的新郎官明，再看看月色下这个鲜亮的女子，大家就像在观瞻一个奇迹。明一身新郎打扮，长袍、马褂、呢制礼帽，这些全是七娘借的，自然有些旧。鞋是新的，是七娘做下的。礼帽上插一对金花，一条花红彩绸从肩上斜着披下来。据说新科状元就是这样打扮，但明反而有些滑稽可笑了。虽然是刚剃过头，胡子也极用心地刮了又刮，能看出帽子下边青灰的一轮。和七娘站在一起的明很局促地朝新媳妇瞟了一眼，连自己都惊奇了，当下心里就怀了美丽的骚动与兴奋。七娘也自然望了新媳妇，但眼珠只一滑。仅仅一个朦胧姿态印象在心底。七娘现在最关注是新媳妇当着众人面骤然亮相的这一瞬间，人们是怎样地惊讶，艳羡，赞叹不已。这是七娘保的媒，是七娘的杰作。七娘胸有成竹地相信会有这样的效果。她将从这惊讶、艳羡、赞叹不已里得到永远的宽慰。就在新媳妇跳下车那一瞬间，七娘极快地朝众人睥睨一周。她发现一个个脸都呆了，人们不由得再望望明，一下子就觉得很惋惜，大有鲜花插在牛粪上的感慨。

　　明浑然不觉，他沉湎在无边的幸福里。明机械地被人们摆弄着完成习俗规定的一个个程序动作：过桥、拜天地、拜祖宗、喝交杯酒、闹洞房。这时候夜很深了，月亮偏到老西头。明提醒七娘，说时候可是不早了。这话说了两次。头一次七娘没弄懂他的意思。二一回又来说，而且还有点羞腆的样子，七娘一下就知道是怎么一回事儿了。七娘一边在心里笑，一边就走进洞房，说时辰不早了，鸡叫头遍啦。七娘我得撵你们啦！大家就明白了七娘的意思，一个个大有深意地嘻嘻哈哈笑着都走了。

　　新媳妇坐上炕，媒人就算大功告成。七娘甜甜地回到家里就睡了，只是睡不着，咀嚼明和他媳妇此时正在洞房创造着那种美好境界，一下子觉得很寂寞。七娘强迫自己从梦境回到现实，渐渐地就睡着了。

　　她做梦也没想到经她捏合的美好姻缘出了天大破绽！

　　天刚放亮明就来敲门。七娘觉得蹊跷，新婚宴尔，这样的时刻正是小两口缠绵不尽的时刻呀？

　　七娘发现明神色很颓丧，脸上还挂着伤。

　　明说你再瞅！明阴沉着脸把两手伸出，左一下右一下挽起袖管。

　　我的天！没一处好肉了，青一道白一道紫一道红一道。什么人这样狠心把你抓成这个样?

能有谁！明愤愤地把脸别向一边，好像他身上的累累伤痕是七娘所为。

你是说——你媳妇?

还能有谁！

有什么话好好说吗！猫变的？七娘替他抱过不平之后，问了事情原委，明说媳妇不让他近身。七娘很惊怪，想想，想不通。都二婚了，见过世面的人了。但七娘嘴里却说明你不要性急，慢慢来。她虽不是黄花闺女，这种事到底害羞。要么是你太孟浪了，她吃不住……七娘忽然就不说了，她发现明已经不耐烦，脸像暴风骤雨就要到来的天庭。能看出他使劲不让自己发作，把愤怒压在心底，用一副完全彻底绝望的样子对七娘说：

"她不能用！"

"怎么？"

"石女！"

七娘一下戳在那里了，半日出窍的灵魂才找回来。她不愿相信，但明脸上手上身上被抓被抠被咬的累累伤痕又叫她不能不信。

七娘心心思思问，你看清楚啦？明说看清楚了。明说是后来才看清的。明说他不得不到巷里叫来几个男人七手八脚帮着把人摁倒，才发现她有毛病，石女，实在是不能用。七娘歪脸拧眉呆了一刻之后很不甘心地说她要亲自去验验。明说你验吧。明说你一个人去不是她对手，弄不翻她。得叫几个人帮你，人少了不行。七娘在巷道里秘密约了五个健壮婆娘，不露声色地到了明的家。立刻把门闩死并关紧窗户，然后软言细语劝小女人脱裤子，我们看看到底你有没有毛病。小女人就一弯，像骤然受到惊扰的槐虫整个身子弯成圆圆的一圈，双手钳子般把裤带摸得紧紧的死活都不松手。七娘还未曾放话，一个个子不太高的胖婆娘说都给我上！婆娘们个个骁勇，三五下就把小女人放倒了，较了半天劲才好不容易把裤子扒下来。然后一个人扼住头颅，两个人压住胳膊，另外两个婆娘一个人弄住一条腿。七娘凑近仔细一瞧。我的那个亲娘也！这叫男人如何作为？

七娘一下想到魏庄的财主老爷，想到老爷脸上手上的累累疤痕，忽然大梦方醒知道自己受了一个大骗。七娘在心里骂自己你真浑！当初在财主老爷的客厅里，第一次见到这小女人你明明地看出她走相不对，你明明地看她像女戏子夹着笤帚走台步。你也明明知道她不是女戏子，裆里也不夹着笤帚，而两条腿却是紧紧地夹住走，就应该疑心到她有毛病。你却没有疑心。你真该死！七娘懊恨得不得了。

七娘叫苦连天对明说魏庄那个老不死的把我们坑啦！

明沉着脸半天不说话，身子调转就走了。

七娘觉得胸前憋得慌。心上仿佛沉甸甸压了一块石头。

七娘憋着一肚子气翻山过岭来到魏庄找见财主老爷理论。财主老爷眼一翻说你找我我找谁去？再说啦，找也没用。一碗水泼在地上就收不回来。这门亲是明媒正娶，人都迎过去了莫非还想退回来不成？那怎么能行？这又不是在集市上买东西，集市上买东西也不一定想退就能退掉的。七娘说你这不是把我坑了吗？财主老爷说别人能坑我为何就不能坑你呢？再说啦，我又没多收一分钱。我只是不能吃亏，当初她娘家要我多少彩礼，我也要你们多少彩礼。天地良心，我没多赚你们一厘一毫。七娘愣着神，看上去她很累。她对财主老爷说，你在。说过你在之后慢慢转过身子离开了财主老爷家。

七娘离开魏庄也只是日照中天时分，回到村里月牙儿已挂在了树梢头。七娘的两条腿差不多快要提不动了，回到家倒头就睡下了。

就像在寂然如死的水潭里爆响一枚炸弹，把整个村庄都扰动了，都知道明娶了个媳妇是石女。人们用很复杂的目光看明，背地里肆无忌惮拿明和石女开心。明见人绕着走，绕不开就把头勾得低低。人们开始骂魏庄那个财主老爷不是人。但后来舆论又对七娘渐渐不利。说坑明的是七娘。说石女的内幕七娘事前就知道。七娘是和魏庄财主老爷串通好了的。七娘使唤了魏庄财主老爷一笔黑钱。一种说法是彩礼的一半。一种说法比这还要多。后来又有人说除了这以外还给了七娘一个金戒指一对绞丝银镯。

这些话是七娘后来才听到的。没有听到这话以前七娘已经感觉到不对头。七娘发现人们在巷道里再见到她时脸上都意意思思的。曾经央求她当月下佬说媳妇的人们见了她都绕着走，绕不开就把头勾得低低的，装作没有看见。七娘就觉得不大对头。

七娘听到这话以后气得关住街门坐在家里整整一天没有出来。她挨门挨户一个一个地想，无论如何想不出，这些年没有得罪过他们谁呀？七娘不相信唾沫星真能把人淹死？

七娘去找明。

七娘说，明，七娘的为人你知道，这……

明说，我知道。

七娘说，明，你知道啥？七娘如履薄冰，问得很小心。

明就不说话了，也不看七娘，脸上制造出大有深意的似笑非笑的表情。

七娘紧张了，说，明。七娘我可没吃黑心钱。

明说，七娘这事不说了。

七娘说，明，上有天下有地。

明说，不说了不说了。

七娘说，天地良心……

明说，不说了，没意思。

七娘就不再说什么，抬眼望住明，很平静，一如秋季的水，心里却苦得慌。她已听出明的话里有话。说没意思却是大有意思的。说不说了比说还让她心里更沉重。巷道里的流言蜚语固然让七娘很难过，但更让七娘难过的是明对她也那么不理解。

七娘劝自己该吃一点东西了。七娘给自己做了一碗绿豆面，端起碗又不饿，只挑了两筷子就放下了。

三天以后七娘又见明。七娘从怀里掏出三十块钱要给明。

明说，七娘？

七娘说你拿上，你拿上七娘心里就好受了。这事都怪七娘，你不知道这些天七娘心里有多难活。七娘我好好做了一世人，你得成全我。要不然七娘我到了阴曹地府心里也不宁。

明说这……这，这不合适。

七娘说，合适。七娘把钱塞在明的手里就走了。

七娘走后，明的心里暗暗琢磨七娘钱来得蹊跷。七娘的家境明是知道的，家徒四壁，如狗儿舔过一般。莫非她真的使唤了魏庄财主的钱，如今愧得不行又拿出来了？除此她不会有这么多钱。可是在明的心里七娘一向不是这样的人呀！明把这些钱藏在一个别人找不到的地方。他觉得这无论如何是一个谜。

差不多十天以后这个谜团就见其分明了。

那时候差不多就是交夜时分。明卖豆腐回来迟，离村不远处，借着糊里糊涂的月光，影影绰绰看见有人走出村子，往北踏上一条小路——那是通往烧瓦窑的路。明一下就认出是七娘。明一时间很诧异，放下担子尾随。他确凿无疑看见七娘进了烧瓦窑的一个窑洞里。窑洞的窗户上亮着黄黄的灯光,但很快地他看见那灯光就灭了。

一切都丢进了黑暗里。

明大骇。

……

大约又过了十多天,七娘死了。都知道七娘不是正常死亡。只是不知道七娘为什么要死。明知道。但明不说。七娘死得很从容。当人们发现她的时候,她已经干干净净穿戴整齐直挺挺地睡在炕上。头发梳得很光。

明眼红红地说,七娘的棺材我买。人们都很纳闷。

明取出那三十块钱为七娘做了一副上好的棺材。据说除棺材身子是柳木制作,而棺材的大头和小头一样使用了柏木板材。

原载《人民文学》1994年第9期

村西有个老天保

天刚麻黑,随着除夕的脚步声,迎春的爆竹响了?从零星到稠密,子夜时分渐渐疏落下来。天地间弥漫起火药与柏树叶的幽微清香……旧的一年过去,又一个充满希望的年头降临了。

日子过得这样好,庄稼人肚子里原来装着对生活的感激与欢愉,过年又是个喜日子,可以想见,人们该是怎样一张笑脸。

可是呢,村西首的这一家,今年过年,实在叫人不知当笑还是当哭……

大致说来,全是老天保一人之过。事情要从昨天晚上说起——

年三十夜晚,街门口亮起红灯笼。堂屋里一片辉煌,供奉祖先的桌子上燃起一对红蜡烛,摆上过节的好吃食,七碟八碗,琳琅满目:麻花、核桃、雪白的枣馍、带霜的柿饼、玛瑙般的酒枣……这一切都给节日增添许多喜气。

老天保一家,依旧遵循着古老乡习:团团圆圆守候一处,静悄悄欢送这年末岁尾。

眼下,堂屋的地当央,摆一张红色小桌子,儿媳妇挽了衣袖,满脸喜气地将羊肉馅搅均匀,动手弄面包扁食。对面坐着当家的,歪了头,笨手笨脚地替她擀片儿。

说是当家的,却又事事不做主,这个脸方、肩宽的中年汉子,只知道把挣来的钱交给老婆管,至于买不买簸箕,扯不扯涤纶,做不做沙发……他概不过问,还常常劝老天保:"爹!何必要咱操心呢,天塌下来有王刚顶。"不言而喻,这个"王刚"指的就是他老婆。

老天保能说什么呢!儿子这般没出息,甘心让老婆骑脖子。自己的骨头已经松散,再不能做活计,只能坐下来搭小辈们一口闲饭,自然凡事就再不能由自家做主,任其儿子把权柄交给媳妇掌。

眼下,这个身材不高,脸圆嘴翘的儿媳妇,正麻利地舞弄着手指头,眨眼就包出一个样子很俊的小扁食:肚肚圆圆的,耳朵翘翘的,一个又一个,两个又三个,白生生摆出一大片,雁阵似的左右成行。

老天保坐在就近一把矮凳上。他已很老迈了,脸上深深地刻着纹路,衰枯得像一枚风干了的枣。年轻时他曾是那样高高大大,现在佝偻了,走路颤巍巍,终年拄一根枣木拐拐。据说,拐拐是父亲的父亲留下的,抓磨得光滑油亮,圆润得像琥珀。他为它的年代久远而自豪。他一向爱夸古,虽然也感激新生活,可实在说来在一些事情上,他又觉得新的不如旧的好。

眼下他笑眯眯的,正在替小孙孙把一串"浏阳"鞭炮一个个零拆下来。小孙孙才三岁,穿露屁眼裤,小名叫宝宝,长得胖胖的,手里捏一根燃着的香,时时就跑至门外,提心吊胆地将纸炮一个一个地点燃,扔出去,慌着藏脸、捂耳,眼也挤得紧紧的,大气不敢出,直到轰然一响,便雀儿似的欢跃了,如此往复不厌……

夜不早了,里屋的那台红灯牌收音机播放的春节晚会已近尾声。宝宝的鞭炮早已放完,时不时就懒洋洋张一下大口:"妈,要睡。"当妈的记起他的小脚丫子还不曾洗,指甲也没剪,这些事情当然要等她把扁食包完才能做,便哄他:"又忘了,今儿不兴早睡觉。"

"咋啦?"

"熬年。"

"妈妈,啥叫熬?"

"熬就是等。等着把新年迎来,把旧年送走。"

"咋啦要送走?"

"旧了。"

"不嘛!"宝宝不乐意了,噘起小嘴巴,"我不让把年送走嘛,我要好多好多年嘛……"

当娘的不耐烦了:"你是个糊钵子,旧的不走,新的能来?和人不一样?都老了,又都不走,把世界憋破!"

这一下就糟透了。她没料无意中的一句话冲了老天保肺管子,他呼地就挺起腰,直直地瞪起一双黑眼珠,凶凶地捣一下拐拐,颤巍巍站起身:"老天又不收人,活着讨人嫌!"扔下这么一句话后,就挺挺地出了门,儿子紧着叫唤,他也不理,径直朝老院子走了……

媳妇傻了眼,想想,才知道自家说漏了嘴,懊恼起来,却又觉得冤!她的那些话,实在是无心计的呀!

这样一来,过年的快活情绪被破坏无遗,大家都灰溜溜的,再也欢悦不起来,摔摔打打胡乱收拾完后,就熄了灯。

唉唉!明天能不能过个安生年,还很难说呢……

夜,静悄悄地过去了。

老天保似乎没闹"情绪",早早地从老屋里走来,笑呵呵的,就像夜间压根没发生什么不愉快,兴致也出人意料的好,自始至终站在院里,咧着没牙的嘴,看儿子和宝宝放"高升"、响鞭炮……吃饭时,居然比以往多吃了十二个扁食……

媳妇乐得了不得。她在心底感激老公公,谢天谢地,今儿个总算能天下太平了!那么,接下来,就该梳妆打扮了。天已大亮,三朋四友要相约着走门串户拜年,不早些扎挂起,让人见笑。她把一家老少过年新衣一摞一摞摆出来,一个一个地扎挂,宝宝从头新到脚,夹袄、小喇叭裤,美得他合不拢嘴。她和"当家的"各穿一身款式入时颜色鲜亮的海蓝套服,一下都年轻了许多,站到镜子前,俨然一对拜花堂的新人……

意料不到的事情又生出了。坐在堂屋的老天保,压根没挪窝,瞅住他的那摞新衣服,只顾惬意地吧嗒着铜烟袋,笑眯眯的脸上,仿佛正在思谋一件很要紧的事情。

"爹!我们等着给你拜年呢,快换衣裳呀!"媳妇笑嘻嘻地催促。

"换。"他爽利地说,磕掉烟灰,便将拐拐往上一指:"将我的寿衣取下来。"媳妇惘然。

"正好七十三了,我的本历年。"

这里至今沿袭一个古老乡俗:七十三、八十四,为老人们的两个忌年。在忌年的大年初一,按旧习,要把入棺的寿衣穿戴起来,而且最好能出去坐一会儿街。这当然是有些讲究,除与索命的无常有些关联以外,似乎也有些炫耀之意。可是,我的那个天!眼下挂在屋梁上的寿衣,那是些什么样的古怪东西啊!

——老天保六十大寿时,按说就该缝制寿衣了。他是多么希望小辈们能早早给他准备一套像样的寿衣:黑黑的缎马褂、蓝蓝的绸袍子、相公帽、云头鞋……可那时,手头紧,自己也还精精壮壮,事情便一年年搁置下来。去年夏天,见儿媳妇张罗给他做寿衣时,他脸一板,问:"做啥样呢?"

"爹，你喜欢要啥样子？"

"长袍，马褂……"

媳妇愣住了："爹！你老憨了吗？如今谁死了还穿那个？"任凭儿媳妇如何劝说，老天保拗住不听。怕人捉弄他，硬逼着儿子用平车把他拉到供销社，亲自站到柜台前，监视儿媳妇扯了衣料。儿媳妇自有打算：扯就扯，将来做什么样，等他躺到炕上时，就由不得他了。老天保却不憨，回到家，当下就逼着媳妇给他量身下剪成衣。

今天，老天保要穿这样的装扮过年，她一下就惊骇得了不得。这个脸蛋圆圆，嘴儿翘翘的儿媳妇，哭笑两难咬了咬自家嘴唇，一斜一斜盯住老公公，不知该说什么好。她深知老公公的脾气。硬来是不行的，去年夏天为盖房子事情还让她记忆犹新。

她原打算盖一座款式入时明光敞亮的二层楼，老公公却执意盖一座老式四合院。为此发生争执，老天保便拼命了——眨眼工夫就摸来一把切菜刀，武武扬扬做出决然要丢下这个世界的样子，狠了心肠，照住自家脖颈上抹……

想一下这件事，她就不能不有所松动了，既然知道劝不住，趁早就把东西取下来，哪怕走走过场呢，让他挨挨身，然后快着替换下来，也算如了他的意，长短大家都将就着欢欢喜喜把年过下去……可是想一下后，事情又似乎不大妙，说是本历年，那么按老规矩是否还要出去坐坐街？

老天保笑眯眯头一歪："总得去转转吧？"

她叫苦连天，双手拍得响："好我的老先人哩，这不是让哭娘的人都要笑的吗？"

老天保脖子一梗，脸上就很有些颜色。

儿媳妇心里便怯怯的。"当家的"也不帮她劝一劝，走过来，悄悄叮咛她："过年哩，别惹他，由他。"她狠狠剜他一眼窝，心里话："由他？由他出去让巷里人当猴耍？让一家人跟上丢人现眼？唉，有什么办法呢，横竖年是不能顺心了……"她又好气又好笑重重跺一下脚，招呼"当家的"搬梯上梁，把那包袱取下来。自己扭身撩起门帘，一头钻进自家屋子，再也不出来。

老天保从头到脚扎挂起来了，我的天！这是一副什么怪样子呢？宝宝咬住大拇指呆了好一阵子。当老天保穿着他那行头，就要摇摇摆摆往外走时，宝宝就高兴得跳起来，他误以为爷爷是闹红火去，便要追去："爷爷，我也跟你去看红火……"

屋里当妈的隔着窗户断喝："回来！"接着窗玻璃上印一张使劲绷住的脸。宝宝噘了嘴，很不情愿地斜着身子进屋。

老天保上街了。

巷道里，一派过年景象：一夜的爆竹，地下铺了一层彩；空气里依然弥漫着幽微的烟香。人们三五成群，一拨子来，一拨子去，到同宗的家族里给长者拜年。那些姑娘、媳妇们，一面走，一面拽拽抻抻，彼此品评着穿在身上的新衣服：谁谁的涤纶袄把脸蛋衬得更白啦，谁谁穿上套服个子显得更高啦，谁的筒裤下摆又太大啦、腰太窄啦、屁股蛋绷得太紧啦……笑一路；那些后生小子们，叼着"把把烟"，冷不丁往姑娘群里扔一枚纸炮，立即招来一阵笑骂……接下来，便有一辆被庄稼人称作"电驴"的嘉陵牌小摩托，喷着淡蓝色的烟雾，"嘎嘎嘎"欢叫着冲过来，追着一群小把戏。几个不怕死的小子们，墙似的横街一挡，噌的跨上去，叠罗汉似的欢叫着驶进一个打麦场，一圈一圈地疯去了……

从西头的巷子里，像被狼撵着似的，突然跑来两个面如土色的小把戏。傻傻地瞪起一双惊恐万分的大眼睛，咻咻地喘着气，半天不能作语，使劲咽一口唾沫后，才结结巴巴告诉人们说，他们见到一个"妖……妖怪"！并赌咒说："哄人是狗！"

平静的巷道里骚乱了，人们虽然想到朗朗乾坤不会有"妖"，但从两个小把戏惊骇的脸色判断，定然是发生了什么异乎寻常的事情。大家吆三唤四，乱纷纷向西头巷里涌去，巷道里响起一片杂沓的脚步声。

住在村西首的老天保，此时正悠哉乐哉朝村当心颤颤巍巍地走来。看一下他的这身行头，便是活脱脱一个下了凡的"土地爷"——长袍、短褂，手里挂根拐拐……老天保尽量地撇着八字步，慢慢地扭搭扭搭着，身上的绸袍、缎袄，清泉般地拂动了，熠熠闪射着亮光。最触目的，要算那顶"相公"帽，远看，头上犹如落了一只黑乌鸦……这一切，对老天保说来，最惬意不过，觉得排场、体面，脸上禁不住洋溢着满足与光彩，两撮寿眉弯成很动人的弧，瞅一下巷道远处，决然到村当心那块石头堆上坐坐……

走出街门不远时，瞅见两个小把戏，正蹴在路上撅着屁股察看一枚未响的纸炮，听见咳嗽，一同转过脸来，一下就惊骇得了不得，像瞅见一条没尾巴的大灰狼，杀猪般尖叫："鬼——！"没命地奔逃起来，其中一个跑掉一只鞋，也不敢停步，直到很远的地方，才站下来，像一对突然受了惊吓的小鹿，脸上满布着惶恐与困惑，回头看一下后，又没命地向巷的深处跑去……

如果说，刚才老天保有十二分的愉快，此时，少说也减去了二分，因为两个小把戏，居然把他当成"鬼"！

"人嘛！是鬼？我一拐拐把你们抡得远远的……"老天保为自己鸣不平。

正走着，胡同里闪出一个老婆婆，怀里抱着她的小孙孙。老天保眼睛发亮，正要说些什么时，怀里的小孙孙，像被狼咬住似的，哇一声号啕了，没命地缩起身子往她怀里藏，老婆婆大呼小叫："你……要把我娃吓死吗？快躲开，叫我过去……"紧紧搂住小孙孙的头，风快地踮起两只"解放"脚，像躲"黄症"般远远绕着老天保脱逃。

老天保的愉快又减去了五分！

"呸！我又不是妖怪！"他陡然愤愤。

心情尽管已大不如刚才，却依然硬着头皮往前走去……瞥见前头涌过来一拨子人，其间就有刚才奔逃而去的两个小把戏，夹在人群里，朝他指指点点……老天保觉得诧异，便愣愣地却了步。

人群已漫过来了。突然，离老天保不远地方，跑在人群最前头的一个，猛地停下来，胳膊一展，稳住了阵脚，奔涌的人群戛然而止——人们果真瞥见一个"怪"！有人向后躲……细瞅一下释然了：

"哎呀！是你呀？老妖怪……"

人们大笑……

老天保也咧开没牙的嘴，跟着一起笑：嘿嘿！嘿……笑得很得意，以为大家是赏识他的这身行头。但笑着，笑着，脸上的纹路就像死了的蚯蚓，一条一条僵住不动了，倏忽间察觉到，人们的笑声似乎不是他想象的那么美妙，怪眉怪眼的："啊——哈哈……"鼻孔朝天仰面大笑者有之；"嘻——嘻嘻嘻……"按住肚子笑弯了腰的有之；"嗤嗤嗤……"背过身子窃笑者有之；"咕咕咕……"捂嘴藏脸者有之……且密密地围拢上来，就像嘲弄一个正在出洋相的大马猴！

"都来看哪，看这个'出土文物'！"一个后生小子这么吼，年轻人越发疯狂地大笑了……

老天保大约没听明白，即使听到，也未必懂，大约也是在人们的笑声与表情上，断定是揶揄他，灰灰地放下脸，怒目而视了。

对他的背时，也有不忍于嘲笑的，一脸哀戚，似乎觉得他可怜……但这样的怜悯，同样使老天保受不了。

此时，所剩不多的一点愉快，荡然无存。他只想快点逃脱。为了掩饰尴尬，装出一副突然记起忘却了什么东西未曾带上，就老老脸，迂缓地转过身子，跳起脚匆匆地往回走。但身后是一声高过一声的讪笑。

老天保决然不想在这样的时刻碰到什么人。谢天谢地，院子里静悄悄，他一头钻进那个做饭的偏房里。像泄了气的皮球，一屁股墩在灶门前的草坨子上，弯了腰，嘴里衔着那二尺长的铜烟袋，一团一团地吐着雾霭，一副精疲力竭的样子……

他的落荒而归的狼狈相，早被屋里的儿媳妇，透过窗玻璃看在眼里——这半天，她和"当家的"一直钻在屋子里，围着果盘，百无聊赖地剥花生，一边替到巷里招摇过市的老公公着急。这时，一颗女人的心，陡然一软，刚才的愤愤就被怜悯代替了：唉！不管怎么说，今天是过年，大家都该欢欢喜喜的，虽然老公公是自寻烦恼，毕竟是上岁数的人了啊！……这么想一下后，就和"当家的"出了屋，手里端着那摞为老公公过年准备的新衣服。

宝宝人虽小，却抢先到院里，点燃了那串"浏阳"鞭炮，毕毕剥剥，火花飞溅，小院里一片报春声……

原载《山西文学》1984年第3期

同年《小说月报》第4期转载

风　波

扳着指头挨门数，全武家寨数武二老汉家的日子过得和美、瓷实。一家老少四口，都是老实巴交勤劳本分的庄稼人。武二老汉是爱说爱笑的乐天派；老伴属贤妻良母一类人物；儿子拴柱少年老成，媳妇桂香不光人俊，也很能干，家里地里，粗细硬软活儿，全都拿得起放得下。最难得是她还有治家理财本事。因此，过门一年多，武家的日子就像锅台上盆盆里的起面，越发长进了。这座四堵墙的小院里，充满着和谐与安宁。谁知，昨天却出人意料地掀起了一场轩然大波。

一

晚秋的落日像烧乏了的火球，掉进红叶满山的丛林，阵阵夜风带来秋的凉意。第四生产队的办公室里灯明火亮，热气腾腾，满满塞了一窑人，人们哗啦啦拍着大巴掌，硬要新当选的队长王德才发表几句"就职演说"，五大三粗的王德才，用蒲扇似的大手在自己光脑壳上一扑拉，站了起来：

"众人推举咱挂帅，能行，可有一条，我得推荐两个好助手，请大家讨论，选不出一伙合心闹事业的人来，到时驴拽牛不拉，不往一个壶里尿,我这挂帅的有天大本事也白搭。只要大家同意了我挑拣的人,秋后搞不下个七七八八,就把我这颗脑袋割下当球踢!"

王德才的话像一把盐撒在油锅里,会场顿时沸腾起来,都觉得王德才的办法有点越轨,不合选举章法。可是王德才咬住死理不松口,他说:"我也有选举权,你们可以不同意我提的人,我也可以不接受你们的选举,反正这副业组长除了全福大叔,别人我不要。这会计嘛,我得起用拴柱媳妇。"

王德才话音刚落,正躺在炕上吞云吐雾的武二老汉呼地坐起:"谁?你说谁?"

"就是你家儿媳妇桂香!"德才说。

又是一个意外,人们的眼光齐向后窑望去,桂香穿着桃花红袄挤在大姑娘小媳妇堆里,听见新任队长点将点到她头上,急得脸比她那袄还红:"呀!我咋能?不,不行!"

"我反对!"说话的是现任会计常玉古,他气冲冲地从炕上跳下来。大概心情太激动,声音带着怪音。武二老汉看着他觉得可笑:

"常会计,慢些说,不要火。"

"谁火了?"

"没火就好,我好像听见你那腔调怪怪的。"

常玉古怎能不火?为了保住这个铁饭碗,他白天黑夜煞费苦心地拉选票,没想到半道杀出个程咬金,王德才凉凉地把他撂到一边了。他张开地包天的嘴巴,唾沫飞溅,大喊大叫:"你们不能搞一朝天子一朝臣,资产阶级政府才是这么——"他想不起"组阁"的词儿,"就是这样拉帮结伙的。咱们不兴这一套。"

"这是群众选举,怎能说成是资产阶级的拉帮结伙?胡扯!"王德才站起来了。

武二老汉大腿一拍，翻身站起，光着脚片子站在炕当央，左手叉腰，右手伸出大拇指，冲着王德才：

"好！是个帅才，有胆量，有眼力，能认出快骡子快马。哎哎！大家听着，不是我夸口，王德才点我家媳妇当会计，可算点对人了！"

"哎呀！爹。"

武二老汉张开大手朝桂香压了压："别打岔，这是公事。"说着就扳着指头向大伙叙述桂香如何治家有方，生财有道，结婚不到三个月就担任了家庭"总务大臣"，里里外外铺排得头头是道。站在窑门口婆姨群里的拴柱娘暗自抱怨：这老鬼准是疯了，不然咋好意思当着众人面，公公夸儿媳妇。

"哼！王婆卖瓜！"常玉古气咻咻地一摔门走了。

拴柱娘一见常玉古气色不对，心里咯噔一下，急忙冲着武二老汉：

"行了，行了！少说两句没人说你是哑巴。没见过你这号人，舌头底下压不住个米花花！"说着，上前就要动手去拉，武二老汉摔开她的手："你又来了，别打岔好不好？我这是在会上！"拴柱娘见拗不过，狠狠剜了他一眼，生气地转身向门外走去。武二老汉美美气气把桂香夸了一番，会场上立刻响起炒豆般的掌声。看得出，十有八九人们都同意桂香担任会计了。

散会了，回家的路上，桂香埋怨公公不该说那些话，武二老汉却不以为然，他说举贤荐能是每个人的责任；桂香说她初来乍到，一时摸不着勺大碗小，恐怕干不好，武二老汉鼓励她："能管好一个家，就不愁管好一个队，边干边学嘛！"桂香再没吭声，显然是被说服了。

武二老汉高高兴兴回到家，他想把刚才会上大伙如何拍巴掌的事告诉拴柱娘。

"我不听!"拴柱娘用被子蒙住头。武二老汉正自没趣时,门响,闪进一团桃花红,桂香给他打来洗脚水。武二老汉无话找话。说拴柱在城里参加农业机械培训班,明天就要回来,是否买点鲜菜,做顿饺子?他忽然记起这话吃中饭时,老伴已吩咐过了,觉得索然无味,便也不再开口。

桂香笑着走了,武二老汉洗了脚要睡,拴柱娘却撩开被子坐了起来:

"五六十的人了,看你那个样样,舌头底压不住个米花花,吹吹吹!吹吹吹!只怕人不知你家娶了个好媳妇,你眼馋那个会计你去当,俺桂香不稀罕那顶乌纱帽!"

"由你了?到时大伙把拳头一举,你不是干瞪眼!"

"选上也不干!"

"不干?还让常玉古喝大伙的血?"

"我说让他继续当了?让这号人当家理财,财都理到他腰包里去了,你没看见常玉古刚才脸上的气色?咱能惹起这号癞皮狗?"

"他敢咋?敢不让我欺负土坷垃了?"

"好,任凭你能的上了天我也不管,好好吹,站到房顶上好好吹,吹到刺上就不吹了。"拴柱娘捂上被子,面朝里又睡了。

武二老汉心里不悦,扬起右手把灯扇灭,倒头便睡。

二

第二天,天刚放亮,桂香起来把院里院外打扫得像狗儿舔过一般。然后提着竹篮到二里远的小镇上去赶露水集,称点鲜韭菜,等拴柱回来包鸡蛋韭菜饺子吃。

武二老汉起来照常去山上放羊。拴柱娘则忙着给猪煮食,又接着喂鸡,顺便把母鸡捉住一只挨一只地摸,看今日能下几个蛋。这时,街门"吱"一声,只见桂香胳膊弯里,挽着半篮鲜嫩鲜嫩的韭菜、小葱,菜叶上还闪着露水珠儿。

往常,早起第一面,桂香总要呼爹唤娘,今日却一进门,头不抬,口不开,便钻进灶房里去了。拴柱娘诧异,无心再去摸蛋,惴惴地向灶房走去,刚到门口,瞅见媳妇怔怔地望着窗外的云天,篮子也没放下。桂香听见脚步声,委屈地转过身,手忙脚乱地找活做,却又颠三倒四——从篮里把菜掏出来又放进篮里,淘净准备做饭用的米端着去喂猪。拴柱娘在门口接住问道:

"桂香,你身上不舒坦?"

"没。"桂香两个嘴角强自往上翘了一下,但笑得很苦。

"是不是谁欺负你了?"

桂香脸一偏,用劲咬住下嘴唇,一阵委屈,眼里水汪汪用手把嘴一捂,就跑到自己房里去了。

拴柱娘慌了神,赶快追到媳妇房里,再三追问,才知道街上出了"没头帖子"(小字报),诬说桂香和新选的队长发生了那种男男女女的事情!

拴柱娘一听像遭了雷,耳朵里"嗡"的一下,手里的米盆差点跌落地上。她问清了贴"黑帖子"的地方,三脚两步出了房,米盆也顾不上往灶房送,顺势往圪台上一蹾,顾不得鸡刨雀啄,趔趔趄趄奔出街门。果然,远远瞭见丁字路口墙壁下,站着四五个人,野鸭似的伸着脖颈,头挨着头,争着往墙上看。拴柱娘来到人群背后,见人们盯着墙上一块皱皱巴巴的小纸块,有的皱眉,有的捂嘴笑,常玉古也在其中,幸灾乐祸地念着黑帖子上的下流话。拴柱娘一听,气得嘴唇打战,拨开人群,一把上去将"黑帖子"撕了下来。

人们见是拴柱娘,有人知趣地散去,有人替桂香抱不平,骂写小字报的人心短。常玉古也假装好人跟着骂,并劝拴柱娘"别生气"。

拴柱娘心里明明白白,除了常玉古这号癞皮狗,这缺德事还有谁能干得出来?看见常玉古假正经,好不气恼:

"常会计,我不识字,这写黑帖子的人可曾在上面具名?"

"具了,'革命群众'。"

"哼!寒碜死了,连个真名也不敢写,可见做贼心虚。有话明讲,何必背后使暗锤?说到了,还不是为选会计的事,才惹得有人吃醋。有啥法,世道变了嘛!不服气再把世道转过来,好让你那乌纱帽父传子,子传孙,世世代代霸占住。"

常玉古听见话不对味,黄皮子脸一阵青,一阵白,便借机溜走。拴柱娘索性放开嗓门骂了几句。人们纷纷打劝:"算了,身正不怕影斜,桂香的人品村里谁不知道?这把灰他抹不上,回去吧!"

拴柱娘回到家,怕桂香寻思不开,又到屋里想劝她几句。见桂香和衣躺在炕上,便拉过一条被子替桂香盖上,又轻轻出来把门闭上,不知不觉眼里扑簌簌落下泪来。

就在这时,武二老汉回来了,拴柱娘一肚子火正无处发泄:"老不死的,你有脸回来,吹吧,好好吹吧,吹到刺儿上了吧?让孩子跟上你屎盆尿罐往头上扣。你歇心了!体面了!光荣了!"

武二老汉梗着脖子:"嗯——看你个样样!"他又瞥见枣树上挂着的锄,知道桂香还没下地。

"都是糖人变的!"武二老汉说完觉得自己话头太重,便长长出了一口气,圪蹴在枣树根下,点着烟吸了一口说:"这种事,这几年还经见得少吗?弄不倒一个人时,不就是这么往人脸上抹锅底黑吧？说谎不犯罪，屎盆尿罐想扣谁就扣谁，从上到下，书记、县长、主任，哪个没挨过这闷棍？都像你们这么软塌塌，谁还敢出来再工作？那些王八羔子巴不得你们这样呢！这不明摆着是冲昨天争会计的事吗？我说，身正不怕影子歪，任凭狗嘴去喷粪。他愈希望咱趴下，咱就愈要把腰板挺硬，你听昨晚会上的巴掌声，大伙可是实心实意拥戴咱，咱要为大伙争气呀！"

武二老汉说罢，把烟布袋缠好，插在腰带上，刚跨出门又扭回头来嘱咐老伴说："拴儿上午从城里回来，这事先别告那糊涂虫，等我回来再说。"

武二老汉前脚走，桂香后脚从房里出来，边往头上包纱巾，边从枣树上取下锄："妈，我下地去了。"

"今儿个别去吧！"

"怎么不去，回头你把韭菜淘淘，饺子等我回来包。"说完扛起锄出门走了。

拴柱娘见桂香硬硬朗朗出了门，心里踏实了许多，当她想到儿子拴柱马上就回来时，脸上禁不住又掠过几丝愁云。

三

快吃中午饭时，拴柱从城里回来了。拴柱这后生样样都好，就是有个穷毛病：多疑好忌，耳根子太软。常玉古就抓住拴柱这个弱点，打听到他今天回来，早就在村口转悠上了。没等拴柱进村，就把他拉到背旮旯里，对着拴柱耳朵，添油加醋，咕咕了好一阵子。中听还好，一听这话，拴柱肚子里霎时就像翻了油瓶，倒了醋罐，脸上由白变红，由红变黄，一气之下，跑到代销店，花了一块三，买了一瓶白酒，往怀里一塞，高一脚低一脚朝家里走来。

桂香和婆婆正在灶房和面，炒鸡蛋，切韭菜。一见拴柱回来，好不欢喜，脸上绽着笑，问长问短。拴柱忍住心头火，勉强说了几句话后，就到了自己窑里。

桂香端来洗脸水，一进门就见拴柱提着酒瓶子，仰起脖子"咕咚"灌了一大口。桂香知道拴柱平常不会饮酒，嗔怪地笑着：

"死鬼，出去两个月就学坏了，要喝也得就点菜，空肚子喝不怕伤了脾胃？"说着放下脸盆，转眼从灶房端来一小碟炒鸡蛋："少喝点，别灌醉。"

"来，陪我喝几口。"

"死鬼，甚会见我沾过酒？"

"少喝几口。"拴柱提着酒瓶子，一直把桂香逼到窑门口，桂香连笑带挡，背贴在门上，脸一偏：

"少缠！"

"酒后吐真言，你怕我把你灌醉是吧？我的大会计？"

"你？"桂香瞠着目，她瞅见拴柱的眼里正冒着火星，便低下头，拾起前襟，用牙一揪一揪咬着衣服的边儿："你知道了？"

"臭气冲天了！"

"你信？"

"王德才为啥偏偏挑你和他搭班？"

"你说呢？"

"走，当我的面你唾他。"

桂香愕然："拴柱！你又跟上鬼了！"

"啪！"拴柱的大手落在桂香的脸上。桂香懵了，颤抖的手捧着热辣辣的脸，惊、愤、怨、屈，一齐伴着泪水从眼眶里涌了出来。

过分的忍让往往会收到相反的效果，桂香既不还手又不还口，使拴柱愈发疑惑起来，他摔掉酒瓶，一把揪住桂香，大有要一口吞掉她的架势。

正在灶房和面的拴柱娘，心里本来就不踏实，忽然听见媳妇房里"叮里哐啷"，知道不妙，急忙跑来，果见两个人扭打在一起。

"拴柱！我把你个猴老子。你跟上鬼了？"拴柱娘边叫边去拉拴柱，拉不动就使拳头捣蒜似的乱捶起来。转眼拴柱的头发上、衣服上斑斑驳驳到处都是白面点儿。

一阵吵闹，惊动四邻，转眼，小院里来了好些人。桂香扑在婆婆怀里哭，婆婆搂着桂香淌泪。拴柱双手搂头圪蹴在房门口。众人纷纷解劝，抱怨拴柱糊涂，骂写小字报的人可恶。这时，武二老汉风风火火赶回来了，他两眼瞪着老伴，十分可怕，拴柱娘忙叫屈道："谁知他孽种是咋晓得的，进门就打架。"

武二老汉扭头盯住拴柱，呼地弯下腰，顺势脱下一只鞋，扑过去就要打，众人忙拦挡。武二老汉冲不开众人，就把抓鞋的一只胳膊从人们的肩头上伸过去，用鞋指着拴柱骂："我前世倒了八辈子霉，生下你这孽种，别人一敲锣，你就顺杆爬。"

王德才来了，一把夺过武二老汉手中的鞋子："怨我，大伙推我挑头，我就憋了一肚子四五六，心想硬硬邦邦搭个班子，要干就干出个样样来。没招架叫人背后捅了暗刀子，惹出这个麻烦。算了，会计我另选。"说着把鞋扔给武二老汉。武二老汉梗起脖子：

"怎么，你也下软蛋了？"

王德才还要解释，桂香过来了：

"我可不是纸糊的、泥捏的，即使你不同意让我当会计，我还要投自己一票呢。"

圪蹴在门口的拴柱一听这话气白了脸，扑上来大声骂道："不要脸的骚货，你还有脸投票？"操起巴掌就朝桂香打来。被激怒了的王德才，将拴柱一巴掌推了老远喝问道："你这是骂谁哩？打谁哩?"当下攥紧两个蒜钵大的拳头,摆下架势就要大干一场。众人七手八脚忙来拦架规劝。拴柱见众人都不向着自己,气得狠狠吐了一口说:"好!我走,你们活去吧!"气呼呼地走了。

幸灾乐祸的常玉古一见捅了大娄子,转身正要溜,不提防被正在打劝拴柱娘的毛毛婶一把拉住:

"姓常的,慢走!"

"咋?"

"装蒜!你看你把这一家搅和成啥了?告你,出人命了!"

"扯淡!这和我有什么相干?"

"不用你硬。乡亲们!大家听着,这小字报,不,这黑帖子是常玉古贴的。今早晨天没亮我走茅房,从墙豁里真真切切看见那黑帖子就是他贴的。憋了一天了,我没敢说。我枉说人一个字,就让天打五雷轰!"

"呼啦"一下,愤怒的人们都围过来了:"打,打这狗日的!"

常玉古不示弱:"要咋的?就算是我写的,要怎么样?'四大自由'!"

"什么'四大自由',黑帖子!"众人喊。

"谁提意见都保险对?提得对你改,不对就拉倒!"

"你这是提意见?你是造谣!"王德才气得一把揪住常玉古的领子,抡拳头就要砸——武二老汉急忙上前架住,扭过头来盯着常玉古:"你……你……"他气得嘴唇哆嗦,忽然大吼道,"你……你瞅瞅你自己,还是个人吗?滚吧!"常玉古夹起尾巴溜了。

武二老汉拍着王德才的肩膀说:"你给咱挑头好好干,桂香给你当帮手。"

原载《火花》1985 年第 3 期

贵 人

一

史家要待客。待谁？待女婿。这一方人管女婿叫贵人。又是头一次登丈人门，自然是新贵了。

二丫头片子也真可恶，刚来信说她对上了象，还没等娘老子回话同意不，又猛地发回电报来，写极简的字，说她和他已经动了身，两个人厮跟着马上就回来看大和妈。

信是大前天才接到。三丫头英英抢先夺去，撕了封，一抖，抖出一叠信纸和一张带彩的相片片。英英捏着相片瞅半天，眼一亮，蹦老高：

"大！妈！你荣荣对上象啦！"

大、妈一愣，丢了手头活计，奔过来近前一眂，果然认出是二丫头。啧啧，这死女子，像个甚！照相也不说把口抿住，海开嘴地笑，身子还斜斜地靠在一个小伙胸脯上。小伙长得倒也周正，中等个，长麻麻脸，花眼窝，看模样是个厚道人。你看，一样地海开嘴巴笑，笑得憨厚老实。老实人也知道使劲把胸脯往姑娘身上靠，贴得紧紧的，两个人硬是把头朝一搭里歪，不怕扭了脖子。

史天碌咧了嘴：嘿嘿，嘿嘿！红眼妈喜得扭住一只袄袖抹泪颗。咋能不喜？二十六七的大闺女了啊！谢天谢地，总算了却了大、妈一块心病。

这之中，史天碌兀然发觉，相片上的小伙子有些面熟，但一时间又记不起。他指住三丫头捏着的信吩咐说：

"念！"

英英挤眉弄眼将一头帽盖子长发左右一甩，便念了。史天碌老两口耳朵攲得尖尖的，当听到二丫头的女婿就是当年那个工作队队长时，合家人目瞪口呆一阵错愕。

"是他？！"红眼妈先叫了，双手拍得啪啪响，想起了往事，"娃儿倒是不赖咯，只是……来咱村那阵，记得他二十五，这不明明地要比咱荣荣大六岁？"

脖子一歪，表示对大六岁不大称心。

史天碌竟是一语不出，默默地点燃一支"金钟"烟，双腿一屈，蹲下去，双目一挤，叠出满脸纹路．搞不清他想哭还是想笑。真格是冤家路窄？他想。

小伙姓曹，叫国宝。八年前，树上的枣儿还是绿蛋蛋的时节，县上下来一拨路线教育工作队，一行四人进了村，其间便有曹国宝，当时的他细皮嫩肉，梳乌亮的小分头，穿硬领白衬衫。每日起来，圪蹴在街门前刷牙漱口，搪瓷缸缸搅得哈哈拉拉响，识文断字，装一肚子好学问，难怪人家年纪轻轻就当队长，让村里人欣羡敬服。他不端队长架子，一样地"一天三送饭，晚上连轴转"，一样地在毒日头下，光了膀子下河滩背石，往后山送粪，和婆姨们锄谷。晚来，就带上青年突击队挑水渠。人累成精瘦，嘴角上火，密密地长起碎碎的小燎泡。盲肠也痛起来，用手捂住小肚子，依然是场里地里，不歇息。有空就开社员会，有好口才，讲起话来，卖瓦盆似的，一套一套的。大家像听戏文一样入迷，没人打瞌睡，男人、女人、老婆婆、老汉汉，都咧了嘴地笑。人很平和，进城去开会，断不了就有人央他捎买个烟嘴、香胰子什么的，他也从不拒。日子一长，毛毛分分贴进不少。大家也并非故意讨他便宜，还他，硬不要，说："算了吧，算了吧。"大约是这些缘故，都贴近叫他小曹。史天碌觉得这么叫不成体统，大小也是官，怎么可以冠之以"小"？最可恶是那群忘了自家生辰八字的后生们，猴球碎蛋平头百姓，敢言出无状，开口就国宝如何如何。史天碌不如此放肆，远远地肩膀一塌，眼睛挤成细缝，咧开那大嘴，一口一个曹队长，恭敬有加，认为自家是民，总得有上下尊卑之分吧。

在一次锄谷时，他走了嘴，跟上大家叫"小曹"，刚出口舌头便打卷儿，心里发慌，类乎给菩萨上香，跪下去要磕头，屁股刚撅起，便有一股气从后面挤出，极响，一时间自己脸白如死。其时，史天碌的心境也大抵如此。难怪他心慌意乱，一锄下去勾死两苗苞谷。接连几天日，总是惴惴。

说来也巧，没出半月，曹队长狠狠给了他一顿颜色。史天碌总认为与此有关。

那是一个月亮刚露脸的傍黑天，史天碌差五分没按钟点上工，等候在地头的曹队长，一脸恶相，端出威风，眼一瞪，大若鼓环："干什么吃的！"臂腕一歪，亮出手表，啪啪啪，拍几下，"几点了？嗯？站到那边去，腿并住，站好！我要开你的会！"声震天宇，史天禄两条腿筛糠似的抖……

斗转星移，眨眼八年过去，这一直就再没见过曹队长，要不是前天二丫头来信说起，还不知道曹队长早已经调回到地区。又升了，在专署文化局当局长，正宗七品，县长级呢！也就是说，二丫头片子，找了个和县长一样大小的官做女婿，今儿个就要君临寒舍，慌得史天碌像着了火，揣起一把票票，风风火火进了城，往返七十里山路，月到中天才回来，满当当采办回一柳条筐菜蔬食料：金针、木耳、细粉条、鲜黄瓜、嫩蒜薹、五花猪肉、酱口条、卤猪蹄、皮蛋、腐竹、铁桶罐头，以及各样红绿酒：红葡萄酒、小香槟、四瓶北京五星，还有费了好大唇舌，托人情走后门，才弄到手的两瓶杏花村老白汾。

婆姨很不悦，两只红眼翻一下翻一下，噘了嘴巴嘟囔。倒不是心痛几个钱，眼下这日子大非以往，千儿八百也能拿出手。可是你想，可村里三八二十四户人家，谁家待女婿有过这行情？单说今年，新姑爷上丈人门，少说也能数出七八家，谁家不是两荤两素，四个盘子一壶酒？虽说槐树院孙大头在酒上破了例：不用锡壶，整瓶地放"青梅"，似乎高出大家一筹，可他家使唤六寸菜盘，比起其他人家的八寸盘子，到底要小两寸，相比之下，倒也旗鼓相当。

这倒也罢。关住门个人过个人的日子，哪怕吃猴头、燕窝呢，别人也管不着。可是大女婿呢？前有辙后有路，想当初，人家大女婿上丈人门，也不过吃一盘山药丝、一盘炒鸡蛋、一盘熬豆腐，加上一盘炒葱花，勉强凑足"四个"数。眼下轮到二女婿，居然七股八叉买一筐，还开洋荤吃罐头，莫非要摆六六、八八席？不是吃不起，一碗水总得端平，都是自家女婿，怎能厚此薄彼？大女儿和女婿晓得了，心里能熨帖？

"那时候是啥皇历！"天碌这么说。

"就算如今日子好，孙大头没你有钱？万元户呢，也不过喝一瓶青梅酒。你这倒好，一瓶又一瓶，还花大价买汾酒。大女婿那阵喝的是从喉咙辣到屁眼门的红薯烧不说，拢共才灌了二两，一锡壶还不满……"

史天碌相当不耐烦了：

"一个天一个地，两个女婿能在一搭里比？说到天上，大女婿也是个庄稼户，人家二女婿可是……信上不是说了，和县长一样大的官！"一副肃然起敬的神色。

婆姨喟然一叹："你呀，祖传的，胎带的……"一面嘟囔，一面提起柳筐进灶间。

这是无可奈何的事情，她知道，老东西性子硬，拗不过的。何况东西买也买了，总不能拿去倒沟里，至于大女儿和她女婿，日后心里美不美，再说吧。眼下，是要快点准备，该洗就洗，该煮就煮，该过油就过油。电报上说了，明儿个人就回来，到时饭端不上桌，可就瞎啦。

就像赶制上元节祭神福礼，灶火闪闪地红了一夜。红眼婆姨挽了袖子操刀掌瓢，三丫头英英系了小围裙当下手。史天碌也不歇：剥蒜、拔猪毛、烫鸡、添炭……一家人头昏脑涨差不多忙了一通宵，直到日上三竿，总算准备就绪，就连炒菜佐料用的葱丝，也细细切一碟，只等新女婿一进门，捏一撮朝炒瓢一丢，刺啦啦，各样香喷喷的菜肴就可以一盘一盘往上端了。

算路程，人该回来啦。从专署所在地开往陕西榆林的过路班车，天不明就发的，虽说在柳树沟那儿，下车之后还得步行十五里山路，那也至迟端晌午就到家的。以往，二丫头荣荣每次回来都搭这趟车，天近午时，或天碌，或婆姨，或三丫头，差不多每次都要到村口高圪梁上去瞭哨。高远的蓝天底下，一条窄窄的小山路，从远处的山峦上，曲曲弯弯延扯过来，先还空空荡荡，兀然就冒出一个小黑点，蚂蚁似的蠕动着，渐渐地就大了，能辨别出荣荣的花花衣裳了。

"大，妈！"荣荣在崖下远远地尖着嗓门喊，一面扯下红头纱，举在头顶甩，火团子似的艳。而时辰呢，不迟也不早，差不多每回都是端晌午。

眼下，太阳固然已经老高，到底离端晌午还差一圪截。红眼婆姨掂把笤帚扫院子，三丫头说她熬夜熬困了，要睡会儿，却睡不着，躺在炕上看小说。史天碌却叫人很费猜想地掮起一柄锄，猫着那腰，不哼不哈地走出街门。婆姨纳闷，紧上紧地追出来：

"嗨，去哪搭？"

"地里。"

"这时候去地里？埋人哩！"

"转转。"

"晓不得娃们马上就回来？"

"嗯。"

只嗯，并不站住，婆姨急了：

"嗨！饭呢？"

"甭等我，娃们回来你们吃，甭等我。"

"人家娃头一次上门，吃饭你不陪，行？"

不语，只顾走。

"不是说你？"

"嗯啊，谁陪不一样？"史天碌已经很不耐烦了，头也不回，贼撵着似的，走了。

婆姨犹如跌进云雾，呆愣愣眨动双目，闹不清这老东西哪股筋又抽上了。兀地就想起什么来，眉梢一挑，笑起来，惊动了屋里的三丫头，趿拉着鞋，跑出来，问妈："咋啦？"

"你大……"妈忍俊不禁，"你大……他妈那脚的，装……装模作样扛个锄，地……地里去了，啊哈哈哈……"

"这——人！积极也积极不到地方，啥活这么紧，非得在这节骨眼？"

"躲了！"

"躲？"

"晓不得你那个大？"

"……"英英豁然醒悟，想笑，到底没笑出，嘴唇咬住，愣了半天神，油然起了怜悯，觉得委实可怜，天地间哪有老丈人怕女婿的道理？

二

英英决计要将大撵回来。

她知道。大一准去塬上了。那儿有她家三亩四分责任田，绿绿地种一大片狼尾巴谷。

眼下，活路是没有。接连下了三天雨，地全下软了，人进不去。

那么，果然像妈说：大是躲了？

英英顺着沟沿上那条上上下下的路径，翻过一个土圪梁时，远远就瞅见大仰面八叉躺在离谷地不远处一块青石板上。

快走到跟前了，英英轻敛了双脚，在一丛酸枣树后轻轻站定，衔一根狗尾巴草梗，那么样地瞅大。

大像是睡着了，枕着锄把，一顶发黄的旧草帽，兜头盖脑捂住脸，两只鞋胡乱扔在一边。歪脖小松树投一团浓荫在大身上。小风顺沟溜，柔柔的。

换一种情况，也许这是个歇晌的好去处。可现在，来这睡，饿着肚子？

大怪恓惶的！她想。

妈的话忽然在耳边回响，自然勾起往事：记得有一次，妈正这么数落大的时候，英英悄悄问过妈："咋啦，这么说大？"

妈哧哧地就笑:"祖传的……"

从那以后,英英才知道,这句话竟然源远流长,传家宝似的,一代一代传下来,传给大。妈说,她的婆母在世时,常用这话数落老阿公。婆母的婆母在世时也如此这般数落老老阿公。至于老老老阿公,是否也曾遭此数落,妈没说。但类推而上,大抵也都难免。

这玩意儿也遗传?

英英惘然了。

英英很惋惜没研究一下遗传学。她也没兴致于此。她的兴致就是看小说,古今中外,长短不拒,逮住就看。

小说也居然有时能起到遗传学的功能?这是她所料不及的。那是前两天,偶然在一本旧了的杂志上,读了一篇很不错的小说——一篇得过奖的小说。写一个顶顶没价值的庄稼人,被支书找来,咧着那嘴,站在两个婆姨人中间,为一场纠纷作证。起先恓恓惶惶的,连句硬话也不敢说。而后来,突然就端出威风,不仅理直气壮地讲出了真话,还把支书顶得一愣一愣的。其原因呢,就是他分到了责任田,田里的水满当当的,秧子已栽下去,往后有谷子打,有苞谷掰……文章写到最后,作者形象而生动,也相当准确而含蓄地用大山暗含了这个庄稼人正在挺立起来的脊梁。

英英连住看两遍,头一遍没看懂,再看一遍的时候显然她从这个庄稼人身上,发现了大的影子:大不就是这样窝窝囊囊、恓恓惶惶过了多半辈子吗?在村里,上至支书、主任,下至保管、队长,大敢惹谁?神一样敬呢。按辈分,大是叔伯辈,却不敢直呼这些人的名姓。未曾说话,先称官道衔,挤一副自轻自贱嘴脸:"支书咂!""主任咂!"……

最可叹是那年在秋场分谷,生产队长临时抓刘小宝差,让替代他掌秤。刘小宝——一个很不起眼的后生子,邋邋遢遢,鼻尖上常挂一串清鼻涕，什么干部都不曾当过，比大小两辈。平时，大一口一个小宝地叫，而此刻却不知该如何称谓了。不恭维点，怕秤杆上吃亏。叫他刘文书当然是不妥的，唤刘主任也不相宜，自然也不能叫刘队长。那么索性就叫他……

吭哧半天之后，亏他还真能想出来，照例是照例挤一副自轻自贱嘴脸，恭而敬之，叫了：

"刘过秤！给咱秤抓好……"

一时间所有在场的人们好不诧异，想想，扑哧！全笑了。

英英脸红如火炭，觉得败兴，狠狠剜大一眼窝，大竟浑然不觉，仿佛对自己的聪明很得意。英英怒也不是，笑也不可，别转脸，微微叹息。

英英早想劝劝大的：别这样可可怜怜的！又不知怎样措辞，到底没吃透大的病在哪害着。谢天谢地，一个久久为之困惑的，也相当恼人的问题，居然在一篇小说里释然了。九九归一：穷。

大不是已经富了吗？责任田自不待说，而且水饱肥足。不仅有谷子打，有苞谷掰，而且有麦子可收。缸满囤溢，放开裤腰带也吃不了，至于钱，不必再愁，除了盖新屋开销了一笔外，还有两张四位数的死期存款条条在箱箱里锁着呢。

按说，大的脊梁也该像大山一样挺了。

也许，在一些事情上，未必人人都能知道自己的价值。倘若这样，岂不是早就该向大提个醒儿？说："大！你别老是那样行不行，都啥时候了，你还怕他个谁。腰杆子挺得硬硬的，不一样都是人吗？……"假若真的这样。大会怎么样呢？英英想象不出来，觉得挺逗，便窃笑了……

一群云雀从山谷的那一头冲飞起来，啁啾嬉戏，上下翻飞，像突然受到惊吓，倏地划一个大弧，弹丸似的一齐射向高远的蓝天，蓝天里一片碎语……

"呀!"英英一惊,她无意中发现日照中天,天时不早了,说不定姐姐她们已经到家了。懊恨自己大不该磨磨蹭蹭,无意之中跺响一只脚,"咚"一下,不期然惊动了大。

"谁?"

睡在青石板上的史天碌,瓮声瓮气地问,掀开草帽坐起,看是英英,这才嗔怪地哼哼着,弓起两条细腿,翻来翻去在口袋里摸烟。

英英雀儿似的连蹦带跳过去:

"大!你瞅,晌午了。"

"嗯?"

"你荣荣和她女婿说不准到家了。"

"嗯!"

"那你还不回?"

"你头里走,我再停停。"。

英英想笑,又不敢:"大!你真的是怕吗?"幸好也没说出口,那样,大脸上会挂不住的。英英精着呢!脑瓜一转说:

"大!你荣荣说不准可神气呢!"

"神啥哩?"

"神她找了个当官的女婿!"

史天碌两只眼睛美滋滋地眯细着,任凭烟缕活活泼泼顺着脸颊往上跳。听见英英这么说,嘴一咧,从里往外乐:嘿嘿,嘿嘿!……

"大!你神气吗?"英英这么问,那样地歪转头,瞅住大。

"我神?"

"神你的女婿是个当官的,和县长一般大的官?"

大遐想般地眯细着眼。

倒也未必就神,也未必不神。连天碌自己也说不清道不明,但心情异常倒是真格的了,和二丫头来信之前比相去甚远,一下亢奋了许多,兴致相当好,看见什么都顺眼。观天,天蓝。观云,云秀。看水,水清。看田,田绿。就连婆姨那两只平时叫人心烦意乱的烂红眼,此刻也一若两朵雨后的桃花相当水灵中看了。说不清这到底是咋啦。又不是头一次当老丈人。大女婿那阵,决然不曾有过这种云天雾地的感觉,决然没有这样叫人醺醺然而晕晕然。饭量也陡增,一顿吃满堆堆三钵碗扯面。打巷道里走过时,脖梗硬硬的,腰也粗了许多,出气也壮。漠漠中感到一种托庇。很有些欣欣然,时时都想吼喊几句梆子戏文。

这固然为二丫头庆幸。二一面呢,也确乎于他脸上光彩。你想,他——史天碌——一个土里巴叽山圪崂崂里的庄稼户,能有一个正宗七品的官儿喊他丈人爸,也着实地该威威武武一番了。

端的就威武了,情不自禁把腰杆挺一下,两臂向上弯曲至肩,捏住就要下滑的袄领,气宇轩昂地这么往上一提,那神情,俨然天是老大,他就是老二。

这一切均被英英看在眼里,诡谲地咬住笑,进而煽动了:

"大!你荣荣女婿也像大姐夫一样喊你大吗?"

"由他。"笑笑地咧着嘴。

"喊你大你敢应承?"

"咋不敢?"

"那你还躲着?"

"躲?"

"妈说你躲了。地精湿,饭也不吃?"

一团紫红迅速从面颊掠到耳根,幸而皮肤不白,遮掩了不少,否则是很尴尬的。他实在说不上为啥就来了，明知道地精湿，不能做活计，也明知道荣荣和新女婿马上就回来，却神差鬼使般就来了。

"甭听你妈胡嚼！"

那神色好像受了莫大冤枉。英英觉得好笑。当然，冤也罢，不冤也罢，这似乎都无关紧要，重要的是给大壮壮胆，打打气。不然新姐夫头一次上门，丈人爸不去饭桌作陪，童养媳妇似的，钻到灶火圪垴里扒几个碗，岂不要贻笑大方！于是便顺风扬帆地说，是哩，大才不是躲呢！天底下哪有丈人爸怕火女婿的道理，即便是官又咋的！只要不赌、不偷、不抢人、不犯法，他能怎样？公粮呢，一粒不少，叫子时缴，不会推到卯时送。至于按不按钟点出工，他也甭管那么多，活路紧，也许一气干他个七天八夜九后响。活路松，任凭咱抱住枕头睡他个三天并两夜呢，他休想开咱的批判会。更何况，进了史家门，就是史家的女婿，一个女婿半个儿，县长要咋的，皇上二大爷也照样得管你叫大，所惧何来！不怕的，越是这样，才越要威武八面地端出那丈人爸的架势来。

史天碌咧着那嘴，漫不经心地穿上鞋。拍打拍打裤脚，抓起锄头，那似笑非笑略见嘲讽的神色，表示对三丫头不屑一顾，意思是他之所以要来，并非是躲哪个人。他将锄递给英英，自己反剪了双手，悠闲地迈着脚步，顺着那条弯弯曲曲的小山路往回走了，心里盘算着那个女婿子一定到家了。史天碌神色坦然。犹如月黑星稀的夜晚和人打赌，要去后沟摸坟，大有"斯亦不足畏也矣"之气概。

三

那么，史天碌，果然要抖一抖丈人爸的威风了？屁！进门就软。一若老鼠见了猫。

那时,荣荣和他的未婚夫已经先一步到家。明光锃亮的大小提包显眼地放在石榴树下的板石饭桌上,跟前站着一个风度翩翩的男子汉,梳乌亮的小分头,穿浅灰的一身西装,硬领白衬衫,脖颈上的扣子敞开着,也没系那种彩带子,这样的打扮,既显示了身份,也不拒人于千里之外,看来是动了一番脑子的。这便是姓曹名国宝的史家新贵了。一脸的温良恭俭让,彬彬有礼地向丈母娘述说一路上车如何颠簸,路如何不平,山里气候如何凉,至少比山下差三度,以致他受了风寒。说着眼一直,鼻子一皱,排山倒海般连打两个喷嚏:啊——嚏!啊——嚏!

丈母娘揉揉风火眼,急着要去浇姜汤,并吩咐荣荣,要不要加件衣服?

"咋地不咋!"

荣荣这么说,一面妩媚地冲国宝笑一笑。那时她洗漱刚罢,蓬松的头发湿润润的,羊羔毛似的卷儿卷儿披散在肩膀上,兰花似的手指头翘起,往脸蛋上抹擦人参珍珠霜。

史天碌和他的三丫头从街门里进来了,英英前,他后。到底是荣荣眼尖,燕子般扑过去,妹一声,大一声,叫得脆响。姐妹俩搂住蹦高高,史天碌咧开嘴笑。这之中,灶间那儿也探出半张脸,一双水汪汪的红眼睛,笑得那么主动。气氛已经相当热闹了。这时,曹国宝——史家的女婿操着那火箭型的黑皮鞋,从石榴树下,照直朝丈人爸和小姨子走过来,满满地堆一脸笑。原一本打算是要叫的,但似乎是犹豫了一下,改口说:

"上地啦?"

大家一凉。这么着就使刚刚热闹起来的气氛兀然往下一塌。像是受到什么惊吓,首先是灶间那探出那半张脸,往回一缩,不见了。而英英却不依不饶了，嘴一歪，眼睛直在二姐的脸上溜。那是一种用三言两语不能形容或者概括的眼睛，相当刻薄的，亦是相当酸溜溜的，意思是：听见没？大也不叫一声，这就是你找的对象？还局长呢，德行吧！鼻子一声哼，扭身就走，斜着，从国宝跟前擦身而过，公主般地昂着头，顺势用鄙夷的眼光照准这个不受欢迎的二姐夫，饱饱乜斜了一下，意思是：有什么了不起！之后，把锄往墙根底一扔，又去找毛巾，脚抬起，扬起毛巾使劲拍打，尘埃满天飞。

最不咸不淡、不尴不尬的要数史天碌了。

他满以为会叫他大的。

应该叫的啊！

回来的路上，他还一直这么想，一再在心里安顿自己：别慌。人家娃是头一次开口，又是有身份的人。头一次，加上有身份，恐就更难开口些，更何况咱还是个老庄稼户。如果一慌，少不得就手忙乱，会弄得人家娃脸上挂不住。所以，一定要稳趁些，大方些，自然些。为此，快要到家的时候，他在门口那儿站了下来，略微停了停。并且用一只手在胸前轻轻安抚。就像一个怯场的演员，临上场总要事先站在幕布背后安一会儿神。直到心跳得慢了些，气也喘得匀了些，脸上的各样零件，也都归置到各自的位置上。既不凶里凶气叫人望而生寒，也不苦苦巴巴可怜到失去一个丈人爸应有的威仪。这样的待到他自我感觉非常良好时，才把腰杆往直挺挺，双手仍剪后去，脸绷住，就像皇帝坐龙廷，准备接受文武百官朝贺那样庄严而重地迈动着脚步，朝家里走来了。准备接受那个刚进门的新女婿欢欢地叫一声大。

却没叫。

不是没听见叫，一进门他竖起耳朵。看见人家从石头榴树那儿照直冲他走过来了,似乎准备要叫的,但不知为什么笼而统之问了一句:上地了?

这是问谁?妈日的,问石头还得拍响呢!史天碌一肚子不愉悦。可又不能像英英那样使脾气,也不能不搭理,也就只能那么不咸不淡、不尴不尬、木头棍似的在那里使劲拧搓着一双大手。喃喃呐呐,那神情活活像是口里填了一把盐。

陡然间,气氛有点紧。

荣荣急忙出来圆场。这女子和妹妹一样精明。明知是国宝一时失礼,却不能这时候把事情挑明,不然可能更糟。就像什么事情都没发生一样,她尖声尖气地笑着说:

"大,你愣啥哩,这就是他——你女婿!"

"唔……"史天碌含混其词地咕哝着,眼睛在国宝脸上胡乱轮几下,挤出一个笑,心里话:女婿?就他?"大"也不叫一声?哼!官又咋的……英英说得对着哩:我不指望哪个再给我批返销粮;也不怕哪个再扣我的工分;猪呢,养了,再也不必磕头捣蒜求谁批准。政策呢,上头早有话,稳踏踏的……

越是这么想下去,越是气呼呼不乐,才越想给这小子一点颜色看:二话不搭,调转屁股干脆一走?当然也不失其惩罚的一种。到底不过瘾。那么……他白眼翻天,铆足了力气,电光火石般断然一喝:"她妈!饭到底熟呀不熟!熟了就端!"又瞪住两个女儿,"不说你们?!"荣荣觉得大有点过分,又不便说什么,用鼓励的眼光瞅瞅国宝,意思是:别介意,大就那样。然后喜喜欢欢地向灶间走去。英英惊讶地看看大。跟着二姐进了灶间,却不时地借故跑进跑出,时时留意大的一言一举,嘴角抿着笑,看来她对大的勇武很满意。而最满意的还是天碌自己。

他觉得这两声到底喊出了威风,喊出了身价。当然,醉翁之意不在酒,他是刻意做给这小子看的。意思是:娃娃,这里可不是你的文化局。姜太公在此,诸神退位,我可不管你什么长不长,在这方天地里,我说了算,想给我当女婿,得看我愿意不,我不放话,你小子给我爬得远远歇凉去……俨然一副凛然气概,傲岸地耸耸肩膀,拧拧脖颈,两条细腿巴也挺挺地直了许多,明知自家比人家个头矮,但依旧是居高临下的神气:

"唔!你就是……"忽然顿住,他觉得应该坐下去说话,那样才合乎丈人爸的规范。绕过去,他坐在石榴树下一个小木凳上。本来还有一个小木凳是空着的,按道理他应该请这位新姑爷一同坐下,但,不必了,就让他先站一会儿,不然,何以能体现丈人爸的尊严。史天碌宽余地将两条瘦腿呈八字形向外撑出去,放弯曲的双肘于膝上,漫不经心,任其曹国宝呈笔挺地站在离他不远处,满脸赔着小心等候他的问话。

恰巧,英英从灶间出来了,借故到街门外扔鸡蛋皮,看见院里这一幅景况时,心里暗喜,刻意望出去,透过枣树的青枝绿叶,四围是洪荒的山岳,重叠地横陈天际。也许,正如那篇小说里所形容的,那就是大的脊梁?她这么饶有情趣地想。

然而,院子里,史天碌又继续问话了:

"唔,你就是那个……"

"是哩——"曹国宝恭谦地往前靠靠,一面就在兜兜里掏烟卷。虽然是台面上的人物,毕竟是头一次认岳丈,少不了拘谨,"你老人家忘了吗?八年前我来咱村下过乡,我就是那个曹——"忽然地眼就直了,鼻子一皱,接着就排山倒海一般,"啊——嚏!"略停一下,又说,"我就是那个曹——"鼻子又皱了,像是还要打,却打不出,但眼睛仍直着。这眼光不期然叫史天碌打了一个寒噤,骤然使他一下记起八年前那个挨斗的晚上,就是这样的一双眼,大若鼓环，问他几点了，站到一边去，要开你的斗争会……这么着，史天碌心里慌，忙放下笑脸："记得哩，记得哩，你就是——"他本要叫"曹队长"，一想，这不妥。虽然没叫出，但肩膀确凿无疑地是往下一塌，两只眼睛也确乎媚态十足地眯成了细缝缝。总之所有丈人爸应该有的一切风范，以及刚才那副苦心经营的勇武气概，统统忘却。只剩下小心与谦卑。谦卑到女婿要敬他一支"牡丹"烟，都不敢理直气壮地接。那模样，就像人家递来的不是烟，仿佛是朝他劈来的木棒，才那样躲躲闪闪，缩着脖子，不住地摇晃着两只手："不啦，不啦！我不抽。"

当然，到底还是接了。但很可笑，就像在上司面前领取一份奖赏那样，居然用两只手，而且事先似乎在袄襟上一抹，然后才掌心向上，慢慢地凑上去，一脸的感激与惶恐。这之中，咔嚓！女婿为他又打燃了打火机，他愈发地受宠若惊，忙说："你点，你点，你先点！"女婿笑着不依。他便慌着用三个指头捏住烟，笨拙地靠上去，以致撞灭了火苗子，又咔嚓！咔嚓！之后，这才好不容易把烟点着。大约太拘谨，影响到他抽烟的姿势相当不雅——他就那么样可怜巴巴地站立着。

他是什么时候屁股离开了那个小板凳？自己也昏头昏脑不甚了然。觉着不该站的。又没有勇气再坐下去，直到女婿再三再四请他"坐下抽，坐下抽"，他才又坐下，两条腿再不是呈八字往外撑，而是并着，小媳妇似的。屁股呢，也只坐半个，一副随时准备站起来回答问题的架势。虽然他在心里一再告诫自己不能往起站了，他是女婿，半个儿，哪有老子站着和儿子说话的道理！可是，当曹国宝又问他一句什么时，他那整个神经都发生了问题，膝关节习惯地一挺，又站立起来了。

所有这一切，都被站在街门口的英英看在眼里，她狠狠盯了他一眼，赌气站在门外不回来，贴住墙，怅然若失地望出去。透过枣树的青枝绿叶，横陈天际的依旧是那洪荒的山峦。由此她联想起那篇小说，和小说里那条寓意着人的脊梁的山岳。她一时弄不清书中的山峦和眼前的山峦有何区别。抑或小说里的是石头山，天生的土山要比石山软些？

她惘然了。

原载《火花》1986 年第 5 期

还 魂

十年前,他是那样伤害过我的心!

至今我不知道他的名字。只记得他瘦高个,长方脸,跛一条腿,走路一拐一拐。

我和他仅一面之交。表面看,这个偏远山野的庄稼汉,一言一笑都给人老实巴交,笃厚与淳朴。可是把一件事情做完后,我才惊愕地发现,他竟是个顶顶没有价值的刻薄鬼。谁能想到呢?十年后的今天,我竟又遇上他,可谓冤家路窄!

秋阳升到一竿子高时,早市就零落了,像一群骤然而聚的鸟雀,彼此慌慌留下一阵热闹的絮语,倏地又散去,如今的庄稼人,像珍惜金子般珍惜每一分光阴,何况是三秋大忙季节,大家或买或卖,来去匆匆。

我呢,急着要买一些土豆带回省城,却赶了个早市尾巴。眼见得只剩一家土豆摊了,货又相当不入眼,全是挑剩的残次品。我犹豫不决:买,还是不买?

"嘻嘻!"卖土豆的小姑娘抿嘴讪笑了。

我知道是笑我,笑我五尺壮汉,做事不爽。我脸红红地歪一下头,用手扒拉,一面抱怨她的土豆,少皮没毛啦、歪瓜裂枣啦,像袄扣疙瘩啦……

小姑娘又笑了："大小不一样吃？又不是看样。"说完"嘻嘻"笑，声音甜嫩。

大约我被她的可爱所感染，瞅瞅她：圆脸，黑眼珠，鼻子翘翘的，眉宇间镶颗"美人痣"，有一点小小的不足：她的左下额明显有一道嫩的红疤。虽不影响美丽，毕竟是缺憾。

她说她十三岁，是临时帮爹来守摊子。人虽然小，却很会做买卖，她说只要我真心要，每斤再便宜二分钱。

我蹲下来，撑开布口袋，装下这不起眼的土豆。

事情究竟不算满意。我向小姑娘诉说"衷肠"，说价钱倒不在乎，只要货好，因为一来是给人代买，二来呢，路又远……

"山外头的吗？"

"太原。"

"那……你明天再买吧，明天早点来。"

"不行，我马上就要走的。"

正这么说，小姑娘忽然看见我背后走来一个人，忙喊："爹！"

来者是一个瘦高个、长方脸、眼睛小小的庄稼人，五十八九岁样子，正眯着眼笑笑地瞅我。

忽然，我觉得这张脸有点面熟，似曾见过？但认真想想，又惘然了……

小姑娘走过去，和爹说了一阵悄悄话。

看样子是说我。果然，老头子朝我喊："同志，倒下吧！"

我不解其意。

小姑娘咯咯地笑着，倒提了口袋，哗啦一抖，土豆儿便一如脱逃的小鼠，四下乱滚。父女俩忙着把滚远了的捡回来。这时，我又发现老头走路一拐一拐……我禁不住又瞅住他的脸，瞅着瞅着，不期然我心里一紧……

——那是八亿人八个戏的年月,我们歌舞团排"脚尖舞",到这偏远山庄做普及样板戏演出。出发前,父亲递给我一条口袋,让顺便买回些大武山的土豆。大武山的土豆久负盛名,金贵得很,有"宁吃大武山药蛋,不食晋祠白米饭"之说!那时,政策规定:五斤土豆折一斤谷米,像粮油一样属统购范畴,未完成收购任务之前,土豆是不许随便买卖的。但庄稼人手头拮据,为了能买回油盐,总要偷偷去卖。既然是偷偷卖,情形只能像做贼。这样,我便不能顺利地买到土豆。

记得那是一个下午,日头向西坠去,天空一抹紫,我揣着布口袋,幽灵似的转悠在这山镇的街道上,想侥幸碰到一个卖土豆的人。"卖不卖土豆?"所有觉得应该问的人,我都这么悄悄地问一句。终不能如愿。直到黄昏时候,走来一个瘦高个、长方脸、走路一拐一拐的庄稼人。他左手揹一柄锄,右手拖一枝枯树杈,一路走来,哗哗有声,身后荡起一片薄薄的烟尘。

我走上去问:"卖不卖土豆?"

拐子止住步。一双小眼睛左右一轮,然后就压低嗓门和我洽谈生意,神情就像活动在敌占区两个秘密接头的地下党。

"买多少?"

"百八十斤。"

"家伙呢?"

"有。"我指指腋下的布口袋。

拐子小眼一挤:"走!"

我跟上拐子,朝南走,往西拐,下一个土坡,从一片碧绿的莲花池绕过去,到了一棵陈年岁久的古槐下,使劲推开一扇老掉牙的板木门,走进了一座土院子……天!这叫什么院子呢:到处是柴灰污土、碎砖、烂瓦、庄稼秸秆以及高粱壳子。几个数得见的蔫皮子枣摊晒在架起的破竹帘上……唯一能看见的活物，是两只秃毛鸡，悄无声息地缩了一条腿，用另一条腿支着瘦瘦的身躯，站在一块青石板上，迟迟不肯落窝。

一个善眉善眼、身板灵巧的中年女人，从烟熏火燎的家里走出来。她是拐子的妻，头发蓬乱，裤腿极短，胸前缺少两颗扣子。她凶巴巴地去抓住鸡："还不进窝，等喂你不成？又不下蛋，一刀剁你们吃了肉！"说着，往窝里一塞，堵了石板。家里却砰然一响，大约是粉碎了碗，紧接着"哇"一声，一个小女孩大哭小叫，将妈唤作"卖"：

"卖卖——卖卖——"

"号，号！我还没有死！"女人板着脸，奔回屋里，没和我打招呼。

此时，天色又暗下去一些，落日的余晖，用黯黄的光线照射着这个土院子，格外叫人感到生活的沉重与艰难。

窑门开了，拐子满脸笑笑招呼我进去装土豆。

窑不大，进门就是大土炕，零乱地放些绳头破烂、废纸箱箱和秃了刃的耕作家具。土豆堆在后窑的一角。拐子接了我的口袋，一条腿跪下去，动手装土豆。

我本欲不动手的，瞅见他竟然连毛带蛋一块往里搂，泥疙瘩也不剥。这不在坑人吗？我当然不吃这个亏，就裤腿一提，蹲下去，专挑光滑圆溜大个头的。拐子斜斜地瞟我一下，停住，硬是挤出笑，款款提我一个醒：

"挨个拾。"

我装没听见，依旧挑大的。

拐子很不满，口气严峻了许多：

"不要挑!"

我还不理。

这样一来,拐子的脸上就很有些颜色了,眉一蹙,眼一眯,嘴角朝下一丢,使出声威:

"不能挑!"

我觉得失了体面,脸一红站起,鼓了眼珠:

"谁花钱不为买好货?可你,儿子母子一起数不说,连泥疙瘩也当土豆卖,能这么干?"

"怎儿咧?"拐子一把捂了口袋,腰一挺,"你这后生,土长的东西能不带泥土?你看着办,就这行情。"他把脸拧过去,表示决不通融。

"……"我本欲争执几句,但想到自家身份,"好好,算我今天倒霉……"

拐子顺势下坡,又动手装土豆了。我索性由他去装,扭身走到院里。

鬼才知道,我是怎样就站到这晾晒红枣的地方。是的,我是目不转睛地盯着这些枣。可我的全部心绪还深深纠结在刚才的愤愤里,在想我如何地吃了亏:口袋里又填了多少泥土?

"你死到屋里啦?"拐子放声喝吼。我一愣,就见那善眉善眼的中年女人,从屋里走出来,很作难地贴墙站了,瞅瞅我,赧然一笑,佯装看云,但时不时就拿眼角斜斜地在这枣摊上,溜一眼,再溜一眼……

我恍然大悟,腾地红了脸,原来她在奉命监视一个"贼"。

我心里相当不悦。你想,一个有头有脸受人推崇的人,平白无故被人当作贼,简直岂有此理!难道我有可疑之处?难道我堂堂五尺壮汉,会下作到真如偷儿那样,乘人不备就抓把枣往口袋里塞?

难道我的人格只值仨核桃两个枣？怎敢如此狗眼看人低呢！……我不由跺一下脚板，走得远远的，在鸡窝前的一块空地上，踩着来回……

女人大约看出究竟，一时窘迫得不知所措。恰此时，一个头发黄黄的小女女，从屋里走出来，仰起小脸蛋，远远朝我眨动一双乌亮的眼睛，大约慑于我一副凶相，她怯惧地叫声"卖——！"脱逃似的钻到娘怀里。

天色又暗下去一些。

"行咧，过秤吧。"拐子在窑里喊。

我余恨未消，板着脸，慢腾腾又进了窑门。拐子笑眯眯正将一根铣把插进秤的皮套里，一头递我，一头归他，身子都躬下去，一抬，装土豆的口袋悬空而起。自然是拐子掌秤。我说：要七十。拐子的一双小眼睛睁得亮亮的，一下，一下，将秤砣到七十斤的秤星处，兀地秤杆一塌——不够。

"添。"拐子吩咐站在窑门口的女人。女人慌慌地要找簸箕，拐子眼瞪："你不找汽车呢，一满能差多来几颗，拿手掬！"

先掬来一大把。

不够！

再掬……

还不够

……

这之中，小女女也来凑热闹，学娘的样，雀儿衔柴似的，一次拈一个碎蛋，举过头，两条小腿，风快地来，风快地去，乐不可支。

女人掬到第五次时，塌着的秤杆一如死去一般，纹丝不动。

那么，还得掬……

"少些,三两颗就行咧!"拐子这么向女人喊。

何止三两颗呢,再掬二十颗怕也不止!我恼恼地这么想……然而,果真只加到两颗时,秤杆兀地高高翘起。我疑心有鬼,眼一扫——原来他用一个小拇指,在秤杆的一端悄悄作弊!

我愕然。

而他却坦然自若,明明讨了便宜,却做出甘愿吃亏的嘴脸:"高就高点吧……"

我真想吵一架,想想,又不值得,吃个哑巴亏算了。我正要扎口袋,小女女却举着一颗小土豆,颠颠地跑来,硬是塞进口袋里。

"不敢咧,女女!已经秤好咧!"拐子一面说,一面就要拣出那颗小土豆。女人大约脸上挂不住,急忙小声嘟囔:"算了吧,多来一点点。"

"算了?"拐子瞅住那颗小土豆,"差不多一两重呢!"到底还是拈出那颗土豆,朝后窑一扔。

小女女却不依,鼓了腮再去拣。

"你敢!"拐子凶了脸。

小女女不理,索性抓来两颗,闹着要往我口袋里装,拐子恼了,硬要夺,女女不让,两手捏得紧紧的,满脸的倔强与无畏,一双黑眼珠盯住爹。

拐子一巴掌掴过去,小女女马趴着猝然倒地,正巧下巴磕在破鸡食盆上,当下磕出一道血痕。

女人跺脚号啕:"不就是一颗烂山药蛋吗,要命呀?"

拐子一脸的惊慌与愧悔,双手抖抖地找来一块破棉絮,烧成灰,趁热捂到女女的破伤处……

…………

事情像发生在昨天,仔细想想,才知道一个好悠长的十年,已经过去。

十年后的现在,我又站在这老式板木门前了。

拐老汉抢在前面将身子掉转,使屁股墩门,一下,又一下,厚重的板门发出嘎的呻吟声。十载流年风雨,它还居然歪歪扭扭撑持在这里,看看这副寒酸相,不由叫人疑心:这里是一个被遗忘的角落?

可当我走进小院时,才让人放心地感到:生活同样是神奇般地转变过来了。表面看,依旧是土院,破窑……似乎没啥改观……

"哪能啊!"拐老汉财大气粗地对我说:队上另给他豁了一块新地基,"比这宽敞得很呢,房子也撑起了,五间,一砖到顶,洋式门窗,洋灰地板,美着哩!"又说,"托政策的福,田土也争气,三年下来,光山药一项就闹了近万数元票票呢,盖房花销了小七千元,本应还有四千,可以放到银行吃利,可我那老婆子,死缠活缠要打一套新家具,这么一弄,又把一千元票票呼塌啦……"

拐老汉津津乐道地说下去,屋里有人搭了腔:"咋啦,钱就不兴我花吗?"话未落,走出一个善眉善眼的老女人,裸臂挽袖,湿漉漉的双手飘散出一缕酒香,分明在做什么活路,见我一个生人,就倚在门边,眼睛含着静静的笑意。

我凭七分猜想,三分记忆,已知道这老女人是谁了。较之十年前,她老多了,却明显地吃胖了,脸上面色也好,盛满了对日子的满足。谈话间,她已知道我是来买土豆的。

土豆堆在院子里,偌大一堆,用蔫了的绿蔓遮盖着。此时,拐老汉已豁开一个洞,露出清一色的紫皮土豆,很入眼。

拐老汉跪下去一条腿,着手装土豆。

我因想到十年前的晦气,本不想动手。可是,这样的好货,也实在用不着挑挑拣拣,挨个拾,大约不会讨嫌吧!我蹲下来,大把大把往口袋里掬。

谁能料到呢，我又招怨了。像上回一样，拐老汉停住手瞅住我……可，瞅啥哩，我这不是核桃、枣儿一齐数吗？又没挑……我心里这么嘀咕，一面照旧掬一把，再掬一把。

"不成，这不成！"拐老汉倒提了口袋，哗啦一抖，装进去的土豆又倾巢而出了。

可是接下来，就叫人难为情，因为，我很快发现，他纯然是一番美意：他是那么精细地为我挑拣着，一颗一颗地挑，认真得如选籽种。每拿起一颗，都仔细检查有无伤损；还使劲搓掉硬泥，如若泥土嵌在凹处，他就小拇指就翘起来，用灰指甲一下一下地剔，或者就鼓起腮帮子，对在走风漏气的嘴上吹："否！否否！"

我正狐疑，拐老汉差遣我去取一把小扫帚："朝老婆子要。"他说。

我如令照办。

老婆子正在窑里做活路，我照直奔去，踏进一只脚，但第二只脚无论如何跟不上来。我傻愣愣一副嘴脸：哈哈！我又看见了枣。不是十年前院里那一点点枣，而是一窑，炕上炕下，堆积如山的枣。火红一片，一个个如琥珀玛瑙一般，映着窗上的朝阳，闪闪地眨动着无数的小眼睛。老婆婆正把一筐红枣倒进一个瓷盆里，喷上酒，挽了衣袖的臂腕，深深插进去，使劲翻搅着……我第一次看见怎样做酒枣。

她看见我，边劳作边大声说："吃吧！尖的是脆枣，圆的是木枣，想吃啥自己挑，管饱。"

我用诚恳的微笑向她表达了谢意，交代了扫帚的事情，就转身出来。

"这人！遇上了嘛……"

老婆婆尖着嗓子喊,追出来,一手拿扫帚,一手端半簸箕枣,扫帚扔给拐老汉,簸箕送到我跟前,嗔怪地剜我一眼:"后生家,可假气呢,遇上了嘛……"

我笑笑地连连道谢,却不肯动手。

"遇上了嘛!"老婆婆做出要生气样子。这时,拐老汉也扭过头来帮腔:"吃吧,吃吧!遇上了嘛!"

"遇上了嘛!……"老两口几乎同时又这么喊,既然是一片诚心,自己也就不能辜负人家的盛情,否则会弄得大家无趣。

"那么,过过秤吧,我得先付钱。"话一出口,自己也感到很不入法。首先是拐老汉嘴角朝下一丢:

"小看人哩吧?"

我忙咧了嘴笑起来,接过枣簸箕,抓起一枚,鼓着腮帮大嚼了。

老两口眉弯腮圆。老婆婆坐下去,使唤小扫帚扫土豆上的泥土,一面和我说长道短:说太原的高楼大厦,说山里的乡习人情。我嚼着枣:

"老人家,还认得我吗?"

"……"两个老人都盯住我……又相互一顾……再瞅住我……然后,笑笑,抱歉地摇摇头。

"我来过你们家。"

"来过?"老两口愕然,"甚会儿?"

"十年以前。"

"……"老两口迷惘地又瞅住我,使劲想……到底想不起,歉然一笑。

"你们有个女儿吧?"我问。

"是哩,是有一个。"老婆婆说。

"下巴底有个疤?"

"可不是咧,俊圪蛋蛋的一个俊女子,硬是让这老东西一巴掌掴过去……"她忽然觉得蹊跷,"你咋晓得呢?"

我笑笑:"那天,我就在场。"

"……"两人都呆了,老婆婆忽然记起什么,双手很响地一合,一摊,"噢哟!你就是那个买山药蛋的吗?"

我笑笑,表示认可。

这一下就糟透了,俩人像不期然遇到讨债人,一时间局促得不知所措。我也失悔不迭,我的本意,并非要讨债,只是一时兴奋,把过去的事当作笑料讲一讲,大家一笑了之,就算一笔勾销了,绝没想到会使大家弄到一个尴尬境地。

老婆婆满脸愧色地瞅住我,似乎要做一些解释,却又口讷舌拙,半天才道出一句:"唉,那鬼年月,人情像纸一样薄了……"边说,边瞅拐老汉,分明想让他快接上说句暖心话。

拐老汉勾了头,只顾拣土豆,好像事情与他无关。

"老东西,真记不得他了吗,那一天,你打女子……"老婆婆这么喊。

"唉!"拐老汉手不停地叹口气,"说啥哩,那阵子日月苦焦咯!"

仅此而已,别无下文。不仅没道歉,看都不看我一眼。意思是日月苦焦,他才变得刻薄了,那么,我要祈祷上帝,让那该死的苦焦日月,永远再不要光顾人间啊!

老婆婆似乎觉得拐老汉的话不近情理,实在感到是他们的错,心里过意不去,就苦苦地瞅住我,还想说几句赔情话。

我却极力要摆脱这难堪的局面,换个话题,问讯那天女女的破伤处是如何治好的。她说,那时手头紧,棉絮灰把血是止住了,魂儿却走了，孩子昏迷不醒，说胡话……后来又忙着"招魂"。

"招魂？……咋招？"我好奇地问。

老婆婆笑笑："这是山里人的迷信事体，现时早不信它了。那时招魂是在深夜，点一盏油灯到旷野里扯起喉咙大声呼叫女儿的名字，一面叫一面慢慢往回走，一直走回家。魂灵紧紧跟着灯光，就回来啦。"

口袋已装满，拐老汉吃力地站起来，将口袋再摇摇，又塞进两颗，用麻绳扎口子，拍拍手上泥土，做出一个叫人意想不到决定，瞅住我：

"这么吧，你将口袋扛到街上，交给女子姗娃挂挂分量，她那有秤，钱交给她好咧。"

"我一个人吗？"我一脸惊讶。

"又不是打群架。"拐老汉边说，一摇一摇走过来，将口袋扶上我的肩，挥挥手，"去吧。"转身干别的活路去了。

我一个人，心里总不踏实，我不相信拐老汉真的不来。

走出巷道，走到莲花池边的小路上，再回头瞅——还是没有来！

还有什么比信赖更宝贵呢！我捎着一袋土豆，迎着秋之朝阳，向街市上正看守摊子的姗娃姑娘奔去，心幕上映现着拐老汉，啊啊！那个叫人又怨又敬的拐老汉！那个一度失去了什么，复又回归的拐老汉！

不知为什么，我由拐老汉想到"招魂"——那摇曳如豆象征希望的油灯；那此呼彼应，呼号魂灵的召唤声：

"回来啊——！"

"回——来——啦！"

原载《晋阳文艺》1984年第11期

客为何来

按说肚子圆了，钱包鼓了，消停些做未尝不可。不是说"秋忙，冬闲"吗？偏不，人们反倒越有心劲忙碌。天不亮，横过村边的汽车路上，各色各样的车，拉人的，载货的，着魔了似的，风快地来，风快地去……

村子里也早就响动起来，娃娃跑，婆姨扭，男人屁股夹旋风。个人忙个人活计，活计排得满满的，都叫喊："天时是短了""连送泡屎尿都没工夫"……

这年月，大伙都喜欢忙。他也忙——他叫贵娃，毫不掺假的庄稼人。却不再作务土地。小院里一字儿排开二十四只小铁笼，铁笼里各有一只活蹦乱跳的小黑貂。正儿八经的"专业户"。孩他娘掌内，经营貂们吃、喝、配种……他掌外，除推销、收集情报外，主要任务是使唤土枪打野味，保证貂们每天的新鲜膳食。这需格外起得早，天还黑咕隆咚时，被窝里孩他娘用膀子将他推醒，他迷糊着眼，掂起土枪，把装砂的瓶子塞怀里，顶着清冷的星月出了村。

今天不走运，阳婆一竿子高了，他只打住四只灰鸽，两只乌鸦。他瞅见放倒一只兔子，打了个滚，又倏地窜去。断定它挂了彩，他使劲去追，出了汗，裤子里一片湿热，黏黏糊糊，和肉贴在一处，越来越不能爽利地迈动脚步。悔不该听孩他娘的话，早早穿上这倒运的厚绒裤。

按说,两只乌鸦,四只灰鸽,褪了毛,少说也不下四五斤,足够貂们一天的伙食。放在平时,他满可以凯旋。可明天,他要出远门——他和孩他娘商量妥,决计把摊子铺得再大些,除养貂,再办一个鸡场。这样,他需远天远地去外县学"煤油灯孵小鸡新法子"。汽车上火车下,往返四五天。不多打些貂们吃啥哩?

本意是昨天好好打上一天,今天就动身,偏偏地昨天来了李主任,说地区要开"劳模会",县上决定让贵娃参加,当下要紧的是整理一份"典型材料"。县委办公室李主任就来了,坐一辆崭新的"鳖盖车"——不是"蛤蟆车",也不是"帆布篷",蓝色的,蓝得像水库里的水,秃眉秃眼,状若面包,或者数九寒天脚上的"暖鞋"。

"暖鞋"一天到村上来了两趟。开得风快,刚停下,李主任就紧上紧从"暖鞋"肚里钻出来,紧上紧找他谈话,边谈边写,吃饭不误谈话,呛了喉咙,噎得翻白眼。放下碗又去写,"沙沙沙"像刮风,然后将写好的材料往黑夹夹里一塞,紧上紧回县里去交差。第一次交不了杨书记的账,日偏西时,坐着"暖鞋"又转来,说:

"得改!"

他呢,只能再陪着,回答主任的问话。这样问问改改,改改问问,直捣弄到伸手看不见五指。整整白贴了一天工夫!只好推迟一天走了。可谁知道呢,就看今天能不能多打……

贵娃使劲鼓动腿脚,发狠要追上那逃脱了的兔子,到底力不能支,终究寻觅不见。仍不甘心,提着枪,久久地困惑了好一阵子,这才拖着沉重的步子返回来。乏了,顺势在发潮的渠塄上坐下来,舒展地伸出两条腿,土枪放在这一边,猎来的鸽子、乌鸦放在那一边。间或荡起小风,羽毛轻轻翻动,朝阳下闪射着熠熠的霞色。

鬼知道从什么地方兀然就飞来一只老雕,在贵娃头顶的高处绕圈儿，翅膀并不扇动，身子斜来斜去，脖颈直勾勾垂下来，两只乌溜溜的馋眼，紧盯住地上带着血污的鸽子、乌鸦，一圈又一圈，几欲往下俯冲……

"把你个东西，抢现成吗？"贵娃刚端起枪，老雕翅膀一振，倏，转眼消失于广漠的远空……

无所事事的贵娃，瞅住熙攘往来的汽路观景儿。

兀地，心里骤然一紧。惊诧的两目紧追不舍瞅住汽路上飞奔着的一辆"鳖盖车"，觉得眼熟，像昨天李主任坐的那辆"暖鞋"：蓝的，蓝得像水库里的水。心里腾升起一缕不祥之兆。

果然，那飞奔的"暖鞋"兀然缓慢下来，屁股掉转，喷了一股淡蓝色烟云，照直顺着通向村子的土路飞奔过来。

贵娃觉得一片惶惑，一股凉气从尾巴骨往上蹿，苦起脸来自语：坏啦，坏啦！准是李主任。准是材料又没交了账！完了，原想今儿好好打上一天，明个好出门的，这可如何是好！

果真是李主任。

孩他娘站在村边的高处，扯起嗓门硬是把贵娃吆喝回来。一入村，就瞅见那个"暖鞋"，毫不含糊停在他家门前。几个看稀罕的婆婆、娃娃围着，指指点点。

一个庄户人家的街门口，停放一辆精细华贵的"小鳖盖"，无疑是一种光彩，一种荣耀。昨天，李主任的"暖鞋"第一次来时，贵娃就很荣耀了一阵子。但第二次返来时，荣耀感就大大淡薄，甚至很沮丧——他贴不起工夫哪！

这么着，贵娃心里不大美气，但一进家门，脸上又绽出笑。他觉得李主任的光色，远不如昨天好，眼也红了，准是为材料又劳了一夜神。

主任和司机，正在帮孩他娘摇动绞肉机，为貂们料理早饭。看见贵娃,忙迎过来,歉疚地歪下头,摇摇,尔后,像娃们考试吃了个大鸭蛋那样,满脸隐约着愧色,双手一摊:"还得改!"

贵娃口里像塞了一把盐,苦一脸,默不作声放下枪,把猎来的鸽子乌鸦,吊在绷着的铁丝上。孩他娘嫌少,当下就要叨叨,贵娃速速丢她一个眼色,用嗔怪堵住她的两片薄嘴唇。

精明的李主任已看在眼里,弄清是怎么一回事时,抱歉地解释,说今天顶多再耽搁个把小时,还有足够的时间去打猎,不误明天上路。说着,胳膊一拐看看表:"时间都很宝贵,那么,开始!"

贵娃领李主任匆匆进屋。朱红色小饭桌放置在炕当央。李主任紧上紧脱掉皮鞋,麻利地上了炕,盘起婆婆腿。嘶——嘶——启动拉锁,从皮夹夹里取出一摞写好的材料,认真而敏捷地"哗哗啦啦"一阵翻动。贵娃已沏好茶,又撅着屁股从小柜里掏出两包"大光"烟。

"笃笃笃!"像母鸡呼唤小雏那样,主任敲动食指,把贵娃召唤过去:之所以交不了账,关键是第一部分,杨书记的意思是:不具体,太抽象!说罢,拍拍,把材料推给贵娃瞅。

贵娃木木地眨巴着眼皮,到底不甚了了。就抽出一支烟递过去,自己也点燃一支,木木地抽着,并不说话。他只巴望主任要问什么就紧着问,简明扼要回答之后,他还急着要去打猎呢!

李主任从黑皮夹里又掏出一摞格格纸,放在面前,钢笔也掏了出来,他见贵娃不能落心地坐下,就堆出一副好看的笑脸,劝他将心收回来,暂别想今天打兔子哪,明天要走什么的。当下要紧的是集中思想,认真考虑一下,当初,究竟是什么力量推动了你,思想一下就解放了,手脚一下就放开了,就大养了,就"冒尖"了……不能像昨天那么说:是责任制呗!这不行,责任制好这无可非议。问题是,就像没有鸡就不会生出蛋道理一样,责任制难道会从天上掉下来？难怪杨书记说："太空！"好吧，今天咱得具体点，越具体越好！

这么吩咐完后，李主任从容地把烟点燃，抽一口烟，吐一团雾，留给贵娃一个充分思考机会。

贵娃苦苦地开动脑子，双目凝结，瞅往一个地方，嘴噘起来，状如扎紧了的布袋。这么苦苦思索一番之后，仍然苦于不能"具体"。又细细品那"鸡与蛋"的道理，终归品出那么一点意思来。他把"富"字比作"蛋"，有"责任制"才有了"富"，那么，"责任制"又是怎样有的呢？……贵娃使劲一想，脑子豁然敞亮：

"哈！可不是'三中全会'吗？"

"……抽象！"主任脖子一拐，当下予以否定。

"……"贵娃噎住。

但，主任觉得贵娃的思路还是对的。像老师启发学生那样，鼓励他顺着刚才的路子继续想下去，说："再往深一些想，'三中全会'，这不含糊，中国革命的里程碑。可是呢，依然是笼统话。还欠具体。要具体到人。没有人怎么行呢，是不？你再仔细想……"

说话时，主任始终尖尖翘起一个食指，轻轻贴住自己的鼻子，嘴巴，眼睛瞅住贵娃苦思冥想的脸子，他发觉这张古铜色的长脸上，先是懵懵懂懂，接着就萌醒了兴奋，眼角的纹路往上纵成一弯好看的弧线。分明生出许多光彩。李主任感奋起来，身子向前倾去：

"想出来了吧？"

李主任迅速拿起笔，禁不住形之于外，弯弯的眉毛把兴奋高高挑起，指头一点："快说！"

"我觉谋着，是咱们的党！"

"是……"抬起的眉毛兀地落下，兴奋化作一团颓唐。

贵娃却固执地直起脖子：

"啊——嗯！这不含糊，没有党就不会有'三中全会'。自然也不会有'责任制'，更不会有我贵娃今天的好日子，怎么不是党呢，是党！……"

"笃笃笃笃"主任更响地敲击食指，禁住贵娃的激动。对方的不得要领，使他有些脖粗脸涨了，以致思维紊乱，语次不能系统：

"是的，党！你、我、大家，都离不开咱们的党！"主任亢奋了，凌空劈一下手，一只腿也跪了起来。愈发昂然澎湃地，"怎么能离开党呢！鱼儿离不开水嘛！是不？瓜儿离不开秧嘛！是不？这话本身没有什么错，无可非议。但问题的关键不在这里。正如昨天，我们把成绩归结于'责任制'的道理一样，同样是：笼统、概念、抽象、不具体。用杨书记的话讲：'空'！"

说到"空"字时，主任重重拍一下饭桌，屋子里便寂然无声了。

贵娃又木木的了，焦苦地瞅住主任那真理在握的脸，过了些许时，迟缓地伸出一只关节粗壮的大巴掌，一边摇晃，一边声明自家肚里学问浅，再也不会说出什么了，请主任看着编吧，怎么编都行，他不会有意见。一面说着就想走……

自然，他又被主任眉开腮圆地劝阻住，一定要坚持让他在炕边上歇心地坐下。又说了一番鼓励的话，夸他方才讲的并不错，关键是还没深下去，欠具体。党，毕竟是个抽象的概念得，她的意志必然是由具体的某某某人来体现的，那么，这个某某某是谁呢？简言之，就是听了谁的指点，受了谁的启发，才使你放开了胆子，广开了钱路发家致富？今天，所要知道的，就是那个具体的某某某——人！

贵娃像从困惑的云雾里挣脱出来，圆圆地亮起一双醒悟了的眼睛。但很不以为然地扭动一下脖子，抱怨李主任不该唱"弯弯绕"，早这么说不就得了。他情不自禁地巴掌一扬,着力地拍一下大腿,指住主任:"你——写!"

李主任敏捷地翻纸、弄笔,正经八百地耸起肩膀,两只胳膊弓成相对两个半圆,一手轻轻按住纸,一手握住那只黑杆、黄帽钢笔,笔尖准确对准一个方格,尔后,眼皮一抬,像猫盯鼠洞那样,一眼不转地瞅住贵娃的嘴巴。

贵娃却不能爽利地说出口,正要说时,脸上竟先腾起一团红晕,头歪下去,忸怩着用手背蹭自家的硬胡须:"嘿嘿,嘿嘿嘿……"

主任莫名地眨巴一下眼。贵娃这才勾起一个指头,顶一下鼻头,止住羞,把手落下来,捏住胸前一颗扣子:

"是……嘿嘿嘿!是孩他娘,我老婆。"

像鼓足的球遭了一刀,李主任蔫了,赳赳有力的肩膀颓然垮落下去。握着的笔略微往前一丢,重了,溅出几颗蓝点子,格格纸上便印了几团刺眼的斑污。

贵娃惶惑了。

主任意识到自家脸色一定不大好,为了掩饰,他张开双手,仿佛是困了,需要松动一下面部的肌肉,把脸埋在掌心里,搓上搓下。当他从指缝里,窥见贵娃的脸上并没有一丝一毫捉弄人的影子时,怏怏不悦才渐渐隐去。但他觉得这个人笨得出奇!怎么能……嗯啊——乱弹琴!你怎能扯到你老婆呢!

"是我老婆嘛!当初就是我老婆给我点了这个发财的眼儿。"贵娃顽固得要死。

李主任气得不想再理他,脸一歪,把嘲讽包在嘴皮里,眼一斜一斜,狠翻了他几个白眼。

贵娃愈发红起脸来辩白:说分到户的地不够作务。队里的工副业，电磨子哪、弹花机哪、手套厂哪，等等，全低价包给队干部们的相好的，干部暗中搭了股子，他想进进不去。别的手艺又不会耍。报纸、广播，越来越响亮地鼓动人致富。千元、万元的主儿，一个接一个往出冒，越来越撩动人的心肠。一时又想不出生财路子，煎熬得白天搔肋、抓耳，夜里使脚蹬被子……那一天，他刚睡下，孩他娘回来了，进门就发喊："别蹬了！把我的被子蹬烂！你这人真没翻腾气！快看，财神爷进门了。"

鬼知道她从什么地方搁夹回来一张报纸，笑眉笑眼地朝他扬扬。他顾不得穿鞋，赤脚片跳下炕来。孩家娘指住报上的一篇"养貂"文章，一字一行念给他听。念完后，就瞅住他：

"咱也养……你憨脸子呆啥哩，舍他八百元老本，要弄，一下就弄他两公六母。一只母一次生六个娃，一年下来，就是六六三十六。母生儿，儿再生儿，三年不到，除了本钱，管保让你硬邦邦当个'万元户'户长！嘻嘻！"

他愈发地呆呆了。头一次发觉孩家娘比自己日能。一喜之下，忘情地狂着要用胡子扎她的脸蛋子。她惊慌起来，使劲推他一把，嘴一努，朝睡在炕上的孩子丢个眼色。

兴奋之余，他不能不稳下心来瞻前顾后。第二天，他去问队长，队长冷冷地说："爹死娘嫁人，个人管个人！"他有些摸不准深浅。孩家娘抱怨他没出息：

"怕啥哩，报纸是代表上头说话的，上头说能养，咱就能养，不怕，养！"

贵娃一气儿说到这里，抹一把口角的白沫，得意地瞅住李主任：

"你说，要不是我老婆撑腰拍板，我哪会养貂，会发呢……"

主任脸灰冷起来，毫不隐讳地表露出不满。他抱怨贵娃不该一口一个老婆、一个女人家,有多大能耐?就算有,前些年咋就看不见呢?往年,曾不止一次来这里下乡,在你家吃派饭,那时,你是啥光景?不要说住不上这新屋,连吃饭桌也破不堪言:三条腿,缺腿的一角用一摞半截砖支着,砖倒了,翻了饭菜,米汤泼了我一裤子……那时,你老婆的能耐呢?……现在过好了,往她身上搂,她能有这回天力?她能扭转乾坤?

贵娃又哑然,身子矮下去,一弯三折,蹴在地当央,焦苦着搔脑壳,并不能搔出使主任满意的话来,只搔下一片片翻飞的头屑,像细碎的雪花,沸沸扬扬……

李主任也焦灼起来,便启发诱导了:

"你,"他敲一下桌子,把贵娃的视线调动过去,"你应该从干部身上想,朝县委主要领导同志身上想!"说完,就直勾勾瞅往贵娃。

却怪,不知怎样一来,这眼睛,一下使贵娃想起刚才村外那只盘旋着的老雕。

贵娃盯住脚前的一条砖缝,竭尽全力顺着主任的旨意想下去。却无论如何想不出主要领导同志的影子。

"这怎么可能呢,你再好好想,是不是杨书记?"

贵娃捏住腮帮子使劲翻了半天眼皮,然后,摇摇头。

"你什么时候养的貂?"

"前年四月。"

"这不得了。杨书记昨天说,他三月份正好到你们村来过,还开了会。想想,是不是听了杨书记的讲话后,你思想才解放了?"

贵娃又使劲想。杨书记确乎来过,可那一次……

那时,村里正忙着把田土分到户,干部先是顶,后来就大撒手,集体的东西,寸草不留,连库房的砖、瓦也作价给个人拆除……人们意见纷纷。恰此时,来了一辆"蛤蟆车","蛤蟆"肚里钻出一个人，高个，穿一身黑制服，脸瘦瘦的。有人说，是县委杨书记。人们像有了主心骨，纷纷找他反映情况。

杨书记没有官架子，老是微微地笑着，因为笑，嘴角时常微微翘起，宽厚得使任何人都不会拘谨。只是口很金贵，话稀。听别人说得多，他说得少，且深奥得令人摸不见深浅。他耐心地听完大家的意见后，沉思良久，也不说什么是对，什么是错。笑笑，只这么说："这是一次新的革命啊！中央也没有具体条款，究竟怎么搞才算正确，你们大家摸索吧……"之后，就召开了社员大会——他的来，是为宣讲一个文件。念得很细，绝不漏掉、多出或错念一个字。按说，"准许"和"允许"，其意相距并不甚远。但他，却不厌其烦地再三声明："刚才我念错了，文件上不是'准许'，是'允许'，是'允许一部分人先富起来'……"

"停！"李主任拦腰截断贵娃的话，"杨书记念到'允许一部分人先富起来'这句话时，你听到了吗？"

"听到了。"

"听到了？好！"主任兴味盎然，禁不住合一下掌，"想一下，当时你听了心里有何感受？就是说，是啥滋味？"

"暖，暖暖的。"

"暖？……是暖暖的吗？"

"暖暖的！"

"啊——好！"主任愈发眉弯腮圆了，像好不容易得了一个宝又怕失去，急忙拿起笔，"沙沙沙"，风快地留在纸上。头一歪，再品品："多么生动形象而又贴切哟！"他在心里感叹不已。

"这就是说，由于你听了杨书记这句话，准确点讲：由于杨书记把三中全会的春风送到你的心田，你一下就暖暖的了，由于暖暖的了，思想就解冻了，或者说是解放了，也就敢富了，胆壮了……"

"暖是暖，胆却不壮，还、还怯了呢！"贵娃这么纠正。

"怎么又怯了呢？"主任的四个眼角当下又低垂下来。

"因为我听见二队的背锅张海鳌问书记，说他想开个豆腐铺，买豆子，犯不犯粮食政策？书记哼了半天，只说了一句囫囵话，钻进'蛤蟆'肚就呜——地走了。"

"一句什么话？"

"八仙过海，各显神通！"

"八……"主任捏住腮帮，品品，便愈发得意起来，"嗨！这怎么是囫囵话呢？多么简单，明了，具体！嗨呀，杨书记的态度是够明朗的了……说这话时，你也听到了吗？"

"听到了。"

"想一下，当时心里是怯了吗？"

"是怯了。"

"不可能！"主任脸一扬，给予否定，"既然怯了，海鳌咋还敢开豆腐铺，你咋敢养貂？"

"才不是说了吗，我们觉得政策……"

"政策？"主任又将贵娃的话截断，"你只说对一半，政策制定以后，决定的因素是干部！"

贵娃嘴歪了一下，心里话：可如今有些干部是进站的火车，吼得凶，走得慢……

主任并不管贵娃心里如何想，只顾自己说下去："当时，你听了杨书记的话，心跳是可能的，但绝不是胆怯。而是激动！你想，看见希望了，有人撑腰了，要发了，怎么能不激动呢！嗯啊——你怎么把激动说成了胆怯呢？是激动！当然是激动！"

主任亢奋地凌空劈一下手。不容贵娃再插嘴，把刚才的新发现，从头来一番总结，把贵娃的致富和杨书记紧紧联系在一起……谢天谢地，总算"具体"了。

主任左右抻一下袖子，把纸端端正，一头伏在小桌上，沙沙沙，风扫落叶响，一气不断写下去……转眼就写出好几张。文章开头，自然是：在县委领导下……笔锋一转，就写杨书记如何如何……自然都是些溢美之词。也不乏豪言壮语：一心一意为'四化'呀；赤胆忠心为革命呀；不为名、不为利呀；这呀，那呀，什么的。用一个来小时，一份材料便一挥而就。其间，主任捶了一次发麻的腿，擦了两次额上的汗。最后，伸胳膊展腰，长长舒了一口气。接着，坚持要把写好的材料给贵娃念一遍。听完之后，贵娃觉得假，本欲回嘴，又怕主任回去交不了账，再来误他工夫，就默不作语，只是问：

"李主任，这么写能交账了吧？"

"那当然！"

"只要能交账，怎么写都行。"

主任笑了，"哗哗哗"，把写好的材料往黑皮夹里一塞，下炕就穿鞋。贵娃和孩他娘再三挽留吃早饭，到底都没挽留住。主任像拾到一包"金子"，急急忙忙欢言道别，急急忙忙钻进街门外那辆"暖鞋"里。"暖鞋"屁股后冒一股淡淡青烟，"呜"地风快走了。

贵娃胡乱扒完饭，扛着那单管土枪，忙忙碌碌出了村，耽误这半早晨，他得补回来。

这年月，大伙都忙啊！

原载《山西文学》1983 年第 4 期
《小说选刊》1983 年第 11 期转载

流凌季节

除了山,还是山——黄褐褐的土山,绵续不绝。犹如过了一场大火,说不尽的蛮荒与苍凉。只是爬到山之顶巅,你兀然就看到一条如蟒的黄水自天而来,气势磅礴在千山万壑中蜿蜒而过。

你亢奋了,豪迈地记起一支歌:啊,摇篮!想到人类遥远而悠长的历史。

就在这"摇篮"里,你远远地顺着耸峭的老河岸边,精疲力竭从一架又一架荒山秃岭翻越过来。偶或脖子往下伸去,发现傍河的山脚下,半掩出几爿屋檐和几丫枣枝……你那样地惊叫起来:咦,这儿还圪夹着人家呢!

接下来,有烟囱的墙畔出现了,挨挨挤挤,长长地排列在沟口。烟绕、鸡鸣……一条用青石板铺成的巷道,倒也有男有女,往还频频。一条小木船,就泊在离村口不远的老河岸边,随着水势一漾一漾。

这便是川口渡。

太阳刚刚从山豁那儿露出一张通红的脸。河滩里湿漉漉的。从小船到村口,逶迤着一长串深深的脚窝儿。

两个中年汉子,正来来去去往船上搬东西。那个身板壮实一点的,叫裴欢欢,穿一件鼓囊囊的"洋袄"。因为肩负重荷,腰才那么弯着，狗皮帽子也那么歪斜着。那瘦小的叫干有子，尖下巴上长几根黄胡须，穿一件脏兮兮的皮板子袄，棉裤的膝盖处扯开一道缝。因为瘸一条腿，就只能帮助欢欢拿点零零碎碎，似乎定不下，自己是跟着走呢，还是不走？所以才那么心事重重。

船上的东西已经搬来不少了：行灶、碗筷、米面布袋、铺盖卷儿和一些衣物。看样子要放长船，日到中天启程，顺流而下，要到一个很远的去处。

七九河开，河面上正是流凌季节。虽然越冬的残雪一如剪碎了的白绫子，凌乱地披挂在远远近近的山丘上，冷冷地闪着霞色，但毕竟是春来了，只要稍加留神，就会发现一些向阳的地方，这儿冒出一点绿，那儿冒出一点绿。

"有子哥！你倒是走啊不走？我可是不等了。时间就是银钱……"

昨晚，裴欢欢火烧眉毛这么对干有子说。

裴欢欢是前几天回到川口渡，一回来就引逗得干有子心里不安宁。

裴欢欢曾经也依样是穷得叮当响的角儿，独自刮到山外头，走南闯北，刮跶半年之久，回到川口渡，像是另外换了一个人。

据他本人透露，这次出去，肥囊囊赚了一把。

大家不说信，也不说不信，只是笑笑，一面接了裴欢欢递来一支黑轱辘烟（据欢欢说是美国货），一面盯贼似的用眼睛盯住他，默默在心里思量：这货大概不是胡吹，单凭赚回的一身膘，就不像是个没钱的；还有这身装裹，和一言一举的派势，说话气也粗了许多，看来，是赚了。

想想，裴欢欢没出走以前，他能比大家强多少？四十来岁的人了，连个婆姨也没。可眼下，裴欢欢却是另外一番景象：说胖兀地就胖了，多肉的脸膛上紫微微闪着亮色。至于穿戴，谁知这鬼穿的是什么"洋袄"呢！胸前背后，一律用细线压成一块一块的方格格，发面馍似的，捺一下，稀软。缎子一样光滑，绸子一样绵和，但既不是绸，也不是缎。

"解不下吧，这叫尼龙绸。"裴欢欢神气活现地解释，一面再撒一排子黑轱辘美国烟，那春风得意的神色，就像刚从国外"放洋"归来。

"厚囊囊的，恐怕很得些棉花往里装呢。"有人捏着他的袄边儿说。

"棉花？再揣，鸭毛！"欢欢白眼朝天。

"烂鸭毛呀？那才值几个钱！"

欢欢傲岸地脸一扬："不算贵，六十三个元！"

"六……就这么一件袄吗？"

"袄？登山服，听过吗？"

裴欢欢不无炫耀地挺挺身子，用讲究的姿势抽一口烟，弹指一挥，半寸长的烟把儿弹出老远。

"欢欢，作孽哩吧！"一个满嘴缺牙的老汉汉猫着腰去捡烟把儿。

"别别，想抽另给你一支，那个有尼古丁。"

这货，说他胖，真喘上了。还诌"洋文"呢，啥"尼"呀"丁"呀，猛猛地由他说出，不能不叫人脊背上生凉。可这货敢花六十块买袄穿，敢一大截一大截扔烟把儿，足见这一趟出去是发了呢！

裴欢欢是发了。这次和人搭伙贩卖酒枣，两趟新疆颠回来，一家伙就赚到"半个万"。

按说，不少了，放到银行，坐下吃也够活了。碹两眼好窑，打几件新式家具，再讨一房二茬子婆姨，还不是满受活？

你以为这样的打算就蛮不错？哼，井底蛤蟆，见过什么呢！比起山外头的人家，还差得远。人家是啥活法，腰缠万贯的主儿有的是。自己才几个子子，就知足了？洋楼不是咱住的？软床不是咱睡的？小卧车不是咱坐的？就说婆姨吧，凭啥裴欢欢只配娶二茬子货！四十七八岁的人咋啦，只要活得如人，二三十岁的姑娘有的是，还怕没人跟？

遇上了好年月，既然许可赚钱，那就放开手脚去赚好了。只要不偷，不抢，不犯法，只要眼稠些手脚勤些，钱有的是。裴欢欢不光是能踢能咬，还有个现代化脑壳！不是吹，你瞅，包包里已经装上了"基础"，上头呢，又有人给咱腰眼里撑杆杆，放开干得了，今年赚了五千，明年就是打墙的板儿，翻番儿往上冒呢！

已经划算好咧，就用这五千块钱做底垫，到内蒙买两群"红帽帽"羊，买下后就地拦牧，那地方土肥，碧碧地长一坡一坡绿草，羊吃了上膘，喂到秋末时，就可杀了卖肉，价钱是不愁的，如今的人，都舍得花钱营养。

正是为了这个，裴欢欢匆匆地赶回来，谁都没敢告，如今"信息"第一，张扬开去，大家都去弄羊，岂不惹眼？当然，唯独干有子可以例外，干有子恓惶，他不能撇下有子哥不管，毕竟在一搭里共过患难啊。既然自己打算在外头雇人放羊，那么何不让有子哥顶一个呢，也让他挣一份钱，慢慢地再富起来，快点结束那种吃"百家饭"的讨吃生活。

可是，那个窝囊鬼，你越想拉他，他却越往后缩。听你讲起外面如何如何时，似乎也眉飞心痒，真要动身走时，却腰板一塌："我再想想。"这不，眼看要开船，还没想出个结果。

裴欢欢不能再等了，一年之计在于春，地上都冒绿了。原计划到家停两天就走，为了干有子，他一等就是四天，时间就是银钱哪！不管怎么样，今天晌午是要开船了。

裴欢欢不放弃最后的努力。

搬完最后一趟东西的时，裴欢欢在船帮子上坐下来，一条腿吊在船舱外，从"登山服"的兜里掏出那包黑轱辘美国烟，自己叼一支，然后给站在船下不远处的干有子扔一支。

"还搬什么不？"干有子点燃烟。

"有哥，就缺你的东西了。"裴欢欢说。

有子笑笑，不说什么，依旧心心思思的，分明还没想好。

"有哥，你得给我一句痛快话，走，就说走，不走，就说不走。"裴欢欢瞅住干有子。

干有子木着脸，燃着的黑轱辘烟腾着青色的烟缕在他脸上缭绕。不说话，像有许多放心不下的心事，才那么慢慢地将身子车转过去，望望这，望望那……

这时，太阳已经老高。村子里，各家垴畔上的烟囱炊烟升起来；这里那里的鸡竞相鸣叫；有人下河挑起一担水，艰难地顺着一条石径往村里爬；一只狗从村里窜出，像有无限心事，一动不动逆河而上凝望着远处。远处，青色的天幕下群山不语，一片素彩，梦一般明净；河滩上那片枣树林，像用铁线勾成的一幅密密实实的迎春图，紫微微透着生命的活力；老河还那么浑厚而深沉，河面上的流凌，一若弄碎了万千玉块，气势宏伟地流泻着……

干有子的两撮疙瘩眉明显地一挑，突然记起了什么，而事情呢，又是那样撩拨着他的心肠。

"欢欢！"干有子满脸亢奋，"你是说，山外头一般的庄稼户，除了逢年过节，平常都喝茶叶水吗？"

"那当然。"

"还调上糖？"

"当然调糖。"

"鬼吹!"

"哄你是驴!不过也不一定非调不可,要看个人想调不想调,不想,就不调。想,调多少都行,只要不怕虫吃牙……"

"你的意思是,通年四季,家家户户老有糖?"

"那当然。"

干有子笑笑,眯细的眼睛顺着老河望出去,饶有情趣地想象着,思索着,眼角的纹路更加深了。

这么着,停了一会儿。

"欢欢!"干有子慢慢地转过头来,"你还说,山外头的平常人家,连海河牌烟都看不上眼咧,抽一多半就扔咧。真格?"

"真格。"

"带金金的也扔?"

"也扔。"

"咋了?"

"我不是说了吗,人家有了钱就舍得营养,烟把子不是有尼古丁吗?"

"尼……"干有子解不下,便很怅然。他又记起了什么,先笑起来,"嘿嘿嘿!"

"笑啥哩?"裴欢欢莫名其妙。

干有子只是笑。

"只顾笑啥哩?"

"欢欢!"干有子忍住,"你说,你在外头住店时,见过其他住店人的裤衩?"

"见过。"

"缎子的?"

"是缎子的。"

"胡煽!"

"哄你是驴!反正不是布的!"裴欢欢补充一句。

干有子啧啧嘴:"阔呢!"一副心往神驰的样子,分明被深深地牵引着。他瘸着腿,切近地往裴欢欢跟前再靠一步,"那么,饭呢?如今他们都吃什么?"

"好饭。"

"好饭?我不信他们天天都能吃上扁食冒汤。"

"那算个啥!"

干有子咧了嘴,半天才合拢,然后独自喃喃发出感慨:"那可就真不赖哩。毛主席在世时,也不过天天吃这吧!"

"啥呀?"裴欢欢讪笑起来,"你真是恓惶加可怜!脑壳里只有个'扁食冒汤'!几根烂粉条,几个扁食,浇上汤,倒一股醋,撒一撮盐,调些红辣椒……这算啥好饭呢!如今,山外头的人,大鱼大肉当窝窝吃呢!"

"真格?"

"可不是真格嘛,山珍海味还动呢!"

干有子又顺着老河望出去……

远处,春阳下的老河,千回百转,波光粼粼,连接着横陈天际的峰峦,让人遥想到外面世界。干有子眼角那深刻的纹路,此时已变成一道道好看的弧。看来,他是越来越被吸引着了。

裴欢欢看得出,干有子心动了。便趁热打铁:"有哥,定了吧,跟上我走!"

"……"干有子不说走,也不说不走,只是很亢奋地瞅住裴欢欢。就像夏天站在高崖上,比赛敢不敢向老河里扎猛子,几番跃跃欲试,却还是缺少一点勇武。

"有哥！关键就看你敢不敢往前跨这一步，往前跨一步，就能拾金拣银，就能吃香喝辣，不敢跨，你就老这么受着……走不走？"

干有子更加鼓舞了，全身的血涌动起来，咬住下唇，眼睛也一鼓。眼看就要勇武起来，可是，腰板一塌，又垮落下去。

裴欢欢拐他一脖子，训斥起来："真是死狗扶不上墙！你害怕个什么？政策呢，允许，老支书也同意。如今，村里人谁不思谋发财？就连那个寡妇婆姨也一窝又一窝养起'二八八'鸡换钱呢！唯有你，死猪一样躺倒在案板上，动也不动。真的就这么活一辈子？一辈子就老这么在人下巴底下拾涎水？没起色的货！你以为大伙都愿赏你一碗饭不是？可是，为了一碗荞面碗坨子，那个瞎屁寡妇不是把你从屋里轰出来了么，忘了？"

像是被人揭了头上疤块，涨红了脸，那件事对干有子说来是不能忘怀的耻辱，每每记起就忽忽不乐。

"有哥，争口气，你说呢？"

有子瞅住裴欢欢，一脸英气，又勇武起来了，决然将烟把一扔："我走！"裴欢欢问决定了？他说"定了！"

裴欢欢吩咐干有子赶快回去拿东西。两人约好：端晌午就开船。

端晌午了，干有子没有来。日头又斜过去一点。还没来……

守候在船上的裴欢欢急了，嘟嘟囔囔瞅住村口。村口里没一点动静。

他索性扯长了嗓子喊。只喊出来一伙碎子蛋娃娃，站在村前的崖边，呆头呆脑瞅一阵，又轰地散去。裴欢欢有些愤愤，跳下船，大步朝村里走，边走边喊，一声接一声，直呼："干有子——干有子——"

其实，有子也姓裴，并不姓干，百家姓上未必有。即便有，管他有子屁事，他并不曾给干家为儿过继。但川口渡的人却硬给他冠之以"干"。究其原委，和他那名不副实的名字有些关联。

事情似乎需追溯到民国年间。那时裴家可发呢，光木船就有十条，全部租给跑河路的人，装盐、运炭、载粮，上至河曲，下至碛口，或者就直放潼关，一排子长舟漂下去，银钱就像这不尽的老河，源源地向裴家流来。方圆几十里，数裴家最富。

好事总难全，裴老太爷年近六旬，膝下还没个立门顶户的，正绝望时，感动了送子娘娘。老婆睡下时对他说："有了！"裴老太爷信疑参半。"你摸。"老婆子说。果然肚皮有些鼓。怀胎期满，一个血糊糊的肉团子生了下来，还夹着小"鸡鸡"。裴老太爷高兴得不亦乐乎，仅为取个名字，就耗费了不少脑浆子。"猫"呵"狗"呵太土，"富"呵"贵"呵又俗，想到"有"。有者，富也，富有者也。既暗含了裴家的财源茂盛、家道兴隆，又寄托着对未来的吉祥祝愿。

取名"有子"。

叫有子，未必就会"有"。这一点恐怕连裴老太爷本人也不敢断言。后来裴老太爷行将去西天报到的时候，不光为有子留下一份不薄的家业，更没忘记给有子留下几句千古遗训，或者说是老祖宗们传下的人生哲理。临咽气时，裴老太爷一字一喘地对有子说"……要认命……要知足……知足者……常、常乐……"说完眼一合就去了。

有子果然是一团扶不上墙的烂泥，娘老子一死，他接着就染上抽大烟的恶习。没过几年，好好一份家当硬让他呼塌了。先卖船，后卖地，接着卖婆姨。直到债主们将他从裴家门楼里撵出来时，除了身上那几根能当锣锤用的干骨头外，便一无所有了。

"干有子"由此而起。

他龇牙一乐,好像他原本就姓"干"。

干有子孑然一身。

衣着那么褴褛,常年四季也不生火烧饭,却饿不着也冻不坏,依样地将日子一天天打发下去。

夏日炎炎时,就去住烧瓦窑,不远,出村往北拐,顺河滩一里远的河畔上。小铺盖往里一扔,就是家了。

冬天,再搬迁到"铺舍"去。那时,雪花还不曾飘飞,枣树上还零乱地挂着黄叶子,河面上刮来的风,却已寒气逼人了。干有子夹着他的小铺盖卷,悠悠地向"铺舍"走来。

"铺舍"在街筒尽西头。一间古旧的老屋,砖蚀木朽,让人想到日子的漫长。从老辈们记事起,这里就叫"铺舍",向来是老汉汉家世袭领地。当脚地盘一个土炉子,屋内四边贴墙嵌一圈白木板凳。冬天到来时,干有子就把炉子烧起来,暖呼呼的。日头一落山,老汉汉家连咳带喘都来了,拥拥地坐一屋。各人掏出羊腿巴烟袋,抽着烟,谈天说地,评古论今:李闯王冰封老河啦,红军东渡打鬼子啦,红卫兵大乱天下啦,会计记工分不公道啦,化肥不好买啦,婆姨们上环啦……想听就听,不想听任凭你合住眼养神,或裤裆摸虱。干有子的任务则是看火,他似乎不配坐凳子,炉前那一方土地仿佛是他买下的,就那么蹲着。拿个拨火棍棍,漏灰、加柴,一面支着耳朵听古今。如果有人支使他出去做点什么,他满承满应,欢欢地去,欢欢地来。来了之后又在炉前蹲下来,漏灰、添柴、听古今,直到一弯残月在枣树的枝丫后面悄悄向西斜去,深巷里传来单调、凄凉狗吠声,那么,天光是不早了。有谁打着呵欠说:"睡求吧,天交夜了。"大家都觉得确乎是不早了,也说:"睡吧,睡吧。"响起一片纷乱的脚声。

直到送走最后一个人,干有子才跟出来,顺便撒泡尿,随便对住一个地方，哗哗哗，一阵畅快的洒扫。之后，返回到铺舍，从凳子底下拖出铺盖卷，胡乱抖开，身子放翻，眼一合，从此不知天下忧愁。

……

但此时的干有子，却不在他的铺舍里。

裴欢欢站在河滩扯着嗓门喝吼了一阵子，没吼来。

又跑到村口的高崖上去吼喊，还没吼来。

裴欢欢闷闷不乐，撒开腿照直寻到铺舍里，没人。铺盖卷却是捆扎好了，但人不在。

这驴日的刮跶到哪儿啦？说好的晌午要开船，日头都西斜了，还不来。是不是又不想走啦？不会吧，刚才在河滩答应得好好的，回来取东西还一瘸一瘸走得飞欢呢。

裴欢欢决计耐下性子再等一会儿，若还不来，他就不管这驴日的，一个人开船走啦，他已经白白等了四天，还能再等么？再说，日头已经斜过去这么一大截，天黑之前赶不到地点咋办？河路上又不保险，虽然最凶险的冰块已经流泻过去，毕竟河面上还密密地漂着冰渣渣呢，黑夜行船岂不是寻着倒灶！

裴欢欢觉得不能再耽搁了，他只略略站了一会儿，就走出铺舍。四下瞅瞅，仍不见干有子的面，便乌了脸，见人就问："见没见干有子？"人们呆眉呆眼说："晓不得，没见。"裴欢欢越发乌了脸，跺一下脚，发誓不等了，任凭那驴日的成龙变虎他不管了。这么着，他又气咻咻地出了村，头也不抬，呼哧呼哧顺着河滩照直又来到了小船跟前。

可是呢，他一点都没料到，此时干有子已经等候在他的小船上。

这个鬼，喝吼了这半天都没喝吼见，猛猛地又从哪冒出来？嘴唇油腻腻的，沾一圈红辣椒，歪斜着的狗皮帽下，一双鬼精灵的小眼睛正憨憨地瞅住他笑眯眯的。换了一个地方，裴欢欢也许要要一通脾气了。现在甚至连刚才那恶恶的不快也一扫而光，只是用一种嗔怪的语气抱怨说："笑啥哩，不看看甚时候啦，铺盖卷也不拿，在这搭憨婆姨等汉么，我还以为你打退堂鼓不走了呢！"

有子就一笑："我真的不走啦！"

"啥咧？"裴欢欢一愣。

"我不走了啦！"

"不走啦？"

"是哩。"

裴欢欢瞅住他："真的不走啦？"

"真的是不走啦。"干有子满脸正经八百样子。

裴欢欢脸一沉，不再作语。慢慢掏出那包黑棒棒烟，先抽出一支递给有子，自己叼一支，用那捺一下火苗就蹿出老高的洋家伙，让有子先点着，然后自己也点着，并不急着将那装潢精美的烟盒盒装回去，就那么端在手心里，翻一下，再翻动一下。

刚才还说得好好的，眨眼工夫就变了卦，不能不叫人感到事情蹊跷："你嫌咋啦？"

"咋不咋。"嬉皮笑脸抽着那烟，烟缕顺脸颊绕上去，细眯着一只眼。

"到底是咋啦？"

"咋啊不咋！"

"不咋是咋啦？"脸一恶。

干有子苦苦漾开一脸笑，却不说话。裴欢欢不罢休，一个劲地逼住问。干有子一如瘦狗拉屎般，吭哧了老半天，才说："我……我觉着这么过着就美美的！"

裴欢欢一愣:"那你刚才怎么说要去呢?"

"刚才……"口里像绕着缠脚带,讷讷半天也说不出所以然。

事情不是说不清,是难以出口。

是的,他刚才是应承得好好的,心里头且鼓荡着亢奋,飞快地擂起两只脚,一瘸一瘸跑回铺舍去搬铺盖。替换的两件破衣也塞进去,裹好,用旧麻绳捆扎紧,朝胳肢窝一夹,就要转身走的时候,呼塌一下,心软了,且稳稳地生出一种莫名的惆怅。

正如人们所言:金窝银窝,丢不下自己穷窝。虽说眼前的这个烂铺舍并不属他自己所有,毕竟在这里窝了一冬又一冬。每一块砖,每一方土,暖也暖热了,猛地要离去,能不留恋?

他着实地留恋了,并由此生发开去,而犹豫,而后悔。后悔自家太财迷脑袋,不识足!人心不足蛇吞象。世上的荣华富贵可海哩,全都能受用么?爹临咽气交代过"知足者常乐"。想想自己,春冬四季走到谁家吃到谁家,虽说是靠"百家饭"混日子的角儿,毕竟没拉过"打狗棍棍",也没喊过一句"可怜可怜,打发一口吧"的讨吃话。川口渡的人都念及他人缘好,眼眼稠,手脚勤快。不拘是谁做活,他都能帮把手,推磨便推磨,割谷便割谷,打场便打场,搬船便搬船……年下这一天,挑一副桶担,一瘸一瘸下河挑来水,一家一家挨门送,进门就欢欢地喊:"叔!婶!给你家添福(此地念'水'为'福')哩!"

川口渡的人都待有子不薄,但凡吃饭,只要有子来,好歹不会让他空着肚子。还得给个好脸儿,不然,干有子硬肯饿着,也不登你家的门。那个三寡妇家,他就硬是连着十年不去。

当然,这是过去的事情了,如今吃喝是用不着愁的,那三寡妇也开了恩。至于住处,老支书也说啦,只要房不塌,铺舍你就老住着。

这么一想，干有子确乎不想走了。

可是呢，他又想到裴欢欢的黑棒棒美国烟，六十元一件的鸭毛毛袄，以及山外头人家的缎子裤衩、扁食冒汤、当窝窝吃的那大鱼大肉、那糖、那茶等等，等等。所有这些，又是那样强烈地牵动着干有子的心肠，他又抱怨自己天生扶不上墙：我这是咋啦，出去是挣钱哩，又不是去死呀，咋好像女人似的婆婆妈妈做啥哩！

他又昂奋起来，俨然一个人似的，胸板一挺，便要走了。可是，又一想：不能悄悄地走，长短得和邻居们打个招呼，不然还以为他有子是落了崖或跳了河呢，害得人们到处去打捞尸首，岂不糟糕？

这么着，他又放下那卷铺盖，从铺舍走出来。东家进，西家出，好像此行是出国。

那么，那个寡妇婆姨也少不了要去告别一番的。虽然，他和她和好的日子还不算长，才五天。那时，太阳刚刚落下山去，他在河上刚帮人搬完最后一趟船，就唱唱打打进了村，顺街筒一路走去。走到一个巷口时，有女人叫住他，那是一个四方脸盘、只长他一岁、身上罩一件青布棉坎肩的寡妇。人很精明，男人死后，由她将女儿拉扯大，如今养一群"二八八"鸡，日子过得有了起色。眼下，她站在自家院里的墙豁处，笑眉笑眼瞅住干有子，说："你来！"干有子本不打算来，但想一下，以为有事要他帮，还是进来了。寡妇女人只是说："坐坐。"说这话时，似乎有一团如粉的云翳在脸颊上掠过。当下有子便有了感觉，胸前怦怦跳，但还是硬着脸不坐。

他已有十年没来这座泥墙小院了。"碗坨子"的事，至今还叫他闷闷不乐。

荞面碗坨子是山里人的稀罕饭食：荞麦脱了皮，磨得细细的，做熟，嫩得像新媳妇的脸蛋子，切成小方块，放点盐，倒点醋，调上红辣椒,美吃得很。端午节,川口渡家家都吃"碗坨子",三寡妇正端住碗吃着时,干有子欢欢地一瘸一瘸进来了,三寡妇眉头上捏了锁,脸板住,白蜡蜡鼓了成色,一句谦让的都没给,一头插进碗里,呼呼噜噜只顾自己扒拉"碗坨"。

干有子脸热辣辣,无异于挨了个耳刮。扭身便走,从此断了来往。

虽说是十年前的事,每每记起,干有子心里总还是疙疙瘩瘩,难怪今日到了这陌生的泥墙小院,硬是不肯坐。三寡妇却满脸都是笑,生着法和他套近乎,硬让他坐在一个木头墩上,说:"等着,嫂子给你端好吃的。"说着,端来一碗满嘟嘟的"碗坨",浇上红辣椒。

"吃吧,正好败败你的火。"寡妇婆姨双手捧住碗。

换一种场合,他定然大嚼特嚼了,眼下,他不能不想到尊严。但一双眼睛却是直勾勾地射了过去,一脸馋相,口里也涌着涎液。他大约想到了自己的嘴脸一定不雅,说:"用不得。"可是呢,喉间的涎液却咕咚一下,很响。这当然是有煞风景的。而难能可贵的是他依旧能老着脸硬是那么撑着。

三寡妇抿嘴窃笑,怨声怨气地说:数你咬硬,人不咋的,脾气倒挺威哩,我知道嫂子我把你惹下啦,这不是给你赔不是哩吗!吃吧,日后想吃啥尽管来,嫂子给你做……

语气透着绵绵情意。

干有子还能再说什么呢,既然人家这样厚道实诚,既然人家赔了不是,既然怨仇宜解不宜结,那么,吃吧。三下五除二就见了碗底,嘴唇油腻腻,沾一圈红辣椒。十年的恩恩怨怨算是一笔勾销。

正如村言所说:吃惯了嘴,跑顺了腿。五天里,有子日日来,每来必吃,且有一张热脸子陪着下饭。有子自然产生了感激,因此临走之前特地来打个招呼，这也是应该的。

寡妇女人照例去揭锅，早有两碗热腾腾的扁食冒汤在等着他，他不再推让，寡妇女人照例陪他说话儿。先一羞，说村子里某男和某女那个上了。之后就火辣辣地盯住有子瞅。有子面如赤炭，知道女人定是有了另外的意思，便不着急提出要走的话，只想着能多待一会儿。

"有子，我觉着你那脸蛋比以前肉了呢！"一直盯住有子瞅的寡妇女人忽然这么说。

"……"有子咧了嘴傻笑笑。

"有子，你看嫂子我呢，也肉啦，是吧？瞅这脸蛋又圆得……"

"是肉啦！"

"有子！"寡妇女人朝前挪挪身子，声音小下去，告诉有子说，过去一个人睡觉从不觉得孤，如今突然觉得孤了。问有子孤不孤，若孤，就来，嫂子给你留门，嫂子陪你说话儿……

干有子通身上下有一种类似触电的感觉，眼睛也迷离起来，四围的东西在转，他实在飘飘然了。

听见裴欢欢在远处吼喊。想到马上就要走，心腔里翻腾了很一阵子，刚刚那种淡泊下去的留恋之情又涌涌地奔突而来。当他从这个泥墙小院走出来时，脸上紫微微，似乎有些醉。

真是醉了？不然何以会突然变卦说他又不走了呢？

原因有种种，魔力最大的恐怕是女人，而这又实在是不好意思说出口。所以，任凭裴欢欢再三追问他到底是咋啦时，他支支吾吾的，只是一口咬定反正是不走啦！

"你真不走了？"

"真不走啦。"

裴欢欢停了停，尽量让自己的语气亲热些："你说实话，到底嫌咋啦？"

"咋不咋，我觉得这么活着就美美的。"

"这么说，你是坚决不走了？"

"不走了！"有子一面说，一面跃下船，趔趄一下后又站好，很英气地挺挺身躯。

裴欢欢还能再说什么呢？他捏着那黑棒棒烟把，斜着眼瞅住干有子，心里话："不是我不拉扯你，是你驴日的死狗扶不上墙。自己情愿受恓惶，受去好了！"烟头一扔，跑去解了缆绳，跳上船，梢杆一抡，往岸边一顶，正要用力时，瞅住有子："我可是走呀！"

干有子笑说："走吧！不然天黑以前赶不到地方呢！"

小船悠悠地离了岸。裴欢欢心不甘，扔下一句话："别后悔哟！"

小船顺流而下，渐渐地远了……

如火的春阳在深沉而宽阔的水面上洒一河碎金，闪闪烁烁，霞色万点。

留在岸上的干有子，目送着霞色中那只飞速而去的小木船，一面回味着欢欢扔下的那句话，觉得好笑。是呀，有子后悔什么呢，吃亦不愁，穿亦不愁，川口渡的人没人亏待他，就连最小气的三寡妇也不再亏待他。住处呢，只要不塌，就老住着。有吃有住，至于女人，三寡妇说了，晚上留着门……那么，还要怎样呢，这就美美的啦，何必跟上裴欢欢去受罪。为人在世，总得知足。再说，钱难挣，屎难吃，放羊的营生是好干的？热天朝死里晒，冷天朝死里冻，风哪、雨哪，夜里保不住还有狼，何苦！咱如今就美美的啦，是啊，美美的啦……

原载《奔流》1985 年第 11 期

弃 女

秋了。橘色的晚霞,在屋前白杨的绿树冠上燃烧……

屋门口站着一个小大人,夹把笤帚,东张西望,眉宇间透着幽怨。

她的样子挺可笑的:老婆婆似的头上顶块大手巾,腰间系条脏污、肥大、掩过膝盖的蓝围裙,袖子高挽着,露出被水浸红了的纤手细胳膊,左下颏蹭了一道煤黑……俨然一个为操持家务而忙乱不堪的主妇。

她分明还是个小丫头。胸前,淡色方格衣褂里,虽然已隆起核桃般两个小凸起,臀部也略略翘开来,但白嫩的脖颈上,是未褪尽的细毛毛……用隔壁张奶奶的话说:娃还小,未出窝的嫩芽芽呢,属小猴,虚岁十四,腊月廿八生日……

不过,她确乎是个主妇了。

两个多月前,妈爸撇下她,相继走了,她哭肿了眼睛,哭哑了嗓子。她抱住妈的腿,死活不松手,妈似有所动,泪人一般,紧紧搂她在怀,心肝宝贝哄着:

"妮,你亲妈妈不?"

"亲……亲!"她哽咽着答。

"愿意妈妈死不?"

"……不愿。"她抽抽扯扯着说。

"还是呀,不让妈走,妈在这个家,还能活吗?"

妈走了,一去不回。

从此,家里就剩下她和爸。没有多久,爸也要走了。爸爸和一个脸蛋好看的小阿姨相好上了,阿姨可不愿一过门就有一个小累赘,提出让爸爸出去,和她另筑一个新巢。爸爸竟然同意。

她哭肿了眼睛:"爸爸不要丢下我!我求求你……"边哭边摇着爸的胳膊,其声之哀,铁人泪下……

隔壁奶奶颤颤巍巍走过来,一把鼻涕两把眼泪,气愤使她那松软的嘴唇痉挛着:

"心是铁铸的吗?自己身上掉下的肉,能忍心扔下?"

爸似乎也有道理,之所以离婚,就是为了不幸的结束,幸福的开始,他不能没有幸福!

"这倒好哩!一个找了个后男人,一个娶了个小老婆,只顾你们,可娃呢?"奶奶把小妮子抱在怀里,小妮子放声哭。哭声愈发使奶奶愤然:"没人性的,只顾张开腿生,生下却不管,拍拍屁股都走了,留下这可怜的吃屎娃,往后咋过活?作孽啊!"

隔壁奶奶软硬兼施,劝破嗓子。徒劳。一家三口,天各一方。

从那时起,小屋里,只剩下小妮子孤单一个。该带的都被爸妈带走了,留给她的只是一片伤心的空洞。

好在爸按月给她十四元生活费,虽然,那个脸蛋好看的后娘,每每肉疼,无奈离婚证上是把孩子和一份家当,一块判给了当爸的。毕竟不敢以身试法,所以小妮子才不至于断了生计。

一个娃娃家,兜兜里一下装起十多元巨额,其心情不亚于百万富翁。她为生活所困扰——仅做饭生火就闹得忙乱不堪,焦头烂额。常常是上学时间已过,锅台上还乱糟糟堆着破纸和几番从灶膛里塞进拉出，冒着青烟要死不活的劈柴和炭块。小妮子汗流浃背，直闹了一屋子烟雾，只好从篮里取块冷馍，带着一腔委屈两行眼泪，顾不得洗脸梳小辫，蓬头垢面，挎上小书包……

隔壁奶奶心痛，一天几次奔过来，手把手地教：生炉子、蒸馍、做面条、炒菜……凡此种种，不厌其烦，小妮子总是瞪着一双好看的大眼仔细听，奶奶说一样，她鹦鹉学舌般复述一遍，情不自禁又拍手又蹦跳：

"会了！会了！奶奶，我会了！"每当这时，隔壁奶奶总高兴得上去整她的衣角，摸摸她的小脸蛋，夸她聪明，伶俐……但转过身来，便偷偷抹一把心酸泪水，心疼孤苦伶仃的小妮子，抱怨那远走高飞的男女太狠心……

听起来容易，动手做起来就头昏脑涨，手足无措！小妮子想试着亲手做碗西红柿面，眼看得锅底已被炉火烧红，她才急着跑出去，朝隔壁大声喊："奶奶！炒西红柿，是先放油，还是先放菜？"

隔壁窗玻璃上，映出奶奶那张多皱的脸，露出残缺零落的老牙："憨妮子！放油，先放油！……"边说边要出来。

"奶奶，你别来，我会！"她调转身返回屋，端起油瓶，对准那冒火星的锅底倾去——"噗！"锅里腾起冲天大火……

"妈呀——！"小妮子尖叫。

隔壁奶奶心跳肉颤奔来——天哪！小妮子双手捂着脸，躺在地上打滚儿，隔壁奶奶双腿一软坐在地上，抱她在怀。妮子满脸烟熏火燎，烧焦了额前的刘海和眉毛。"我可怜的小妮啊……"隔壁奶奶心痛地叫着，招来了左邻右舍，"去！把她那爸妈叫来看看，作孽啊！"

这是两个多月前的事。如今，伤疤好了，也学会烧饭，今晚的饭就是她做的，西红柿面条，但孤独与寂寞，使她索然乏味。吃完饭胡乱收拾一下,急着出来站在屋门东张西望,百无聊赖取下头上的大手巾,在树身甩去上面的尘埃。随着身子的扭动,两个用浅黄色皮筋挽起的小刷子,在脑后一晃一晃。

前院的场坪上,爆发出小伙伴们的嬉闹声。那里,正在玩跳皮猴,扔飞盘。诱惑使她眼里闪出向往的光彩。小妮子曾是他们的"猴儿王",大小猴们,都心甘情愿隶她属下。她有至高无上权威,她说"玩喽!"猴们排山倒海呼叫着尽兴耍个够。她说"停!"猴们一呼百应,连最顽皮的"男生"也不敢捣乱,否则她就使出权威,罚他靠边晒着,直到他咧开大嘴号啕起来为止……

这也是过去的事了,如今,她很少再去掺和,她觉得和伙伴们之间隔了一道无形的幕。她不能忍受女伴们那种怜悯的目光,不能忍受"男生"们对她的羞辱:围住她,恶作剧地扯起嗓门唱——

> 小白菜呀,
> 独根苗呀,
> 走了爹爹,
> 嫁了娘呀……

从那以后,她习惯一个人钻在家,耐不住时,就在屋门口站一站,有时,到隔壁陪奶奶说会儿话,隔壁奶奶总是说:"妮,别老在屋里闷着,出去耍呀!"她艰难地翘嘴角,摇摇头……每每这时,隔壁奶奶就勾下头,一声长叹。她觉得妮子变了,往常娃是啥模样?小脸蛋红红的,胖胖的;大眼睛明明亮亮,活蹦乱跳,机灵得像欢实的小金鱼。如今脸蛋黄了,瘦了;眼睛少神没光。纯然一朵萎缩的小花。见了人总觉理缺,耷拉着眼皮回答人们问话,只把眼光盯住自己脚尖,时时移动双脚,变换站的姿势。发汗的手安顿不下个合适地方,一会儿胸前,一会儿藏到背后,一会儿牵弄衣角下摆。如此可怜巴巴的模样,使人想到,街上随便一个角落奄奄一息的一只可怜的小猫或小狗。

天色渐渐地暗下来。远处的树和屋舍,罩上一片朦胧的模糊,场坪上亮起灯光。

传来谁家大人们呼儿唤女声,场坪上喧嚣的嬉闹渐渐偃息。她看见谁家爹妈牵着自己孩子,从场坪那边走过来,一边嗔怒呵斥,一边俯下身为他们的小宝贝整理凌乱的发辫,拍着屁股上的尘土,孩子们总是那样撒着娇渐渐远去。

院子里一片黄昏的寂寞。

小妮子怅然背转身,手贴背后,懒洋洋倚靠在树身上。

栖息在这棵白杨树上的一个快乐的喜鹊小家族,从空寞的云端冲飞下来。两只大的,大概是爸妈,流星般长长画个下弦弧,猛地扎进茂密的树冠里。另外两只——像是孩子,游兴未足,落在对面屋脊上,用灵巧的小嘴梳理翎羽,一边呢呢喃喃欢吵不息。

"呀——呀呀!"树上的鸟巢里传来爸妈的呼喊声。

两个小淘气振振翅膀,绕树飞了三个圈儿,边飞边有意炫耀自己幸福似的,直向树下的小妮子转动小脑袋,然后骄傲地飞回它们快乐的小巢。

小妮子似有所触,羡慕之余带几分妒意,她仰脸蛋,朝树上鸟巢皱皱鼻子。

天又暗了许多。起风了,孤零零飘下一片落叶,瑟瑟缩缩,旋了几个圈儿,寂寞地落在小妮子脚前。

触景伤情,小妮子觉乎着一种孤独的悲凉。她多么愿意有人陪她说说话儿……隔壁奶奶昨天回老家去了,说二闺女生孩子,她得去招呼,要住十多天才回来。

她感到形单影只,正欲回家走时,他来了——那个头发几乎要遮住耳朵的菲菲。

菲菲像上次一样,总是先用口哨和她打招呼。再高扬右手,两个指头捻出一个很亮的响指。然后,警觉地朝隔壁奶奶家努努嘴——这是一张灵巧的嘴,能魔术般把烟蒂在两个嘴角倒来倒去。

"喂,那个老蒜窝呢?"他问道。

她为他口出不逊恼怒了,挑起眉角,瞪起一双愤怒的眼睛。

菲菲厚着脸皮讨饶,他知道,隔壁奶奶是她的救世主。突然,他那半睁半闭的眼睛睁大开来:

"你哭过?谁又欺侮你了,说,哥们儿替你出气!"他握拳捋袖,端出愿为朋友两肋插刀架势。

她宽恕了他,浅浅一笑。说真的,他在她眼里,显然不像隔壁奶奶说的那么可恶。第一次邂逅时,他给她一个乐于助人的好印象——

那是一个晚间,下学归来路上,几个男生围住她,借机寻衅,又唱那支"小白菜"的歌,她气极,又无奈何,就哭了。恰巧菲菲赶来,握拳捋袖,一阵雷电交加,男生们鼻青眼肿,抱头讨饶。

"你小子们听着,敢保险你们的爹妈不离婚?滚!"

男生们乘机逃窜。

菲菲使出少有的热情,硬护送她到屋,又大献殷勤:挑水,劈柴。她过意不去,站在一边陪他说话儿。这样一来,她才知道,菲菲的爸妈也是离婚了的。他随妈跟后老子过,人们都唤他"拖油瓶""带羔子"。他不堪忍受后老子的冷脸和人们的奚落。他决定"自由"了,从此,浪迹街巷。

大概是同病相怜,她轻轻发出一声幽怨:"唉!人真怪,生下孩子干吗还离婚?"

菲菲连喷几个烟圈儿:"没有爹妈照样活,活得更痛快,不是吗?"他细眯起一只眼睛看她,一副玩世不恭样子,"一个人孤单是吧?不要紧,往后,哥们常来给你就伴。"躬身向前,在她脸蛋上拧了一把。

这突如其来的动作,使她本能地脸红了,心率加快,手足无措……

就在这时隔壁奶奶闯了进来,似乎路过窗户时窥见了菲菲的轻薄,难怪一进门就冲天大火:"作孽啊!你这条小野狗,滚!快滚!"说罢又风风火火去门后摸笤帚。

菲菲一副无所谓的样子,双手交抱,冲着奶奶嬉皮笑脸,挤眼舞眉,嘴一噘,手一扬,一声口哨,打个响指,走了。

"以后不准搭理他,坏着哩,出了名的小流氓!"隔壁奶奶用权威的口气告诫她。

她愕然。

从此,隔壁奶奶加强警戒,只要妮子在家,隔壁奶奶就搬出小马扎,俨然把门将军,坐在门前,或做针工,或剥豆荚,把防贼似的眼光,从老花镜的边沿上射将出来,雷达似的扫来扫去。这眼光使菲菲心里发怵,几次欣欣而来,怏怏而去……

今天,菲菲又来了。她虽然有了戒心,但觉得周围空气一下子不那么寂寞。可是,隔壁奶奶临走时吩咐的话,又在耳边响——

"……晚上睡觉关好门,顶上杠子,把水桶哪脸盆哪什么的放到窗台上,听见响就吆喝人,操心那个小坏种爬窗户。"

"这又何必呢,奶奶!"。

"听话!"隔壁奶奶颜正色厉。"那小野狗坏着哩,啥缺德事都干,偷鸡摸狗,曾拿一条铁棍,把一个比他大二十岁的阿姨,逼到野外的林子里。活该他吃了半年官司!"

她不懂吃官司，听口气，定是异乎寻常的处罚。

"真伤天害理！"隔壁奶奶越说越气，"你知他作的什么孽？……呸呸！我怎么说。总之，我走后不准搭理那野小子！"

她决计不再搭理菲菲，欲自回屋。菲菲抢前一步拦住她，做了个鬼脸："不是问你吗？那个厉害的婆婆呢？嗯？"

"找她有事？"

"随便问问。"

"她回乡下去了。"

"是吗？"菲菲眼里放出光华，"哎呀，丢你一个人哪，怪闷的是吧？我来陪陪你好吗？"

"不不！我不要！"她慌乱着。

"我又不是老虎。"眼皮一翻，"对了，你等着，我去拿一本书，书店买不到，抄的。叫什么'曼……'来着，可好玩呢，乌龟、王八、大螃蟹，什么乱七八糟都有，你看了保管三天三夜睡不着觉，等着，我拿去！"说完，左手一扬，捻个响指，走了。

"哎，哎——你别来，我不要……"紧喊慢叫，菲菲已跑远了，她嘴一噘，"咣"一声，进去关住了屋门。

夜幕已完全垂了下来……

小妮子孑然向壁愣一会儿神，百无聊赖，翻出一本小人书，又心不在焉——谁家的收音机在播放《睡吧，宝贝》的歌曲，那充满母爱绵绵之情的小夜曲，隐隐约约从门缝飘进来，格外销魂——

　　风儿啊，不再大声喧哗，
　　星儿啊，不再悄悄说话，
　　睡吧，可爱的孩子啊，
　　……

你在那睡梦里可曾看见远方的爹妈。

……

她哭了，泪水像散了的珠子，顺着脸蛋悄悄落下来，落在书上，碎了……

好长时间才平静下去，当她睁开泪水泡红了的眼睛时，发现屋里漆黑一片，不知电灯什么时候熄灭（发电厂常常停电），蜡烛也忘记放在什么地方，瑟瑟缩缩半天摸不见。后屋里什么"咣"一下，恐怖使她顾不得脱鞋，跳上床，一把扯过被子，兜头盖脑，捂了个严实。

夜游的东西乘机猖獗：听得见老鼠的伶牙俐齿，把什么东西咬得"咯吱咯吱"响；蟋蟀好像就在床下，有气无力掀动着凄凉的翅膀。

此时，她多么希望有个人来。菲菲不是说要来吗？他来就好了，老鼠算什么……怎么还不来？

"笃笃笃"！——轻轻的敲门声。

"开门，我是菲菲！"

她一撩被子坐起——

咦？满屋光华，电灯什么时候又亮了？刚才的一切，仿佛是做了一场噩梦，她似乎无须再害怕什么了。

"笃笃笃"！又是敲门声。

"谁？"

"菲菲！"

"人家要睡了。"

"还早呢，一个人多无聊！"

她溜了一眼马蹄表，才九点多，是早呢，她动心了，慢慢下了床，走到门前，捏住铁闩，刚要拉开，猛地想起隔壁奶奶的话来，她犯了踌躇。

"你回去吧，我真要睡了！"

"看你！我只坐一会儿。"菲菲低声下气祈求着，"我是让你看本书！"

"不就是乌龟、王八、大螃蟹吗？谁没见过！"

"差远了，可不一样！"

"神话吗？"

"嗯……对对对！是神话，比神话还神话呢，不信，你看看！"

门栓轻轻移动，菲菲一头闯了进来，夹一股秋夜的凉气……

院里静悄悄，连树上鸟巢里那快乐的小家族也沉沉睡了，只有这个小屋里还亮着灯光……

"咕咕哝哝"，听得见是菲菲轻轻地有滋有味，神秘地念着什么……

"呀！"——是妮子的声音，充满了好奇与惊愕。

……

小屋的门闩，似乎轻轻响了一下，转眼间，电灯被拉灭了。小屋里一片黑暗……

半月以后，隔壁奶奶从乡下老家回来，满满提一筐乡下"稀罕"：最馋人的酸甜脆溜的大红枣。她家的小不点远远看见了撒欢儿跑来，拦路行动，目标——红枣。抓一把……再要抓一把时，奶奶在他小手上搨了一巴掌："独食！等回家和小妮子分着吃！"小不点愣怔怔盯住奶奶："她……她死了！"

"打嘴！怎狠心咒她？"奶奶真要揍了，小不点往后一躲，使袖子抹一下鼻子："真的，不信问去嘛！"

隔壁奶奶将信将疑，跌跌撞撞，不等到小屋前，恰巧遇上几个同院的人,一打听……奶奶像遭了霹雷,筐儿也震落了,枣儿滚了一地。

妮子死了,前天埋的,自己喝了老鼠药,什么都没留下,口袋里只有一个小纸条。

> 奶奶:
> 　我没有爸妈,你就是爸妈。可,我对不起你,我走了。
> 　　　　　　　　　　　　　　　　　　　小妮子

隔壁奶奶呆呆地站着,说不出话,那松软的嘴唇艰难地蠕动着,半天才呜咽道:"我……我可怜的……不争气的孩子……"两行热泪夺眶而出,"她那爸妈呢?……这下干净了!留下你们好好享福去吧!罪孽啊!……"

起风了,秋风携带着这一深沉呐喊,向远处飘去……

原载《晋阳文艺》1981 年第 9 期

芍药梦

正当农忙季节,第四生产队队长突然摔了乌纱帽,躺倒不干了。社员们三个一群、五个一伙商议:到底该选谁当队长呢?杨芍药心急火燎,像热锅上的蚂蚁。她豁出两天的工分不要,四处奔走,八面游说替男人拉选票,差没扭断腿。别小瞧生产队长这顶乌纱帽,在讲究实效的庄稼人眼里,那可比一个县团级干部还吃香。人常说"宁嫁个生产队长,不嫁他书记县长"。试想,队上举凡当过队干的有几家没发财的?村东那几座新建的院子,有几家院主没当过队干部?就拿小白脸家来说,瓦没备半片,椽不置一根,眨眼间,一出溜五间大瓦房,变戏法似的,说起兀地起来了。咋来的,天上掉的?地下冒的?罢嘛!人家男人当队长,有权就有一切!好处多着呢!吃救济,分粮,分菜,子女升学,招工,当兵,连代销店配给的洗衣粉,哪一样不是队干们优先?还有呢,一人得道,鸡犬升天呢!当初小白脸男人刚一成了队长,她立马也跟着虎威起来,不再下田流臭汗,坐在家里吃香喝辣,养得细皮嫩肉,白白胖胖,额头上用钵子捂了一个圆圆的"美人记",逍遥自在做起队长太太。还常常提一只筐子,到瓜田摘瓜,菜园取菜,从不掏半个子儿,这一切让杨芍药心头发痒。上次选举时,她就提前走张家串李家逢人便说,甜惯嘴的人,削尖脑袋往里钻。不行!有福大伙享,不能撑着的往死撑，饿着的往死饿。自然，言语中流露出让她男人接任队长的打算。可是，庄稼人有庄稼人的哲学：饿猪比饱猪更贪食！大伙不买账，杨芍药的辛苦白费啦！

这一次，杨芍药决计另找门路。两天来，她苦思冥想都没想出好办法。上午，想到大队支书——那个定乾坤的人物——眼前豁亮起来。她想："当初小白脸的男人，就是凭支书上的台！小白脸男人凭的啥？谁都知道，他是凭自己老婆那张白脸，换得支书趋奉的。"杨芍药又没了主意。是呀，自己咋能和小白脸比，脸蛋虽不比小白脸黑，但终究老了。再说，那丢人败兴事体，咱杨芍药可不干。可支书这个门子总得走通呀！除去小白脸的卖俏，还有啥好法？有了，支书老婆前几天不是说要给支书缝一件皮袄吗？她为什么专对着杨芍药说呢？还不是想白用杨芍药那双巧手？那会儿，小白脸的男人还没摔帽，这会想起来，还真有点后悔。可杨芍药到底是杨芍药，她迈开两腿径直朝支书家走去

支书家的炕头热，杨芍药不怕；刚熟的皮子臭，杨芍药也不怕。她一边用袖子擦头上直往外冒的汗水，一边穿针引线，嘴里还不停地和支书老婆说闲话："就说选队长吧，都是抬头不见低头见的乡邻，总不能看着肥自管肥、瘦自管瘦吧。我那个活死人，看着话少，其实也不痴不憨，还有一个大好处，可听话哩。不信？我家那尿钵子，一直就是他倒哩！他要当上队长，大哥叫他往东，他不敢往西；大哥叫他打狗，他不敢撵鸡。"

"她婶子，这你可糊涂了，如今是民主选举，哪能由了他？"

"民主？民主后面可还有个集中呢！先民主，后集中，到末了，还不是大哥一句话？"

……

出人们意料，新当选的队长竟然会是杨疙瘩——这个三棍打不

响一个屁的蔫茄子，在那仅有两个人的四堵墙小院里，都是老婆手下的奴才，咋就成了大几十口人挂帅的料子？选举时，支书亲临坐镇，用无记名投票法：各人在选票上写好要选的名字—递到支书手上—支书独自展开来看那些纸单单—然后迅速地揉成一团，扬起脸念念有词："一二三四五。"然后："行了，杨疙瘩票数过半，这次队长的椅子该他坐。"

杨芍药情不自禁地扬起双手，坐在身旁的疙瘩戳她一肘子。她想把手放下来，瞧见坐在会场角角的小白脸朝她窝了一眼，便索性把手举过头，越发使劲拍了起来，心里话："乌纱帽是你男人霸占的？独食的货！"

杨芍药像凯旋的将军，离开会场朝家走来。关不住满面春风，高兴得差点错进了别人家的街门。

她一进家就下厨捅火，决计犒劳男人一顿。她手脚麻利，轻轻拈起一根葱，头发丝一般又细又匀的葱丝儿切下了，款款捏住鸡蛋，"哧，哧——"成，转眼就是一碗荷包蛋。

末了，用筷子头点几滴明油，顿时满碗生花。热腾腾，香喷喷。她双手捧着碗儿，送到男人跟前，恩爱中透着敬意，破天荒不再唤他"死人"，改口叫一声："老杨，给你。"

杨疙瘩正垂着脑壳，坐在门槛上，边抠烟布袋，眉头深锁，寻思他怎么会被选上队长："狗日的耍啥把戏，选我？"听得杨芍药唤老杨，还以为来了客人，左顾右盼，除了她和他没第三个人。他瞪着眼怔怔地看着她。

"愣啥哩，唤你哩，嘻！"

他呆了呆，脸颊赤红，通身冒出鸡皮疙瘩。他放下烟锅，拧拧大手，结巴地："不害病，吃、吃这？"

话音未落，碗已递到他手里。他望着她那温存而执拗的脸，明白过来了,这破格和恩惠是带强制性的。

她搬来小板凳,坐在男人对面,双手托住下巴,用笑脸陪男人下饭。

庄稼人吃饭,不讲究细嚼慢咽,如今碗里是蛋,又这么美味,不觉狼吞虎咽起来。

"老杨!"她又叫了。

杨疙瘩怔住,半天才明白是叫自己,不由头皮发麻,红着脸一头扎进碗里,大口大口。连稠带稀一股脑往下灌。

"慢,慢些——"她着急地说:"你不比以往了,当了队长,往后,东家娶亲,西家嫁女,过生日,走满月,都断不了叫你吃请,像这有口没喉咙地穷吃恶喝,惹人笑你不像干部做派。"

蛋下了肚,杨疙瘩咂嘴舔舌,抄起烟袋管,点着,寻思他咋就被选上队长。

"老杨哎——"

杨疙瘩的后颈窝里像落下一条多足虫,好不难耐,他终于受不住了:

"好我的爷哩,我实在吃不住了,还叫我'死人'好咧。"

芍药乜他一眼依然执拗地:

"我说老杨,快把你那搅茅棍搁起吧,总得有队长的派头,提一杆旱烟管,好不寒碜,明天到代销店置个塑料烟盒盒,添一架打火机。纸烟,队里自然会供你。会计刁钻,看人下菜,小心欺你老实,专买些'三环'烟,图便宜,吸了得癌症。得叫他买三毛多钱的,以往,小白脸男人抽的是带金纸纸的。"

整个黄昏,杨芍药像唱歌一般,没完没了絮叨。打铺睡觉了,杨疙瘩照例去提尿钵子,被她一把夺过来:"你个男人家,端这可不好。"上炕后,她紧挨着男人睡下,也再没赏他冷背,给他一张鲜花般多情的笑脸。自然,她不是冲着男人这张胡子拉碴,而是冲他头上那顶无形的纱帽。因为它将给她——不,给她整个家,带来光明、幸福、欢乐。因为队里仓库的精粮细米,将会像小河流水般向她家流来。会计的钱柜,将随时为她打开,她可以像从筐箩里抓炒玉米花那样,伸手一把,想抓多少钱就抓多少。她甜甜地枕着男人粗胳膊,独自在心底细针密织着未来的发家图,新的生活像五彩缤纷的万花筒般从此开始了。想了几年的砖墙瓦屋新宅院,也将很快在村东那块土地上变为现实,她越想越乐不可支,几次从梦中笑醒。

"喔喔喔——"窝里的公鸡刚叫落满天星星,大队的电喇叭也吼了,说今年的秋收要实行小包工,公社上午要开各队队长会议,传达这方面的精神。早通知半天,杨疙瘩未必肯去参加干部会。通过多半夜的思谋,他终于想通了:大伙要选咱,未必是抓大头。要'四化'了,谁愿当老落后,队里排队老甩尾,丢人哟!以往队干,多是属老鼠的,再没人收拾得了这摊子吗?大伙既然信任咱,咱就得担起这担子,咱人是笨点,不懂就问嘛,如今实行新政策,新鲜事多了,只要用心计,不愁搞不好。自然,首先得管住老婆,她尽想邪门,不能听她摆布,自然不能着急,慢慢来,她那倒运脾气!

杨疙瘩要走马上任,杨芍药也起得格外早,招呼男人洗过脸,取来一件半新不旧灰褂子,软硬兼施,非要男人换上;非要坚持替他扣完最后一个扣子,不住地前襟拉拉展,后襟抻抻平,直到认为满意,才放男人启程。忽然又想起什么,追出去,掏出一斤粮票、两块钱,塞进男人手:"饿了就下馆子,别心疼,记得开报销条,以往队干下馆子都在队上报。"

今天的天气似乎格外好,天蓝得迷人,杨芍药浑身轻松像腾云驾雾一般,她风摆柳般返回家中。今天可是吉利日子啊!她特意给鸡们剁了一碗好饮料,又开栏放猪。过去,皇帝登基还有三天放生呢，何况男人当了队长。"大老黑"自由了，腆着大肚皮，撒欢地跳，可是，无论如何它不该钻进灶房，拱翻了主人的和面盆；无论如何不该啃了石榴树；也无论如何不该随地泻肚，干净的院里天女散花般到处布满屎堆。多亏女主人今天心情好，她拍着它的宽脊背说：

"你是狗头颅不适盘儿敬的货！"

到底是当了干部的人家，早早地李家婆婆拄着棍棍，颠颠扭着小脚来找新队长。杨芍药笑脸相迎，热情搀扶。她不像小白脸那样说话拿腔捏调，害牙痛似的，抽丝拉线般往外挤，故意摆"太太"臭架子，而是尽量做出一副温良恭俭让的样子。

事情不大，站在院里三言两语就可以走人，杨芍药却非得把李家婆婆拉进家，扶上炕，又掂起暖壶倒来一杯热水。李家婆婆咧着没牙的嘴："用不得，用不得，早早起来，喝稀汤寡水涮肠胃，比不得你们干部人家肚里有油，经不得用水涮。"然后，她才说家里没炭烧了，求队长让队里的马车到窑上捎一包炭。

杨芍药大包大揽："不难，这事包在我身上，回头我对老杨说，准行。"

"老杨？"李家婆婆脖子怔怔地眨巴眼。

杨芍药笑着，身子往后一个仰，双手飞起又落下："好我的老憨憨哩，就是我的那个他——！哈哈。"

"噢——你说的是疙瘩？哟哟！猛猛一句'老杨'，倒把我老住了。"

出于好奇，还是觉得寒碜？李家婆对这个新鲜称呼，独自在肚里揣摸了好半天，临出街门，特地回头瞅了杨芍药一眼，念念有词："老杨？啧啧！"然后，头摇得像拨浪鼓，笑着走了。

杨芍药朝着她狠剜一眼，撇了嘴角："土包子！"

送走李家婆婆回来，娘家兄弟来了，看那脸色不像贺喜。果然他说娘家妈住了院。杨芍药慌忙搭门上锁，一屁股跨在兄弟自行车后座上，弯到公社，把钥匙交给男人，叮咛了几句什么，便随兄弟走了。

一连住了两天，娘才出院。医生让多吃鲜菜，娘家兄弟掏出三元钱，要姐姐回婆家的菜园购买。娘家队里不种菜，杨芍药盯住兄弟，只不接钱。兄弟以为嫌少，忙又掏口袋。杨芍药哧地笑了：

"不知你姐夫如今当队长了？"

杨芍药手提篮篮，离开娘家，上大路拐小路，八里路程没费大劲，转眼来到婆家菜园。

"四孩，给嫂子我取菜。"她站在井台柳树下，撩起袄襟扇风儿，一边使劲喊。

看菜的四孩，光着膀子在日头地里间白菜。

"噢，是队长太太呀，你要甚菜，说话。"

"见样要，你下手，我告你说。"

"行，没说的。"

杨芍药好不得意，顺势捡一块石板坐下，右腿搭左腿，双手交扣，搂住膝盖："茄子够了，再摘辣椒。拣红的摘，不要那青角角绛色的。绛色摘下的咋办？我管你咋办。挑出来啥？我比小白脸还难缠？你妈的脚，再割点韭菜摘两条秋黄瓜。哎呀，说一样弄一样。芹菜呢？葱呢？芫荽呢？把你笨得！"

不一会儿，四孩满满提来一篮子菜：绿的滴翠，紫的闪光，红的流油。珍珠玛瑙般实实可爱。

"嫂子，你可从来没这么大方过，对着呢，多吃菜好，城里人最讲究吃鲜菜，男人吃了壮体，女人吃了水灵，见嫩。吃吧，吃完就来取，这么大的园子，管你够！"

四孩像个推销员，满脸挂笑，话儿中听。杨芍药好不熨帖，心里话："妈的脚，还是得当头头，抬脚动步有人巴结。"嘴上却说了些今年雨水多蝉比往年能叫的淡话，喜滋滋提上菜篮就走。

"哎——"四孩叫住她，"钱，嘿嘿，钱还没给呢。"

"钱？四孩，这可是给我的。"

"嘿嘿，"四孩仍笑着，"都一样。"边说边有意识把挂在庵子墙上的一块小木牌，往正扶了扶。杨芍药仔细一瞧，木牌上白底红字写得明白——

> 此园包了一千元，
> 君子吃菜掏现钱，
> 若是有人耍厚脸，
> 可别怪咱没情面。

太伤面子了，杨芍药脸一沉："谁立的这规矩，老杨知道吗？"

"老杨？"四孩眨巴着眼。

"我男人！"杨芍药咚地放下菜篮。

"噢——好我的嫂子哩，你别给我酸了。老杨自然不知道，这规矩是我定的。你先别打岔，听我说完。这几天你不在，咱村变化可大了，别看咱队长三棍打不出一个屁，还真是个帅才呢。这几天正搞责任田，闹得热火朝天，联产计酬，联着谁谁操心，这园子我是一千元包的产，不是咱皮薄，干部家多了，再像往年那样，我可支应不起，不然秋后把我那心肝老婆贴赔上也不够呢！"

不等四孩说完，杨芍药弯下腰，稀里哗啦，把篮里的菜倒个一干二净。

"嫂子，你别气，你大概不知啥叫责任田，不信你抬头四下瞅,那谷地玉米地干活的,吆喝牲口犁地的,拉着平车送粪的,一个个拼命似的,以往在一块瞎混,你可见过这干劲?你再瞅,那坐在地头做针线的老婆婆、弯着腰转来转去的老汉汉,都到地里凉快来了?不吧,是来照田的,防贼哩。不信你随便试从哪块地里摘一个豆角掐一穗谷,看有人找你麻烦不!戏台底下的婆娘,全都有主咧。全奖全罚,这是硬的。西滩那几亩金皇后可是分到你名下了,未必你肯容谁现在去掰一穗玉茭。"

"我不要,我不管!"她几乎吼了。

"随你,那可是你的口粮田,哪怕你全让鸦鸦捣完雀儿轰光,只要不怕自己明春吃风。"

这不,全来了。第一次取菜就让人挂了红胡子,又分来田,靠谁作务?还不得靠咱死受?这队长太太有啥当头?都怪那"活死人",显能卖巧,分什么地?包什么产?害得人好苦。

杨芍药气哼哼离开菜园,到了自家门前——

怪气!怎么是小白脸从院里走了出来,低着头,显然是哭过。"活死人"也跟着出来,对小白脸说:

"回去劝劝他,事情已闹到这一步,怕也没用,好好交代许能从宽。"小白脸点头应着,蔫蔫走了。

杨芍药捅了一下"活死人":

"她,咋了?"

杨疙瘩道:

"哼,我不跟你说过,好吃难消化。这不,她男人的事发了,公社下来人查账,连支书也弄住了。"

杨芍药不由吸了一口凉气,看着"活死人"若有所思……

原载《汾水》1980 年第 3 期

小　胡

小胡昂然站在岗位上。

岗位设在两条大街交错处。过去，这里叫十字街，而今，改称小广场。

广场，多么庄严的名字！世界上大凡一个城市，都有广场。这里往往是英雄们树碑立像的地方啊！

小广场不见有碑，也不见像，却有一个木头墩子，像一盘大磨，一米高，扁圆，周遭儿涂上黑白相间宽条子，名曰：指挥台。眼下，小胡就站在指挥台上。能雄踞这样的位置，本来就够显赫，何况还有一身漂亮穿戴：雪白的制服，镶红条的蓝色裤子，笔挺；乌亮的三接头牛皮鞋，特意让鞋匠加几个三角形麻脸铁钉，走起来"嘎嘎"响，增添威武；鼻梁上架墨色"二饼"，深如黑潭。手里掂根木棒，令行禁止，调遣行人车辆。

他目光灼灼，挺着脖颈，仰起面孔，两只视力很强的眼睛透过"二饼"，傲视人流与车流。

当然，他在时刻留意一辆蓝色大卡车，车牌号：04·6022。那个剃成光葫芦头的秃瓢司机真不是玩意！昨天的事，小胡绝不能饶恕。

大约快下晚班的时候，一辆天蓝色大卡车从东街驶来，在指挥台二十米远处戛然停住，一个"秃瓢"从车门里探出，深深勾下腰，伸手接了路边一个大屁股女人递来的一枚苹果，在满是油腻的袄上蹭了蹭大嚼。边嚼边和女人唠嗑。

站在指挥台上的小胡，远远瞪住：

"喂！你！"在这样的地方停车本已违章，还吃苹果唠嗑？

换一个人，一定是朝小胡赔个笑脸，检讨检讨，赶快驱车一走了之。"秃瓢"不理睬，还朝小胡翻一眼。小胡从指挥台跳下来，脚后跟猛地一磕，一个举手礼：

"对不起，同志，你——启（肇）事啦！"

说完用咄咄逼人眼神盯住"秃瓢"。

"秃瓢"愣住，停住嚼。听是听清了，但实在弄不懂。困惑使面部零件全挪了窝，模样像患牙疼。

"眉眼别歪，在这地方停车，还吃苹果，算不算——启（肇）事呀？"小胡傲然端着下颚，一面把笔记本掏出来——这是要罚款了。

"秃瓢"醒过神来……想笑，站在他眼前这位白脸后生，居然"肇"念"启"？……啧啧！"秃瓢"挤了一只眼，用另一只眼瞅小胡，扑哧，满嘴苹果渣喷出，脚踩油门呜地冲出老远，将"秃瓢"探出来："老'启'哥，拜拜！"挤个鬼脸，缩回去。天蓝色的大卡车飞似的驶去。

小胡没追上，到底记下了车牌号：04·6022。

他估计，"秃瓢"今天可能会拐回来。

两点半，正是人们上班时辰，四面街道一若涨了潮，一下增添许多车辆，挨挨挤挤涌动着。

小胡更加昂然挺起胸膛，两腿并得很直，时而左转，时而右转，帅气地挥动着指挥棍。人群井然有序，像水一般，一拨子来，一拨子去，大家都规规矩矩的。偶或有谁抢路，小胡就断然一喝："喂，回去！"这样，过往的人群，大都会一面走，一面小心地瞅瞅小胡。小胡呢，越发庄严地板着面孔。

潮涨潮落，街面路况恢复平常状态，行人车辆，渐渐稀落。通常情况下小胡会让自己在保持风范的同时稍稍放松一下：并着的脚后跟那样地轻轻抬一抬，身子那样地微微晃动，给人以闲适、洒脱以及人生之得意。而今天，站在台台上的小胡，没有丝毫懈怠。他密切关注着过往车辆，尤其大卡车，特别是蓝颜色的大卡车。

我就不信了，三年还等一个闰月呢！小胡这么想。

再刺毛的司机，犯到小胡手里，同样够他们瞧的！只需脚跟啪地一磕，手往帽檐处一举，司机脸色大概就要泛白。说罚五块就是五块，没商量，你乖乖掏钱得了，若不，"十块……十五块！"直加到你"满意"。或者扣十分，收执照，让你凉快去……

一若久候的猎人终于等来猎物，小胡眼睛贼亮，从西边冲过来一辆蓝色大卡车，坐在驾驶楼正是那个"秃瓢"，车号也对——04·6022。小胡跳下去。

大步蹿到蓝色大卡车右前方，不再磕脚跟，也不敬礼，只将一面掖着的四方小红旗，切铁般朝下一劈。

飞奔的卡车戛然而止，车轮在马路上足足拉五尺长印痕。"秃瓢"从驾驶室探出头来，似乎认出小胡，挤出一副嘴脸，那样地笑笑。小胡板着脸，积压一天的愤怒，在眉宇间突突跳。

"靠边！"他摆一下头，这么命令。

"秃瓢"当即把车开到路边一棵树荫下，熄灭火，跳下车，慌慌从车前面绕过来，一副很缺理样子，朝住小胡赔笑脸："嘿嘿，嘿嘿……"

"昨天是你吗？"小胡居高临下问。

"嘿嘿，是我。"

小胡使出威风，质问为啥要违章？为何脱逃，还有，谁是你

"老七哥"？

"驾照！"

"秃瓢"将一个不起眼的红皮小本掏出来，恭敬地递过去。

小胡打开本本，皱了眉头，这叫什么驾照呢，揉成老婆婆脸，名字也模糊难辨，只有一个姓。——这个字怎么怪怪的？行字中间三个点，是不是还念"行"呢：

"你姓'行'吗？"

"秃瓢"咬住嘴唇，瞅住小胡摇摇头。

"是你的驾照吗？"

"是。"

"那么，你不姓'行'你姓什么？"

"秃瓢"装作很可怜样子："我实在不姓'行'，这行字中间还有三个蛋呢……"

小胡觉得脸上一阵热。看来，这个字是不念"行"。为了掩饰，就装模作样仔细盯了一会儿本子，表示自己现在才看清。但到底念什么，依然不甚了了，他灵机一动，做出不屑于在这上面过多纠缠样子，说："不管你姓什么，把记分本掏出来！"

"秃瓢"心里清楚，要扣分了。——司机们最怕这一着，扣到三十分，就要吊销执照的。"秃瓢"苦丧起脸讨饶，说因为走得急，记分册忘记在枕头下了，走出好远好远才记起来云云。

"诡说！"小胡断喝。

"秃瓢"慌得什么似的："真的没带，不信你搜……"

边说边把两条胳膊举起，样子就像投降的俘虏。

看样子是真没有带上。小胡清楚，即使带着，恐怕早已藏到外人很难找的地方，所以搜查等于徒劳。

"真没带？"

"真没带。"一副老实巴交样子，慢慢将胳膊放下，继续做些解释，说如果带着，那天违章后也不至于吓得就跑。更糟糕的是，当时身上也没带钱，让罚款也不可能。所以就跑了……当然，我不该叫你"老启"哥。我罪该万死……不过，不过那个字不念"启"，而念"肇"……

一片红晕从小胡脸上掠过。他手一挥：

"别扯远了，先说你该怎么办？"

"我愿认罚。"

"你不是没钱吗？"

"现在有了。"

"那你说该罚多少？"

"由你。"

"三十。"

"五十五。"

小胡瞪目。

"同志，你罚重点，越重我才越心疼，越心疼才越长记性。就五十五。"

小胡啼笑皆非。这是他当警察遇到头一个怪人。争来争去，"秃瓢"做了让步，同意砍去零头，罚个整数：五十。当下齐刷刷给小胡点出五张十元大钞。

"请开个收据吧。"

小胡嘴一歪，摇摇头，既然本人坚持要这样，自己也就不便再说什么，掏出笔和收据本，走过去，将一只脚提起来，蹬住卡车的轮胎，架起一条腿，把本本打开，放在腿上，捏住笔，盯住本本要写了："你——名字？"

"zuai zuai。"

鬼才知道怎样写。一急之下，鼻梁上渗出细细汗珠：

"这是你的官名吗？"

"是官名。"

"还有没有小名？"

"嗯……""秃瓢"狡猾地朝小胡瞟一眼：

"有。"

"小名叫什么？"

"rua，rua。"

小胡更加困惑，眼前一片茫然。天啊，怎么全是些倒运的名字呢？为了掩饰慌乱，慢慢抬起手，用笔帽轻轻挠挠鼻子凹处，好像那里很痒，或者能挠出什么智慧。可是，大约除了给脸上挠出一片火烧云外，再就挠不出什么了。难道一个堂堂警察就这样栽在一个车把式手里吗？他忽然将本本一合，做出一副宽容样子："好了，既然你态度如此诚恳，这款就不罚了。"要将手里钱递过去。

那个要命的"秃瓢"，不吃敬酒，往后一跳，死活不接钱："同志，这怎么可以呢？明明是我违章，你不罚，别人还以为我走你的后门呢！你快写收据吧。"

这不存心要好看吗，要是会写不早就写了吗？糟糕的是这古怪的名字，连一个可替代的同音字也想不出来。咋写？

小胡忽然意识到，这"秃瓢"未必就叫这古怪名字，会不会有意设了圈套，诱人误入歧途，然后放出两只虎——我的那个天，zuai，rua？起这么个名字，当爹妈的也太没有文化！

小胡这么想。

原载《热流》1984 年第 3 期

正　月

都叫他老猪，其实姓邵。老猪是外号，他腰长，腿短，唇厚而上翘，嘴也阔大，小眼，长两只招风耳朵。

从小就愚。十岁入学念一年级，三年后还在一年级。他爸邵老大考他学问，十一减二是几？他骨碌半天眼珠，先说七，又说八。他爸勃然：

"到底几？"

"九！"

"不对吧？"

"十。"

他爸一耳光扇过去。

长大后也未曾聪明许多。学过木匠，跟过铁匠，近几年养过蚯蚓，用煤油灯孵过小鸡，磨过豆腐，烧过石灰，耍过叫驴……样样戏都唱，样样都不曾得到正果。婆娘气得掉泪蛋儿，甩一把稀鼻涕，骂：你爸妈做你那阵，准是刚喝了面糊子。

他缩了脖子不吭。

老猪也有辉煌时候。比如，年下时节闹红火，端村要出花车。

扎花车是邵家祖传绝活。邵老大死后传给邵老猪。年下一到，他老猪就人模狗样端出大把式架子。

端村人把过年叫年下。娃娃们最爱年下。大人们也爱年下。过罢八月节就掰着指头算日子，说还有多少多少天就年下咧。年下吃得好，穿得好，耍得好：耍狮子，舞龙灯，跑旱船，二鬼摔跤，大头娃娃，扭秧歌，放焰火：黑黢黢天盖下火树银花，夜幕映红，紫微微氤氲出一片祥瑞。

多数地方，红火到正月十五就"煞戏"。各人屁股撅起，该送粪送粪，该翻地翻地，紧紧张张去忙一年的营生。

端村就不同，社火要持续到正月二十五，看罢花车年才算完。

正月二十五这天，方圆十几里村子，万民空巷。一大早，春寒料峭，四野里墨绿绿的麦苗似醒非醒，一条条大路上、小路上，斑斓的人流，涌涌地到端村看花车。端村村外百十亩麦地里人都挤满了。

未必年年正月二十五都出花车，要看流年如何。风调雨顺，五谷丰登，世事也太平，就出花车。刚解放那几年，年年有花车，后来就没有了。出花车需要开销，在早有祠堂，几家祠堂凑在一起，出手都大方，钱就来了。后来不兴祠堂了，虽然有了大队，却很穷。曾有过几任大队干部心心思思想出花车，到底没出成。分红都不能兑现，还死鬼作乐？想想，算了。

差不多有二十年没看上花车。

从去年开始，又看上花车了。事情由几个"专业户"发起，说不上怕钱多招祸，还是为了夸富？或者会扎花车的大把式老猪年事已高，说不定在某一天腿一蹬，代表端村文化手艺将会失传。这么一想，尾骨那儿紧，"专业户"们碰了碰头，向大家宣布说，从今年起，要出花车了。钱，由他们轮流出，一人一年，日后谁发财谁就接续往下排。

是邵麦娃向大家宣布的。他人长得团头团脑，养一辆带挂"东风牌"汽车。钱没少赚。县委李书记坐小卧车专程来看他,极热切地拉住他手,说:"感谢你给咱们县又增加了一个'万元户'。"邵麦娃自谦自家还不够个"万元户"。李书记很有风范笑说,谁说不够?名字都上了县广播。李书记亲自给他批了两方木料,吩咐他把门楼修修。

邵麦娃是在打麦场向大家宣布的。全村人都在场。那时电影还没开,三百瓦灯泡照耀满场雪亮。他一下从人窝里站起,慨然走到放映机前,拿起话筒"呼——呼呼"吹吹,说了关于花车的事情。他说他是端村头一家"允许一部分人先富起来"的人,这花钱出花车的事,就由他打头了。人们像从梦里醒转过来,场上开锅一般热闹,老婆老汉合不拢嘴乐,后生和姑娘们一递一还捏腰眼儿,娃娃们跑到麦秸堆里摔跤翻跟斗……人们就差喊邵麦娃"万寿无疆!永远健康"了。

当时邵老猪也在场。他独自蹲在远离人群灯光照耀不到的暗处。邵麦娃对住话筒呼呼吹时,他并不在意。一听说花车,眼就直。支棱起一只脚,垫高了屁股蛋子,腰杆挺直,脖子也拉得长。听着听着,心里怦怦地跳,眼里射出光华。神情就像无望的犯人突然听到特赦,很冲动,想快站起来,也到那雪亮的灯泡底下去,尽管还不明白,是去感激邵麦娃,还是让大家感激他自己?他已经往起站了,双手搭住膝盖,屁股一撅——但只站到一半,就戳在那里不动了。他发觉人们像朝贺皇上一样的热情,完全是给邵麦娃一个人的,压根儿还没人提到他,顿时心里酸溜溜。唉,这些人!只顾恭维邵麦娃,竟把做花车的大把式冷落在一边。"出花车?没我,出球哩!"老猪在心里愤怒。刚刚燃起的热情又灰塌塌了。正要一屁股塌下去时,有人叫喊:"老猪!来啦没?"居高临下,像老子喊儿。他听得真切,是邵麦娃在喊。但接着是许多人也跟着喊:"老猪！"且接二连三地站起身子，目光灼灼地借灯的光华四下寻觅。那样的声调，那样的神情，有如突然记起久久遗忘在仓库角落的一件经年不用的物件。老猪周身一热："龟孙子们，还以为你们离了老子能行呢！"心里这么骂，脸上却极灿烂的笑，咧着那嘴，站起来，怪腼腆的样子，搓着手。但到底又端出大把式架势来。一步一步向站在三百瓦灯泡下的邵麦娃走去，那傲岸样子比村长还村长。

"麦娃！这么说花车的事定了？"

"定了。花钱多少你莫操心，只管把你浑身解数使出就是。"

"老猪！"村长站起来敲边鼓，"做得美美的。多年咧，让大家好好过一回花车瘾。"

"那自然。"他说。

又是一番欢腾。

今晚电影要武打片，叫人着迷倾倒。唯独邵老猪浑身火烧火燎总不"入戏"。老想花车的事，想过去曾经被人仰慕的日子。那是很风光的。大把式呀！男人么，谁不想出风头？

看完电影往回走，一路脸上憋着笑，脚下有浮云托起一般，很有点飘飘然。得意之余，禁不住哼几句"乱弹"，戏文是《徐策跑城》。

> 往日走，走不动，今日两腿快如风……薛家的威风又来了……

扎一座花车不比盖一幢雕梁画栋的瓦屋省心。过了正月十五就得开始张罗，兵分几路，派人出去租赁架子车、骡马、戏衣；买各色手工纸、铁丝；扯红绸绿绸；添置锣、钹、鼓、镲……一面挨门排户登记各家的木板、贯椽、麻绳；登记老媳妇、小媳妇们藏在衣柜内的花床单、花被面、新织的红格布、蓝格布、绿格布；还有照脸镜子啦，缎面绣花鞋啦……并吩咐一声：正月二十那日都送到打麦场！

正月二十这天，打麦场比娶媳妇嫁女还热闹，男人们抬的抬，扛的扛，串联架子车，立杆，扎架，扎彩，嵌镜子……老媳妇小媳妇们成群结队提着各式各样灯笼、绣球、剪裁的虫鱼鸟兽及各样花卉，来征求意见，问做得行呀不行？

正月二十这天，满天星星时邵老猪头一个到打麦场，一改那种缩头缩脑恓惶卑微模样，煞有介事地端出大把式威风。那样地昂起头，挺胸，步子迈得高远，响亮地咳一声嗽，纠昂地在人前走来走去。嗓门高扬吆三喝四，指手画脚。大把式呀！当然是他说了算。可是，人们是怎么了？好像全不把他放在眼里。单是邵麦娃就不像个当纠首样子，他记得早些年他爸邵老大当大把式时。各祠堂纠首们请爸坐上席，轮流替他筛酒呢！他当大把式时何曾也不是这样呢！除了坐上席，烟也是一根接一根地敬他，连同活活泼泼的小火苗，双手捂着，请他把烟点燃。现在邵麦娃捏住两包带把把烟，一次塞在他手里，固然很慷慨，却不如一根一根敬来体面，而且也不替他划火柴。这使他很不乐。更甚者，凡事都不来请示他，老媳妇、小媳妇们把提来的灯笼、绣球、鱼虫花鸟的手工，只请邵麦娃过目。既然我是大把式，就不该是这样的呀！尤为可恶是一个毛头后生竟立了眉毛顶撞他："你咋咋呼呼个啥！"他戳在那里很愣了一会儿神。

在他辉煌史上第一次受到屈辱。

他一生辉煌的日子原本不多。好不容易又要辉煌了，却是一样事情两般模样。妈的！这世道！就认得钱！他想。

熬吧，什么时候熬成个"专业户"也弄他个"纠首"当当。他生出美丽的幻想。这样的幻想实现起来似乎很渺茫。实在叫他莫可奈何又心不甘。

不过他还是竭尽全力去做花车,连明彻夜在架杆上攀上攀下,眼都熬红。有时就啃一块冷馍。几天工夫,人瘦了不少。邵老猪拍着大腿说:"值。"因为花车史无前例,好极了。这是他老猪的手艺呀!

正月二十五这天,端村村外百十亩麦田里,人山人海。咚咚咚!三声铁炮惊天动地,锣鼓敲起来,二百面锣、钹、鼓、镲响成一片混沌。一个千姿百态、溢彩流霞的庞然大物——雍容华贵的花车出台了。由六六三十六匹大骡大马牵拉。六六三十六辆架子车连成的底座上,耸起一座八卦彩楼,足有三层楼房高。珠光宝气,满目斑斓,处处亭台楼阁,处处飞檐翘起。上百个活生生的细男细女们,不知怎样就空悬在上面。全都脸着胭脂、双眉似黛,樱桃小口一点点。全部扮成戏中人物,组成各自独立故事:《黄鹤楼》《古城会》《劈山救母》《嫦娥奔月》《天女散花》《白毛女》《只生一个好》。花车上装有许多机关和轮子,人和景旋转不已。难怪县上一个文化人说,能设计摩天楼的工程师,未必会设计端村的花车。此话固然夸张,却也说明这样的花车委实不凡。这天来看花车的不光县上、地区来了人,还有两个专程考察中国民俗的外国人——一个男日本人、一个女日本人。男日本人穿笔挺黑西装,女日本人戴两只铜钱大红玉石耳环,轻轻巧巧在白脖颈那儿摇。男日本人和女日本人,一见花车瞠目结舌呆了半日,端起照相机,不住地"咔嚓、咔嚓",然后说了长长一串半生不熟的中国话。说这是奇迹,一个了不起的奇迹,是把立体几何学、力学、美学融为一体的艺术品……

说这话时,邵老猪就站在不远处的人群里。他不懂力学、美学为何物。但能感到人家是在夸奖他的花车。嘴咧了,憨态十足。

两个日本人提出,想会会花车的设计师。

闹不清人们为什么就哗地笑起来,且大声起哄:"老邵!邵老猪!叫你哩……猪把式……猪设计……"

鬼知道邵老猪怎样就躲到人墙背后了,小媳妇似的害起羞,任凭人们拉,推,拖,他老牛坐坡似的撅起屁股死活不肯。

到底他还是鼓起了勇气。正要往前走时,有人扯扯他的后衽襟,说:"你还是别去吧!"听声音好像是村长,又好像是别一个谁们。他稀里糊涂还没闹清是怎么一回事,听见人墙那边日本人在说话了:

"你就是邵先生吗?"

"对,我姓邵。"

邵老猪懵懂。踮起脚尖瞅瞅,竟是邵麦娃大模大样站在两个日本人的面前。

"邵先生!"男日本人向邵麦娃竖起大拇指,"你的聪明才智大大的。"

"没啥,嘿嘿!"邵麦娃脸一点都不红。

"谢谢你邵先生,也谢谢你的杰作。我们很感动。"女日本人向邵麦娃伸出一只手。

邵麦娃双手迎上去,捏捏,同时说:"不谢,不谢。没啥,嘿嘿!"

"我们一起留个影可好?"两个日本人说。

"能行。"

邵麦娃够风光了,站在两个日本人中间,胸脯挺得高高的。照一张,再照一张,还照一张。背景就是花车。

没人注意邵老猪啥时候溜走了。

邵老猪当然不高兴。

"拿你贴金,往他人的屁股蛋上贴!"婆娘替老猪抱不平。"往后过年,不给他们做了。看花车,看个屁!"一把稀鼻涕甩在地上。

当天晚上,面见朱色的老猪气哼哼地找到村长:"这是怎么鬼捣的?"。

"我正打算要去和你谈一谈的。"村长赔笑脸,掏一只烟递他,然后在他肩上拍拍:猪娃子!你难受个啥,不看自个那身穿戴?咔嚓一下,让人家摄进那个黑匣匣里,带到国外在报上一张扬,光彩?未必你就愿意丢咱中国人的脸。

邵老猪眼皮忽眨半日,掉转身走了。

也是的,自己这身穿戴够寒酸的。旧且不说,肘弯和膝盖处破了一绽,虽然婆娘使倒勾针已细细缝过,但屁股上补起的两个圆轮子毕竟扎眼。这样的行头是走不到人前的。何况是外国人。多亏邵麦娃当替身,不然,会败兴的⋯⋯

他这么想。

邵麦娃那货,敢打肿脸充胖子。好像大把式就是他自己,白得了一回体面。可话说回来,让邵麦娃去替代,似乎也不错。人家花的钱,花车才出了。没有邵麦娃,就不会有花车。自己固然是大把式,没钱,有天大本事还不是照样一年一年窝在肚里?说不定这辈子就沤粪了。

唉唉!关键是自己能熬成个"专业户",也弄他个"纠首"当当。

他想通了。

其时,白惨惨的日头早已沉下山,天地间很暗了。白日里花车带给人们的欢乐余兴犹存,家家街门上亮着红灯笼,在轻风里梦一般荡出一派神秘喜色。间或有零星爆竹炸响。

一辆小吉普朝村里驶来。

车上下来两个人,由村长陪着,朝老猪家走来。村长披件短大衣，两只空袖子晃荡一路。

老猪和婆娘用陌生眼光，打量两个陌生人。村长介绍说：

"是县里来的干部，下乡的。到咱村包点来咧。这是老吉，这是小李。"

老吉四十上下，脑门很亮，肩膀宽阔，在县委办当主任；小李年轻，白净脸，斯斯文文戴一副眼镜，在县文化馆摇笔杆，地区刊物上发表过他的小说。

老猪呆着，这样的夜晚跑来找他？

"老吉和小李要和你谈谈。"村长说，"原计划把你们几个贫困户召集到一块开个会。老吉和小李又说和你先谈谈。"村长说。

邵老猪卑微地拧搓着手。他大约知道要和他谈什么了。这样的"谈谈"已不止一次。乡妇联谈过，乡秘书谈过，乡长也谈过。乡妇联倒也和蔼："政策这么宽，他们能富，你也能富，好好干。"乡秘书就面有愠色："咋搞的，你是得努力呀！"乡长就近于老子训儿了："你，死狗扶不上墙嘛！是不是？人家一个个都致富了，你就不急？真是！"

邵老猪贴住墙壁，头颅埋入臂膀里，一副准备挨打架式。

老猪婆娘端出一碗鲜亮通红的酒枣。

老吉和小李也不见外，脆脆地嚼着响，一面问起这家的光景。

"哼，问他。"婆娘阴阳怪气地瞅瞅老猪。

老猪很窘迫地笑，到底又说不出。

婆娘抱怨说苦透了。过年鞭炮都买不起。

"买是买来。"老猪小声说。

婆娘就瞪他："才一百。刚听见响就完了、人家娃过年光鞭炮三千五千不止。我的娃只好可怜兮兮拾人家那瞎眼炮。要不，我能忍心打娃那一耳光？打罢，我是啥滋味？大年初一呀……"婆娘泪珠穿成线往下落，撩起袄襟擦擦，随手擤一把稀鼻涕。

一时寂然。

老猪头一栽："唉，光景总是踏不上步子。"

老吉和小李照例在鼓着腮帮吃枣，脸色平和，而且早已成竹在胸。

"还愣啥？财神爷上门啦！"村长对老猪说。

老猪和婆娘相互瞅瞅，直犯迷糊。

据老吉讲，他和小李是扶贫来了。县委李书记说，这是压倒一切的中心任务。县上专门成立了驱穷致富工作团。李书记亲自挂帅任团长，抽调几百号人下乡蹲点。他和小李就下来了。任务就是帮助贫困户找优势，挖潜力，制定切实可行的致富规划，争取在一年内富起来。老吉说，现在的形势是，一马当先了，万马还不曾奔腾起来，端村也如此。比如，你老猪，就是最典型的贫困户。我们和村长商量妥了，决定以点带面，从你老猪抓起，只要你能富起来，其他贫困户也会跟着富起来，怎么样，有没有信心？

"呵呀！"老猪脖子一缩，五指叉开在头上搔，实在没什么把握的样子。

"老猪同志！"小李用鼓励的口气说："别小瞧自己，不缺胳膊不少腿的，别人能富，你也能。关键是你还没发现自己的价值。那么你说，你都会啥？比如，铁匠、木匠、泥瓦，或其他别的手艺？"

"都不行。"老猪很惭愧。

"总会一点啥吧？"老言问。

老猪使劲努了半天力，说；

"我会扎花车。"

老吉和小李说会扎花车当然不错，也算一技之长。但花车不产生经济效益,眼下要紧的是,你的光景如何能快点富裕起来。再想想,还会啥?

"他还会吃!"婆娘冷冷地说。

老猪红着脸,只是笑。实在是没什么指望了。

"咝——"老吉害牙痛似的吸口凉气。活人能让尿憋死?老吉主张养牛。小李则主张种瓜。商量结果是,两宗营生都搞,也养牛,也种瓜。牛吃百草,地里有,割来就是,一条牛犊养三年,差不多能卖两千块。那么,养三头呢?养五头呢?缺点是不能当年受益,但瓜能。遇上好年成,书上讲,只要采用地膜都覆盖,每亩可收八千斤,一斤瓜按四毛算,种二亩,是多少?加上婆娘养两头猪、一群鸡;也可以让娃儿养几只兔子。别小瞧仨核桃俩枣,捡到篮里都是菜嘛!

老吉确乎地激动了,吩咐老猪找来一把算盘,噼噼啪啪,我的那个天!这一年就能收入七八千块?

可是——钱呢?没钱一切枉然。牛犊不会有,塑料薄膜不会有,猪呀、兔呀都不会有。

"钱不成问题。贷款。"老吉满有把握地说,"银行、信用社,都有我的熟人。"

事情就这么定下来了。大家都很满意。老吉和小李又响响地嚼了几颗酒枣,便动身回城,因为今日来得很仓促,机关、家里都没安顿妥帖。他和小李后天就来。再来就不走了,要住够一年。

这一夜,老猪无论如何睡不着,踌躇满志地说:"她妈,排个名,当纠首,咱也花钱出花车,明年就当。"

"不怕把你头上的两根毛烧掉?八字没见到一撇呢!"

说好正月二十七就来的,二十八也没来,直等到正月月尽那天,人没来,来了一张报纸。报上写了老吉和小李的名字,表扬他们扶贫工作搞得好,能闻风而动,吃苦耐劳,一头扎下去不挪窝,而且成绩显著。他们所在"点上",多少多少贫困户已开始向致富路上迈进云云。

桃花红了,梨花白了。

老吉和小李没来。

麦子黄了。秋苗绿了。

还没来。

直到雪花飘飞的一天,小李寄来沉甸甸一个纸卷。老猪打开,是两本杂志和一封信。信上说,对不起,老说下来,老也下不来。他和老吉都忙。信上说老吉已提拔到县人大当主任去。李书记也提拔到地区当副专员。新调来的县委书记姓张。张书记说明年的扶贫工作要大搞……但信上没说养牛和种瓜,也没提贷款,只说随信寄去两本杂志,上面有他写的两篇小说,请看了后批评指正。

老猪哗哗啦啦把杂志翻一遍。婆娘也哗哗啦啦翻一遍,夸奖两张封面厚厚的、硬硬的,大约剪两双鞋样绰绰有余。

说说话话又到年下了。

端村照例出花车。正月二十五这一天,方圆十里村寨,照例万人空巷,四野里的一条条大路上、小路上密密的人流往端村涌,上百亩麦地里万人云集。照例有三声铁炮惊天动地,锣、钹、鼓、镲响成一片混沌。照例是一个溢彩流霞、雍容华贵的硕大无比的花车出台了,照例是由六六三十六匹大骡大马牵拉……也照例来了外国人,不光有日本人,还有黄发蓝眼的德国人。照例要合影照相;照例是纠首替代老猪去享受体面。

至于老猪,也照例能想得开。何况大家众口一词,赞扬今年的花车比去年还要好。但有人表示遗憾,说,花车固然花哨,可惜是个虚架子。要是真有一座像花车那样华丽辉煌的大彩楼,人能住进去就好了。

似乎没人提起老猪。这反而使老猪的要当纠首，愈发地壮心不灭。何况小李信上说过，新调来的张书记主张扶贫工作要大搞。

二十五的晚上，天地间完全暗下来时，老猪心心绪绪走出街门张望过几回。因为老吉和小李正好是去年这样的时刻进村扶贫来了。今年的扶贫工作队说不定也在这样的时刻到来。大约也坐吉普？

但空落落的巷道里，看不见有黄尘腾起。只有各家街门下的纸灯笼，在轻轻风里亮得神秘。也听不到汽车的呜呜声。倒是寥落地听到一声爆竹的钝响，高远的天庭也为之一闪，炸出一串斑斓的花絮。花絮又消失在暗夜里了。

老猪忽然很惆怅。觉得该回去睡觉了。明晨一大早还到地里送粪呢。一年的营生也该开始了。

原载《山西文学》1988 年第 2 期

荒　塬

一

鹞子塬今天嫁女。

新嫁娘的奶名叫山妹，平二十。今儿个打扮打扮就要嫁到城里去，给城里一个粉脸后生当婆姨。

鹞子塬上的姑娘往城里嫁，开天辟地，山妹是头一个。

鹞子塬埋在大山最深处。

塬不算小，也不算大，南北十多里长，东西五六里宽。这块不大不小的天地里，容纳着九省十八县人：甘肃、山西、陕西、山东、河南……还有几户安徽籍。人口最稠时，差不多够百十户，撒豆子似的，东一颗，西一粒，且堂皇地起了名字：钻天峁、禹王沟、观音河、天字桥、牛蹄寨、石菊花、鬼门关、武家坡……其实就一户，两户以上的村寨稀少，三户以上的更无。

鹞子塬，顾名思义，原是鹞鹰的世界。

不知从什么时候起就有了人家。有人说始于光绪三年大旱，有人说，还要靠前。没细考。

但有一件事是清楚的，各家各户的开山鼻祖，差不多全是逃荒落难的主儿。多半是迫于年成，背井离乡。

据说，开始有人烟时，只一户。兵荒马乱，日子一直不太平，渐渐又有人络绎地迁来。日出，日落，荒凉的鹞子塬，这儿那儿，便又多了几柱孤寞的炊烟。

在早，鹞子塬的女人像金子一样缺，常有几个光棍伙用一个女人的事情。如此繁衍开来，人丁渐渐兴旺，过刀耕火种生活，面朝黄土背朝天，刨穴，点谷，种黍。塬上也生药材：黄芪、甜草根。唯麝香最值钱。但除非能打到一只母麝。塬上的人家，户户都有铁管枪，老式的。得空就去打山，"嘡——！"天穹下一声巨响，岩崖谷底有了回声，闷雷一般久久地在塬上滚。那大约是打死一只香獐或狍子。手气最不好时，枪筒上至少也挑回几只花尾巴山鸡或灰野兔；胆大些的人，就一直走进那崇山峻岭好幽深的密林里。虽是冒着危险，但碰巧了，常能背回一只野猪或几条火狐狸。将皮子扒下来，连同那黄芪和甜草根一起远远拿到城里去换钱称盐，扯布，灌煤油。

鹞子塬的人，一向为城里人瞧不起。站柜台的年轻小婆姨们，也丢眉歪嘴爱理不理。弄不好，敢拿眼珠瞪你："没见过你们鹞子塬的人这么买东西的，要买就多买些，一星半点，不害麻烦！""行啦！行啦！数过来数过去的，再数，三毛还是三毛，能数成三块？掏钱哩，又不是在身上割肉！"

但如果换成塬上的女人来进城，就会是另外一番景象了。

鹞子塬上这片土地，除了滋生穷气，还滋生山花和女人。这里的花儿比别处开得艳，树上的醋溜果也比别处红。如今的鹞子塬，女比男多。深山出俊鸟，鹞子塬上的女人，出落得一个赛一个俊。这往往使城里的一些男人们垂口涎，白天黑夜想能不能某一天往草窝里按她一个？也仅是临时按按，娶来做老婆，长短不要！

也不尽然出于劣根的排外与欺生。嫌穷，说穷气会像瘟疫一样传染，沾上就摆不脱；嫌脏，说鹞子塬上的人一年四季不洗脸，女人头上虱子比头发多，嘴里有死葱烂蒜味；嫌笨，说鹞子塬上的女人，手像树皮粗糙，抹一把，能把男人身上皮擦破。说这样的手，只配捏锄把，搬石头，砍柴，煮猪食，别指望能绣花，做细活，也别指望能下厨做细饭。

鹞子塬上的人，上城就像上天堂，由不得腰板一塌，矮了半截，从来不敢奢望把女儿往城里嫁。花儿在哪儿开，还让在哪凋谢，活着是塬上人，死是塬上鬼，没处懊恼的。

二

城里家叫"吃喜酒"，鹞子塬上叫"吃喜摊子"。一样地摆七碟八碗，却不像城里人坐体面的八仙桌。鹞子塬的人家，过去没那玩意儿。门前只有一盘石碾、一盘石磨，门扇也卸下来，用石头支平，便是席了，如客多，碗碟就摆在平地上，大家环围一圈，蹲下去，各自拿起筷子，照例也礼让一番，不说：请！是说：来，上手，趁热收拾！一面收拾，一面猜拳，可着嗓门："三桃园！""四季财！""七个巧！""八仙八仙！""……"喊出一片风情。

鹞子塬上，人缘向来不薄，同是天涯沦落人，知道人情比钱财重。鸡犬虽不相闻，人却常相往来，相扶相帮，互通有无。塬上不论谁家办红事白事，沾亲带故也好，八竿子探不上个亲也好，都去，带上礼，礼很实惠，轻重与多少，尽自家力量。也有送半扇野猪或一袋软米，驴驮或人扛，翻十几里山路。这乡习至今不衰。

今天是山妹"大喜"，塬上的人都来恭贺，吃山妹家的"喜摊子"。

能不来？山妹家爹，拔尖盖顶要办好席面，何况，还要进城去送女!

昨天,正当落坡的日头把鹞子塬抹成一片火红的时候,黑脸队长将马抽成十万火急,可塬跑一圈,挨家挨户叮咛说:交涉妥啦,都进城去送女,一家两个人,最好是一公一母,有摩托就骑摩托,把上光蜡打上。没摩托一律骑马,戴上套铃,夜里多加几瓢豌豆,料上足,赶明儿个进了城,四个蹄蹄要在街面上响出威风。又说,凡进城送女的人,穿戴要格外讲究,拣最好的行头往出抖,好钢要往刃上使,这会儿不抖,甚会儿抖?登山服啦,尖跟鞋啦,甚好就穿甚。现代点,城里家女人擦粉抹胭脂,你们也抹,身上再洒些香水,不是买下耳坠吗?戴上。后生家最好都穿西装,拴上领带,会拴不会?不要像拴裤带胡乱在脖子上挽一颗疙瘩,让城里人笑话咱塬上人是土包、山汉。记着,明儿个进了城,谁也不能给鹞子塬丢了成色。

说完,打马走了。留下了激动。

整个鹞子塬一夜无眠。

日头刚爬坡,一条一条的山道上,就有人影在晃。三三五五,穿红挂绿,洒一路笑语,朝山妹家涌来。

山妹家好热闹,像正月里逢古会。搭起了帐子,风帆一样在山脚下屋前的场坪上翻动,三面围上席,贴一方红纸,大书"喜棚"二字,棚下置桌椅板凳,是客人用饭喝茶地方。所有屋门上都贴了红对子,使浓墨写:"鸳鸯""并蒂莲""比翼双飞""结良缘"之类。冬阳下,满院生辉,天上的云彩和四面的山包也紫微微透出喜气。到处是人,男人、女人。扎挂得新新的,屋里,院里,出来了,进去了,身上新衣窸窣作响。

要陪送的嫁妆全摆在院子里,人们围住看稀罕,嚷嚷声不绝于口,夸奖山妹爹妈会办事,舍得出血,到底没给鹞子塬丢面子。

街门外威武地摆七八辆摩托，黄的"嘉陵"、红的"幸福""雅马哈"，齐刷刷排在路边。跟前围一伙穿西装的山娃子，满脸自豪。路的这一面，十几匹骡马拴在枣树上，刨蹄，甩尾，朝天"咴咴"嘶鸣。娃娃们在人群里窜来窜去，满世界地野，有几个就到很远的山包上，领着狗，站在山包上瞻望，思谋城里来的迎亲队伍会突然从山梁的那一边冒出来。

"入席啦！客人都入席啦——"跑堂的这么喊。

果然是好席面，动了海味。头一回吃鱿鱼，仔细地嚼，半天也嚼不出个好来，就笑，说和晒下的干萝卜片片差不多。但筷子却不停，腮帮子也鼓，汤水顺嘴流。

山妹的爹提一只小巧玲珑锡酒壶，在喜棚里给客人筛酒。

喜棚里风卷树叶，唏唏噜噜响得馋人。

一个胖胖的婆姨，笑吟吟从西屋出来，向北屋走去。今天，由她给山妹当伴娘。她双手用托盘托一个白得像雪团似的"离娘馍"，当她从喜棚前面走过时，勾魂似的，将喜棚里一双双眼睛，直直地勾过来。

"嗨！伴娘！"喜棚里有人喊住她，"好狗日的，打扮这么俊？操心一会到了城里，新女婿认错了人，一把搂住你亲嘴。"

喜棚里爆发出一片笑。

"放你妈的屁！"

看上去文静，说话不忌生冷。

"笑！小心吃到叉巴窝里，噎死了主人家可不管。都少吃些，这会把皮囊填满，一会儿进了城，那头的饭，还吃不吃？"说完，抿嘴笑笑，进了北屋。

本来是无意的，大家当了真，记起要进城送女，那一头还有好席面。好些人只吃到半饱，准备歇手。

"莫听她瞎胡侃，齐吃，齐往饱里吃！"一个颇具权威的人说话了。五十来年纪，矮个，长方脸，黝黑，颧骨地方被塬上的日头印了两颗红花子。人都叫他黑脸队长。

整个鹞子塬是一个队，黑脸队长像部落头领，常年四季骑一匹枣红马，挨家挨户指挥生产，传达指示。有时也骂人，吼归吼，人性好，为此颇受拥戴。虽然土地已归各户经营，其威望依然不减当年。比如，现在他让大家齐吃，齐往饱里吃，大家就齐往饱里吃。越饱越好。他这么想。不然进城，人家那头摆出席面来，一个个狼吞虎咽，吃出一片饿相，岂不让城里人笑话！如今的鹞子塬不是当初的鹞子塬，不能在城里人面前丢了成色。

三

北屋里，山妹还在"坐炕"。奈何不得的。这一天，新嫁娘都坐炕。从日头刚要露脸那一刻起，别指望再下炕。踩一脚都不准。讲究，不带走娘家土。否则，不吉利，会给娘家带来晦气，人丁不旺，或家道中落。所以要一直坐到迎亲的队伍上了门，舅，或兄长，把新嫁娘背上轿或马背为止。

山妹像老和尚坐禅，艰苦地大盘住腿。山崖上爬大的女子，到底没坐功，腿和脚，早就麻辣麻辣，想歪歪身松动松动都不能。

好不容易外面喊入席。

一屋子的人，都涌到喜棚里吃喜摊子去了。

屋里只剩下山妹一个人。谢天谢地！当下山妹就现原形：身子后仰，两手撑住炕，双腿橡似的直挺挺呈八字搦出，状如一只仰面朝天的青蛙，全然没了新嫁娘应有的风范。

一个大而扁长的双喜字，差不多遮住半个窗，屋子里映一片霞色。山妹坐在窗户跟前，身边，五光十色的东西堆得满满的，毛料西装啦、绸衫子啦、闪缎袄啦、丝袜子啦、红皮鞋啦……除穿戴之外，山妹身边还放些描眉画眼的物件。镜子啦、香水瓶瓶啦、梳子啦、胰子啦、粉啦、珍珠霜啦、牙刷啦、牙膏啦、生发油啦。还有两颗用颜色染成粉嘟嘟的剥皮鸡蛋……

据说，用这样粉嘟嘟的鸡蛋在新娘脸上滚三遍，从此脸上就不再起疙瘩，就会像鸡蛋一样光滑水灵看不到一根细汗毛（汗毛全拔了）。一大早，伴娘就把几根五色线，拧成一股细绳子，左挽右挽，挽成能活动的机关，拉锯似的在脸上密密地锯，汗毛就连根锯掉。此曰：开脸。

眼下，斜歪在窗户前的山妹，正瞅住放在身边的一双绢制红胸花，玫瑰色，鲜艳得像刚从树枝上掐下来，引人许多情思。难怪山妹走神，准是白天做晚上的梦——那新奇的、火烧火燎的、叫人心里发颤的梦。山妹脸红了，明净地咬住嘴唇，快活的水花从眼底往外溢。

千里姻缘，果然天定？

那一天，山风习习，和平时一样，山妹将牛群赶到后山。蓝天下，树也青青，草也青青。牛们悠闲地踩着步子，一面甩尾，一面啃草，渐渐地踩进那绿色的深处。牛脖子上的铜铃铛，泉水般"叮咚叮咚"响，山林很幽静。

山妹扔下鞭子，脱了鞋，脱了衫，只剩一件红底碎花小汗褟，小汗褟遮不住胸前一对白馒头似的奶。她不在乎。山里家女娃们都不在乎。随手掐来一朵不知名的小野花，仰面朝天躺在草坡上，天高云低，一双幽深的眼睛，看着天上棉团似的云朵。山妹忽然发现有一双眼睛直勾勾地在瞅她。她慌忙站起，竟然是一个后生！留一头长长的帽盖子头发，高个，穿褪了色的蓝帆布裤，很窄。上身穿浅灰短袖衫，肩上扛一杆"小口径"，木桩似的站在离山妹不远处的草丛里，一双火炭样的眼睛，盯住山妹两颗黑眼珠，几乎要痴痴地对在一处。

山妹火了。

"瞅你妈的板子来！"她脸吊着，把牛赶下山，心里赌咒：再不到这地方放牛了！但不知咋搞的，过了一夜，她又神差鬼使把牛赶到这块地方。她来了，那个后生也来了。来了就用火炭样的眼睛盯住她瞅。她却不瞅他。只是在临走时，她才慌慌失失看了他一眼。这一眼害得她一晚上都没睡好觉。

又来了一回。

从第三回开始，他火辣辣地瞅她，她也火辣辣瞅他。两个人就说上话了。

他说，他是城里家的，父亲是建筑工，年年当劳模。母亲在街道服装厂，三八红旗手。老两口就他一个儿子，宝贝似的疼他。他姓宋，叫小敏。考了两年大学，都没考上，如今在工厂当工人，最近上了光荣榜，二十六了，还没恋过爱。说到这搭，停了停，胆一壮，问山妹有对象没？如没，他可以替她介绍一个。

"谁？"山妹问。

他咧嘴笑："远在天边，近在眼前。"

山妹脸一红，转身跑了。

他没追，他只觉得天气真好。

山妹回到家，一五一十告诉了爹妈。爹妈说：叫回来瞅瞅。

爹妈瞅了说：能行。

黑脸队长和大家伙又瞅了一回，说：棒尖！

就定了。给城里的宋小敏当婆姨。今天就要嫁过去，就要跟他一搭里吃，一搭里睡。山妹胡乱抓起一件衣服，兜头盖脑朝脸上一捂,偷偷笑……伴娘进来了也不知道。

四

伴娘名字叫虎英,虎英有制服男人的本领。昨夜"伴宿"时,她传授给山妹。

旧礼儿,讲究"伴宿",结婚前一晚,伴娘和新嫁娘独住一屋。据说古时候人笨,结婚好几年解不下那个事,为了免于绝种,就兴下"伴宿"。让过来人言传身教,启蒙点化,以释顽愚。虎英用丰圆的臂膀轻轻扛了一下睡在身边的山妹:

"哎,还用我调教吗?"

虎英比山妹大十好几岁,虽说是老嫂子,到底是同辈,同辈的人说话可以不忌生冷。

"什么?"山妹装糊涂。

"装蒜!老实坦白,那个城里娃是不是和你在山上的草窝里已经'偷吃'过了?"

山妹羞得捏了拳头朝她一阵好擂。

虎英心里清楚:如今的年轻人鬼精。调教她?她还想调教你哩。因此,夜里整整一晚上,她除了教山妹一些头头道道的礼节外,多半是传授她,如何才能把男人制服得乖。她说她结婚头一夜,腰里缠了七条裤带,挽了七七四十九颗死疙瘩,原以为这一招会向她下跪。没想到那贼手像钳子,"蹦"地扯断一根,七道防线,顿时土崩瓦解。头一炮没弄响,又来了第二招。这一招绝了,叫他往东就往东,叫他在西就在西。

"嫂子,你使唤啥法儿?"

"打滚抛轱辘。"虎英一脸勇武,并慨然地讲了基本要领:眼合住,直挺挺往地上倒,四蹄捣腾,连哭带号,号他个红天黑地。但虎英又告诉山妹说:人有种种,种种不一。男人和男人未必都一样,有人喜欢吃硬,有人喜欢吃软。不过呢,一哭、二饿、三睡觉、四跳井、五上吊,女人的法子也多着呢,你一样一样试,哪一样能降住汉子,就使唤哪一样。她说:"山妹,你可招架住,你一个山里闺女往城里嫁,弄不好就掐在男人手心里,一辈子都别想活出个人。一开始就对他硬气些……"

现在,虎英双手端着"离娘馍"走出西屋,过喜棚,进北屋,一看山妹竟是那么个坐相,当下就满脸惊讶,抑住声大呼小叫:

好我的妹子哩,蛤蟆变的?谁家新嫁娘是这势子?巴叉着腿,要生娃儿了吗?

虎英将端着的"离娘馍"放在山妹跟前。

离娘馍,状如大云瓜,面白如雪。馍的顶端,是一朵盛开的莲花。馍的四围站立着鼠、牛、虎、兔、龙、蛇、马、羊、猴、鸡、狗、猪十二属相,有鼻有眼,栩栩如生。一律面塑。染上红绿颜色。其间还夹杂红枣、核桃之类,取早生贵子之意。馍的内核,是一颗不大的青石蛋。结婚这一天,上马(以前是上轿)之前,由新嫁娘亲手从莲花处将馍掰开,取出石头,用红绸包了,随身带到婆家,永远收藏在衣柜或箱子里,直到白头谢世。而象征皮肉的馍馍,就留在娘家。意思是:皮肉是娘家的,骨头是婆家的。此为鹞子塬特有风俗。

山妹按照伴娘吩咐,当她掰开馍馍,取出那颗青石蛋时,一种别离的忧伤涌上心头,鼻子一酸,扑啦啦滚下一串泪花。

没想到的是,为了这颗青石蛋,竟引起一场不小的风波!

五

迎亲的队伍从远处一个山包那儿冒出来，先冒出一辆吉普，又冒出一辆大卡，车头上系着红彩绸，一如飘飞的流霞，把四面的山峦都染红。车轮卷起烟尘，渐渐地近了，停下来，人都下了车，列成一支队伍，旗帜前导，唢呐声声。

迎亲队伍进了山妹的小院子。

新郎官一行被招呼进喜棚里，鼓手们在院子里鼓着腮帮吹迎亲曲。"爬山调""滚碌碌"……连吹五个曲牌后，才歇下来。由黑脸队长出面散烟。跑堂的后生提着大茶壶给客人倒茶。喝了茶，抽了烟，鼓手们又动起丝弦，吱吱咕咕，有板有眼唱戏文。娘家人里外三匝围住听，咧开嘴笑，时不时爆发出一片叫好声：棒尖，棒尖！

开始是轻拉慢唱，到日头快晌午时，就紧锣密鼓，意思告诉娘家人：该起身了。所有的娘家人个个手忙脚乱起来。北屋里人们跑进跑出，山妹端坐炕。伴娘虎英为找不到一把梳子急得团团转，尖着嗓门骂一句："日瞎眼咧！"正在院里走过的黑脸队长慌着闯进来，瞪住虎英抑住声训斥：

"虎英！你驴日的能文明些不？晓不得人家城里人就在院里？一会儿不骂舌头大概就痒哩。我说，你今儿个长短委屈上一天，一会进了城，再听见你骂出一句，我脱了鞋蘸上稀屎往你嘴上扣。"

虎英缩了脖子笑。

北屋里要进行最后一项庄重的仪式：给新嫁娘梳头。由谁来梳，向来没有严格规定。但梳头时，爹娘必须在跟前，五服以内的人也要在跟前。现在由伴娘虎英给山妹梳头，并了双膝，笔直地跪在山妹后面，捏一把洗净的木头梳子。只梳七下，一边梳一边由掌梳子人唱一支很古老的梳头歌，梳一下，唱一句。虎英是个左嗓子，百不中听，但没有人大声发笑，大家都沉湎在别离的伤感里。每个人都端着吉祥的笑脸，咧了那嘴，静静地听虎英唱梳头歌：

一木梳圆，

二木梳长，

三木梳跳过娘家的墙，

四木梳四季腾飞，

五木梳五子连开都进状元，

六木梳六六大顺，

七木梳七子大团圆。

"大团圆"三个字刚出口，山妹家娘撩起袄襟就哭了，山妹也哭，一屋子人都跟着哭，生离大于死别。想想，眨眼工夫，山妹就是人家的人，洒几滴送别泪水，也是人之常情。山妹爹到底是男子汉，眼红红劝大家说："不哭啦，不哭啦，今儿个是娃大喜哩，都不哭啦。"大家则止住哭，听见主事人黑脸队长在院里大声吆喝："起身啦，准备起身啦——"顿时，院里院外，人们像乱了的蜂群，拉马的拉马，发动摩托的发动摩托，抬嫁妆的抬嫁妆。呼儿唤女声，叫爹叫娘声，掺和着主事人黑脸队长调遣指挥声⋯⋯

迎亲的和送亲的，已在街门外的土路上排成颇为壮观的一列队伍。三个"起身炮"接连地腾空而起：咚——叭！跟着是热闹的千字鞭。这之中，护兵锣敲响，唢呐吹奏起来，迎亲队伍浩浩荡荡向前开拔。

一个多小时后，要入城了，队伍停下来稍事整顿。少不了就有送女的婆姨们，三三两两厮跟上往能遮羞的地方钻。黑脸队长和其他几个塬上的汉子们，则在路边就地方便，只需把身子转过去就行。惹得城里人眼一翻一翻。鹞子塬上的人不在乎：尿哩嘛，不让？

旅途的劳碌一扫而光，队伍重新列好，鸣锣，用红布缠成一颗蛋的锣锤子，犹如两团火焰成弧线大起大落：

哐——哐——哐哐——哐！无数城里人都招引来，就像正月十五看"社火"。

所有鹞子塬上的人：坐车的、骑马的、抬嫁妆的、骑摩托的，禁不住将脖子拉长，眼睛尽往两边斜，那种平时不为人知的亢奋和荣耀感，此时全端出来。

伴娘虎英，虽然窝在车厢里，心里却一样的自豪，两只眉梢往上一挑，挑出无限的优越。发现站在马路两边的人，一个个弯腰撅腚，使劲往车厢里头瞅，这才意识到人们要看新嫁娘，就主动和山妹换了座位，让山妹临窗坐了，以便让城里人饱览从鹞子塬来的新嫁娘。

若在平时，尤其作为一个须眉男子，是不能在大街上这么眼不转地盯住一个姑娘，否则要讨嫌。现在不同，不论男女，放胆看好了。看了，就交口称赞山妹是绝色，说宋家那个小子娶了一位仙女。

没想到这位"仙女"让城里人大失所望。原因呢，概出于那颗石头蛋子。

那时，刚举行罢结婚典礼仪式，新郎和新娘也进了他们的新房，熙熙攘攘的男女宾客被招呼在院子里的"喜棚"下纷纷落座，准备开席，七碟八碗刚端上桌，忽然"哇——"的一声，从新房里传来女人尖利的哭喊，紧接着又是桌椅倒地声和玻璃器皿的粉碎声……

"不好啦，新郎新娘打起来啦！"有人这么喊。

所有人一时转不过弯儿来,瞪了眼惊骇:"好好的嘛咋就……"
许多人都向新房拥去,一问,才知道是为了一颗石头蛋子。

那颗用红绸子裹着的石蛋子一直捏在山妹手里,从娘家提到车上,从车上提到洞房。洞房里只剩一对新人,一对新人就相互瞅住默默地笑,突出了几多"恩爱温存甜蜜幸福"。新郎宋小敏记起什么,出去了。山妹想起手里还捏着一块石头,想放,但陪送的立柜啦、扣箱啦,还放在街门外展览,没搬回来。看见屋里有两只新皮箱,就暂时将石头蛋塞进皮箱里。过一会儿,小敏回来。说:热哩。脱下他的西装褂子,要往皮箱里放,揭开箱盖,发现有一颗红花蛋,觉得怪,打开看看,竟是一颗石头蛋子,皱了眉,误认为是哪个淘气鬼捣的乱,抓起来在屋角一扔。

山妹当下变了脸,想:这是扔我哩!……刚进他门就……这还了得!开始不给他来点厉害,日后,岂不一辈子都要踩在他脚下?山妹全身的血往上涌,脸一恶:

"把娘娘的骨头拾起来!"

宋小敏莫名其妙,愣愣地瞅住突然翻了脸的新娘子,不知她要干什么。

山妹"哇"一声,直挺挺倒在地上,四蹄乱蹬,连滚带号,说她不活了。头发揉成稀乱,鞋也掉了一只,全然没了新嫁娘的体统。

娘家的人自然偏袒山妹,一个个立眉瞪眼,后生们捏了拳头,说宋小敏这王八日的欺人太甚,大有要干仗架势。婆家这一方,连连赔不是,说他们城里家晓不得鹞子塬还有这个讲究,宋小敏也的确是无意,十里风俗不一般,莫怪,莫怪……好话说够万千,一场风波才告平息。躺在地上的山妹依然哭闹不休,站在一旁的宋小敏干急没办法,脸煞白,恨不得钻进地缝,他实在丢不起这个人。可是，没办法，只好再跪下一条腿，求爷爷告奶奶向山妹说了许多软话，才好不容易把滚在地上的山妹劝起。

"呀呀！这么个货？"

一个城里家脸长长的后生，向另一个城里家脸圆的后生悄悄地发出感慨。

"不奇怪，鹞子塬上的人嘛，自然是个野坯！"脸圆圆的后生这么说。没提防这话被正在路过韩虎英听见，立了眼就骂：

"你拌屁！"

"咦，咋骂人？"

"就骂，日你奶奶！"

"你……这不对啊！"两个城里家后生气得直喘，不知拿她该作何理喻。后来硬是被另外一伙城里人劝开。

黑脸队长当时也在场，他嘴一歪，气粗粗地喷了一股烟，好像有人替他解了气似的。

站在新房门前、窗前看热闹的一伙城里的宾客们，陆续返回席上，面对着满满一桌的美味佳肴，一点食欲都没了，刚才，新房里那丑恶的一幕时时在眼前晃动，心里泛起一股说不出的滋味，脸上也就微微露出怅然若失的遗憾。

鹞子塬来的宾客们似乎无啥遗憾，饭，当然就吃得很香，大块吃肉，大杯喝酒。吃罢，拍拍肚皮，剔牙，打饱嗝，喷烟圈。

要说遗憾，鹞子塬上的人似也有一点点：结婚典礼时，鹞子塬上的几个婆姨人，发现城里家一个后生穿一条款式新颖的窄腿腿裤，问是什么裤？回答说："牛仔裤。""牛的裤？牛的裤人穿呀？"几个婆姨就笑。问是什么色？回答说：石磨蓝。几个婆姨你瞅我，我瞅你。她们只知道有靛蓝、海蓝、藏蓝、毛蓝，不知道有石磨蓝。石磨是红沙石，怎么会是蓝？她们解不下。

还有一个遗憾,是山妹那一跤,委实跌得太重。这都怪虎英昨夜的"经"没传授好,使山妹没掌握要领,吃了大亏。不过呢,城里人是认输了。刚才那两个小子敢骂鹞子塬的人是野坯!有点太欺负人。好在让虎英美美收拾了一顿,总算给鹞子塬的人争回面子……这么想过之后,鹞子塬来的宾客们,离开宋家院子时,个个昂首挺胸,脚步迈得格外高远。

原载《山西文学》1987 年第 8 期

附：评论家言（摘录）

阎纲（中国作协著名评论家）：

◎九月十三日，在太原，经李国涛同志介绍，我读了一篇相当不错的短篇小说《在九曲十八弯的山凹里》，好作品理当奔走相告，我把它推荐给同行的王蒙同志和崔道怡同志，他们同声叫绝。

◎作者从一件山间小事中发现了一个独特的性格。他不是江苏的陈奂生，不是贵州的冯幺爸，不是河南的黑娃，也不是关中的冷娃，而是山西的从此而得名的狗嗫。

◎狗嗫按传统的"乡规"拆看了一封情书，被俊媳妇告了状。审案人越是怒不可遏，狗嗫子越是莫名其妙，读者越是忍俊不禁。

◎传统的东西是动力，也是惰力；传统面临着挑战。新鲜的玩意有时像风一样吹来，有时像洪水猛兽……旧习惯成了桎梏，现代文明正在破旧田园牧歌。国粹在哪里？出路何在？

◎权文学同志的的确确发现了一个个性独特、血肉灵动的现实人物，这个人物将因其特殊的性格而活跃于文苑。

◎崔道怡同志认为小说的最后不够完整。我也感到结尾部分似应有点睛之笔，使作品的主题有所升华。王蒙同志不以为然，他说结尾部分尚可。

◎"我可以走了吧？""你不走怎么着，莫非还想让谁管你一顿饭？天生的贱！"又是一阵痛快的笑声，大家前仰后合。王蒙同志自己也笑得不亦乐乎。他已经读过第三遍了，过目之详，适足见其喜爱之情。作者的语言口语化，生动活泼，表现力强，尤以山西农民特有的幽默令人叫绝。作者写这篇小说，看来十分顺手，犹如行云流水。他信手拈来，涉笔成趣，装龙像龙，装虎像虎，妙语惊人，妙笔生花，对生活简直熟透了。对这样的作者，我们异口同声，把他称赞。

摘自《好一个狗嗳子》

韩石山（著名作家、学者）：

◎……应某刊之邀，我和权文学同去滨海某地，住在同一房间。有一次他说起近期的《山西文学》上，将发表他的一篇小说。九月，是收获的季节，《山西文学》每年都要出"短篇小说特辑"。文学的这篇排在前面位置，除配有插图，还有不算太短的"编稿手记"，可见编辑是很推崇的。我们不妨将狗嗳与农村人物画廊中的其他几个成功的同类形象做一比较。较之高晓声笔下的陈奂生，我们狗嘹的衣着要时髦得多，较之何士光笔下的冯幺爸，我们的狗嘹对权势没有一点畏葸。然而，时髦的衣着缠裹着的，是一个愚昧到可笑的灵魂，轻蔑权势（包括法律）的根源，深植在原始的泥土之中。这是一个新时代的化外之民。由陈奂生到冯幺爸，再到狗嘹，人物形象更为复杂，作家对生活的认识也更为深沉。没有像时下许多同类题材的小说那样，把物质生活的充裕作为某种政策的旁证，而是作为一种新的精神追求和期待的反衬，这正是文学这篇作品棋高一着的地方。

◎特定的环境和事件，加上特定的人物，仍不足以产生震撼心灵的艺术效果，在这里起决定作用的是作家的艺术手段。它是无形的黏合剂，是人体的生命力。若没有它，前面提到的一切，也许能写一篇很好的社会论文，却决然不会成为一个艺术作品。是作家的艺术手段使这一切成为一个和谐的整体，产生了特定的艺术氛围与魅力，达到了社会论文所不可能达到的艺术境界。

◎有人说权文学是才子型的作家，他具备一个作家最为可贵的特质：有那么一股子琢磨劲儿，也有那么一股子灵巧劲儿。对此，在我俩同室相处的那一段时间里，我有深切的体会。不过，功以学成，文学日后要想取得更大的建树，绝不可自恃才分，还应多方借鉴才是。

——摘自《为艺术之神增添光彩》

王汶石（时任陕西省作协主席、著名评论家）：

◎ 准确地说，权文学是山药蛋派新秀中的一员，但却又不是山药蛋派元老们的模样。在这一派里，呈现出一副崭新面貌。其作品保持着严谨的写实传统、山西或者说北方农民幽默诙谐的调子、浓厚的生活气息或者叫作泥土气息，但却打破了一笔到底的白描传统，改变了它单线平涂的手法，改变了它重线条轻色彩的风格，突破了它只着力于人物的刻写和故事的扮演而轻背景描绘的写法。他笔下的人物栩栩如生，故事娓娓动听，而又常常不忘随笔点染自然景色，强化思想和情感："起风了，秋风携带着这一深沉的呐喊，向远处飘去。"

◎ 笔触更加活泼开朗，行文跳跃性大，故事情节的进展提得起放得下，深沉而奔放，诙谐而又绚丽。在语言词汇上，既注意群众口语，又适当吸收古典文学词汇，既质朴又讲究色彩。从总体上看，权文学的风格，在拙朴中多了一点灵秀，在敦厚中多了一点凌厉。在总体构思上，几乎是篇篇独出心裁，既切实又奇巧。小说在气质上显露出那么一点的淳厚与狡猾。真是一位弄小说的巧手。

◎ 我很希望有更多的读者和评论家能注意到他的小说艺术，确实有许多方面的特色和经验，值得小说鉴赏家们来品评和研究。即便是先做一些点评与介绍的工作，也会有益于创作界，为我国短篇小说艺术，提供一点新东西。

摘自《读权文学小说集有感》

崔道怡（时任《人民文学》副主编、著名评论家）：

十年前，我应约编辑一部《小说拾珠》，汇集了1979至1983年历届全国优秀短篇小说评选获奖以外的佳作。十年岁月的沉积显示，《拾珠》里的诸多篇章，比有些获奖之作更能经受时间考验。其中，就有权文学的《在九曲十八弯的山凹里》。

十年后，权文学捧出了他的长篇小说新作《小城绝唱》。可以说，这又是一部隐藏在历史与人性的九曲十八弯里的故事。他原是去采访一份现实题材的，却被这个故事吸引了：那是一座无字碑，不着一画，不落一笔，没有记载，没有名姓。他觉得这也是应该用文学的体裁记载下来的，而以前反映抗日战争时期民族解放斗争的作品，大都书写主流。还很少有把妓女和商人当作主人公的，似乎金钱和肉欲已经完全泯灭了民族的意识。"商女不知亡国恨，隔江犹唱后庭花"。

是这样的。但又不一定都是这样。并非永远就是这样。其间，有个处境的作用，有个转变的过程。时空不同，表现就会有所不同。何况，那几乎是无意识深潜在心灵中的本性，没有经过九曲十八弯的磨砺，没有受到锥心刺激，是很难显现的。在半个多世纪以来的文学创作中，还极少有为这一类妓女和商人"树碑立传"的。在这个意义上，《小城绝唱》可谓有其"绝"处。它填补了关于历史与人性描述的一点空白，提示了潜意识在一瞬间的作用。

那一瞬间，不会随便轻易出现，总是在时间与空间相交叉的特定之点上发生。这就大都需要经历一个过程，一个曲曲折折弯弯绕绕的渐进过程。而这样的过程，正是文学不可或缺的。《小城绝唱》的思想内涵和艺术意味，就在九曲十八弯中。

——摘自《九曲十八弯的历史与人性》

西戎（时任山西省作协主席、著名作家）：

◎记得还在1980年，《山西文学》举办第一届优秀小说评奖时，他的短篇小说《臭臭外传》即获一等奖。这篇作品是他的处女作。一个刚刚步入文学创作之门的青年，第一篇作品就获得这样的荣誉，对他该是多么大的鼓舞啊。

◎一个人写作激情的萌动，常常是在一种偶然的外界刺激下产生的。感情的闸门被这种刺激打开后，那些长时期积累在头脑中的人和事，犹如蓄满了水的水库，顺着打开的出口，便无阻拦的一泻而尽。在这种刺激下写出来的作品，人物的栩栩如生，情节的翔实可信，语言的丰富流畅，每每出乎作者意料之外。"长期积累，偶然得之。"这是文学创作的规律。

◎权文学写出《臭臭外传》以后，创作更加勤奋；接连不断地又写出好几篇，但都未能达到已经达到的高度。创作上出现的波浪式，曾使他一度困惑。

◎山西作协举办读书会，我们指名把他请来，读了几个月的书。他很聪明，读书能钩玄探微，取精用宏。对一些名篇，更是反复玩味，潜心领会。他的获奖新作《在九曲十八弯的山凹里》，既是他创作上迟滞状态的突破，也是他艺术上走向成熟的标志。

◎权文学笔下的人物，具有山区人民那种质朴、淳厚又不失幽默机警的性格特征。人物既有丰富的思想内涵，又有普遍的社会意义。正如评论家阎纲论述狗嗳这个人物时指出的："是一个个性独特、血肉灵动的现实人物，这个人物将因其特殊的性格活跃于文坛。"

◎对于一个有抱负的青年作家来说，在创作道路上每跨出新的一步，都是需要付出巨大辛劳的。从《臭臭外传》到《九曲十八弯的山凹里》，权文学的确是走过一条曲折的道路。可喜的是，他从那"九曲十八弯"里走出来了，而且大踏步地向前迈进了。

◎文学同志是一位有才气的青年作家。在为人上，他是豁达的，而在创作上，他又是严谨的。他绝不凭恃天分，粗制滥造，总是惨淡经营，尽意方休。他的作品，写一篇是一篇，都达到相当的水平。这个集子中的十四篇作品，其中六篇荣获省级刊物优秀小说奖，一部中篇、三篇短篇由更国家级刊物和出版社转载或编入年选。一个创作经历不长的作家，能有这样的收获，委实是令人欣喜的。

摘自《一分耕耘，一分收获》

星星（著名评论家）：

◎这是一则乡里趣闻，一幕轻松喜剧；这是一场尺水兴波。

老天保是一个普普通通的山乡农民。他善良勤劳，朴实淳厚，但他也有守旧、落后的一面。"山中方一日，世上已千年"，世间已经大变了。

◎权文学的作品，并没有一味揭疮疤，展览丑恶。新旧消长在他的笔下是轻松的喜剧气氛。中国山乡不是一塌糊涂的泥塘，至多不过是春光明媚中的阴影斑驳而已。过时的旧习惯不堪一击，一出陈就旗靡辙乱，望风而逃。这种喜剧气氛，就显示出作家在冷静地举起解剖刀的同时，对生活仍持一种乐观豁达的态度。

◎《老天保》写的是大年初一的生活画面，王安石有《元日》诗云："爆竹声中一岁除，春风送暖入屠苏。千门万户曈曈日，总把新桃换旧符。""元日"者，大年初一之谓也，爆竹声声，春风送暖，歌颂"新桃"更换"旧符"的作者们，自将更加信心满怀地奋笔疾书，这怕是没有疑问的。

◎权文学近期的作品，是在有意识地接触表现我国农民因袭的精神负担。他注意揭示表现了国民精神中一些落后的、惰性的因素。这当然是一个分量很大的选题。鲁迅的一系列小说，不就是因为揭露了"国民性"的弊病而显得格外深沉厚重吗？如果能沿着这个方向，写出具有凝重的历史感的佳作，当然是我们所期望的。

◎在成熟的作家笔下,不是政治,也不是艺术,而是生活,此言不虚。就去写那活生生的生活,鲜灵的生活。

摘自《总把新桃换旧符》《〈村西头有个李天保〉琐议》

王春林(著名评论家):

◎艺术的发展总是在不断的探索和变异中进行的,只有在持续地求"新"寻"异"的创造过程中,艺术家才能永葆自己的艺术生命力,从而创作出新的更有价值的优秀作品来。

◎权文学是一位恪守现实主义创作原则的作家,曾以《在九曲十八弯的山凹里》《活寨》等作品而享誉一时。《月亮在山顶丢失》(《人民文学》1991年第3期)是他的短篇近作,我认为,在这篇小说中,充分地显示出了权文学新的艺术追求。那就是,在继续保持他关注现实生活,力图真实再现吕梁山民生存现状的创作优势的同时,又在叙述语言的选择运用和叙述结构的安排上进行了一番精巧的艺术加工,因而使这篇小说既能引起读者对处于改革中的现实生活的深入思考,同时又能获得审美上的独特享受。这种艺术效果的取得,正是权文学借鉴别人成功的创作经验,在小说艺术上不断地潜心探索追求的结果。

◎《月亮在山顶丢失》在艺术上的成功之处,首先在于作者具备了明确的语言意识,在于他对叙述语言的操纵运用相当出色。"那一年雨水稠,茁壮了一坡坡的青绿。牛们踩进去,淹住半个身子""鸟们很鼓舞地贴住草稍飞""风在葵花林里睡着了",等等。作者对动词和形容词这种特别的处理,极为耐人寻味耐人咀嚼,为故事的展开营造出了一种特异的语言氛围。但小说艺术上最大的成功之处,却在于作者的精巧构思,在于他对叙述结构的别致安排。整篇小说共分十二个小节,单数小节写王四牛与月娥从结合到离异这悲欢离合的整个过程,双数小节则通过车马店刘老板夫妇的对话既追叙了四牛父亲的悲剧,同时又作为故事发展的中介点,从而完成了故事的前后衔接。小说中的单、双数小节的连缀物是那一直响着吱吱咕咕的哭调的胡胡,这把胡胡,连同那轮清冷西移的月亮,在小说构成了极有韵味的象征意象。它们既是小说中必不可少的背景饰物,同时又极富象征意味,尤其是那轮月亮,既可视作月娥的象征,又可视为四牛美好精神的象征,非常耐人寻味。作者通过月亮和胡胡这两个意象的着意渲染,给整篇小说涂抹上了一层诗意的忧伤和怅惘,因而使得这部写实作品具有了别一种耐人咀嚼的意蕴,获得了一种象征意义上的对故事的超越,同时,也就使得这篇小说的艺术品位有了进一步的提高。

摘自《精神失落之后》

王子硕(著名评论家):

◎小说《在九曲十八弯的山凹里》,在《山西文学》第九期发表。著名作家王蒙和著名评论家阎纲看了这篇小说,不约而同地加以肯定。这篇小说的作者就是权文学。

◎《在九曲十八弯的山凹里》被人叫好，除语言本身魅力之外，主要得益于作者艺术构思。

◎艺术构思是对作家本人的思想艺术素质的全面检验。

◎他的处女作《臭臭外传》被评为《汾水》1980年度的优秀短篇小说。这篇小说的成功，得益于人物性格的鲜明和故事情节的生动。

◎陶醉于初次的成功，不断地提高着艺术构思的能力。因此，他发表第二短篇小说《芍药梦》时，在题材的选取方面就有了长足的进步。《在九曲十八弯的山凹里》的创作过程当中，权文学同志的艺术构思能力有了更全面的提高。

◎《在九曲十八弯的山凹里》写出来之后，时任《山西文学》主编李国涛先生热情地向权文学祝贺：你在创作上这是一个很大的突破啊！

摘自《新颖的构思 深刻的开掘》《喜读〈在九曲十八弯的山凹里〉》

武毓璋 吴小秋（著名评论家）：

◎应当是运用语言的巧匠。但是"大巧谢雕琢"。所谓"巧"，既不是浮艳的华巧，也不是雕琢的工巧；而是要"善于寻找能够引起读者必要的情绪、必要的心境的节奏、词汇、语句"（法捷耶夫语）从而把读者引入自己的创作境界。权文学在语言上特别是小说人物语言方面是有所追求。

◎作者在对女主人公杨芍药的刻画中，人物语言（包括对话和独白）描写占了不小篇幅，并颇多精彩之处。其所以精彩，原因是作者不仅一般地掌握了人物的思想性格特征，而且努力体察特定的情境和特定的人物关系，使人物的语言于此中爆发出性格的火花，自然地引发出读者的联想。

◎比如，选举会上杨疙瘩"票数过半"时，芍药喜不自胜，得意忘形。一般来说，情动于衷乃形于言。但作者在这里却没有让人物说话，而先写了芍药与会场上一近一远两个人的暗线接触：她正要扬起手鼓掌，"坐在身旁的疙瘩""戳了她一肘子"，刚想放下手，却"猛地瞧见坐在会场角角的小白脸朝她窝了一眼"，于是她"索性把手举过头，越发使劲拍起来。"接着写了芍药的一句内心独白："乌纱帽是你男人霸占的？独食的货！"由于受到男人的暗中遏制，芍药的忘形之态不能不有所收敛；又由于看到小白脸投来的嫉恨的目光，故得意之情要溢于言表。虽然芍药一贯泼辣要强、口不饶人，但在彼一时则可，如果此时此境来个出言不逊，反会失之过分。

◎再如芍药指使四孩摘菜的一段："茄子够了，再摘辣椒，拣红的摘，不要那青角角酱色的？酱色的也不要摘下的咋办？我管你咋办，挑出来啥？我比小白脸还难缠？你妈的脚，再割点韭菜摘两条秋黄瓜哎呀，说一样弄一样，芹菜呢，葱呢，芫荽呢，真真把你笨的"

◎全是口语化的短句,活脱、自然,朗朗如闻于耳。这里仅用了一百来字,以独白的形式寓含着双方的对话,新颖简洁,虚实相生。芍药说话时腰粗气壮、颐指气使的神态,四孩摘菜时语多讥讽的对答,连同两人的手势、语调,活生生地出现在读者面前,使人有身临其境、目睹其状的感觉。

摘自《略谈〈芍药梦〉的人物语言》

李大伟(著名评论家):

◎看得出来,作者很善于这样的手法:在人物激烈的动作之后立刻留一缓冲,像国画中的空白,寓动于静,让读者以丰富的联想自己去填充,实在是"此时无声胜有声"。咻咻奔跑之后半天不能做语,强咽唾沫后才发出声来与跑得远远了才站下来回望一下,又没命奔逃——两处皆属点睛之笔,分别是这两段中的两个"文眼"。

◎如果说,写一个人只有"点"而无须照顾"面",那么,写一群人就既有广度,又有深度了。要写出一个"点"来,还要表现出一个"面"来。小说中,群像的描写也是颇生动而又耐人咀嚼的。老天保的形象吸引了众多的人,人们前呼后拥、浩浩荡荡向他奔来。作者这样写:"人群已漫过来了。"很有分量的七个字写出了当时的情景,弥漫出一种气势。我想,作者是对此有所思索,要有所表达的。他不是赤裸裸地说教,而是用艺术技巧含蓄地予以反映。他将自己对生活的思考,对生活的激情深深压下去,调动文笔,有急有缓、有动有静地去描写,不是粗略地而是细致地,不是呆板地。而是生动地。"意立而词从之以生,词具而意缘之以显,二者相倚,不可或离。"(黄侃《文心雕龙札记熔裁》)。

◎一部好的和比较好的文学作品,其概念是较为完整的.这篇小说除人物动态刻画逼真、生活气息浓厚外,作品情节的截取也属成功之处。何处开,何处合……作者正是从此处着墨,为情节的展开、人物的刻画,创造了一个特定的环境。事件予以展开,人物予以刻画,之后,作品这样收束:"宝宝人虽小,却抢先到院里,眨眼就点燃了那串'浏阳'鞭炮,哔哔啪啪,火花飞溅,小院里一片报春声。"在浓郁的大年气氛中发生,又在浓郁的大年气氛中结束,首尾呼应,令人掩卷深思。老天保这一代人,他们毕竟衰老了,身上有着不少顽固的东西。"宝宝"这一代人不也是正在成长吗?有的是前途,有的是希望。

摘自《情动于中而形于言》

李秋桐(教授):

◎权文学同志以他犀利的笔锋,切开奔驰、沸腾的生活激流,在五光十色的横断面上,攫取了一个一个瞬息即逝的闪亮的光点,展示出我们的乡亲父老、同辈男女、后生小子们的烦、愁、忧、乐、顺、逆、得、失。这些作品篇幅都不算长,然而画面宏阔,音响高亢,色彩斑驳,显示了新生活的雄健脚印和解放了的呼号奔放的精神境界。

◎这些人物，有的血肉丰满、棱角分明、活灵活现、栩栩如生；有的比较单薄、面目不清、只闻其声不见其人。人难十全，物难尽美。虽然它们有胖瘦高低之分，但却有一个共同的基调：真实、向上。它们带着一股上进、创业的春风扑面而来，叫人感到暖和、舒畅，心里热乎乎的。

◎有两个人物是值得称道的。《汾水》1980年1期上发表的《臭臭外传》，写了一个在"文革"中，由贫穷和邪恶压出来的山野好汉。他疾恶如仇，有一股天不怕地不怕的"横"劲。他"横"得可怕，也"横"得有趣，是一个看得见、听得清、摸得着、说得出的艺术形象……

◎《在九曲十八弯的山凹里》的狗嗳，无疑是一个创造。在狗嗳身上呈现的愚性和野性、原始性，和"阿Q"性虽然有着复杂的渊源脉系，但有一个根本的决定的因素，那就是愚昧。它是产生一切迷信、野蛮、荒谬、怪诞的根源。

◎这个人物将会产生难于估计的影响。它会和阿Q沾亲带故，也可能和二诸葛拉起手来。

◎没有个性的典型人物是不存在的，没有特色的典型环境恐怕也是没有的。因此，作品的地方色彩，不但不会给创作带来局限性，相反，却是成熟作品共有的特点，即所谓"这一个"。

◎权文学同志有相当深厚的生活基础，对家乡人民的风俗、习惯、气质、风度、口语、腔调、心理特征都较熟悉。作者本身的知识素养、感情色彩、语言特点，也有自己的独特之处。这些因素已经在作品里逐渐显示出它的光芒来。那呼答作响的风匣声，那端着饭碗街头聚会边吃边聊的生活习惯，那隔墙交谈简单极了的对话，那踢掉鞋子靠在树身上抽旱烟的神态，还有那站起来就搂一下裤腰的习惯动作和老太婆跪上炕楞，双腿并住，两脚拍土的习惯……逼肖地反映了晋南、晋西人们的生活面貌。

◎作者的语言，活泼，风趣，有特色。它来自丰富多彩的生活，又吸收了有生命力的古典文学的营养，很有表现力。

——摘自《漫谈权文学的小说创作》

亦文：

◎我国当代著名小说家阿城说过，文化是一个绝大的命题，文学不认真对待这个高于自己的命题，是不会有出息的。小说《贵人》就是通过史天禄这一个历尽沧桑、心灵留有创伤的农民形象，较完美地体现了作家长期生活积累中形成的一个思想，那就是以宽厚、仁爱、克己为特征的民族美德与交混在愚昧、保守、落后的封建意识是多么不协调，后者像一道屏障阻挡了那熠熠闪光的美的放射。这一典型的意义，不仅能够让人鉴别美丑，而且能够指导人们进行高尚的道德选择。

◎作家权文学是正视现实的，他在呼唤人们在变革现实中，不要忘记两种文化观念的较量仍然是长期的。那背负历史重负的人们，也并不是自甘沉沦，他们要求改变自身心理和意志状态，去组织起新的现实。作家也在暗示,那一切痛苦的历史陈迹,都将在这一新世界中蜕化,生发出理想的光彩。就像作品最后所揭示的,"透过枣树的青枝绿叶,横陈天际的依旧是那洪荒的山峦"。作为大山,它像农民的脊梁骨,已经挺直,但是作为精神文明的建树,它还是洪荒的,需要培植起布满山峦的大片树林。

◎是的,作家不是从人和自然的关系上去把握艺术,而是从心理关系和主观评价上去把握艺术!

摘自《谈权文学小说〈贵人〉中史天禄性格的塑造》

喻大翔:

◎《汾水》第一期上发表了一篇小说《臭臭外传》。先是看广告,这个题目就吸引了我。怎样的个臭臭呢?原来,此人的形象刚刚嵌进当代文学的影集里,是一个独具一格的典型人物。

◎小说精心选择了四个情节,从各个不同的角度,异常诙谐、生动而又有力地刻画了臭臭的"横"。

◎小说在着力刻画臭臭这个形象时,注意把握了人物性格的丰富性,挖掘了在"横"的遮盖下的"善",流露了主人公潜在的主导性格和情感。

◎语言富有浓郁的地方色彩和生活气息,是小说艺术特点之一。无论是人物语言或叙述语言，都是作者在他所描写的农村范围里拾起的，没有半点晦涩和矫揉造作之感，有的只是农民的粗鲁、幽默、自然、朴实，读小说仿佛使人置身于那个生活场所，在与很多人拉呱，交谈，随便而有趣。

◎善于用白描手法来刻画各种人物，在平实的描绘中，又隐着诙谐与讽刺，这是小说的又一特色。由于作者从生活中写人，注意捕捉各个不同人物在不同场合下的细小动作，揣测其心理的活动及变化，并按照作者自己的表达习惯进行选择和提炼。所以，小说即使不花浓墨去精雕细镂，而化繁为简，用淡淡的粗线条勾勒人物的活动，把作者自己对于人物的态度自自然然地融进实实在在的文字中，也取得了巨大的艺术效果。

摘自《谈〈臭臭外传〉》

权文学文集

散文卷

权文学 ◎ 著

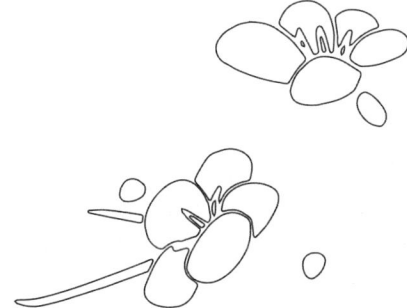

山西出版传媒集团 北岳文艺出版社

·太原·

图书在版编目(CIP)数据

权文学文集.散文卷/权文学著.—太原：北岳文艺出版社，2021.3

ISBN 978-7-5378-6375-9

Ⅰ.①权… Ⅱ.①权… Ⅲ.①散文集—中国—当代 Ⅳ.①I217.2

中国版本图书馆CIP数据核字（2021）第042596号

权文学文集：散文卷

权文学 / 著

责任编辑
贾江涛

书籍设计
张永文

印装监制
郭勇

出版发行：山西出版传媒集团·北岳文艺出版社
地　址：山西省太原市并州南路57号　邮编：030012
电　话：0351-5628696（发行部）　0351-5628688（总编室）
传　真：0351-5628680
经销商：新华书店
印刷装订：山西人民印刷有限责任公司

开　本：890mm×1240mm　1/32
总字数：710千字
总印张：29.375
版　次：2021年3月第1版
印　次：2021年3月山西第1次印刷
书　号：ISBN 978-7-5378-6375-9
总定价：138.00元（全四册）

本书版权为本社独家所有，未经本社同意不得转载、摘编或复制

目　录

往事如烟…………………………………… 001

　　走南洋…………………………………… 003
　　男孩女孩………………………………… 011
　　莫逆之交………………………………… 015
　　秋天回望………………………………… 019
　　在文工团的日子………………………… 026
　　河畔遐想………………………………… 048
　　文学·作家之状态或者素描…………… 052
　　轻轻启开一扇窗（代序）……………… 053
　　总角之邀………………………………… 056
　　别是一番境界（序）…………………… 060
　　一条小路曲曲弯弯细又长……………… 063

街谈巷议 · 065

　　货　郎· 067

　　三人行· 083

　　纸扎匠· 089

平淡人生· 099

　　祖　父· 101

　　祖　母· 122

　　爱　妻· 136

　　赶　考· 145

雁羽翎拾· 149

　　写给友人韩石山· · · · · · · · · · · · · · · · · · 151

　　致《吕梁文化丛书》撰稿作家们· · · · · · · · 155

　　复日本小林荣先生函· · · · · · · · · · · · · · · 159

　　致书康希圣导演· · · · · · · · · · · · · · · · · · 161

　　致《山西文学》主编· · · · · · · · · · · · · · · 162

　　书致吕梁师专小刘· · · · · · · · · · · · · · · · 163

　　复中国现代文学馆函· · · · · · · · · · · · · · · 165

　　复中国现代文学馆函· · · · · · · · · · · · · · · 166

　　复《中国作家大辞典》编委函· · · · · · · · · 167

　　复中国作家协会函· · · · · · · · · · · · · · · · 168

　　复人民文学出版社函· · · · · · · · · · · · · · · 169

　　复上海文艺出版社函· · · · · · · · · · · · · · · 170

岁月足迹· 171

往事如烟 I

走南洋

旋　律

列车穿越过绿色原野，一程又一程，逼近香港市区。走出九龙车站，已是午后两点多，食物钟早已在肚里敲响——凌晨四点钟到现在只靠一包点心制造热量。长达十个小时的劳顿颠簸，是该填充辘辘作响的饥肠了。

负责接站的一位风度翩翩的香港青年，热烈地挥舞一面小旗，向我们问好，再道一声"一路辛苦，饿了吧"。

一辆配有冷气设备的大型豪华轿车，载着我们向坐落在市区的一家酒楼驶去。依照有关规定，我们只能到机场，因为我们只是经停，不允许涉足市区——也许，因为我们乘坐去曼谷的飞机是下午五点四十才起飞，这个自由港有了某种灵活性。

车窗外，全新的繁华市井扑面而来，我们顿时置身于中华传统文化和现代文明的交融之境。

我们的活动范围在九龙半岛一个角落。提供给我们的时间和空间，决定了我们只能走马观花。我贪婪地领略着眼前这向往已久的"东方之珠"风情。我的视角重点在文化现象，我发现这个神往已久的陌生世界，既有浓厚的东方色彩，又有多彩的异国情调。比如：潮水般缤纷多姿的车流；满街的黑头发黑眼睛的中国人和黄头发碧眼睛的欧美人，以及黑皮肤的非洲人；涂满阳光的辉煌建筑；建筑群上明快、大胆极富现代意识的色块；随处可见到的香港人早已熟视无睹却让大陆人神经发紧的裸体电影海报……这一切又是那样协调如天然造就。

就餐的酒楼名曰"丰泽园"，其大本营在北京，这里是分号。这里古香古色，辉煌如殿堂，几位艳丽的港姐亭亭玉立于大堂门前做礼宾。我们走上红地毯拾级而上，来到二楼餐厅。古朴高雅、富丽堂皇的墨漆家具和明黄色调的台布以及丝绸落地窗帘所呈现的中国特色，给人以"到家了"的舒适感。偌大的餐厅里，灯火通明，似有若无的轻音乐犹如天籁。临街的一壁，透过落地玻璃长窗，可以观赏到满街的万千景象。

我们围着考究的圆形餐桌依次落座，饥饿是否会使人忽略文明？来自礼仪之邦的人，脚步不应当迈得那样大，也不应当落得那样重，更不应当将桌椅弄出一片声响。最煞风景的是面对美味佳肴，不应当那样虎视眈眈地表露出一副馋相，更要命的是竟然有人挥掌撸袖，做出要大干一番的架势。有人响亮地"叭叭"嘴，一阵风扫残云，瞬间工夫，盘光碟净，喊"米来——"。

满堂食客瞠目。服务小姐们掩嘴窃笑。

菜肴是文化，与之相关的吃相，同属于文化和文明范畴。

同行的好些企业家，大多是国企改制受益者。其中一个是县委书记司机。书记说别开车了，搞企业去吧！摇身一变就成"企业家"，富甲一方。资产达数千亿元。有钱！

朗姆酒

6月15日下午五点三十分，我们乘坐波音747-300大型客机从香港国际机场起飞。机身呈四十五度倾斜，向高远的云天冲刺，一千米、四千米、八千米……不大一会就悬空于万米之外。头顶还是太阳，脚下却不是大地，上上下下全是无边的云海和蓝色。

平常，总喜欢将人生托付于上帝，真正距离"上帝"近了时，心里反而没有着落。人生总得有所寄托，尤其在这双脚悬空于高远的苍穹。出于本能，潜意识里几位仙女般的空姐便是心中的上帝。她们在维系着我们的情感，甜美、平和的微笑时时向乘客释放平安的信号。

这是一架"国泰"航班，除一等机舱，仅在二、三等机舱服务的空姐就不下十位，分别来自马来西亚、新加坡，还有两位金发女郎来自欧美。对于空姐，除了欣赏还有仰慕。原因并非她们个个都是百里挑一的东方丽人、西方淑女，而是她们悦耳娴熟的英语。

我对自己只会说汉语不会说外语深感遗憾。

丰子恺先生在一篇题为《车厢社会》的文章里谈坐车经验：第一时期新奇有趣，第二时期一切看厌，第三时期逆来顺受。我虽不是头一次坐飞机，但坐国际航班应当是首次，所以有第一时期的感觉——新奇有趣味。尽管航程迢迢而寂寞，机舱外太平洋西海岸上空，万千气象看多了也就趋向单一——单一的太阳照着，单一的云海变幻，单一的蓝色与空泛。远不如机舱里有趣，可以听洋音乐，翻阅洋画报、洋书、洋报纸。看不懂，就图个新鲜。尤其空姐们红艳的嘴唇里吐出一嘟噜一嘟噜清脆悦耳的洋文，听不懂，却听了舒畅。国际航班上的空姐自然是要说英语,如此才觉得和谐统一,如此才能体现自己出国了。如果空姐说汉语,似乎不搭界,也有点煞风景。

但在一些情形下,我是多么期望她们能对我说中国话,那样我就可以尽可能避免陷入某种尴尬。比如:送来各种各样饮料、酒水让我选择的时候;比如,呈上来一份菜单,问我点什么菜的时候。我就不会因为语言障碍而陷入窘迫,硬着头皮的镇定倍受煎熬。

行前,突击学了几个常用单词,"哈哎""也斯""散扣""奴"……本意是应酬时起码的礼节,真到要用的时候,就不知道哪跟哪了。所以能派上用场的不多。只有一个单词,使用频率最高,每当下飞机时,向列队在机舱门口恭送旅客的空姐们答谢一句"散扣"(谢谢)。

一位亭亭玉立的空姐将一份印刷极为精致的菜单,恭敬地呈现到我的面前。陷入困顿中的我忽然发现菜单上有四种文字,其中有中文。我如释重负。上写:明虾熏鲑鱼沙律、柠檬姜汁石斑鱼柳、茄子乳牛排、葡式毛瓜、杏仁纽结蛋糕、芥蓝菜、香草面……空姐满脸笑意款款俯下身来,绯红的嘴唇向我滚动出一串叽里咕噜。这时的我神态自若,底气十足,极有风范地伸出一个手指,在菜单上轻轻点了一下。空姐又向我咕噜了一句什么——从空姐神态上判断,她可能向我核实:先生您确定要一份"葡式毛瓜"、一份"香草面"?我绅士般点了点头。看来,我猜对了。

俊秀的混血空姐,推一辆精致的手推车悄然而至。车上各式各样香美诱人的饮料,琳琅满目,色彩纷呈。商标上一律外文。会洋文的人自然能默读出它们的名字:牛奶、咖啡、绿茶、红茶、桃汁、椰汁、杏仁露、葡萄汁、荔枝汁、啤酒、清酒、红酒、香槟、白兰地、威士忌、矿泉水……我不行,只是凭借国内经验和生活常识,大约能判断出那瓶橙黄色液体可能是橙汁，其余则一概茫然。空姐笑容可掬向我叽里咕噜、叽里咕噜，八成是在问我要什么饮料。我做出漫不经心的样子，无声地抬起手来，指向一个装着透明液体的玻璃瓶。——我自以为是矿泉水。她拿瓶子时好像犹豫了一下，亲切地回过头来问："Sir, are you sure you have rum？"（先生，你确定是要朗姆酒？）

我绅士般点了点头。空姐给我倒了一杯。冲我笑一笑。

坏了，这哪是矿泉水，比药都难喝！我在考虑喝不喝。喝吧，太受罪？不喝又有失体面。只好硬着头皮喝，——滋味不亚于强行灌辣椒水。

硕大的电视屏幕航线进程显示飞机即将抵达曼谷上空。机舱里原有的安静秩序突然被优雅的空姐们搅动了。她们不再优雅，彻底放下身段，像一群下了课的小学生，完全进入自由与轻松状态，到处跑来跑去，请求旅客们签字。原来，机上开展"本月最佳服务员"活动。旅客认为哪个最佳，就写上哪个空姐的名字。最先到我面前的还是那个混血儿，我心里叫苦，话也听不懂，哪里会写？

秀丽的混血空姐连笔带纸张一股脑塞到我手里，并告诉我：

"我叫黄颐芳。"天哪！纯正的中国话。

"哪个 fang？"我一下轻松许多。

"草头下面方正的方，颐和园那个颐。"

会说中国话呀！——我觉得刚才那杯"辣椒水"喝得太冤。

神秘的芭提雅城

这里以色闻名于世。此地既是天堂也是鬼域。天堂有两重含义，一是其水光山色可与天堂媲美，二是其声色犬马蜚声全球。来自澳洲、美洲、欧洲、亚洲、非洲的白种人、黄种人、黑种人，不远千里万里纷至沓来，只为满足好奇心。据说，在新加坡工作的老外们，每到礼拜六下午，会乘坐飞机来这里一度良宵，第二天返回新加坡。

我对妖魔的印象来自童话，来自传说，来自书本和影视故事。今番来到这里，真真切切见到了"妖"。

这里是举世闻名的芭提雅城。

芭提雅城距离首都曼谷一百四十公里，每天无数班次的公交大巴在两地间往还不绝。曼谷各大酒店均有专车载送游客往来芭提雅城。

午饭后，我们乘坐大巴艰难困苦地驶出曼谷（曼谷堵车为世界之最），公路在一片无边无际的大野向前延伸。如盖的苍穹下从太平洋卷来的黑云块，布陈于天地相接无极的尽头。浩瀚无边的黑云块底下，是浩瀚无边的黑土地，没有人迹，没有烟缕，满目苍凉，满目原始，满目天荒地老。热带丛林陈列天际，疯了似的热带野草，在渐渐降临的暮霭里被热带的风扭扯出一派狂乱气势。如此蓬勃与壮丽，是大自然在用如椽的笔书写一幅狂草画卷。

曼谷素有"佛国"之称，那气势恢宏也金碧辉煌的庙宇与皇宫，让人流连忘返。我也曾穿越曼谷市井，漫步大街小巷，徜徉繁华闹市。走进唐人街，也曾领略现代版灯红酒绿的风采。这座古老城市给人总体的感觉：安详、厚重、深沉、古老而现代。至于亚洲"第五小龙"的那种应有的腾飞气势，似乎在这座首都之城不是很强烈。当我们驱车驰骋在泰国旷野时，一路上越来越多的景观出乎人们意料。距离曼谷不到百里之遥，公路两边扑面而来没完没了的建筑工地上，耸立着一座又一座刚竣工或正在修建的厂房，以及一片又一片色彩纷呈的楼群……白色、蓝色、红色，泰式的、日式的、欧式的……远远近近随着大地向后旋转。一个又一个耸入云天的蘑菇水塔、飘扬着的各色旗帜、丰碑般没完没了的巨型广告牌，一个个宛如花枝招展的丽人，纷纷向路人扑面而来。又是一个高尔夫球场……又是草坪……到处堆放着建筑材料，到处是起重机、大吊车、推土机、十轮大卡、搅拌机、集装箱……以及所有这一切释放出来那种震撼人心的喧嚣、骚动、热切和按捺不住，让人感到这里正在酝酿一场"战争"，换一个比喻，就像一台庞大的机器，超前的引擎已经启动。泰国的崛起不是幻想，亚洲的第五条"龙"即将在这片热土上腾空而起。

芭提雅城是泰国一个海滨城市，位于泰海湾东海岸，在世界旅游地图占有相当重要的一席，号称"色情之都"，比之曼谷更为开放，也是著名的避暑胜地。这里原来只是一个小渔村，类似我国香港、深圳最初的样子。1961年，一支美国舰队驶入这一海湾，飞机从军舰上腾空而起，飞到越南领空去"下蛋"。"下蛋"回来的美军，三五成群来到耸立在海滨南岸帕屿顺通那一片被绿树掩映颇具欧陆风情的建筑群，尽情享受声色犬马的度假生活。

渐渐地芭提雅闻名于世，市区不断延伸扩大，昔日一个寂寞的小渔村，而今成为举世闻名的旅游胜地。人口已达六十多万，占地面积二百多平方公里。海域周围尚有阁南岛、阁塞岛、阁绿岛、阁蓬岛等岛屿。宁谧幽静的北芭提雅，是玩冲浪、驾驶帆艇的理想海域。南芭提雅一栋栋别墅掩映于岸边椰树林，辽阔秀丽的挽沙黎和宗天海滨沙滩，如诗如画，妙趣横生。这里还有集中了热带名花异草的芭提雅大花园、依津游乐园和大众表演场。距离芭提雅港口不远的是风光无限的阁郎岛，岛上有打荣沙滩、仙旺沙滩、玲沙滩、天沙滩、暖沙滩，有高尔夫球场。美丽的珊瑚礁石潜伏海中……

荦荦大端者莫过于夜幕下的风花雪月，红肥绿瘦。歌厅、发廊、酒吧、桑拿浴、夜总会、按摩室、美容店、艳舞，尤其赤裸裸的性表演、人妖……誉满全球。人们不惜奔波千里万里，观者如潮。

怎么会是泰国？泰国当属传统泛亚文化圈，为什么西方文明产物不在西方泛滥？

正如西方哲人所言：武力强夺，代价太大；鸦片麻醉，周期太长。唯精神摧毁可让世界臣服！——所言无愧盗中高手！

但愿不是危言耸听。

此文为1984年《山西日报》副刊特邀连载文稿

男孩女孩

少年和少女同龄，少女长少年三个月，十二岁一同就读于县立第二高级小学。同年不同月，同级不同班，少女在十二班，少年在十四班。十二和十三班春天招生。十四和十五班暑期招生。十二和十四教室毗邻。两间教室间隔篮球场大小一块平地。出十四班教室有一条小胡同，胡同另一端是生活区，很辽阔，东西各有一排长龙般宿舍，西边住女生，东边住男生，遥遥相望。南面有大月台，供校长站立月台训话；北边是戏台和大卷棚，少先队员在这里唱歌，跳舞，过队日，上课，下课，上早操，晚自习。十二和十四班学子，同在一个很窄的小胡同拥拥挤挤，出出进进。拥挤进出中，少年眼一亮，一位倩倩少女进入视线，少年目不转睛——这是一双明亮、无邪、纯粹为美折服了的眼睛，犹如不经意惊现雪地一束蜡梅，或者早春时节红了桃花，白了梨花，或者夏日池塘绽放一池莲花，秋雨中一帘海棠，或者，一幅名人字画、一尊维纳斯雕塑……少女俊俏的脸庞洋溢着腼腆与乖巧，明亮的眼睛顾盼神飞，长睫毛微微上翘，一头时尚的学生式短发，斜着扎根红头绳。

少女深深嵌入少年心坎。

再相遇，少女目光闪电般避开，有了戒备与警惕。如此凡几，少女目光有了短暂闪回，甚至逗留。再后来，少女目光勇敢迎上去。

眼睛是少男少女唯一的交流工具。他和她用眼睛说话，用眼睛阅读对方，传递只有他们自己才能破译的密码。少女梦幻般浅浅一笑，柔情似水。

相互间没有说过话。有过一次牵手。

少年儿童聚集在戏台的卷棚下过队日，少女是中队长，胳膊上有两道红杠，少年没有，但不妨碍彼此穿越人墙目光对接。辅导员吹响哨子，要全体少先队员手拉手围成一个大圆。机缘巧合，少年和心中的少女比肩为邻。少年小心翼翼把手伸过去，浅浅捏住少女几个手指，少女大大方方满把握住少年手，一起歌唱、跳舞。

　　来来来排成排
　　愉快的歌儿唱起来
　　来来来排成排
　　欢乐的舞跳起来
　　尽情地唱，唱得那太阳红
　　尽情地舞，舞得那百花开
　　太阳红呀百花开
　　我们的祖国人人爱
　　……

少年弥漫在无边幸福里，希望这一曲永远不要停息，永远紧紧拉住这纤细与柔软。

可惜仅此一回。

一天，少女石破天惊走进从未光顾的陌生地——少年所在的

十四班教室，同学们在自习。少女的突然亮相，吸引了所有同学目光。（"校花"是大众心里的隐形偶像）

少女走进教室，径直走到教室倒数第二排过道边少年课桌前。欲语还羞，一缕彩霞从脸庞掠过，老熟人似的呼喊少年名字，说要上美术课，想借你的米大尺（作画或制图工具）用用。众目睽睽下，少年手忙脚乱，满脸通红，心里比蜜甜。将米大尺递到少女手里。少女落落大方走出十四班教室。少女前脚出门，后面同学们冲着少年满堂起哄。

少年纳闷：她知道我的名字？还知道我的座位？没听说她来过十四班教室。还有，她怎么会知道我有米大尺？……

钱锺书的《围城》里，一个陌生的女教师，向一个陌生的男教师借书。借，为相识，有借就有还；还，为相熟。桥已筑建，即可往来自如。醉翁之意不在酒。少女无师自通。

一次浪漫的原野之旅。

每逢星期六，下午上一节课，学子们归心似箭，乱纷纷或单或双，或三五结伴，风尘仆仆奔赴各自村寨。

少年的家在县界最东边，距离学校十五里之遥。途经四个村，其中一个是杨妃村，传说是杨贵妃娘家所在地。沿着村边有一条往返学校必由之路，紧挨村边。一户农家养条黑狗，很凶恶，人在村边路过，黑狗疯狂叫着追赶路人，少年和学子们吓破胆。沿途四个男生两个女生结伴而行。人多势力大，狗通人性，懂得欺软怕硬。

又是一个星期六，名叫仙菊的女生找到少年，说她有点事没办完。能不能等等她，待会儿和她搭伴走？少年问：还有他们几个呢？仙菊说我让他们先走了，我不想麻烦大家。少年说行！约好学校门口不见不散。菊仙和少女同班。长少年五岁，已婚嫁，少年称呼她学姐，她和少年邻村。过了少年村子，出东门不足一里就到。

少年看见学姐已站在校门口，少年发现学姐身边还有一个人——少女。少年和少女眼睛咬在一处。学姐说她和咱们一块儿走。少年疑惑。少女调皮地歪着头："怎么，不行啊？"一面怪不好意思捏弄学姐衣袖。少年说：她家不是在县西吗？学姐说：她想去我家转转。

路上，少女小声问少年：不欢迎啊？少年忙说：欢迎！少女莞尔。

少年少女一路上嘴不停歇，无暇欣赏田野绚丽风景。走一路，说一路。成年人认为全是些少盐没醋的淡话。少年和少女连说带笑，陶醉其中。学姐一会儿前一会儿后，有意置身局外。不觉间，十五里田间小路走到尽头。就要进村了，少女突然提出要去少年家喝口水，渴得不行了！少年一点思想准备都没有。兴高采烈一半，忽然觉着不对头。明知出村走不了几步就到学姐家。不会渴到这般地步。自认为少女喝水只是由头，目的是想看看少年的家境。少女出身望族，名博西半县，父亲至今官居台湾。少女和妹妹同母亲相依为命。母亲粗通文字，姐妹有良好教育和诗礼传家风尚。难怪少女一言一举，不乏闺秀范儿。而自己家，从太爷手上一路衰落，虽没有穷困到陋室空堂，却也烟熏火燎满目萧条。家贫是少年无助的痛，一块心病，一道不宜向外人道的伤痕。少年心里激烈权衡利弊，婉言谢绝少女要来家喝口水的要求。明知会伤害少女而为之，是因为他太喜欢她——他不想改变现状。

对于一个被捧为"校花"的少女，其自尊心会受到多么严重的伤害！

第二天返校，学姐和少女路过，没有约少年和她们一起走。

太阳就要落山，少年孤身一人走在漫长的小路上……

后来就毕业了。

莫逆之交

我和东照相识于 1978 年秋天。这之前素昧平生。刚组建的"吕梁地区文学艺术工作者联合会"召开首届"文代会",新组建的文联成员只有两个半人,如果彭化高和我比作正夫人,成毓真便是如夫人了。我和彭化高是正式成员,成毓真属于借调,我和成毓真在会务组具体负责接待每一位代表,让代表在签到簿写上自己姓名,给代表发放文件和资料,发放出入会场的牌牌、饭票、电影票等等。

风尘仆仆涌进一屋子人,说兴县家的来了。我用特别关注的目光注视每一个陌生人,试图辨认谁是田东照。

一个神采并不飞扬的男子用工整、娟秀的笔墨在报到册上写下自己的名字:田东照。这个人是田东照?田东照怎么会是这样?和想象中的形象大相径庭。田东照应该是什么样我难以具体。只是认为一个刚走出校门不长时间的大学生,写出几十万字的鸿篇巨制,正式出版发行,名博三晋,是多么不同凡响的事情。

通常情况下,特别是年轻的文学才俊,因为成就往往掩饰不住神采飞扬、潜意识的优越感或不经意的自负。

这些弊端,在田东照身上看不到。

中等偏上身材,黑发——略现自然卷。长方脸型,眉清目秀,只是笑起来时,脸上沟壑纵横,略显沧桑。容易让人联想到罗中立著名油画《父亲》。这和他只有三十多岁的相貌实在不相符。衣着朴素无华,黑灰蓝是那个特殊年代流行色,他融入大众,没有任何特别之处。他似乎不苟言笑,和蔼是他脸上表情基本的色调。他当选为吕梁地区文联副主席在主席台就座,自始至终没有用俯视的目光扫视台下,他谦恭地把目光放在面前的茶杯上。

淳厚、朴实、谦恭、低调、不张扬,这是三天的会议期间我对田东照的最初印象。

会议期间,我和东照不曾有过正面接触,也不曾说过一句话,那时候田东照还不知道权文学何许人也。按道理,在当时作为一个文学爱好者,我应当主动前去请教一二。没有。其原因可能是自己还没有只言片语见诸杂志报端,胸间却跃动着一颗雄心,一面自卑一面羡慕的深处带有小小的不服气。年轻人嘛!心气高,某种意义上不是缺点。主要的原因还是对田东照本人不是很了解。

深层的了解是两年后,东照正式调到吕梁地区文联,组建新的领导班子,东照任文联主席,彭化高和我任副职。记不清第一次交谈在什么地方,什么内容。——记忆不起来说明不过是一次最稀松平常的交谈,就像深交多年从没分离的亲朋好友在一起聊天。

依照等级,那应当是上下级的对话。文联主席——县团级别——处级领导,在众多眼里那是个"官"。我们好像有点不屑,东照也不把它当回事。不像有些人给个官帽戴就不知天有多高,鼻孔朝天视目空一切,那张小人嘴脸也不怕污染别人眼睛。田东照一不打官腔,二不摆谱,不像有些人酸不溜溜,端起肩膀,正襟危坐,拿捏出县团级架势。我们第一次聊时,他是那么随和,那么家常,那么平易近人。彼此不拘谨,不陌生,不设防,没客套,没寒暄,没恭维,没距离，那样的随便，那样十足的平民风范。作为一把手的田东照，从未有过牛逼哄哄的官僚习气，不专权，不独裁，不弄权术。有事大家商量，谁对听谁的。也并非一团和气，有时会争论得面红耳赤，但不伤大雅，不会影响彼此多年的情感与友谊。加上田东照待人宽容大度，遇到挫折，闷头抽烟，一根接一根，用烟雾渐渐平复糟透了的心情。正因为如此，吕梁文联才会有上下同心、舒畅愉快、生动活泼的良好局面。这里不存在尔虞我诈、钩心斗角、相互拆台、相互攻讦、相互倾轧以及扯皮、使绊子、踩脚后跟种种衙门恶习。

有时我很纠结：当初他为何没从政？曾经的山西大学学生会主席——多么优越的仕途基础啊！他选择了文学艺术，是理智的权衡？

人既然生下来总得设法活。田东照的终极选择是"从文"。文学创作是他骨子里与生俱来的情愫，鞠躬尽瘁，付之终身。

我仰慕东照勤奋与执着的精神。虽说我也不是懒人，自以为不能与其比肩。我也同时钦佩他那与人为善和富于涵养的品格。私下很少听见他议论别人短长，即便是他厌恶极了的人，偶尔议论起来，用词也不尖刻。他否定的方式是这样：一面摆着手，一面嘴里发着感叹"啊呀！啊呀！"那样子就像驱赶一只让人生厌的苍蝇。他的一个老乡，平时关系也不错。这位关系也不错的老乡在县上一家国有企业当厂长，后来鼓捣到地区一家国有企业当厂长，再来又鼓捣成比正处级还大的官，再后来又鼓捣到省城一家很实惠的公司。很有钱，家里的客厅堪比排球场。这位关系也不错的老乡到省城之前和东照一家关系还可以。到省城后突然变了味道，东照偕同夫人前去拜访，门是开了，人也让进去了，只是难以容忍地坐了冷板凳。他那个老乡的婆娘我见过，很凶悍，不是个善茬。一次我偶尔问起他这位老乡，东照鄙视地笑，一面摆手，一面"啊呀！啊呀！"像驱赶苍蝇。

田东照说他没有绯闻。有贼心没贼胆？他说贼心也无。难道不食人间烟火？参加省作协会议期间，我和化高、毓真恶作剧。一个靓丽女子前来宾馆看望东照。我们借故溜出，反扣了房门。房间只剩东照和他山西大学时相互暗恋过的女子，我们挤住一只眼从门缝偷窥，一个斜歪在床边翻阅一篇稿子（女的），一个端坐在沙发上木头一般发呆（男的）。他一脸备受煎熬表情，似乎苦于不知道该如何下手，就合掌于胸，拧啊！使劲地拧啊……四十分钟以后再去偷窥，依旧是一个歪在床边翻稿子，一个呆坐在沙发上，两只手合住拧啊拧啊……看来不会有什么指望了。女子走后，我指着东照："木头！"东照一脸没出息地承认说："呕！"

"爱美之心人皆有之"。但田东照有自己的底线——仅限于阅读。

东照不乏中国文人气息，比如：方规方矩。不可否认东照在诸多文化层面所展现出的传统因素。但东照不保守，不教条。在坚守传统的同时，拥抱时代，拥抱潮流。当年，我带头穿了一身西装，东照说等全国人都穿上西装他才穿。我带头跳交谊舞，东照说全国人都跳开舞了，最后一个舞者才是他。恐怕连他自己也没有想到，时隔不到一年，他西装穿上了，舞也跳起来了。记不起谁如是说："面向世界、面向时代的胸襟，是与时共进的源头活水。"

东照之所以与时共进，就因为有这样的胸襟。

2014 年 7 月 15 日

秋天回望

忽日,"聚会"兴,风靡九州,俨然时尚。我本俗人,参加了几次诸如"同学""同乡""同事"聚会活动。

人生无常,离多聚少,或天一隅,或水一方,隔绝半个世纪再度重逢,你没理由不相信缘分。遥想当年离别,不知不觉在记忆深处,留下一缕思念,几许牵挂。而今相聚一起,共同重温昔日时光,欢呼、雀跃、相拥、相抱、惊讶、伤感、嗟叹……重新享受童言无忌。

"聚会"是人生之旅不可或缺。走到生命之秋,带着旅途倦意,"怀旧"情愫油然而生,一幕幕陈年往事在记忆中淡出淡入,显现闪回。"渔歌唱晚时""宿鸟连本枝",借来古人名句形容其状态倒也贴切。

我们相逢在细细的秋风秋雨里。

聚会发起者当首推杨文彬。主体是我上二高(县立第二高级小学)期间,几位童年校友及其伴侣。杨文彬并非"二高"学生,他只是中学、大学和其中几位是校友,杨文彬不管这些,当仁不让,自荐总理大臣,总揽聚会全部所需(筹划、召集、接待)。聚会地点设在他家里。二十几个人,历时四天,除家在运城本地学友,西安、太原的学友及其伴侣吃住都在他家。杨文彬——包括他的全家——尤其他的爱妻王淑媛,为聚会做了难能可贵的全程服务。他们用满腔热情保证着大家的吃、住、行。清晨,学友们还没起床,丰盛的早餐已经做好;要座谈了,客厅的茶几上早已摆满各样应时水果。雨中出行,两口子忙前忙后为大家张罗好雨具,不辞劳顿陪同大家一块出行。每一个环节,他们都想得那样周详,那样细微,让人感动不已。

杨文彬是天才的社会活动家,也是天才的组织家——他具备着组织家应有的亲和力和号召力,以及幽默感。

他是一团火——这表现在对人的普遍关注。这种近乎泛爱的普遍关注情操,不是靠后天修炼,是与生俱来的品格。

共和国成立第二个年头,我走进"二高"。那年我十二岁。少年不知愁滋味的我似乎还不大会考虑自己的前程。一天,我的恩师——石农本先生(石先生是我小学老师,同时兼任中心小学校长)拍拍他那自行车后座,我坐上去。恩师顶着炎炎夏日,行程十五里土路,风尘仆仆,把我带到县立第二高级小学校所在地——牛杜镇南门外,一座被绿树掩映的古建筑群——会馆,前后照应我参加"二高"暑期招生考试。发榜时,我忧心忡忡仰着脖子寻找自己名字,侥幸榜上有名。石老师很兴奋,赏我一顿羊肉泡馍。

入学那天,三爸将我家一头毛驴套进一辆有帐围的木轮轿车,我人物似的端坐车厢。三爸神采飞扬地为我执鞭挽缰。欢实的毛驴四蹄翻腾,车后荡起阵阵烟尘,奔向那一片被绿树掩映的古建筑群——会馆。

这不是简单的送行,这是一种庄重仪式。煎熬在社会底层的农民,于无望中忽然天降福音,家里出了念高小的学生,何等光宗耀祖!农民缺少文化,但不缺少"万般皆下品,唯有读书高""学而优则仕"的固有文化观念。这样的大事理所当然要隆重。我对三爸的神采飞扬也曾经暗暗解读：那毫不掩饰的神采飞扬里，同时折射着沾沾自喜、炫耀与张扬，以及对未来家族命运势必时来运转的自信；也同时包含着对我的企盼和指望。从那时候起，幼小的我隐隐约约觉得肩上有了一种担当与沉重。

我宛若一只雏燕，扇动着稚嫩的翅膀，在那美若花园的会馆里，开始了我人生第一次飞翔。

在那花园般的校园里，我愉快地度过两年美好的时光。

后来，当我虔诚地走进"国子监"时，虔诚地走进秦淮河畔夫子庙时，身不由己会忽然联想到会馆。这样的感觉不仅仅因为那相似、相近的古典建筑，彼此相通的"文气"的内在才是主要的。

后来，我常常莫名其妙想到会馆。不是系统的回忆，忽然就想起一处景，一件事，或者一个人。进校门不远处，砖砌的甬道两旁，深嵌着两个方形大花池。池中枝繁叶茂婆娑着两株春天开花秋天结果至今都叫不上名的珍稀树种。一次我们爬上树枝，在肥而葳蕤的叶子掩映中把着书本自习，远远听见老师吆喝，我们猴子一般逃之夭夭。想到坐落在大院里那个雕梁画栋很古典的戏台，和戏台前同样雕梁画栋的屋上覆盖着琉璃瓦的卷棚。想到少先队员过"队日"，我们系着红领巾在卷棚下听辅导员训话、讲故事，或做游戏。想到"一上二下三开饭"清脆悦耳也绝对威严的铃声。想到教室里一排排连体单人课桌，想到冬天到来时，教室后面那泥糊的火炉让人温馨，可是轮到值日生火时，也让人伤透脑筋。最引人入胜的是晚自习，每张课桌上点亮一盏小小的煤油灯或一支蜡烛，以及灯光下是一张张宁静得宛如月亮般的脸庞。我还想到上完自习之后，有半个小时唱歌。以班为单位，在各自教室外面排好队，此起彼伏，很嘹亮地唱起来。歌声响彻整个校园。一支歌接着一支歌:"解放区的天是明朗的天……""没有共产党就没有新中国……""嗨啦啦啦啦,嗨啦啦啦啦,天空出彩霞呀,地上开红花呀……""二月里来呀好春光……""五星红旗迎风飘扬……""大刀向鬼子们的头上砍去……"乐此不疲。也有耐不住的时候,唱到"我们走,走,走……"一句,我和几个男同学故意捣乱,将其中的三个"走",唱得粗声大气,怪声怪调,且恶狠狠——不是唱,像狗咬。同学们忍俊不禁,全班哗然。班长训斥:"谁在捣乱,老师是这么教的吗?"我也常想到老师,尤其张云璜老师、刘致敬老师、陈崎老师。他们分别代语文、美术、音乐课程。之所以造就我后来对这三门学科情有独钟,大多得益于三位老师,为我奠定了基础。张云璜老师常常站在讲台上用陶醉其中的神态宣读我的作文。刘老师用粉笔在黑板上先画一个鸡蛋,又画一个鸡蛋。刘老师教导我们说,两个鸡蛋是禽类基本构架,刘老师用粉笔简约勾连,两颗鸡蛋就可以变成鹅,变成鸡,变成鸭,或者麻雀、大雁、天鹅、和平鸽、丹顶鹤、小燕子、花喜鹊、黑乌鸦、猫头鹰、天鹅、鹦鹉、鹌鹑、鸳鸯……所有禽类。陈崎老师调来之前,他的前任是胡老师,瘦高个,成天价一脸暗无天日样子,眉头深锁,满腹牢骚,把脚踏风琴拍得啪啪乱响,甚至补上一脚,抱怨"什么破琴"!陈崎老师则平易近人,和蔼有加。陈崎老师好像来自另外一个世界。他那卓尔不群的装扮、我行我素的举止、不同凡响的阅历,让人耳目一新。他像一缕春风吹拂池水,使原本静若深潭的校园,涟漪荡漾、杨柳摇曳,更加鲜活起来。他身着列宁式黑皮夹克,军绿色马裤,黑皮鞋,加上连同鬓发一起向后梳的发式,既有军人气质,又有音乐家风范——严谨而潇洒。更让人称道的是他那温文尔雅的禀性,他除了音乐几乎与世无争。他的音乐课别开生面,多半时间用来给学生讲故事,讲他在部队军乐团执棒指挥几百人大合唱,司令彭德怀就在台下；也讲一些与音乐无关却让我们心驰神往的故事。他那不经意的讲述，开阔了我们的视野。我们展开遐想的翅膀，按捺不住对外面世界的憧憬与向往。然后，他言归正传，说："现在，我要教唱大家一首歌。"他亲切地告诉大家，在教唱之前你们要回答我一个问题。他的问题是：我们是不是生活在毛泽东的时代？我们齐声回答："是。""对喽！"他很满意地笑着又问："幸福不幸福呀？""幸福。""对喽！那么我要给大家教的这首歌的名字就叫……现在由我来给大家唱一遍。"

他唱得那么投入，那样忘情，弥漫着甜美、幸福——

我也常常想到和我一起在校的同学，比如范福亭、关友山、刘彩青和孙俊英等同学。毕竟日久天长，毕竟低头不见抬头见——其实目光相互碰撞，也是另外一种语言交流。

范福亭身居学生会主席高位，自然为所有人瞩目。关友山担任生活大队长——俗称"喊队的"。一口好嗓子，小伙长得帅气，肩膀上斜斜一条鲜亮的缎面红绶带，越发英俊得令人羡慕。刘彩青和孙俊英同学，长得太俊美。有道是爱美之心人皆有之。

"当年浣纱伴，莫得同车归"，毕业以后，同学们燕草秦桑，各自天涯。这一别竟是五十余载。

彼此还能认出来吗？

果然是红衰翠减面目全非。乍一见面你盯住我，我盯住你，好在原来的底版还没走样，仔细辨认之后，指着鼻子叫开：哈哈！这不是刘正定吗？哈哈！阎如意！哈哈！歧思明！范福亭！关友山！张玉菊！陈淑珍！刘彩青！孙俊英……

聚会真正意义是填补、是对接，——填补五十年时空空白，对接五十年时空断裂。其方式不外讲述、诉说。我们利用了任何可以讲述、诉说的机会——在风中，在雨中，在尧的庙堂，在关圣帝故乡，包括在斟满酒举杯相邀时刻。我们不知疲倦地讲述着、诉说着。

毋庸置疑,讲述、诉说,或者接受讲述、诉说,都是一种享受。我们在讲述与诉说中欢笑着、感动着、惊喜着,同时也在讲述、诉说中哀叹着、酸楚着,以至于伤感得潸然落泪……伤感人这一生多么的不易!——一个人就是一部沧桑史!伤感天地悠悠而人生短促。别离时,一个个鲜活得如嫩葱,再见面怎么一下都变成这模样呢?满脸的沟壑,满脸的沧桑,满脸的风尘!早上见时楚楚动人,含苞欲放,转瞬间凋谢得面目全非一塌糊涂。最难以接受的——十四班李三存死了,十二班路登高死了,音乐老师陈崎死了。

他们英年早逝。

固然岁月无情,甚至残酷。但岁月不能包揽或替代所有残酷。十二班路登高同学,这位毕业于清华大学的高才生,因其出身屡遭冷落,报国无门忧郁而亡;十四班李三存同学毕业于天津南开大学,居然落魄为一个小小药材公司仓库管理员;陈崎老师因五七年"大鸣大放"说了几句真话,被打成"右派",开除公职,发送到农村,因其生活无着,沦落为乞丐。

范福亭,自打"二高"担任学生会主席,一路下去,从中学担任到大学。毕业后,他以优异的学业、诚实厚道的品格、积极进取的精神、富于组织的才能和对党的热爱与忠诚,直接分配到中国人民解放军总后政治部。就在他踌躇满志努力奔向又一个高度时,"文革"开始了,他转业了。纵然满腔激情,纵然壮志凌云,奈何老了英雄。

杨文彬,凭着自己过人的才干和不懈的努力,荣幸地走进同样举足轻重也前程似锦的单位——解放军某部。生产大队一个纸条把杨文彬的前程断送。纸条上说新中国成立前夕杨文彬的父亲是某县伪政府科长。经查实,不是科长,只是粮站一个扛麻袋的。任你风华正茂，任你拳拳报国之心，杨文彬也不得不挪挪窝。

品学兼优的刘彩青，因出身地主家庭，因其父在台湾，高中毕业，红旗班主任在其"鉴定书"大笔一挥，剥夺了报考大学资格。多亏校长开明，网开一面，进入大学深造，

有道是三冬过后万木春，有道是道是无情却有情——我们毕竟生活在岁月里，无言的岁月默默地为我们碾压路途一切块垒与不平。岁月带领我们走出阴霾，走进春天。

我们相逢在秋天里的春天。

踏遍青山人未老，风流犹拍古人肩——阎如意、刘彩青忙于悬壶济世。刘正定、陈淑珍沉醉水墨丹青。范福亭、何桂英老两口，半部"论语"一套"太极"，几多悠闲几多智慧。关友山和阎新芳，兴之所至，注满酒、歌一曲，自得其乐。热衷于公益事业的杨文彬，读书临帖之余继续和他的爱妻王潋媛牵线搭桥，广结善缘。而"独钓寒江雪"的几分从容几分淡泊，大约也是歧思明、张玉菊、孙俊英和夫君曹振民及其宋积全、高富申所追寻的至高境界。

最美莫过夕阳红。如此甚好。

在文工团的日子

那年1958，火红的年代。"晋南文工团"诞生在激情岁月。刚出中学校门的一批热血青年，通过形体与专业的考核，从四面八方汇聚临汾城——远古时期尧在这里建都，史称"尧都"、明清时期曰"平阳府"。

遵照"录取通知"我如期赶到运城，搭乘北上列车。列车喷吐白色烟雾缓缓启动的同时，也启动了我全新的人生之旅。

那一天是七月十五，正值炎夏，我的心境有如炎炎夏日，热烈，沸腾。车窗外，绿透的原野如大海涌动，脑海里油然涌动起昔日一首《毕业歌》句子——"我们今天是桃李芬芳，明天是国家的栋梁"。走出校门，走向社会，角色的转换，使我有"天降大任于斯人"的浩然气概。在学生时代，向往我的人生理想最好能在"文学艺术"定位。当梦寐以求的理想即将成为现实，其欢愉激情，不亚于苦苦眷恋的女孩和你终成眷属。一路心潮澎湃，犹如虔诚朝圣者，千里迢迢奔赴崇高与神圣。

首批招来二十一名演职员，乐队五名，剧队十三名，号称"八男五女五乐队"。我们常以"开国元勋"自诩。

我们彼此相识在一次"见面会"上。地点在男生宿舍。

一座新落成的四大间起脊建筑，砖木结构，粉墙黛瓦，玻璃门窗，绿色清漆弥漫着淡淡幽香。门前摇曳着一排生气勃勃青杨树。这里是文工团男生临时借住地。女生们借宿在地区文化局四合大院。一座院中院，独立成章，距我们宿舍几步之遥，从月亮门进去就是。里面住着行署文化局官员和员工。文工团的领导和女生暂寄宿这里。临时召集人吹响哨子喊："文工团的同志集合！"

一群陌生的男女青年聚集在陌生的房间。那一刻所有人的目光明亮得像流星，其表情除了年轻人的刻意矜持，更多在释放着热情与友善——为了相同的命运和共同奔赴的事业，也为了彼此的风采。

这群英姿飒爽的少男少女，是导演康希圣舟车劳顿，辗转多半个三晋大地，挑拣出来的啊！伯乐的眼光是善于从平凡中发现不平凡。最骄傲这是一批文化人，那时的中学生，就像稀有动物，弥足珍贵。

这是一次"见面"会。热心的康导演为大家做介绍：

"团长，王敏同志。"

人到中年却有红军资历的王团长，微笑着颇有风度地向大家点头。依次是乐队队长、剧队队长、副队长。大家热情地拍了巴掌。到导演本人时他说："我就省略了吧，咱们可都是老熟人了，哈哈……"场面因他更加生气活泼。

人这一生最庆幸是能遇到正正派派的好人，尤其"上司"。良禽择木，人可以自由择偶，唯有人际的安排你没有权利选择。那是"组织"考虑的事情。能否遇上好人就看你的造化。我们是很幸运的。

那是一段难以忘怀的日子。我们生活在一个和睦的大家庭。大家平等相处。排队打饭,手里拿着搪瓷碗、竹筷子的团长、导演或者队长们,来迟了会自觉排在你屁股后面。他们和蔼可亲,心地善良。从不端领导架子。他们都有良好的道德操守,为人处事都很优秀。能和优秀的人在一起生活、工作是造化,是福。

他们是战友,曾经都在"晋绥边区文工团"担任演职员。那是战火纷飞的年代。全国解放后,《战友文工团》奉命解散,一部分留在省内,其余到了北京,分别到总政、海政、建政等部队文工团,继续从事文艺工作。也许是故土情结,也许是割舍不断的革命情谊。总之,这些旧时的战友们又重新在一起,组成晋南文工团领导班子。他们相识,相知,相熟,且都能独当一面。

应当说这是一次富有"人性化"的组合。相学家说审视一个人,从相貌会得出最基本判断,看来是有道理的。

王敏团长仪表堂堂,魁梧,挺拔,像军人巍然而立。他穿一身做工讲究、橘色海军呢中山装,黑皮鞋。大背头——文化人特有发式,头发稠密茂盛,上了发蜡,乌亮,一道道木梳痕迹纤毫毕现。人很内向,不善言辞,笑起来和蔼可亲,但不苟言笑,严肃有余,很庄重,有长者风范,给人以实在、厚道、可托付的信赖。

导演康希圣生就一副女性身材,眉目清秀,文静优雅。犀利宽阔的额头和约略隆起的眉骨,同样是他面部主要特征。相学家说是富贵相。轩辕氏黄帝的前额就很宽阔,眉骨也高。相学家还说这样的相貌大多智商高。这句话从他身上同样得到印证。他多才多艺,音乐是他的强项,工于作曲,也擅长艺术表演。他不仅有女性的身材,也有女性的柔肠。别忘记他的职务是导演。在文艺团体,导演是核心,是灵魂。某种意义上有着至高无上的权威,除党务工作外,有些事情导演的权力超过团长。这样的权威不可或缺。工作性质使然。从演员到角色是二度创作,创作需要氛围,导演用威严保障着氛围的实现,以便他的演员在这样的氛围里——用苏联大戏剧家斯坦尼斯拉夫斯基话说就是"从第一自我进入到第二自我"。但康导演从来不把这样的权威发挥到极致。比如在排练场,我们迟迟不能排除杂念进入角色,为一句台词、一个动作翻来覆去不到位时,康导演也只是很严肃地把脸一拉。但对另外一种情形,康导演就会网开一面。比如语言。我们这些从小说方言长大,一下改说普通话,难免就蹦出一二乡音。杜重义在歌剧《红霞》中扮演勤务兵,拢共只有一句台词——"太太,水来了"。他上台来,提一把茶壶,对着红霞姑娘腰一弓,说:"踏踏(太太),水来了。"

"不是踏踏,是太太。"康导演给予纠正,让他重来。

重来还是"踏踏"。康导演耐心地让他"再来"。再来一遍还不行。如此上来下去,杜重义折腾得汗水淋漓,到了也没摆弄好自己不听话的舌头。

排练大型歌剧《春雷》(内容反映大革命时期,右倾主义和农民运动),剧中女主角潘雅雄的扮演者,分别由陶若玉、康苏琴担任A、B角。剧中有这样一段台词:

> 北伐军饮马扬子江
> 打一仗胜一仗,仗仗得胜利
> 仗仗得胜利
> ……

和乐时(带乐队排练),陶若玉放开歌喉这样唱:

> 北伐军饮马影(杨)子井(江)
> 打一正(仗)上(胜)一正(仗),正(仗)正(仗)

得上（胜）利……

曲未了，大家忍俊不禁，笑成一塌糊涂，康导演使劲憋，也没憋住。从他笑出泪水的眼神里，流露出来的和大家一样，更多是关爱、善意和鼓励，不存在恶意与嘲讽。毕竟站在大家面前的是一位自尊心强，又不大爱说话，动辄脸就泛红害羞的十八岁少女。她也知道大家的笑并没有恶意。

康导演和张柏林（柏林的普通话标准）耐心地为她示范每个字的正确发音。

剧队队长曹德安，周整修长，对衣着的刻意比之王团长有过无不及。海军呢中山装，扣好每一颗扣子，抹"金刚牌"铁盒发蜡，涂"友谊牌"香脂。我们这群孤陋寡闻的年轻学子，难免少见多怪。奢侈是一方面，是否太女性化了？他那略显扁平的嘴唇还真有点上了年岁的女人味，而且说起话来有时相当刻薄。排练话剧《为了六十一个阶级弟兄》，其中一场戏是群众夜半等待飞机救援。当夜空隐隐约约传来飞机马达声时，剧中要求扮演群众的一名女演员万分激动地向大家惊呼说："飞机！飞机！"这一位女演员普通话更不行，她倒是很激动，嗓门也高，大喊："水机！水机！"扮演群众的曹队长脖子一扭，对身旁的人小声嘀咕："吒吒！还'水机'呢！"独唱是他的强项，《莫斯科郊外的晚上》是他的保留歌曲，"一条小路曲曲弯弯细又长……"他常常在房间里引吭高歌。

相比之下，乐队队长贺炳章属于粗放型，衣着朴素，不修边幅。谙熟中音提琴和贝斯。快人快语，脾气火爆，不讲方式，但绝无心计，甚至不乏菩萨心肠。

队副赵长青圆脸盘，牙齿洁白，黝黑的肤色健康红润。他是一个自由主义者，一副白云仙鹤样子，喜欢天马行空，独来独往。他不在团里住,来去骑一辆明亮的飞鸽牌自行车,一双不大的眼睛笑起来蛮和善的。他是出了名的"忘词大王"。每次演出,都要找专人藏在边幕条后面,目不转睛盯着剧本,小声为他提示下一句唱词。一次演出歌剧《王贵与李香香》,他在剧中扮演崔二爷。提词的人,临时有急事刚离开。他忘词了,救场如救火,他只好硬着头皮自己救自己。

原来的歌词是:

> 小香香你莫要,你莫要闹
> 崔二爷有心和你交

他唱:

> 快提词快提词,快提词
> 他妈的快提词,快提词
> 哼哼哼……

后面的词全用"哼哼"替代,一面用眼角余光,向边幕后面的人求救。不敢放声唱,仿佛含一枚大枣,坐在前几排的观众也听不懂。尤其苦了同台演员,忍不住呀,忙把身子转过去,背对观众偷着笑,一面调整情绪,将脸上的表情摆弄好,再把身子转过来。有时候憋不住,嘴唇抿得紧紧的,没等身子转过去,扑哧笑了。"笑场"是舞台大忌,为纪律所不容。曲终人散后,会受到导演严厉训斥,甚至要在会上做出深刻检讨,便气得会后直抱怨:全都是赵队长惹的祸!

我们还是再回到"见面"会上。

康导演告诉大家："还有一位今天缺席，他就是你们的舞蹈教练单希堂同志。他正在北京办理调动手续。"

轮到要介绍我们这群学员时，康导演说："自报家门吧！先由女生开始！"几个女生的神态，就像正在休眠的春蚕，忽然受到惊扰，一时间，显得有些忙乱，紧张，脸泛桃色，让人想起诗人崔护"人面桃花相映红"的句子。虽是受过教育的当代女性，到底掩饰不住少女们与生俱来的腼腆。她们你拉我拽相互牵着手，在门口不远的地方扎成堆，一双双飘忽不定的眼神，像胆怯的小鸟，闯入一片陌生的树林不知栖息何处。她们拘谨地摆弄着自己辫梢上的红绒绳，或者衣角——绝对的小家碧玉丰采，那么清纯，那么天然丽质，那么光彩照人。王明月——这位擅长舞蹈的小女子率先介绍自己。而后是康淑琴，而后是马姣云，孙凤群最后一个做自我介绍。（陶若玉晚来了几天）

至今还记得孙凤群当时身着月白色府绸长袖衫。仔细端详，你会发现她那绰约的风姿呈现出一种与众不同的古典美。那一双"丹凤眼""卧蚕眉"和饱满丰腴的面颊及其下颚，会让人联想到敦煌和永乐宫壁画、周昉的《簪花仕女图》，联想到这些传世作品中的阆苑仕女。孙凤群如果生于汉、唐，如果选美，说不定能摘取一顶桂冠回来也未可知。令人惋惜的是，如花似玉的她，小小年岁，香消玉殒，早早地离开我们走了。留给我们永远的伤与痛。

多数人不会注意凤群美中不足的小小瑕疵，我是无意中发现的。文工团的铜管乐队列队行进在马路上，卫新华、冯学文、丁大路三个人吹小号，吴鸣吹长笛，高仲秋和赵森虎吹单簧管，姚申旺和赵双印吹拉管（长号）。我和张柏林吹贝斯，黄丽生肩扛大贝斯殿后。走在队伍最前面是冯炳超和四个女生。冯炳超抡大洋鼓，马姣云、王明月、康淑琴、孙凤群儿各司一面小鼓。我们神采飞扬，踩着鼓点,踏着节拍,吹奏《我们的队伍向太阳》曲子,很嘹亮。走在第三排的我,不知怎么一下察觉到凤群两只脚不大对劲——两只脚丫子略微外撇。

记起当年田汉先生临汾之行。地委给文工团发来一道指令,限时要求文工团女演员们突击学会跳"交谊舞"。地委要给田汉先生举办一场舞会。这叫什么事呢!我对这位早年留学日本,回国后和郭沫若等组建"创造社",为中国话剧事业、为新兴革命戏剧做出重大贡献而蜚声世界的文化名人,向来很崇拜。他的著名话剧《丽人行》堪称绝唱。中国电影史上最有影响的恐怖片《夜半歌声》中《热血》三支歌曲均由田汉先生作词,冼星海先生作曲。《义勇军进行曲》——后来成为《中华人民共和国国歌》由聂耳作曲,其歌词正是这位著名剧作家兼著名诗人的传世杰作。而当时临汾地委更看重他是中央下来的一位"京官"。不过,能有机会目睹田汉先生丰采,能当面聆听其教诲,还得感谢地委领导刻意为文工团安排了那场讲座。可是附着在地方官员身上,对上司迎合巴结的媚骨,让人很不舒服。我建议陶若玉说:"你不要去!"——原因是我们正在秘密恋爱。团内领导对地委的指令也只消极对待,说愿意学的就跟上单希堂老师学吧。据说学者寥寥。凤群学了,但没去伴舞。只有单希堂老师一个人进了舞会场。

舞蹈教练单希堂老师是一个月之后来的。

他是唯一不受我们欢迎的人——尤其对于我。与人品或操守无关,我们素昧平生。而是因为他那赖以生存的一技之长。

清晨,全体演职员在有杨树的院子里例行晨练——乐队"练乐",剧队"练声"。乐队的人们提着凳子,各自坐在树下或一个角落,调弦,翻乐谱。丝竹管弦,此起彼伏。高仲秋和赵森虎拉二胡,一个演奏《良宵》乐曲,一个演奏《空山鸟语》。吴鸣吹奏中国竹笛和铜管长笛。曹国宝的小提琴陶醉于《梁祝》协奏曲。擅长键盘乐的冯炳朝，用手风琴全神贯注演奏一首流行曲。

剧队全体排好队，由曹德安辅导我们练声。这是演员的必修课。歌唱或者说台词，要想声音洪亮悦耳，富有乐感，字正腔圆把每一个字都能送到最后一排观众耳朵，除了有先天的条件，重要的是日常坚持不懈的练习。首先练呼吸。站好，双腿略略分开，收腹，挺胸，抬头，两眼平视，双手贴于腹部。开始吸气，注意要领：先腹部，后丹田。吸气，再吸气……好。呼气，注意收腹，再收腹，再收……练完呼吸练发音。曹队长向冯炳超招招手。我们跟着手风琴练习音阶：

"叨——来——米——法……"若干遍。

最后练习朗诵，由自己选择一篇诗歌或者散文。

这时候，舞蹈教练单老师露面了。他那出人意料的衣着让我们如云里雾里，感到茫然，震惊。他一身黑：黑颜色紧袖线衣，黑颜色绵绸灯笼裤，黑颜色圆口布鞋，腰扎一根黑颜色两头有洒穗的练功带。这样的衣冠，除了特殊的实用价值，当然也是对主人身份的确认与表达。明摆着这一位是剧团武生。我们怀疑他是不是走错门。

当他以教练身份站在我们面前时，大家面面相觑，你看我，我看你，脸上写满困惑。

我们忽然有了一种不祥的预感。

"从今天开始，由我负责大家练功。"个头不高，留着一头短发的单教练很庄重地这么说。接着他讲述练功要领和应注意事项，内容包括"跑圆场""下腰""踢腿""拿大顶""翻跟斗""劈叉""打旋子"等。他说首先得学会"亮相"。这是最基本动作，比如跑圆场，首先要亮相。动作是——他边说边做示范——左手打开,向上画一圆弧,向下置于胸前。然后右手打开,向上画一圆弧,向下压置于胸前,紧接着向外拉开架势。动作要求铿锵有力,有气势。"亮相"分三步完成,口里念"叭!打!锵!",然后,走——跑碎步:锵、锵锵、锵、锵……

此时,他如果能少许留神关注周围气氛,就会知道我们心里在想什么。已经是"山雨欲来风满楼",我们到了忍无可忍的地步。这是文工团,不是剧团!我们是文艺工作者,让我们练功?不仅人格受到屈辱,严峻的是美好前程受到威胁。"庭草已含烟,门柳将飘絮,听遍梨花昨夜风,偏着'无情'雨"。理想的挫折所遭受的打击最具毁灭性。我们有上当受骗感觉。心头笼罩起浓厚的阴影。牢骚满腹,从最初不满,发展到公开愤怒。

团里领导出面了。全体会议上,王团长微笑着语重心长提出两个问题:作为演员,要不要形体训练?作为党的文艺工作者,对传统文化要不要继承?

我们嘴里不说什么,心里却不以为然。形体训练不能一概而论,话剧或电影演员就不能用这样的练功方式,不仅会使人练成罗圈腿,更主要是"练"无所用。难道邦达尔丘克扮演列宁,让列宁在舞台或银幕上拿大顶、翻跟斗、劈叉、跑圆场?戏曲、话剧、电影是根本不同的艺术形式。戏曲艺术的核心,是置身其中的表现形式——即用远离生活的、程式化的表现形式表现生活。话剧和电影的艺术核心,是要演员用真实的生活方式表现真实的生活。一个强调虚构、夸张;一个强调逼真、写实。再者,拒绝练功并不意味拒绝传统,对传统戏剧艺术我们也情有独钟,从小时候起就受其熏染,一听说周边村里要唱戏,像过大年一样兴奋,激动,欣喜,掰着手指头计算日子。这一源远流长的古典艺术,已成为我们生活中不可或缺的部分。但欣赏和崇拜不同于职业……这是我们的症结。

难怪我们对练功如此敏感。

团长王敏告诉大家："继承传统是党的普遍号召，也是党的文艺路线。"王团长还说，"究竟怎样继承戏剧传统，大概只有从基础做起。也许……"他停顿一下，"也许练功是继承的切入点。"

康导演说："全国都在搞。不仅仅是歌剧界，话剧界，也包括电影界；不光是地方文艺团体，也包括中央一级文艺团体。就连北京人民艺术剧院也不例外。这里面不少明星是你们心中的偶像。这可是一群顶级人物，不是一般演员能比肩。无论其艺术修炼、学养、禀赋，以及著书立说，他们当之无愧是一群名副其实的高级知识分子。对于党的号召，他们尚且都能够积极响应，何况……哎？"

导演意思是何况我们这些无名之辈还有什么想不通的？

其实，大家心里明镜似的。那不过是无奈"顺从"罢了。"响应"是必然，"积极"却未必。

有道是，识时务者为俊杰。我们不得不继续练功，只是抵触情绪难以消除。什么叫敷衍？什么叫应付？看一下我们练功时的神情和姿态就知道。我们没精打采，全身稀松和满脸的不屑一顾。我们毫不掩饰对教练单老师的反感与排斥。我们也知道这样做不公平。可是我们找不着或者不敢找别的发泄对象，就只好找他这个冤大头。这样的对立情绪不仅表现在练功场上，甚至在日常生活中，他和我们的关系一直处于若即若离的生疏状态。练功时刻意的浮皮潦草，故意对人的冷漠与忽略，无疑是对教练公开的挑衅和冒犯。先不说师道尊严，首先是对人格的藐视，换一个人是决不能容忍的。而我们的单老师——相貌虽然平平，却有棱有角，个头虽然不高，浑身上下却透射出男子汉应有的挺拔与坚硬——无怨无悔地给我们以理解与宽容。对我们虚应的行为，他采取睁一只眼闭一只眼，甚至有时还会咧嘴一笑，装没看见。

更可爱的是他那一颗不灭的童心。有时他像孩子一样天真，像孩子一样单纯。他和所有人都能平等相处，极愿意将自己的铺盖搬来和我们挤在一起睡大炕。他睡觉的样子很可笑，顾头不顾尾，像鸵鸟。鸵鸟遇险时只把头藏起来不管屁股。无论盛夏或者隆冬，半夜或者清晨，你会发现单老师的被子，严严实实捂在头上，全然不顾大白屁股暴露在光天化日之下。最让人喷饭的是他睡觉不会翻身。一般人睡觉翻身只需将身子拧转。他老先生这样：合住眼，稀里糊涂站起来，将身子重新调整好方向，再躺下去。值得惊叹的是这一切都在酣睡中进行。

渐渐地我们发现，我们不能没有单老师。没有他生活就会没有色彩；工作会暗淡无光。他是个"能人"，工作中许多疑难问题，都能迎刃而解。他帮"道具股"制造工序繁杂的道具；帮"效果股"制造风声、雨声、雷声等器具发出的声响，让观众有置身于大自然的感觉；帮"灯光股"设计的一弯新月在天幕上于不知不觉中渐渐西移。

难度最大的是大型话剧《同志，你走错了路》，剧中有这样的情节：我军政治部女卫生员（赵家凤扮演）在一个山头上，拉响手榴弹，与敌军同归于尽。要求效果、道具、灯光等四个部门、六个专人，必须同力协作紧密配合，误差不得超过半秒钟，一个跟不上就会失真。

你不得不佩服单老师的智慧和组织才能：当敌军从四面八方合围上来时，身上只剩一枚手榴弹的女卫生员，向一个山头撤退。这时，要求灯光渐渐暗转，只有一束追光追踪女卫生员。女卫生员大树一样凛然挺立山头。敌军已经逼近时，她拉断导火索，用足以让敌军魂飞丧胆的声音大喝："狗东西，你们来吧！"一面将冒着青烟的手榴弹，高高举过头顶。这时候，藏在山丘后面的单老师，将一颗系在竹竿上、连着电线的镁光灯泡，恰如其时极其隐秘地举在卫生员手中那颗手榴弹后面。灯光股的人及时按下电钮——藏在边幕后面的持枪人（真枪实弹）随即扣动扳机。于是，便有了手榴弹爆炸时那耀目的闪光和惊天动地的爆炸。那时候整个舞台漆黑一团。当灯光重新亮起来时，女卫生员已经消失，只剩下静静的硝烟和一具具横在山坡上的敌军尸体。

应当承认，单希堂老师是个多面手。除了本职工作，还上台跳舞。也曾在剧中担任男一号。

当初，看到文工团招生广告，有如暗夜看到曙光，心里激动啊！就读康杰中学时，头一次看"歌剧"和"话剧"，新疆军区文工团在运城人民大礼堂演出大型歌剧《柯山红日》和多幕话剧《万水千山》。我像崇尚电影明星一样崇尚"文工团"。我对"文工团"的性质有独特的解读：除了演歌剧、话剧，它一定是艺术综合团体，比如音乐、美术。文工团，顾名思义，理所当然包括"文学"。康杰中学有两个和我同级不同班的学子，课余时间写小说。一天，学校大喇叭突然响起，反复宣告特大喜讯：我校四十八班，某某和某某同学，两人合作写的一篇小说，在我们省级刊物发表了！轰动全校，也深深触动了我，从此，我做起作家梦。

王敏团长交给我一个任务，给行署文化局草拟一份请示报告（具体什么事记不起了）。我很认真地完成任务。王团长仔细看完表示满意。只是落款不能简化，要全称。我掏出钢笔重写"山西省晋南地区文学艺术工作团"。王团长顶住我笑了笑，拿起笔将"学"字画掉，换成"化"字，并正道：咱们是晋南文化艺术工作团。在语气上特别强调"文化"两个字。

我当时很受伤，有一种走错门误入歧途的挫败感。我宽慰自己：既来之则安之，剧作家也是作家啊！比如话剧《雷雨》出自著名作家曹禺先生之手，更何况艺术是相通的。

我说服了自己。

王团长提出办一个小型图书馆，决定由我负责购书、保管。我明白王团长不只是为我一人所想，更是要提高全团整体艺术素质。

我到书店买书很谨慎，不能只顾个人嗜好。小说类的书籍比例不能太多，尽量多买戏剧方面的书籍。我喜欢中外名著，我拿给王团长看：郭沫若剧作《蔡文姬》、老舍剧作《茶馆》、果戈理剧作《钦差大臣》、肖洛霍夫剧作《静静的顿河》、莎士比亚剧作《哈姆雷特》《罗密欧与朱丽叶》；小说是英国哈代《苔丝》、法国小仲马《茶花女》、托尔斯泰《安娜·卡列尼娜》、高尔基《母亲》、鲁迅《呐喊》《祥林嫂》、老舍《骆驼祥子》、茅盾《子夜》、巴金《家》《春》《秋》激流三部曲……

王团长审阅后表示很满意，并建议还可以买一些文艺理论、音乐方、诗歌、舞台美术等方面的书。

说心里话，文工团的领导们，对我是很器重的。

晋南文工团成立后，排练的第一个剧目是大型歌剧《红霞》，单希堂饰男一号志刚。陶若玉饰女一号红霞。我虽然不是主演，却比主演忙多了。一个人扮演四个角色：一青年、一群众、一老头、一匪兵。四个角色加起来只有一句台词。十万火急跑上来，立正敬礼：报告队长，凤凰山敌军正在向二龙山移动。（继续监视！）是！说完"是"后，战士的戏就完了；立即跑到后台准备下一个角色。下一个角色扮演一老头。先到服装股将身上的战士服装脱掉。再到化装股去改装。老头不能像年轻战士红光满面润泽鲜活。为了赶时间，挤点白油彩，再挤一点黄油彩，揉匀，将脸上原有的红润遮盖住，包括双唇，立刻变成岁月蹉跎、人老苍凉形象。

额上的抬头纹和嘴边的纹路必不可少。最麻烦是粘眉毛和胡子。先涂松香胶，将猪鬃贴上去，用剪刀修剪好。一个留着山羊胡子的老者便出现在镜子里。然后去穿服装，服装股早已准备妥帖：大襟土布灰袄、毛蓝土布裤子、土布黑腿带、土布白袜、白底圆口土布黑鞋、一条布腰带、一条裹头的白毛巾，整整齐齐码在那里。紧上紧穿戴好，紧上紧到道具股，取来旱烟袋。舞台监督十万火急催促：快点，快点！准备出场。狗子军用刺刀将我们一群人押到会场（前台）。狗子军长官称呼我们："乡亲们！"然后训了半天话，然后发了半天脾气。

我们群众怒目而视，大幕在怒目中徐徐落下。

大型歌剧《红霞》到运城剧院巡回演出，父亲徒步四十里，赶来看演出。我特意给父亲弄了距离舞台稍远的一个座位——我不想让父亲看清我庐山真面目。我在剧中最后的角色是扮演一个挂了彩的匪兵，规定从头顶到下巴，绕过两个耳朵，缠裹两圈白纱布绷带。明知擅自改动造型违反纪律，我还是要自作主张——上下左右缠、缠、缠、缠，只露出两只眼睛和呼吸空气的鼻子。

曲终人散，父亲问我：不是说有你吗？就没有看见你。

我说化妆了，你没认出来。

我们都很敬业，我自己也很努力。不到一年，我在歌剧《钢铁战士》中，担任一号人物（张连长）。团领导还宣布我担任剧队一个小头目，以及文工团共青团支部书记，并培养我入党——每礼拜六下午，到行署文化局上党课（团里仅我一人）。

几个月后，王团长交给我一封信，让立即送交文化局。牛皮纸信封，用毛笔写：面呈文化局党总支。我当时犯疑惑：党内文件为何不让党员去送？信也没有封口？我眼前一亮，猜想这封信一定是文工团党支部，向总支反映我入党问题。我心跳加快，明知偷窥信件不可为，但欲望一经产生，就很难扑灭。我对自己说，不会有人知道。穿过东大街，拐到解放路，还没到红旗路，再也控制不住。在人行道站下来，手指伸进去夹住一张纸，就要往出掏——

"干什么？"

王团长下了自行车，人已经站在我跟前。看到王团长皮笑肉不笑的神色，我魂飞魄散，脸红至耳后脖颈根。活活一个被当场捉拿的小偷。我恍然意识到，这是党在考验我！我听见自己的灵魂绝望地大喊："完了！"从此，我的入党问题便无声息。

宣布排练大型话剧《同志，你走错了路》宣布我担任剧中一号人物——政治部主任潘辉。

大型话剧《同志，你走错了路》反映抗日战争国共两党合作时，党内两条路线的斗争。张柏林扮演八路军政治部吴部长。陈宏家扮演老谋深算的国军司令。史清锁扮演趾高气扬、不可一世的国军参谋长。

《同志，你走错了路》是我舞台生涯最后一幕，能成功塑造一位大革命时期中共高干人物八路军政治部主任潘辉是很欣慰的一件事。路上、书店、影院门前……不止一次被人们认出，热情地喊我"潘主任"，很遗憾没有留下剧照。

《同志，你走错了路》在临汾大礼堂首场演出。每天连演三场，每场三个小时。从早上八九点化好妆，直到晚上十一二点才卸妆。一天都在舞台上，包括吃饭。吃完饭补补妆，铃声一响又上场了。演出时我们激情饱满，不知道累。大幕落下卸妆回到家才感到浑身上下散了架一般。

话剧《同志，你走错了路》，是文工团的艺术高峰，也是晋南文工团的整体谢幕。

1961年6月12日《同志，你走错了路》在垣曲县礼堂演出，化妆时有同志说：同志们，拿出精神来，这是最后一次了。至今闹不清这句话是否有点来头。6月13日奉行署文化局命：文工团放假十天。团部做如下部署：一、工作总结。二、安排下一阶段工作——排练大型歌剧《洪湖赤卫队》，宣布演职员名单。陶若玉担任剧中一号人物——韩英。第二天就地放假，各奔东西。我和若玉同往新绛丈母家。假日第三天，赵森虎同志冒雨从村里赶到城内来通报，电报命21日前速返团，有紧急任务。同志们如期集中。王敏团长告诉大家，召唤大家回来是为庆祝党的生日。我进入创作组开始创作。文工团变动的消息不胫而走，人心日渐散乱。王团长安抚大家，不可乱，上级没有宣布不能当真。

王团长的话傻子都会明白。每个人都在考虑自己的前程。未来路在何方？

1961年9月18日，晋南文工团奉命解散。新疆军区试图全盘接纳晋南文工团，更名为新疆军区文工团。未果。

相处三年的年轻同志加朋友们，各自天涯路，有人去了二炮文工团、内蒙军区政治部文工团、山西省歌舞团。主要演职员大多调到侯马文工团。其余人员改了其他行业。我和若玉告别了侯马文工团，选择了上山，去追寻我的文学梦。

10月23日告别临汾，黎明时分坐一辆大卡车，沿一条土路于傍晚颠簸到蒲县县城，小旅馆已满员，我们在小旅馆草棚顶上将就了一夜。天色刚亮，乘坐的大卡车继续上路。黄昏时分，到达石楼县汽车站，像是破旧的打麦场，只有一间屋和一个站长。

那个时候，全石楼县只有两辆大卡车。

这一方厚土拥抱了我，在长达十五个春秋里，教我学会走山路。

岁月蹉跎……

自晋南文工团解散后，大家彼此很少再能见面。记得我和若玉带着我们的孩子，回家探亲路过临汾，正好遇上文工团演出，一次是卫新华参加演出阿尔巴尼亚话剧《渔人之家》，一次是康苏琴参加演出的话剧《霓虹灯下的哨兵》。

那时候我们都年轻，体会不到"月有圆缺，人有离合"除了欢愉还有感伤。

我们步入怀旧年龄——

我怀念当年在文工团的那些日子——怀念那座曾经工作和生活过的大院。文工团大院深嵌在贡院街北端。贡院在历史上是文人学士荟萃之地，文工团居住这里适得其所。那是一座具有明清建筑风格的宅院，观其规模、气势，想象到当初的主人，不外乎官宦、富商。这是一座前后两进院落。乐队住后院，剧队住前院。布局在两院中间的一排建筑为排练厅。贡院街东西走向，往西，贡院街尽头有一口水井，井口镶有青石板，冬天滴水成冰，一不小心滑一跤，尤其雪花飘飞的时候。附近居民都在这里挑水吃，包括我们文工团。挑水是男生们的事，两人一组，每天轮流值日，保证厨房两个水缸满满当当。

文工团院子有个小偏门。旁门外是一块空地，北边靠后一点，有一户人家，砖砌门楼，和文工团大院比邻。里面有个年轻后生，小名叫德忠，和张柏林同班同学，中学没读完辍学在家，平时很少露面，只是每天清晨和晚上，来来回回到街口挑几担水。肩上两头带有挂钩的扁担，挂两个铁皮水桶。他曾患小儿麻痹症，一条腿跟不上趟，一摇，一摇，泼洒一路水花。他对人很热情，能叫出文工团好几个人的名字，热情流利的普通话，清秀的脸庞，那么和蔼、善良。造化不佑，可惜了！

　　走出文工团大门，一眼能望见古城墙，顺着一条窄巴的土路直走，不大一会就到古城墙根。攀缘而上，说是城墙，不如说遗迹确切。断垣残壁，弹痕累累。城头上，荒草萋萋，砖石狼藉。看不到昔日的恢宏与巍峨。正如一首歌："暗淡了刀光剑影，远去了鼓角铮鸣。"只剩下历史凭吊和满目疮痍。晚霞夕照，我们常爬上来登高远眺，兴至，大声号一嗓子：噢——淹没于苍茫旷野。

　　城墙根有个打麦场。从文工团到古城墙，路边住的几户人家属于城市农民（平时也做点小买卖）。五月里，他们将成熟了的麦子，从南城门外的田土里拉到打麦场，将金灿灿的麦粒打回去，麦秸在场上堆成垛。我联想到好友史清锁。那年那月，他暗恋团里一位姑娘。后来他失恋了，死活不说姑娘是谁，也闹不清姑娘自己不愿意，还是压根就不知道。他害上单相思，独自找个僻静处钻牛角，残忍折磨自己。黎明时出去，天不黑不回来，他绝食，不吃不喝。我们费很大劲，才发现他孤零零一个人躺在打麦场麦秸垛下面一堆麦秸里，怎么劝他都听不进去。两天工夫人已脱形，脸色灰暗，神情呆滞，嘴唇上全是燎泡，一副不想活了的样子。文工团领导很着急：这怎么可以？立即派人告诉家里人。父亲乘火车匆匆赶来。父亲到了打麦场，见儿子都这样了，心疼也着急，没有抱怨儿子"没出息"。只说了一句话："家里不是正在给你撩揽嘛！（意思是正在张罗）"第二年，他在家里娶了个年轻漂亮的媳妇。

　　史清锁很善良，小伙也长得帅气，天生一副好嗓子，标准男高音，似乎有点清高，或者自负——说自信更确切。史清锁这一生比较坎坷，被迫离开侯马文工团后，自谋生路，卖过菜、卖过爆米花，挑一副担子，走村串户，一只手拉风箱，一只手摇爆米锅——嘭！惊天动地，白花花的爆米花。写过电影剧本，面对面采访过徐向前元帅。进钢厂当过炼钢工人，一条腿被铁水高度烧伤，终身没有痊愈。

文工团的故事多。

之一：团里招来几个新学员。其中一个都称呼小韩的小伙，个头不高，长两颗小虎牙，见人笑笑。演出大型歌剧《赵一曼》，小韩在剧中担任一个日军士兵，拢共只有一句台词。只见他健步来到他的上司面前，啪！两个脚后跟使劲一磕，还没有来得及举手敬礼，突然眼睛一直，——天哪！他裤子掉了——很彻底，裤腰落在脚面上。脸色煞白，人整个吓蒙了。救场如救火，扮演日军上司的赵长青临危不乱，临时加台词帮助他下台阶："八格！你的，滚回去！"哪能迈开步子，一点儿，一点儿挪进边幕条。多亏赵副队长舞台经验丰富，否则后果不堪设想。

之二：还有一个新学员，姑娘很可爱。在歌剧《向秀丽》剧中扮演秀丽母亲，其中有一句台词："给你说够几十遍了，你还不明白？"她不会断句，他这样说"给你说够几十遍了，你还不明白？"

之三：从别的文艺团体调来一位年轻演员，姓什么记不清了，名单字桢，高个，腿修长，天生舞者身材，送山西省歌剧院培训，回来练功场上，一招一式竟是芭蕾舞范儿。但没有芭蕾女搭档，团里唯一女舞蹈演员王明月，只跳民族舞。大院偏门外场地上，有文工团用砖头堆起来的露天厕所。那天轮到他值班掏粪便。掏不到一半，他被强烈的气味熏倒了。七手八脚抬到医院，医生说幸亏及时送来：肺呛坏了！

之四：理发师从我头发际捻死了一个虱子。

……

离开临汾城前一天，即十月二十九日，打算去人民公园再看看。古城墙和公园,是我们常来的休闲之地。淅淅沥沥连绵秋雨下到傍晚时分方住。就近,看看鼓楼去,它是古城的轴心,东西南北延伸出去:鼓楼东大街、鼓楼西大街、鼓楼南大街、鼓楼北大街。鼓楼恢宏雄伟。四面牌匾高悬:"东临雷霍""西控河汾""南通秦蜀""北达幽并"。鼓楼下面是自由市场。到处是地摊,铺块大帆布,摆放日杂、菜蔬、水果、猪肉、羊肉、麻花、枣馍,或堆皮货,也有摆几个烂钉子和几根自行车辐条。人来人往,叫卖声喧嚣在黄昏夜色里:

柿子便宜卖了,五毛钱一斤!
甘甜烧手的红薯——这里!
谁吃烟,谁吃烟,一角钱吸一根!谁吃烟……
高级蛋——!高级蛋——!
多钱一个?
一块钱一个。
那么贵?
高级蛋呀!
……

那是最困难的年月。

大凡经历过的人,都知道饥饿是什么滋味。天色完全黑下来时,同屋的卫新华从外面进来。新华、柏林我们三人住在南房里间小通铺,剧队其他男生住外间大通铺。新华手里端一大茶缸水。另一只手里半藏半掖,捏一个脏不拉几没有看清是啥的玩意儿。我和张柏林已经钻进被窝,习惯各自在被窝看一会儿书。新华自顾在地下磨磨蹭蹭:白瓷大茶缸放置在火炉上面,弯下腰用火筷捅捅炉子，然后坐在火炉旁边一把椅子上，好像在用一把小刀子悄无声息在削什么。当我们知道他削的是一个白菜根——而且是从后院厨房门口垃圾堆里拣来的一个白菜根，我和柏林表情不屑。知道他饿了，谁不饿呢！火炉上的茶缸咕咕嘟嘟响了好一阵。什么味？煮熟了的菜根清香气息，止不住让人馋。撒哈拉大沙漠，尤其旱季，一只母狮叼来一只猎物，它会六亲不认，它的同类，包括亲娘老子，只好等它吃饱后，才上去弄点剩饭。至于豺、野狗、秃头鹰们，更是靠边站在远处，口里流着哈喇子一旁觊觎，指望能够抢到一点残渣。独食是动物的本能。卫新华不独食，小声告诉我们：能——吃——了。同时竖起拇指，压住双唇，然后摇一摇，然后用下巴指了指外间。意思是外间床上还躺着七八条汉子呢！只有一个白菜根，一若鲁迅笔下孔乙己盘子里的茴香豆，多乎哉，不多也！

热腾腾一茶缸细腻、洁白，状若玉兰片。枕头挪开，滚烫的茶缸置放于离床沿不远。我和柏林坐起来，被子裹在身上。三个人围着大嚼。啥叫饥不择食？清水煮白菜根，胜却佳肴无数。放进口里，顾不上滚烫，抽着凉气呼噜两下就进去了。

这是我一辈子记忆最深刻的美味佳肴。

我们三人同室三年。一晃，都老了。

那远去的风景啊！

2019年3月草于并州

河畔遐想

我像农夫喜获丰稔,携带五部书稿和一份安逸,走进拒马河畔冠名曰"渡外云居"的寓所,做最后校读。

这里是北京西郊的一方天地。苍山如黛,碧水潋滟,青山绿水间,烟雾缥缈,云卷云舒。远离尘嚣,得恬适与宁静,置身其间,心止如水,顿生"十丈红尘里,浮生半日闲"之快慰,适宜修身养性,悟道参禅,林下对弈,或举杯邀月,尤适宜文人骚客潜下心来读书弄墨,一卷书,一盏茶,一份好心情。校读虽是苦营生,然则其乐融融。

清晨或傍晚,作闲庭信步游,躞蹀于山水间,也曾延河溯流而上进入峡谷深处。这里绿水青山,相映成趣,处处闲花野草,处处红肥绿瘦,听蛙声,闻虫语,听翠鸟鸣谷,看蜻蜓戏水,看蜂也翩翩,蝶也翩翩。清风徐来,纤尘不染,草木秀润,天上星月甚至无处不在的空气也仿佛从水中过滤。不仅有旖旎之阴柔,更有峡谷两面山岳之雄奇与阳刚。音乐般独特的岩层结构,鬼斧神工独绝天下,一座座山峦,有如一座座雕塑。是否因其奇特而由"国家地质公园"擢升为"世界地质公园"?

遗憾，人气不旺。不像其他名胜处，车水马龙，人头攒动，络绎不绝，这里一派门庭冷落车马稀、游人寥寥景象。

寡闻者如我，也曾多次进京，从未听说有个地质公园。谁听说过？问的哥，问路人，问皇城根老北京，大都摇摇腮帮子说不知道，只有少数说好像听说过。不像问黄山，问峨眉，问五岳，问张家界，问九寨沟，知道的人多不知道的人少。这儿相反，知道的人少，不知道的人居多。

风景是让人看的，失去人的观赏与赞美，还有几多价值？风物离开人脉，缺失人文关注，任凭你鬼斧神工，"驿外断桥边，寂寞开无主"。就好比人烟绝迹角落，绽开一枝浓艳红梅，到头来也只能花开花落，枉自芬芳。

"风物以人而名"当是至理名言。

像这样极具美学观赏价值和地质遗迹景观的公园，出现如此"冷场"现象，要么开发滞后，要么设施不到位。好在已经加大宣传力度，我想，无须太久，这座公园定会闻达于天下。

"地质公园"此种现象，让我联想到正在编撰的《吕梁文化丛书》，想到编撰这套丛书的初衷，联想到古往今来那一卷卷如山岳博大与厚重的文史典籍。比如《春秋》《史记》《资治通鉴》《永乐大典》《四库全书》，及林林总总卷帙浩繁若星辰的地方史志。

与风物同理，写书也是要让人看，供人鉴赏阅览。而如上所举诸多堪称经典与瑰宝的文化典籍，乃古往今来，无数先贤、哲人、学者，用如椽之笔，忧勤惕厉，倾毕生心血，让历史永恒之作。而任凭春兰秋菊，笔底生花，其命运竟是书山无路，挤在档案馆，被束之高阁，领略"冷宫"的无奈与困窘。除专家、学者惠顾外，尚有多少知音？

近年来这些典籍屡屡出现在诸多"新贵"和企业家的书柜上。

然有学养者，甚微，装腔作势故作风雅大有人在。也曾翻了翻，不懂，便陈列起来，原本就是用来装点门面。

诚然，有些书就是写给少数人看的，但绝不包括史志典籍。历史本身充满神秘与好奇，对于过去，人们总喜欢打破砂锅问到底，关注与透析历史是人类与生俱来的共同心理。历史是镜子，是不可替代的教科书。人们从历史的成败兴衰、风云变幻、金戈铁马、悲欢离合之中得到启迪，得到感悟，以史为鉴，完美心境，提升自己未来的人生设计。

史志的困窘，不是世人对历史缺少关注与热情，而在于文本自身过于古奥艰涩，行文嵌字，过事经营。呆板有余，空灵不足，构成阅读壁垒与障碍。

能否变换一种阅读方式？当然，首先是变换叙述方式。摒弃以往方志编纂固有的模式，即那种枯燥的经院学究式的八股，另辟蹊径，用一种新的形式，一种读者喜闻乐见、雅俗共赏、引人入胜的新文体，更为广泛地拓宽阅读层面，让更多的人和历史对话。

这便是编撰《吕梁文化丛书》的初衷。

其创意久也。可举两千多年前《春秋左氏传》一书。它是一部史书，也是一部精美的文学著作。"对历史事件不是纯理性记录，而是通过社会情态、生活细节，绘声绘色描述，通过一幅幅栩栩如生的画面，来记述重大历史事件"。

《左传》写史可谓意念卓绝，只是曲高和寡。《吕梁文化丛书》不可能用两千年前的语言和现代人对话。

编撰出版《吕梁文化丛书》是吕梁市委、市政府的文化系统工程。

《吕梁文化丛书》摒弃以往方志内容的简约化、形式的程式化、行文的学究化，用新的形式、新的文体，以清秀婉约、亮丽隽永的文学姿态，负载和传承吕梁历史文化。在遵从历史的前提下，集文学性、学术性、可读性于一体。《丛书》将是一卷卷文化散文长廊。担纲《丛书》的撰稿作家，不是对历史做照相式的简单解读和机械抄袭，而是将物象的历史遗迹、呆板的档案资料、民俗风情原生状态与作家的心灵感应相结合，以文化的感悟力和艺术表现力，突出文学个性，强化《丛书》的文学色彩，并注入现代气息和新的感悟与思考，让读者通过雅致的人文镜像，在了解历史的同时，享受纯粹的文化品质和审美情趣。

2008年7月30日草于北京拒马河畔

文学·作家之状态或者素描

　　小韩电告《山西作家通讯》拟筹专集，嘱寄一张小照，一篇短文。内容写"文学感想"。题目甚大，苦于笔拙，勉强写下一点点随感，是为一家之言，如若失之偏颇，且当秋风过耳。

　　作家建构文学，文学又赋予作家使命——责任与担当。而作家却处于力不从心境地。于是，一些人忍痛割爱封笔谢幕，一些人只为"稻粱谋"，或制造垃圾，或者迎合。另外一些人，拒绝堕落，痴情不改，一如虔诚信徒，在漫漫朝圣路上，执着地坚守寂寞，坚守孤独，坚守清纯与永恒。

　　文学自当永恒。

　　文学因其坚守而永恒。

　　坚守源于自信：天若有情天亦老，人间正道是沧桑。

2005 年 11 月 19 日草于太原书斋

轻轻启开一扇窗(代序)

那时我们都年轻。我在石楼县文化馆,郝教生同志在县教育局,两个单位隔马路门对门。我们在同一系统供职。"文化大革命"时期,在同一战斗队——鲁迅战斗队。这是一群壮怀激越小布尔乔亚式的知识分子。骨子里具备历代文化精英对社会敏感的情愫。我们也曾随波逐流,而对国家前途、民族命运,忧心忡忡。私下里,我们七嘴八舌抨击窃取高位新贵们的祸国殃民。遇到对某件事情意见相左,势必会有一场暮鸦归巢般群舌会战。言辞之犀利,声音之高亢,情绪之激烈,当数教生同志出类拔萃。

这期间,我和教生由相识到相知。至今友谊如初。我喜欢他慷慨激越和耿直狷介,甚至包括他偶尔的固执与偏狭。瑕不掩瑜,心地坦诚是谓高尚,与人交往,贵在知性。

现在想来,那时如果有人告密,说不定这群"小知"里会有谁在劫难逃。

阴霾已去,日月重光,天下笃定。我们各自埋头创业路。教生从政,奔波于仕途。我也曾幻想指点江山,但厌恶政坛波谲云诡、尔虞我诈。我选择了文学——爷爷赋予我的名字。是期许,或宿命,我一往情深也步履维艰地走进我的写作生涯。有如炎炎烈日下，挥起镰刀割麦子，一头扎进麦垄，不到地头不展腰。当我辈从日子里伸直腰板站立起来时，已是晚霞夕照，早生华发，人到暮年。

教生病了，遭遇一种世人闻之色变的病魔。我去探视他，他与死神共舞。我和挚友杨韶武兄，二次专程到石楼看望他，他已告别死神。那飞扬的丰采、炯炯的眼神，以及铿锵的言谈举止，告诉我们什么叫意志和毅力。

近三十年的阔别，见面机缘甚微，一次是路遇，另外两次也只是匆匆一瞬间。教生的仕途，一路顺风顺水，站长、局长、部长、政协副主席，按照旧时吏制，当是七品大员了。身居权力中枢，参与国家大政方略的重臣，不谈提过多少议案，只谈绿化了一座山，栽了许许多多树。再谈，仍不离栽树，栽松树，把另一架山栽满了。这应当是林业局长的事！我不问为什么。因为我知道为什么。记得胡适先生说过一句话：多研究些问题，少谈点主义。这是一个智者对政治的通透与解答。教生务实不尚虚，何况栽树没有当"摆设"疲累，还自由自在。"始知锁向金笼听，不及林间自在啼"。

初闻教生捣鼓收藏，以为是林泉雅好，怡情遣性。殊不知，动静不小：金银珠宝、古玩字画、玉器陶瓷、善本典籍、秦砖汉瓦、甲骨钱币、古典家具……可谓海纳百川，恨不能天下收藏尽收箧中。显然是放羊拾柴火，顺便换几个小钱，以壮硕颐养天年之资，让晚年生活更加宽裕自如。自食其力，无可厚非，尤其对一个闲不住的人。突然又蹊径另辟，舍三千佳丽于不顾，只钟情于砚。像只母鸡，冷不丁于无声处静悄悄鼓捣出一颗蛋来——教生写书了！

郝教生的《拜谒即墨侯》是一部砚石专著。对于砚和砚学，我是门外汉。问砚于我，无异问道于盲。小小砚石，不可小觑，其间学问，博大深邃，非专业知识不可为之。首先要有"识坑""辨石"

本领；具备鉴别历代砚式形制能力；兼及"雕塑"学识——于"工刻"于"写意"中判断砚石时空；更重要的是要有鉴赏砚铭的文学素养。物以人传，砚以人重，铭贵人文。而名人之砚不乏其铭。这就要求砚之学人能知砚铭文体，懂得汉无"魏体"，唐无"馆阁"。除书体之差，书风之异，还有钤印之流变，以及落款称谓诸环节——明之前人不称"晚生"，否则，必伪无疑。可见"砚学"源远。《拜谒即墨侯》是一部匠心独运的学术著作，涉及砚石源流、品貌、负载、人文，他那细微入理的砚论，难能可贵在于对某些领域持有自己的独到见解。《拜谒即墨侯》是学术文章用文学语言表述。知识与文采兼得。文而不华，平实，老道，若行云流水，极富艺术感召力。教生著书之道让人感动。如教生在书中所言：人生在世，应该给社会留下点什么。这是曾经沧海对人生的感叹，对生命的彻悟。活到这份上总算明白：天下财富聚散无常，帝王贵胄一丘黄土，向之所欣，俯仰之间，而文章千古。

莫道桑榆晚，翰墨伴清闲。耕耘不辍，潜心砚田，天高地远。"甄陶成今手，声名动世人"。与教生共勉。

2012年5月草于并州
2012年6月修改于京西拒马河畔

总角之邀

杨文彬电话上说他正在写一本书，写完寄来要我先看一下。我说行。邀我写篇序。我语焉含糊勉为应答。——缘由是底气不足。

写"序"，犹如梨园行的折子戏，行话叫"抖箱底"，寻常角儿，不可为之。自知学识粗疏、浮浅，扬长避短是为上策，免得贻笑大方，我常自省。

我似乎还不曾给谁写过"序"。编撰《吕梁文化丛书》写过一篇"跋"（题目是《在世界地质公园的联想》，该丛书由人民文学出版社出版发行），应当是出于执行主编的责任和义务，不得不为之。成书后，文友韩石山（著名作家，学者）很快发来短信首肯，用他特立独行的方式幽上一默："老权，你的跋，写得太好了，几乎跟我写的一样好！韩。"

没有丢丑纯属侥幸。

杨文彬邀我作序，无论出于情感还是道义，没理由回绝，且要竭尽全力——我们是"总角之交"。

杨文彬的文稿，让我忆起童年时的故乡。

故乡很美。

故乡盛产小麦，有"天下粮仓"美誉。春来，涑水平原麦苗碧绿。桃花红了，梨花白了，油菜花黄了。小时候的我们领着狗，满世界野，跑到涑水河畔，呆头呆脑看一河春水漩涡追漩涡——看漩涡中的芦草瑟瑟颤抖，长着四条长腿的昆虫在河面迅速滑过；我们涌进油菜田，油菜花黄得晃眼，蜜蜂嗡嗡着（蜜蜂喜欢缠人）；燕子掠过，鸟鸣绿树。我们扔了鞋，光着脚片爬榆树、爬柳树，大口大口往嘴里塞榆钱，榆钱粘在鼻涕上；柳枝从树上折下来。不大工夫，田间、巷道，嘹亮的柳笛，此起彼伏……又是一年小麦黄。赤日炎炎，浩瀚的麦田波兴浪涌，烁金耀银。布谷鸟匆匆掠过黄昏时的田野："割麦种谷！割麦种谷！"悦耳的鸣叫引发莫名的骚动与亢奋。故乡称夏收是"龙口夺食"。故乡有一句谚语："小芒大芒，绣女下床。"一场男女老幼总动员的"快收快打"就此展开。麦田里，翻江倒海……夏天是收获的季节。秋天也是。夏天热烈，浮躁。秋天安详，沉稳，凝重。秋阳染秋色，赤、橙、黄、绿、青、蓝、紫。芦荻扬花，玉米金黄，裂了豆荚，红了高粱，谷子熟了，糜子熟了，天高云淡，大雁南飞……下雪了，白了原野，白了村庄，白了路径，以及行人的须发、眉毛。宁静的雪地上，印一行竹叶，两行梅花。墙头上一抹冬阳，屋檐和麦秸垛上冰挂无言，鸟雀缄声。柴门热炕暖，屋顶炊烟直。爷爷奶奶屋里泥糊的火炉，炉火正红，围炉拥坐，听爷爷说古道今。将玉米面馒头切成片，放在火上烤成焦黄，撒上盐，将一瓣蒜研磨上去，咬一口，喷香。杨文彬家境殷实，多数日子吃白馍，不像我们家，太多的日子吃黄面馍。文彬比我小，也乐意让我打秋风，或者和我交换着吃。

故乡有我和文彬以及玩伴们永远的童趣——玩泥巴，捉迷藏，抓小鸡，踩着人梯掏鸟蛋，泥水里狗刨窝，玉米田里捉蟋蟀，苜蓿地里逮蝈蝈，堆雪人，打雪仗，雪球漫天飞，和狗们雪地里追野兔。

我们撩猫逗狗，也瓜田李下——踩着猫步摸进园子偷吃人家酸杏；弯腰爬进了谁家棉花地搞来一颗半生不熟的花皮西瓜——提心吊胆，却乐在其中。

杨文彬小时体弱瘦小，性格温顺，平和，给人温良谦让的印象。尤其他那处优不娇贵、瘦弱不示弱的品格，令人刮目。记得小时跟随父亲去南庙赶集卖菜，两家结伴同行。我父亲推一辆独轮车，装一车葱。文彬的父亲推一辆独轮车，装一车葱。我和文彬，各自在自己父亲车前，纤夫那样前腿弓后腿蹬用绳子使劲拉车。二更起程，颠沛三十里土路，到集市时，星星还在眨眼。我和文彬各自得到父亲奖励：一个火烧，一盘炒凉粉。觉得很幸福。那时候我十岁不到。杨文彬更小。

我们出生于乱世。乱世让我们过早地发现尘世间的山高水深。我目睹了幼小的杨文彬和比他更幼小的妹妹沿门乞讨的茫然与无助。我惊叹人情冷暖，世态炎凉。进了村的鬼子用枪托打坏祖母一只胳膊，我疑惑人与兽的距离，或者他们原本就是一群兽类。

我上学了。杨文彬也上学了。文彬天资聪慧，所以连续跨越，我读初三，杨文彬后来居上，读高一。

我们走进社会，走进日子。经历过漫长人生体验的杨文彬写下了这本书。依照文本的体例分类，应该是《回忆录》，也可以叫《传记》。确切叫什么，无关宏旨，可以忽略不计。文无定法，只要能夺人眼球，著作人足可以击节自慰。我要说的是，杨文彬的书感动了我。拨动我心弦的不是辞藻的华丽，而是"曲终人不见"的超凡境界。写回忆录或传记，除特定为他人作传，叙述人应当是主体，别的只是副线，是从属。杨文彬把大量篇幅用来写亲情、先辈、师长、同窗、同事、挚友，写他们的嘉言懿行，写他们的风雨人生。而他自己只有很少量的篇幅。他只是把自己当作一条线，把满盘珠玉串连起来。"犹吐青丝学晚蚕",呕心沥血,却是为他人做嫁衣!在这长达二十万字的文章里,我读出八个字:知恩、感恩、情义、诚信。杨文彬在文中如此说:

> 我在自己多年的实践中,尽量抒发内心的情感,喷射胸中的敬意,展示潜藏的爱心,以使自己所有的情怀,得到充分的释放,心里才觉得有少许的平静。

在金钱至上、人情渐远的今日,像杨文彬如此将亲情、友情视为至关重要的人,多乎哉?不多也!

是为序。

2011 年 4 月 10 日于并州陋室

别是一番境界（序）

鸿雁要出书让我写序。心底犯难（有好为人师之嫌），却之不恭。

与鸿雁相识久矣。那时我在编辑部当编辑。好比淘玉人在乱河滩寻找有价值的石头，淘金者在浩瀚沙砾中寻觅闪光的东西，编辑的职责是在诸多文字中发现闪光的能拨动心弦的文字，以及制造闪光文字的本人。恰似一袭春风，鸿雁雅致、清晰，略带稚嫩的文字走进我的视野，也同时走进其他编辑的视野。

鸿雁的处女作《春花秋月何时了》在《吕梁文学》面世。

那时《吕梁文学》创办不久，属于内部刊物，主旨是培养作者，为初学写作者提供展示才能的平台。历史证明，《吕梁文学》功不可没——不止一个文学新人从这个平台走上文坛，走出吕梁山，走出娘子关，走出国门，在中国文学殿堂享有一席之地，名博大江南北。

依稀记得，我和鸿雁最后一次见面是地区文联在交城县举办的会议上。应当是 1992 年的秋天，九月二十五至二十八日。原定内容是文联工作会议，适逢《上海文学》编辑部金宇澄（负责华北稿件）来电告诉我，他和奚愉康（主编助理）于二十三日专程从上海来吕梁造访（组稿兼及联络感情），临时决定会议增添一项"谈创作"

内容，邀请重点作者参加，鸿雁在被邀请之内。会议期间鸿雁曾递给我她的一篇新作。弹指间近二十年了，加之异地迁徙，加之少有音信，对吕梁文学创作及其作者难免知之甚少，包括鸿雁在内。

鸿雁将其近三十万言汇为一帙，发到我邮箱，悉心通览后，我为阅读带来的快感，想到"士别三日当刮目相看"句子。无须廉价奉承，文采的丰美着实出乎我的意料。诚然，鸿雁的作品少有进入省或国家级别更高的门槛，但并不意味鸿雁的作品不是美文。文稿的采纳有诸般因素。编者的学识、素养、好恶，口味不同，也难免会影响到取舍各异，所谓仁者见仁、智者见智是也。可是唯有艺术方能永恒，古今中外概没能外。世界有多少艺术作品曾遭冷遇，待到尘埃落定，终归大放光华。

鸿雁的作品让我感触良多：一是没有技巧的技巧——鸿雁似乎不以文章结构为累，也似乎不以情节设置为苦，行云流水，溢情溢性，怡然悦然，洒脱而不失矩矱或尺度，文章起止自如，行于所当行，止于所当止。二是鸿雁对文学的执着与坚持。天下文人大致可以分为这样几种类型：斗士型、济世型、御用型、商贾型、名利型和以卖文为生的稻粱谋型……鸿雁似乎和这些都不搭界。也许世事洞明，早已红尘看破，深知文人永远敌不过政治，铁肩道义只是一厢情愿；关注民生救民众于水深火热，是上帝的事，文人不可能成为上帝；自知腰功不行压根不奢望御用；不善于算计也就不觊觎商贾；不依靠稿酬养家糊口无须为稻粱谋；名和利是孪生姐妹，不屑于利，名也就淡泊。

常鸿雁选择了纯粹。

写作成为鸿雁生活中不可缺失的部分，生活也因其写作更加多姿多彩。一人、一事、一束花、一株草、一滴露珠、一片落叶、几绺雨丝、半杯龙井……都会让她怦然心动——想写，就写出来了。

没有考虑什么"典型""深刻""主旋律",也不考虑奥旨遐深的"主题"。她书写对美好生活的感受,也记录了她生命轨迹。

唯美,驱使她长期修持,乐在其中,陶冶其中。

孤芳自赏别是一番境界。

我最欣赏是鸿雁语言的美致——清爽、疏朗、空明、雅致以及乐感。鸿雁孜孜不倦一边创造美,一边享受其中。美能养人,难怪鸿雁青春不减,快乐,潇洒,充实,自信,有滋有味。一言以蔽之:美丽人生。

是为序。

2012年壬辰正月于并州

一条小路曲曲弯弯细又长

有人问我:"何以就为文了?"我笑说天地万物无不在劫数。"有志者事竟成",堪称至理名言,却未必四海皆准。

我于文学,只能说"有志",不敢妄言"竟成",叫滥竽充数,大约得体,并非完全得益于"志"。我出生于农家,地处晋南盆地一隅平原地带,山水清明,有"小江南"之美誉。童年时期所积淀记忆之河床,满是广袤无垠的原野绮丽风光:那田野落霞、那晚归、那悠悠涑水河,那云、那风、那酸杏、那夏日无边麦海掀动的金浪,秋天棉田里闪动的银色……我生于斯,长于斯,熏陶于斯。大自然给了我生命,也给了我文学细胞。这细胞繁衍的直接恶果是,数理化失宠,只钟爱于文。在第二高级小学,尤其在运城康杰中学时,更见端倪。校园里那个幽静的不算小的图书馆,我常能神出鬼没,入屠门而大嚼,及至这细胞繁衍到后来,我居然也能摆弄文字,而且付梓,一首题为"山路"的小诗,堂皇地张扬在地区小报上,之后,不写诗了,写戏、写说说唱唱之类。偶然推出一部巨制——六幕九场大型话剧《非常时期》,得到国家艺术泰斗剧作家梅阡老先生赞誉。素昧平生的著名作家从维熙先生也在洋洋千言信中,颂扬我的才华之余，坦诚规劝我，写小说吧。我照做了，写出了第一篇小说《臭臭外传》，不仅在《山西文学》首页发表，而且获奖。从此一发不可收，文思如泉涌动，一篇又一篇，两篇又三篇……写够八载，写出了气候，不仅冲出娘子关，还东渡日本。这期间，山西省作家协会接纳了我，尔后，中国作家协会接纳了我。虽数量不尽如人意，却写出了属于自己的风格，颇受专家们赏识，诸如马烽、西戎、王蒙、阎纲、俞大翔、崔道怡、王汶石、王春林等专家、教授、学者，不惜洛阳纸贵，结结实实恩赐了许多溢美之词。于是，"选家"纷至沓来，《小说月报》、《小说选刊》、人民文学出版社、上海文艺出版社、山西人民出版社、宁夏人民出版社、广西人民出版社、天津百花文艺出版社等，连连函告入选篇目。

方此时，命运出来显示它有时也很公允，天地轮回，日有盈亏，月有圆缺，人也不能总是春风得意。就在我驾轻就熟一路顺风时，半道里杀出一个"现代派"或曰"新潮派"，宣称现实主义已经过时，传统文化一无是处，包括那表达方式本身也当受挞伐，文学应回归它应用的位置和坐标云云。一时间，效仿者群起：极端式、爆炸式、赤裸裸式、荒诞式……弄得周天寒彻，文坛倾斜，颇有一些缭乱声色。我陷入空前失范与无序、彷徨、疑问。一番躬身自思后，发现自己原本很冥顽，不尚附庸艳俗。大浪淘沙固然是自然规律，但潮流裹挟泥沙太多，会造成改道和断流。如此悟性太差，也就只好以不变应万变。文化意识固然无可厚非，功利意识也未必于社会无补。作家既然是时代产物，我便不能在命运不平面前闭上眼睛。自信路在脚下，前程未必就不亮丽！

由是我兀自从容地走，在天地惶惶、四面楚歌里勤恳耕耘。

我荣幸入选《中国作家大辞典》和《世界华人名人录》，写如上短文，是为传。

街谈巷议 Ⅰ

货 郎

终于打听到一个人：姓杨，名三儿。年轻时干过货郎。

杨三儿居住的村子，坐落在黄河岸边不远的黄土高坡上，距柳林县城三十华里。一条两旁垂着柳丝的乡间公路，从村边黄土坡下穿越而过。我去拜访杨三儿时，山杏花已经开了，山桃花也开了。山凹里崖畔上，楚楚动人的桃杏花与远处山峦残留的皑皑白雪交相辉映。

艳阳高照，再过两天便是清明节。

我见到了杨三儿。但不凑巧，上午他要出去一下。

清明了，给先人烧些纸。他说。

清明上坟（一曰扫墓）是约定俗成的一项隆盛庄重的仪式，举凡中华大地，异于此风俗者，微。黎元洪曾就《中国风俗》题词曰"道一同风"。作为北洋政府大总统，其书法不敢恭维，而意理则体现出一个执政安邦者的智慧与文化境界。清明这一天，家家户户，扶老携幼，提篮执壶，络绎来到先人坟前，跪拜如仪，一壶酒、一炷香、一帘纸钱、两行热泪……阴阳两界在静默中进行着心灵对话。"清明时节雨纷纷，路上行人欲断魂"，杜牧的一首"清明"诗，道尽了清明节风情。

只是杨三儿清明扫墓不在清明这一天有点怪。不是说悖逆礼制，素有"十里不同风，百里不同俗"之说；还有一句针对清明上坟专用语"赶前不赶后"，意思是清明上坟并非拘泥于清明节这一天，特殊情况可以变通，但有限定，可以提前，也不能太前。三月清明，你二月就上坟，前不着村后不着店，那怎么行呢？

杨三儿家情况特别。

我礼貌地伸出右手快步上前：老杨你好！老杨听我自报家门明白我是谁时，绽放出满脸惊喜，像接受贵重物品似的，忙用双手裹住我伸出的那只手，摇摇，再摇摇，表示热情欢迎还有相见恨晚。他说早就晓得我。他说：看过你写的书（他不说看过你的"文章"或者"作品"）。他笑得很慈祥很生动，我真羡慕他那白生生的一口好牙。除了一双寿星眉，几乎看不到脸上有皱纹，这哪像快七十的人呢！

杨三儿不是我想象中的货郎形象。大约从童年时代，在我的脑海里就有了一个固有的货郎形象。记得小时候，我们村里有一个货郎，离我们家不远有一条好幽深的巷子，货郎家就住在这条巷里。他有一个高度近视的老婆和一个模样俊俏的女儿。货郎个子高挑，清瘦但不瘦骨嶙峋。他是一位身板修长、干练、结实而不失儒雅的男子汉。常年四季，通体上下穿一身黑。除了搭在肩膀上那条白羊肚毛巾，黑衣、黑裤、黑鞋、黑帽子、黑腿带，清一色家织土布。后来穿黑色细布衣裤，鞋和腿带多为黑"贡呢"面料。春秋时节，他戴青缎子瓜皮帽，帽子顶端缀一颗用红丝带挽就的圆疙瘩（源于大清遗风，意在显示其社会地位。达官贵胄头上当是一颗红珊瑚，最次也是玉石、玛瑙之类。草民百姓只好将就些，发挥想象取象征意义，或曰神似。除了感观上的审美，似乎也寄托着某种期望与诉求）。冬天他戴"脸脸帽"，顾名思义，这是一顶里面蓄有棉絮，放下来能将两颊遮盖住，前面带"舌头"的棉帽子。夏天戴一顶雪白崭新的用细麦秸秆编织的草帽，遮阳、挡雨，歇下肩时也可以捏在手里当扇子用。因为他的草帽太精细，也过于洁白了（可能用硫黄熏过），超出原有的实用价值，戴在他头上显得很有品位，类似绅士们头上的呢绒礼帽。在人们的印象里他的衣着穿戴永远鲜亮、周整，手脸也洗得干净，不像村里其他庄稼人土眉土眼，邋邋遢遢。

他姓刘，没有人喊他"老刘"。巷里女人这样说："他叔，我买一包头号针"，"他伯伯，丝线用完了，再给我一绺品绿，一绺品红"。男人们都叫他"老大"（个子高）："老大，这是去赶集还是转村？"

他的劳作很有规律，晨光微曦而出，暮色苍茫而归，肩上挑一条像他身板一样细长的桑木扁担。一对不大不小大揭盖木头箱子，分别用四根细绳维系在扁担两头。木箱颜色界于灰黑，裹上桐油，光滑乌亮，可鉴人影。他迈着稳健的步子，头略微偏过去一点，肩上的扁担颤颤悠悠，挂在扁担上的那个花枝招展的拨浪鼓，也一上一下翩翩起舞。

瘦高个、长脸庞，着一身黑衣，周整、干净。这便是我心目中的货郎形象。眼前这位杨三儿老先生，怎么看他都不像货郎。

我漫不经心地问杨三儿，不到清明提前上坟，有什么特别的讲究？

"来不及呀！"杨三儿说，"忙不过来……"

我这一问，问出一句"过午不上坟"的谚语。用哲学家的话说，问出一个族群文化生命的密码。更问出一个货郎世家，以及货郎人颇具传奇色彩的浪漫、凄美与悲壮。

杨三儿家有三处坟地：一处是祖坟；另一处也是祖坟；还有一

处虽不是杨家祖坟，却像对待祖坟一样，祭扫拜奠，莫不以诚，子子孙孙，感恩戴德。年年岁岁，悠悠几近百年未辍。杨三儿说安葬在这座坟茔里的是他们杨家的一位恩公。

杨三儿家祖坟在村东不远处，一面向阳的山坡上，墓地有一棵茁壮的古槐，五月天黄花满树，博大的树冠荫护着杨三儿的爷爷、奶奶，以及他父亲、母亲的坟茔。杨三儿家另一处祖坟远在千里迢迢的晋中平原。安葬在同一平原上的还有杨家的恩公。恩公墓地在交城县城郊区，杨家祖坟在离县城十五里的杨家堡，杨家的老祖宗世代生息于斯。这里是杨家的根。

有"过午不上坟"条陈管着，杨三儿绝不可能在清明那一天十二点以前，把三个彼此相隔千里之遥的墓地一一祭扫。杨三儿的话：坐飞机也赶不上趟。

多少年来，按照辈分次序，杨三儿家赶在清明前一两天，先祭典老祖宗和杨家的恩公——不是上坟。坟头早就没了，让什么人平了。岁月流转，世事沧桑，风物不再，或荡然无存，或面目全非。总之，那位恩公以及杨家的老祖坟，早已湮灭于历史，留下来的只有后辈们的追思与怀想。坟头没了，影响不了对灵魂的祭奠，所以打从杨三儿爷爷起，对老祖宗，对恩公，取遥祭方式，就地奠仪。——杨三儿话：烧纸。

杨三儿说遥祭的仪式不是在家里举行，是在黄河岸边，出了村翻过两架山梁就到。我提出想和他一起去，既不耽误他"烧纸"，又可以边走边聊聊。

杨三儿笑说，那当然好！

祭品盛在一个柳条小篮里：一把香、一瓶酒、一包"芙蓉王"烟、一支素烛、一盘糕点、一盘水果、一盘面食，以及金箔制成的金锭、银锭、金元宝、金币、银圆和冥国银行发行的各式各样面值惊人的钞票。另外还有两个大信封,分别用毛笔写:"寄:交城县杨家堡——列祖列宗亲启——不孝三儿举家恭叩";"寄:交城县西关曹府——恩公曹大掌柜欣纳——自:杨门晚生三儿举家恭叩"。

杨三儿说他和他父亲都没见过曹大掌柜。爷爷在世时给杨家子孙后代立下规矩:"恩公曹大掌柜享杨家世代香火。"杨三儿说曹公救了爷爷和奶奶的命。当时曹掌柜在交城开绒线铺,年轻的爷爷走村串巷摇拨浪鼓。——看见我一脸惊喜样子,杨三儿说,电视剧《大宅门》看过吧?白家祖上开药铺,一代代都开药铺。我们家也一样,我爷爷、我父亲和我,都是挑货郎担摇拨浪鼓的。——杨三儿忽然想到什么,提在手里的篮子重新放下来,让我等一下,说想让我看一样东西。

呈现在我面前的是一件百年古董,一个久违了的老物件——拨浪鼓。只是太老旧了。鼓皮已松弛不堪,小铜锣遍体绿锈,完全没有了原有的风采,像刚从什么地方挖掘出的一张泛黄的画卷,或一本古籍,容易让人联想到马致远的诗句"枯藤老树昏鸦,古道西风瘦马"。

拨浪鼓散发着苍凉与壮美。

杨三儿说,好几个"淘宝"人早就惦记上了,给出的价格不菲。杨三儿一口回绝:不卖。说这是他们杨家的传家宝。

拨浪鼓见证了杨家创业历程和苦乐人生,它给千家万户送去欢乐。从汾水之滨,到黄河岸边,从广袤无垠的平川,到山重水复的山区,走过那么多村寨,那么多山庄窝铺。

见到拨浪鼓,我想到货郎这一行当的最初状态。历史学家只考证货郎起源于唐宋,没有考证货郎缘起于何人,谁是这一行当的鼻祖。

可以断言:缘起于女人,缘起于女人爱美之天性,缘起于"女为悦己者容",缘起于女人对脂粉的诉求。

唯有女人对脂粉情有独钟。因为脂粉能让女人更美。"当窗理云鬓，对镜贴花黄"，"浓妆淡抹总相宜"。无论通都大邑，还是僻壤远乡，无论簪缨富贵之门，还是柴扉小户人家，大凡女人，无不喜欢敷粉脂面，无不奢望拥有脂粉。太多的人都知道"脂粉"是"女人"的代名词。"耽于女色"，可说"耽于脂粉"；"那个家伙爱在女人堆里钻"，可说"那家伙爱在脂粉堆里钻"。脂粉和女人浑然一体。

女人不能没有脂粉。城里女人好办，上街买点。乡下女人没有城里女人优越，乡下女人离城市太遥远了。那时候出门全靠两条腿——步行，路都是用脚踩出来的。一双扎缚的小脚，加上"足不出户"的礼教管束与"妇道"制约，出个远门更是难乎其难，难于上青天。唯一指望就是打听谁家的男人要进城，试着央求人家先捎带一瓶雪花膏、一盒胭脂。一个有商业头脑的人发现商机，自己花钱把东西先买来，招呼女人们前来选购。"怎么比上次的东西贵？"答说："我是搭上工夫的，庄稼活都耽误了，只是加了一点点脚钱。"

女人捏住钱心疼，想想，所言也有道理。就给了。

于是货郎兴。

最初，货郎只经营女人用的雪花膏、铅粉、胭脂、口红、生发油、亮发的鹿角、蛤蚌油、胰子之类，用包袱包起来，搭在肩上。后来，种类日渐增多至妆奁、佩饰、女红、生活日用、小儿玩具，兼及男人们的部分必需。再用包袱怎么行呢？于是装进两个箱子里。打开——琳琅满目，堆锦积秀。除各样脂粉外，有木头梳子、化学梳子、用亮丽的赛璐珞（塑料的一种）镶了红边或绿边的照脸镜子、发卡、簪子；锥子、剪子、各种型号的缝衣针和绣花针、子母扣、顶针、别针、铜纽扣、鞋拔子、鞋样、鞋刷子、五颜六色绣花丝线；毛巾、手绢、围裙、羊袜、腿带、裹脚布；小喇叭、小拨浪鼓、小铜钹、铜铃铛、槟榔胡篓（小儿含在嘴里长大不流口水）；有烟袋、火镰、火石、烟荷包、烟袋嘴（玉石嘴、玛瑙嘴，也有铜或翡翠制品）、烟袋锅（大多为白铜）、烟袋杆（有花梨木、乌木，也有斑竹和凤眼竹）；有糊窗纸……那时候家家户户窗棂上很少安玻璃，尤其乡下，全都糊上纸——白麻纸、雪连纸。雪连纸结构细腻，雪白，也薄，糊在窗户或门棂上，屋里光线亮堂。白麻纸粗放，厚实，但不是很白，采光不如雪连纸，但比雪连纸柔韧、结实，雨滴砸上去噗噗响，无大碍。但毕竟是纸，雨打加上风摧，难免破损。不少小孩喜欢用手指戳窗户纸，"噗吐"一个洞，还带响。这种带破坏性的游戏，孩子们乐此不疲。窗户破了屋里走风漏气，于是就说："货郎快来了吧？记着买糊窗纸。"白麻纸价格低廉，多数人家使用白麻纸。货郎的箱子里有。一度时间，"火镰""火石"成紧俏商品。占领军小日本搞封锁，"洋火"都买不到。没火怎么行！多少人家冷锅冷灶干着急没办法。忽然听见谁家风箱响，或烟囱冒烟，有如得到救星，打发孩子拿上柴火去"借个火"。——将柴火放在人家的灶膛里点燃，往自己家里一路小跑。不能太快，迎面的风会把火种扑灭；也不能太慢，太慢了手里的柴火未曾到家就化为灰烬。一时间，火镰、火石有了用武之地。一弯淬了火的铁片，镶嵌在小巧的皮革里，皮革的另一头折成扁平的小包，里面装"火石"和"硝紫"（用芒硝和槐花煮过的旧棉絮）。具体操作是这样：撕一点硝紫置于火石上，用两个指头捏紧，另一只手捏住一弯淬了火的铁片，着力在火石上削一下，削一下，火花四溅，引燃硝紫，赶快塞进一把准备好的柴火里，再一口接一口吹，渐渐地有了浓烟，——"轰"一下，点着了。各家烟囱又见炊烟。火石、硝紫是消耗品，不待用完，女人们，以及爱抽烟的男人们,会翘首以待:"货郎快来了吧?"

一个货郎一个小商店。

一个货郎是一台戏。

乡下冷清,尤其炎炎夏日,空落落的巷道里静若死水,白花花的毒日头,不厌其烦的蝉鸣。牛卧在阴凉里,有一搭没一搭反刍胃里的草,站立在牛背上小公鸡蜷起一条腿,一只眼半闭半合,几只母鸡散着翅膀沐浴在虚土里昏昏欲睡。梧桐树的浓荫里,一条黑狗下巴平放在地上酣睡不醒……

拨浪鼓响起来。

笼罩在沉寂中的村寨顿时苏醒。

拨浪鼓有如走方郎中手上的"串铃"(又名"虎掌子",据说是汉时华佗所发明。未考。)、卖油郎的"木梆子"、耍猴子的"手锣"、磨刀人的"惊闺叶"——又名"铁片串",以及算命先生用小木棍击打竹片的"报君知"等,统称"唤头"。——是早先一些贩夫走卒们或引车卖浆者,走村串巷用来招徕顾客的响器。

最初的拨浪鼓只是单独一面鼓,状如小儿玩具,只不过比玩具大罢了。鼓面直径六七厘米,薄木片制成鼓框,两面蒙以猪尿泡或羊羔皮,周边密集地钉两圈小铆钉。鼓的两边用细绳拴颗珠子,底部安上木柄。后来,鼓的上面又增添一面小铜锣,系在环状的铁丝上,铁丝用斑斓丝线或流苏缠绕,两面同样置有拴着珠子的细绳。摇起来鼓锣齐鸣,流光溢彩,悦耳动听。悦耳动听的声音让女人们骤然心一提,眼一亮,神情焕发,神采飞扬起来,急不可待地抹把脸,拢拢头,扯扯袄襟,拽拽袖子,对着镜子左右端详一下,忙去呼朋唤友。一时间,大姑娘、小媳妇、年轻的、年少的、年老的,三五成群,叽叽喳喳,从巷的一头向货郎担走过来,选购自己急着等用的东西。

常能见到为数不多的男人不远也不近地站在附近，他们的兴趣似乎不在货郎那儿，他们掏出旱烟袋，一面心不在焉说着什么，一面用眼睛在女人们身上肆无忌惮地溜达。

孩子们更像过节一样欢欣鼓舞。他们总是捷足先登，要么围着货郎担发一会儿呆，要么四散开来，像一群热闹不休的喜鹊，在大人们的腿缝里钻来钻去。常有些孩子对货郎担里五彩缤纷的小玩具爱不释手，比如小皮球什么的，他不考虑大人有没有钱，听话点的孩子，哄一哄，至多是两眼泪汪汪，会极不情愿地放弃奢望，调皮捣蛋点的，往地上滚，仰面朝天，四踢乱蹬，号啕大哭。这会让手头不大宽裕的大人们手足无措，很没面子，只好咬咬牙满足孩子的要求。孩子骨碌站起来，破涕为笑（他压根就不是真哭），像一个得胜将军，被孩子簇拥着呼啸而去。

也有什么东西都不准备买的女人，出来只是图个热闹，饱饱眼福，欣赏货郎担里的五颜六色和琳琅满目，顺便听货郎讲一些外面的新闻。还有些女人纯粹就为了看看货郎本人。货郎有什么看头？不就是比一般庄稼汉穿戴周正些吗？交谈时我问杨三儿，干货郎这一行当，是否都很在意衣着穿戴整洁。他说成天价和女人打交道，不干净整洁怎么行？你邋里邋遢，手脸脏兮兮，人家东西没买就想吐，要么皱着眉头离你远点，捏住鼻子和你说话。我想也是，货郎的市场是女人。干净、爱美是女人的天性。杨三儿说也有女人本人并不干净，但讨厌别人不干净。想不起是哪个村子，反正这女人很邋遢。年纪不大，有三个孩子，常年不洗脸，脸上五涎六道，手上污垢结痂，袄襟上布满饭点子。大家正围着货郎担挑挑拣拣买东西，她挤进来，不期然大叫："谁他妈吃蒜了？难闻死了，不怕把人熏死吗，讨厌！"

那些纯粹只为看货郎本人的女人，看着看着，保不住就脸一红。这一来有可能生出一些风流韵事，诸如以目传情、暗通款曲啊，桑濮之会啊，或者效仿当垆卖酒的卓文君与司马相如月夜私奔……

这样的风流事在货郎行当里不足为奇。在南方昆明，从前就有歌谣——

> 货郎儿，卖花线，挑着担子走街面。
> 叮当摇动唤娇娘，引出娇娘门口见。

> 娇娘宜笑复宜嗔，价要便宜货要新。
> 侥幸货郎有艳福，生涯常与美人亲。

路过学校，杨三儿顺便把读三年级的小孙子叫出校门。小孙子见有生人，立刻腼腆起来，转过去，面壁而立，看住墙。爷爷问他：

"请了假了吗？"

"没。"他对墙说。

"说好去点纸！忘了？"

"刚下课，我老师在二班教室还没有出来呢。"他只对墙说话。

"我先走，你随后紧趁些来。"

"噢。"撒腿就跑。

他很可爱。

我和杨三儿走在去黄河岸边的路上。杨三儿讲述他们杨家"前朝古代的陈年旧事"。

他从杨家大恩人曹大掌柜讲起。

杨三儿说他没见过这位恩公，他父亲也没见过，对恩公的印象来自爷爷断断续续的述说。恩公高个，大块头，圆脸，双下巴，印堂宽阔、亮堂，大嗓门，说话、笑起来声若洪钟，为人处世爽朗大度，除了棋风臭，凡打过交道的人，赞语不绝。他爱下棋。他不大注意修饰边幅，以前挑货郎担穿村转巷，穿短衣，当了绒线铺掌柜，除了过年走亲戚，也很少见他穿长衫。夏日黄昏，铺面打烊，常见他赤脚片，光膀子，趿拉着两只布鞋，肩上搭条湿毛巾，要和人家下一盘。悔棋，让他在棋坛名誉扫地，都不愿意和他下，他说："来吧，下一盘。""不准悔棋呵！""不悔不悔。"他一面应承一面掏出"哈德门"香烟，给大家散一圈。刚走几步，就要悔了，相当执拗，死活都要将被吃掉的棋子从对方手里夺回来。对方拿他没办法："事前说好不悔棋呀！好吧，好吧，就再让你一次。"让步是有条件的，"再给一根烟来。"他看也不看毫不犹豫连烟盒儿一块递过去。恩公自己不抽烟，每次出去下棋总要带一包烟。恩公家不光备有纸烟，还有洋烟（鸦片）。那时候抽鸦片是时髦，是一个人身份的象征。恩公是最有条件抽鸦片的，但他不抽，却会烧鸦片。亲戚好友上门，他拿上好的鸦片，亲手烧一泡。这一点不含糊，无论社会公益、慈善救助，恩公出手大方是出了名的。恩公是个乐天派，很少见愁眉苦脸。偶尔——尤其他独处时，比如他面朝大街，一个人坐在绒线铺柜台后面，倏忽看到街上一位妙龄女子从门前走过，这会使他一愣神，双目聚焦，渐渐发起呆来。谁也不会知道，一个同样妙龄的少女，从他遥远的记忆深处，渐渐浮现在脑际。一个似曾相识的身影唤起他遥远的伤感和隐痛。

杨三儿说当年恩公是爷爷的供货商。那时候杨三儿的爷爷还只是二十郎当岁的年轻货郎，货卖完就进城到曹家绒线铺去进货。一次去进货，到了店铺才想起应该再进两筒"德国青"，但钱没带够。问恩公能赊吗（按规矩不能赊）？最迟明天上午不等日头偏西我就把钱送来。入夜,大雨。天刚亮爷爷就消失在雨幕里。一身雨水半身泥浆的爷爷,出乎意外如期出现在恩公面前时。恩公颇有感触地对爷爷说了两个字:"你行。"

恩公坚持要让爷爷留下来吃了饭等雨停了再走。

炒四个热菜,烫一壶烧酒,爷爷说他不会喝,恩公说喝吧,热酒驱寒,你在雨里泡半天了。三杯过后,恩公问爷爷,刚才我说你行,知道为什么吗?因为你"守诚"。恩公告诫爷爷说,人活在世上,最最要紧的就是"诚信"两个字,尤其买卖人。你记住我的话:诚信是立身之本,也是万事有成的保障。再说不讲诚信的人还叫人吗?谁还理你! 接下来恩公讲了一件真事:说某年某人租一铺面,讲好租期五年,租银三百九十两,分三年付清。空口无凭,立字为证。头一年只交了八十两再无下文,想赖账。主人说咱可是立了字据的!字据?它认得我,我不认得它。一年以后下大雨,这位某人在一棵大树下让雷劈了。读书人说法是遭天谴,百姓们的话:龙抓了。

杨三儿说恩公的这些话,爷爷讲给他父亲,父亲又讲给他。爷爷还告诫说:昧良心的钱不能赚;应承下的事一定要做。爷爷这么说,也这么做。所以爷爷当年干货郎时,生意看好。爷爷做生意决不抠抠揸揸,不斤斤计较,能让一分就让一分。钱不够没关系,拿上货走人,啥时候有,啥时候再给。爷爷以实诚厚道、做事随和享誉方圆十里八村。十里八村的女人们都和他熟。隔一段时间不见他,不止一个女人惦记:怎么这两天还不见那个货郎后生过来呀?

后来才知道,真不来了。

杨三儿的爷爷跑了,和邻村一个姑娘。杨三儿说这姑娘就是他奶奶。我很惊讶,那是什么年头,不怕逮回来?

"吉人自有天相"。这个"天"便是恩公。

这位恩公怎么什么事都敢管？杨三儿说这俩人得一个病，——恩公年轻就弄过这种事。

年轻时的恩公也是走村串巷的货郎，神不知鬼不觉与田村一位小女子私下好上了。小女子出自大户人家，亭亭玉立，腼腆俊秀，嫣然一笑，举止得体。家境虽日趋落魄，然气势犹在。砖砌门楼上端，雕刻斗方大字"凝紫"。铜铸门环，拍一下，声如仙乐。堂屋里，悬挂长轴山水画，案几上陈设青花瓷胆瓶。勾引这样的家庭的姑娘私奔，岂不是自寻倒霉？

跑走一对，追回来一双。事关风化，男女各自发还本村，由族人、乡绅议处。当晚，年轻的恩公被吊起来，命几个壮汉，将麻绳拧成麻花，蘸上水，暴打。九死一生。小女子的待遇未能如此优厚。一位德高望重的皓首长者，当众宣读了议处结果："妇道唯节是尚，谨守贞节，稽之古礼，今日之事，有伤风化，为宗法所不容，不溺则刃。"最后丢下一句："你们做父母的回去看着办吧！"就在同一天晚上，花儿一样的小女子，用三尺白绫，生生把自己吊死。

年轻的恩公大病一场，虽说小命保住，而小女子成了他永远的"结"。

一个彩云遮月的晚上，提心吊胆的年轻的爷爷和提心吊胆的年轻的姑娘，秘密启动了他们私奔的流亡之旅。年轻的爷爷肩上是一个鼓鼓囊囊的软包裹，里面有卖剩下的货物、拨浪鼓和为数不多的盘缠。"先去县城绕一下"是爷爷主张。明知是舍近求远，也明知是铤而走险（多耽误一会时间，就有被追上的危险），可曹掌柜赊给自己三块钱的货款没有还，不明不白地走了怎么行呢？大约一更时分，年轻的爷爷拍打曹掌柜家门环，睡梦中惊醒的曹掌柜潦潦草草披上衣服，来不及扣扣子，端一盏油灯忙着来开门，抬手用灯一照，见是杨三儿年轻的爷爷，再一照，后面还是跟着一个小女子。曹掌柜本能地往后一窝说，快进来吧！曹掌柜二次出来时，手里拿个用蓝布包着的小包袱，不由分说要塞给杨三儿的年轻的爷爷。年轻的爷爷对曹掌柜说，我是来还……曹掌柜用手一挡，随即下逐客令：这是三十块大洋，你赶快装起，赶快带着姑娘走。年轻的爷爷哪里敢接收，再次声明自己是来还钱的，怎么可以……曹掌柜拦腰截断说，还了钱你拿什么去养活她？我有句话你记住：宁可你自己冻着、饿着，也不能让你身后这边位姑娘受一点治。你一辈子都不能亏待她，一辈子都要善待她，一辈子都要对她好……曹掌柜话音刚落，年轻的爷爷扑通跪下去，同时跪下去的还有身后的那位姑娘。曹掌柜硬把他们拽起来，站起来的两个人都在努力不让自己哭出来，却不得不一把又一把抹去脸上的泪水。曹掌柜催他们：什么都别说，赶快走！走得越远越好，记住，要走小路，哪条路最难走，你们就走哪条。还有，五年之内千万不敢回来。十年八年以后再说……快走快走……走。

年轻的爷爷偕同年轻的姑娘很快消失在夜幕里。

一定要出来"送送"的曹掌柜，像了却了一桩心愿，回来时，前脚跨进门，后脚尚未站稳，泪水夺眶而出，曹掌柜闹不清自己为什么要哭，为了送走的这一对未来的幸福，涌出喜泪，还是他在哭自己？那不堪回首的往事，郁闷在心里太久、太久了。

一个多月后，杨三儿年轻的爷爷和那个年轻的姑娘，结束了漫长而艰难的流亡之旅，翻山越岭，风餐露宿，最终落脚到柳林县黄河边的一个小村，花钱置办了四亩山地，买了一座独门独户小院——土院、土墙、土窑洞、土窑背上的烟筒扣一黑釉子破缸。两个天涯沦落人就在这小土院里安营扎寨，落地生根。一年以后，生了个儿子（杨三儿父亲）。

十年后，进入中年的爷爷，带着儿子、带着多年的积蓄，千里迢迢踏上回乡报恩之路。

谁能想到呢？绒线铺的曹掌柜——这位杨家大恩人，于两年前没了。蒋、阎、冯（蒋介石、阎锡山、冯玉祥）中原大战，抓兵的把曹掌柜唯一的儿子抓走了，头一次上了火线就把小命送了。噩耗传来，曹夫人一口痰没上来也去了。曹掌柜大病一场，两眼塌陷，人瘦了一圈，从此，神情恍惚，面无欢容。他把铺面盘出去，间或也出来和谁杀盘棋，更多时间是孤独一人，窝在家里守着寂寞，唯一要做的就是莳弄莳弄那几盆花。他养两盆海棠、两盆蟹爪兰、一盆月菊。天凉时他一盆一盆从院里端回去，热天再一盆一盆端出来。他把最后一盆花端到院子里，刚放到地上，头一歪，人就不行了。

杨三儿的爷爷跺脚砸拳，痛心疾首，他陷入报恩无门的悲凉与无措的情绪中。

一年以后，杨三儿的爷爷在柳林城内开了个绒线铺，铺面门前悬一牌匾，黑底金字。铺名是杨三儿爷爷起的：知恩堂绒线铺。这也许会让杨三儿爷爷心里好受些。

子承父业，杨三儿的父亲接过货郎担。父亲死后，货郎担传给杨三儿。父亲死于山洪。

知恩堂绒线铺曾遭受日寇炮火。新中国成立后的"公私合营"运动中，知恩堂绒线铺走完了自己的路。杨三儿的货郎担也从此走进历史。

我和杨三儿前脚刚到黄河岸边，杨三儿的小孙子后脚也赶来了。杨三儿的小孙子似乎对"业务"很熟练，不等爷爷吩咐，便驾轻就熟地先找来一个小木棍，弯着腰，就地画一个圆。杨三儿告诉我，这叫画圆为"城"。爷孙俩将供品一一取出来放进"城"里，一一摆好。然后顺着黄河的流向跪下。杨三儿发现我也跪下时，脸上溢满了无限感激。接下来是点燃蜡烛、上香、烧纸……如带的烟云缠绕，蓝色的火苗蔓延开来，渐渐地燃烧出气势。杨三儿将一摞一摞的纸钱拆开，不断往火堆里续着。拿在杨三儿小孙子手里的两个信封要在最后焚烧。我问杨三儿的小孙子，可认得信封上的字？他告诉我说认识。说说你手里的两个信封分别寄给谁的？这个是给老祖先的，这个是给恩公的。会写吗？会。我赞美他：你真不简单。我说下次烧纸由你来写信封可以吗？他看着我，有点吃不准的样子。你不是会写吗？我得照着写。为什么？我怕我记不住。杨三儿发话了：你不是说你早就记住了吗？小孙子辩白说：我是怕我没有全记住。你怎么不全记住呢？你得记住，要记得牢牢的，听见没？小孙子说：噢。

两个信封在火焰中变形、卷曲、燃烧……

化为灰烬的纸钱在热浪中腾空而起，随即四散开来，像一群深蓝色的小精灵，在春天的阳光下，或扶摇直上，凌空翻飞，飞往云汉，或者飘飘洒洒，飘落在银白色的河面。

崖畔下，波澜壮阔的黄河一泻千里。

如果我没记错，唐明皇在敕令中说"士庶有不合庙享，何以展孝思"。这位皇帝之所以将清明扫墓这一风俗纳入国家礼典，就是让世人敦亲睦族、慎终追远、以尽思时之敬。而杨三儿一家之所以将祭拜恩公定为杨家常式，其所思、所敬、所念，除了恩公本人，似乎还有别的什么吧！

2018年10月12日草于北京拒马河畔

原载《山西文学》

三人行

郭尚文辍学不久,杨仁杰和王天才也都先后离开学堂。杨仁杰因父病故,小小年岁不得不肩负起家庭重担,帮母亲干些力所能及的农活。

王天才家境窘迫,他和父亲相依为命。只有二亩薄田,父亲是庙祝,常年在村公所打杂,隔三岔五听见他在巷道里敲一面铜锣催粮或派丁。麦收季节王天才头戴破草帽,顶着毒日头在大田里拾麦穗;或者腰间缠条麻绳,手里拿把镰刀或者竹耙子出了村,傍晚回来背上山一样驮一捆柴火。

郭尚文去了县城,在一家"王氏纸扎店"当学徒。王掌柜的纸活儿很有名气。门脸不大,生意一向看好。乡习:老人过世三周年,子女坟前祭祀,最隆重的祭礼是给过世的老人焚烧"孝楼"(纸制的宅院)。孝楼有平面与立体之分,犹如绘画之写意与工笔。平面工艺简单,立体工艺纷繁,其才质与工时有天壤之别。王掌柜曾耗时半年,做过一个立体孝楼。工艺之精致、逼真、细腻令人拍手叫绝。方圆做纸活的同行业者找不出第二个人。这涉及对建筑、绘画、雕塑、设计,以及工匠制作和风水常识的总体悟性。打那时起王掌柜名声大噪。谁能想到王掌柜栽了——栽在无处不有的礼仪法则。一天，一位腰圆、膀宽、双下巴，来头不小的人找王掌柜，说明年是母亲百秋寿诞，老人在世时，自己没能力，现在想好好操办一下冥寿。来人要给老人订做一座孝楼。不说花钱多少，只要体面，排场。必须是院中院，三进五进显少，十进八进不为多。花园、戏台、楼阁、亭榭、小桥流水、林木花卉，要一应俱全。最要紧宅院虽是纸做，看上去一定像真的。这可是王掌柜的拿手活儿。王掌柜问说心里已经有谱？来人说没谱，要王掌柜使出全身解数，做一座王府，甚至一座皇宫更好。王掌柜担心这恐怕不符合礼仪路数规矩。来人摇摇头，说规矩是给活人定的。再者，山高皇帝远，何况皇帝这会儿也顾不上，北伐军已经饮马扬子江！王掌柜用手捻着胡须，说不怕笑话我皮薄，这要花不少钱的！来人当下拍出三十块大洋定金，王掌柜觉得这也太多了！来人说花多少我都乐意，千万不要替我省钱，陷我于不孝。

结果王掌柜和那个有来头的人一同下了大狱。有人告御状，罪名是"僭侈逾制"。证据：纸扎院的街门上嵌了纵五横九个门钉。"九、五"乃皇上专用，岂不是活腻了？"古曰'事死如事生'，其谋逆之心昭然若揭，伏请陛下严处"。要不是使钱上下打交通，二十记"杀威棍"王掌柜就没命了。刑部透出风来，命是保不住了，就看能不能留个全尸。就在这当口，大清王朝灭亡了。王掌柜捡回一条老命。山重水复，风餐露宿，一副担架把脱了形的王掌柜从京城抬回家。王掌柜一改往日笑脸，整天闷在家里，耷拉个脑袋不发一语，没过几天就死了。"王记纸扎店"随之寿终正寝。

郭尚文结束了学徒生涯。他回到原点，回到和王天才、杨仁杰同一起跑线。

他们三个人像父辈那样要在村里度过灰暗一生。他们不得不接受命运，学会在精神上寻找生命支柱。——傍晚，三个年轻人相约在村外小河里"狗刨窝"。月光下,王天才从谁家棉花田里摸来一个西瓜,一拳砸开——瓜瓤嫩红,瓜子半黑,三扒两下,将吃剩的瓜皮扣在脸上,仰面朝天躺在岸边茂密的芦苇丛。突然有谁放开喉咙连唱带喊:

"手捉犁拐鞭打牛,老子不做你吃屁。"

笑声响彻在夏末初秋夜色笼罩的原野……

后来,他们都出息得有模有样。王天才从了政,顺风顺水;杨仁杰和郭尚文凭借才艺,一个成了"写家",一个成了"画匠",俨然一方名人,日子都还过得去。客人上门,摆四个碟子,一壶烧酒,一碗白菜粉条炖豆腐,上面还搭几块猪肉片。

父亲死后,王天才接过父亲衣钵,先是敲了几年铜锣,在巷道里扯着尖利的嗓门,派粮,派款,派壮丁。后来在农会当基干民兵,扛一条汉阳造,枪长人小,样子有点滑稽,可谁都不敢小觑;再后来就当了村副;再后来就擢升为支部书记。从人民公社起,一屁股坐上去几乎没挪窝。村支部书记在中国官位序列排最末位,但某种意义上讲也算是权力顶峰,虽然所辖之地只是区区两千臣民的蕞尔小村,而特权却无异于乾纲独断、唯我是尊的"国王"。

王天才越来越有派头,走路撇八字(以前不),下巴越抬越高,说话有了许多加带——比如开大会他讲卖余粮:我说呀……关于这个……余粮,是不是?还是要卖的嘛!是不是——这让仁杰和尚文感觉很不顺眼,加上一技之长的清高,不排除避"攀龙附凤"之嫌,渐渐敬而远之,见面也只是:"吃了?"仅此而已。仁杰和尚文心里话:你走你的阳关道,我走我的独木桥。

不管什么人,即便昏庸如刘阿斗,只要掌管了社会公器,就掌握了社会全部资源——包括女人。王天才和村里几个女人有染,甚至把一个年轻女人肚子弄大了。公社书记指着鼻子骂:谁也敢动?死罪知道不?知道。知道你还敢?我错了。公社书记要卫生所长以党性保证,神不知鬼不觉,总算想方设法将这件事抹平。王天才继续当支书。

几年以后,郭尚文自杀了——"文革"后期,搞一场"割资本主义尾巴"运动,三令五申,其中就有:不准搞家庭副业。郭尚文竟敢出去给人糊顶棚,还偷偷做纸活。

王天才审问郭尚文:郑秋林半夜三更在他爸坟上焚烧的纸人、纸马,贺春山给他奶焚烧的冥宅,敢说不是你做的?

郭尚文说:都没收钱。

那更恶毒!说明你不但复辟资本主义,同时还不惜代价猖狂进行封建迷信活动。是可忍,孰不可忍!

担心郭尚文压力大,王天才出面安抚:"公社点你的名,我也没办法。你是撞到枪口上了,也只是挂个纸牌牌,站在拖拉机上游游街,一阵工夫就回来了,全当出去兜兜风。以后不会拿你当敌人对待。"

游街时挂在郭尚文胸前的纸牌上赫然写"牛鬼蛇神"。郭尚文一脸死灰回到家,当晚喝了"敌敌畏"。

王天才被撤职了!——与郭尚文死无关。

消息像旋风一样在村里传开。这是爆炸性新闻。杨仁杰听到后表情平静。黄昏时他对家里人说,想到地里转转。

他转到墓地,在郭尚文坟前草丛上坐下。就那么干坐着,也不说话——也许在肚子里说。

后来人们知道,王天才倒台是杨仁杰使的坏!

轰轰烈烈打井运动在全县范围展开,给各村下达硬指标,务必限期完成,这是政治任务。打井本来是好事,如果只热衷于完成数字,就不好了。让一个土地面积有限、人口不足两千的小村,打四十眼井!不可思议。十眼足矣!否则这片土地会弄成蜂窝。

支书王天才说,上面说打,咱就不能不打。

公社来电话,说县委书记亲自带领人马下来检查打井进度。赶快准备一下,要注意工地形象,务必突出政治,红旗、语录牌一样不能少。

王天才把写语录牌的任务交给"写家"杨仁杰来完成。

杨仁杰问写啥。

你不是有语录本吗?

具体写哪一条?

哪一条都成,放之四海而皆准——是不是?你是大写家,想写哪条就写哪条好了。

县委书记带一批人来了——二话没说,掉转身又走了。

王天才搞不清什么地方出了岔子,正纳闷,电话响,——公社书记在电话里训:怎么搞的,看一下你那个语录牌,写的是屁!

公社书记按照县委书记指示,当即把王天才头上乌纱帽撤了。

王天才火急火燎返回工地,来到语录牌前——

上写:"就我们自己的愿望说,我们连一天也不愿意打。"

王天才火冒三丈质问杨仁杰:谁说我们不愿意打了?成心!是吧?

杨仁杰装糊涂:怎么?

我问你,工地上语录牌是你写的?

是你让我写的!

王天才大骂:你写的是个屁!

杨仁杰做出大惊失色样子,心里却无限得意,好不容易抓住大把柄。便质问说:你好大胆,竟敢谩骂伟大领袖毛主席的话是个屁!

你胡说!

你应当知道,写在工地上那句话是毛主席他老人家的语录。

王天才心里似乎有点发毛:语录本上有吗?有吗?

杨仁杰不慌不忙,从上衣口袋掏出语录本。翻、翻、翻——找到了。他拿给王天才看。

杨仁杰问王天才：你还敢说我写的是屁话吗？

王天才气急败坏：断章取义。想成心害我？

杨仁杰说，你应当知道，谁谩骂伟大领袖毛主席，谁就是现行反革命！我要成心害你，恐怕你现在不会站在这了。

王天才闷在家里三个多月没露面，深切体验"下桥之木而入幽谷"的落魄滋味。凤凰落架不如鸡，偶尔再出来，脸犁住地走路。正巧碰见杨仁杰，王天才眼珠子快要蹦出，半天憋出一句："你把我害了！"

杨仁杰不阴不阳："这不挺好吗？省得你害人。"

杨仁杰这句话在王天才脑海里翻腾了两年多，生命垂危时，向家里人提出：想见杨仁杰。杨仁杰饭没吃完放下筷子就来了——杨仁杰心里清楚，王天才是想给自己讨个说法。杨仁杰开门见山告诉王天才，过去的事情就过去了。说话已经极度困难的王天才，坚持想听杨仁杰说句公道话。王天才承认自己造了不少孽，可也给村里办了不少事情呀！杨仁杰安抚他："老同学放心，大伙都明白，有些事也不能全怪你，世道赶到那儿了，你人在江湖，身不由己。"王天才很激动，一只手摸索过来，紧握杨仁杰的手，表达谢意。杨仁杰对着王天才的耳朵大声说："总的说，功大于过，'四六'开如何？"

王天才脸上绽开一丝苦涩的笑容。

王天才走了，表情很安详。杨仁杰坚持要来送送，在王天才灵前三鞠躬，口里喃喃：你们两个都走了，下一个就挨着我了。下辈子我们三个还是兄弟。

纸扎匠

穿越城市，或在乡间路上，偶或同出殡队伍不期而遇。面对庄严沉重的一片缟素，你不由神情肃穆，在心底默默泛起的尊重与哀凄，是人性对亡者物伤其类的本能。你的注意力不知不觉转移到浩浩荡荡的出殡队伍，转移到对这一古老兼又新式丧葬礼仪的审视。你作为一个旁观者站在路边，可以随心所欲既是评判者，也是鉴赏者。根据眼前葬仪的规模和排场，判断事主物尽所能展现一颗朴素孝心，还是借此机会炫耀财富；判断跟在棺木后面的孝子贤孙们，谁是真哭，谁在挤住眼干号。或者，队伍前面的几班乐人，就其演奏水平，判断谁家训练有素，谁家是来自"草班"的临时组合。你也可以像正月十五看热闹，完全沉醉于锣鼓的慷慨激越和唢呐的悠扬婉转；或者像欣赏迎亲队伍的红肥绿瘦欣赏林林总总白色仪仗。小时候我最爱看正月十五闹社火，爱看娶媳妇，或者谁家埋人——鼓乐喧天、旗伞蔽日、红男绿女、五彩缤纷，红火至极，热闹至极。埋人比娶媳妇、闹社火似乎还要红火热闹，尤其官宦、商贾有钱人家埋人。别以为哭哭啼啼、悲悲戚戚不好看，正因为哭哭啼啼、悲悲戚戚才更具特别。那颇有创意的歌哭，很幽雅，很凄美。极富乐感的啼哭，组合起惊天动地大合唱。

再看那宛若林海、白得让人晃眼的纸作仪仗：遮天蔽日的旌幡；密密麻麻的杨柳雪柳；绵密纷繁的金山银山；熙熙攘攘的纸人、纸马、纸狮、纸象、纸独角兽，纸糊轿车、纸转轮马车、纸汽车、纸东洋车、纸三轮、纸摩托车、纸自行车、纸翻毛大马、纸四合院、纸楼房别墅……好一派铺天盖地的银装素裹！正如诗章所说，"忽如一夜春风来，千树万树梨花开"。

纸扎的仪仗是出殡队伍的最大看点。如果出殡缺失了纸制仪仗，就像皇帝出巡没有了气势恢宏的銮驾，灰不溜丢谁还肯不惜挤扁脑袋争先恐后争着去看？

每一件纸扎活都称得上是艺术品。"只知五谷香，不识种田人"，人们对"纸活"发出由衷赞叹时，往往忽略制作者。那些身怀才艺为数不少的制作者，有一个共同的名字——纸扎匠。有些地方叫"做纸活的"。吴自立便是其中一员。

红叶满山的秋天，我见到吴自立。让我更想不到，这位年轻的"传人"是个大学生。

吴自立一米八个头，浓眉，寸发，神采飞扬，穿黑色运动休闲装。举措沉稳，现经营两个冥业服务部，专营死者用品，主打产品是纸活。他自任经理兼制作，说白了就是个纸扎匠。

我随吴自立进了临街一个小院。我不明白院子里养了一只老鹰是什么意思。吴自立说它一个翅膀受伤了，落单在路边的草丛里，于是把它从山上拉回来，喂养一年多了，除了吃，成天就那么仰着脸看天。我笑说：志存高远，心系蓝天。

吴自立笑笑。吴自立有一套价格不菲的紫砂壶。他喜欢喝茶，夏天喝绿茶，春秋喝红茶。问我喜欢喝什么茶，我说都行。他不抽烟，酒也只喝少许，今天例外，说要好好陪我喝几杯。他的酒柜里有西凤、青花瓷、老白汾……吴自立卧室挂把二胡，客厅摆一架钢琴。我问会不会弹。他说不会五线谱。吴自立兴趣广泛，是一个热爱生活也会生活的人，只是"而立"之年还没有媳妇——先后谈过三个，其中一个是他大学同学，又先后告吹，原因是对他所选行业多有微词。

一个大学生，人又那么帅，选择这样的行业，有点怪。

喝着茶，他问我是否匪夷所思。我说本人并不反对"工作无贵贱"一说，但既然都是西红柿，买的时候都想挑拣挑拣，你为啥挑选这行当？他说为了赚钱。理由是：钱固然不是好东西——古今中外不乏对钱的诅咒，公元前5世纪，希腊一位宫廷诗人有这样句子："为了它，没有了兄弟；为了它，亲人不和睦；为了它，杀人，战争……"国人更直截了当：钱是王八蛋。可谁都离不开这王八蛋。有句台词很经典：最大悲哀——人活着，钱没了！为了活着，为了活得有质量，所以我得赚钱。至于何以要选择冥业，他说理由有三——他从小喜欢剪纸：花鸟鱼虫、人情世故、四时风景（他曾经用剪纸给一位作家的作品搞插图），加上小时候看出殡，千姿百态的纸扎活让他着迷，这是其一；其二是尽钱吃面，量体裁衣，冥业投资少，运作起来不会捉襟见肘；其三，也是最主要的理由：这一行命长。

我茫然。

他说他不是预言家，但可以断言：只要人类生息不绝，冥业就不会消亡。见我一脸雾茫茫，就问：上过坟吗？上过。烧过纸吗？烧过。知道为啥要烧纸？大家不是都在烧吗，自己也就跟着烧，从众呗！当然，其目的是为了追思怀远，纪念故去的亲人。

我知道烧纸是纪念的形式，至于何以要烧纸，我一时半会还真说不上来。

大学生知道。

他说，纸活起始于陪葬，而陪葬源于物伤其类的动物本能。迁徙中的大象，遇到同类尸体会集体静默致哀。没法知道大象是否相信灵魂不死，大凡人类（无论白种人、黑种人、黄种人、红种人），大都相信人死后灵魂尚在。人和动物不同之处，人的情感世界不仅丰富，更善于表达——把抽象的情感具体化。

古代美洲大陆，大多认为，死亡只意味生命的另一种延续。玛雅人认为，死是生的一个归宿。持相同观点的不仅有古希腊人、古埃及人，古印度文明时期的印度人、古中华各族人，都认为人死后到冥界去生活了，死后的世界和人间没有什么两样。所以就要用生前的生活标准置办死后陪葬。所以古埃及法老死后栖身于高耸巍峨的金字塔，东方帝王在辉煌的地宫延续生前的富贵荣华。所以在美洲大陆印加陵墓里，会有他的女人和侍从的骨骸，以及珍宝、粮食和武器；在希腊一个公元前3世纪的皇室墓地，会有一整套青铜洗浴用具，一口大锅、碗和洗澡盆；在塞浦路斯岛一处墓葬中陪同下葬的是四匹马和一辆车；中国太多的古墓陪葬也大致相仿。其意愿都是希望死去的亲人，能像生前一样在另一个世界继续享受快乐的生活。古人云"积薪为台，上置牺牲，薪燃，火舞金蛇，烟云袅袅，上达天庭，神祖欣然"。早在一万八千多年前，北京周口店山顶洞人，已经用石珠、骨坠以及有孔兽牙等装饰品，陪葬安放在死者的尸体旁，作为生者对死者怀想、感念、尊崇的情感表达方式。渐渐约定俗成，进而成为法定礼仪。陪葬品与时俱进，——粢盛（粮食）、牺牲（牛、羊、猪、狗）、人——人祭之风以商代最为炽盛。世界亦然。美洲大陆印加风俗：把死者的财宝、女人、男孩，以及最好的朋友，都要一起埋葬。殉葬女人大多出于自愿，她们用金杯痛饮美酒，然后让祭司用鹿皮将她们勒死。背上金背包，握着金水罐，继续在地下侍奉死者。甚至有些女人担心坟墓中没有她们的位置而急忙上吊自杀。人祭全面叫停之后代之以泥俑、陶俑、木俑,直到东汉时期一个姓蔡名伦的人发明了纸张。有关丧葬、祭祀所有器物来了一场大革命:罢黜百家,唯"纸"独秀。从衣食住行,到日常用具,到奴仆家佣,所有殉葬祭祀冥物,非纸扎模型莫属。从此,尉为壮观的白色仪仗,长久飘扬在中华大地,从汉唐飘扬到如今。而且——说到这里,他突然断住,满脸自信地看着我,并加重语气:而且,还将继续飘扬下去,你信不信?

我明白他的意思,无非在阐释为什么会选择纸扎这一行当的理由。我没有正面回答,只暧昧地笑笑。我在担心,就算是这行业有生命力,可有多少油水呢?大学生也承认我的担心有道理。他说他既没想过靠这一行业登上富人排行榜,也没打算靠这一行业载入名人录流芳百世。——"纸活"应该属于艺术范畴,说到底它也是"工艺"品,以此博取个高级职称不大可能。蜚声世界的罗马万神殿、古希腊雅典卫城、索菲亚大教堂、维纳斯、狮子门等艺术建筑,有些就出自名不见经传的手工艺人之手,只要对社会做了贡献就算没枉来一场。"纸活"只是谋生手段。每个人有每个人的追求。钱对咱说来,没有,不行!太多,没用。唯一遗憾:建筑家作品追求永恒,纸扎匠的作品价值是付之一炬。但话说回来。纸扎活唯有在烈火中才能永生。

我好像完全被他说服,但有一点小小担心。我说:只是向你提个醒,从意识形态角度,这是货真价实的封建迷信,想没想过再有什么"运动",承受不可预料的冲击?

不会再来了。即便来了也无所谓。如果到现在还有人将祭祀视为封建迷信活动,敢肯定他不是文盲就是智障。明白人都清楚,祭祀活动是一个族群约定俗成的生活范式和风俗,是一个国家或民族的文化生命密码和精神文化的独特标志。一句话:祭祀属于文化范畴。文化是打不倒的！任凭你权高盖世！任凭你坚船利炮，可以摧毁萨达姆政权，绝对摧毁不了像我们黄河一样古老的底格里斯河、幼发拉底河的两河文明；曾经那场轰轰烈烈的"文化大革命"，一时间中华大地似乎噤若寒蝉。结果如何？野火烧不尽，春风吹又生，展现出来的是一个更加绚丽多姿的世界。

吴自立的侃侃而谈，让我禁不住问自己：这哪是一个纸扎匠人说的话呢？

我又问了一句俗不可耐的话：靠这个能赚到钱吗？

吴自立回答是肯定的，说三个月前，一个订单净赚三十二万。我立马傻了，怀疑这人瞎吹！他说对方是个有钱的主，姓马，认不得几个字，粗俗无比，不择手段承包一个煤窑，合同白纸黑字写得明白，转让金四百万，自己亲手签字画押，拖泥带水付了一百万，要耍赖：没钱了，不服气到法院告去！使钱上下打点买通各路法官，强行调解，坑对方三百万。得意忘形不到一年，三个月前遭雷劈了——连同一棵硕大的老楸树。老百姓幸灾乐祸：龙抓了！头上三尺有神明，大凡坑蒙拐骗，不守诚信的小人，都不会有好下场，恶有恶报，迟与早的事。

他儿子马副县长分管全县煤矿。马副县长说，老头子一辈子不容易，丧事要大办。马副县长亲自来找吴自立，要订一中、一西两座冥宅。西式为别墅，室内要游泳池，室外有跑马场，屋顶要有停机坪；中式冥府院落自然是金碧辉煌，纵横连绵。内外陈设参照王府，王府有咱尽量有。必须做到三个"最"：尺寸最大、质量最好——标准就像传说中那样的立体绝活。交货日期最迟七天。吴自立敲了一阵计算机，报价三十万。

"你行啊，狮子大张口，金子做的？不就是几张纸吗？"马副县长说。

"我这不卖纸。要是卖纸，拢共下来一千块钱都用不了。这是工艺。'黄金有价艺无价'的道理你也懂，二流歌手只要往台上一站——三十万。再号那么一嗓子，再加三十万。我这是集合了雕塑、建筑、绘画、制作于一体，哪样不是艺术？别的不说，每座院落的楹联、牌匾上的字，保证出自大书法家之手。当代二流书法家四尺条幅，开价四十万。我这是王羲之的字，单这副中堂就值多少钱？"马副县长一摆手："成交！"马副县长出了门又弯回来说：光有司机、马夫、用人、保姆、门卫、保镖、奶妈子，能不能再给老爷子再弄几个……那个什么……

什么？

给老头子弄几个小姐。

吴自立说没问题。要几个？

三个吧。

不合规矩，四个吧？

忙得过来吗？

兴双不兴单。

那就四个吧！

马副县长要求：人们猛一看，从头到脚必须像真人一样。

马副县长说到钱。吴自立说，货到后，你满意就看着给，不满意，算我奉送。

马副县长当即拍下五十万。

吴自立说出殡那天差点闹出人命。全是这几个"小姐"惹的祸。马副县长家门前像逢集赶会，人如潮涌，四位花枝招展的芳龄"小姐"除了不会动，几乎和真人一样，脸白眉秀，袒胸露肚，乳房高耸，蜂腰肥臀，细皮嫩肉，搔首弄姿，很少有人不用手摸，尤其男人，摸了还摸。

用吴自立话说：亲自到服装城跑一趟，全都搞定，压根就是几个塑料服装模特。只是几身行头，是特别定制，所用丝绸，全出自苏杭。

马副县长的母亲号啕大哭，找来一条麻绳摔在儿子面前，要儿子现在就把她勒死。儿子莫名其妙，母亲气恨儿子明知道有先到为大的规矩，现在就让这四个小妖精跟了你爸，我死后把我往哪儿摆？谁是大？明摆着让我当五姨太嘛！啊……我不活啦！我现在就死，我不能把大房的位子让给她们那群臭婊子！……

还是马副县长有水平，立马写了四张标签，挂在小姐们胸前：二姨太、三姨太、四姨太、五姨太。

马副县长对母亲说，放心吧，正宫娘娘位子给你留着呢……

我笑出了眼泪。

他在讲述时目光转来转去留神我的表情反应。问说，你是不是觉得我唯利是图，下手太黑？

我不置可否：在商言商。

他能听出来我言不由衷。说：我不是那种见利忘义、薄情寡义的奸商小人。我这是看人下菜。对普通百姓我懂得什么叫善待；至于马副县长、煤老板之流，他们沆瀣一气，利用手中权力，将国家资源据为己有，对这些祸国殃民的家伙岂能手软？

我当即表态支持他做得对。

又换了一壶新茶，也换了一个话题。我想知道当初是在什么情况下，他选择了这样一个并不被多数人看好的行业。他说很偶然，当时到了县城，准备买车票去省城人才市场碰碰运气，正好碰见出丧队伍浩浩荡荡过来，声势之壮阔，场面之豪华，不是寻常百姓家所为。当时很震撼，也很冲动，因为从中发现了商机，并决定付诸实践。

"在你做最后决定时，多多少少有没有抱怨的意味在里头？"

"有用吗？"

我未置可否。

"你也知道，在我之前，有一个北大毕业的高才生，不也操刀卖肉了吗？民以食为天，首先得活着。到了学有所用的时候，即便是日进斗金，我会毫不犹豫放下，尽我所学全力以赴。"

"你的话让我好感动，也让我想到你门外笼子里那只鹰——心系蓝天！"

"是的，心系蓝天！"

2010年8月30日草于北京

平淡人生 I

祖 父

曾祖父有个堂兄弟。两位曾祖父为我生了四位爷。我爷、我三爷是亲弟兄,二爷和四爷为堂曾祖父所生。二爷英年早逝。我爷生下我爸、我三爸;二爷生了我二爸、四爸;三爷生了我五爸、六爸。二爸去世早,没有子嗣。余者生儿育女。我八九岁时,权家家族五兄弟均已人高马大,个个顶天立地。人称"五虎上将"。

曾祖父给他的大儿子(我爷爷)取名曰"满",字"鸿泰"。

我爷爷出生于光绪八年,即1882年,有幸分享"同光之治"盛世尾巴,可惜好景不长,大清国日见衰微。甲午年中日海战,北洋水师全军覆没;戊戌变法失败,谭嗣同等六君子血染菜市口,光绪囚禁于瀛台,英法联军火烧圆明园,西太后逃难西省。北伐军饮马扬子江,皇帝退位,大清灭,民国兴。军阀会战、日寇侵华、三年内战、国民党退守台湾、中华人民共和国成立、土改、镇反、"三反五反"、农业合作化、"反右"、大炼钢铁、"大跃进"、人民公社、吃食堂……

难忘1957。众所周知,这是一个严酷的夏天。这一年我上初三,这一年爷爷去世——死于浮肿。

像天下所有的平凡人，我爷爷度过他平凡的一生。难以想象，爷爷是怎样从非比寻常的乱世煎熬过来的。

爷爷生前没留下照片。要盖棺时，父亲和他的弟弟（我三爸）叫停。差人骑一辆自行车赶赴县城，从照相馆请来照相师，给爷爷补了一张遗照。堂屋的供桌正中，供奉祖宗和爷爷牌位，遗像嵌镶在木质镜框。悬挂靠右面墙壁上。爷爷安详长眠。每逢省亲，我望着爷爷遗像久久追思。年深月久，老屋拆迁。不知从什么时候，爷爷的遗像淹没在悠悠岁月，但爷爷慈颜在我脑海里永远清晰。

路过影院，目睹绘有林则徐头像的海报。当时心里怦然。真的，和我爷爷有点像。

影院里电铃响过，强劲的音乐声中，宽大的银幕上推出片名：林则徐。由表演艺术家赵丹先生扮演的林则徐登场亮相那一刻，到故事进展，我爷爷在电影里复活了。

电影里的林则徐，其形貌和神态皆与爷爷酷似。同样大脸盘，同样一双炯炯有神，不大也不小犀利炽热的眼睛，同样留着胡子，——不是长髯飘飘，是下巴上一撮——名曰"山羊胡"。上髭齐唇，呈八字状。据历史学家考证，此胡须始于清末民初，大行其道是在国父孙中山先生上任中华民国大总统之后。出于对领袖崇拜、敬仰心理，"中山胡"成为时尚，从达官贵胄，到商贾乡绅，以及讲究一点的平头百姓，比如我爷爷，国人纷纷效仿。

老北京人爱说"讲究"，这两个字有诸多内涵：礼仪、规矩、素养、文化等等。

我爷爷就讲究。严格说我爷爷只是一个农民。爷爷身上有农民的质朴、厚道，而缺少大多数农民那种不为小节累的粗放。自幼在村里长大，看见过太多的父老乡亲们，身子七扭八歪，或一左一右把鞋脱掉，或干脆不脱，顺势蹾在板凳或椅子上，大块吃肉，端起碗大口喝酒。大嗓门说话,很舒坦地打个响屁。没有人笑话。这一包括我的先人们在内的族群文化现象,无可厚非。

我爷爷似乎不在此范畴之内。

爷爷为人处世,其言谈举止,不乏文人气质。比如,些许的优雅和风度。缘于此,坐在电影院面对银幕,复活了的爷爷无数次在面前闪回,电影里的林则徐一言一举、一招一式,一个表情、一种神态,尤其掰柑橘细节,简直形神仿佛。

一个空间不大的小客厅,明式家具,一张方桌,两把太师椅。简约明快,古香古色。花梨木红木方桌后面墙壁上,悬挂一副中堂,为林则徐亲笔墨宝:

莫放春秋佳日过

最难风雨故人来

方桌上面陈列一方长方形大理石,石上鬼斧神工天然造就的一幅"云霞山水"画,嵌镶在雕刻考究木座中。太师椅分别坐钦差大臣林则徐和封疆大吏两广总督邓廷桢,旁边各置一小茶几,几上一盏清花瓷盖碗茶杯和一个圆形淡青色开片瓷盘。盖碗杯中一袭淡云摇曳。瓷盘里摆放几枚新鲜柑橘。

邓廷桢花翎顶戴一身朝服。居家的林则徐着便装,一袭软缎银灰长袍,低腰便靴,随意、闲适。可见二人关系之密。林则徐礼贤下士连说三个"请"字,且略恭身,同时佐以手势。俩人坐定,林则徐顺势从茶几上端起青花瓷茶盏,欣然邀请邓廷桢同饮。两人碗盖半掀,茶毕,各自将茶盏放回茶几,各自从衣袖筒里取出手帕,林则徐一若蜻蜓点水,一方折叠整齐的小手帕,潇洒地在嘴上左右按按……

坐在电影院里的我，仿佛回到小时候我家的小饭桌：我爷爷袖子里也有一方手帕，举止也是这般潇洒……

银幕上两位大员神色凝聚，谈话进入正题。虎门一把火，不仅事涉外交，还牵扯朝廷权贵，以及地方大员们利益。他们到底都说了什么，我一概茫然。所有注意力全在银幕上林则徐谈吐间的风雅举止，时不时让我联想到爷爷——尤其林则徐掰柑橘。

两位大员绞尽脑汁，于"疑无路"中，终归柳暗花明。林则徐神采飞扬，按捺不住在地上走了一圈，又坐回椅子，慢条斯理捋下巴那撮"山羊胡子"陶醉其中。心情好极了的林则徐意犹未尽，两只手臂轻轻抬起，抖落一下衣袖，手心旋转，右臂向茶几上那盘柑橘延伸过去，左臂紧随跟上，轻轻捏起右臂衣袖，右手三个手指，款款捏起一个柑橘，放于左掌，两个大拇指置于其上，掰一下，再掰一下，掰成四份，重新放回盘中，取其中一瓣放于口里，慢慢细嚼，食不露齿……此时，我已忘记身在何处。

林则徐掰柑橘情态，很像我爷爷掰馒头。

记得小时候我们家那张白木小饭桌（没油漆），也记得我们家吃饭很讲究。座次，长幼有序，不可僭越。爷爷奶奶上座；东西两旁是父亲和三爸座位；我，以及后来的弟妹挤在末位。遵照传统和礼教，母亲和三妈吃饭不能到桌。各自端着饭菜，坐在距离饭桌近一点的地方，一边吃饭，一边随时准备站起来，给饭桌上每个人添饭、拾馍……到我懂事时，抢先起来，替代母亲和三妈劳作。

我的家乡很富饶，盛产粮棉，有"天下粮仓"的美誉。夏天割麦子，秋天割玉茭和谷子。一年四季习惯吃馍（我们这里不说吃馒头，说吃馍）。夏天吃白馍，秋天吃黄馍。全年都吃白馍是多数人的奢望。

母亲或三妈将馍盘端上饭桌，我会盯住不放。照规矩，爷爷不动筷子，小孩不敢下手。吃馍是爷爷和奶奶先拿，然后是父亲、三爸。发现有时候父亲、三爸其吃相不似爷爷这般斯文。爷爷正襟端坐，款款伸出一只手臂，向上，轻轻抖落一下衣袖，伸过去，从盘子里拿起一个白馍（或者黄馍），放于手掌，两个大拇指置于其上，掰开，一半放回桌面，留在手里一半，再掰开，一半放于桌面，剩下的握在手里，用三个手指，捏一小块送入口中，尔后，拾起筷子夹少许菜，细嚼慢咽。我父亲和我三爸是这样——一把上去，把馍抓将来，直接送到嘴里，满满咬一大口，狼吞虎咽。爷爷似乎很宽容（农忙季节，地里活儿赶活儿）。但父亲和三爸不允许我学他们样。如果见我筷子过勤，会敲一下我的筷子。特定的时候他们也很守规矩：逢年过节、走亲戚、婚丧嫁娶坐席、吃摊子（我们涑水平原方言，即赴宴、吃请），才如此彬彬有礼。

不像我爷爷，将他的儒雅和风度保持始终。

爷爷吃饭，间或喝汤，把筷子放下来，轻轻将碗端起，轻轻放下。难免汤水沾上胡须，爷爷用手指将藏在袖筒里的一方折叠整齐的小手帕抽出来，从容地在嘴上左右按按，然后从容放回袖筒。爷爷常会利用饭后时间，闲适地捋着下巴上那撮"山羊胡子"，一面和他的两个儿子谈论庄稼。

林则徐出身仕宦之家。其超凡脱俗的高雅风采，及文人学士气质，来自诗礼熏陶。

我爷爷只是读了几年私塾，但爷爷身上不乏读书人的斯文。爷爷的小手帕一年四季不离身。五黄六月三伏天，爷爷头顶压破旧草冒，穿短衣，粗布白衫、白裤。小手帕经常别在裤腰带上，毒日头下蹲在庄稼地里拔草，时不时要抽下来擦擦汗——顺手。炎夏季节，田里的草疯长，头天刚拔，第二天又新长出。爷爷将草缠绕在手指上，一提。于枯燥中享受连根拔起和根须断裂声的愉悦感。

除了手帕，爷爷常不离身的还有一管烟。

抽烟是爷爷的嗜好。烟具有水烟袋、旱烟袋——长枪共短枪，最短五寸，最长胳膊尽力伸出，加食指长，方能探到烟锅。比电视剧《大宅门》里白景奇的烟袋短点。烟嘴有铜嘴、玛瑙嘴、玉石嘴。数九寒天围火炉，爷爷用长烟袋。

上了年岁的爷爷，走路背略有点驼，双手抄后，手里捏一管烟，烟荷包垂下来，晃晃悠悠。丝绒材质烟荷包上，有我奶奶用五色丝线绣的花卉图案。我大姑和小姑也曾给自己的父亲绣过烟荷包。相当一段时间里，爷爷兼抽水烟。水烟袋多为白铜材质，结构精巧，打磨细腻，光亮可鉴人影。内藏小水箱，吸烟时，烟从水箱过，发出"呼噜噜"声响，很悦耳。隆冬夜晚，黏稠的呼噜声，容易催人入眠。抽水烟必备两样东西，一是火媒香（用一种黄表卷成），一是专用烟丝（烟丝精细如发，伴以香料）。这两样炮制不了，本村前巷杂货铺里有售。清朝末年，或者民国年间，总之，解放以前，我爷爷抽过洋烟（鸦片，或大烟、福寿膏。那个时期不禁烟，农户可自由种植），但没有嗜好成瘾。依稀记得，老姑母的大儿子，从西安回来看望他的大舅和大舅母，薄呢礼帽，银鼠长袍，皮底鞋，手提黑油漆小食盒。爷爷在东厢房炕上，给贵为商行庄客的大外甥点亮洋烟灯。俩人隔着摆放着的油漆木盘烟具侧身对卧，体验腾云驾雾的梦幻快感，动作之娴熟，姿态之到位，非经过大世面，不是一般庄户人所为。

爷爷喜欢看书。

爷爷没有书柜，在北屋门顶墙壁上，掏了几个小窑洞，我爬梯子上去看，全是书。其中夹杂几幅宣纸中堂字画，画有龙、凤、松、鹤、狮子、老虎之类。观其笔墨，若非工于丹青的友人所赠，定是西安碑林街某某字画商店售品。爷爷的书线装善本居多。除少量国学经典如《资治通鉴》《论语》《幼学琼林》《四书》《五经》等，余者较杂：《曾文正公》《乡饮酒义》《说唐》《醒世恒言》《陶庵梦忆》《东周列国》《醒世恒言》《大八义》等。唯独没有妖狐艳史。但有好几本信奉佛教、道教的善男善女劝人向善的宣讲本。和我要好的杨槐孩同学，他奶奶是善女，穿蓝布大褂，家设神坛，巷道里见有"字纸"，立刻捡起，塞进路边墙缝，或直接送到村当间"字纸炉"焚化。逢集，就地摆摊，手持善书，朗声宣讲。听者众。

爷爷看书成瘾。一年四季忙里抽闲，晚秋和隆冬季节，几乎手不释卷。我家除了老屋，有一个打麦场。这个能盖两座院落的场地，是我爷爷从我四爷手里买来的。夏收用来打麦，麦粒归仓，麦秸堆成垛，以备喂牛或做饭取薪。秋收时五谷（还有玉米、高粱、谷子等各种秸秆藤蔓）登场。平时没人来，除了吃饭、晚上睡觉，就我爷爷一个人与秋禾为伍，剥玉米、搓红高粱穗、翻腾豆蔓、剥棉花疙瘩、捣芝麻——更多时间看书。洋洋洒洒一场大雪，麦秸垛上白雪皑皑，垂吊一圈冰挂，冬阳下，水珠滴答。麦秸垛上拔出一个窝，拔出的麦秸铺在窝里窝外，洁白的麦秸细腻、柔滑，人卧上去舒服，也隔潮。爷爷席地而卧，打开景泰蓝眼镜盒，取出能折叠的铜腿老花镜，架在鼻梁上，一只胳膊伸出去取书，一只胳膊屈弯，掌心朝上，头枕上去，一条腿压着另一条腿，一会儿架起，一会儿展开，全神贯注，日复一日。

当我长大到会体察世道人心，仔细琢磨爷爷这一生，发现把那么多时间用在看书，不完全是忙里偷闲中的超然脱俗，或者人生修持。如果没猜错，应该是未曾打开失意的心结，而采取消极隐逸与逃避。当然，其中不乏坚守着对自我的肯定，也坚守着一份孤独。从幼年时期，爷爷在我心目中印象似乎不大合群，喜欢独处，喜欢一个人的世界。从萧瑟深秋，一直蜗居到来年耕牛遍地走的九九艳阳天。

靠近涑水河岸，距离板桥不远处，有我家三亩水浇地。因为是季节河，所以家家地里有水井。我家井台上盖有遮风挡雨的庵子（土墙，泥糊草顶）。两亩地种粮食，一亩种菜蔬。栽种黄瓜，方圆几里父亲技术独绝，除了口感好，贵在"鲜"字。遍野麦子黄时，顶花带刺鲜嫩黄瓜开园了。朗朗乾坤，太平盛世，原本不需要人照看，爷爷自作主张，独自住进庵子，白天家里人送饭，日夜独处。

石桥那边甜瓜、西瓜地里也快离不开人了。

河流经过我们村有两座桥，一座石桥（能过车马），一座板桥（河当中竖一石桩，有水时两块二尺宽木板搭上去，仅供行人过往，没有水时，撤）。两桥相距不足二里地。过了石桥不远有我家三亩瓜田。西瓜蔓正在坐胎（白皮，白瓤，白籽），甜瓜已长到幼儿拳头大小（名曰"天鹅蛋"，白皮绿线，红籽，红瓤）。爷爷理所当然从一个庵子，搬到另一个庵子（瓜庵）。

一只通体墨黑挂蓝的乌鸦，落在离瓜庵不远的一棵楸树上，老谋深算神态，脖子一仰一仰，似乎关注远天某处，意思是它的心思压根不在瓜田。然后乘人疏忽，箭矢一般猛地扎下来，目标早已锁定。最难缠的是麻雀，成群结队，"轰"地来，"轰"地飞走。鬼精！用不了两天，判断插在瓜田里头戴破草帽、身着破旧衣褂的人是假的，不是真人，放胆飞落上去，叼啾，拉屎，扑向瓜田。爷爷甩着鞭子大声吆喝，毕竟上了年岁，顾了西头顾不了东头。獾是夜幕降临时偷袭，贼似的在叶丛中穿梭。爷爷使劲敲打破铜脸盆，喝阻獾或者狐狸。破铜盆放在爷爷身旁，爷爷在瓜庵门前小板凳上坐下，从背后裤腰带抽出旱烟袋锅，火镰磕出一片火星，点燃烟锅。爷爷边抽烟，边留神瓜田动静。夜幕低垂，瓜田远处，隐隐约约两道绿光闪现，爷爷知道獾又来了，"咣咣咣"使劲敲开铜脸盆。夜深了，一钩弯月在云端游走，懒洋洋的虫鸣和蟋蟀声频添夜的寂寞。爷爷的烟锅依然一明一灭，树木、瓜田，包括爷爷，仿佛在梦中。

甜瓜熟了。西瓜熟了。西瓜田里零零星星只剩青蛋子瓜。又是一年寒食节，爷爷又该挪窝移驾打麦场。

很少看到爷爷游集赶会，也很少到谁家游门，偶尔去隔壁赵家，和赵爷爷坐坐。赵爷爷识文断字，是我爷爷家常客，常年穿一件毛蓝粗布大褂，脖颈挂一柄长杆烟袋，大孙子在运城税务局公干。冬月里，他和我爷爷围着小火炉对坐，烟袋锅对烟袋锅，合住眼养神比说话时间长。

除了赵家这位爷，还能有谁？噢，想起来了。

那是一个隆冬的季节，巷道里有积雪，弥漫在空气里的烟雾渐渐散落。应该是鸡要上架鸟儿要宿巢的傍晚。母亲和三妈晚饭已经做好，等不见爷爷回来，奶奶吩咐我，出去叫你牙（我们这里管"爷"叫"牙"）吃饭。我不知道爷爷在什么地方，奶奶告诉我，赵家家庙那个奶奶家里。果然就在。赵氏家族是大户，家庙门楼自然要讲排场，雕梁画栋，石狮石鼓。推开两扇油漆大门，左右两个耳房，赵家奶奶住东耳房。我撩开棉门帘，见爷爷贴墙半倚半躺在暖炕被子垛上，双手抄在脑后，一条腿压另一条腿，没有脱鞋的脚搭在炕楞。赵家奶奶坐炕中央，手持细长白铜烟袋杆，将烟灰磕在装罢罐头的小铁盒里，冲我笑笑。她年逾半百仍不显老，小脚，有"三寸金莲"的美称。她走路风摆杨柳，身板虽微驼，仍略见当年风采。衣着穿戴亮出殷实家底，说明家道曾经风光，终因败落，孤身一人借住祠堂一间小屋。

一天，奶奶拿回来一双新布鞋，奶奶说是家庙奶奶给我爷爷做了一双新鞋。母亲和三妈快步过来,对家庙奶奶的针线活赞不绝口。至于我奶奶当时的表情想不起了。似乎没有什么表情。

长大后我仔细琢磨过,好像明白了点什么。我明白爷爷不是神仙。

索居独处不像是爷爷天性,他应当是一团火,却不得不包裹,犹如岩浆,包裹在厚厚的岩层,偶尔的喷射,方见到爷爷的另一面。下举两例——

其一:

很难相信,我爷爷竟是学堂教书先生座上客(何止一任)。下学的时候,荆老师叫住我,说好些日子不见你爷爷,回去对你爷爷讲,叫他到书房来坐坐。

一个农夫,和满腹经纶的教书先生一块坐坐,似乎不搭。村里人享此殊荣鲜有。路过,瞧见半开的纸糊风门里, 荆老师盘起一条腿坐在椅子上,和我爷爷面对面拉家常。荆老师解开胸前几颗盘丝纽扣,手摇蒲扇,雪白丝绸衣襟在肚皮上翻起滚滚细浪。爷爷时不时分享一下凉风,"山羊胡须"在风中起舞。为了荆老师一句话,爷爷叼住烟袋嘴,一脸玩味神态,牙齿已脱落,笑起来像褪褓中婴儿红润的嘴巴。

其二:

东三里村。谁起的名字无考。中国有北京、南京、东京(洛阳)、西京(西安),故乡有东三里、西三里,没有北三里、南三里。和我们村毗邻有个东朝村,没有西朝,也没有南朝、北朝。可见村名有太多的随意性。不像给孩子起名字,劳心费神翻书查字典。

东三里是大村。古时候流传的童谣,享誉周边十里八村:

　　红公鸡,

　　绿蚂蚁,

　　吱浪浪,

　　到三里,

　　三里村里耍杂戏。

　　……

不说"唱杂戏",说"耍杂戏"。

杂剧,戏剧类别之一,始于唐,盛于宋元。著名大戏剧家王实甫、关汉卿、马致远、白朴等所著《西厢记》《窦娥冤》《汉宫秋月》《梧桐雨》……流芳百世。"杂戏"是"杂剧"别名,或者由杂剧脉生,无考。元代"杂戏"在山西尤其是晋南源远流长。《黄鹤楼》《临潼山》两部戏文,是我们村世代相传剧目。

"杂戏"只说,不唱。没有管弦丝竹,只有几面铜锣和鼓。演员念一句台词,锣鼓"咣"敲一声——只敲一声。

张飞:

　　横刀立马长坂坡——咣!

　　三声吓断雁荡桥——咣!

甘宁部将:

　　腰缠玉带南瓜蔓——咣!

　　头戴金冠西瓜皮——咣!

斗打或穿场、跑圆，锣鼓才"咣咣咣咣……"连续敲打。

"杂戏"是我们村"社火"的压轴大餐。开场锣是"闹社火"。我们村的社火，年代远，规模大，名目繁，好看。

正月十五、十六，方圆十里八村，姑家、姨家、舅家、既不沾亲也不带故，男女老少，能来的都来东三里看社火。女人出门不梳妆打扮怎么行？尤其大姑娘小媳妇，少不了涂脂抹粉。铅粉不能太厚，肤色白细的女人，涂粉似有若无为宜，嫩中见白，好看也自然。肤色黑的女人受"一白遮百丑"误导，使劲往脸上抹粉，如同泥墙，像跌进石灰窖。殷实人家女人有胭脂，多数人家使用梅红纸。双唇润湿，轻轻将梅红纸含一阵，不能越过唇线，对着镜喏喏嘴，成了，艳若桃花。不会用的，捏住梅红纸，口上乱抹，一塌糊涂，如同刚喝了羊血。

满村里灯明火亮，满世界红男绿女，有人喊鞋被踩掉了。爷爷将我骑在他脖子上看热闹。爷爷很少让我骑脖子，抱我是这样——伸出一只胳膊拦腰一掐，如同掐一个枕头或半袋子谷穗，将我绕到背后，脚和头晃荡，虽不舒服，总比让自己走强。

咚！咚！咚！后巷东门口三声铁炮响，接着是喧天锣鼓。铁炮也叫"三眼铳"，是城防或海防大炮微缩。高不过尺，惊天动地，很吓人，小孩双手捂住耳朵，或钻进大人怀抱里。紧靠东门周流家和疙瘩家有打麦场。从正月初十开始，参加闹红火的人集中到打麦场排练、踩场子。谁扮什么，谁做什么，早已安排好，我父亲扮演"二鬼摔跤"，我三爸腿不行，派去敲锣鼓。那时候不叫"导演"，称"总指挥"，习惯叫喊"头儿"。

两面护兵大锣鸣锣开道，锣鼓旗帜随后。依次是秧歌队、高跷队、跑旱船、二鬼摔跤、大头娃娃、狮子滚绣球、血故事队，最后是一条巨型火红龙灯。一路浩浩荡荡穿村过巷，每过十字路口，都要打开场地"红火"一番。时间长短，听"头儿"的。"头儿"说把"鞋提上"大家明白可以缩短。队伍两边那么多那么多人，手里擎着那么多红灯笼，映红半边天。

似乎没有人注意，有一个人弯着腰，把头低下，胳膊搌一柳条筐，筐里堆满灯捻子，人窝里挤来挤去，给灯笼换灯捻。

闹社火，尤其是耍龙灯，需用很多很多灯捻子。

如果没有这一片红灯高照，眼前会是什么景象？虽有一轮明月，到底不如华灯明艳、亮丽、喜庆、辉煌。华丽的衣着会黯然失色；狮子、龙灯、旱船……所有的红火提不起精神，宛如雨打芭蕉，一片萧索。

遂人氏钻木取火，火光普照天下。

普罗米修斯盗取火种，被钉在高加索山，用生命换来人间光明。

我爷爷用他的双手，给我们村的社火，送来灯火漫挂。

爷爷从年前就在我家打麦场着手准备，把一捆一捆高粱秆放倒，用镰刀取上边做笤帚那一节，再一一截成三寸长短，堆成一座小山。再将弹好的新棉花，挨个儿裹上去，要均匀、瓷实。过了正月初十，搭上油锅过过油，所有灯笼与一切所用的灯捻全都齐活。不让人帮忙，爷爷一个人亲手制作。奶奶抱怨，过年的新鞋全是油点子。

正月十七、十八，《黄鹤楼》《临潼山》两部大戏在大庙戏台上的开场锣鼓已敲响。台下人山人海。雕梁画栋、四角挑着风铃的大卷棚底下，摆满桌椅板凳，专供女眷们和小孩坐着或站立。小孩子看不懂，心思全在周围卖吃食的小摊：卖炒凉粉的、卖酸柿子的、卖芝麻糖的、卖豆沙糕的、捏糖人的、烧酩糟的——"呼——哒！呼——哒！呼——"突然停，接着猛推一下——"咚！"惊天爆响……年就过完了。

我爷爷重新回到"孤舟蓑笠翁,独钓寒江雪"的原有状态。

爷爷是个谜。

我是后来断断续续从祖母、母亲,以及父亲、三爸那里,听说爷爷当年在潼关当过"鸿泰馍铺"大掌柜。从我有记忆时,到爷爷去世,"潼关"二字,爷爷默缄其口,一个字也不曾提起。

潼关是爷爷人生的巅峰,也是爷爷人生谷底。

成亦潼关,败亦潼关。

"要想发家快,庄稼带买卖"这一治家格言,我的家乡普遍笃信不疑。至于"家有薄田,不理生业"警示,大多忽略。商量以后,我三爷在家侍弄桑田,我爷爷外出经商开"馍铺"。

为什么是潼关?其一,潼关是古城,始建于东汉,大唐女皇武则天,亲临潼关参与城池扩建;大清康熙皇帝来过,赞誉潼关"天下第一城"。乾隆说"畿内之险,唯潼关与山海为首"。其二,潼关地理位置好,紧邻黄河,地连三省——陕西、河南、山西。南来北往,东去西还,水路陆路,四通八达,潼关到洛阳方向还能坐火车。其三,潼关城面积占地四千亩,其中两千亩每年种小麦。假若围城,兵民坚持半年不会挨饿。有了面粉,爷爷的馍铺不会歇业。其四,潼关繁华。除了市内那条商业大街,最繁华要数东门外渡口,出城沿着东门坡到渡口,商贾如云,一路繁华:沿路两旁大大小小全是商铺、字号。开货栈的、开饭馆的、开旅店的、卖火烧的、卖醪糟的、卖油波凉粉的、卖裤带捞面的、卖腊羊肉的、修脚的、相面的、拉洋片的、说书劝善的、摆羊肉饭锅的、开杂货铺的、开京货铺的、银楼、金店、茶楼、烟馆、暗窑子……乱纷纷,男男女女,人如潮涌,三轮和自行车铃铛声、大卡车和小轿车喇叭声、小商小贩叫卖声……乱哄哄如傍晚的河边,铺天盖地秋虫鸣叫。

"稀软的油糕咧——"

"肉夹馍——"

"葱花油泼裤带面——"

这一嗓子外地人听了发蒙,吃面和裤带有什么关系呢?

黎明或傍晚,码头河面渔火跃金,桅杆林立,客船、货船集散如云。岸上,到处堆放运来的和要上船运走的:粮油、棉花、皮货、药材、布匹、咸盐、煤炭、瓷器、瓦盆瓦罐……到处是人:赶路的、候渡的、拉骆驼的、赶牛车的、骑马的、坐轿的、推独轮车的、贩驴贩马、卖儿卖女的、逃难的、要饭的、上路赶考的书生、披枷带锁西出阳关被放逐的文臣武将……如此匆匆过客,少不了进旅馆或客栈歇歇脚,去饭店或路边小摊上吃吃饭,之后进澡堂泡泡,或者去窑子逛逛什么的。

我爷爷小打小闹,带一个把式和两个伙计,"权氏馍铺"在码头东门坡开张,以蒸馍的品相、口感,尤其是诚信,很快站稳脚跟。店铺太小,又是蒸笼又是面案,晚上睡觉人挤人。嫌挤,一个伙计半夜睡到面案上,还狡辩说外人看不见。爷爷用半吊铜钱两句话,把那个伙计打发了:面案就是面案,天上三尺有神明。

晴天,站在潼关渡口,隔黄河隐隐约约能望见对面风陵渡。

风凌自古达潼城。风陵渡是黄河最大渡口。唐时设关,传说郭襄与杨过在此邂逅,留下"风流渡口初相遇,一见杨过误终身"爱情佳话。

三爸说农闲季节他和我父亲一同到潼关馍铺打杂当下手。天不亮动身,一路风尘于傍晚时分步行到永济,在莺莺塔下的西厢过夜。五更天急里慌忙赶到风陵渡口,争着抢着上了船。"日毛贼过潼关"一说,很恰当。在风陵渡坐上木船,从浩瀚凶险河面横渡过去,便是潼关渡口。父亲和三爸说,上船或下船,船都靠不了岸。

船上的人大包小包下来蹚水踩泥,水齐腰深,男人好办,女人——尤其大姑娘小媳妇,不让人家船夫们背,咋整?父亲和三爸说,船夫们身上一丝不挂,甩来甩去。

一年后,爷爷捞到第一桶金。又一年后,在潼关城大街上有了自己颇具规模的铺面,牌匾高悬,上书"鸿泰馍铺"。宽敞的门面房面朝大街,能看见里面摆放几摆宝塔一样热腾腾大蒸笼,高及屋顶。不断有挎着篮子的买蒸馍人出来进去。隔断后面是作坊,赫然摆放一张长九宽三大面案(九尺长三尺宽)。五六个伙计围着和面、揉面、剁剂子。其中一个小伙计苦练"一把准",即一把撅断一个剂子,蒸熟,上称,必须是二两,误差也只是一星半点。这叫功夫、把式。

清晨到晚上 账房里不断传来算盘响,声若珠落玉盘,或者夜雨敲芭蕉。在渡口时,我爷爷当掌柜兼记账,从我们村连请两位账房先生:一个是后巷赵朗宣小名赵毛蛋,一个是前巷薛老五。他们打算盘在我们村数一数二,银子少了请不动。

我爷爷作为大掌柜,大多时间用于应酬,和有关字号老板们喝喝茶,洗洗澡,打听打听有关行情,议论议论时局。

馍铺倒闭了!一是时局动荡,军阀混战,遍地起狼烟,生意不好做;二是经营不善,赊账太多,尤其还有两宗说是临时借用,一直未还,又不让上门去要。爷爷说不还是因为他手里没有。三是所有汇到家里的钱全花光,置办了一座新院子,剩下全进了我三爷洋烟锅里。就在这时候三爷爷闹分家,和三奶奶以及他们的孩子(我五爸、六叔),住进新院。我爷爷靠借贷维持了一段时间。资金链彻底断了。债主盈门。爷爷不得不卖掉自己的铺面房,连同一座磨坊、一头骡子与一头驴。

父亲和三爸去接的爷爷。父子三人离开潼关,只带回爷爷的铺盖、一个比枕头长也比枕头略高一点的木匣子，油漆略有斑驳，红的，里面除了账本还是账本。爷爷明白账本里钱不少，只是一堆数字。之所以要带回来，更多是当作"护身符"。爷爷深知林子大了，什么鸟都会有。

这个形同枕头的红木匣，一直放在爷爷枕头边，直到爷爷去世。

潼关是爷爷永远的痛。

回来的爷爷很抑郁，后来患上一种怪病，发作时一阵明白，一阵糊涂。从奶奶叙述里得知爷爷曾经裸奔。我怎么没见过？奶奶说：你妈还没有嫁过来。爷爷犯病我一生见过两次，一次是我四岁时，去"祖神"庙给爷爷送饭。"祖神"庙位于北城墙根，庙里供奉真武大帝和十八罗汉。爷爷问我：你这个小东西好几天不见你回来。回来路上我哭了。第二次是在距离板桥不远我家井台上，为买新式水车还是买旧式水车发生争执，新式水车结构简单，车水比旧式水车多一倍。旧式水车体态庞大，摆在井台上体面、排场。爷爷容易接受新事物，力主买新式水车。父亲力主买旧式。父子二人发生激烈争吵。父亲昏了头对爷爷放狠话："你一辈子给我留下啥了？"要不是三爸扑过去，那一天要出大事——爷爷抓起一把镰刀。

我能感觉到，父亲为他自己这一句混帐话后悔了一辈子。

那是一个春寒料峭的傍晚。我从庙头路过，听见有人叫我名字，是四爷（官名赵朗宣，小名毛蛋，曾是我爷爷在潼关的账房先生）。四爷问我你爷爷呢？在家里看书。四爷不再说什么，四爷身穿一袭长袍，伸手将头上镶着红珠子的黑缎瓜皮帽提提，继续朝前走，居然进了我家打麦场车门。进去两手空空，出来全身披挂：笼头、套项、马鞍、后袭，全是从我家大车上卸的。我急忙告诉家里人，很快传遍半条巷，全村人都知道了。那个四爷对人讲，我爷爷在潼关欠他一个月工钱二十块银洋没领。欠钱不还是极其不光彩的事。我们全家、全族人都很着急，跑来问爷爷到底怎么回事。爷爷很淡定，吩咐三爸：去叫你朗宣叔到家里来商量一下。一面吩咐我父亲：把我枕头旁边那个红匣子取来。当着赵朗宣的面，爷爷说：打开。全是旧时商界通用账本，里外生宣纸，藏蓝封面，里边纵横交错朱红表格，毛笔正楷：年月日，谁谁，欠洋若干。谁谁，支取大洋若干。爷爷翻出一个账本，又翻出一个账本，并指着其中两个名字，爷爷问赵朗宣，先看看字是不是你写的？回答说是。似乎头皮有点紧。爷爷说你再仔细看看两个名字下面的字，赵朗宣擦额头上细汗，坐不住，二话没说，起来就走了。原来二十块银圆他早拿走。另外一笔三十元是他借走一直没还。屋里人愤怒了，五爸挽袖子，示意我六叔、三爸、四爸：走，打狗日的！我爷爷：都给我坐下！五虎上将们很不服气。那个四爷请村里最具威望的赵先生出面说和。赵先生对我爷爷说对方是穷疯了：看在我的面上，明天上午让他在巷里摆一桌酒席，我要他当着全村人给你赔不是，拿走的东西一件不少，从哪里拿让他本人送回那里。

　　我爷爷笑笑：酒席就免了，东西也不必本人送，让他孩子送来即可，毕竟上岁数了，颜面要紧。

　　家里人问那借走的三十块银圆。

　　爷爷说：勾了！

　　我爷爷又说：他们家还不起。

　　我爷爷还说：不能传代。

　　村里人都说我爷爷心肠太软。

　　爷爷的刚性。

　　汪曾祺在他的文章里，说老北京城像一个豆腐块。

我们村就很像豆腐块，方方正正包围在厚重土城墙内。原本是村庄，叫城墙、城门，觉得怪。东西并列两条主巷道，分别称前巷、后巷。前后巷各有一座东城门和一座西城门，砖石结构。两座西城门建有城门楼和垛堞。前巷的城门楼顶再竖起一个小阁楼。太平盛世，站立阁楼瞭望田野风光；遇到乱世，可站岗放哨，有风吹草动，即可使用暗号通报——家家都有地窖子避难、躲土匪、躲抓壮丁、躲日本鬼子和强盗。

我记忆中，后巷的东城门楼和西城门楼，早已残缺不全。前巷的西城门楼，侥幸躲过了战争炮火，到了没有躲过"文革"毁灭。比之前巷，西城门楼，毁灭更早、更彻底。前巷东城门楼，连同文昌阁毁于东洋鬼子。

后巷西城门外，通往板桥有条小路。离城门不远小路旁有座庙，就是新建两年不到的文昌阁，青砖，灰瓦，石板台阶。庙门悬挂蓝底金字牌匾，上书：文昌如意。前后两个殿，前献殿与后正殿，供奉文昌帝君。两殿相接，歇山顶，房檐对房檐，童年的我，常和小伙伴进去玩，脱了鞋在砖铺地板上玩捉迷藏。细雨中，听庙里屋檐流水滴答……

三伏天，我爷爷经常腋下夹一卷绽了边的凉席，走进文昌阁。凉席铺在献殿的砖地上，"四蹄"朝天，过堂风徐徐清凉。

在我记忆中，每年正月初一，天色朦胧，我爷爷洗手净面，到摆有香炉水烛供桌前，给祖宗牌位敬香叩拜。然后直接走出城门，首先到文昌阁敬香，而后回到村里各庙堂朝拜众神。也许爷爷心里想，他这一辈子只能寄希望于子孙后代了，理当翘首，祈求文昌大帝护佑子孙，学而有成，前程无量。

闹日本。村里贴出告示。一张告示贴在后巷"张飞行宫"外墙壁，一张告示贴在前巷"关公行宫"门前画有"古城会"壁画的木板门上。

日本人要在村里盖炮楼,比城墙要高许多。站在炮楼顶,能瞭望周围十里以外。日本人命令马上动手,把前巷东城门楼和后巷西门外文昌阁统统拆了。拆下的砖和石头,全部送到前巷东门口,胆敢滋事违抗命令者,一律砍头示众——意思要把头砍下来挂在树上。

全村人心惶惶!

从早晨到黄昏,不断有村民成群结伙站在西门外,目睹好端端文昌阁在斧砍镬刨的残忍中,成了一片瓦砾。人群里站着我爷爷。一样的脸色阴沉。

一张学生写仿用的白麻纸,白纸黑字,用浓墨写着四句话——

　　煌煌文昌庙,
　　普惠众生安。
　　何以要拆庙,
　　日本人要用砖。

这不应当是"没头帖子"。"没头帖子"没有落款。这里有。白底黑字赫然书写:权鸿泰。

这个不是"没头帖子"的"帖子",就贴在"告示"旁边,颇具挑衅意味。

很平常的四句话。傻子也会明白,表面的平淡无奇,在宣泄心底的愤怒,是讥讽与无言的抗争。

口口相传,传达着全村人的共鸣。

日寇的残忍与兽性,家喻户晓。

想必是我爷爷已经做好了最坏的准备。

……

悠悠岁月,七十多年过去,感谢故乡父老乡亲,没有忘记我爷爷，曾经的四句顺口溜，在村里已经流传多半个世纪。时至今日，依然还有人记得：

  煌煌文昌庙，
  普惠众生安。
  何以要拆庙，
  日本人要用砖。

2019 年春写于深圳

祖　母

有一种说法叫"春来鸭先知"。我的故乡不养鸭,先知是"地儿菜",学名"蒲公英"的野菜。野菜有别于野草,野菜可入肴馔。野草宜薪火、喂牛,比如狗尾巴草、谷英。小时候有一台《梁秋燕》的眉户剧,唱红了秦晋:"春风儿吹来天呀么天气暖,秋燕我手提篮子把菜剜。"早春时节的故乡,一点都不暖和。田野里春寒料峭,冷风卷地,双手捂住耳朵,一张一合间"呜——哇——"冷风削耳。祖母头上包一块蓝道道粗布手巾。她将手巾的对角从脸上拉下来咬住,额上一绺头发没有包严实,随风掀动。祖母是小脚,风里站不稳当。幼年时,每年早春时节,随祖母到地里挖"地儿菜"。地儿菜叶脉细长,两边锯齿形,灰头土脸,呈放射状铺在麦田的垄背和大田。若黎明时洒一阵细雨,另是一番景象,一片片肥厚的翠绿,鲜嫩得让人心颤。祖母视力不济,小孩子眼尖,这是祖母带我出来的原因之一。我像一只快乐的麻雀,拿着小铲子,跑来跑去。祖母教会我要连根挖。菜叶中心撑起一朵明艳的小黄花,那么嫩。我叫它鸡蛋花。吊一桶井水上来,将地儿菜淘洗干净,下锅。黄澄澄的米汤碗里,飘新鲜地儿菜,红嘴绿身,一若翠衣鹦鹉。地儿菜切碎,调上盐、醋、辣椒，入口别有一番鲜美清香味道。祖母把所有野菜统统归属于粮食范畴：油勺儿、灰条、苦菜、甜苣、茵陈以及露出地面不久的苜蓿芽儿。洋槐花就要开了，榆钱儿成堆成串儿挂满树枝。转眼间，夏日炎炎，紫红色苜蓿花一大片一大片风中摇曳。

祖母时常重复老辈们的话："吃不穷，穿不穷，计划不到一辈子穷。"祖母娘家祖居乔阳村，幼年时跟随祖母去过，依稀记得木雕砖砌门楼，青石板台阶，四方纹饰门墩。我母亲和我三妈说祖母姓王名灵芝。王家是大户，家道中落，仍不失为殷实之家。祖母虽不识字，自幼受父母言传身教，懂得"汗滴禾下土，粒粒皆辛苦"，知道"晨起早，夜眠迟"……

有个词叫"警钟长鸣"，祖母"勤俭之道"是否与我家门前那座牌楼有关联？

后巷老东头赵家，名门望族。大旱灾年，捐一百石小麦，协助朝廷赈灾。皇恩浩荡，赐建牌楼一座，以表彰其功德。有人说成牌坊。其实，牌楼有别于牌坊。前巷的大东巷和小西巷各有一座彩绘木牌坊。庄稼人眼里，牌楼和牌坊差不多，混淆称谓。牌坊远不及牌楼华贵、排场，牌坊只有两根柱子，中间夹一道横梁牌匾。我家门前牌楼是六根红漆木柱。牌楼有楼（屋顶）、斗拱，琉璃瓦、垂花门，牌坊没有。牌楼耸立在路边两座相对称的高台上（底座），白灰勾线，砖石切就。台高六尺，台面长九宽八，气势恢宏的牌楼高耸其上。这是一座三间四柱门洞式建筑。巷道里的小朋友经常攀爬到牌楼上玩藏猫猫（捉迷藏）。我素来胆小，骑在一根木梁上，试着往下望——那么高！头皮发紧，抱住一个斗拱不松手，再往下望，一大片灰瓦连着一大片灰瓦。"衡门之下，可以栖迟"，我们家紧挨牌楼——确切讲牌楼紧挨着我们家。我们家是老宅，牌楼后建。望不见我家院内情景，能听见祖母或母亲正在"唧唧复唧唧，木兰当户织"。街门一砖到顶，外墙泥白灰，沉重的木门排列大铆钉，一体用桐油裹成墨色。门前两棵老槐，隔壁是四妈家，四妈走出二门，抱了一捆玉茭秆，闭门声轻轻的。斜对门是老木匠家，能望见院内西墙根水井、井台上的辘轳架。井台旁边，万紫千红一大片（钑钑）花，也称单蓠花。驼背的老木匠光着上身，骑在一条凳子上，刨一个木件，刨花翩翩起舞。远处，三头驴拉一辆大车从西城门进来，车上捋起山一样刚收割的麦捆。赶车人扬起鞭子，凌空挽一个花，巷道里"啪啪！"脆响。牲灵的蹄子在牌楼门洞青石路上纷乱地敲打，向巷的东头驶去。

我上过两次牌楼，第二次胆略大些。但也不像其他小朋友，在三个楼廊里钻来钻去。他们也只是在楼内。往上是楼顶，五脊殿式，一条正脊，四条垂脊，清一色深蓝琉璃瓦。脊上安放脊兽，阳光下熠熠生辉。这是一座五彩牌楼。两边垂花门绘有蝙蝠、龟、牡丹等，正楼门洞上端，悬挂彩绘大牌匾。藏蓝铺地，赫然托出四个描金大字："尚义敦仁"。非乡绅、官宦所书。落款"敕封"。上有大清光绪皇帝玉玺。连续三年大旱，寸草不生，树皮全啃光，饿殍处处，路人走着走着，倒下再也没起来。听老辈们讲，三里庄——我们村名叫"东三里村"——是衍生，血脉相连，繁衍近十几户人家，坐落西门外的崖地上，抬脚就到。鸡鸣，狗叫，炊烟……一场大旱，三里庄无一人生还。小时候跟随祖母去郭村我大姑家，走小路从三里庄遗址穿越，残垣处处，很苍凉，断墙根风卷枯叶沙沙作响，令人毛骨悚然……

朝廷表彰赵家，同时昭示臣民"丰年莫忘灾年忧患"。牌楼的正楼四角悬挂四个风铃，生铁铸就。一丝轻风，"丁零！丁零！"清脆悦耳，常年不绝有声。悦耳的叮铃声常常会让祖母陷入沉思，想什么呢？只有祖母自己知道。

潼关生意倒闭后，债主涌上门，三祖父吵着闹分家，带着三祖母和儿女们搬到新院里，债务留给了祖父、祖母。刚要兴旺的家业彻底败落。爷爷神情恍惚，千斤重担落在祖母身上。南屋拆了，一头骡子两头毛驴卖了。耕地、种麦、浇园，磨面只能靠人力。

早春，河开雁来，"七九加一九，耕牛遍地走"。春阳下，犁铧插进泥土，然后才有"清明前后，点瓜种豆"，才有"春种一粒籽，秋收万颗粟"。父亲和他的弟弟（我三爸），扛着犁杖来到我家地头，远远看见两个小脚女人出了村在土路上步履姗姗。弟兄两人认出，一个是我祖母，一个是我母亲。我父亲和我三爸抱怨：不让来不让来，怎么就来了？祖母知道儿子疼她。祖母脸上只是堆着笑。祖母给我母亲讲，人没有受不了的苦，只有享不了的福。皇后娘娘三寸金莲，太平年一步三摆柳，乱世遇强人，不比谁跑得慢。

祖母和她的孩子们拉犁耕耘的画面，深深印在我童年的记忆。曾经看过俄国著名画家列宾的一幅油画《伏尔加河上的纤夫》，气势恢宏，很震撼。类似题材，也曾看过几幅画作，《黄河上的纤夫》《松花江上的纤夫》《扬子江上的纤夫》，都会联想到我祖母和她的孩子们拉犁耕耘、种麦场面。父亲扶犁拐，把握方向和深浅，类似舵手。父亲说"走着"，三根绳索立即绷直。三爸拉中间一条绳索，祖母和我母亲一左、一右拉边套。各自将身子竭力前倾，一步一步艰难跋涉，几近匍匐状态，就像列宾笔下的纤夫，前倾到双手托地。一幅画作，只能截取生活断面。列宾的《伏尔加河上的纤夫》所表达的是苦难、绝望和对沙皇的诅咒与抗争。

纤夫的生活应当是多姿多彩。

著名作家沈从文长篇小说《边城》里的纤夫们，赤裸的身体，背负着绳索，一步一叩首，在岸边岩石上艰难爬涉，因为疲惫、沮丧，脸也拉长许多。忽然就抬起头，朝对岸大声号叫一嗓子：吆——嗥嗥……日落黄昏，行船靠岸。纤夫们一个比一个精神。——岸边吊脚楼里有他们相好的女人。

劳苦大众懂得豁达，懂得苦中找乐。

运娃叔与我家同宗，两家土地毗连，他赶一头牛（一头动作很迟缓、很老迈的牛）耕地。都累了，人累了，牛也累了。人和牛，脸呈哭丧相，黑着。我祖母表情依然亮堂。虽然腰弯如弓，衣衫湿透，汗水顺着鼻尖不断滴进田土。同样的还有我的父亲、母亲、三爸，也许有过短暂的苦闷与沮丧，但很快又亮堂起来。运娃叔突然来精神，大声号了一嗓子：

手持那个犁拐子，鞭打那个牛；
老子那个不动弹，你吃那个球！

这样的情绪很容易受感染。我三爸嗓门也痒。他唱《张连卖布》的夫妻对唱——

我问你，你把咱家的老母鸡，卖的为了啥？
我嫌它下蛋时呱里呱嗒。
我问你，你把咱家的大花猫，卖的为了啥？
我嫌它吃老鼠不吃尾巴。

我祖母会心地笑。父亲问我祖母：妈乏了吧，乏了就歇歇。祖母撩起袄襟擦脸上汗水，将额头耷拉下来的一绺湿头发，搭在耳朵上说，再犁两个来回。

几只红嘴鸦落在新翻的泥土上。诗曰"泥土的芳香"。谁的句子？我怎么闻不见？我赞同"啊！大地，我的母亲"。土地养育万物。未来在希望的田野。

我家土地印满了祖母一双小脚。

出村不远,涑水河湾处有祖传三亩水浇地。三亩地中段有高出地面的二尺有余圆形大井台,周围林木环绕,桃、杏、梨、槐、椿(香椿)、梧桐、老槐,兼及花椒、薄荷、茴香等乔灌木。临近井台建一屋舍,曰庵。黄土砌墙,屋顶铺灰瓦,屋内有土炕,可避风雨,置放农具。我祖父偶尔来这里居住。春日,桃花红、梨花白、杏花粉、梧桐艳紫。夏日,树木绿透,一派葱茏,引莺啼,燕舞,蝴蝶翻飞。祖母很喜欢到这里来,春天看花,夏天看果子,或者摘一把花椒叶,掐一把小茴香,回去摊煎饼,或者闲来无事,只是转转,看看。三伏天,比之村里老屋,井台堪称避暑胜地,祖母从井台边伸手摘几片薄荷叶,在水道一摊清澈的积水里攒了攒,一片片水灵灵的翠绿,分别贴于额头和面颊,麻凉的舒坦,立沁心脾。伸手拽一柄梧桐叶,叶阔如伞盖,举在头顶遮阳。烈日炎炎,走进庄稼地里。玉米已半人高,绿油油的叶脉很茁壮。谷子刚浇过,好像见风就长。韭菜田里似乎有点绿瘦。有道"六月韭,驴不瞅",过了六月就好了。倒是临近井台的几畦菜蔬,茄子啦、芹菜啦、青椒啦,格外精神,水道的埝上种几苗指甲草(凤仙花),红艳艳开得很绚丽。蝉躲在梧桐树上不厌其烦地"知了——知了——"。高高的桑树上满是桑葚,绿的、半绿的、黄的、粉的、浅红的、深红的、黑紫。一只喜鹊落在桑树上。祖母望着喜鹊在枝丫上跳来跳去,喜鹊很在行,知道什么颜色的最好吃,专挑黑紫。它不小心——啪!一粒紫黑桑葚掉在地上,祖母满脸菊花笑。祖母知道,桑树下面不断会有黑紫桑葚掉落下来。

井台中央有口井,很大,井口直径六尺。曾经,井口坐一台庞然大物——老式水车,牛或驴被捂上眼罩,拉着绳索转圈,木头水车"吱吱呀呀"吟唱古老歌谣。其原理不过是力学转换,一个木轮拨动另一个木轮,用铁管穿连成的木斗,绵延不绝从井里将水提上来,倒进木槽,水道里流水潺潺,灌溉庄田。

而今只能靠人力用摇辘轳把地浇。木头水车换成了木头辘轳架(方言是"井马"),一个粗壮的四方木桩,下方对称安装四条木腿,置于井口,上方对称安装四根木抽。要浇地时,木轴插进井辘轳,辘轳上缠带有牛毛的绳索,绳索尽头是带搭扣的铁钩,勾住柳罐的提梁。柳罐系专用盛水器具,柳条脱皮编制而成,比一般水桶大许多,圆口尖底,挨地就倒,足见古人的聪明智慧。搬辘轳把浇地是最繁重的活计。那时候我父亲和我三爸年轻力壮,正当盛年。但也很少一个人搬井辘轳,水细一线,流不到畦里就渗完。所以每次浇地兄弟两个人搬辘轳把。两年后,三爸成亲,我三妈芳龄十九。谁家新嫁娘拜堂不出一个月,自愿下地干活,而且是重活——和男子汉一起上井台搬井辘轳!这样的媳妇,村子里仅有,引众口钦羡不已。祖母更显得称心如意,叮咛刚过门的儿媳妇:"你悠着点,乏了就把辘轳停下来歇歇,别努(累)着!"庄户人家添人进口是为大喜。祖母有了两个儿媳妇,大儿媳妇(我母亲)小脚,宜家:下厨、纺织、针线、刺绣。二儿媳妇"解放脚",力气活不让须眉。当家理事的祖母信心倍增。眼前的路虽依然艰辛,而家道的复兴更有了指望。曾经有过超负荷运转。井马上同时装了四个辘轳,父亲、三爸、三妈、六叔(堂叔),双手各抓一个辘轳把,四个人身板俯仰臂膀的起落,那样地协同一致,包括辘轳的响声:"唝——呱!唝——呱!"四个柳罐同时提升到井口,井水四溢,叮叮咚咚嘀回井里。抓住柳罐提梁,用力一斜,"哗——"井水澎湃汹涌。手离开辘轳把,任其柳罐自由往井底坠落,"哗啦啦啦……"即将触及水面,一只手搭住辘轳及时刹车，避免柳罐底撞击水面。悠长而热闹的"哗啦啦啦"回荡在河湾的原野里。

祖母的任务是"看水"，又称"回畦"，学名曰"畦灌"——把田地用土埂分成一小块一小块，引水灌之。通常情况是父亲和三爸两个人搬辘轳把，祖母手持铁锹，顺着水道忙来忙去还应付得了。而今四个人搬辘轳把，水道里流水陡增一倍，几欲溢出，打着漩涡儿，淙淙有声，冷不丁这里那里决开一个口子，祖母手忙脚乱，颠着一双小脚，用铁锹挖土堵漏。转眼就灌满一畦，赶忙封住进水口，让水进入另一畦，如此重复劳作，井台渐行渐远。一轮红日西沉。井台上的辘轳声似乎宁息了，不大一阵复有响起。一定是乏了，停下来歇了歇。好像是六叔的声音："日头压了山，短工撒了欢。""哼——呱！哼——呱！"辘轳的频率显然加快。水道里流水欢歌。天上一弯新月。月光下祖母在玉米田里穿梭，拿着锹，一双小脚泥里水里……

绿豆不是一次性收获，不像桃、杏，开花一次。绿豆开花拖泥带水，从夏到秋花开花落。绿豆角不断地生出，不断地由翠绿到微黄，到酱紫，到全身墨色。三伏天骄阳似火，不及时收获，熟了的绿豆角就会自动炸裂，新鲜的豆粒，四处乱溅，豆蔓下，草丛中，泥土的隙缝里，祖母耐心地将散落的豆子捡起来，先是蹲着，然后跪着，然后不得不坐在地上，一粒又一粒。祖母珍惜每一粒粮食，让孩子从小养成爱惜粮食的习惯：看你碗里可惜吗？把饭吃干净！或者不小心馒头掉落地面，沾了土，祖母会劝我捡起来，如若犹豫，祖母说：不能作孽！一边火急火燎将地上的馒头捡起，在嘴上吹吹，放回自己口里咽下，还说"不干不净，吃了没病"。祖母说往年遭饥荒，树皮草根都啃光了，再没有啃的了就啃观音土（史有记载，灾民靠观音土充饥，有果腹效用，但没营养。少吃不致命。

腹胀，排便难乎其难）。

"不干不净，吃了没病"体现祖先对土地的特殊情感和对岁月煎熬的清醒，后人没有理由不理解。长辈的教诲，后人没有理由不尊重。土，未必不能吃。

西崖上四亩旱地轮番种麦，种谷，种棉花。摘棉花遍地堆雪，不经意发现枝杈间，露出几枚红枣，鲜亮如灯笼照耀。几棵高不盈尺的小枣树，自生自长在东南角离坟茔不远处，参差不齐站立一排，祖母惊喜，吩咐要小心留着。枣树不娇贵，没留神枝繁叶茂一人高了，枣树好像不喜欢凑热闹，春暖花开，正是群芳争奇斗艳时候。枣树无意争春，到花飞花谢的初夏，悄然绽放，满树略带淡绿的小黄花，弥漫淡淡幽香，蜜蜂飞来飞去。诗人曰"入夏发绿枝，小满枣花开""正是晴和好时节，枣芽初长麦正肥"。

枣为果中佳品。从七月十五枣圈眼（枣屁股红一圈），到八月中秋通体红透。清晨，或者雨后，随意从树枝上摘几颗挂着露珠的枣儿，入口香甜清脆。大枣可作"药引子"，中医药方后面常写有"大枣几枚"。女人"坐月子"离不了大枣熬米汤，——补血，催奶。枣花蜂蜜为上品，益气、健脾、滋润心肺。祖母更看重枣能替代粮食。出门走远路不用带馍，袄布袋装一把枣就不会饿。文天祥诗句："桑枣人家近，蓬蒿客路长"。如遇大旱之年，枣可救灾，韩非子记载秦时遇荒年以枣救济灾民的故事。小时候，枣是我不可或缺的零食。胡同上面横几根木椽，椽上铺芦席，席上那么多红枣。上学时，瞅机会用竹竿戳个窟窿，啪啪啦啦红枣在地上滚，大人看见不说，只是笑笑。红枣能生吃，能熟吃，能蒸，能煮，能放进灶火烤着吃，腌制酒枣，端午节用来包粽子、蒸晋糕，过年蒸枣馍、蒸枣糕、蒸枣山。如果这顿饭不是米、面、馍，只有枣。而且是没有熟的青枣，管饱吃，你能吃否？如果连续两顿、三顿，你能吃否？秋后，经霜打过即将拔蔓的茄蛋子，同样，除了茄子也只有茄子，不是油焖，不是红烧，不是炸茄盒，不是肉馅茄子盒，是白水煮茄子，管饱吃，你能吃否？记得小时候我们家吃过。各自端着碗，满脸的阴沉与愁楚。祖母背过身去，撩起袄襟擦把泪水。

当家方知柴米贵啊！

祖母说过，光景难免遇到青黄不接，只要饿不死人，咬咬牙就挺过去了。祖母是个很会持家的人，知道粮食是家庭命脉，不到要饿死人地步，绝不能让粮仓底儿朝天。古人治家格言："农忙吃饱，农闲吃少。"祖母主张正常年景"农闲吃饱，农忙吃饱、吃好"。祖母的主张有道理。牛，晚上闲着没事干，还得好草好料伺候。人也一样，冬月农闲，玉米窝头起码得填饱肚子，隔三岔五少不了吃顿白面旗子、葱花烙饼什么的。肚子饱了心情就好，来春也有力气下田。

祖母一生，奉己甚俭，一辈子没去过县城，只去过我大姑家、我二姑家、我老姑家、我老姨家。至远不过三地。老姨是祖母亲姐姐，祖母最常去的是老姨家，半里之遥，凡去必带我。老姨家院落旁边有个园子。园里有水井，井台边有几棵大枣树，脆枣，落地碎。老姨扶我树上摘枣儿，我一面摘一面往嘴里塞枣儿。祖母扬起脖颈用细长竹竿站在地上挑。祖母一辈子不游集赶会，倒是每年正月二十五，高头村（仅一里多点）一年一度古庙会，庙会上闹社火，祖母偕同全家人去看热闹。人山人海，各种卖吃食的摊子：羊肉泡、炸油饼、炸油糕、打烧饼、煮麻花、热晋糕、烧醪糟……祖母舍不得花钱，只吃一碗油爆凉粉就很满足。我们村大庙里偶尔也唱戏，戏台底下也有油爆凉粉卖。一年唱三五台戏，能想见祖母一年只是几碗凉粉而已。创业时倒也罢了，而今最艰难的日子已经过去。买房、置地、槽头又拴骡又拴牛，下地有大车、出门走亲戚坐蓝布车围轿车、河湾里两个井台坐两架水车。巷里人对祖母这么说：成财富婆婆了，身上的行头早该换换了。祖母不以为然笑笑。祖母一辈子土布裹身，只有一件堪称丝绸的上衣，胸前打一块大补丁。——色调很搭配，针工也精细，反而增添一种特殊审美味道。亲戚家娶媳妇、嫁女、过满月、祝寿，祖母才将这件"新衣"取出来，穿在身上。应酬回来脱下，叠好。过年时候例外，从大年三十一直穿到正月二十五。从我有记忆时，一直到祖母去世。

祖母一年四季有做不完的活：带领两个儿媳妇起早贪黑，黎明，月下，纺线、织布、浆染、裁剪、飞针走线。祖母下得厨房上得厅堂，更有左邻右舍大姑娘小媳妇钦羡不已的女红，除纺纱、织布、剪裁，且工于刺绣。祖母的针线簸箩里，除了针线、顶针、锥子、剪子和五彩丝线外，还有厚厚一本书，书页里夹满花、鸟、鱼、虫各式各样的花样儿。"衣画而裳绣"是古时候章服制度。身为新媳妇的祖母，头一年给婆母做了一双绣花鞋，黑底、绿叶，象征大福大贵的红牡丹。给公公绣了一个烟荷包，图案一面是仙鹤一面是鹿，栩栩如生。给我祖父绣了一双鞋垫，图案是鸳鸯戏水。祖母的两个女儿——我大姑和我二姑，打小时候起，绣花鞋没断过。长大后两个姑姑都学会了刺绣。二姑的名字叫葡萄。大姑的名字记不起来了。大姑走时我还很小。礼制上讲，祖母的小叔子（我三爷）不能享用他嫂嫂艺技，但平时的穿戴，尤其过年时，我三爷里里外外的新衣服，同样出自他嫂嫂的一针一线。直到我三祖母娶过来为止。

自打我母亲嫁过来，祖母将刺绣的活计给了我母亲。祖母说我母亲比她绣得好。祖母几乎没有闲的时候。我三岁时，祖母买了一头刚断奶的小黑猪。月余，日本人进了村，纵容军犬咬断小猪一条腿。祖母精心包扎、伺候。到了还是死在祖母怀里。新中国成立后，祖母又买了一头小猪，她把小猪当宠物养，祖母走到哪儿，小猪跟到哪儿，甚至抢在祖母前头，扑通躺下，让祖母用瓦片或柴棍替它挠痒痒。长大要出栏卖掉了，死活拉不走，呼天抢地惨烈的尖叫声，让祖母一把鼻涕一把泪。从那以后祖母再不养猪。养鸡，选种蛋祖母很在行。油灯点亮，合住一只眼，将鸡蛋一颗一颗对着照。选二十一颗，保证"全苗"。最多时家里有两只红公鸡，二十多只老母鸡，一天最少收十七八颗鸡蛋，甚至二十多颗。拿到杂货铺换洋火、洋碱（肥皂）和醋。待客，送礼（当礼品），母鸡是祖母的金库。腌咸菜，做泡菜，做米醋，做黑酱：原料是馊了的馒头，长出白毛或少许绿毛。掰碎，晒干后置于陶瓷盆，用开水浸泡至饱和，放入调和面和食盐（成败在于盐的量），用筷子搅拌成糨糊状。烈日下放在窗台上暴晒。祖母一天搅拌数次。祖母说必须顺着一个方向，不能乱搅和更不能淋雨。出了门也时时记挂着，看见天气不对，紧上紧跑回家把酱盆端进家里。晒够月余，黑中透红的黑酱放进瓷罐。炒菜挑一筷子，放入油锅——刺啦，香气四溢。酱加少许水，可当酱油使用。

  祖母的发家致富梦是从农业合作化破灭的。我父亲在村公所一间地上铺着麦秸的屋子里，关了七天以后"自愿"入社了。除了房屋、土地、牲畜、农具、水车、大车等等全部归农业合作社所有。祖母以泪洗面。有人劝祖母：这样也好。祖母渐渐也想开了，但精神状态大不如从前。

  一年后，祖母病倒了，又吃药又打针，一连数日水米不进。西医用听诊器认真听了听，老中医很仔细把了脉搏，爱莫能助阴沉着脸色，说准备后事吧！顿时，家里乱成一片，我三爷、三奶奶、我四爸、四妈、我五叔、六叔、五婶、六婶，以及左邻右舍都来了。屋里院里乱纷纷到处是人。女人们忙着扯孝布，我母亲和我三妈哭红了双眼,搬出一匹白布,再搬出一匹白布。满世界令人窒息的缟素。我父亲、我三爸满脸泪水,哽咽着和我三爷商量派人各处报丧。三爷说,人还不曾落气。不急!又煎熬了两天,谁也没想不到,祖母居然活过来了,就像刚睡醒眨了眨眼。全都围上去,紧紧望着祖母,哭呢?笑呢?有时候笑出的泪水比哭时的泪水还要汹涌。祖母病后,我从学校请假回来,白天黑夜守候在祖母身边。我没有哭,我只是怕——害怕失去什么(当时我在距家十五里的牛肚镇县立第二高级小学就读)。一天,祖母对我说她想去茅房,我扶着柔弱的祖母。祖母重新躺在炕上,气色好多了。祖母说:"学(祖母对我的爱称),我说我不能死嘛!"祖母说她觉着自己病重得快要不行的时候,急忙提醒自己:你可不能死!你身边的事情还没有办完啊!祖母没有说什么事情没有办完。直到我在康杰中学初中快要毕业的一个星期天,祖母郑重其事单独对我讲:有一笔旧账。潼关生意烂账后,我手里借过赵家家庙老婆婆三十块银圆。当时还不起。原本指望你爸、你三爸手里能还上,谁能料到,光景刚有了起色,世道又变了,所有家业全充了公。我只能指望孙儿你了。祖母说罢望着我。我抬起头望着祖母,我使劲点点头,再使劲点点头。意思是告诉祖母:孙儿我记住了。直到三十年后,我总算有了能力,完成了祖母生前付托。遗憾的是,太迟了!记得1985年清明节前后,我和妻子偕同儿女回到临猗老家。我告诉两个弟弟(堂弟)和弟媳妇,这次回家主要是完成祖母生前嘱托。弟妹们说:难了!人早都不在了,老太太无后,找谁去?老太太仙逝早在意料之中。记得老太太有一个女儿,小时候见过,姓赵名风流,我叫她姑姑。老太太的女婿就是南医生。南医生的名字叫南兆耀。弟妹们说:"都去世了!"我们驱车来到南岳村。年轻人不知道南医生是谁?老点的知道已过世的赵风流。顺藤摸瓜,我们找到风流姑姑的孙子。我详细告诉他我的来意。他就笑：小时候隐隐约约记得我奶好像提说过，啊呀！都哪朝哪代的事了！"父债子还，天经地义"，我是孙辈，身负双重义务。你必须成全我。我以高于当时两倍市价，将三十块银圆折合成人民币。他硬是不要：算了吧，算了吧！我再三恳请，方才接住。双方握手致谢。

祖母出生于清光绪（德宗）十四年戊子，即1888年五月初八。1964年八月二十六仙逝。当时我远在千里之外的石楼县城。雨中，我和妻子跳上一辆通往临汾的大卡车，风雨兼程，因为泥泞路滑，摇了一天。到了交口，在一间几乎废弃的屋子里将就一夜，所有糊在窗户上的纸全都破碎，秋风裹着秋雨往屋里灌。第二天到临汾，连夜乘火车，黎明赶到运城汽车站，搭乘通往临猗的班车，中途路过楚侯，急忙跳下车，心急只嫌路途远，恨不能脚底生风。不足五里路程，觉得那么遥远。我们赶回家时，祖母已经安葬。我母亲、我三妈哭着告诉我说，祖母临终之前，即将进入弥留时刻，一声接一声呼唤我的名字"学——学——"

祖母是带着遗憾离开这个世界的。我跪在祖母灵前，很想大哭一场。不知为什么，我眼里没有泪，一滴泪都没有。有谁说过，人在哀伤过度时候，往往眼里不会流泪。我呢？也许我认为祖母并没有离开我，而且从来也不曾离开过我。在以后漫长的日子里，我常常想到祖母，特别是一个人的时候，止不住以泪洗面……

谨以此文，纪念我深深爱戴的祖母！

爱 妻

记得婚后不久的一个夜晚,仍点着明亮的灯,妻子静静地枕着甜蜜,一双发亮的眼睛很仔细地在我脸上读。我傻笑,仿效妻作为,也仔细在她脸上读。

尘世间原本有好些都不易弄懂。

妻在绛州城内,我在临猗乡下。那样辽远地天各一方,居然奇妙地到了一处,许终身,结良缘,衔草筑窝,生儿育女。泱泱世界,男如云,女如云,一根红线偏将我俩拴在一起,若非命里注定,有谁能说出个中玄妙?

妻子小我三岁,直到她女大一十八,我才知道还有这样一个姑娘和我一同生活在这世界上。

时下人们常说"机遇",大概爱情也如此。

我常想,假若不成立晋南文工团,我可能就不会结缘于她,她也不会结缘于我。1958年的夏日,晋南文工团招收第一批学员,一共八个男生五个女生。她是最后一个报到。那一天我看罢电影归来,路过排练厅,发现偌大一个屋宇内,临窗亭亭玉立着一位陌生女子,身材苗条修长,两条长辫泉水般从背后流淌下来,直达腰际,辫梢处系两朵白色丝绸蝴蝶结。她白而清秀的脸庞，鼻端微翘，丹凤眼，顾盼有神，文静，幽雅，矜持而平和，略现大家闺秀气质，有如雪地里一束蜡梅，冷艳，绚丽。

她有一副金嗓子，正面对窗外一树绿叶，试唱一首歌剧选曲。吴鸣在一旁用管乐长笛伴奏。

清凌凌的水
蓝格莹莹的天
......

标准女高音，嘹亮，悦耳，甜美，音域辽阔。她的到来使文工团同人很振奋，为文工团前途寄予厚望。她不负众望，扮演歌剧《红霞》女主角"红霞"姑娘首战告捷。我在剧中扮演一匪兵（负伤的兵）。在运城公演，我私自改装，用纱布缠住脸，仅露出两只眼睛。演出结束，舞台下的我父亲问：不是说有你吗，怎么看了一黑夜没有看见你？

那时我想也没想过，两年多以后，她会成为我的妻。不是不懂爱，一不许可，二顾不上，全是五十年代的中学生，刚刚走出校门，志愿博大，想在事业上成龙变虎。建团伊始，团长板着铁脸，庄严地宣布一条戒律：三年之内，任何人不准谈情说爱。五十年代的纪律是"铁"字号，谁敢违抗？足有两年零五个月，团里风平浪静，没人敢逾越雷池半步。

毕竟"春光关不住"，铁的纪律到底遏制不住青春的泛滥。

我在心底确定了爱情目标——她。

当时何止我一人想追她。

既然大自然赋予男性是进攻型，当然就由我打主动。求爱的方式也极简单：笔记本上撕下一页印着蓝道道的纸片，草草写上几个朦胧的求爱字，团成一颗蛋，差不多在手心捏一天，直到日落黄昏才鼓足勇气，昏头脑胀放在她面前，脸一红，贼似的奔逃。我一夜未眠，早饭也没敢出来吃。她似乎也没睡，我能听见隔壁女生宿舍她一夜的咳嗽声，显然她在做灵魂搏斗。我提心吊胆等候消息，左右等不来，心里直擂鼓，懊悔不该冒冒失失干下一桩蠢事。突然意识到两人门户原是极不相当，她出身市民，我出身农家。

我几乎不抱任何希望。

中午十二点左右，她雾一般来，雾一样地去，文静而安详，一句话没说，一个字没留，留下两个饼子。饼子包在她的小手帕里，尚存余温，还夹有肉片。

无须说什么写什么了。任何文字和语言都将显得苍白多余。

我得到的何止是两个饼子，而是一颗姑娘的心。

我们相爱了，慑于团规，终不敢张扬。

爱仅仅开始，感情的幼芽还很稚嫩。

但暴风雨来了。那是1961年的夏天，记不清搞一场什么运动，号召大家提意见。我当时是入党培养对象，自然就很天真地极力表现"革命性"，结果招祸了，一夜之间由积极分子变成挨整对象。更有甚者，团里悄悄呈一份报告上去，要将我打成"右派"。我被震晕，知道"右派"意味什么。深夜，我独自在空旷的胡同里做痛苦徘徊。生活对我已完全失去色彩，一切幻想都将破灭。就在我孤独绝望时，她来了，手里拿一件大衣。夏日的夜不知为啥那么冷。她无言地望着我，几多哀伤，几多慰藉。她将大衣披在我身上，陪我在一家澡堂门前的青石台阶上坐。那么久长地坐着，谁也不说话，四只眼睛悄然对着一天清冷星月。我终于说出不想连累她的话。她哭了，泪珠追着泪珠。她说："我不是那号人。"

她用行动证实了自己的诺言。第二天开饭时，众目睽睽之下，去灶上将我和她的饭打在一处。她是在无言地宣告——坦然自若地公开了我们的恋爱关系。

在那样的政治境况下，这对一个柔弱女子，需要拿出多大的勇气呵！

谢天谢地，历史悲剧终没能在我身上演成误会，而爱情却在严峻中得到考验。我们的爱情不是花前柳下卿卿我我，是我身逢逆境，她用那真挚的爱，给我以笃厚的信赖。每一个男子都需要完全信赖自己的妻子，无论是一帆风顺，还是遭逢逆境。

我庆幸自己有了这样一个好妻子。

我们结合了，婚礼简极，没有爆竹与鼓乐，没有灯红与酒绿，并非刻意超脱世俗，条件使然。适逢三年困难时期，我的农民家庭挣扎在死亡线上，自然分文不名。岳父虽然月薪八十，在当时也不过只够买两筐萝卜，能拿出四十元帮助我们办婚礼，也够难为岳父母。我们凭结婚证买到一个脸盆、一块香皂（那年月什么都实行供应）。我们仅仅做了一床新被褥，就合并"办公"。一杯水酒，几盘水果，"宴请"了家乡父老乡亲。妻子亲手剪红"喜"字，我看着妻子那虽苦犹甜的笑容，心里总有一种说不出的酸楚。

二十多年过去。二十多年的风风雨雨，贤淑的妻子与我同舟共济，相濡以沫，她给我力量，她为我奉献着一切。转眼间已是中年半老。虽有不可逆转的自然规律，但和她的同年姐妹相比，妻子的青春逝去略早了些。

我感谢我的妻。假若不是她，很难相信我能实现当作家的梦。这些年来多亏了她，也真难为了她。

结婚不久，文工团奉命撤销，大家风飘云散，我们像骤然抛在荒野上的两只小鸡。三年的团体生活，在心理上养成凡事依赖的习惯,现在必须由我们自己对未来做独立思考。那时摆在面前的只有两条路:要么继续留在舞台,要么上山。妻子有一副好嗓子,一直担任主演,舞台对她是通向成功的唯一途径,在那里她可以充分发挥她的聪明才智。我的志趣在文学上,虽然前程未卜,选定了的目标总想走下去,我的目标需要到更广阔的天地,我选定了后者——上山去,并非思想多么革命,一半为拓宽生活视野,一半环境使然。我和妻在事业上是矛盾的,我们必须有一个人做出牺牲。

"咋办?"我很作难地问妻子。

"嫁鸡随鸡,嫁狗随狗。"妻子笑着说。那时候,她刚满二十岁。

我们向"陌生地"进发,坐一辆非常破旧的"苏式"大卡车。正是风雨飘摇的深秋季节,四百里山路,颠簸了两天,途中的艰辛可想而知。头一天晚上歇在大山深处蒲县城外的一家车马站,店小客多,许多人不得不挤在摇摇欲坠、八面通风放草料的楼板上,我和妻也没例外。望着妻子那张不知忧愁的脸,我心里犹豫了。此一去我觉得是冒险。要去的是个天荒地老非常苦焦的地方,人称晋南的西伯利亚。妻子从小娇生惯养过惯了优裕生活,真担心她能否适应得了。如果就此却步,时间还来得及。

妻子义无反顾。

据说当年美国开发西部时,拓荒勇士的妻子们,为了丈夫喜欢的事业,明知危难重重,仍毅然以赴,跟随丈夫进入荒野。她们信赖丈夫,信赖自己,和丈夫同甘共苦,硬是帮助丈夫创造了奇迹,留下了她们的光荣史。

我虽然不是勇士,但我却有一个拓荒勇士们那样能吃苦耐劳的爱妻。

妻子傻乎乎跟随我到了最边远的石楼县。从此在这里我们开始了漫长而艰难的日子。

妻子分配在县委办公室。我的工作单位是县文化馆。我们的小巢就筑在县委办公室公文柜后面，仅能容一床。好在东西不多，除床上的两卷铺盖，一个小纸箱容纳了我们全部家当。

如同到了异国他邦，生活、语言开始都不习惯，威胁最大的是饥饿。一日两餐，每餐平均不到四两粮。妻子已经怀着三个月身孕。每天就靠那两碗清汤寡水维持她和腹中的小生命。按说，重点保护对象应该是妻子，但妻子却残酷地剥削她自己。她在县委上灶，文化馆不属县委管，我只能在人委大灶就餐。妻子总坚持让我把饭端回来和她一块吃。碗里的饭能照见人影，数得见的几颗小米、几根面条和几块煮山药。开始我们吃山药比咽药还难受。饭端回来，妻子总能找出理由让我取这取那。等我回来，发现我碗里的面条多了，她却固执坚持，拗不过她，否则她就"怄气"。

那时候什么都凭证供应，灶上难得吃一次肉，即使吃也不够塞牙缝。县委灶比之人委灶的优越之处，在于常常招待省、地下乡的头头脑脑。灶上煮肉。肉供客人享受，大家只配啃骨头。炊事员老冯常常站在灶房门前大声吆喝："啃骨头喽——"像听到总攻号角，人们冲锋陷阵般向灶房奔去。骨头本来是喂狗的，饥饿使人忘记尊严。腼腆的妻开始羞于此举，但后来顾不及许多了。她却舍不得一个人啃，每次总把分到的一根或两根骨头拿回宿舍，藏起，要等我回来两人一起受用。妻只是象征性啃两口，理由自然很充足："我牙疼。"或者，"我这几天闻不得腥。"

妻明显瘦了。

为了给妻增加营养，我唯一能办到的是每天晚上端着碗样大小铝锅，跑到"人民饭馆"买一锅小米干饭（困难年月的饭馆只卖玉面窝头和小米干饭），妻子总要分一半给我。为此我曾发火："不看看你瘦成啥了，何况肚里还有孩子！"发火也不管用，我不把那半碗小米吃完,妻子绝不动筷子,没办法的。

  第一个孩子生下后,又生了两个男孩和一个女孩。人口在增加,工资却不涨,两人的工资加起来不足七十元。其时岳父已谢世,岳母需我们养活,时不时还得给我的父母捎点零花钱。用这样极微薄的有限收入来养活这么一大家人,实在不是一件容易事。不能不佩服妻子理财有方。不该花的钱一分钱别想从她手里抠出。但从不让我和孩子受委屈,唯独可以委屈她自己。结婚好几年,周围的女子一个个都有皮鞋、手表、呢子裤什么的,妻子还穿她上中学时的短大衣,肩头袖口叠着补丁,麻绒领子缺绒少毛,把丈夫的脸穿红了。一次出差,我借四十元钱给她买回一件呢子短大衣,结果花钱买了个不痛快,妻子心疼得眼泪直流,好几天不理我。

  但有一次我们决定千里迢迢下山看望岳父母时,妻子忽然很"奢侈"地提出给她买一只半钢手表和一双八元钱的减价皮鞋。可惜只有一个码,脚放进去前村不着后店,我说买一双好的,她说:"能穿!"她在鞋里塞上棉花,并缀上带子。回到娘家,当年的同学、姐妹问:"玉玉,过得怎样?"她说:"你看,挺好的。"我恍然大悟,妻子原是为我装门面。

  妻子是个相当要强的女人。

  岳父去世后,岳母一直跟着我们,帮助我们料理家务。但女儿一岁时,岳母撒手西去,全部家务落到妻子身上。在这之前,她一不会针工,二不会做饭。生活没有把她压垮。她利用工作之余,"无师自通"学会了纳鞋,学会了裁剪、缝制,也学会一套相当不错的烹饪术,成了合格的家庭主妇。几十年如一日,每天,妻子第一个迎接黎明,晚上她很少能在十二点以前睡觉。电灯下,妻子总是那样没完没了地飞针走线,没完没了地缝缝补补。

  妻子足足有两包袱碎布片,全是从旧到不能再旧的衣服上剪来,洗洗净，一片一片叠起，包在包袱里，那是随时准备做补丁用。我们一家不穿补丁衣服没有几年，但那两大包碎补丁妻子仍珍藏着，像珍藏杜十娘的百宝箱。我说："快把那些玩意送到收购站去。"

妻舍不得。

按说，现在我们的日子已是鸟枪换炮，今非昔比，时髦的说法当称"电气化"的家庭。但长期的拮据生活，使妻子养成在一粒米一寸布上节约一分一厘的习惯。她继续刻薄自己，外面的衣服还过得去，里边的背心不穿到千疮百孔绝不换新。

我终于不能容忍。一天趁起床刚要穿衣裳时，我用手指勾那虫蛀一般满是窟窿眼儿的背心，顿然成了缕缕絮絮。妻子又气恼又好笑，惋惜不已。

我望着妻子，心里生出悲哀：妻太苦了。我常想，妻子如果这辈子不是跟着我，也许她的生活不会如此清苦吧？我也常想，为了妻子千万不能懈怠啊！

二十年前，出于不愧为人夫的心理，我试过一次笔，退回来了。编辑附言："脸谱化，公式化，概念化，一般化。"我差不多要绝望。贤淑的妻鼓励我："咱不急，慢慢来，我看你以后准行。"

记不清谁说过：聪明的妻子都会有效地唤醒自己丈夫潜在的实力，并使之得到有效的发挥。感谢妻子给了我力量，二十年后我终于露脸了。那么妻子呢？

过去妻子从不曾因为我一事无成而卑微，现在也不曾以作家的妻子而自居。她还是她。她有她的事业，而且自信，差不多年年获"先进"。正因为如此，夫妻间没有因我有一点小小名气而产生出那种心理上的不平衡。但我的写作每每有了长进时，妻子的兴奋不亚于我，只是她不形于色。

我写东西常常神三鬼四。有时喜欢妻子守候，妻子静静坐在我身边织一件毛衣或翻动一本什么书。有时我喜欢独处，妻子就悄悄避开，脚步轻轻的。事后妻子嗔怪我："你那毛病真多！"

妻子对我的"毛病"很宽容，从不想去改善，只想能适应。

知我者莫过于妻。

诸多朋友常说我"命"好，言下之意是，像我这般出身卑微，且相貌平平者，能有如此贤惠女子终身相伴，该知足矣。有啥办法，要不说憨憨命大，上帝的安排。我应该感谢上帝。

应《热流》文学社"命题"约稿

原载《热流》1987年第9期

赶 考

我从临猗县国立第二高级小学毕业那一年,偏遇上康杰中学不招生。那个时候不实行全国或全省统考。在一定区域内所有招生学校、招生时间分别错开,给所有考生提供更多升学机会。一次落榜不等于考生学业不佳。本人就是一例。依照时序,我步行四十里走进运城中学考场,结果榜上无名。当天,我冒雨(没带伞)徒步六十里泥泞路面,于傍晚时分,赶到临猗中学。我像一只落汤鸡,全身湿透,在一间空荡荡的学生宿舍泥砌大通铺上,囫囵身子睡了一夜(大通铺只有光板破旧席片)。第二天发榜。我忐忑不安,睁大眼睛,从榜首到榜尾,仔细寻找我的名字。越往后找,心越下沉,直到谷底。

我没有放弃。——不放弃源于我的自信。

还有最后一次机会——报考"舜帝庙中学"。

我像硝烟中疲惫而骁勇的战士,从一个战场转往另一战场。那天城里逢集。穿越集市时,出人意料看到我的父亲。父亲身边摆放两筐仙桃。离城十五里,显然卖桃并非父亲本意。当时我脑子里一片空白,不知如何面对我父亲。父亲一直看着我,我硬着头皮走向父亲，感觉脸上有热浪掠过。我努力给父亲一个笑脸，阅世很深的父亲已经发现我勉强笑意中的沮丧。父亲没有责备我，很慈祥地望着我，也很慈祥地笑着，我敏锐地感到那笑意中的一丝凄凉。

父亲对我说了一句话：这就就已了。

父亲意思是：就这么吧，事情就算了结了。

父亲的话让我恍然大悟，原来父亲从"运城中学"开始，就一直在暗中关注着自己的儿子。

可怜天下父母心！

这一幕每每想起我都想哭……

那一天我告别了父亲，直奔"舜帝庙中学"。天色向晚时分我一身风尘赶到舜帝庙。舜帝庙称谓有两个含义：一是指供奉舜帝那一片恢宏的庙宇，一是指依庙宇为轴心的古镇。古镇街上铺面林立，每逢三、六、九镇上有集市，方圆十里八村民众有卖有买来赶集：走啊！舜帝庙赶会去。

路上，当夕阳染红原野时候，绿树掩映下的舜帝庙村镇，以及气势恢宏的庙宇古建和参天松柏，遥遥在望。今夜栖息何处迫在燃眉。犹如作家的灵感，突然从脑海深处，冒出久违了的同宗的一位叔叔。耳朵曾经拾到过一句话，似乎这位叔就在舜帝庙开了个诊所。这位叔叔和我们家虽不毗邻，确也不过几步之遥。只是他们家境富庶，我家寒。每每碰面，我都喊他一声叔。他倒也应承，但神情却有点不屑。

我很佩服我自己，那时候小小年岁竟然具备外交天赋。大概为了节省住店钱，沿街一个铺面接一个铺面打听。终于打听到叔叔的诊所。听说我是来赶考，叔有点惊讶，连说好好好！问我住下了没有，我回答没有。知道我是来借宿的：就在叔叔家里住下吧。大伏天，屋里热，院里给你铺一张席，院里凉快。说心里话，我当时心里十分感激。一夜无梦，睡得很香。舜帝中学校址就设在舜帝大庙内。第二天进考场。张榜的时候，我看到了我的名字，排列二十名之前。我的心情居然平静如同一泓秋水。因为，这不是我最想要的。

两榜定乾坤。这只是第一榜，当然，文化课是最关键一步。第二榜是体检、面试。只要身体没毛病，则天下定矣！我白白胖胖，身强体健，加之同宗的这位叔叔是兼职校医。录取应当是没有任何悬念了。

我不由自主用欣赏的目光环视这座恢宏博大的建筑群，我将在这座苍松翠柏掩映下的古香古色里，度过三年时光的校园生涯。

我去告诉叔叔说，榜出来了，我考上了。叔叔一脸惊讶——除了惊讶，我没有发现其他内容。叔叔说，只要这一关过了，明天体检更没问题。明天叔亲自带你去关照一下，我这个"校医"面子他们会给的。放心，十拿九稳没问题！

一座高大宽敞的大堂里，四张实木条桌一字排开。几位主考正襟稳坐，面试正在进行。考生们排成一条长龙，从大堂台阶上面弯弯曲曲逶迤到大院深处。我排在队列里缓缓移动脚步。我发现坐在那一排条桌后面的几位主考没有我那个同宗的叔叔。距离大堂越来越近，还是不见叔的影子，心里渐渐焦灼。距离主考我前面只剩下六个考生时，我那位同宗叔叔，及时出现在我的身旁。他将头仰起来，用眼睛将台上一位主考的眼睛勾了过来，然后在我头顶拍三下，又拍两下，同时问说：记住了吧？就是他。那位衣冠楚楚的主考仔细看了看我，然后，点了点头。叔叔抽身而去。我像吃了一颗定心丸，从头到脚一身轻松。下午张榜公布，我的情绪一如夏日骄阳热切澎湃。我信心满满和众学子们拥在红底墨字榜前，寻找我的名字。轰——有骤然断了电的感觉，脑海里一片空白。我没有办法接受眼前这残酷的事实。——红底黑字的榜上没有我的名字！不会吧？怎么可能呢？我百思不得其解。渐渐地，像被闷棍击晕后苏醒过来……可以断言，问题就出在与我同宗那位叔在我头顶拍了那几下。就是拍的这几下，将我从榜上彻底拍了下来。就在我深陷无助时，大庙门前见到我三爸。三爸风尘仆仆是来接我回家的。三爸听了我的叙述，即刻红脸粗脖训斥：天下死得再没有人了，你怎么偏偏去找他！见我伤心落泪，三爸心一软，牵起我的手：有啥哭头，明年重考！

后来我问过父亲，我想知道原因。

父亲这么说：他是容不得咱们家里改变门风！

那个时候我还真不懂什么叫"世道人心"。

雁羽翎拾 1

写给友人韩石山

石山友：

　　于近鼓捣了一篇短文，起了名字《货郎》。自我感觉良好。但愿不是"自己的文章，别人的婆娘"套路。此短文难以归类，既不是传统意义的小说，也非传统意义散文。所以寄给你把把脉，诊断此文是不是个玩意儿。如若是，应该是个什么玩意儿？

　　主编《吕梁文化丛书》期间，阅读诸多作家们"文化散文"书稿。这恐怕是我突发奇想写这篇短文的启示或诱因。我想尝试一下新的文体——小说散文化，以及散文文体夹杂一些小说元素。我不是开拓者，契诃夫的一些小说就不大像小说。何止契诃夫，比如鲁迅的《社戏》，著名作家汪曾祺先生撰文说沈从文的《长河》是一部散文化的长篇小说。我的短文《货郎》，正是想实践一下散文化的小说方式。

　　你是学者型作家和评论家，你我也相知。所以不怕献丑，直接寄到你的邮箱。望赐教。

　　问候

淑娟弟妹好！

权文学
2009 年 10 月 26 日于京郊

附：韩石山信

文学兄：

　　感谢你的信任，肯将刚写成的作品发给我，让我看。这份情义，让我感动。前天看了作品，原本在电脑上写几句话就可以交差，不知为什么，总觉得这样做潦草，因此之故，才要了你北京的地址，给你写这封信。你一定笑话我太迂腐了吧。

　　这几天我很忙，今天将《徐志摩传》修订事停下，现在是晚上九点钟，给你写信。我们是老朋友了，早在八十年代初期就相识。对你的为人，对你的写作才华，我一直是钦仰的。我虽是上学出来的，但是自从搞起了文学创作，我就知道，古人说的，诗有别才，非关学也，是句大实话。因此对写作同人中，学历不高而富于才华者特别欣赏。可惜在山西，小有才华者不乏其人，真有大才情者，殊为罕见。在不多的几个还颇有才情的作家中，你是耀眼的一个。你知道，最初我不是从你作品思想性上认识你的，而是从你作品的语言的艺术性认识你的。一个创作履历不是很久的作者，如何能写出这样既富有乡土性，又富有文学性的语言，除了归于灵性之外，还能有别的什么解释？正是因为这个原因，再加上一份乡情，使我一直关注你的写作。看到你在主编《吕梁文化丛书》的同时，写了小说或散文，我很高兴。上苍生人不易，有才能的人要对得起上苍的关爱。

　　你写的这篇《货郎》，我看了两遍。看到了你往日的优长，也看到了你现在的追求。我想分两点说，一点是立意，一是语言。先说语言，这是你当年的绝活，也可说是你看家本领。但你显然不满当初的乡土气，而想文雅些、古朴些，最明显的表现是现成的文雅成语、熟语的运用。该说是嵌入，即在寻常的叙述中，加入一个或两个典雅的成语，多是四字句。严格说这是汉语句式的一个特征。来上这么几个——多是成语，或诗句，整个行文一下就文雅起来。但是这也是汉语句式的一大弊病——若是过了的话。因此，千百年来，人们都在探讨怎样掌握这个分寸，也就是度。钱锺书毕竟是聪明人，他总结了前人的经验，提出一个切实可行的标准，或者说是办法。就是若出胸臆，不能生硬，不能有斧凿痕，要像是自己胸臆间，不经意冒出来的。按我的体会，具体做起来有两个办法，一是要少用，二是要残损，或者说是变异，长的诗句让它不完整，并生出新的意思。还有个问题，你的句子越来越短了，短句子文雅，有意味，但它的毛病是难以表达隐晦和曲折感情繁杂多象的事物。从这点上说，你先前的语言，文学的意味更浓些。现在的语言，文化的色彩强烈了，而文学的意味实则是淡薄了。

　　这叫小说呢，还是叫散文？实在说，我也作难。以故事论，自然是小说，以对民俗乡情的津津乐道论，又只能是散文了。或者可以说，作者就是要以这么个庸常的故事，介绍"货郎"这一特殊行业。我看你的本意不是在这儿。定然还是想写个有民俗意味的小说。不知我说的可对？再就是，这个小说——如果说是小说的话——还受着一个制约，就是两个第一人称的限制。你说呢？

　　问候嫂夫人好！

韩石山
2009 年 11 月 3 日

文学兄：

　　昨天睡下，觉得有些话还是没有说完。最实际的是，这篇作品该如何修改，或者说朝哪个方向修改。我以为有两个方案：一、就这个样子，叫散文，只要有地方发，说什么都不要管。生猪生下羊，只要能吃肉，是一样的。二、往小说上改。你现在关于"货郎"的民俗材料，可以装配一个小长篇，或是一个长中篇。建议你不妨读一下土耳其作家帕慕克的长篇《我的名字叫红》，当然最经典的是博尔赫斯的作品，他的短篇小说集。此人被世界推为作家的作家。实际上看与不看，你千万记住一句话是，你一定要比你的读者更聪明些。帕慕克的小说特征，可归为小说侦破，也就是一个有文化的侦破故事。你是聪明人，你懂。

　　祝文祺

韩石山 上
2009 年 11 月 4 日

又及

送你一幅我的字，知道你不会嫌弃它丑。

致《吕梁文化丛书》撰稿作家们

诸位同仁好友:

谢谢了!承蒙各位欣然为《吕梁文化丛书》担纲撰文。不胜感荷。

《丛书》筹备会上,我以主编名义,提出三个条件。其中一条便是所聘作家范畴,不限于吕梁境界,可延展全省,乃至娘子关外。地委领导当即拍板。其本意为确保《丛书》艺术品格,当然也兼及借重诸君文坛名望以壮《丛书》声色。特别是山西省作家协会几位蜚声国内外的重量级作家:田东照、周宗奇、蔡润田、杨占平、燕治国,以及文学新秀韩振远、高菊蕊等加盟。

如下,我传达《吕梁文化丛书》所涵盖内容,以及我个人对各文稿的构想。

《丛书》内容包括:历史沿革、古迹名胜、名人传略、文化艺术、风土民俗、衣食住行、宗教信仰……

初步规划《丛书》每年出版一辑,每辑五部。共计二十五卷。

第一辑:《古之旅》《风云烈火》《武则天》《黄河古镇——碛口》《酒都杏花村》(所有书名由著者最后敲定)

《吕梁历史》分远古和近代两部。

远古部分,以二十万文字,全方位呈现吕梁地区先民起源、文明嬗变,以及社会秩序更迭。涵盖时间跨度,从远古石器时代到清王朝覆没。吕梁文明理所当然镶嵌在黄河文明框架之中,但吕梁除农耕文明之外,交织草原文明,必然要突显出多元文化的共存与互动。该书在勾画吕梁先民生存状态同时，也关注到历史与现代的对接，使读者从中感受现实生活与历史的内在联系。笔者在展现历史的同时能顾及读者的求索目标和心态需求。

近代部分主要内容是中国革命与吕梁。从时序上，该书当是远古之后续。只是内容界定于集"革命"之大成。可以时间为经，以人物、事件为纬。从辛亥革命到中华人民共和国成立。这是血与火的年代，风云际会，群星灿烂。写历史则是写人。对待历史人物，当持公允态度。对于历史敏感话题，不忽略、不回避为宜。可遵从史家笔法——客观，实录。至于褒贬评说，可留待后人。

吕梁人杰地灵，英雄荟萃，理当以大量篇幅著述立传。《武则天》放在卷首有象征意义。

传统的传记多是只需资料在手，或编年，或纪事本末，照实录来可也。然而，要想写得好看，真切感人，那种僵硬刻板的事件罗列、枯燥乏味的辞藻堆砌，恐怕难以为继。你得出新招。不仅立意新，更主要是手法新。遣词造句，不能忽略可读性和感染力。似乎适度的描写不可或缺。其文本价值，绝不仅限于文书档案。需要作家全神贯注讲述。讲述的对象不是档案馆，而是广大读者。需动之以情、绘声绘色讲述一个英雄的故事，即便是一个悲剧英雄。

还有，作家当然占有大量资料，这些来源于历史的记录，未必都是历史的真实。免不了会有献媚者的拍马屁文字、构陷者不实之词、迫于无奈的删节篡改等。要想以公允的立场秉笔直书，就得穿破表象，还历史以真实，即便是一个片段、一方零缣，也弥足珍贵。

《酒都杏花村》和《黄河古镇——碛口》堪称吕梁品牌。

书写水旱码头《碛口镇》，笔墨应放在得天独厚的地理位置、源远流长的黄河文化、雄俊奇丽的自然风光、引人入胜的传说故事。

　　酒都杏花村，该书主要内容是关于当年牧童遥指处，如今酒都杏花村的历史、现状和未来展望。成功的企业有如成功的个人。人们不仅赞叹其辉煌，走向辉煌多姿多彩的过程更让人兴趣盎然。娓娓道来的是跋涉者艰辛的脚步，一路云卷云舒，花开花落，饱尝了屈辱、挫折、沮丧、苦涩、无奈、挣扎、奋斗，领略了绝望的悲凉及柳暗花明的快意与欢欣。

　　……

　　《丛书》文体必须是文化散文。

　　《丛书》将是一卷卷文化散文长廊。

　　《丛书》摒弃以往方志内容的简约化、形式的程式化、行文的学究化，而是以新的形式、新的文体，即以清秀婉约，亮丽隽永的文学姿态，承载和传继吕梁历史文化。在遵从历史的前提下，集文学性、学术性、可读性于一身，图文并茂，雅俗共赏。

　　担纲《丛书》的撰稿作家，不是对历史文化做照相式的简单解读和机械抄袭，而是将物象的历史遗迹、呆板的档案资料、民俗风情原生状态与作家的心灵感应相结合，以文化的感悟力和艺术表现力，突出文学个性，强化《丛书》文学色彩，并注入现代气息和新的感悟与思考，让读者通过雅致的人文镜像，在了解历史的同时，享受纯粹的文化品质和极高的审美情感。

　　如同游记一般随心所欲，如同景点导游一般泛泛地介绍，均非文化散文写法，文化散文要求作者必须站在一个高度，把当地文化放在一个大的视野中，客观地面对，深入地剖析，用现代审美观和历史观，从枯燥的历史中领悟出积极的文化内涵，延伸出具有时代意义的文化品质。任何流于表面的描写，机械呆板的介绍，或偏执矫情的赞美，都是对文化散文的亵渎。

如上拙见,未必妥恰。谨为诸位同仁谋篇布阵裁酌,不足为限,大可放笔为之。专此

勋祺

又:此信件发诸位邮箱。

权文学

2017 年 9 月 22 日

复日本小林荣先生函

小林荣君：

手书收悉。得知你继《在九曲十八弯的山凹里》之后，又在翻译拙作《村西有个老天宝》，介绍给日本读者。特此致谢！

异国他乡，风俗各异，必然会有独特方言俚语。尤其外国人很难明白其意。正如你信中列出的句子，问其都是什么意思。

解释如下：

"浏阳鞭炮"——浏阳是地名。浏阳生产的鞭炮久负盛名。

"玛瑙般的酒枣"——腌制的大红枣，其色泽宛如玉石玛瑙美丽。

"照住自家脖颈上抹"——把刀架在自己脖子割。

"长短大家都……"——无论如何大家都……

"你是个糊钵子"——意思"你是糊涂虫"。

大概意思如此。顺颂

著祺

权文学

5月16日

小林荣先生携同夫人访问山西省作家协会(前排左起:郑笃、冈夫、李束为、西戎、小林荣、小林荣夫人、马峰、孙谦;前排右一:《山西文学》主编李国涛。小林荣夫妇中间后排为胡正)

致书康希圣导演

康导演你好!

  首先感谢你和福兰姐以及莉莉的热情款待。回来忙了几天稿子。迟复为歉。

  我很认真地拜读你的文稿。整体不错,如果情绪上少许乐观点,效果会更好。

  不用俳句,用散文试试——

  我本农家子弟,自幼崇尚艺术,自知生性愚钝,固丝毫不敢蹉跎岁月。数十载潜心于氍毹,横竖笔墨,奉献不足道,自诩年华未曾虚度而自鸣欣慰。我一生胸怀家国之志,亦不忘眷顾孝悌情愫。人生苦短,秋染霜鬓。夕阳无限好,丹心无止息,余热再奋蹄。有道落叶归根,仍将骨血还双亲,如若有来生,当报天地恩,从头越,再耕耘。

献丑了,仅供康导演参考。
若玉恭祝康导演和福兰姐以及全家幸福。
权文学敬书

致《山西文学》主编

宗奇兄：

　　手书敬悉。感谢吾兄厚爱，盛邀愚弟共赴并州笔会。唯，要求"压卷之作"，小弟真的没有把握。但盛情难却，试试看吧，何况有成一、崔巍等同仁高手参与。益复策励，裨益甚佳。愚弟届时应邀。

　　此致
握手

权文学
即日

附：周宗奇信——

　　权文学你好！来信不叙友情，只催作品。两个月内拿出一篇头条作品，我知道你有能力和把握，只看敢不敢下水一搏了。如时间不集中，是否能来太原小住数日，请尽早作答，以便安排住处。

　　致敬

书致吕梁师专小刘

小刘你好!

回到深圳忙活了几天别的事,怠慢了,迟复为歉。

我将有选择地将我的作品发给你——了解一个作家不一定读完他的全部作品。这样既可节省精力,又能减少耽误你的学业。

地缘文化认同因素,打少年时代,我对以赵树理、马烽、西戎等为首的山西老一代作家的文学作品情有独钟。受其影响,或说从善如流,当我也秉笔为文时,字里行间少不了老师们的文学因素,虽然主观上我并不想成为老师们忠诚的实践者。我的处女作《臭臭外传》能看出端倪。那时候文学界分各种流派:反思派、伤痕派、改革派;以王蒙为首的意识流派,以孙犁、刘绍棠、从维熙为代表的荷花淀派。而称赵树理、马烽、西戎为代表的叫作山药蛋派——大概不完全是褒义。对这样的称谓我很排斥。以赵树理为首的文学前辈无愧于新中国文学史上极负盛名的小说大家和语言大师称号。当我的读书视野更为拓展后,意识到自己的创作倾向似乎不必完全拘泥于老师们的文学样式。不是否定老师,是在思考如何继承与发扬。不同时代作家有不同生存环境,那个时代民众文化普遍低迷,大众化"普罗文学"是顺应时代。而处在八十年代的我,其文学创作艺术应当是下里巴人与阳春白雪的结合体。《在九曲十八弯的山凹里》等篇,代表我这一时期风格。这一时期的作品我选了十二篇,先发给你,然后是选了四篇早期作品《臭臭外传》等。前年《山西文学》发了我题为《货郎》的小说,意图实践另一次文体突破——

小说散文化。也将给你发去。

另,同时发给你的有部分评论家的文章(摘要),我建议可否先读一下。

专此奉布,顺颂

学祺

祝你学业有成,期盼拜读你的毕业论文。

权文学
2013 年 10 月 25 日

复中国现代文学馆函

中国现代文学馆大鉴：

来函敬悉。刚步入文坛不久如我，应邀参加《中国作家3000言》创作，诚惶诚恐。盛情难却，斗胆捉笔：

作家所以笔耕不辍，坚信会耕耘出灿烂的明天

江郎才尽，献丑了。务请裁酌，顺颂
著祺

权文学
1998年9月9日

节录：《中国作家3000言》系世纪之交中国文学的最高殿堂——中国现代文学馆即将落成之际，由文学馆组织5000位中国作家协会会员和海外著名作家联袂创作，精选3000余位集成的世纪真言录……将自己对人生、社会、文学、生命与爱情等观点，凝成一句话，概括他们对人生的感悟和生存体验，并附有作家小传。全书集文学性、知识性、审美性、教育性于一体，数千心语，系于一书……

复中国现代文学馆函

中国现代文学馆征集室：

　　来函收悉。遵嘱，寄上我的照片，以及我的手稿，烦请转交中国现当代作家手稿珍品馆筹备组。顺祝

　　新年快乐

权文学
2007 年元月 12 日

复《中国作家大辞典》编委函

《中国作家大辞典》编委会：

　　出版《中国作家大辞典》通知以及关于我的词条清样和扫描复印照片，均已收到；遵照通知二十条词条内容，逐一校正修改如下：

　　权文学：职称（文学创作一级），性别（男），民族（汉），出生年月（1938年），籍贯（山西临猗），党派（中共党员）。1957年8月毕业于运城康杰中学。现任山西吕梁地区文联主席。

　　主要贡献：1980年以处女作《臭臭外传》步入文坛，短篇小说集《在九曲十八弯的山凹里》由北岳文艺出版社出版发行。中篇小说集《活寡》由天津百花文艺出版社出版发行。电视连续剧《活寡》由山西电视台录制，中央电视台首播。部分作品分别收入《中国短篇小说选》，由人民文学出版社出版发行。《丰收集》由山西人民出版社出版发行。《中国新时期小说鉴赏丛书》由宁夏人民出版社出版发行。部分作品在日本翻译出版。1981年至1986年连续五年获《山西文学》《汾水》《火花》等月刊优秀小说一等奖，以及赵树理文学奖。名字入选《世界华人文化名人录》。

　　如上谨为函答，敬希裁酌；顺颂
著祺

权文学

1999年8月16日

复中国作家协会函

中国作协通联部大鉴：

　　知悉中国作家协会书记处，于1985年10月1日批准我加入中国作家协会。深感荣幸之余，略有忐忑，毕竟著述甚微，尚需勤奋笔耕更上层楼，方能无愧于中国作家协会会员称号。

　　来函所需本人两张照片和有关资料，将如期寄送中国作家协会。再次致谢！

权文学

1985年10月20日

复人民文学出版社函

编辑部公鉴：

　　来函敬悉。欣闻拙作《在九曲十八湾的山凹里》，已收入贵社编选的《一九八三年短篇小说选》至为喜慰。但有自知之明，荣誉是激励与鞭策，不敢稍怠，更上层楼，以答谢贵刊抬举。谨为函复。并祝

　　著绥

权文学

1983 年 12 月 29 日

附：原信——

　　权文学同志：你发表在《山西文学》第九期上的短篇小说《在九曲十八弯的山凹里》，已收入我社编选的《一九八三年短篇小说选》。为了将这些优秀小说尽快汇集成册，未能事先征得你的同意，请原谅。一俟出书，即奉上稿酬和样书。今后，我们将继续进行中短篇小说的年选工作，望将你满意的新作告诉我们。

　　感谢你对我们工作的热情支持和帮助！

　　此致

敬礼！

人民文学出版社小说三组

1983 年 12 月 21 日

复上海文艺出版社函

诸位编辑先生：

　　谢谢各位，你们辛苦了！欣闻贵社将拙作《在九曲十八弯的山凹里》收入《1983年全国短篇小说佳作选》至为感荷。定当再接再厉，笔耕不辍，以此答谢贵社厚爱。所需有关材料与小照，一并附上。专此奉复。顺颂

　　台祺

权文学谨启
1983年12月1日

　　附：权文学简历——

　　祖籍山西临猗县东三里村，1938年出生，1957年毕业于运城康杰中学（初中）。1958年参加工作，1979年从事文学创作，创作有长、中、短篇小说及各类文学作品，散见于部分省市与国家级文学月刊、季刊，以及出版社。多次获省级文学创作奖及首届赵树理文学奖。1980年加入山西省作家协会，1983年成为中国作家协会会员。国家一级作家。

岁月足迹 |

1961 年

3月17日　清风　吴村一农家
大型四幕话剧《同志，你走错了路！》今日开排。

3月19日　晴天　吴村
中国人民解放军海政文工团赴临演出大型话剧《蔡文姬》。公署电召我团速返。兴甚。

5月7日　晴天转多云
大型四幕话剧《同志，你走错了路！》在临汾剧院正式与观众见面，盛况空前，白天一场晚上一场，天天如此。（我在剧中担任八路军政治部主任——潘辉）

9月18日　阴天　文工团大院
奉命宣布晋南文工团解散。

10月23日

我和怀有身孕的爱妻如约扛着行装于黎明时分坐上去石楼的一辆大卡车。一同前往的还有我们团的孙凤群,我们一同告别了这座生活过的城市——临汾,沿着泥泞的道路远行。傍晚到达蒲县县城,小旅馆已满员,我们三人在小旅馆的草棚上将就着过了一夜。

10月24日

天刚明,我们一行乘坐的大卡车又颠簸着上路了。下午七时许,我们到达目的地——石楼县汽车站。(像是破旧的打麦场,只有一间屋和一个站长)。

11月6日　石楼县文化馆

在这僻远的大山深处,能在电灯下看书是很不错的了。虽然电压不稳,光线若明若暗。

11月11日　石楼塔底村

我在塔底村下乡。我和群众相处得很融洽,打谷场上乡亲们热情地教我打连枷。从上午十点到下午四点,我学会了,手上起了四个血泡。

11月15日　石楼县文化馆

王明月来信了,并附她的玉照。

我和若玉读明月的信——

文学、若玉，你们好！

　　看到你们的来信时，我高兴地简直成了（……）尽管很简单的几句话，但我觉得多么亲切，我反复看着。那些天我在文工团所受精神上的创伤已痊愈了，你的来信却引起了痛苦和悲伤，往日的怨愤又涌上心头。在那该死的环境里，借着运动整人，是非颠倒，好歹移位，狡猾的当成诚实，而真正诚实的却招来不幸，冠以滑头，鬼知道谁的头上抹着油……过去的不说它了，从某种意义上讲，文工团解散也许不是一件坏事。（……）你们不是到侯马文工团了吗，怎么又到石楼了？

　　文学、若玉，不知你们想我吗？我确实想你们了，给我一张照片吧。

明月
11月6日晚

12月2日　石楼县文化馆

　　天，很冷。我没有毛衣，也没有外套。妻也没有。——以后会有的。正如电影《列宁在1918》剧中人物瓦西里说：面包会有的，一切都会有的。

12月4日　石楼县文化馆　大风

　　我们的生活条件太恶劣了，粮不够吃，大多依靠南瓜、萝卜、山药蛋和麦麸来维持生命，晚上工作完毕，只能空着肚子上床。这种日子有我和玉相依为命至少在精神上是甜蜜的。街道上那个唯一的"人民食堂"，门前永远总能看到几个衣衫褴褛的农民。食堂的窗口永远挂块木牌,天天写着——今日饭菜单:二面馍馍,小米,烩菜(要粮票)。

12月8日　晴天

上午在供销社排队买手绢,规定每人限购一块,我投了一次机,买了两块。售货员叫金翠,很熟,走了个后门。

12月17日　石楼县文化馆

百货公司给机关分到三张供应号:一条毛毯、一条毛围巾和一个饭盒。怎么分配呢?——抓纸蛋。我幸运地抓到一张写着"毛毯"的号。我和玉兴高采烈到百货公司持号买到一条毛毯。

1962年

元月1日　阴

新的一年又开始,从今年起,这个地区部分工业用品将按照分值分配东西。

元月20日　无风

这些日子在西卫公社、塔子上、马家坪等村下乡,今日回到县城。玉说有很多信,其中有文礼弟弟在信上说,他加入了少年先锋队。甚喜。

元月 31 日　多云转晴

临汾地区文联通知我，二月十一日赴临参加文学创作会议。带 1961 年第十、十一、十二期《火花》杂志和中央文件。

2 月 1 日

远在山下的亲人给我和玉寄来包裹，打开：酒枣、柿饼。——要过年了——可怜天下父母心！

2 月 4 日

玉的身子一天比一天重，过年不回去了。托人给老家捎去过年礼物。我思念我的祖母、父亲母亲、三爸三妈，思念岳父岳母。

4 月 26 日　农历三月二十二　晴天　晚上

早晨八点二十分，儿子权崎降生于石楼县城关公社一座老旧的石头窑洞内。昨夜十一点我参加晚会归来，玉说她有阵痛感觉，我们相伴到黎明六点钟，赶到县医院，看了医生，一切正常，便约了玉的好友春梅及妇产科医生翟荷芯一同回到石头窑洞。

玉的生产过程很顺利。我的母亲将从遥远故乡赶来伺候月子。

4 月 27 日　晴天　春夜

山里的春天来得迟。此时的故乡平原上，花儿开乱了，麦苗吐穗了。这里仅仅是春醒。

5 月 1 日　阴天转多云

小县城冷冷清清，没有丝毫节日气氛。报纸上国际歌词有变动。

5月2日　多云

好不容易从山下调来两部电影片子，对我而言尽管很老旧了，可是在这个偏远的山坳里的小县城却新鲜无比。

5月14日

《辞海》算是买回来了，又向省总店预订一套价值一十三元的《泰戈尔选集》。

5月15日

很糟糕，玉的乳房发炎了。可怜县医院大夫无高手。

5月17日

参加县人委集体劳动——上山种谷子。

5月18日

做家务：洗衣、担水、磨面、洗尿布……

5月23日

玉的乳腺炎严重到不得不动手术，经县委办公室李主任多方联系，下午到县医院住院部动手术，我站在后面扶住玉，开了两道口子，浓血如注．过度心疼我晕倒了，董医生又忙抢救我。手术后的玉本应服用抗生素，姓董的医生说没有。只开了一些抗菌药。爱妻受罪了。

5月28日

消息灵通人士说，今年干部的粮食标准下调为每月二十二斤。

5月31日

没钱了。生活是这样艰苦。

6月2日

连最低生活也难以维持下去了。玉只好去她单位（县委办公室）交涉下月工资。

6月10日

我送母亲回家，石楼到临汾只有大卡车。走一天，第二天坐火车到运城。再坐汽车，中途楚侯村下车，行五里土路才到家。我的母亲是小脚。我心疼我的母亲。

6月21日

昨日返回石楼，玉的乳腺炎又发作了。这是令人非常头疼的事。玉说前些日子政府抽调大批干部下乡抗旱。天一天比一天高，雨仍然没有希望。

6月22日

奶场今天开始送奶，每天半斤，到农建局取，每斤奶五角钱。时局在急剧变化，又一次大精简即将开始，国家面临严重灾害威胁，是迫于无奈之举。

6月23日

中央人民广播电台八点半广播：蒋介石可能在六月初七月中旬和九至十月间反攻大陆。

6月26日

玉乳腺炎二次动手术，同时考虑到临汾去医治。

1963年

12月27日，黎明，五点四十分（农历十一月十二）小儿权小陶（暂名）降生于石楼医院。第三天接玉母子回到文化馆我的宿舍兼办公室。岳母伺候月子。（注：权小陶即权威）

1968年

6月6日（农历七月十四）

午夜十二时，女儿权莎莉降生于石楼县城西门坡一农家小院窑洞之中。连生两个儿子后，想再生个女儿，就生下了。承蒙天地佑护。

1971年

11月17日

石楼文工队华诞。

1974 年

9月1日

乘北京吉普车夜行,委实寒冷,清晨抵达文水县城,司机违规受阻,改乘文水至太原班车,于十时抵并。住革命饭店二楼。

9月2日

早饭后,搭乘通往晋祠班车,到中医学院附属医院看望好友梁德喜,畅叙别后情景,午后四点返回寓所。之后,看望樊增文和祖光夫妇。给崎儿买的药托老樊带回。感谢小萍为我买到去大同卧铺票。

9月4日

下午七时,平安抵达塞外古城大同。有会议专车接站,入住大同宾馆二楼。

9月5日

游览大同古城,参观九龙壁。遇大雨。

9月6日

山西总工会工人理论队伍建设经验交流大会于八点半开幕。晚,大同矿务局文工团为大会演出。

9月7日

大会交流经验，午休时间遛了一趟马路，昨晚写的家信忘记带在身上，未曾发出。

9月9日

大会组织凭吊万人坑，下午参观"批孔"展览，地点大同大会堂。

9月11日

参观云冈石窟。

9月13日

今天是大会最后一天，民航局送来订座卡片。

十点整，大会通过倡议书。连绵细雨下了一天一夜，同志们托买的东西该买了。下午大会参观橡胶厂和备战工程。我开溜上街抢购。两点整，感谢青云（小权）及时送来购物券。认识权青云是偶然的巧合。感冒了，在宾馆医疗室，医生看我填的卡片：姓权？医生对旁边一位小姑娘说：小权，你的一家子。就这样认识了，知道她也姓权，名青云。以后一见面她就喊我"一家子"，浓眉大眼，白净水灵，温柔大方。

9月14日

用过早点，匆忙整理东西，来不及和小权告别，我到小卖部时，她已经回去了，我让她的好朋友转告我对她的谢意。八点整，我们一行乘车到达中国民航大同航空站。在候机室，医护人员为每个客人量体温，问身体状况，领取证卡，然后休息，用茶。有的到服务台购买街上买不到的香烟和水果糖。半小时后，传来飞机马达声，人们涌向门外，天际处一架直升机飞向机场上空降落。九点整，地勤人员工作就绪，旅客整队登机，九点三十三起飞，很快我们已在大同上空。穿云破雾，十点半太原城池遥遥在望。十点四十五，安全着陆，一颗抱着粉身碎骨的心放了下来。——我平生头一回坐飞机。

1975 年

4 月 26 日

今日告别石楼县，于下午两点到吕梁行署组织部报到，我被分配到地区总工会任干事。

8 月 18 日

玉电话告知，莉莉和涛儿明日来离。欣然。

8 月 19 日

若玉托人顺车带莉莉和涛儿由石楼平安抵达离石。两个小家伙脸蛋晒黑了。

8 月 26 日

莉和涛今日离开我返回石楼。没来得及吃饭，也没给孩子和玉带点吃的，心里不是滋味。

10月24日

如心交来十月份工资袋。扣除月饼、苹果钱,及托小祁赴京买东西的30元,现金8.6元。

下午和徐主任劳动。谈及玉的工作调动,徐说正在联系。

10月26日　星期日

整理未来小家。心田帮忙,事后帮静望家修鸡窝。却也该学学住机关宿舍的常识。

10月27日

玉调令已办妥——调地区工业局。明天回石楼搬家。下午从会计处借洋60元,托心田买五盒恒大烟,余钱让再买几盒,以备来时安家用。

11月10日

今日举家搬迁。感谢玉机关派专车送送。车上坐我和玉、四个孩子,以及全部家产:两只红漆扣箱,一张桌子,两把椅子,一张小饭桌,四个小板凳。

1977年

元月28日

七点半到京。克强、小祁迎接。一同赶到北大医院第一附属医院,见到潘主任家属和孙大夫,一同到太平间请化妆师为潘主任遗体整容,我亲自为潘遗体穿好衣服。事毕同克强、徐主任、潘的儿子潘杰从和平门坐地铁到八宝山革命公墓联系好火化事宜。之后，我们三人到日坛路一号中华全国总工会办理住宿手续。晚，去北兵马寺看望文礼弟弟。给文礼弟10元钱。

东市市场买拖鞋一双1.9元，香山牌香烟4盒1.5元。

元月28日

十点半护送灵车到八宝山公墓，举行遗体告别仪式。办理所有手续，其费用共计63元。急忙同克强、小祁、徐主任乘地铁至前门车站买好去太原的6张火车票（103.8元）。——明天就是大年初一啊！

元月29日　正月初一

火车风驰电掣，列车上旅客寥寥。六点许到达太原。吕梁总工会专车接站。三个小时后平安到家，阖家团圆过年。

12月19日

接家信，惊闻文礼弟婚变。这是很糟糕的事情。说文礼要来，父亲让见面后劝其复婚，并要求去信告知情况。信上还说父亲最近去县城参加群英会。我为父亲自豪，也同时感叹父亲总是这样辛苦。人老了注意身体要紧。

1980年

元月5日

由中国作家协会山西分会创办的文学月刊《汾水》今日面世。

我的处女作《臭臭外传》发表于《汾水》创刊号头条。

4月1日　晴天　并州饭店

"山西省文学艺术界联合会第四次代表大会",今日报到,上午抵达太原,入住并州饭店东楼310房间,和好友武毓璋同室。晚上看《405谋杀案》《奥赛罗》电影。

4月2日　晴天　并州饭店一楼会议室

召开文代会党团会。刘舒侠讲话,大会成立党组,由省委指定刘舒侠任书记。马烽、郑都任副书记。党组在省委直接领导下保证大会顺利进行。大会指导思想:以三、四、五中全会精神为指针。任务:

一、传达11号文件及小平同志在文代会的致词、胡耀邦同志的讲话。统一对十七年文艺认识——基本正确。继续解放思想,在不违背"四项基本原则"前提下,解放思想。

二、总结十七年即第三次至第四次文代会期间工作。

三、选举文联和各协会领导班子。

4月3日　晴天

上午八时,文代会开幕式,地点——南宫。出席大会的有省委在家全体常委、省人委、省人大、省政协全体,以及省工会、团省委、省妇联代表。

4月7日　晴天

山西省作家协会第四次代表大会上午开幕。晚湖滨会堂看曲艺晚会。

4月10日　晴天

上午选举作家协会理事。下午三点钟到西楼447号房间,《人民文学》邀请几位作家召开小型座谈会。我如约到会,参加座谈的有《人民文学》编辑王清风同志以及李锐、蒋韵、文武斌、石山、周三虎、王茂林、潘保安等人和我。会后见《汾水》月刊副主编李国涛老师,谈及我的另一篇小说稿子,说会完后让我留下来再做些修改。

4月11日　多云

下午应邀参加《晋阳文艺》座谈会。晚看《蝙蝠》(美)《不同的命运》(苏)电影。

4月12日　晴天

下午应邀参加《汾水》月刊社举办小说座谈会,会上山西大学姚青苗教授谈小说《臭臭外传》。晚看《冰上的梦》《勇士的奇遇》电影。

4月16日

上午大会闭幕式。中午武毓璋转告,李国涛老师让我会议结束后留下改稿,住宿找王中干同志,仍住并州饭店,或搬编辑部。

4月19日

上午到山西人民出版社文艺编辑室会见梁俊编辑,商谈中篇小说计划,下午会见《山西日报》王炎同志。

8月26日

带人民币190元整。(和聂京花结算用14元,给若玉留10元)

买离至孝义车票2.60元，汾阳至介休车票1.00元，介休至运城火车票5.60元，住宿费1.5元（押金2元），买饭0.4元，买水果0.3元。

8月31日

昨日抵运。住银湖饭店。上午任世伟来寓所，改住县招小院18号。

9月2日

昨日分别到物资局、印刷厂看望小时同学杨笃凯和赵然泽。今日上午乘出租车去东留村看望中学好友王建华，听说他已从北京转业回来，村里人多不知情，找不见，无果而返。改道肉联厂看望刘守安同学。

9月3日　晴天

士伟和牛师傅开来一辆吉普，两小时以后我们来到永济县黄河岸边的引黄工程工地，参观了一级站和二级站，很宏伟、壮观。之后又参观西厢村、莺莺塔和解州关帝庙。下午五时返运。晚，一别二十年的王建华来寓所，甚喜。畅谈当年同窗好友。

9月6日　阴转晴

昨日下午上街为父亲扯寿衣料。于三时乘班车到临猗县城，住县招101房间。给杨文彬打电话，晚文忠兄来寓所，惊闻关老师患病多年卧床不起，今日下午探视。关俊英老师患严重骨质增生。不胜感慨。

9月8日　晴天

回到家。见到父亲、三爸、三妈，诸弟妹。欣闻弟妹们都能善待老父亲。父亲说他每天喝一碗羊奶，早上泼一颗鸡蛋。父亲说他照常骑自行车。我为父亲身心健康甚感慰藉。我给父亲留下20元钱，父亲说还没花完哩。父亲很节俭，吃很廉价的"三环"烟（7分钱一盒）。我心里沉闷又奈若何。

1981年

3月24日

上午参加《汾水》月刊颁奖会。我的小说《臭臭外传》获优秀作品一等奖。奖金150元，奖状一张。著名作家西戎颁奖。

1982年

3月5日

午十二点抵并，《山西文学》组稿会已近尾声，我因故迟到。主编李国涛老师给了一张就餐证。饭后抽空到《晋阳文艺》编辑部看望胡经伦和李霞裳老师。

作协陈仁有送来稿费99元。

得知《臭臭外传》收集在山西人民出版社出版的《丰收集》一书。

下午参加讨论会，聆听李国涛老师、副主编周宗奇，以及成一、姚青苗等人精彩发言。晚餐证由好友周宗奇提供。饭后领取书籍如下——

《赵树理文集》一至四卷、《马烽短篇小说新作》、《创作经验漫谈》、《论短篇小说创作》、《红字》、《一个女人一生中的二十四小时》、《安娜·卡列尼娜》、《法国当代短篇小说选》

晚，到话剧团看望好友卢润泽、闫秀英夫妇。

3月6日

上午参加《晋阳文艺》编辑部颁奖会，我的小说《常发的电视机》荣获一等奖。同时获奖的还有河北作家赵新和薛勇同志。参加颁奖会有省委宣传部刘江部长、评论家贺新辉、宋达恩，新华社池茂华、山西日报副刊主编赵修身，以及山西电台、山西电视台记者。

4月24日

上午八时，和文礼弟（昨日来汾）由汾阳乘车前往孝义地区木材公司，赵经理帮助购买1.5方木料：落叶松8米3根、4米4根、2.3米2根、2米1根。计洋300元（文礼弟付）。

1983年

6月16日

接《小说选刊》编辑部稿酬通知单：《客为何来》一文已于第六期转载，致稿酬72元。

7月13日

接人民文学杂志社《关于召开全国部分中青年作家笔会的通知》：带必要书籍和创作素材，19日直接到辽宁金县（海滨）报到。

7月20日　辽宁

昨日按时到辽宁金县，山西来的作家还有韩石山，我和石山同住一屋。与会作家大多第一次见面。广州谢望新、西安袁林、浙江曹布拉；《文艺报》孙基凯、陈丹晨；北京吴可雨（吴冠中儿子）、杨匡满、谌容、肖复兴；湖南聂鑫森、叶之蓁、张步真；云南黄尧；河北汤吉夫；上海周民、孙颙、王小鹰；河南周同宾；湖北方方；杭州沈治平；甘肃张家达；以及中国作协和人民文学编辑部刘剑青、周明、崔道怡、王扶、王清风、向前、杨筠、王兰玲、韩作荣等。

9月16日

上午威儿打来电话说，让我回临猗办理女儿莉莉上学手续。下午车到刘胡兰纪念馆接上我，于当晚七点钟抵并，晚十时坐上北京到运城的火车。

9月17日

早八点到运城，中午运城文联主席孙思义和秘书长曹璋兄设宴招待。饭后又派车一同陪我到临猗，感激不尽两位兄长的盛情。

承蒙县委秘书长吉天明接待，当即见到县委孙更五书记，一见如故，谈及想让女儿进临猗中学上学一事，孙书记痛快应诺，并当即安排。然后一面品茶一面闲聊，至七时许，一同前往县招待所进餐。

9月18日

早饭后送莉莉到临猗中学上学。校长王至胜、副校长关登科、张雪娥、教导主任关应才热情接待。

莉莉午饭在学校吃。

下午六时去学校看莉,宿舍很挤,没有床铺,女学生们席地而卧,进门就脱鞋。

交学费40元,交书、电、水费11元,伙食10元。

晚县文化局创作组请客。一同进餐的有文联刘武、政府办李起炎、县人大荆选民、县文化局王成福、县计生办穆亮久等。

七点多回招待所,莉莉已在等候,哭鼻子说:"不在这上了……想我妈!"

少不了一番训导,九点许和文礼弟送莉莉到学校自习。窗外偷偷观察,情绪很好,方安心返回寓所。

12月4日

上午我和百韧、毓章、京花一行离开云周西村,先行一步前往杏花汾酒厂。下午化高同志和其他作者相继到达。

喝醉了。

12月14日

接上海文艺出版社信函,告知小说《在九曲十八弯的山凹里》篇,收入《全国短篇小说佳作选》一书。

1984 年

元月 5 日

接人民文学出版社 1983 年 12 月 29 日信函，告知小说《在九曲十八弯的山凹里》篇收入该社即将出版的《一九八三年短篇小说选》。

3 月 10 日

偕同父亲于下午二时由吕梁抵并，入住三晋大厦 917 房间。准备明日参加省作协"山西小说创作会"和"八三年优秀小说颁奖会"。下午陪同父亲逛街。

3 月 11 日

《在九曲十八弯的山凹里》获一等奖。奖金 150 元，证书一张。省委宣传部刘江部长给我颁奖时笑说，连续几年给你颁奖，咱都成老熟人了。

中午陪父亲逛海子边公园。父亲为我的成绩倍感自豪。

下午西戎老师传达中国作协农村题材创作会议精神。

3 月 12 日

上午逃会，陪同父亲逛迎泽公园。晚十点五十分，父亲乘坐北京至运城火车回临猗。

4 月 4 日

昨日抵并，今日上午参加"晋阳文艺"颁奖会。我的小说

《客为何来》获一等奖。奖金150元，奖状一张。由省委宣传部刘江部长颁发。

5月20日
接宣传部电话：山西省委即将召开文艺工作者座谈会，省委宣传部通知我和田东照于21日到省委组织部报到。会期三天。

5月21日
下午两点到并。入住省委组织部招待所20号房间，我和韩文洲、崔巍二位作家同住一室。晚去晋阳文艺编辑部和胡经伦看电影《拿破仑》。看完在《晋阳文艺》编辑部搭地铺将就一夜。

5月22日　省电影公司会议室
上午八时，由省委宣传部部长刘江主持召开预备会议。商定座谈会上发言内容。参会人员：刘江、作家协会主席西戎、副主席胡正、剧协主席贾克、美协主席力群、书协主席苏光、影协主席华而实，以及韩玉峰、周宗奇、成一、韩石山、张石山、董耀章、韩文洲、崔巍、田东照、权文学等作家。

5月23日　省委常委会议室
上午九点整，"山西省文艺工作者座谈会"正式开始。
座谈会由省委书记霍士廉、省长李立功主持。
参加会议人员如昨。由西戎、胡正、苏光、力群、贾克发言。西戎谈近几年全省文学创作状况和对今后山西文学事业发展的建议与设想。霍士廉书记讲话：今天会议不要结束，下午继续。进一步把意见统一起来。这次省委会议精神就是要把精神文明建设放在首位。山西作家队伍人才济济,我们就应当从抓创作入手……

下午座谈会在梅山会议厅继续。内容:一、作家的作品与时代感。二、作家在创作上目前存在的问题;成立山西文学院;作家挂职下乡以及生活补贴。

霍士廉书记、李立功省长和全体与会人员合影留念。

10月1日

今日出席山西省总工会颁奖会。"山西省社会主义劳动竞赛委员会"授予我"在四化建设中成绩显著,荣立二等功"荣誉称号。

1985年

3月13日

昨日抵并,上午参加省作协优秀作品颁奖会。我的小说《村西有个老天保》获一等奖。奖金200元,奖状一张。由著名作家马烽颁奖。

5月23日

参加省作家协会文学评奖委员会颁奖会,我荣获首届赵树理文学奖一等奖。

5月30日

参加山西省总工会颁奖会。荣获"山西省职工自学成才奖"。奖状一张。

10月9日

接日本小林荣9月28日来信——

权文学先生：

您好！

我现在准备要发刊"中国农村百景第五卷"，这里要登载您写的《村西有个老天保》。翻译着这本小说，有不明白的地方。

此下写下去，请寄给我解释一下吧。

（1）P3 玛瑙般的酒枣儿是什么东西？

（2）P4 "浏阳"鞭炮中"浏阳"是一种鞭炮的名字吗？

您的小说充满了山西地方色彩，很有意思。所以我翻译《在九曲十八弯的山凹里》和这回的《村西有个老天保》，以后希望写更好的小说吧。

以后我要翻译贵国的小说，介绍给日本的读者，贡献日中两国文化交流，请帮助吧。

祝您工作顺利。

小林荣

1985年9月2日

11月23日

接《人民文学》副主编崔道怡先生寄来《关于建立全国作家档案的通知》，让填一个表格给《人民文学》。

12月26日

接中国作家协会信函,告知协会书记处已于1985年10月21日批准了我加入中国作家协会,着撰写一份着重在文学活动方面的自传,寄二寸免冠近照两张,于1986年1月底前寄交创作联络部(地址:北京沙滩北街二号,电话:447586)。

1986年

11月21日　三晋大厦112房间

应中国作家协会邀请,我和成一同志参加中国代表团访问海南。17日三时抵并,四时买到去广州机票(133元)。省作协晓元同志帮助办理好住宿。晚七时见到成一。从张发同志那里看到刘晓波在9月初北京召开的"新时期十年文学讨论会"上谈新时期文学面临危机的文章。18到19日给婷婷买药,无货。

今日7时半,化高、王宁来寓所,棉衣托王宁带回。李岩来寓送大重九烟一条(9.8元)。

八时半车到。九时和成一到机场,过安检时警报响,女检查员带领我出去进行特别检查,原因是半包红双喜烟惹的祸——虚惊一场。乘坐305客机,十时登机,十三时半到达广州白云机场。花城出版社的谢望新(我和谢望新在东北一次创作会上相识)和小张同志,安排我们下榻广东省委招待所(又名珠岛宾馆)。晚,谢望新夫妇设家宴热情接待我和成一。

11月25日

代表团团长王汶石昨由陕抵穗,住白云制药厂招待所,与我和成一同住一屋。今晨中国作家协会李平、柯小卫到穗。来自北京、天津、西藏、陕西的几位作家也相继到达。晚白云山药厂在梅园酒家宴请代表团。

11月26日

乘轮渡过珠江，参观酒厂。啤酒流水线和发酵流水线设备，分别由西德、丹麦进口，价值340亿。晚住宿中国农垦度假村。

11月27日

今日抵珠海，沿途有华侨新村，多是已无人居住的别墅，默默诉说昔日沧桑。差不多每座别墅都设有碉堡。下榻园林酒家。下午乘船去澳门，游九州城，晚逛澳门黑市。导游嘱咐我们，这里称呼男士为先生，称呼女子为小姐或女士。

11月28日

今日抵深圳，乘船渡南海，到蛇口登陆。晚逛夜总会。

11月29日

逛沙头街（也叫中英街），过边防站女作家航英和边防战士发生激烈冲突。

12月1日

五点起床，六点到白云机场，七点登机，八点五十九分飞机降落海南岛三亚机场，这里地处北回归线以南，属于热带气候。离开机场路上，作家格桑多杰讲藏民习俗。

12 月 3 日

早上八点离开南宾农场,又到南新农场。观光天涯海角、榆林军港。下午观光大东海、鹿回头,逛三亚市。街上有走私货,一群一群身着回民服饰的妇女。这些没有土地的男人在海上走私,从马来西亚、夏威夷、日本等商船上弄来货,让女人在街上卖,一块东方牌机械表,二三十元可以买到,假货多。

12 月 4 日

早上八点离开南新农场,途经苗寨做短暂逗留,参观苗寨。十一时抵通什,这里是苗族、黎族自治州政府所在地。现在建筑不少,耸立在五指山的绿色中。下午参观黎寨度假村和博物馆。

12 月 5 日

抵白沙县农江农场,代表团兵分两路,年龄大的作家走东线,中青年作家沿西线走,我们公推军旅作家韩静霆为西路军军长。晚龙江农场盛情设宴。农场建于1956年,黎族人最多。

12 月 6 日

参观橡胶园、可可园、胡椒园。负责人说以前是以道德和信仰来管理,这种管理模式现在不行了,现在是利润刺激生产。晚舞会。

12 月 9 日

抵西联农场。路过观看东坡书院。

12月10日

抵海口。参观海瑞墓、五公祠。晚游华泰酒家——泰国和中国联营。

12月11日

八点到海口机场,八点半乘波音747客机离海南,九点半返回大陆,平安降落广州白云机场。

1989年

3月22日

填写并呈送个人"专业技术职务任职资格申报书",我欲申报一级作家。

10月11日

老田电告:省作家协会山西作协中级创作专业职务评审委员会于10月9号会议审核,高票通过我的一级作家申报,同意推荐我的一级作家任职资格。

10月28日 晚

老田电话告知,山西省高级文学创作专业职务评审委员会几小时前已高票通过我一级作家任职资格。

1990 年

4 月 26 日
今日陕北登白云山。拜谒真武大帝，迎来"桃花雨"。

1991 年

3 月 7 日　小雪
今日《人民日报》二版，刊载《人民文学》三月号目录。我的小说《月亮在山顶丢失》发头条。

3 月 17 日
偕同周宗奇、韩石山赴杏花村酒厂商谈"杏花杯"事宜。晚，省事务管理局几位朋友于并州饭店设宴，姚新章、宗奇、石山、师百韧和我等人应邀。

3 月 20 日
接上海社会科学院信函，言及该院于年内出版《中国当代作家作品总目》（共收录2000位作家），并说这是茅盾先生生前遗愿之一。要求我务于4月8日前将自己的书目、篇目如期寄送上海社会科学院文学所。联系人张楚民，电话261170转文学所，邮编200020。

4月15日

今十二时抵达杏花村汾酒厂,参加《人民文学》主办的"短篇小说艺术讨论会",我入住酒都宾馆230房间。下午五时许,《人民文学》主编程树臻,副主编崔道怡、王扶、冯夏熊和编辑王清风、朱伟、林谦,以及来自全国各地作家张宇、铁凝、田中禾、陈村、路远、石山、成一、李锐、将韵、田东照、王东满等四十余人齐聚一堂。

5月8日

今接省作家协会函:香港中华文化出版社拟编撰《当代华人文化名人辞典》,分文学卷、艺术卷、社会科学卷、自然科学卷四部。我入选文学卷。每部选1000名专家。

索:传记一份,照片一张。寄广州市文德路75号中国作家协会广州分会杨羽仪　邮编510115。

5月20日

应吕梁师专文学系举办文学讲座,邀请即席谈创作。原计划七时半开始,八时半结束,结果延长了两小时。

又:《文艺报》第二版载有王春林关于我发表在《人民文学》一篇小说的评论文章,题目是《精神的失落之后》,副标题:评权文学的小说《月亮在山顶丢失》。

8月6日

赴并参加晋、豫、冀三省联席组稿会。入住迎泽宾馆415房间,与王西兰同室。上午开幕式,马烽、西戎、胡正等几位著名作家列席会议。下午讨论。其间东照兄一纸条：若玉来电话，言父亲病重，让速回。

8月7日

上午急忙赶回离石，方是虚惊一场，文礼弟电话告知父亲受了点风寒，大概也是想你们了。

8月8日

七点半启程，携玉、莉、国栋开车于下午三时安抵故乡。见父安然无恙，甚慰。

8月12日

已通知亲友，明日给父亲提前庆寿。上午率玉和弟媳进城购买食品。

11月26日

由威儿一手具体操办，今日权涛去深圳上班，昨日晚上九点到并，吴煜来寓所商谈购票一事。没想到今天下起了雪，机票没有希望了，决定改乘火车，先到北京，而后南下，直达广州转深圳。涛儿和吴煜及表妹同行。晚七点十分偕玉送行，先到吴煜家，而后到车站，列车徐徐启动，母子两人挥泪惜别。

12月14日

晚涛儿从深圳打来电话，张柏明告诉他星期一（16号）上班，试用三个月，月薪300元人民币300元港币，三个月后正式定级。并叮嘱："记住告一下我二哥。"

涛儿的工作是威儿托付张柏明的结果。

1992 年

元月 15 日

上午参加山西文学院全体会议。下午省作协机关全体团拜。省委书记、宣传部部长到场。所以,我逃会逛街了。晚饭在东照家吃莜面。之后看望马烽、西戎二位老师。马老赠我黑陶工艺一件。

8 月 29 日

应《山西日报》副刊稿约,撰写《南洋行断想(之一)》。

9 月 1 日

赴长治参加山西省作家协会工作会议。

9 月 5 日

今晨驱车返往省城。同车有东照和蔡润瑞田二位,车过沁水县城,遭遇追尾撞车事故,所幸人没事。感谢沁水县宣传部派车接送。司机小慎留沁水修车。

9 月 22 日　雨

接《上海文学》编辑部电话,金宇澄(负责华北稿件)、奚愉康(主编助理)明日动身到吕梁做客,让我 24 日晚八时到太原接站。

9月24日

按时如约到并州接到金宇澄（负责华北稿件）、奚愉康（主编助理）两位。宾馆晚餐已过，在外面吃夜宵，两碗刀削面，一个鱼汤。计洋97元，大吃一惊，原是一条鲟鱼。威儿于晚上两点返回。

9月25日　晴天

午饭《黄河》编辑部请客，上海的两位朋友都醉了。下午我和上海两位到达交城县，入住宾馆。同行的还有东照、王宁，《黄河》主编周山湖。

9月26日　星期六　晴天

文联工作、创作会议如期召开。下午参观乔家大院，晚上举办舞会。

10月6日　晴天

为《山西日报》撰写《南洋行断想（之九）》

1993年

元月2日　太原

今日赴并，住职工活动中心215。晚友人韩石山来寓所聊天。

元月9日　吕梁　瑞雪

上午九时洋洋洒洒飘起雪花。

元月31日　正月初九

威儿开车,上午十一时路过临汾,我和玉携子女看望好友德喜,留下300元、两条烟、一箱红枣,午饭后继续赶路,二时许到达故乡临猗,见到父亲、三爸和三妈,诸位弟妹。晚上与乡友会餐,八个人豪饮八瓶白酒。

3月4日　星期四　阴历二月十二

参加省作家协会理事会,下午省委某头头做报告,开溜出来斥1430元购海棠牌全自动洗衣机一台。晚看望马烽、西戎二位老师。

3月8日　星期一　阴历二月十六

玉评为地区先进人物,行署召开表彰大会,玉说她没上去领奖,让别人代领。

1994年

元月22日

收到山西省文学艺术界联合会证书。上书——

　　权文学同志在山西省文学艺术界联合会第五届委员会第三次会议上被选为省文联第五届委员会委员、主席团委员。

　　特发此证

一九九四年元月十八日

1998 年

9 月 11 日

接中国现代文学馆关于海内外作家签名巨型艺术花瓶、《中国作家3000言》出版的致谢函：……作家签名巨型花瓶及"一句话"创作活动自去年八月发起以来，已接到中国作家协会会员和香港、台湾、澳门地区及海外华人作家5000余人来稿来函。特此致谢。因一句话创作不少雷同，不能全部汇编，从来稿中精选3000余位，配以作家小传和签名手迹，现已由新华出版社出版，全书六卷。致谢同时也敬告各位，凡接此信的作家均为入选者。另：因景德镇遭水灾，拟陈列于现代文学馆的巨型艺术花瓶部分工艺延宕。

我在《中国作家3000言》书中这样说："人总想活着，是认为明天比今天活得更好。作家所以笔耕不辍，是为明天有可能获诺贝尔文学奖。"

1999 年

4 月 4 日　农历二月十八　晴　有风

墨今日七岁生日，答应去公园玩，因刮风，免。午间，玉炒几味菜蔬，吃长寿面。莉买来生日蛋糕，点燃五彩小蜡烛。唱"祝生日快乐"。中西合璧倒也有趣。

11月3日　星期三

早上，和玉乘车离开离石回故乡临猗。三爸、三妈身体康健。三妈血压高。家乡苹果丰收。家家院子里堆满苹果待售。

给三爸三妈300零花钱。

11月4日　星期四

上午和玉及文礼弟给三妈买降压药。中午离别故乡返回。路过新绛，金花做油粉饭。饭后于晚十点到离石。

11月14日　星期日　晴

搭乘威儿车离并，于下午六时许抵达离石。晚上告知玉明天挂阳台上的窗帘，有人要来看房子。

11月15日　星期一　晴

上午接《黄河》主编张发电：新华社记者张羽同志于明日到达你处。

11月20日　星期六　晴

今日高华结婚，给石楼打电话庆贺，改英接听。下午乘百韧车返并。

12月13日　星期一　晴

上午十时乘依维柯大巴，于下午四时抵达太原。威儿和梅在并收拾临时住处。准备搬家。

12月14日

晨。学校来电话告知婷肚疼，陪同玉立即赶往学校，接婷到山大一院就珍。

威儿今日下午返回离石，准备拉家具。

12月15日　星期三　晴
梅俊到省农行办理调动手续，之后，即乘车返回离石。
上午接武墨，数学老师反映，武墨上课不专心听讲。

12月16日　星期四
上午和陶钰斗棋玩。下午和玉到省计委宿舍收拾东西。

12月17日　星期五
凯儿和海霞乘依维柯去离石。晚，莉偕同武墨、权容赴京。

12月19日　星期日
梅俊和海霞回并。澳门回归祖国。零点交接。

12月31日　星期五
威儿和容到长风小区，之后外出。我和玉到五一百货大楼银烛台一对290元。法国酒杯8个，48元。

2000年

元月1日　星期六　晴
梅俊上午上班。早饭没回来。玉让威儿将饺子给梅子带回去吃。午饭，阖家团聚过新年。威儿买了海鲜。除海霞姑娘又添一位新成员——海英。

元月 27 日　星期四　农历腊月二十一

涛儿今日由深圳启程回太原。巧遇威儿今日因公赴京。行前告知他已安排省计委小王按时到机场接涛儿。晚十时，我和莉莉同小王来到机场，接涛涛平安回家。

3 月 5 日　晴　农历正月三十

今日惊蛰。下午和玉率威儿专程到劲松公寓看望老姚。姚对我家堪称恩公——从油漆工到国有银行职员，成就了我家孩子一生，滴水之恩，不可忘啊！

离开姚家我、玉、威儿，上街订购书柜。

2006 年

元月 1 日

接《中国作家大辞典》编辑部紧急催稿函："务请参照我们提供的标准词条撰写300字以内的个人条目：姓名、笔名、性别、民族、籍贯、学历、职称、社会职务、个人荣誉、处女作发表时间、加入中国作家协会时间、作品种类、作品名称、作品获奖状况、照片。务于2006年1月十日前寄我部……"

4 月 29 日　风和日丽

宗奇赠书《河东文化丛书》，阅后很受启发，萌生编撰出版《吕梁文化丛书》意念。拟同好友百韧搭档。

2007 年

12 月 15 日

接国家人事部《中国专家辞典》寄来的资料复校稿。有两处要改动：临猗县人；《中国文学家辞典》应当是《中国作家大辞典》。

——补遗——

于近，整理书稿，发现孙明清老先生遗作——用毛笔书写自己的诗词，300 余首。

大约六十年代，何月何日，记不起了。我回乡探亲，专程到南庄村看望他老人家。当时，我不明白，老人用心血凝聚的珍藏手稿，为何要交付于我？老人让我留着，说是个念想。我信手翻阅，卷首前言中有这样的句子"……此册诸多篇章，多不合律……藏拙江远，大半入火……所有录存……不计脍炙人口……笑骂由人"，其中还有一句"可留后人眼目"。我明白了，老人无后。

我们和老人家是转了几个弯的远亲。按辈分我应当称呼舅舅、妗子。我只称呼老师、师母。老人差不多长我四旬，是我的蒙学老师（那年代称先生）。我六岁时认字片——硬纸割成许多小方块，各写一字：人、手、口、足、天、地、日、月、牛、羊、马、猪、狗、鸡、兔……童年胆儿小，见先生就犯怯，手脚并拢，仿佛一条硬棍，头深深低下去，一若小老鼠见到猫——缩骨。先生浓眉，目光深邃犀利，有穿透力。衣着讲究，长衫、礼帽，手持文明拐杖，洋袜，直贡呢面皮底鞋，戴一副黑边圆形眼镜,八字胡须偶尔从怀里掏出一块怀表,看看是否到下学时辰(解放后穿三个兜制服,布鞋。不再留须)。孙先生治学严厉。过去倡导体罚教育。先生备有两件戒具:教鞭和板子。教鞭长约三尺,拇指粗细,实际是条细长的木棍。(教鞭始于大清,那时学堂体罚学生用鞭刑,故名曰教鞭)一般情况下先生上课时将教鞭带到讲堂上。学生点瞌睡,或者交头接耳,先生过去用教鞭在头上敲。只有要用重典情形下,才将木头板子请上来。戒尺,桑木材质,二尺许,一头窄一头宽,一头薄一头厚实。没挨过先生板子的学子鲜有。二年级时写仿,繁体(学)字里边两个×,我一时粗心掉了一个×。先生命令我把手展起来!抡起的桑木戒尺在空中呼呼生风——啪!我倒吸一口凉气,手肿如发面馒头。麻、辣、肿、胀、疼,鼻涕眼泪哭得一塌糊涂,还不敢出声。可怜巴巴一个人站立在石碑前,将肿了的手拓在碑上(根据同学们经验,这样能减轻疼痛)。新中国成立后,学校废除体罚。孙先生私下略有微词,笃信"严师出高徒"。那时他在县立高级小学任教。他一直从事教育事业,直至告老还乡。

没想到那次见到先生竟是永诀,第二年先生和师母先后去世。我仔细阅读了先生的诗稿。内容多是讲述他晚年在故乡的生活状态。

孙老先生很豁达!回到村里自觉变成一个纯粹的农民。他心性刚强,更不服老,适逢"大跃进"年代,说要争当老黄忠。与年轻人试比高下,脚蹬洋马(自行车)往地里送茅粪,这一送送了15年——15年啊!他在题为《队下40个茅坑,我用洋马驮粪15年·七律》中,有这样的句子:

　　　　洋马驮茅十五年,一年三百六十天。

酷暑寒冬泥路滑，坑坑洼洼需咬牙。

1960年遭逢那场三年自然灾害，先生老两口如此清苦到几近绝望。先生在诗中呐喊"我缺钱，我少穿，除夕早睡愁过年，半夜醒来只吃烟"。他在诗中讲述他们的住处，屋漏、墙塌，翻修的钱无处筹措。

连天苦雨房舍漏，孤掌空囊怎补修。
书似屠龙无处用，钱能作马向谁求。
仰屋长叹连阴雨，愁人逆境几时休。

他在《重久夜愁，陇头独坐庄南地》诗中流露出轻生念头。

陇头独坐夜将深，明月舍我向西沉。
枝摇叶响愁难遣，高凤落帽自来寻。

之所以没有走极端，是对未来还抱一丝期望，以及唯诗人独具的一颗童心。他在棉花田里种了几蔓甜瓜，瓜未熟，被东邻西舍孩子偷吃了，拔蔓时，发现几个小儿在附近玉米田里偷看他拔瓜蔓，心里竟然泛滥莫名的快乐。便赋诗一首：

自留田土属自家，棉花地里种田瓜。
瓜待熟时不见瓜，小儿窥我空蔓拔。

面对清贫，倔强的老人想依靠变卖房产维持生计。他说"养老无能将变卖，老马何能世路开"？

记得那次我去探亲,老人的房屋尚在,青砖灰瓦,四合宅院。只是昔日风采淹没在岁月里,而今给人"昔日王榭"的沧桑感觉。

人生风雨路!

斯文不朽。